COLLECTION ANNE

La Vallée
Arc-en-ciel

LUCY MAUD MONTGOMERY

La Vallée Arc-en-ciel

Traduit de l'anglais par
Hélène Rioux

ÉDITIONS QUÉBEC/AMÉRIQUE

425, RUE SAINT-JEAN-BAPTISTE, MONTRÉAL (QUÉBEC) H2Y 2Z7 (514) 393-1450

Données de catalogage avant publication (Canada)

Montgomery, L.M. (Lucy Maud), 1874-1942
[Rainbow Valley. Français]
La vallée Arc-en-ciel
(Collection Anne ; 7)
Traduction de : Rainbow Valley.
Suite de : Anne d'Ingleside.
Publié à l'origine dans la coll. : Collection Littérature d'Amérique.
Traduction.

ISBN 2-89037-767-9
I. Titre. II. Titre : Rainbow Valley. Français. III. Collection :
Montgomery, L.M. (Lucy Maud), 1874-1942. Collection Anne ; 7.
PS8526.O55R314 1995   C813'.52   C95-940074-5
PS9526.O55R314 1995
PR9199.3.M6R314 1995

*Les Éditions Québec/Amérique bénéficient du programme de
subvention globale du Conseil des Arts du Canada.*

Titre original : *Rainbow Valley*
Première édition au Canada : McClelland & Stewart, 1919.

Dépôt légal : 1er trimestre 1995
Bibliothèque nationale du Québec
Bibliothèque nationale du Canada

Mise en page : Andréa Joseph

À la mémoire de Goldwin Lapp, Robert Brookes et Morley Shier qui ont fait le sacrifice suprême, afin d'assurer que les vallées heureuses de leur pays natal puissent être protégées des ravages de l'envahisseur.

La traductrice remercie Yves Gauthier pour son aide.

Table des matières

1

De retour chez soi

Limpide était ce soir de mai vert pomme et les nuages d'or se miraient à l'ouest entre les grèves doucement assombries du port de Four Winds. La mer gémissait de façon inquiétante sur la barre de sable, empreinte de tristesse même au printemps, mais une brise légère et joviale sifflotait sur la route du port où la silhouette robuste de Mlle Cornelia avançait vers le village de Glen St. Mary. Mlle Cornelia était plus précisément Mme Marshall Elliott, et elle l'était depuis treize ans, mais même encore, la plupart des gens préféraient la désigner sous le nom de Mlle Cornelia. L'ancien nom était cher à ses vieux amis; une seule personne refusait obstinément de continuer à l'utiliser. Susan Baker, la grise, mélancolique et fidèle servante de la famille Blythe à Ingleside, ne perdait jamais une occasion de l'appeler «Mme Marshall Elliott», en insistant de la façon la plus horripilante, la plus lourde de sens, comme pour dire : «Madame tu as voulu être et Madame tu seras, je t'en passe un papier.»

Mlle Cornelia se rendait à Ingleside voir le D^r et Mme Blythe qui arrivaient d'Europe. Ils avaient été absents trois mois, étant partis en février pour assister à un fameux congrès médical à Londres; et certaines choses, dont Mlle Cornelia avait hâte de discuter, s'étaient produites au Glen durant leur absence. Entre autres, une nouvelle famille s'était installée au presbytère. Et quelle famille!

Mlle Cornelia secoua plusieurs fois la tête en y songeant et continua à marcher d'un pas vif.

Susan Baker et Anne Shirley, aussi pimpante qu'autrefois, la virent arriver; elles étaient assises sur la véranda d'Ingleside, savourant le charme de la brunante, le gazouillis mélodieux d'indolents rouges-gorges dans les érables éclairés par la lune et le ballet d'un groupe de jonquilles se balançant dans la brise contre le vieux muret de briques rouges de la pelouse.

Anne était assise sur les marches, les mains croisées sur un genou, paraissant, dans le doux crépuscule, aussi jeune que pouvait le paraître une mère de famille nombreuse; et les beaux yeux gris vert, qui contemplaient la route du port, scintillaient et rêvaient comme toujours. Derrière elle, Rilla Blythe, une petite créature grassouillette de six ans, la plus jeune de la famille, était blottie dans le hamac. Elle avait les cheveux roux et bouclés et des yeux noisette à présent plissés comiquement; Rilla faisait toujours cette mimique lorsqu'elle avait sommeil.

Shirley, le «petit garçon brun», était endormi dans les bras de Susan. Il avait les yeux et les cheveux bruns, la peau basanée et les joues très roses; c'était le favori de Susan. Après sa naissance, Anne avait été très malade et Susan s'était occupée du bébé avec une tendresse passionnée qu'aucun des autres enfants, pourtant chers à son cœur, n'avait jamais suscitée. Le Dr Blythe avait déclaré que si ce n'avait été d'elle, l'enfant n'aurait pas survécu.

«J'lui ai donné la vie tout autant que vous, chère Mme Docteur, avait coutume de dire Susan. C'est autant mon bébé que le vôtre.» Et en vérité, c'était toujours par Susan que Shirley allait se faire embrasser quand il s'était fait mal, bercer pour s'endormir, et protéger de fessées bien méritées. Si Susan avait consciencieusement tapé tous les autres enfants Blythe quand elle croyait que c'était nécessaire pour le salut de leur âme, jamais elle n'aurait levé la main sur Shirley ni permis à sa mère de le faire. Le Dr Blythe s'y était risqué une fois, provoquant l'indignation de Susan.

« Cet homme frapperait un ange, chère Mme Docteur, voilà jusqu'où il irait », avait-elle déclaré avec amertume ; et le pauvre docteur avait dû se passer de tartes pendant des semaines.

Ayant amené Shirley avec elle chez son frère pendant l'absence de ses parents alors que les autres enfants étaient allés à Avonlea, Susan l'avait eu pour elle toute seule pendant trois mois bénis. Elle était néanmoins très contente de se retrouver à Ingleside, entourée de tous ceux qu'elle aimait. Ingleside était son monde et elle y était la souveraine incontestée. Même Anne mettait rarement ses décisions en question, malgré la réprobation de Mme Rachel Lynde des Pignons verts qui, chaque fois qu'elle allait à Four Winds, lui prédisait sombrement qu'elle se repentirait de laisser Susan se comporter en maîtresse des lieux.

« Voilà Cornelia Bryant qui arrive par la route du port, chère Mme Docteur, annonça Susan. Elle va décharger sur nous les potins des trois derniers mois. »

« Je l'espère bien, dit Anne en serrant ses genoux. Je suis affamée de commérages de Glen St. Mary, Susan. J'espère que Mlle Cornelia pourra me rapporter tout ce qui s'est produit durant mon absence, vraiment tout, qui est né, qui s'est marié, qui s'est soûlé ; qui est mort, qui est parti ou arrivé, qui s'est battu, a perdu une vache ou trouvé un amoureux. C'est si bon d'être de retour parmi les chers habitants du Glen et je veux tout savoir à leur sujet. Mon Dieu, je me souviens de m'être demandé, tout en me promenant dans l'Abbaye de Westminster, lequel de ses deux prétendants Millicent Drew finirait par épouser. Vous savez, Susan, c'est terrible, mais j'ai le sentiment que je raffole du potinage. »

« Eh bien, évidemment, chère Mme Docteur, admit Susan, toutes les femmes aiment bien qu'on leur apprenne les nouvelles. Je suis moi-même intéressée par le cas de Millicent Drew. J'ai jamais eu un soupirant, encore moins deux, et ça m'est égal à présent, parce que le fait d'être une vieille fille ne fait plus souffrir quand on y est habituée. J'ai toujours eu l'impression que Millicent Drew passait le balai dans ses cheveux. Mais ça n'a pas l'air d'incommoder les hommes. »

« Ils ne voient que le joli petit minois piquant et moqueur, Susan. »

« Ça pourrait bien être ça, chère Mme Docteur. La Bible dit que l'apparence est trompeuse et la beauté vaine, mais j'aurais bien aimé le découvrir moi-même, si la Providence en avait décidé ainsi. J'doute pas qu'on sera tous beaux quand on sera des anges, mais quel bien ça nous fera ? À propos de potins, on raconte que cette pauvre Mme Harrison Miller a essayé de se pendre la semaine dernière. »

« Oh ! Susan ! »

« Tranquillisez-vous, chère Mme Docteur. Elle a pas réussi. Mais j'peux pas la blâmer d'avoir essayé, son mari est un homme si terrible. Mais c'était stupide de sa part de penser à se pendre et de lui laisser la voie libre pour épouser une autre femme. Si j'avais été dans ses souliers, chère Mme Docteur, j'serais partie travailler pour l'embêter de façon à ce que ce soit lui qui essaie de se pendre plutôt que moi. C'est pas que j'approuve la pendaison, quelle que soit la circonstance, chère Mme Docteur. »

« Voulez-vous bien me dire quel problème a cet Harrison Miller, d'ailleurs ? demanda Anne avec impatience. Il trouve toujours le moyen de faire enrager les gens. »

« Ma foi, certaines personnes prétendent qu'il est très dévôt et d'autres que c'est une tête de cochon, excusez-moi l'expression. C'est comme si on arrivait pas à savoir ce que c'est dans le cas d'Harrison. Des jours, il grogne après tout un chacun parce qu'il pense qu'il est prédestiné au châtiment éternel. Puis d'autres jours, il boit comme un trou. À mon avis, c'est son intellect qui est malade, comme tous ceux de cette branche des Miller. Son grand-père est devenu fou. Il se pensait entouré d'énormes araignées noires. Elles rampaient sur lui et flottaient dans l'air tout autour. J'espère jamais devenir folle, chère Mme Docteur, et j'pense pas que ça risque de m'arriver parce que c'est pas l'habitude chez les Baker. Mais si la sage Providence devait le décréter, j'espère que ça prendra pas la forme de grosses araignées noires, parce que j'ai horreur de ces bestioles. Quant à Mme Miller, j'sais pas si elle mérite qu'on la prenne en pitié ou non. Il y en a qui disent qu'elle a épousé Harrison seulement pour vexer Richard Taylor, ce qui me paraît une raison bizarre pour se marier. Mais je n'suis évidemment pas juge en matière matrimoniale, chère Mme Docteur. Et voilà Cornelia Bryant à la barrière, alors je vais mettre ce cher bébé brun dans son lit et prendre mon tricot. »

2

Purs commérages

« Où sont les autres enfants ? » demanda Mlle Cornelia après les premières salutations, cordiales de sa part, enthousiastes de la part d'Anne et empreintes de dignité de celle de Susan.

« Shirley est au lit et Jem, Walter et les jumelles sont dans leur chère vallée Arc-en-ciel, la renseigna Anne. Ils ne sont arrivés à la maison que cet après-midi, vous savez, et ils ont eu de la difficulté à attendre la fin du souper avant de se précipiter dans la vallée. Ils aiment cet endroit plus que n'importe quel autre au monde. Même l'érablière ne peut rivaliser avec la vallée dans leur cœur. »

« J'ai peur qu'ils l'aiment trop, ajouta sombrement Susan. Petit Jem a dit une fois qu'il préférerait aller à la vallée Arc-en-ciel qu'au paradis quand il mourrait, et c'est pas une remarque convenable. »

« Je suppose qu'ils se sont bien amusés à Avonlea », reprit Mlle Cornelia.

« Énormément. Marilla les gâte terriblement. Impossible que Jem, en particulier, ait tort à ses yeux. »

« Mlle Cuthbert doit être une vieille dame à présent », remarqua Mlle Cornelia en sortant son tricot de façon à se montrer à la hauteur de Susan. Mlle Cornelia soutenait que la femme dont les mains étaient occupées avait toujours l'avantage sur celles dont les mains étaient oisives.

« Marilla a quatre-vingt-cinq ans, soupira Anne. Ses cheveux sont blanc neige. Pourtant, c'est étrange à dire, sa vue est meilleure que lorsqu'elle avait soixante ans. »

«Eh bien, très chère, je suis bien aise de vous voir de retour. C'est épouvantable comme je me suis ennuyée. La vie était pourtant loin d'être monotone au Glen, je vous en passe un papier. Nous n'avons jamais connu un printemps aussi excitant, du moins en ce qui concerne les affaires paroissiales. Nous avons fini par trouver un pasteur, ma chère Anne.»

«Le révérend John Knox Meredith, chère Mme Docteur», précisa Susan, résolue à ne pas laisser à Mlle Cornelia le privilège d'annoncer toutes les nouvelles.

«Est-il gentil?» demanda Anne, intéressée.

«Oui, pour ce qui est de la gentillesse, ça va, répondit Mlle Cornelia. Il est *très* gentil, très instruit, et très spirituel. Mais, oh! ma chère Anne, il n'a aucun bon sens!»

«Pourquoi l'avez-vous choisi, alors?»

«Ma foi, il ne fait aucun doute qu'il est de loin le meilleur prédicateur que nous ayons jamais eu à l'église de Glen St. Mary, reprit Mlle Cornelia en tricotant quelques mailles. Je présume que c'est parce qu'il est si lunatique et distrait qu'il n'a jamais obtenu de poste dans une ville. Son sermon d'ouverture était tout simplement magnifique, vous pouvez me croire. Tout le monde en a raffolé. Comme de son apparence.»

«Il est très séduisant, chère Mme Docteur et, tout compte fait, ça me plaît de voir un bel homme en chaire», interrompit Susan, estimant qu'il était temps qu'elle se fasse de nouveau entendre.

«De plus, poursuivit Mlle Cornelia, nous avions hâte de régler le problème. Et M. Meredith a été le premier candidat à obtenir l'unanimité. Pour les autres, il y avait toujours quelqu'un pour s'opposer. On a parlé de nommer M. Folsom. C'était un bon prêcheur, lui aussi, mais physiquement, il ne plaisait pas beaucoup aux gens. Il était trop sombre, trop soyeux.»

«Il ressemblait à un gros matou noir, si vous voulez le savoir, chère Mme Docteur. J'aurais jamais pu supporter de voir un homme pareil en chaire tous les dimanches.»

« Ensuite, M. Rogers s'est présenté et il faisait penser à un grumeau dans le gruau, ni bon ni mauvais, reprit Mlle Cornelia. Même s'il avait prêché comme Pierre et Paul, cela ne lui aurait servi à rien parce que c'est ce jour-là que le mouton du vieux Caleb Ramsay a pénétré dans l'église en poussant un bêêê sonore juste au moment où le sermon allait commencer. Tout le monde a pouffé de rire et le pauvre Rogers n'a plus eu une seule chance après cela. Certaines personnes étaient d'avis que nous prenions M. Stewart parce qu'il était si instruit. Il peut lire le Nouveau Testament en cinq langues. »

« Mais j'crois pas qu'il soit plus assuré que les autres d'aller au ciel à cause de ça », objecta Susan.

« La plupart d'entre nous n'avons pas aimé sa façon de s'exprimer, dit Mlle Cornelia, ignorant Susan. Il ronchonnait, pour ainsi dire. Et M. Arnett était tout simplement incapable de prêcher. Et il a essayé de nous impressionner en choisissant à peu près le pire texte qu'on puisse trouver dans la Bible, "Maudit sois-tu, Meroz". »

« Chaque fois qu'il bloquait sur une idée, il donnait un coup sur la Bible et criait d'un ton lugubre "Maudit sois-tu, Meroz". Ce pauvre Meroz, et Dieu sait de qui il s'agit, a reçu sa part de malédiction ce jour-là, chère Mme Docteur », commenta Susan.

« Un pasteur qui pose sa candidature ne saurait être trop prudent quant au texte qu'il choisit, décréta Mlle Cornelia d'un air solennel. Je crois que M. Pierson aurait eu le poste s'il avait commenté un autre texte. Mais lorsqu'il annonça "Je lèverai les yeux vers les collines", il était perdu. Tout le monde a souri, car tout le monde savait que les deux demoiselles Hill[1] de l'entrée du port avaient jeté leur dévolu sur chaque pasteur célibataire venu au Glen au cours des quinze dernières années. Et M. Newman avait une famille trop nombreuse. »

---

1. Jeu de mot intraduisible : Hill signifie colline. (N.D.L.T.)

« Il a habité chez mon beau-frère, James Clow, ajouta
Susan. Quand j'lui ai demandé combien d'enfants il avait,
il m'a répondu : "Neuf garçons et une sœur pour chacun
d'eux." J'me suis écriée : "Dix-huit ! Seigneur ! Quelle
famille !" Alors il a éclaté de rire. Mais j'sais pas pourquoi,
chère Mme Docteur, et j'suis certaine que dix-huit enfants
seraient beaucoup trop pour n'importe quel presbytère. »

« Il n'avait que dix enfants, expliqua Mlle Cornelia
avec une patience condescendante. Et le presbytère et la
congrégation ne souffriraient pas beaucoup plus de dix
enfants sages que des quatre que nous avons actuellement.
Je ne veux pas dire qu'ils soient si vilains, chère Anne. Je
les aime bien, tout le monde les aime bien, d'ailleurs. Ils
seraient tout à fait charmants s'il y avait quelqu'un pour
leur enseigner à bien se conduire et à faire la différence
entre le bien et le mal. À l'école, par exemple, ce sont des
enfants modèles, de l'avis de leur professeur. Mais de
retour à la maison, ils retournent purement et simplement
à l'état sauvage. »

« Comment est Mme Meredith ? » demanda Anne.

« Il n'y a *pas* de Mme Meredith, voilà l'ennui.
M. Meredith est veuf. Sa femme est décédée il y a quatre
ans. Si nous avions été au courant, je présume que nous ne
lui aurions pas donné le poste, parce qu'un veuf est encore
pire qu'un célibataire dans une congrégation. Mais on l'a
entendu parler de ses enfants et tout le monde a supposé
qu'il devait aussi y avoir une maman. Et quand ils sont
arrivés, il n'y avait personne d'autre qu'une vieille tante
Martha, comme ils l'appellent. C'est une cousine de la
mère de M. Meredith, je crois, qu'il a recueillie pour lui
éviter d'aller à l'hospice. Elle a soixante-cinq ans, est à
moitié aveugle, sourde comme un pot et n'a pas toute sa
tête. »

« Et c'est une cuisinière plus que médiocre, chère
Mme Docteur », renchérit Susan.

« On n'aurait pu trouver personne de plus mal qualifié
pour tenir le presbytère, précisa amèrement Mlle Cornelia.

M. Meredith refuse d'engager une autre ménagère, parce qu'il dit que cela ferait de la peine à tante Martha. Croyez-moi, ma chère Anne, le presbytère est dans un état lamentable. Tout est couvert de poussière et sens dessus dessous. Dire que nous avions tout repeint et tapissé avant leur arrivée. »

« Vous dites qu'il y a quatre enfants ? » demanda Anne dont la fibre maternelle commençait à vibrer.

« Oui. Et ils se suivent comme les marches d'un escalier. Gerald est l'aîné. Il a douze ans et on le surnomme Jerry. C'est un gamin intelligent. Faith a onze ans. Un vrai garçon manqué, mais jolie comme un cœur, je dois dire. »

« Elle a l'air d'un ange, mais c'est une sainte terreur pour ce qui est de l'espièglerie, chère Mᵐᵉ Docteur, reprit Susan en s'animant. Je me trouvais au presbytère un soir de la semaine dernière, et Mᵐᵉ James Millison y était aussi. Elle avait apporté une douzaine d'œufs et un petit seau de lait, un *très* petit seau, chère Mᵐᵉ Docteur. Faith a pris le tout et s'est ruée à la cave. Arrivée presque au bas de l'escalier, elle s'est accroché l'orteil et a déboulé le reste des marches, avec les œufs et le lait. Vous pouvez imaginer le résultat, chère Mᵐᵉ Docteur. Pourtant, cette enfant est remontée en riant. "J'sais plus si je suis moi-même ou une tarte à la crème", qu'elle a dit. Et Mᵐᵉ James Millison était très vexée. Elle a dit qu'elle apporterait plus jamais rien au presbytère si cela devait être gaspillé et détruit de cette façon. »

« Maria Millison ne s'est jamais fendue en quatre pour apporter quoi que ce soit au presbytère, persifla Mˡˡᵉ Cornelia. Ce soir-là, c'est le prétexte qu'elle avait trouvé pour satisfaire sa curiosité. Mais la pauvre Faith se met toujours les pieds dans les plats. Elle est si étourdie et impulsive. »

« Tout comme moi. Votre Faith va me plaire », affirma résolument Anne.

« Elle a pas froid aux yeux, et c'est pas pour me déplaire, chère Mᵐᵉ Docteur », admit Susan.

« Elle a quelque chose d'attachant, concéda Mlle Cornelia. Chaque fois qu'on la regarde, elle est en train de rire et, d'une certaine façon, son rire est contagieux. Elle n'arrive même pas à garder son sérieux à l'église. Una a dix ans; c'est une mignonne fillette – pas jolie, mignonne. Et Thomas Carlyle a neuf ans. On l'appelle Carl, et il a la manie de ramasser crapauds, insectes et grenouilles et de les rapporter à la maison. »

« Je suppose que c'est à lui qu'on doit le rat mort posé sur un fauteuil du salon l'après-midi où Mme Grant s'est rendue au presbytère. Ça lui a donné un choc, ajouta Susan, et ça n'a rien d'étonnant, les salons de presbytère sont pas des endroits pour les rats morts. Évidemment, c'est peut-être le chat qui l'a laissé là. Un possédé du démon, celui-là, chère Mme Docteur. À mon avis, un chat de presbytère devrait au moins avoir l'*air* respectable, peu importe ce qu'il est en réalité. Mais j'ai jamais vu une bête aussi effrontée. Et il marche le long du faîtage du presbytère pratiquement chaque soir au coucher du soleil, chère Mme Docteur, en faisant onduler sa queue, et ce n'est pas bienséant. »

« Le pire de l'histoire, c'est qu'ils ne sont jamais vêtus décemment, soupira Mlle Cornelia. Et depuis qu'il n'y a plus de neige, ils vont à l'école pieds nus. Et vous savez, ma chère Anne, que ce n'est pas une conduite convenant à des enfants de pasteur, surtout quand la petite fille du pasteur méthodiste porte toujours de si jolies bottines boutonnées. Et j'aimerais vraiment qu'ils cessent de jouer dans le vieux cimetière méthodiste. »

« C'est très tentant, surtout qu'il se trouve juste à côté du presbytère, dit Anne. J'ai toujours considéré les cimetières comme de merveilleux endroits pour jouer. »

« Oh ! non, c'est pas vrai, ça, chère Mme Docteur, protesta la loyale Susan, déterminée à défendre Anne. Vous avez trop de bon sens et de décorum. »

« Pour commencer, pourquoi a-t-on construit ce presbytère à côté du cimetière ? s'indigna Anne. Le terrain est si petit qu'il ne reste plus d'autre endroit que le cimetière pour jouer.»

«C'était une erreur, admit Mlle Cornelia. Mais on a eu le terrain pour une bouchée de pain. Et aucun autre enfant du presbytère n'a jamais eu l'idée de jouer là. M. Meredith ne devrait pas le leur permettre. Mais il est toujours plongé dans un livre, quand il est chez lui. Quand il n'est pas en train de lire, il arpente son bureau, la tête ailleurs. Jusqu'à présent, il n'a pas oublié de se présenter à l'église le dimanche, mais à deux reprises, il a oublié l'assemblée de prières et un des marguilliers a été obligé de se rendre au presbytère pour lui rafraîchir la mémoire. Et il a oublié le mariage de Fanny Cooper. On l'a appelé au téléphone et il est arrivé en catastrophe, sans avoir eu le temps de se changer, en pantoufles et le reste. Cela n'aurait pas tant d'importance si les méthodistes ne s'en moquaient pas autant. Mais il y a un réconfort : ils ne peuvent critiquer ses sermons. Je vous assure qu'il se réveille quand il est en chaire. Et le pasteur méthodiste est absolument incapable de prêcher, d'après ce qu'on m'a dit. Je ne l'ai personnellement jamais entendu, grâce au ciel!»

Si le mépris que Mlle Cornelia ressentait à l'égard des hommes s'était quelque peu atténué depuis son mariage, celui qu'elle vouait aux méthodistes était demeuré tout aussi dénué de charité. Susan esquissa un sourire hypocrite.

«On dit aussi, Mme Marshall Elliott, que méthodistes et presbytériens parlent de s'unifier», dit-elle.

«Eh bien, tout ce que j'espère, c'est d'être enterrée, si cela devait se produire, rétorqua Mlle Cornelia. Jamais je ne m'acoquinerai avec des méthodistes, et M. Meredith va s'apercevoir qu'il ferait mieux de se tenir loin d'eux, lui aussi. Il est vraiment trop sociable avec eux, croyez-moi. Mon Dieu! Il s'est mis dans un joli pétrin quand il est allé au souper des noces d'argent de Jacob Drew.»

«Que s'est-il passé?»

«Mme Drew lui a demandé de découper l'oie rôtie, Jacob Drew n'ayant jamais pu ou voulu le faire. Il a donc saisi la volaille et, ce faisant, il l'a fait tomber de l'assiette sur les genoux de Mme Reese qui était sa voisine de table. Et tout ce qu'il a trouvé à faire, c'est de demander d'un air rêveur : "Mme Reese, auriez-vous la gentillesse de me rendre cette oie ?" Mme Reese l'a "rendue", douce comme un agneau, mais elle devait être en furie car elle portait sa robe de soie neuve. Le pire, c'est qu'elle est méthodiste. »

« Mais je crois que c'est mieux comme ça, interrompit Susan. Si elle avait été presbytérienne, elle aurait probablement quitté l'église et nous pouvons pas nous permettre de perdre nos membres. Et comme Mme Reese est pas très appréciée dans sa propre église, parce qu'elle se donne de grands airs, les méthodistes ont dû être contents que M. Meredith lui gâche sa robe. »

« L'important, c'est qu'il s'est rendu ridicule et que *je* n'aime pas voir mon pasteur se ridiculiser aux yeux des méthodistes, rétorqua sèchement Mlle Cornelia. S'il avait eu une épouse, cela ne se serait pas produit. »

« Même s'il avait eu une douzaine de femmes, j'vois pas comment elles auraient pu empêcher Mme Drew de servir son vieux jars coriace au banquet de mariage », insista Susan d'un air buté.

« On prétend que c'était la décision de son mari, dit Mlle Cornelia. Jacob Drew est un individu prétentieux, pingre et dominateur. »

« Et on prétend aussi que lui et sa femme se détestent, ce qui me paraît pas une conduite appropriée pour des gens mariés. Mais j'ai aucune expérience en cette matière, ajouta Susan en hochant la tête. Et moi, j'suis pas du genre à blâmer les hommes pour tout. Mme Drew est elle-même passablement avare. D'après ce qu'on raconte, elle a jamais rien donné d'autre qu'un pot de beurre fait à partir de crème dans laquelle un rat était tombé. Elle l'a offert pour une soirée paroissiale. Ce n'est qu'après qu'on a découvert l'histoire du rat. »

« Heureusement, toutes les personnes que les Meredith ont offensées jusqu'à présent sont méthodistes, reprit

Mlle Cornelia. Ce Jerry s'est rendu à leur assemblée de prières, un soir, il y a à peu près deux semaines, et il s'est assis à côté du vieux William Marsh qui s'est levé comme d'habitude et a poussé d'épouvantables grognements en guise de prière. "Est-ce que ça va mieux, à présent ?" a chuchoté Jerry quand William s'est rassis. Le pauvre petit voulait se montrer compatissant, mais M. Marsh l'a trouvé impertinent et est en colère contre lui. Évidemment, Jerry n'avait pas d'affaire à aller dans une assemblée de prières méthodiste. Mais les enfants Meredith vont où ça leur plaît. »

« J'espère qu'ils vont pas offenser Mme Alec Davis de l'entrée du port, dit Susan. C'est une femme très susceptible, d'après ce que j'ai compris, mais elle est à l'aise financièrement et verse une grosse contribution au salaire du pasteur. On m'a rapporté qu'elle prétend n'avoir jamais vu d'enfants plus mal élevés que les Meredith. »

« Chacune de vos paroles me convainc davantage que les Meredith sont de la race qui connaît Joseph », affirma Anne d'un air résolu.

« Tout compte fait, c'est la vérité, admit Mlle Cornelia. Et cela rétablit l'équilibre. En tout cas, comme on est pris avec eux, il faut se résigner et les défendre devant les méthodistes. Bon, je présume que je dois rentrer. Marshall doit être à la veille d'arriver à la maison – il est allé de l'autre côté du port, aujourd'hui – et, en vrai homme, il voudra son souper en rentrant. Je suis désolée de ne pas avoir vu les autres enfants. Et où est le docteur ? »

« À l'entrée du port. Nous ne sommes de retour que depuis trois jours, et durant ce laps de temps, il a passé trois heures dans notre lit et mangé deux repas sous son propre toit. »

« Ma foi, toutes les personnes qui ont été malades pendant les six dernières semaines ont attendu son retour, et je ne les blâme pas. Quand le médecin de l'autre côté du port a épousé la fille de l'entrepreneur des pompes funèbres de Lowbridge, les gens ont commencé à se méfier de lui. Il

faut que vous veniez bientôt à la maison avec le docteur
nous raconter votre voyage. J'imagine que vous avez passé
de merveilleux moments. »

« C'est vrai, acquiesça Anne. Cela a comblé des
années de rêves. Le vieux monde est tout à fait charmant
et fantastique. Mais nous sommes revenus très satisfaits de
notre propre pays. Le Canada est le meilleur pays du
monde, Mlle Cornelia. »

« Personne n'en a jamais douté », approuva
Mlle Cornelia d'un air suffisant.

« Et la vieille Île-du-Prince-Édouard est la plus jolie
province, et Four Winds, l'endroit le plus adorable de
l'île », ajouta Anne en riant, regardant avec adoration la
splendeur du soleil couchant sur le vallon, le port et le
golfe. Elle agita la main dans cette direction. « Je n'ai rien
vu d'aussi ravissant en Europe, Mlle Cornelia. Vous devez
partir ? Les enfants seront désolés d'avoir raté votre visite. »

« Il faut qu'ils viennent me voir bientôt. Dites-leur
que le pot de beignets est toujours plein. »

« Oh ! Au souper, ils parlaient d'aller chez vous. Vous
n'allez pas tarder à les voir apparaître ; mais ils doivent
maintenant se préparer pour le retour à l'école. Et les
jumelles vont prendre des leçons de musique. »

« Pas avec la femme du pasteur méthodiste, j'espère ? »
demanda Mlle Cornelia avec anxiété.

« Non, avec Rosemary West. Je suis allée arranger
tout ça avec elle hier soir. Quelle jolie fille ! »

« Rosemary garde la forme. Elle n'est plus aussi jeune
qu'elle l'était. »

« Je l'ai trouvée très charmante. Je n'avais jamais
vraiment fait connaissance avec elle, vous savez. Elle vit
dans un endroit si isolé, et je ne l'avais pratiquement vue
qu'à l'église. »

« Les gens aiment toujours Rosemary West, même s'ils
ne la comprennent pas, dit Mlle Cornelia, rendant inconsciemment hommage au charme de Rosemary. Ellen l'a
toujours rabaissée, si l'on peut dire. Elle l'a tyrannisée tout

en profitant d'elle à plusieurs points de vue. Rosemary a été fiancée, une fois, vous savez. Au jeune Martin Crawford. Son navire a fait naufrage aux îles de la Madeleine et tout l'équipage s'est noyé. Rosemary n'était alors qu'une enfant : elle avait dix-sept ans. Mais elle n'a jamais été la même après cela. Elle et Ellen n'ont pas beaucoup bougé de chez elles depuis le décès de leur mère. Elles ne vont pas souvent à leur propre église à Lowbridge et, d'après ce que je comprends, Ellen n'approuve pas l'idée de fréquenter assidûment l'église presbytérienne. À l'église méthodiste, elle ne va *jamais*, dois-je dire en sa faveur. La famille West a toujours été fortement épiscopalienne. Rosemary et Ellen sont à l'aise financièrement. Rosemary n'a pas vraiment besoin de donner des leçons de musique. Elle ne le fait que parce que cela lui plaît. Elles sont des parentes éloignées de Leslie, vous savez. Est-ce que les Ford viendront au port, cet été ? »

« Non. Ils s'en vont au Japon et seront probablement absents un an. Le nouveau roman d'Owen a le Japon pour cadre. Ce sera le premier été que cette chère vieille Maison de rêve sera vide depuis que nous l'avons quittée. »

« J'aurais cru qu'Owen Ford pourrait trouver suffisamment de sujets d'inspiration au Canada plutôt que de traîner sa femme et ses enfants innocents dans une contrée païenne comme le Japon, grommela Mlle Cornelia. *Le Livre de vie* est le meilleur qu'il ait jamais écrit et c'est ici-même à Four Winds qu'il en a trouvé la matière. »

« C'est le capitaine Jim qui la lui a presque toute fournie, vous savez. Et lui même l'avait recueillie un peu partout dans le monde. Mais les livres d'Owen sont merveilleux, à mon avis. »

« Oh ! Ils ne sont pas mauvais. Je me fais un point d'honneur de tous les lire, quoique j'aie toujours soutenu, ma chère Anne, que la lecture de romans soit un honteux gaspillage de temps. Je vais lui écrire ce que je pense de cette histoire de Japon, vous pouvez me croire. A-t-il l'intention de convertir Kenneth et Persis en païens ? »

C'est sur cette énigme insoluble que Mlle Cornelia prit congé. Susan alla coucher Rilla pendant que Anne, assise dans les marches de la véranda sous les premières étoiles du soir, s'abandonnait à ses incorrigibles rêves et goûtait pour la centième fois le bonheur de voir chatoyer la lune sur le port de Four Winds.

3

Les enfants d'Ingleside

Si, pendant la journée, les enfants d'Ingleside aimaient bien jouer dans l'herbe luxuriante et les ombres fluides de la grande érablière entre Ingleside et l'étang de Glen St. Mary, rien ne valait la petite vallée nichée derrière l'érablière pour leurs jeux vespéraux. Elle incarnait pour eux un royaume enchanté. Un jour, regardant par les fenêtres du grenier d'Ingleside, à travers la brume qui était restée après un après-midi d'orage, ils avaient aperçu ce lieu ravissant au-dessus duquel un splendide arc-en-ciel formait une voûte, un arc-en-ciel dont l'une des extrémités semblait trempée dans un coin de l'étang qui sillonnait la partie la plus basse de la vallée.

« Appelons-la vallée Arc-en-ciel », avait proposé Walter avec ravissement. Et le nom lui était resté.

À l'extérieur de la vallée Arc-en-ciel, le vent pouvait souffler avec violence ou exubérance. Ici, il folâtrait toujours. Des sentiers sinueux et magiques couraient çà et là entre les racines moussues des conifères. Des cerisiers sauvages qui, à l'époque de la floraison, devenaient d'un blanc vaporeux, étaient éparpillés dans la vallée, mêlés aux épinettes noires. L'endroit était traversé par un ruisselet à l'onde ambrée prenant sa source au village du Glen. Les habitations du village étaient suffisamment éloignées; cependant, en haut de la vallée, on apercevait un cottage en ruines, abandonné, communément appelé la « vieille maison Bailey ». Inhabité depuis plusieurs années, il était entouré d'un fossé herbeux et, à l'intérieur, dans l'ancien jardin, les enfants d'Ingleside pouvaient trouver violettes, marguerites et narcisses. Pour le reste, le jardin était envahi de cumin qui se balançait et écumait sous la lune des soirs d'été comme une mer d'argent.

Au sud s'étalait l'étang et, au-delà, le paysage se perdait dans les bois violets, sauf là où, sur une haute colline, une vieille ferme grise et solitaire dominait le vallon et le port. Bien qu'elle se trouvât à proximité du village, la vallée Arc-en-ciel avait un petit quelque chose de sauvagement sylvestre et solitaire qui la rendait chère aux enfants d'Ingleside.

Le vallée était parsemée d'adorables creux invitants dont le plus grand était le lieu de prédilection des enfants. C'est là qu'ils étaient rassemblés ce soir-là. Au cœur d'une futaie de jeunes épinettes, se trouvait une minuscule clairière tapissée d'herbe ouvrant sur la rive du ruisseau. Un bouleau argenté que Walter avait baptisé la « Dame blanche » s'y dressait, incroyablement droit. Cette clairière abritait également les « Arbres amoureux », comme Walter avait surnommé une épinette et un érable si près l'un de l'autre que leurs branches étaient inextricablement entrelacées. Jem avait suspendu à leurs branches une ficelle de grelots que lui avait donnés le forgeron du Glen, et chaque petite brise qui leur rendait visite provoquait des tintements mélodieux.

« Comme c'est bon d'être de retour! s'écria Nan. Tout compte fait, aucun des endroits d'Avonlea n'est aussi beau que la vallée Arc-en-ciel. »

N'empêche qu'ils aimaient beaucoup Avonlea. Une visite aux Pignons verts était toujours considérée comme une faveur spéciale. Tante Marilla était si gentille et généreuse, tout comme Mme Rachel Lynde, qui consacrait les loisirs de sa vieillesse à tricoter des courtepointes en fil de coton en prévision du jour où les filles d'Anne auraient besoin d'un trousseau. Ils y avaient aussi de sympathiques compagnons de jeux : les enfants d'« oncle » Davy et ceux

de «tante» Diana. Ils connaissaient tous les coins que leur
mère avait vénérés dans son enfance aux Pignons verts : le
Sentier des amoureux, avec sa haie rose d'églantiers, la
cour toujours impeccable, avec ses saules et ses peupliers, la
Source de la fée, aussi limpide et jolie qu'autrefois, le Lac
aux miroirs et Willowmere. Les jumelles dormaient dans
l'ancienne chambre au pignon de leur mère, et tante
Marilla avait l'habitude d'y entrer le soir, quand elle les
croyait endormies, pour les couver du regard. Mais tout le
monde savait que Jem était son favori.

Ce dernier était à présent très occupé à faire frire les
petites truites qu'il venait de pêcher dans l'étang. Un
cercle de pierres rouges au centre duquel un feu était
allumé lui servait de poêle, et ses ustensiles culinaires
consistaient en une vieille boîte de conserve aplatie au
marteau et une fourchette à une dent. C'était néanmoins
comme ça que de mémorables repas avaient été préparés
bien avant aujourd'hui.

Jem était l'enfant de la maison de rêve. Tous les autres
étaient nés à Ingleside. Il avait, comme sa mère, une
chevelure rousse et ondulée, et les yeux noisette au regard
franc de son père; il avait le nez fin de sa mère et, de son
père, la bouche ferme au pli ironique. Et il était le seul de
la famille à avoir des oreilles suffisamment bien dessinées
pour contenter Susan qui, malgré ses récriminations,
persistait à l'appeler Petit Jem. C'était outrageant, s'offus-
quait Jem, maintenant âgé de treize ans. Anne se montrait
plus sensée.

«J'suis plus petit, maman, s'était-il écrié avec indignation le jour de ses huit ans. J'suis terriblement grand! »

Anne avait soupiré, ri, soupiré de nouveau; et plus
jamais elle ne l'avait appelé Petit Jem, du moins pas
devant lui.

Il était et avait toujours été un gamin résolu et fiable,
fidèle à sa parole et d'un naturel peu loquace. Si ses professeurs ne le considéraient pas exceptionnellement brillant,
il réussissait néanmoins dans toutes les matières. Il ne

croyait jamais rien sans l'avoir lui-même vérifié. Une fois, Susan lui avait dit que s'il mettait la langue sur un loquet gelé, toute la peau s'arracherait. Jem s'était hâté de tenter l'expérience «juste pour voir si c'était vrai». Il avait découvert, au prix d'une langue douloureuse pendant plusieurs jours, que ce l'était. Jem acceptait pourtant de souffrir dans l'intérêt de la science. À force d'expérimentation et d'observations constantes, il apprit un grand nombre de choses et ses frères et sœurs considéraient tout à fait formidable sa connaissance approfondie de leur petit univers. Jem savait où poussaient les baies les plus précoces et les plus mûres, où les premières et pâlottes violettes s'éveillaient timidement de leur sommeil hivernal, et combien d'œufs bleutés on pouvait trouver dans le nid d'un certain rouge-gorge dans l'érablière. Il pouvait prédire l'avenir en effeuillant une marguerite, aspirer le suc du trèfle rouge, et extirper toutes sortes de racines comestibles sur les rives de l'étang pendant que Susan vivait dans la terreur quotidienne de retrouver tous les enfants empoisonnés. Il savait où trouver la plus succulente résine d'épinette, dans les nœuds d'ambre pâle de l'écorce couverte de lichen, il savait où on pouvait trouver les meilleures noix dans les bosquets de bouleaux autour de l'entrée du port et où pêcher la truite le long du ruisseau. Il pouvait imiter le cri de n'importe quel oiseau ou animal sauvage à Four Winds et connaissait le repaire de chacune des fleurs des champs, du printemps à l'automne.

Walter Blythe était assis sous la Dame blanche, un recueil de poèmes à ses côtés. Pour le moment, il ne lisait pas mais contemplait de ses beaux yeux émerveillés tantôt les saules près du ruisseau, auréolés d'une brume émeraude, et tantôt un troupeau de nuages floconneux, évoquant de petits moutons argentés rassemblés par le vent qui soufflait sur la vallée Arc-en-ciel. Les yeux de Walter étaient vraiment extraordinaires. Dans ses profondeurs anthracite, on pouvait lire toute la joie, la peine, le rire, la loyauté et les aspirations d'innombrables générations reposant sous terre.

Walter avait sauté une génération pour ce qui était de l'aspect extérieur. Il ne ressemblait à personne de sa parenté connue. Il était vraiment le plus bel enfant d'Ingleside, avec ses cheveux noirs et raides et ses traits finement ciselés. Mais il avait de sa mère toute la vive imagination et son amour passionné de la beauté. Le givre hivernal, l'invitation du printemps, les rêves de l'été et la splendeur automnale, tout cela avait un sens pour Walter.

À l'école, où Jem était un chef de file, on ne pensait pas grand bien de Walter. On le considérait comme une « mauviette » parce qu'il ne se battait jamais et ne participait que rarement aux sports, préférant s'isoler pour lire des livres, particulièrement des recueils de poésie. Walter adorait les poètes et se plongeait dans leurs écrits depuis qu'il avait appris à lire. Leur musique immortelle était imprimée dans son âme. Walter chérissait l'ambition de devenir lui-même poète un jour. La chose était du domaine du possible. Un certain « oncle Paul » – appelé ainsi par pure courtoisie – qui vivait à présent dans ce royaume mystérieux appelé les « États », était son modèle. Oncle Paul avait jadis été un écolier d'Avonlea et sa poésie était maintenant connue partout. Mais les élèves du Glen ne savaient rien des rêves de Walter et même s'ils les avaient connus, ils n'auraient pas été très impressionnés. Malgré ses carences en termes de prouesses physiques, il commandait cependant un certain respect involontaire à cause de son pouvoir de « parler comme un livre ». Personne, à l'école de Glen St. Mary, ne pouvait s'exprimer comme lui. « On croirait entendre un pasteur », avait dit un garçon ; et pour cette raison, on lui laissait généralement la paix et on ne le persécutait pas comme c'était souvent le cas à l'égard des garçons qu'on soupçonnait de ne pas aimer les coups de poing ou, pire encore, de les craindre.

Âgées de dix ans, les jumelles d'Ingleside rompaient avec la tradition en ne se ressemblant pas du tout. Anne, qu'on appelait toujours Nan, était ravissante avec ses yeux de velours couleur noisette et sa soyeuse chevelure marron.

C'était une demoiselle primesautière et coquette – Blythe de nom et *blithe*[2] de caractère – comme l'avait remarqué un de ses professeurs. Elle avait, à la grande satisfaction de sa mère, un teint irréprochable.

« Je suis si contente qu'une de mes filles puisse porter du rose », avait-elle coutume de dire.

Diana Blythe, mieux connue sous le nom de Di, ressemblait beaucoup à sa mère avec sa chevelure rousse et ses yeux gris vert qui, dans le noir, scintillaient toujours d'un éclat particulier. Cela expliquait peut-être qu'elle fût la préférée de son père. Elle et Walter avaient beaucoup d'affinités ; ce n'était qu'à elle qu'il lui arrivait de lire certains de ses vers ; elle était la seule à savoir qu'il travaillait secrètement à un poème épique ressemblant de façon frappante, à certains points de vue, au célèbre « Marmion » de sir Walter Scott. Elle ne répétait ses secrets à personne, même pas à Nan, et confiait tous les siens à Walter.

« Est-ce que ces poissons seront bientôt prêts ? s'impatienta Nan en humant l'air de son joli nez. L'odeur me met l'eau à la bouche. »

« Ils sont presque prêts, répondit Jem en les retournant d'un geste adroit. Apportez le pain et les assiettes, les filles. Walter, réveille-toi. »

« Comme l'air brille ce soir », fit remarquer Walter d'un air rêveur. Non pas parce qu'il méprisait la truite grillée mais parce que, pour lui, la nourriture de l'âme prenait toujours la première place. « L'ange-fleur a marché sur la terre aujourd'hui, pour appeler les fleurs. Je vois ses ailes bleues sur la colline près de la forêt. »

« Toutes les ailes d'anges que je connais sont blanches », dit Nan.

« Celles de l'ange-fleur ne le sont pas. Elles sont d'un bleu pâle et brumeux, comme la vapeur dans la vallée. Oh ! Comme j'aimerais voler ! Ce doit être splendide. »

---

2. Blithe signifie joyeux en anglais. (N.D.L.T.)

«On peut voler en rêve, quelques fois», dit Di.

«Je ne rêve jamais que je vole tout à fait, reprit Walter. Mais je rêve souvent que je m'élève de la terre et plane au-dessus des clôtures et des arbres. C'est merveilleux, et je pense toujours : "Ce n'est pas un rêve comme d'habitude. Cette fois-ci, c'est réel." Puis, je m'éveille et j'ai le cœur brisé. »

«Dépêche-toi, Nan», ordonna Jem.

Nan venait d'apporter la planche du banquet — une véritable planche — sur laquelle avaient été savourés d'innombrables mets de choix, assaisonnés comme nulle part ailleurs que dans la vallée Arc-en-ciel. Pour transformer cette planche en table, il suffisait de la poser sur deux grosses pierres moussues. De vieux journaux faisaient office de nappe tandis que la vaisselle était constituée d'assiettes brisées et de tasses sans anse que Susan avait mises au rebut. Nan prit le pain et le sel dans une boîte de conserve cachée au pied d'une épinette. Le ruisseau fournit une «bière» du jardin d'Eclen pure comme du cristal. Quant au reste, une «sauce» spéciale, composée d'air pur et de jeunes appétits, conférait à tous les plats une saveur divine. S'asseoir dans la vallée Arc-en-ciel baignant dans une pénombre entre le doré et l'améthyste, regorgeant d'effluves de résine et de plantes printanières, entouré des pâles étoiles des fraisiers en fleurs, bercé par le soupir du vent et le tintement des clochettes dans la cime des arbres, en mangeant des truites grillées et du pain sec, voilà un bonheur que même les puissants du monde auraient pu envier aux enfants d'Anne Blythe.

«Asseyez-vous, invita Nan tandis que Jem posait sur la table son plat de truites grésillantes. C'est ton tour de réciter le bénédicité, Jem. »

«J'ai fait frire les truites, c'est suffisant, protesta Jem qui avait horreur de dire le bénédicité. Que Walter fasse la prière ; il aime ça. Et ne t'éternise pas, Walt. Je meurs de faim. »

Mais Walter n'eut pas l'occasion de dire la prière, longue ou brève. Ils furent interrompus.

« Quelqu'un descend la colline du presbytère », s'écria Di.

4
Les enfants du presbytère

Tante Martha pouvait être, et était, une très médiocre maîtresse de maison ; le révérend John Knox Meredith pouvait être, et était, un homme aussi distrait qu'accommodant. Mais il était indéniable qu'en dépit de son aspect délabré, le presbytère de Glen St. Mary avait quelque chose de tout à fait charmant et chaleureux. Même les ménagères exigeantes du Glen s'en rendaient compte et jugeaient inconsciemment l'endroit avec moins de sévérité. Son attrait était peut-être dû en partie à des facteurs accidentels : le lierre luxuriant qui s'agrippait aux murs de bardeaux gris, les acacias et le beaume de la Mecque qui fraternisaient en toute liberté dans le jardin, et la vue superbe, depuis les fenêtres, du port et des dunes. Ces choses avaient pourtant existé pendant le règne du prédécesseur de M. Meredith, et le presbytère était alors la résidence la plus impeccable, mais aussi la plus arrogante et la plus morne du Glen. C'était donc incontestablement la personnalité des nouveaux occupants qui lui donnait la plus grande partie de son charme. L'endroit baignait dans une atmosphère de rire et de camaraderie ; les portes étaient toujours ouvertes ; les mondes intérieur et extérieur se tendaient la main. L'amour était l'unique règle au presbytère de Glen St. Mary.

Les paroissiens prétendaient que M. Meredith gâtait ses enfants. C'était probablement vrai. C'était également vrai qu'il était incapable de les gronder. «Ils n'ont pas de

mère », avait-il coutume de soupirer devant quelque
peccadille inhabituellement spectaculaire. Mais, appartenant à la secte des rêveurs, il n'était pas au courant de la
moitié des activités de ses enfants. Même si les fenêtres de
son bureau donnaient sur le cimetière, lorsqu'il arpentait
la pièce, plongé dans de profondes réflexions sur l'immortalité de l'âme, il ne se doutait aucunement que Jerry et
Carl jouaient à saute-mouton en s'esclaffant bruyamment
au-dessus des pierres tombales de la résidence des méthodistes décédés. Cela lui sautait bien parfois aux yeux qu'on
n'accordait pas au bien-être moral et physique de ses
enfants la même attention que du vivant de sa femme, et
son subconscient enregistrait vaguement que les repas et
l'entretien de la maison étaient, sous le règne de tante
Martha, très différents de ce qu'ils avaient été sous celui de
Cecilia. Pour le reste, il vivait dans un monde de livres et
d'abstractions ; c'est pourquoi, malgré ses vêtements rarement brossés, il n'était pas un homme malheureux même
s'il ne mangeait pas à sa faim, conclusion à laquelle les
maîtresses de maison du Glen en étaient arrivées en
constatant la pâleur ivoirine de son visage aux traits bien
dessinés et la maigreur de ses mains.

Si jamais un cimetière pouvait être désigné comme
un lieu réjouissant, c'était bien le cas du vieux cimetière
méthodiste de Glen St. Mary. Si le nouveau, situé de
l'autre côté de l'église méthodiste, était un endroit
impeccablement tenu et lugubre à souhait, l'ancien avait
été depuis si longtemps abandonné aux bons soins de
Dame Nature qu'il était devenu très agréable.

Il était entouré de trois côtés par un muret de pierres
et de gazon surmonté d'une chambranlante palissade grise
et bordé d'une rangée de grands sapins aux branches
touffues et odorantes. Construit par les premiers habitants
du Glen, ce muret avait acquis avec le temps une réelle
beauté grâce aux mousses et aux plantes qui poussaient
dans ses crevasses, aux violettes qui teintaient sa base au
début du printemps et aux asters et aux gerbes d'or qui

ornaient ses recoins d'une splendeur automnale. De petites fougères se serraient les unes contre les autres entre ses pierres et çà et là se dressaient de grandes fougères arborescentes.

Il n'y avait, du côté est, ni clôture ni muret. Là, le cimetière se dispersait dans une jeune sapinière qui empiétait de plus en plus sur les tombes pour se perdre, à l'est, dans une épaisse forêt. Les harpes de la mer résonnaient dans l'air, mêlant leur mélodie à celle des vieux arbres gris, et les matins de printemps, des chœurs d'oiseaux célébraient la vie dans les ormes qui flanquaient les deux églises. Les enfants Meredith raffolaient du vieux cimetière.

Les tombes effondrées étaient envahies de lierre bermudienne, d'épinettes de jardin et de menthe. Des buissons de bleuets abondaient dans le coin sablonneux jouxtant la sapinière. On trouvait là les différents modèles de trois générations de pierres tombales, depuis la pierre oblongue et plate en grès rouge des premiers colons, en passant par l'époque des saules pleureurs et des mains jointes, jusqu'aux plus récents monstrueux monuments et urnes drapées. L'une de ces horreurs, la plus imposante et la plus laide du cimetière, était consacrée à la mémoire d'un certain Alec Davies qui, bien que né méthodiste, avait pris femme dans le clan presbytérien des Douglas. Converti par elle, il avait porté toute sa vie la bannière presbytérienne. À son décès, elle n'avait cependant pas osé le condamner à une éternité solitaire dans le cimetière presbytérien de l'autre côté du port. Les siens étant tous ensevelis dans le cimetière méthodiste, il était rentré au bercail à sa mort et sa veuve s'était consolée en lui érigeant un monument au-delà des moyens de n'importe quel méthodiste. Sans même savoir pourquoi, les enfants Meredith l'avaient en horreur mais ils adoraient les vieilles pierres plates semblables à des bancs entourés de hautes herbes. C'est vrai qu'elles faisaient des sièges confortables. Ils étaient en ce moment tous assis sur l'une d'elles. Fatigué

du saute-mouton, Jerry jouait un air sur sa guimbarde. Carl
était absorbé par la contemplation d'une bestiole étrange
qu'il venait de découvrir et pour laquelle il éprouvait déjà
une grande tendresse ; Una essayait de coudre une robe
pour sa poupée et Faith, appuyée sur ses petits poings
basanés, battait la mesure de ses pieds nus.

Jerry avait de son père la chevelure et les grands yeux
sombres, mais les siens étaient davantage brillants que
rêveurs. Faith, sa sœur puînée, portait sa beauté comme
une rose, insouciante et resplendissante. Elle avait les yeux
mordorés, des boucles caramel et les joues vermeilles. Elle
riait trop pour plaire aux paroissiens de son père et avait
offensé la vieille Mme Taylor, veuve inconsolable de
plusieurs maris, en déclarant espièglement – et, qui plus
est, sur le parvis de l'église – « Le monde n'est pas une
vallée de larmes, Mme Taylor, mais de rires. »

La petite Una, rêveuse, montrait peu de dispositions
pour le rire. Ses tresses noires étaient irréprochables et ses
yeux bleu foncé taillés en amande avaient une expression
mélancolique. Sa bouche découvrait de petites dents
nacrées et son visage s'éclairait à l'occasion d'un sourire
timide et méditatif. Elle était, de l'avis général, beaucoup
plus sensible que Faith et elle avait parfois l'intuition
gênante que quelque chose allait de travers dans leur façon
de vivre. Elle désirait redresser la situation mais ne savait
pas comment. Elle épousseetait les meubles de temps en
temps, lorsqu'elle parvenait à mettre la main sur le
plumeau qui n'était jamais rangé à la même place. Et, le
samedi, quand elle trouvait la brosse à habits, elle net-
toyait le meilleur complet de son père et y avait une fois
cousu un bouton manquant avec du gros fil blanc. Le
lendemain, à l'église, toutes les femmes virent ce bouton
et la sérénité des Dames Patronnesses en fut perturbée
pendant plusieurs semaines.

Carl avait les yeux clairs, vifs et bleu foncé, le regard
intrépide et direct de sa défunte mère et ses cheveux
châtains aux reflets d'or. Il connaissait les secrets des

insectes et entretenait une sorte de «franc-maçonnerie» avec les abeilles et les coccinelles. Una répugnait à s'asseoir près de lui parce qu'elle ne savait jamais quelle inquiétante créature il pouvait avoir dissimulée sur lui. Jerry refusait de dormir avec lui parce qu'une fois Carl avait apporté une couleuvre dans le lit; Carl dormait donc avec ses étranges compagnons dans sa vieille couchette, si courte qu'il ne pouvait pas s'allonger. Et comme tante Martha faisait le lit, c'était peut-être aussi bien qu'elle fût pratiquement aveugle. Ils formaient cependant une équipe joyeuse et aimable et le cœur de Cecilia Meredith avait dû lui faire mal quand elle avait su qu'elle devait les laisser.

«Où aimeriez-vous être enterrés si vous étiez méthodistes?» demanda Faith avec bonne humeur.

La question donna cours à d'intéressantes spéculations.

«Il n'y a pas un grand choix. Ce cimetière-ci est déjà plein, répondit Jerry. J'aimerais le coin près de la route, j'imagine. Je pourrais entendre les attelages rouler et les gens parler.»

«Moi, j'aimerais ce petit creux sous le bouleau, dit Una. Il est toujours plein d'oiseaux qui s'égosillent le matin.»

«Je prendrais le lot des Porter où sont ensevelis tellement d'enfants. J'aime avoir de la compagnie, dit Faith. Et toi, Carl?»

«J'aimerais mieux ne pas être enterré du tout, mais si je dois l'être, je choisirais la fourmilière. Les fourmis sont rudement intéressantes.»

«Les personnes qui sont enterrées devaient être vraiment bonnes, remarqua Una qui venait de lire des épitaphes élogieuses. On dirait qu'il n'y a personne de méchant dans tout le cimetière. Les méthodistes sont peut-être meilleurs que les presbytériens.»

«Peut-être que les méthodistes enterrent les méchants comme des chats, suggéra Carl. Peut-être qu'ils ne les amènent pas au cimetière.»

«Impossible, protesta Faith. Les gens enterrés ici
n'étaient pas meilleurs que les autres, Una. Mais quand
une personne meurt, on ne doit dire que du bien d'elle,
sinon elle revient nous hanter. C'est tante Martha qui me
l'a dit. Quand j'ai demandé à papa si c'était vrai, il m'a
regardée fixement en marmonnant : "Vrai? Vrai? Qu'est-
ce que la vérité? Qu'est-ce que la vérité, ô Pilate plai-
santin?" J'en ai conclu que ça devait être vrai. »

«Pensez-vous que M. Alec Davis reviendra me hanter
si je lance un caillou sur l'urne au-dessus de son monument?» demanda Jerry.

«En tout cas, Mme Davis le ferait, gloussa Faith. À
l'église, elle nous surveille comme un chat guette des
souris. Dimanche dernier, j'ai fait une grimace à son neveu
et il m'en a fait une en retour. Vous auriez dû la voir nous
regarder. Je parie qu'elle lui a passé tout un savon quand ils
sont sortis. Si Mme Marshall Elliott ne m'avait pas avertie
de ne jamais offenser Mme Davis sous aucune considération,
je lui aurais fait un pied-de-nez à elle aussi! »

«On prétend que Jem Blythe lui a tiré la langue une
fois et qu'elle n'a jamais fait appel à son père depuis, même
quand son mari était à l'article de la mort, raconta Jerry. Je
me demande comment ils sont, ces Blythe. »

«Ils ont l'air pas mal », dit Faith. Les enfants du presbytère se trouvaient à la gare cet après-midi-là, quand les
jeunes Blythe étaient arrivés. «Surtout Jem. »

«On raconte à l'école que Walter est une femmelette », poursuivit Jerry.

«Je ne le crois pas », protesta Una, qui avait trouvé
Walter très séduisant.

«Il écrit des poèmes, en tout cas. L'an dernier, il a
gagné le prix de poésie offert par le professeur, d'après ce
que m'a raconté Bertie Shakespeare Drew. La mère de
Bertie trouvait que son fils aurait dû le gagner à cause de
son nom, mais Bertie dit que Shakespeare ou pas, il serait
incapable d'écrire des vers, même si c'était une question
de vie ou de mort. »

« Je présume qu'on va faire leur connaissance dès la rentrée des classes, dit Faith, songeuse. J'espère que les filles sont bien. La plupart des filles des environs ne me plaisent pas. Même les gentilles sont mesquines. Mais les jumelles Blythe ont l'air d'avoir bon caractère. Je croyais que les jumeaux étaient toujours identiques, mais celles-ci ne se ressemblent pas. À mon avis, c'est la rousse la plus sympathique. »

« Je trouve que leur mère a l'air gentille », dit Una en poussant un léger soupir. Una enviait toujours les enfants qui avaient une mère. Elle n'avait que six ans quand la sienne était morte, mais elle en avait quelques souvenirs précieux, conservés dans son cœur comme des joyaux : caresses du soir et petites rigolades matinales, regard aimant, voix tendre, et le plus joli, le plus joyeux des rires.

« On dit qu'elle est différente des autres gens », commenta Jerry.

« Selon Mme Elliott, c'est parce qu'elle n'a jamais grandi », expliqua Faith.

« Elle est plus grande que Mme Elliott, pourtant. »

« Oui, oui, mais c'est à l'intérieur ; Mme Elliott prétend que Mme Blythe est restée une petite fille à l'intérieur. »

« Qu'est-ce que ça sent ? » interrompit Carl en humant l'air.

Tous sentaient la même chose, à présent. Une odeur des plus délectables, provenant du vallon boisé en bas de la colline du presbytère, flottait dans l'air du soir.

« Ça me donne faim », déclara Jerry.

« On n'a eu que du pain et de la mélasse pour souper et du fricot froid pour dîner », se plaignit Una.

Tante Martha avait l'habitude de faire bouillir un énorme morceau de mouton au début de la semaine et d'en servir tous les jours, froid et graisseux, tant qu'il durait. Dans un moment d'inspiration, Faith avait baptisé ce plat « fricot » et c'est sous ce nom que, depuis, on le désignait au presbytère.

«Allons voir d'où provient cette odeur», proposa Jerry.

Ils se levèrent d'un bond, gambadèrent sur la pelouse avec l'abandon de jeunes chiots et dévalèrent la pente moussue, guidés par l'effluve délicieux qui se précisait de plus en plus. Quelques minutes plus tard, ils aboutirent, hors d'haleine, dans ce lieu sacré qu'est la vallée Arc-en-ciel où les Blythe s'apprêtaient à réciter le bénédicité et à manger.

Ils s'arrêtèrent, intimidés. Una regrettait leur précipitation. Mais Di Blythe se montrait toujours tout aussi impulsive. Elle s'avança vers eux, souriante.

«Je pense savoir qui vous êtes, dit-elle. Vous habitez au presbytère, n'est-ce pas?»

Faith hocha la tête, le visage creusé de fossettes.

«C'est l'odeur de vos truites qui nous a attirés. Nous nous demandions ce que c'était.»

«Vous n'avez qu'à vous asseoir et partager notre repas», suggéra Di.

«Vous en avez peut être juste assez pour vous», dit Jerry, lorgnant l'assiette de fer blanc d'un air affamé.

«Nous en avons plein, trois chacun, assura Jem. Asseyez-vous.»

On n'eut pas besoin de faire plus de cérémonie. Tous prirent place sur les pierres moussues. Le festin s'éternisa dans la gaîté. Nan et Di auraient probablement été foudroyées d'horreur si elles avaient su – ce que Faith et Una savaient parfaitement – que Carl avait deux jeunes souris dans la poche de sa veste. Mais comme elles l'ignorèrent, cela ne leur fit aucun mal. Où les gens peuvent-ils le mieux lier connaissance qu'autour d'une table? Lorsque la dernière truite ne fut plus qu'un souvenir, les enfants du presbytère et ceux d'Ingleside étaient devenus des amis et alliés jurés. Depuis toujours et pour toujours. Ceux de la race de Joseph se reconnaissaient entre eux.

Ils se racontèrent leurs jeunes passés. Les enfants du presbytère apprirent l'histoire d'Avonlea et des Pignons

verts, des traditions de la vallée Arc-en-ciel et de la petite
maison près de la grève du port où Jem avait vu le jour. Les
enfants d'Ingleside entendirent l'histoire de Maywater où
les Meredith avaient vécu avant de venir s'installer au
Glen, de la bien-aimée poupée borgne d'Una et du coq de
Faith.

Faith avait tendance à s'offusquer quand les gens se
moquaient d'elle parce qu'elle avait un coq comme animal
familier. Les Blythe lui plurent en acceptant le fait sans
poser de question.

« À mon avis, un coq splendide comme Adam est
aussi agréable à cajoler qu'un chat ou un chien, dit-elle.
S'il s'agissait d'un canari, personne ne s'en étonnerait. Et
je l'ai eu quand il n'était encore qu'un minuscule poussin
jaune. C'est Mme Johnson de Maywater qui me l'a donné.
Une belette avait tué ses frères et sœurs. Je lui ai donné le
prénom du mari de Mme Johnson. Je n'ai jamais aimé les
poupées ni les chats. Les chats sont trop sournois et les
poupées sont mortes. »

« Qui habite dans cette maison, là bas ? » demanda
Jerry.

« Les demoiselles West, Rosemary et Ellen, répondit
Nan. Mlle Rosemary va nous donner des cours de musique
cet été, à Di et moi. »

Una fixa les heureuses jumelles avec des yeux dont
l'expression était trop gentille pour être qualifiée d'envieuse.
Oh ! Si seulement elle pouvait suivre des cours de
musique ! C'était là un des rêves de sa vie secrète. Mais
personne n'y avait jamais songé.

« Mlle Rosemary est si charmante et elle s'habille
toujours si joliment, affirma Di. Elle a les cheveux de la
couleur de la tire à la mélasse, ajouta-t-elle rêveusement,
car Di, tout comme sa mère avant elle, ne s'était pas
réconciliée avec ses propres tresses rousses.

« J'aime bien Mlle Ellen aussi, reprit Nan. Elle
m'offrait toujours des bonbons quand elle venait à l'église.
Mais elle fait peur à Di. »

«Elle a les sourcils tellement noirs et une voix si grave, expliqua Di. Oh! Comme Kenneth Ford avait peur d'elle quand il était petit! Maman raconte que le premier dimanche où Mme Ford l'a amené à l'église, Mlle Ellen s'y trouvait aussi, assise dans le banc juste derrière. Et dès que Kenneth l'a aperçue, il s'est mis à hurler sans s'arrêter jusqu'à ce que Mme Ford soit obligée de sortir avec lui.»

«Qui est Mme Ford?» s'enquit Una.

«Oh! Les Ford n'habitent pas ici. Ils ne viennent qu'en été. Et ils ne viendront pas cet été. Ils vivent dans la petite maison loin, loin sur la grève où papa et maman ont habité. Si vous pouviez voir Persis Ford! Elle est belle comme un ange.»

«Bertie Shakespeare Drew m'a parlé de Mme Ford, interrompit Faith. Il paraît qu'elle a été mariée pendant quatorze ans à un homme mort qui est ressuscité.»

«Quelle sottise! s'écria Nan. Ce n'est pas ça du tout. Bertie Shakespeare est incapable de rapporter les faits tels qu'ils sont. Je connais toute l'histoire et je vous la raconterai un jour, mais pas aujourd'hui parce que c'est trop long et qu'il est temps de rentrer. Maman n'aime pas que nous restions dehors tard le soir quand c'est humide.»

Personne ne se préoccupait de savoir si les enfants du presbytère étaient dehors, que la soirée fût humide ou non. Tante Martha était déjà couchée et le pasteur était encore trop profondément perdu dans des spéculations sur l'immortalité de l'âme pour songer à la mortalité du corps. Mais ils rentrèrent aussi, se réjouissant à l'avance des bons moments à venir.

«Je crois que la vallée Arc-en-ciel est encore plus sympathique que le cimetière, commenta Una. Et j'adore ces Blythe. Et c'est si bien de pouvoir aimer les gens, parce que c'est si souvent difficile. Dimanche dernier, papa a dit dans son sermon qu'il faut aimer tout le monde. Mais comment faire? Comment peut-on aimer Mme Alec Davis?»

«Oh! Papa n'a dit ça que parce qu'il était en chaire, rétorqua Faith avec désinvolture. Il a trop de bon sens pour le penser réellement.»

Les enfants Blythe retournèrent à Ingleside, à l'exception de Jem qui s'absenta quelques instants pour une expédition solitaire dans un recoin éloigné de la vallée. Des fleurs de mai y poussaient et jamais il n'oubliait d'en rapporter un bouquet à sa mère tant qu'elles duraient.

5

Mary Vance entre en scène

« C'est en plein le genre de journée où l'on s'attend à ce qu'il se passe quelque chose », déclara Faith, répondant à l'appel de l'air cristallin et des collines bleutées. D'excellente humeur, elle se mit à danser toute seule une matelote sur la vieille pierre tombale d'Hezekiah Pollock, au grand scandale de deux vieilles filles qui s'adonnaient à passer par là au moment où Faith sautillait sur un pied autour de la tombe en agitant les bras et l'autre pied dans les airs.

« Et ça, grommela l'une, c'est la fille de notre pasteur. »

« Peut-on espérer autre chose de la famille d'un veuf ? » ronchonna l'autre. Et toutes deux branlèrent du chef.

C'était tôt le samedi matin et les Meredith étaient dehors dans la rosée, merveilleusement conscients que c'était un jour de congé. Ils n'avaient jamais eu de travail à faire les jours de congé. Même Nan et Di assumaient certaines tâches ménagères le samedi matin, mais les filles du presbytère étaient libres de vagabonder de l'aurore au couchant si cela leur chantait. Si la situation faisait l'affaire de Faith, Una se sentait secrètement humiliée de n'avoir jamais rien appris à faire. Les autres filles de sa classe savaient cuisiner, coudre et tricoter alors qu'elle n'était qu'une petite ignorante.

Jerry proposa d'aller en exploration ; ils partirent donc en flânant dans la sapinière, cueillant Carl en chemin ; ce dernier, agenouillé dans l'herbe humide, était en train d'étudier ses chères fourmis. Après avoir traversé la sapinière, ils aboutirent dans le pré de M. Taylor, parsemé des spectres blancs des pissenlits; dans un coin retiré se dressait une vieille grange en ruines dans laquelle M. Taylor entreposait à l'occasion son surplus de foin, mais qui ne servait jamais à rien d'autre. Les enfants Meredith s'y rassemblèrent et s'y promenèrent quelques minutes.

« Qu'est-ce que c'est ? » chuchota soudain Una.

Ils tendirent l'oreille. On percevait un léger mais distinct bruissement dans le grenier à foin. Les Meredith se regardèrent.

« Je vais aller voir de quoi il s'agit », dit résolument Jerry.

« Oh non, n'y va pas », supplia Una, agrippant son bras.

« J'y vais. »

« On y va tous, alors », décida Faith.

Ils gravirent l'échelle branlante; Jerry et Faith avançaient d'une allure intrépide tandis qu'Una était pâle de frayeur et que Carl, plutôt distrait, spéculait sur la possibilité de découvrir une chauve-souris dans le grenier. Il y avait longtemps qu'il souhaitait en voir une à la lumière du jour.

Arrivés en haut, ils virent ce qui avait causé le petit bruit et cette vision les laissa muets quelques instants.

Une fille était blottie dans un petit nid dans le foin, paraissant venir tout juste d'émerger du sommeil. Elle se leva en les apercevant, plutôt tremblante, semblait-il, et dans le rayon de soleil qui traversait la fenêtre voilée de toiles d'araignée derrière elle, ils constatèrent que son mince visage basané était blafard sous son hâle. Son épaisse chevelure blond filasse était divisée en deux tresses ternes et ses yeux étranges – des yeux blancs, pensèrent les enfants du presbytère – lancèrent un regard à la fois provocateur et pitoyable. Ses yeux étaient en réalité d'un bleu si pâle qu'il paraissait presque blanc, surtout en contraste avec l'anneau noir et étroit qui encerclait ses iris. Tête et pieds nus, elle était attifée d'un haillon qui lui servait de robe, en tissu écossais délavé, beaucoup trop court et trop serré pour elle. Quant à son âge, son visage fripé le rendait difficile à déterminer, mais d'après sa taille, on pouvait lui donner environ douze ans.

« Qui es-tu ? » demanda Jerry.

La fillette regarda autour d'elle, comme si elle cherchait par où s'échapper. Puis, avec un petit frémissement de désespoir, elle parut y renoncer.

« Je suis Mary Vance », répondit-elle.

« Et d'où tu viens ? » poursuivit Jerry.

Au lieu de répondre, Mary s'assit brusquement, ou s'effondra plutôt, dans le foin et éclata en sanglots. Faith se précipita aussitôt à côté d'elle et entoura de son bras les maigres épaules tressautantes.

« Toi, arrête de l'asticoter », ordonna-t-elle à Jerry. Puis elle serra la pauvre petite contre elle. « Ne pleure pas, mon chou. Dis-nous seulement ce qui t'arrive. Nous sommes des amis. »

« J'ai tellement, tellement faim, gémit Mary. J'ai... j'ai rien avalé depuis jeudi matin, sauf un peu d'eau du ruisseau là-bas. »

Les enfants du presbytère se jetèrent un regard horrifié. Faith bondit.

« Tu vas venir immédiatement au presbytère et manger quelque chose avant de dire un mot de plus. »

Mary eut un mouvement de recul.

« Oh ! J'peux pas. Qu'est-ce que vos parents vont dire ? Puis ils vont me renvoyer. »

« On n'a pas de mère, et notre père ne fera pas attention à toi. Ni tante Martha. Viens, je te dis. »

Faith tapa du pied avec impatience. Cette fille bizarre allait-elle insister pour se laisser mourir de faim à sa propre porte ?

Mary céda. Elle était si faible qu'elle pouvait à peine descendre l'échelle, mais ils réussirent à l'amener en bas et à lui faire traverser le champ pour arriver à la cuisine du presbytère. Tante Martha, occupée à concocter sa popote du samedi, ne lui prêta aucune attention. Faith et Una se ruèrent dans le garde-manger et le pillèrent des victuailles qu'il contenait : du fricot, du pain, du beurre, du lait et une tarte douteuse. Mary Vance attaqua voracement la nourriture et ne fit aucune commentaire désobligeant pendant que les autres, debout autour d'elle, la regardaient. Jerry remarqua qu'elle avait une jolie bouche et des dents très belles, égales et blanches. Faith conclut, avec une secrète horreur, que Mary ne portait rien d'autre sur elle que ce lambeau décoloré. Una était envahie de pure pitié, Carl, d'étonnement amusé, et tous, de curiosité.

« À présent, viens au cimetière et raconte-nous ton histoire », ordonna Faith lorsque l'appétit de Mary parut faiblir. Mary ne se fit pas prier. La nourriture lui avait redonné sa vivacité naturelle tout en lui déliant la langue.

« Vous le répéterez pas à votre père ni à personne ? » recommanda-t-elle une fois installée sur la pierre tombale de M. Pollock. Les enfants du presbytère étaient assis en rang d'oignon sur une tombe en face d'elle. Enfin, l'existence était pimentée de mystère et d'aventure. Enfin, quelque chose était arrivé.

« Non, on le répétera pas. »

« Juré, craché ? »

« Juré, craché. »

« Bon, ben, j'me suis sauvée. J'habitais chez Mme Wiley de l'autre côté du port. Vous connaissez Mme Wiley ? »

« Non. »

« Ben, tant mieux pour vous. C'est une femme terrible. Seigneur, comme je la déteste ! Elle me faisait mourir au travail et me donnait pratiquement rien à manger, et elle me battait presque tous les jours. Regardez. »

Mary roula ses manches déchirées et tendit ses bras décharnés et ses mains tellement gercées que la peau était pratiquement à vif. Ils étaient couverts d'ecchymoses. Les enfants du presbytère frémirent. Faith devint écarlate d'indignation. Les yeux bleus d'Una se remplirent de larmes.

« Hier soir, elle m'a battue avec un bâton, reprit Mary avec indifférence, parce que j'ai laissé la vache donner un coup de patte dans un seau de lait. Comment j'pouvais l'savoir que c'te maudite vache allait ruer ? »

Ses interlocuteurs ressentirent un trouble pas vraiment désagréable. Ils n'auraient jamais même imaginé utiliser des termes aussi crus, mais c'était plutôt émoustillant d'entendre quelqu'un d'autre le faire. Cette Mary Vance était sûrement une créature hors du commun.

« Je ne te blâme pas de t'être enfuie », dit Faith.

« Oh ! C'est pas à cause des coups que j'me suis sauvée. Ça faisait partie de la routine. J'y étais mauditement bien habituée. Non, j'ai décidé de m'enfuir y a une semaine parce que j'ai découvert que Mme Wiley allait louer sa ferme pour partir à Lowbridge et qu'elle avait l'intention de m'donner à une de ses cousines qui habite sur la route de Charlottetown. Ça, j'allais pas le supporter. Elle est encore plus méchante que Mme Wiley. Mme Wiley m'a prêtée à elle un mois l'été passé et j'aimerais mieux vivre avec Satan en personne. »

Émoi numéro deux. Mais Una eut l'air sceptique.

« Alors j'ai décidé de foutre le camp. J'avais économisé les soixante-dix cents que Mme Crawford m'avait donnés quand j'ai planté ses pommes de terre au printemps. Mme Wiley était pas au courant. Elle était en visite chez sa cousine quand j'les ai plantées. J'ai pensé à m'faufiler jusqu'au Glen et à acheter un billet pour Charlottetown où j'essaierais de m'trouver du travail. J'suis débrouillarde, vous pouvez m'croire. Y a pas un seul os paresseux dans mon corps. Alors j'suis partie jeudi matin avant que Mme Wiley soit levée et j'ai marché jusqu'au Glen... six milles. Et quand j'suis arrivée à la gare, j'me suis aperçue que j'avais perdu mon argent. J'sais pas où ni comment. En tout cas, j'l'avais plus. Qu'est-ce que j'pouvais faire ? Si je retournais

chez la vieille Mme Wiley, elle m'arracherait la peau des
os. Alors j'suis venue m'cacher dans cette vieille grange. »

« Et qu'est-ce que tu comptes faire, à présent ? »
demanda Jerry.

« J'sais pas. J'suppose qu'il va falloir que j'y retourne et
que j'avale ma pilule. À présent que j'ai quelque chose
dans l'estomac, j'imagine que j'arriverai à supporter ça. »

Mais si Mary crânait, la peur était pourtant perceptible dans son regard. Una se glissa soudain près d'elle et
l'entoura de son bras.

« N'y retourne pas. Reste ici, avec nous. »

« Oh ! Mme Wiley va m'faire rechercher, dit Mary.
Elle est probablement déjà sur ma piste. J'imagine que
j'pourrais rester ici jusqu'à ce qu'elle me retrouve, si ça
vous dérange pas. J'étais une maudite folle de penser à
m'échapper. Elle traquerait une belette jusque dans son
terrier. Mais j'étais si misérable. »

La voix de Mary trembla, mais elle avait honte de
montrer sa faiblesse.

« J'ai même pas été traitée comme un chien pendant
ces quatre années », expliqua-t-elle en relevant la tête.

« Tu es restée quatre ans avec Mme Wiley ? »

« Ouais. Elle m'a prise à l'orphelinat de Hopetown
quand j'avais huit ans. »

« Mme Blythe vient du même endroit ! » s'exclama
Faith.

« J'suis restée deux ans à l'hospice. On m'avait placée
là quand j'avais six ans. Ma mère s'était pendue et mon
père s'était tranché la gorge. »

« Juste ciel ! Pourquoi ? » s'écria Jerry.

« La boisson », répondit laconiquement Mary.

« Et tu n'as aucun parent ? »

« Pas un maudit que j'connais. J'ai pourtant dû en
avoir. J'porte le nom d'une demi-douzaine d'entre eux.
Mon nom au complet est Mary Martha Lucilla Moore Ball
Vance. Essayez de faire mieux. Mon grand-père avait de
l'argent. J'gage qu'il était plus riche que le vôtre. Mais mon

père a tout bu et ma mère a fait sa part. Ils se gênaient pas pour me battre, eux non plus. Seigneur ! J'ai été tellement rossée dans ma vie qu'on dirait que j'ai appris à aimer ça. »

Mary secoua la tête. Elle devinait que les enfants du presbytère la plaignaient et elle ne voulait pas être prise en pitié. Elle voulait être enviée. Elle regarda gaiement autour d'elle. À présent qu'ils n'étaient plus ternis par la faim, ses yeux étranges brillaient. Elle montrerait à ces jeunes quel personnage elle était.

« J'ai eu plein de maladies, poursuivit-elle fièrement. Ils sont rares, les enfants qui auraient survécu à autant de maladies que moi. J'ai eu la scarlatine, la rougeole, l'érysipèle, les oreillons, la coqueluche et la *piumonie*. »

« As-tu déjà attrapé une maladie fatale ? » demanda Una.

« J'sais pas », répondit Mary d'un air perplexe.

« Bien sûr que non, se moqua Jerry. Quand on attrape une maladie fatale, on meurt. »

« Oh ! ben j'suis pas exactement morte, dit Mary, mais j'ai passé proche, une fois. On a cru que je l'étais et on se préparait à m'enterrer quand j'suis revenue à la vie. »

« À quoi ça ressemble d'être à moitié morte ? » demanda Jerry avec curiosité.

« À rien. J'm'en suis pas rendu compte sur le coup. C'est quand j'ai eu ma *piumonie*. Mme Wiley voulait pas appeler le docteur, elle disait qu'elle allait pas faire une dépense pareille pour une servante. C'est la vieille Christina MacAllister qui m'a soignée avec des cataplasmes. Elle m'a guérie. Mais des fois j'pense que l'autre moitié aurait dû mourir aussi. J'aurais été mieux comme ça. »

« J'imagine que c'est vrai, si on va au ciel », remarqua Faith, pas vraiment convaincue.

« Ben, à quel autre endroit est-ce qu'on peut aller ? » demanda Mary, déconcertée.

« Il y a l'enfer, tu sais », répondit Una en baissant le ton et serrant Mary contre elle pour atténuer le côté terrible de cette suggestion.

« L'enfer ? C'est quoi, ça ? »

« Eh bien, c'est là où vit Satan, expliqua Jerry. Tu as déjà entendu parler de lui, puisque tu as prononcé son nom. »

« Oh ! oui, mais j'savais pas qu'il vivait quelque part. J'pensais qu'il faisait juste errer un peu partout. De son vivant, M. Wiley avait coutume de mentionner le diable. Il disait toujours à tout le monde d'y aller. J'croyais que ça s'trouvait quelque part au Nouveau-Brunswick, d'où il venait. »

« L'enfer est un lieu terrible, dit Faith avec cet air dramatiquement ravi qu'ont les gens en racontant des choses épouvantables. Les méchants y vont à leur mort et ils brûlent dans le feu pour l'éternité. »

« Qui t'a dit ça ? » demanda Mary, incrédule.

« C'est dans la Bible. Et M. Isaac Crothers nous l'a confirmé, à l'école du dimanche de Maywater. C'était un marguillier et un pilier de l'église et il connaissait toutes ces choses. Mais tu n'as pas à t'inquiéter. Si tu es bonne, tu iras au ciel, et si tu es méchante, j'imagine que tu préférerais aller en enfer. »

« Non, protesta Mary avec assurance. Peu importe mon degré de méchanceté, j'voudrais pas brûler pendant l'éternité. Je sais ce que c'est. Une fois, par accident, j'ai pris un tisonnier brûlant. Qu'est-ce qu'il faut faire pour être bon ? »

« Il faut aller à l'église et à l'école du dimanche, lire la Bible, faire ta prière tous les soirs et donner de l'argent pour les missions », énuméra Una.

« C'est beaucoup, commenta Mary. Y a autre chose ? »

« Tu dois demander à Dieu de te pardonner les péchés que tu as commis. »

« J'en ai jamais com... commis, affirma Mary. De toute façon, c'est quoi, un péché ? »

« Oh ! Mary, tu en as sûrement commis. Tout le monde en fait. Tu n'as jamais menti ? »

« Souvent », avoua Mary.

«C'est un terrible péché», déclara solennellement Una.

«Es-tu en train de me dire qu'on m'enverra en enfer pour avoir raconté une menterie de temps en temps? Mais fallait ben! J'm'en serais pas sortie vivante, une fois, si j'avais pas menti à M. Wiley. J'ai évité plus d'une taloche en mentant, vous pouvez me croire.»

Una soupira. Elle se sentait incapable de résoudre toutes ces difficultés. La pensée d'être cruellement fouettée lui donna la chair de poule. Elle aurait probablement menti, elle aussi. Elle serra plus fort la petite main calleuse de Mary.

«Est-ce ta seule robe?» demanda Faith dont la nature joyeuse refusait de s'attarder à des sujets déplaisants.

«J'ai mis celle-là parce qu'elle est usée à la corde, s'écria Mary en rougissant. C'est Mme Wiley qui m'achetait mes vêtements et j'voulais rien lui devoir. J'suis honnête, moi. Si j'me sauvais, j'allais pas prendre quoi que ce soit de valeur qui lui appartenait. Quand j'serai grande, j'aurai une robe de satin bleu. Puis vos propres habits sont pas si élégants que ça. J'pensais que les enfants de pasteur étaient toujours bien habillés.»

C'était clair que Mary avait du caractère et qu'il valait mieux mettre des gants blancs pour aborder certains sujets avec elle. Mais il émanait d'elle un charme étrange et sauvage qui les captivait tous. Ils l'amenèrent à la vallée Arc-en-ciel cet après-midi-là et la présentèrent aux Blythe comme «une amie de l'autre côté du port en visite chez nous». Ceux-ci l'acceptèrent d'emblée, peut-être parce qu'elle avait à présent une apparence passablement respectable. Après le déjeuner – pendant lequel tante Martha n'avait cessé de marmonner et M. Meredith, dans un état de semi-inconscience, avait ruminé son sermon du dimanche – Faith avait persuadé Mary de revêtir une de ses robes ainsi que certains autres accessoires vestimentaires. Avec ses cheveux impeccablement nattés, Mary était pour ainsi dire à la hauteur de la situation.

Connaissant plusieurs nouveaux jeux excitants, elle se révéla une camarade acceptable. Sa conversation était pimentée et, en fait, Nan et Di se jetèrent des regards en coin en entendant certaines de ses expressions. Si elles n'étaient pas certaines de ce que leur mère aurait pensé d'elle, elles savaient exactement comment Susan l'aurait jugée. Mais comme elle était en visite au presbytère, elle ne devait pas poser de problème.

Lorsque vint l'heure du coucher, il restait à savoir où Mary allait dormir.

« On ne peut pas lui donner la chambre d'ami, vous savez », dit Faith d'un air perplexe.

« J'ai pas de poux ! » s'écria Mary, indignée.

« Oh ! Ce n'est pas ce que je voulais dire, protesta Faith. La chambre d'ami est tout à l'envers. Les souris ont rongé un gros trou dans le matelas de plumes et y ont fait leur nid. On ne s'en était pas rendu compte avant que tante Martha y fasse dormir le révérend Fisher la semaine dernière. Il n'a pas mis de temps à s'en apercevoir, lui ! Alors papa a dû lui prêter son lit et dormir sur le canapé du bureau. Comme tante Martha, d'après ce qu'elle dit, n'a pas encore eu le temps de réparer le lit de la chambre d'ami, personne ne peut dormir là, que sa tête soit propre ou non. Et notre chambre est si petite, et nos lits si étroits que tu ne peux dormir avec nous. »

« J'peux retourner dormir dans la grange si vous m'prêtez une couverture, proposa philosophiquement Mary. Il faisait plutôt froid hier soir, mais pour le reste, j'ai déjà connu des lits pires que ça. »

« Oh ! non, non, il ne faut pas, dit Una. J'ai pensé à un plan. Vous savez, le petit lit à tréteaux que l'ancien pasteur a laissé dans le grenier, avec le vieux matelas ? On n'a qu'à y mettre les draps de la chambre d'ami. Ça ne te dérangera pas de dormir dans le grenier, Mary ? Notre chambre est juste au-dessous. »

« N'importe où fera l'affaire. Seigneur ! J'ai jamais eu de ma vie un endroit décent où dormir. Chez Mme Wiley, j'couchais dans l'grenier au-dessus de la cuisine. Le toit coulait en été et en hiver, la neige entrait. J'avais rien qu'une vieille paillasse sur le plancher. J'suis absolument pas susceptible à propos de l'endroit où je dors. »

Le grenier du presbytère était une longue pièce sombre au plafond bas divisée par une cloison au pignon du fond. On y dressa le lit de Mary avec les draps joliment ourlés et le couvre-lit que Cecilia Meredith avait un jour fièrement brodé pour la chambre d'ami, et qui survivaient encore aux incertains lavages de tante Martha. On se souhaita bonne nuit et le silence tomba sur le presbytère. Una était sur le point de s'endormir quand un bruit provenant de la pièce au-dessus la fit se dresser dans son lit.

« Écoute, Faith, chuchota t-elle, Mary pleure. »

Faith ne répondit pas : elle dormait. Una se glissa alors hors de son lit et, dans sa petite chemise de nuit blanche, elle se rendit jusqu'au grenier. Le plancher qui craquait rendait son arrivée évidente et, quant elle parvint à la chambrette du coin, tout baignait dans un silence lunaire et on ne voyait qu'une bosse au milieu du lit.

« Mary », chuchota Una.

Aucune réponse.

Una se faufila près du lit et tira la couverture.

« Mary, je sais que tu pleures. Je t'ai entendue. Est-ce que tu te sens seule ? »

Mary, toujours muette, émergea alors des couvertures.

« Laisse-moi me coucher à côté de toi. J'ai froid », poursuivit Una qui grelottait dans l'air glacial, car la petite fenêtre du grenier était ouverte, laissant entrer le souffle vif de la côte nord.

Mary se poussa et Una se pelotonna près d'elle.

« À présent, tu ne t'ennuieras plus. On n'aurait pas dû te laisser ici toute seule la première nuit. »

« J'm'ennuyais pas », renifla Mary.

« Pourquoi pleurais-tu, alors ? »

« Oh ! J'me suis mise à penser à des choses quand j'me suis retrouvée ici toute seule. J'ai pensé qu'il faudrait que j'retourne chez Mᵐᵉ Wiley, et que j'serais battue pour m'être sauvée, et... et qu'j'irais en enfer pour avoir menti. Tout ça me tourmentait. »

« Oh ! Mary, dit la pauvre Una, en détresse. Je ne crois pas que Dieu t'enverra en enfer pour avoir menti alors que tu ne savais pas que c'était péché. Il ne pourrait pas faire ça. Tout de même, Il est bon et gentil. Évidemment, tu ne dois plus le faire à présent. »

« Si j'peux plus mentir, qu'est-ce que j'vais devenir ? sanglota Mary. Tu peux pas comprendre, toi. Tu connais rien de ces choses. Tu as une maison et un père gentil, même si j'ai eu l'impression qu'il était pas tout à fait là. En tout cas, il te cogne pas et tu manges à ta faim, même si ta vieille tante sait absolument pas cuisiner. Seigneur, si j'te disais que c'est la première fois que j'ai la sensation d'avoir assez mangé. J'ai été battue toute ma vie, sauf les deux ans que j'ai passés à l'orphelinat. On me battait pas là-bas, et c'était pas trop mal, même si la matrone avait mauvais caractère. Elle avait toujours l'air sur le point de m'arracher les oreilles. Mais Mᵐᵉ Wiley est une vraie terreur, rien d'autre, et quand j'pense qu'il va falloir que je retourne chez elle, j'suis morte de peur. »

« Peut-être que tu ne seras pas obligée d'y retourner. Peut-être qu'on va trouver un moyen de l'éviter. Demandons à Dieu qu'il s'arrange pour que tu n'aies pas à retourner chez Mᵐᵉ Wiley. Tu récites tes prières, n'est-ce pas, Mary ? »

« Oh ! oui. J'répète toujours une vieille formule avant d'me coucher, acquiesça Mary avec indifférence. Mais j'ai jamais pensé à rien demander de spécial. Comme personne s'est jamais occupé d'moi dans c'monde, j'ai jamais supposé que Dieu l'ferait. Il se préoccupe peut-être plus de toi, vu que t'es la fille d'un pasteur. »

« Il se préoccupe autant de toi que de moi, j'en suis sûre. Ta famille, tes parents, ça Lui est égal. Demande-Lui de t'aider et moi aussi, je vais prier pour toi. »

« D'accord, approuva Mary. Si ça fait pas de bien, ça pourra pas faire de mal. Si tu connaissais Mᵐᵉ Wiley aussi

bien que moi, tu penserais pas que Dieu puisse vouloir
avoir affaire à elle. De toute façon, j'ai fini de pleurer.
C'est beaucoup mieux ici qu'hier soir dans la vieille
grange, avec les souris qui couraient partout. Regarde le
phare de Four Winds. N'est-ce pas qu'il est joli?»

«On ne peut le voir que de cette fenêtre, dit Una.
J'adore le regarder.»

«C'est vrai? Moi aussi. J'le voyais du grenier de chez
les Wiley, et c'était la seule consolation que j'avais. Quand
j'avais mal partout après avoir été battue, j'le regardais et
ça m'faisait oublier tous les endroits où j'avais mal.
J'pensais aux bateaux qui s'en allaient loin, loin et j'imaginais que j'en étais un et que moi aussi je partais. Les soirs
d'hiver, quand il était éteint, j'me sentais vraiment seule.
Dis-moi, Una, pourquoi vous êtes si gentils avec moi qui
suis une étrangère?»

«Parce qu'il faut l'être. La Bible nous dit qu'il faut
être bon avec tout le monde.»

«Ah! oui? Alors j'imagine que la plupart des gens
s'en balancent. J'me rappelle pas que personne ait été bon
avec moi avant, aussi vrai que j'suis là. Dis, Una, tu
trouves pas qu'elles sont jolies, les ombres sur le mur? On
dirait des petits oiseaux qui dansent. Dis, Una, j'aime toute
ta famille et les garçons Blythe et Di. Mais Nan me plaît
pas, elle est trop fière.»

«Oh! non, Mary, elle n'est pas fière du tout, protesta
sincèrement Una. Pas une miette.»

«Tu m'en diras tant! Une fille qui se tient la tête
comme elle est fière. Je l'aime pas.»

«Nous, nous l'aimons beaucoup.»

«Oh! J'suppose que vous l'aimez plus que moi, pas
vrai? demanda Mary, jalouse.

«Mon Dieu, Mary, on la connaît depuis des semaines
et toi, depuis seulement quelques heures», bredouilla Mary.

«Vous l'aimez plus que moi, alors? s'écria Mary d'un
ton rageur. Pas de problème. Aimez la tant que vous
voulez. J'm'en fiche. J'peux très bien me passer de vous.»

Et elle se tourna brusquement vers le mur.

«Oh! Mary, dit Una en posant tendrement le bras sur le dos récalcitrant de Mary, ne parle pas comme ça. Je t'aime vraiment beaucoup. Et tu me fais de la peine.»

Pas de réponse. Una étouffa un sanglot. Mary se retourna aussitôt et pressa Una contre elle.

«Chut, ordonna-t elle. Pleure pas pour c'que j'ai dit. Fallait que j'sois aussi mesquine que l'diable pour parler comme ça. Vous êtes tellement gentils avec moi que j'mériterais d'être écorchée vive. J'ai bien mérité toutes les raclées que j'ai reçues. Calme-toi, à présent. Si tu pleures encore, j'vais m'en aller en chemise de nuit et me noyer dans le port.»

À cette terrible menace, Una ravala ses sanglots. Mary sécha ses larmes avec le volant de dentelle de la taie d'oreiller et, une fois l'harmonie revenue, toutes deux se blottirent de nouveau dans les bras l'une de l'autre pour regarder les ombres des vignes sur le mur éclairé par la lune jusqu'à ce qu'elles s'endorment.

Et pendant ce temps-là, au-dessous, le révérend John Meredith marchait de long en large dans son bureau, le visage recueilli et les yeux brillants, méditant sur le message qu'il livrerait le lendemain, inconscient que sous son propre toit se trouvait un petit être égaré, butant dans les ténèbres et l'ignorance, envahi de terreur et de difficultés dont il ne pouvait venir à bout dans ce combat inégal qu'il menait contre un monde indifférent.

6

Mary reste au presbytère

Le lendemain, les enfants du presbytère amenèrent Mary Vance à l'église. Mary commença par refuser catégoriquement.

« Tu n'allais pas à l'église quand tu habitais de l'autre côté du port ? » demanda Una.

« Tu parles ! Mme Wiley a jamais été très portée sur la religion, mais j'y allais tous les dimanches où j'pouvais m'éclipser. Ça m'faisait du bien d'être quelque part où j'pouvais m'asseoir un bout de temps. Mais j'peux pas aller à l'église dans cette vieille défroque. »

Cette difficulté fut éliminée lorsque Faith offrit de lui prêter sa deuxième meilleure robe.

« Elle a un peu déteint et il manque deux boutons, mais je pense que ça ira. »

« J'vais recoudre les deux boutons en criant lapin », dit Mary.

« Pas le dimanche », protesta Una, choquée.

« Faut battre le fer quand il est chaud. Passe-moi une aiguille et du fil et regarde ailleurs si ça te scandalise. »

Les bottines d'école de Faith et un vieux chapeau de velours noir ayant appartenu à Cecilia Meredith complétèrent le costume de Mary ; elle alla donc à l'église. Sa conduite n'eut rien d'excentrique, et même si certaines personnes s'interrogèrent sur l'identité de la petite pauvresse qui accompagnait les enfants du presbytère, elle n'attira pas trop l'attention. Elle écouta le sermon avec tout le sérieux voulu et joignit avec enthousiasme sa voix au chant. Il s'avéra qu'elle avait une voix claire et forte et une bonne oreille.

« Le Seigneur est mon *verger* », claironna joyeusement Mary. Mme Jimmy Milgrave, dont le banc était juste devant celui du presbytère, se tourna brusquement et examina l'enfant de la tête aux pieds. Mary, dans un élan d'impertinence tout à fait superflu, tira la langue à Mme Milgrave, à la consternation d'Una.

« J'ai pas pu m'en empêcher, se justifia-t-elle après l'office. Qu'est-ce qu'elle avait à me dévisager comme ça ? Quelles manières, vraiment ! J'suis bien contente de lui avoir tiré la langue. J'aurais dû la tirer encore plus. Dites, j'ai vu Rob MacAllister qui habite de l'autre côté du port. J'me demande s'il va parler de moi à Mme Wiley. »

Aucune Mme Wiley ne se montra et, quelques jours plus tard, les enfants oublièrent cette menace. Mary semblait installée à demeure au presbytère. Mais elle refusa d'aller à l'école avec les autres.

« Pas question. J'ai fini mes études, trancha-t-elle quand Faith essaya de la convaincre. J'suis allée à l'école quatre hivers pendant que j'restais chez Mme Wiley et ça m'a suffi. J'en ai ma claque de m'faire asticoter parce je remets pas mes devoirs à temps. J'ai pas l'temps de faire des devoirs. »

« Notre professeur ne t'asticotera pas. Il est vraiment sympathique », assura Faith.

« J'irai pas. J'sais lire et écrire et calculer jusqu'aux fractions. J'veux rien de plus. Allez-y, vous autres, moi, j'vais rester à la maison. Vous avez pas besoin d'avoir peur que j'vole quelque chose. J'vous jure que j'suis honnête. »

Pendant que les autres étaient à l'école, Mary s'employa à faire le ménage du presbytère. Quelques jours plus tard, l'endroit était complètement métamorphosé. Les planchers étaient balayés, les meubles, époussetés, toutes les choses remises en place. Elle reprisa le couvre-lit de la chambre d'ami, cousit les boutons manquants, rapiéça les vêtements et envahit même le bureau munie d'un balai et d'une pelle à poussière et en fit sortir M. Meredith pendant qu'elle y mettait de l'ordre. Il restait pourtant un domaine où tante Martha lui refusait d'intervenir. Tante Martha était peut-être très puérile et à moitié sourde et aveugle, mais elle était résolue à garder le contrôle du ravitaillement, malgré les ruses et les stratagèmes de Mary.

«J'vous assure que vous auriez des repas convenables si tante Martha me laissait cuisiner, confia-t-elle, indignée, aux enfants du presbytère. Y aurait plus de "fricot", ni de porridge grumeleux, ni de lait écrémé. Voulez-vous bien m'dire ce qu'elle fait de toute la crème?»

«Elle la donne au chat. Il lui appartient, tu sais», répondit Faith.

«J'lui en ferais, un chat, moi! s'exclama maussadement Mary. J'aime pas les chats, d'ailleurs. Ils appartiennent au Malin. Ça paraît dans leurs yeux. J'suppose que si c'est la volonté de tante Martha, y a plus rien à dire. Mais ça m'énerve de voir gaspiller d'la bonne nourriture.»

Après l'école, ils allaient toujours à la vallée Arc-en-ciel. Mary refusait de jouer dans le cimetière. Elle avait peur des fantômes, disait-elle.

«Ça n'existe pas, les fantômes», déclara Jem Blythe.

«Vraiment?»

«Tu en as déjà vu un?»

«J'en ai vu des centaines», rétorqua Mary.

«À quoi ils ressemblaient?» demanda Carl.

«Ils étaient effrayants. Habillés en blanc avec des têtes et des mains de squelette.»

«Et qu'est-ce que tu as fait?» demanda Una.

«J'ai pris mes jambes à mon cou», dit Mary. Puis elle surprit le regard de Walter et rougit. Mary redoutait beaucoup Walter. Ses yeux la rendaient nerveuse, avait-elle confié aux filles du presbytère.

«Quand j'les regarde, j'pense à tous les mensonges que j'ai racontés dans ma vie, et j'voudrais les avoir jamais dits.»

Jem était le préféré de Mary. Lorsqu'il l'amena au grenier, à Ingleside, et lui montra le musée de curiosités que lui avait léguées le capitaine Jim Boyd, elle fut flattée et enchantée. Elle gagna également le cœur de Carl en s'intéressant à ses coccinelles et ses fourmis. On ne peut nier que Mary s'entendait beaucoup mieux avec les garçons qu'avec les filles. Dès le deuxième jour, elle eut une violente altercation avec Nan Blythe.

« Ta mère est une sorcière, lança-t-elle à Nan d'un ton méprisant. Les femmes aux cheveux roux sont toujours des sorcières. » Ensuite, elle et Faith se fâchèrent à cause du coq. Mary déclara qu'il avait la queue trop courte. Faith répliqua avec colère que Dieu devait sans doute savoir de quelle longueur faire la queue des coqs. Elles ne s'adressèrent pas la parole une journée entière après cela. Mary traita la poupée chauve et borgne d'Una avec considération; mais quand cette dernière lui montra son autre précieux trésor – l'image d'un ange portant un bébé, probablement au ciel – Mary décréta qu'il ressemblait trop à un fantôme pour elle. Una se retira dans sa chambre pour pleurer, mais, regrettant ses paroles, Mary alla la trouver, la serra dans ses bras et implora son pardon. Personne ne pouvait rester longtemps fâchée contre Mary, pas même Nan qui avait plutôt tendance à garder ses rancunes et ne pardonna jamais tout à fait l'insulte faite à sa mère. Mary était joviale. Elle pouvait raconter les histoires de fantômes les plus passionnantes. Les séances à la vallée Arc-en-ciel se révélèrent indéniablement plus stimulantes après la venue de Mary. Elle apprit à jouer de la guimbarde et, en peu de temps, elle éclipsa Jerry.

« J'suis jamais tombée sur quelque chose que j'pouvais pas faire quand j'm'y mettais », déclara-t-elle. Mary perdait rarement une occasion de se faire valoir. Elle leur enseigna à faire des sachets avec les épaisses feuilles de « vit-toujours » qui fleurissaient dans le vieux jardin Baley; elle les initia aux savoureuses qualités des baies acides qui poussaient dans les niches du muret du cimetière; et elle

pouvait, avec ses longs doigts flexibles, projeter les plus
merveilleuses ombres chinoises sur les murs. Et quand ils
allaient tous chercher de la résine à la vallée Arc-en-ciel,
Mary se vantait toujours de trouver la plus grosse
«mâchée». Parfois, ils détestaient Mary, et parfois, ils
l'aimaient. Mais toujours ils la trouvaient intéressante. Ils
se soumirent donc humblement à son autorité et, après
deux semaines, ils en étaient venus à penser qu'elle était
parmi eux depuis toujours.

«C'est vraiment bizarre que Mme Wiley m'ait pas
recherchée, dit Mary. J'arrive pas à comprendre ça.»

«Peut-être qu'elle ne va plus se préoccuper de toi du
tout, dit Una. Alors, tu auras juste à continuer à habiter
ici.»

«Y a pas assez de place ici pour moi et la vieille
Martha, rétorqua sombrement Mary. C'est bien de pouvoir
manger à sa faim – j'm'étais souvent demandé à quoi ça
ressemblait – mais j'veux pas manger n'importe quoi. Et
Mme Wiley peut encore venir. Elle a un bâton en réserve
pour moi. J'y pense pas trop durant la journée, mais j'vous
assure, les filles, que ça m'trotte dans la tête quand la nuit
arrive et que j'me retrouve toute seule dans l'grenier,
tellement que j'aimerais autant qu'elle vienne et qu'on en
finisse. J'me demande si une vraie bonne raclée serait pire
que toutes les douzaines que j'ai imaginées depuis que j'me
suis sauvée. Est-ce qu'un d'entre vous a déjà été fouetté?»

«Bien sûr que non, protesta Faith, indignée. Jamais
papa ne ferait une telle chose.»

«Vous savez rien de la vie, dit Mary en poussant un
soupir mi-envieux, mi-condescendant. Vous savez pas ce
par quoi j'suis passée. Et les Blythe non plus ont jamais été
battus, j'suppose?»

«Non, j'imagine que non. Mais je crois qu'ils ont déjà
reçu la fessée quand ils étaient très petits.»

«Ça compte pas, une fessée, fit Mary avec mépris. Si
j'avais juste reçu des fessées, j'aurais eu l'impression de
m'faire flatter. Eh ben, la vie est pas juste. J'serais prête à

prendre ma part de taloches mais j'en ai reçu mauditement trop. »

« Ce n'est pas bien de dire ce mot, Mary, reprocha Una. Tu m'avais promis de ne plus le prononcer. »

« Oh! Ça va. Si tu savais quels mots j'pourrais dire si j'voulais, tu f'rais pas tant d'histoires à propos de mauditement. Et tu sais très bien que j'ai plus jamais menti depuis que j'suis ici. »

« Et qu'en est-il de tous les fantômes que tu dis avoir vus ? » demanda Faith.

Mary rougit.

« C'est pas pareil, lança-t-elle avec défi. J'savais que vous croiriez pas ces histoires et j'avais pas l'intention de vous les faire avaler. Puis, aussi vrai que vous êtes là, j'ai vraiment vu quelque chose de drôle un soir que j'passais devant le cimetière de l'autre côté du port. J'sais pas si c'était un fantôme ou la vieille rosse blanche de Sandy Crawford, mais ça avait l'air rudement bizarre et j'vous assure que j'ai pris la poudre d'escampette. »

7

Une histoire de poisson

Rilla Blythe marchait fièrement et peut-être même avec un tantinet de vanité dans la rue principale du Glen, puis elle monta la butte menant au presbytère, portant précieusement un petit panier de succulentes fraises précoces que Susan avait fait pousser dans un coin ensoleillé d'Ingleside. Susan avait recommandé à Rilla de ne remettre ce panier à personne d'autre que tante Martha ou M. Meredith, et Rilla, très fière de s'être fait confier une telle responsabilité, était résolue à suivre les instructions à la lettre.

Susan l'avait joliment habillée d'une robe blanche, empesée et brodée, d'un ceinturon bleu et d'escarpins perlés. Ses longues boucles cuivrées étaient soyeuses et rondes, et Susan l'avait autorisée à coiffer son meilleur chapeau, par considération pour le presbytère. Il s'agissait d'un bibi plutôt élaboré où n'étaient entrés en ligne de compte ni le goût de Susan ni celui d'Anne, et la petite Rilla jubilait dans ses splendeurs de soie, de dentelle et de fleurs. Elle était très consciente de ce chapeau et j'ai bien peur qu'elle se pavanait en se rendant au presbytère. La démarche, ou le chapeau, ou les deux, portèrent sur les nerfs de Mary Vance qui se balançait sur la clôture. Il faut dire qu'elle les avait à ce moment-là à fleur de peau, tante Martha ayant refusé de lui laisser peler les pommes de terre et l'ayant chassée de la cuisine.

« C'est ça, vous allez nous servir des patates à moitié bouillies et à moitié épluchées, comme d'habitude ! Seigneur, c'est pas moi qui vais m'plaindre le jour de vos funérailles », avait hurlé Mary. Elle était sortie de la cuisine en claquant la porte si fort que même tante Martha l'avait entendue et que, dans son bureau, M. Meredith avait ressenti la vibration et songé distraitement qu'il venait d'y avoir une légère secousse sismique. Puis il avait continué à rédiger son sermon.

Mary glissa de la clôture et barra la route à l'irréprochable infante d'Ingleside.

« Qu'est-ce que t'as là ? » demanda-t-elle en essayant de prendre le panier.

Rilla résista.

« Ze l'apporte à M. Meredith », zozota-t-elle.

« Donne-le-moi. J'vais m'en charger », dit Mary.

« Non. Susan a dit que ze devais le donner à personne d'autre que M. Meredith ou tante Martha », insista Rilla.

Mary lui jeta un regard hostile.

« Tu t'prends pour le nombril du monde, hein, habillée comme une poupée ? Regarde-moi. Ma robe est toute déchirée et j'm'en fiche. J'aime mieux être en loques qu'être une poupée. Retourne chez toi et dis-leur de te mettre dans une vitrine. Allez, regarde-moi, regarde-moi ! »

Mary exécuta une danse sauvage autour de Rilla consternée et déconcertée, faisant tourbillonner sa jupe en lambeaux et vociférant « Regarde-moi, regarde-moi » jusqu'à ce que la pauvre petite en fût tout étourdie. Mais quand Rilla tenta de s'avancer vers la clôture, Mary fonça de nouveau sur elle.

« Tu me donnes ce panier », ordonna-t-elle en grimaçant. Mary était passée maître dans l'art de faire des grimaces. Elle pouvait se donner une apparence absolument grotesque et inquiétante dans laquelle ses étranges yeux blancs brillaient de l'éclat le plus insolite.

« Ze veux pas, bredouilla Rilla, effrayée mais résolue. Laisse-moi passer, Mary Vance. »

Mary la laissa passer un instant puis regarda autour d'elle. À l'intérieur du clos se trouvait une petite claie sur laquelle séchaient une demi-douzaine de grosses morues. Un des paroissiens les avait offertes à M. Meredith un jour, peut-être en remplacement de la souscription qu'il avait omis de verser pour le salaire. M. Meredith l'avait remercié et avait complètement oublié les poissons qui se seraient rapidement gâtés si l'infatigable Mary ne les avait pas préparés pour être séchés et n'avait pas personnellement fignolé la claie.

Mary eut une inspiration diabolique. Elle se précipita vers la claie et saisit le plus gros poisson qui s'y trouvait, une chose énorme et plate presque aussi grosse qu'elle-même. D'un élan, elle s'abattit sur Rilla terrifiée, en brandissant son ahurissant missile. Le courage de Rilla l'abandonna. La perspective de recevoir un coup de morue séchée était si inouïe que Rilla ne put l'affronter. Poussant un hurlement, elle laissa tomber son panier et s'enfuit. Les belles fraises que Susan avait si tendrement choisies pour le pasteur roulèrent en un torrent rose sur la route poussiéreuse et se firent piétiner par la poursuivante et la pour-suivie. Le panier et son contenu avaient disparu de l'esprit de Mary. Elle ne songeait plus qu'au plaisir de faire à Rilla Blythe la peur de sa vie. Elle lui montrerait qu'il ne fallait pas venir la narguer dans ses beaux atours.

Rilla dévala la colline et se précipita dans la rue. La terreur lui donnant des ailes, elle parvenait à conserver son avance sur Mary qui, quelque peu handicapée par sa propre hilarité, arrivait toutefois à trouver assez de souffle pour lancer des cris à faire dresser les cheveux sur la tête, tout en courant et en faisant tournoyer son poisson dans les airs. Tout le monde se rua aux fenêtres et aux grilles pour les voir filer dans la rue du Glen. Mary sentit qu'elle faisait un effet du tonnerre et en fut ravie. Rilla, aveuglée par la frayeur et hors d'haleine, comprit qu'elle ne pourrait plus courir davantage. Encore un instant et cette terrible fille serait sur elle avec la morue. C'est alors que l'infortunée enfant trébucha et s'affala dans une mare de boue au bout de la rue, au moment précis où Mlle Cornelia sortait du magasin de Carter Flagg.

Cette dernière évalua la situation d'un coup d'œil. Mary aussi. Elle stoppa aussitôt sa course folle et avant que Mlle Cornelia ait eu le temps d'ouvrir la bouche, elle avait fait volte-face et grimpait la butte aussi vite qu'elle l'avait descendue. Mlle Cornelia serra les lèvres de façon menaçante, mais elle savait qu'il était inutile de songer à la poursuivre. Elle releva plutôt la pauvre Rilla en larmes et tout échevelée, et la ramena chez elle. Rilla avait le cœur brisé. Sa robe, ses escarpins et son chapeau étaient fichus et sa petite fierté de six ans avait été sérieusement amochée.

Blême d'indignation, Susan écouta Mlle Cornelia relater l'exploit de Mary Vance.

« Oh ! L'effrontée, la petite effrontée ! » s'écria-t-elle en amenant Rilla pour la nettoyer et la réconforter.

« Cette chose a assez duré, ma chère Anne, dit Mlle Cornelia d'un air résolu. Il faut agir. Qui est cette créature qui habite au presbytère et d'où vient-elle ? »

« J'ai entendu dire qu'il s'agissait d'une fillette de l'autre côté du port en visite au presbytère », répondit Anne qui voyait le côté comique de la poursuite avec une morue et pensait secrètement que Rilla était plutôt vaniteuse et qu'une leçon ou deux ne lui feraient pas de mal.

« Je connais toutes les familles de l'autre côté du port qui fréquentent notre église et cette petite coquine n'appartient à aucune d'elles, rétorqua Mlle Cornelia. Elle est pratiquement en haillons et lorsqu'elle vient à l'église, elle porte les vieux vêtements de Faith Meredith. Il y a là un mystère et je vais essayer de l'élucider, vu que personne d'autre ne le fera. Je crois que c'est elle qui est à l'origine de ce qui s'est passé l'autre jour chez Warren Mead, dans le bosquet d'épinettes. Vous savez qu'ils ont failli faire mourir sa mère de peur ? »

« Non. J'ai su qu'on avait fait venir Gilbert, mais j'ignorais pourquoi. »

« Eh bien, vous savez qu'elle a le cœur fragile. Un jour de la semaine dernière, alors qu'elle se trouvait toute seule sur la véranda, elle a entendu les plus terrifiants appels à l'aide et au meurtre venant du bosquet, des hurlements vraiment épouvantables, chère Anne. Son cœur a aussitôt flanché. Warren, qui était dans la grange, les a aussi entendus et il est allé voir de quoi il s'agissait. Il a trouvé les enfants du presbytère assis sur un arbre déraciné et criant au meurtre de toute la force de leurs poumons. Ils lui ont expliqué que ce n'était qu'un jeu et qu'ils n'auraient jamais cru que quelqu'un les entendrait. Ils jouaient aux Indiens. Warren est retourné à la maison et a découvert sa pauvre mère inconsciente sur la véranda. »

Susan, qui venait de revenir, renifla avec mépris.

« À mon avis, elle était loin d'être inconsciente, et vous pouvez me croire sur parole, Mme Marshall Elliott. Ça fait quarante ans que j'entends parler du cœur fragile d'Amelia Warren. Elle l'avait déjà à vingt ans. Elle adore faire des histoires avec ça et pour faire venir le docteur, n'importe quel prétexte est bon. »

« Je ne crois pas que Gilbert ait considéré son attaque très sérieuse », ajouta Anne.

« Oh ! Sans doute, admit Mlle Cornelia. Mais cela a fait jaser les gens et comme les Mead sont méthodistes, c'est encore pire. Qu'est-ce qui va advenir de ces enfants ? Il m'arrive, chère Anne, de ne pas fermer l'œil de la nuit tellement je me tracasse à leur sujet. Je me demande vraiment s'ils ont assez à manger, car leur père est si perdu dans ses rêves qu'il oublie souvent qu'il a un estomac, et cette vieille fainéante ne se donne pas la peine de cuisiner comme elle le devrait. Ils sont en train de devenir complètement fous et avec la venue des vacances, cela risque d'être encore pire. »

« C'est vrai qu'ils ont bien du plaisir », dit Anne, riant au souvenir de certaines frasques de la vallée Arc-en-ciel qui lui étaient venues aux oreilles. Et ce sont tous de braves, francs, loyaux et honnêtes petits. »

« Tout compte fait, chère Mme Docteur, ce sont de bons enfants, concéda Susan. J'admets que le péché originel est bien ancré en eux, mais c'est peut-être aussi bien comme ça parce que sinon, ils sont tellement mignons que cela pourrait les gâter. Mais je maintiens que le cimetière est pas un endroit convenable pour jouer. »

« Mais ils jouent calmement quand il sont là, insista Anne pour les excuser. Ils ne courent ni ne crient comme ils le font ailleurs. Si vous entendiez les hurlements qui montent de la vallée Arc-en-ciel parfois ! Je dois cependant avouer que ma propre progéniture y tient une large part. Hier soir, ils ont simulé un combat et ont dû "tonner" eux-mêmes, parce que, comme m'a expliqué Jem, ils n'avaient pas d'artillerie pour le faire. Jem est arrivé à l'âge où tous les garçons aspirent à devenir soldats. »

« Eh bien, grâce à Dieu, il ne sera pas un militaire, affirma Mlle Cornelia. Je n'ai jamais approuvé le fait que nos garçons aillent se mettre le nez dans les problèmes de l'Afrique du Sud. Mais c'est fini à présent, et il ne se produira sans doute plus jamais rien de ce genre. Je crois que le monde est en train de s'assagir. Quant aux Meredith, je l'ai déjà dit plusieurs fois et je le répète, si M. Meredith avait une femme, tout irait bien. »

« D'après ce qu'on m'a dit, il est allé deux fois chez les Kirk, la semaine dernière », annonça Susan.

« Bon, fit Mlle Cornelia d'un ton pénétré, j'ai pour principe qu'un pasteur ne doit jamais prendre femme dans sa propre paroisse. D'habitude, cela le gâte. Mais ça ne serait pas mauvais dans ce cas-ci. Tout le monde aime bien Elizabeth Kirk et personne n'a vraiment envie de devenir la belle-mère de ces enfants. Même les filles Hill reculent devant cette perspective. Elles n'ont pas encore tendu de piège à M. Meredith. À mon avis, Elizabeth Kirk lui ferait une bonne épouse. Mais l'ennui, ma chère Anne, c'est qu'elle est tellement ordinaire et que comme tous les hommes, M. Meredith a beau être dans la lune, il est attiré par les belles femmes. Dans ce domaine, il est pas mal moins désincarné, vous pouvez me croire. »

« Elizabeth Kirk est une très bonne personne, mais on raconte que, dans le temps, les gens crevaient pratiquement de froid dans la chambre d'ami de sa mère, chère Mme Docteur, affirma sombrement Susan. Si j'avais le sentiment d'avoir le droit d'exprimer mon opinion sur un sujet aussi solennel que le mariage, je dirais que Sarah, la cousine d'Elizabeth de l'autre côté du port, ferait une meilleure épouse pour M. Meredith. »

« Juste ciel ! Sarah est méthodiste ! » s'écria Mlle Cornelia aussi ahurie que si l'on avait proposé une Hottentote comme épouse du pasteur.

« Elle deviendrait probablement presbytérienne si elle épousait M. Meredith », rétorqua Susan.

Mlle Cornelia secoua la tête. Il était évident que, pour elle, c'était « méthodiste un jour, méthodiste toujours ».

« Sarah Kirk est tout à fait hors de question, déclarat-elle d'un ton catégorique. La même chose pour Emmeline Drew même si tous les Drew essaient d'organiser le mariage. Ils lui jettent littéralement la pauvre Emmeline dans les bras et il ne s'en doute même pas. »

« Je dois admettre qu'Emmeline Drew a pas une once de jugeote, dit Susan. C'est le genre de femme à mettre une bouillotte dans votre lit une nuit de canicule et à se sentir insultée si vous la remerciez pas. Et sa mère était une maîtresse de maison plus que médiocre, chère Mme Docteur. Avez-vous déjà entendu l'histoire de sa lavette ? Un jour, elle a perdu sa lavette. Mais elle l'a retrouvée le lendemain. Pour ça, oui, elle l'a retrouvée, chère Mme Docteur, à la table, dans l'oie, mêlée à la farce. Croyez-vous qu'une telle femme pourrait être la belle-mère d'un pasteur ? Moi, non. Mais pas de doute que je ferais mieux d'employer mon temps à repriser les pantalons du petit Jem qu'à commérer à propos de mes voisins. Il les a scandaleusement déchirés hier soir, dans la vallée Arc-en-ciel. »

« Où est Walter ? » demanda Anne.

« Il manigance encore quelque chose, j'en ai peur, chère Mme Docteur. Il est dans le grenier en train de gribouiller dans un cahier d'exercices. Et il a pas eu d'aussi bons résultats en arithmétique qu'il aurait dû, ce mois-ci, à ce que le professeur m'a dit. Je sais trop bien pourquoi. Il écrivait des rimes stupides au lieu de faire ses additions. J'ai bien peur que ce garçon devienne un poète, chère Mme Docteur. »

« Il l'est déjà, Susan. »

« Ma foi, ça a pas l'air de vous énerver, chère Mme Docteur. Je suppose que c'est ce qu'il y a de mieux à faire quand on en a la force. J'avais un oncle qui a commencé par être poète et a fini vagabond. Notre famille avait terriblement honte de lui. »

« Vous ne semblez pas avoir une haute opinion des poètes, Susan », fit Anne en riant.

« Mais qui en a, chère Mme Docteur ? » s'écria Susan, franchement stupéfaite.

« Et qu'en est-il de Shakespeare et de Milton ? Et des poètes de la Bible ? »

« On dit que Milton arrivait pas à s'entendre avec sa femme et que Shakespeare était pas du tout respectable dans son temps. Quant à la Bible, les choses étaient évidemment différentes à cette époque sacrée – même si j'ai jamais pensé grand bien de ce roi David, quoi que vous puissiez en dire. J'ai jamais vu rien de bien résulter de la poésie, et je prie pour que ce cher enfant se débarrasse de cette manie. Sinon, nous verrons si l'huile de foie de morue peut être de quelque utilité dans ce cas-ci. »

8

Mlle Cornelia s'en mêle

Mlle Cornelia se rendit au presbytère le lendemain et fit passer un interrogatoire à Mary qui, étant une jeune personne remplie de discernement et d'astuce, raconta simplement et franchement son histoire sans l'assaisonner de jérémiades ni de bravade. Si l'impression de Mlle Cornelia fut plus favorable qu'elle ne s'y était attendue, elle estima néanmoins de son devoir de se montrer sans complaisance.

« Crois-tu, demanda-t-elle sévèrement, avoir démontré ta gratitude à cette famille, qui t'a d'ailleurs témoigné beaucoup trop de bonté, en insultant et en pourchassant une de leurs petites amies comme tu l'as fait hier ? »

Mary ne fit aucune difficulté à admettre ses torts.

« C'était rudement vilain de ma part, dites donc. Mais j'sais pas c'qui m'a pris. Cette grosse morue avait l'air tellement pratique. Mais j'ai regretté, après coup, et j'ai pleuré hier soir après être allée m'coucher. Demandez à Una. J'voulais pas lui dire pourquoi parce que j'avais honte, et alors, elle a pensé que quelqu'un m'avait blessée et elle a pleuré, elle aussi. Seigneur, comme si on pouvait encore me blesser ! Mais c'qui m'inquiète, c'est pourquoi Mme Wiley m'a pas fait rechercher. Ça lui ressemble pas. »

Mlle Cornelia trouvait aussi cela plutôt étrange, mais elle se contenta de recommander fermement à Mary de ne pas prendre de nouvelles libertés avec les morues du pasteur et alla communiquer les nouvelles à Ingleside.

« Si ce que cette enfant raconte est vrai, il faut aller
au fond de la question, dit-elle. J'en sais long sur cette
Wiley, vous pouvez me croire. Marshall la connaissait bien
quand il habitait de l'autre côté du port. Je l'ai entendu
l'été dernier raconter quelque chose sur elle et une fillette
qu'elle gardait, cette Mary, sans aucun doute. Quelqu'un
lui avait dit qu'elle la faisait mourir au travail sans lui
donner la moitié de la nourriture et des vêtements dont
elle avait besoin. Comme vous le savez, chère Anne, je
n'ai pas l'habitude de frayer avec les gens de l'autre côté du
port. Mais je vais envoyer Marshall se renseigner demain.
Ensuite, j'aurai une conversation avec le pasteur. Figurez-
vous, chère Anne, que les Meredith l'ont trouvée pratiquement morte de faim dans la vieille grange de James
Taylor. Elle y avait passé la nuit, toute seule, affamée et
transie de froid. Pendant que nous, bien repus, nous
dormions tranquillement dans nos lits. »

« Pauvre petite, dit Anne, qui imaginait l'un de ses
propres enfants chéris, gelé, affamé et seul dans des circonstances similaires. Si on a abusé d'elle, il ne faut pas la
renvoyer là-bas, Mlle Cornelia. J'ai moi-même été une
orpheline dans une situation très semblable. »

« Nous devrons consulter les gens de l'orphelinat
d'Hopetown, répondit Mlle Cornelia. De toute façon, on
ne peut la laisser au presbytère. Dieu sait ce qu'elle pourrait apprendre à ces pauvres petits. J'ai cru comprendre
qu'elle jurait. Quand on pense qu'elle est là depuis deux
semaines et que M. Meredith n'a pas encore réagi !
Voulez-vous bien me dire pour quoi un homme comme ça
a une famille ? Seigneur, Anne, il aurait dû entrer chez les
moines ! »

Deux soirs plus tard, Mlle Cornelia était de retour à
Ingleside.

« C'est la chose la plus stupéfiante ! s'exclama-t-elle.
Mme Wiley a été trouvée morte dans son lit le matin
même où Mary s'est enfuie. Cela faisait des années qu'elle
avait des problèmes cardiaques et le médecin l'avait

avertie que cela pourrait lui arriver n'importe quand. Elle
avait envoyé son homme de peine quelque part et il n'y
avait personne à la maison. Ce sont des voisins qui l'ont
découverte le lendemain. Ils ont remarqué l'absence de
l'enfant, à ce qu'il paraît, mais ils ont supposé que
Mme Wiley l'avait envoyée, comme elle l'avait dit, chez sa
cousine qui habite près de Charlottetown. Comme la
cousine en question n'est pas venue aux funérailles,
personne n'a su que Mary n'était pas chez elle. Les gens à
qui Marshall a parlé lui ont raconté des choses sur la façon
dont Mme Wiley traitait cette Mary qui lui ont fait bouillir
le sang dans les veines, à ce qu'il m'a dit. Vous savez,
Marshall entre en fureur quand il entend parler d'un
enfant maltraité. Les gens ont dit qu'elle la fouettait sans
pitié pour la moindre peccadille. Certaines personnes
avaient l'intention d'écrire aux autorités de l'orphelinat,
mais quand c'est l'affaire de tout le monde, ce n'est l'affaire
de personne, alors rien n'a été fait. »

« C'est dommage que cette Wiley soit morte, commenta Susan d'un ton féroce. J'aimerais aller de l'autre
côté du port lui faire savoir ma façon de penser. Affamer et
battre un enfant, chère Mme Docteur ! Comme vous le
savez, j'ai rien contre le fait d'administrer une fessée quand
elle est méritée, mais pas plus. Et qu'est-ce qui va advenir
de cette pauvre petite, à présent, Mme Marshall Elliott ? »

« Elle devra retourner à l'asile d'Hopetown, je suppose. Je pense que, dans les environs, tous ceux qui veulent
garder un orphelin en ont un. Je vais aller voir M. Meredith
demain et lui dire ce que je pense de toute cette affaire. »

« Et elle va le faire, pas de doute, chère Mme Docteur,
soupira Susan après le départ de Mlle Cornelia. Y a rien à
son épreuve, elle poserait même des bardeaux sur le
clocher de l'église, si la lubie lui en prenait. Mais j'arrive
pas à comprendre comment même Cornelia Bryant peut
parler à un pasteur comme elle le fait. On croirait qu'elle
s'adresse à Pierre Jean Jacques. »

Quand Mlle Cornelia fut partie, Nan Blythe émergea
du hamac où elle étudiait ses leçons et se glissa vers la
vallée Arc-en-ciel. Les autres s'y trouvaient déjà. Jem et
Jerry jouaient au palet avec de vieux fers à cheval que le
forgeron du Glen leur avait prêtés. Carl traquait des
fourmis sur une butte ensoleillée. Couché sur le ventre
dans la fougère, Walter lisait à Mary, à Di, à Faith et à
Una des passages d'un merveilleux livre sur les person-
nages légendaires où l'on trouvait des choses fascinantes
sur Jean le Prêtre et le Juif errant, sur les bâtons de sourcier
et les hommes à queue, sur Schamir, le ver qui fendait les
rochers et indiquait le chemin vers le trésor, sur les îles
enchantées et les jeunes filles cygnes. Walter eut un
véritable choc en apprenant que Guillaume Tell et Gelert
étaient aussi des mythes. L'histoire de l'évêque Hatto allait
le garder éveillé toute cette nuit-là. Il avait pourtant une
prédilection pour l'histoire du Joueur de pipeau d'Hamelin
et celle du Saint-Graal. Il les lisait avec émotion pendant
que les clochettes des Arbres amoureux tintinnabulaient
dans la brise estivale et que les ombres fraîches du soir
descendaient sur la vallée.

« Dites, vous trouvez pas que ce sont des menteries
intéressantes ? » s'écria Mary, pleine d'admiration, quand
Walter eut refermé le livre.

« Ce ne sont pas des mensonges », protesta Di d'un
ton indigné.

« Vous voulez dire que c'est vrai ? » insista Mary,
incrédule.

« Non, pas exactement. C'est comme tes histoires de
fantômes. Elles n'étaient pas vraies, mais comme tu ne
t'attendais pas à ce qu'on les croie, elles n'étaient pas des
mensonges. »

« En tout cas, c'que t'as dit sur les bâtons de sourcier
est authentique, affirma Mary. Le vieux Jack Crawford de
l'autre côté du port sait s'en servir. De partout on l'envoie
chercher quand on veut creuser un puits. Et j'pense que
j'connais le Juif errant. »

«Oh! Mary!» s'écria Una, terrifiée.

«J'vous l'dis, aussi vrai qu'vous êtes là. Un vieil homme est venu chez Mme Wiley, un jour, l'automne passé. Il avait l'air tellement vieux qu'il pourrait être *n'importe quoi*. Elle lui a demandé s'il croyait que les poteaux de cèdre allaient durer. Et il a répondu : "Durer? Ils vont durer mille ans. J'le sais, parce j'les ai vérifiés deux fois." S'il a deux mille ans, qui est-ce qu'il pourrait être sinon le Juif errant?»

«Je ne crois pas que le Juif errant s'associerait avec une personne comme Mme Wiley», déclara Faith d'un ton convaincu.

«Maman et moi, on adore la légende du Joueur de pipeau d'Hamelin, dit Di. J'ai toujours de la peine pour le pauvre petit boiteux qui n'arrivait pas à suivre les autres et s'est fait fermer au nez la porte de la montagne. Il a dû être si désappointé. Il me semble que, toute sa vie, il a dû se demander quelle chose merveilleuse il avait ratée et a regretté de n'avoir pas pu entrer avec les autres.»

«Mais comme sa mère a dû être contente, suggéra doucement Una. Il me semble que, depuis toujours, elle avait dû souffrir de le voir boiter. Peut-être même que cela la faisait pleurer. Mais elle n'aurait plus jamais de peine, jamais. Elle se réjouirait qu'il soit boiteux parce que ç'aurait été grâce à son infirmité qu'elle ne l'aurait pas perdu.»

«Un jour, reprit rêveusement Walter, regardant loin vers le ciel, le Joueur de pipeau viendra sur cette colline et dans la vallée Arc-en-ciel, et il jouera des airs doux et entraînants. Et je le suivrai, jusqu'à la plage, jusqu'à la mer, loin de vous toutes. Je ne crois pas que j'aurai envie d'y aller – Jem, oui, il aime tellement l'aventure –, mais je n'aurai pas le choix. La musique ne cessera de m'appeler jusqu'à ce que je la suive.»

«Nous irons tous», s'écria Di, s'enflammant à l'évocation de cette vision de Walter, et croyant presque apercevoir la silhouette moqueuse du Joueur de pipeau s'éloignant dans la vallée sombre.

« Non, vous resterez ici à attendre, répondit Walter, ses grands yeux magnifiques brillant d'un éclat étrange. Vous attendrez notre retour. Et peut-être que nous ne reviendrons pas, parce que tant que le Joueur joue, nous ne pouvons pas revenir. Il va peut-être nous entraîner tout autour de la terre. Et vous resterez toujours là, à nous attendre, encore et encore. »

« Oh ! Boucle-la, coupa Mary en frissonnant. Fais pas cette tête, Walter Blythe. Tu m'donnes la chair de poule. Tu veux me faire brailler ? Il m'semble que j'vois cet horrible vieux Joueur de pipeau aller son chemin, et vous, les gars, en train d'le suivre, et nous, les filles, toutes seules, en train d'vous attendre. J'sais pas pourquoi – j'ai jamais été du genre à pleurnicher – mais dès que t'as commencé ton baratin, les larmes m'ont monté aux yeux. »

Walter sourit d'un air triomphant. Il aimait tester son pouvoir sur ses compagnons, jouer avec leurs émotions, provoquer leurs larmes, toucher leurs âmes. Cela satisfaisait un instinct de dramaturge en lui. Mais derrière sa victoire se cachait quelque menace mystérieuse qui lui donnait froid dans le dos. Le Joueur de pipeau lui avait semblé très réel, comme si le voile léger qui masquait le futur avait pendant un instant été soulevé dans la pénombre étoilée de la vallée Arc-en-ciel et qu'il avait pu apercevoir, le temps d'un éclair, ce que les années à venir lui réservaient.

Revenant leur faire le rapport des faits et gestes du pays des fourmis, Carl les ramena à la réalité.

« Les fourmis sont rudement intéressantes, s'exclama Mary, contente d'échapper à l'emprise mélancolique du Joueur de pipeau. Carl et moi, on a passé tout l'après-midi de samedi à surveiller la fourmilière dans le cimetière. J'aurais jamais cru qu'il y avait tellement à voir chez les insectes. Elles sont plutôt batailleuses, ces bibites, dites donc ; d'après c'qu'on a pu voir, il y en a qui commencent la bagarre sans même avoir de motif. Et certaines sont lâches. Elles ont tellement peur qu'elles s'agrippent deux par deux en une boule et laissent les autres leur taper dessus. Elles veulent absolument pas se battre. D'autres sont paresseuses et refusent de travailler. On les regardait s'esquiver. Et il y avait une fourmi morte de chagrin parce qu'une autre s'était fait tuer. Elle travaillait plus, mangeait plus, faisait juste se laisser mourir, c'est vrai, aussi vrai que le bon D... que le paradis existe. »

Un silence consterné tomba. Tout le monde avait compris que Mary n'avait pas commencé par dire « paradis ».

Faith et Di échangèrent des regards dignes de Mlle Cornelia elle-même. Walter et Carl eurent l'air mal à l'aise et la lèvre d'Una trembla.

Mary, gênée, s'agita.

« Ça m'a échappé, j'vous assure, aussi vrai que... je veux dire aussi vrai que vous êtes là, puis j'en ai ravalé la moitié. Vous êtes rudement prudes avec moi, vous autres. Vous auriez dû entendre les Wiley quand ils s'engueulaient. »

« Les dames n'emploient pas ces mots-là », décréta Faith d'un ton hautain.

« Ce n'est pas bien », chuchota Una.

« J'suis pas une dame, dit Mary. Comment j'aurais pu dev'nir une dame ? Mais j'le dirai plus jamais si j'peux m'en empêcher. J'vous le promets. »

« De plus, renchérit Una, tu ne peux t'attendre à ce que Dieu exauce tes prières si tu invoques Son nom en vain. »

« J'm'attends pas à ce qu'il les exauce de toute façon, répliqua Mary, sceptique. Ça fait une semaine que j'Lui demande de régler cette affaire Wiley et Il a rien fait. J'vais laisser tomber. »

C'est à ce moment que Nan arriva, hors d'haleine.

« Oh ! Mary, j'ai des nouvelles pour toi. Mme Elliott s'est rendue de l'autre côté du port et devine ce qu'elle a appris ! Mme Wiley est morte, on l'a retrouvée morte dans son lit le matin même de ta fugue. Alors tu ne seras plus jamais obligée d'y retourner. »

« Morte ! » s'écria Mary, stupéfaite. Puis elle frissonna.

« Penses-tu que mes prières ont quelque chose à voir là-dedans ? demanda-t-elle à Una d'un ton implorant. Si oui, j'prierai plus jamais de ma vie. Seigneur, elle pourrait revenir me hanter. »

« Non, non, Mary, la rassura Una. Ça n'a rien à voir. Mᵐᵉ Wiley est morte bien avant que tu aies commencé à prier à son sujet. »

« C'est vrai, admit Mary, revenant de sa panique. Mais j'vous assure que ça m'a fichu un coup. J'aimerais pas penser que mes prières ont provoqué la mort de quelqu'un. Jamais j'ai pensé à sa mort quand j'priais. Elle n'avait pas l'air de quelqu'un qui allait mourir. Est-ce que Mᵐᵉ Elliott a parlé de moi ? »

« Elle a dit que tu devrais probablement retourner à l'asile. »

« C'est bien c'que j'pensais, dit sombrement Mary. Et ils vont encore me donner à quelqu'un, probablement à une personne comme Mᵐᵉ Wiley. Bon, j'suppose que j'suis capable d'endurer ça. J'suis forte. »

« Je vais prier pour que tu ne sois pas obligée de partir », chuchota Una à Mary sur le chemin du retour.

« Fais à ta guise, répondit Mary d'un ton résolu, mais moi, je jure que je prierai pas. J'ai ai assez de cette histoire de prière. Regarde ce que ça a donné. Si Mᵐᵉ Wiley était morte après ma prière, ç'aurait été de ma faute. »

« Mais non, pas du tout, objecta Una. J'aimerais être capable de mieux t'expliquer. Papa le pourrait, lui, je le sais, si tu lui parlais, Mary. »

« Puis quoi encore ! J'sais pas quoi faire de ton père, si tu veux le savoir. Il passe à côté de moi et s'aperçoit pas que j'suis là, même en plein jour. J'suis pas fière, mais j'suis pas un paillasson, non plus. »

« Oh ! Mary, c'est le caractère de papa. La plupart du temps, il ne nous voit pas, nous non plus. Il est plongé dans ses pensées, c'est tout. Et je vais prier Dieu qu'il te laisse à Four Winds, parce que je t'aime, Mary. »

« D'accord. Mais parle-moi plus de personne qui meurt à cause de ça. Moi aussi, j'aimerais bien rester à Four Winds. J'aime ça, et j'aime le port, et le phare, et vous, et les Blythe. Vous êtes les seuls amis que j'aie jamais eus et ça me briserait le cœur de vous quitter. »

9

Una s'en mêle

Mlle Cornelia eut avec M. Meredith une conversation qui donna un choc à cet homme lunatique. Elle lui fit remarquer, d'une façon pas vraiment déférente, qu'il avait manqué à son devoir en permettant à une épave comme Mary Vance de venir s'installer au sein de sa famille sans rien savoir, ni rien cherché à savoir, à son sujet.

« Je ne dis pas qu'il y ait eu grand mal de fait, bien sûr, conclut-elle. À vrai dire, cette Mary n'est pas ce qu'on pourrait appeler une mauvaise fille. J'ai interrogé les enfants Blythe et les vôtres et d'après ce qu'ils m'ont confié, on n'a rien à lui reprocher, sauf qu'elle n'utilise pas une langue très châtiée. Mais pensez à ce qui aurait pu se produire si elle avait été comme certains de ces orphelins de notre connaissance. Vous savez vous-même ce que la pauvre petite créature que gardait Jim Flagg a enseigné à ses enfants. »

M. Meredith le savait et il fut sincèrement troublé en prenant conscience de sa propre négligence.

« Mais qu'est-ce qu'il faut faire, Mme Elliott ? demanda-t-il d'un ton où perçait son impuissance. On ne peut renvoyer la pauvre petite. Il faut qu'on s'occupe d'elle. »

« Bien entendu. Nous ferions mieux d'écrire dès maintenant aux autorités d'Hopetown. En attendant leur réponse, j'imagine qu'elle peut bien rester ici quelques jours de plus. Mais gardez les oreilles et les yeux ouverts, M. Meredith. »

Susan aurait été foudroyée d'horreur si elle avait
entendu Mlle Cornelia admonester un pasteur de cette
façon. Mais cette dernière retourna chez elle, satisfaite du
devoir accompli. Le même soir, M. Meredith demanda à
Mary de l'accompagner dans son bureau. Mary obtempéra,
livide de peur. Mais elle eut la surprise de sa pauvre et
misérable petite vie. Cet homme, qui l'avait si terriblement intimidée, était l'être le plus doux, le plus gentil
qu'elle eût jamais rencontré. Avant de comprendre ce qui
lui arrivait, Mary se retrouva en train de déverser dans son
oreille tous ses problèmes. Elle reçut en échange une
sympathie et une tendre compréhension telles qu'elle n'en
avait jamais imaginées. Quand elle sortit du bureau, son
visage et ses yeux étaient si adoucis qu'Una eut peine à la
reconnaître.

« Ton père est juste et gentil quand il sort des nues,
déclara-t-elle avec un reniflement qui avait presque l'air
d'un sanglot. C'est dommage qu'il se réveille pas plus
souvent. Il a dit que j'étais pas à blâmer pour la mort de
Mme Wiley, mais qu'il faut que j'essaie de penser à ses bons
côtés plutôt qu'à ses mauvais. J'sais pas quels bons côtés
elle avait, sauf qu'elle tenait sa maison propre et faisait du
beurre de première qualité. J'sais que j'me suis usé les bras
à frotter son vieux plancher de cuisine plein de nœuds.
Mais après cette conversation, j'suis d'accord avec tout
c'que dit ton père. »

Mary se révéla une compagne de jeu plutôt morne les
jours qui suivirent. Elle confia à Una que plus elle songeait
à retourner à l'asile, plus elle détestait cette idée. Una se
creusa les méninges à essayer de trouver un moyen d'éviter
cela, mais ce fut Nan Blythe qui vint à la rescousse avec
une suggestion quelque peu époustouflante.

« Mme Elliott pourrait la prendre chez elle. Elle a une
très grande maison et M. Elliott veut toujours qu'elle se
fasse aider. Ce serait un endroit splendide pour Mary. Mais
il faudrait qu'elle se conduise bien. »

« Oh ! Nan, crois-tu que Mme Elliott la prendrait ? »

« Tu pourrais toujours le lui demander. »

Pour commencer, Una crut qu'elle n'en serait pas capable. Elle était si timide qu'elle tremblait à l'idée de demander une faveur à quelqu'un. De plus, cette Mme Elliott énergique et affairée lui inspirait un respect mêlé de crainte. Elle l'aimait beaucoup et appréciait toujours de lui rendre visite ; mais aller chez elle lui demander d'adopter Mary Vance lui semblait si présomptueux qu'elle en défaillait de timidité.

Lorsque les autorités d'Hopetown écrivirent à M. Meredith de leur renvoyer Mary sans délai, Mary s'endormit en pleurant ce soir-là dans le grenier du presbytère. Una trouva alors le courage du désespoir. Le lendemain soir, elle se faufila hors du presbytère et emprunta le chemin du port. Elle entendit fuser des rires joyeux au loin, dans la vallée Arc-en-ciel ; mais sa route ne passait pas par là. Elle était terriblement pâle et terriblement déterminée, tellement qu'elle marcha sans voir les personnes qu'elle croisa. Mme Stanley Flagg en fut froissée et déclara qu'en vieillissant, Una Meredith deviendrait aussi distraite que son père.

Mlle Cornelia vivait à mi-chemin entre le Glen et la pointe de Four Winds dans une maison dont la teinte originale vert criard avait été atténuée en un agréable gris vert. Marshall Elliott avait planté des arbres tout autour et semé un jardin de roses et une haie d'épinettes. L'endroit était devenu très différent de ce qu'il avait été par les années passées. Les enfants du presbytère et ceux d'Ingleside aimaient y aller. C'était une belle randonnée par la vieille route du port au bout de laquelle vous attendait toujours un pot de biscuits bien garni.

Au loin, la mer brumeuse léchait doucement le sable. Trois gros navires glissaient sur l'eau du port comme de grands goélands blancs. Une goélette remontait le canal. L'univers de Four Winds baignait dans des couleurs scintillantes, une musique subtile et un éclat étrange, où chacun aurait pu être heureux. Mais quand Una atteignit

la barrière de Mlle Cornelia, ses jambes se dérobèrent sous
elle.

Mlle Cornelia était seule sur la véranda. Una avait
espéré que M. Elliott fût présent. Il était si grand, si
chaleureux, si pétillant que sa présence lui aurait donné du
cœur au ventre.

Una prit place sur le petit tabouret que son hôtesse
avait sorti et essaya de mastiquer le beignet qu'elle lui
avait offert. Il lui restait en travers de la gorge, mais elle
faisait des efforts désespérés pour ne pas offenser
Mlle Cornelia. Elle n'arrivait pas à parler ; elle était toujours aussi pâle ; et ses grands yeux bleu sombre avaient
l'air si misérable que Mlle Cornelia conclut que la fillette
avait un problème.

« Qu'est-ce que tu as derrière la tête, ma chérie ?
demanda-t-elle. Il y a quelque chose, c'est évident. »

Una avala la dernière bouchée de son beignet et
déglutit désespérément.

« Mme Elliott, voulez-vous prendre Mary Vance ? »
articula-t-elle d'un air suppliant.

Mlle Cornelia la dévisagea, interloquée.

« Moi ! Prendre Mary Vance ? Tu veux dire, la garder ? »

« Oui, la garder, l'adopter, répondit passionnément
Una, retrouvant son courage à présent que la glace était
rompue. Oh ! Mme Elliott, je vous en prie. Elle ne veut pas
retourner à l'orphelinat, elle pleure toutes les nuits en y
pensant. Elle a tellement peur qu'on l'envoie dans une
autre maison où elle sera traitée durement. Et elle est si
adroite. Il n'y a rien qu'elle ne puisse pas faire. Je sais que
vous ne le regretterez pas si vous la prenez. »

« Je n'ai jamais envisagé une telle chose », dit
Mlle Cornelia, plutôt désemparée.

« Allez-vous l'envisager ? » implora Una.

« Mais, je ne veux pas d'aide, ma chérie. Je suis tout à
fait capable de faire le travail toute seule. Et je n'aurais
jamais songé à prendre une orpheline même si j'avais
besoin d'aide. »

Toute lumière quitta les yeux d'Una. Ses lèvres tremblèrent. Elle se rassit sur le tabouret, pathétique petite
silhouette exprimant la déception, et fondit en larmes.

«Non, ma chérie, ne pleure pas», s'exclama
Mlle Cornelia, bouleversée. Elle n'avait jamais pu supporter
de faire souffrir un enfant. «Je ne dis pas que je ne la
prendrai pas... mais l'idée est si inattendue que j'ai été
déroutée. Il faut que j'y réfléchisse.»

«Mary est si adroite», répéta Una.

«Hum! C'est ce qu'on m'a dit. Et on m'a également
dit qu'elle jurait. Est-ce vrai?»

«Je ne l'ai jamais entendue jurer... *exactement*,
bredouilla Una, mal à l'aise. Mais j'ai bien peur qu'elle en
soit capable.»

«Tu m'en diras tant! Est-ce qu'elle est franche?»

«Je pense que oui, sauf quand elle a peur d'être
battue.»

«Et tu me demandes de la prendre!»

«Il faut bien que *quelqu'un* la prenne, sanglota Una.
Que *quelqu'un* s'occupe d'elle.»

«Tu as raison. C'est peut-être de mon devoir de le
faire, soupira Mlle Cornelia. Eh bien, il faudra que j'en
discute avec M. Elliott. Alors, n'en parle pas tout de suite.
Prends un autre beignet, ma chouette.»

Una en prit un et le mangea de meilleur appétit.

«J'aime beaucoup les beignets, avoua-t-elle. Tante
Martha n'en fait jamais. Mais Mlle Susan à Ingleside en fait
et elle nous permet quelquefois d'en apporter une assiettée
à la vallée Arc-en-ciel. Savez-vous ce que je fais quand j'ai
envie de manger des beignets et que je n'en ai pas,
Mme Elliott?»

«Non, ma chérie. Qu'est-ce que c'est?»

«Je prends le vieux livre de recettes de ma mère et je
lis celle des beignets. Tous les plats ont l'air tellement
bons. Je fais toujours cela quand j'ai faim, surtout quand
nous avons eu du fricot pour dîner. Dans ces cas-là, je lis la

recette du poulet frit et de l'oie rôtie. Maman savait préparer tous ces mets délicieux. »

« Les enfants du presbytère vont mourir de faim si M. Meredith ne se marie pas, déclara Mlle Cornelia, indignée, à son mari, après le départ d'Una. Et il ne le fera pas, et qu'y pouvons-nous ? Et est-ce que nous devons prendre cette petite Mary, Marshall ? »

« Oui, prends-la », répondit laconiquement ce dernier.

« Un vrai homme, fit son épouse d'un ton désespéré. "Prends-la", comme si c'était aussi simple que ça. Des centaines de choses sont à considérer, crois-moi. »

« Prends-la, et on les considérera après, Cornelia. »

Mlle Cornelia finit par s'y résoudre et les gens d'Ingleside furent les premiers à qui elle fit part de sa décision.

« Magnifique, s'écria Anne, ravie. C'était exactement ce que j'espérais que vous feriez, Mlle Cornelia. Je voulais que la pauvre enfant trouve un foyer. J'ai déjà été une petite orpheline comme elle, sans foyer. »

« Je n'ai pas l'impression que cette Mary ait jamais été ni ne sera jamais tellement à votre image, rétorqua sombrement Mlle Cornelia. Elle est d'une autre trempe que vous. Mais elle est aussi un être humain avec une âme à sauver. Je me suis procuré un catéchisme abrégé et un peigne fin et je vais faire mon devoir envers elle, à présent que j'ai mis la main à la pâte, prenez-en ma parole. »

En apprenant la nouvelle, Mary réagit avec une sage satisfaction.

« Je m'attendais pas à une telle chance », dit-elle.

« Il va falloir que tu te surveilles avec Mme Elliott », recommanda Nan.

« J'en suis capable, répliqua vivement Mary. J'sais m'conduire aussi bien que toi quand j'le veux, Nan Blythe. »

« Tu ne devras pas utiliser de gros mots, tu sais, Mary », renchérit anxieusement Una.

« J'imagine qu'elle en tomberait raide morte, fit Mary en souriant, la perspective faisant briller ses yeux blancs d'une lueur espiègle. Mais t'as pas à t'inquiéter, Una. J'vais devenir une vraie sainte-nitouche. J'vais m'tenir le corps raide. »

« Tu ne devras pas mentir, non plus », ajouta Faith.

« Même pas pour éviter une raclée ? » plaida Mary.

« Mme Elliott ne te battra jamais, jamais », s'exclama Di.

« Tu penses ? demanda Mary, sceptique. Si jamais j'me retrouve dans un endroit où j'suis pas battue, j'aurai l'impression d'être au paradis. Pas de danger que j'raconte des menteries, alors. C'est pas que j'aime ça, mentir, j'dirais même que ça m'plaît pas du tout. »

La veille du départ de Mary, on organisa un pique-nique en son honneur dans la vallée Arc-en-ciel et, ce soir-là, tous les enfants du presbytère lui offrirent un souvenir puisé dans leur maigre coffre aux trésors. Carl lui donna son arche de Noé, et Jerry, sa deuxième meilleure guimbarde. Faith lui offrit une petite brosse à cheveux, que Mary avait toujours admirée, au dos orné d'un miroir. Hésitant entre un vieux sac à main perlé et une réconfortante image de Daniel dans la fosse aux lions, Una la laissa finalement choisir. Mary avait follement envie du sac perlé, mais comme elle savait qu'Una l'aimait beaucoup, elle dit :

« Donne-moi Daniel. J'préfère ça, parce que j'ai un faible pour les lions. J'aurais pourtant préféré qu'ils mangent Daniel. Ç'aurait été pas mal plus excitant. »

Au moment du coucher, Mary persuada Una de dormir avec elle.

« C'est la dernière fois, dit-elle. Il pleut, ce soir, et j'ai horreur de dormir là-haut toute seule quand il pleut sur le cimetière. Ça m'dérange pas quand il fait beau, mais une nuit comme celle-ci, j'vois rien d'autre que la pluie qui tombe à verse sur les vieilles pierres blanches, et le vent dans la fenêtre me fait penser aux morts qui pleurent parce qu'ils sont pas capables d'entrer. »

« Les filles Blythe et moi, nous aimons les soirs de pluie », dit Una, une fois qu'elles se retrouvèrent blotties dans la petite chambre sous les combles.

« J'peux les supporter quand j'suis pas à la portée du cimetière, répondit Mary. Si j'étais seule ici, j'm'ennuierais tellement que j'verserais toutes les larmes de mon corps. Ça m'fait vraiment de la peine de vous quitter. »

« Je suis sûre que Mme Elliott te permettra souvent de venir jouer ici. Et tu seras sage, n'est-ce pas, Mary ? »

« Oh ! J'vais essayer, soupira Mary. Mais ça sera pas aussi facile pour moi que pour toi d'être sage, en dedans comme en dehors, j'veux dire. Tu viens pas d'une famille de vauriens comme moi. »

« Tes parents ont pourtant dû avoir des qualités aussi, protesta Una. Tu dois te montrer à leur hauteur et ne pas t'occuper de leurs défauts. »

« J'crois pas qu'ils aient eu des qualités, répliqua sombrement Mary. J'ai jamais entendu parler d'une seule. Mon grand-père avait de l'argent, mais on dit qu'il était un escroc. Non, il faut que j'commence à partir de moi et que j'fasse de mon mieux. »

« Et Dieu t'aidera, tu sais, Mary, si tu le Lui demandes. »

« J'en sais rien. »

« Oh ! Mary ! Tu sais bien que tu as demandé à Dieu de te trouver un foyer et qu'il t'a exaucée. »

« J'vois pas c'qu'il a à faire là-dedans, rétorqua Mary. C'est toi qui a mis cette idée dans la tête de Mme Elliott. »

« Mais Dieu a mis dans son cœur la décision de te prendre. Le fait que j'lui aie suggéré l'idée n'aurait rien donné sans Lui. »

« Bon, ben y a peut-être quelque chose de vrai dans c'que tu dis, admit Mary. T'en fais pas, j'ai rien contre Dieu, Una. J'ai pas d'objection à Lui donner une chance. Mais j'crois sincèrement qu'Il ressemble beaucoup à ton père, toujours dans la lune et inaccessible la plupart du temps, mais s'réveillant parfois et devenant rudement bon, gentil et sensé. »

«Oh! Mary, non! s'exclama Una. Dieu n'est pas du tout comme papa, j'veux veux dire qu'Il est mille fois meilleur et plus gentil que lui.»

«Qu'Il soit seulement aussi bon que ton père, et ça f'ra mon affaire, conclut Mary. Quand ton père m'a parlé, j'ai eu l'impression que j'pourrais plus jamais être méchante.»

«J'aimerais que tu parles de Dieu avec papa, soupira Una. Il peut expliquer tout ça bien mieux que moi.»

«Eh ben, j'le ferai, la prochaine fois qu'il s'réveillera. Le soir où il m'a parlé dans son bureau, il m'a clairement fait comprendre que mes prières avaient pas tué Mme Wiley. Ça m'a enlevé un poids de la conscience, mais à présent, j'fais très attention quand j'prie. J'suppose que c'est encore la vieille formule qui est la plus sûre. Dis, Una, il m'semble que si on doit prier pour quelqu'un, on ferait mieux de s'adresser au diable qu'à Dieu. Si, comme tu dis, Dieu est bon, Il nous fera pas de mal de toute façon, mais j'ai l'impression que l'diable, lui, a besoin d'être amadoué. J'crois que la manière la plus sensée serait de lui dire : "Bon diable, ne me tente pas, je t'en prie. Laisse-moi tranquille, s'il te plaît." Es-tu d'accord?»

«Oh! non, non, Mary. Je suis certaine que ça ne peut être bien de prier le diable. Et il ne pourrait rien faire de bien parce qu'il est méchant. Ça pourrait l'exaspérer et le rendre encore plus dangereux que jamais.»

«Bon, fit Mary d'un air têtu, comme on peut pas s'entendre sur cette affaire de Dieu, inutile de continuer à en parler avant d'avoir la possibilité de découvrir la vérité. D'ici là, j'ferai de mon mieux toute seule.»

«Si maman était en vie, elle pourrait tout nous expliquer, elle», soupira Una.

«J'voudrais qu'elle soit vivante, dit Mary. J'me demande c'que vous allez dev'nir, vous autres, les jeunes, quand j'serai partie. En tout cas, essaie de tenir la maison un peu en ordre. C'est scandaleux, c'que les gens en disent. Et la première chose que tu sauras, c'est que ton père va se remarier et alors, vous allez vous r'trouver Gros-Jean comme devant. »

Una était interloquée. La possibilité que son père se remarie ne lui était jamais venue à l'esprit. Cela ne lui plaisait pas et elle resta silencieuse, frissonnant à cette perspective.

« Les belles-mères sont des créatures effrayantes, poursuivit Mary. J'pourrais te glacer le sang dans les veines si j'te racontais tout c'que j'sais à leur sujet. Les enfants Wilson qui restaient en face de chez les Wiley en avaient une. Elle était aussi cruelle avec eux que Mme Wiley avec moi. Ce serait affreux si vous vous retrouviez avec une marâtre. »

« Je suis certaine qu'il ne fera pas ça, fit Una avec frénésie. Papa n'épousera jamais personne d'autre. »

« J'suppose qu'on va le harceler jusqu'à ce qu'il le fasse, dit mélancoliquement Mary. Toutes les vieilles filles du coin sont après lui. Y a rien à leur épreuve. Et la pire chose chez les belles-mères, c'est qu'elles passent leur temps à monter votre père contre vous. Après, il vous aime plus. Il prend toujours sa part et celle de ses enfants à elle. Tu comprends, elle lui fait croire que vous êtes tous méchants. »

« Tu n'aurais jamais dû me dire ça, sanglota Una. Ça me rend si malheureuse. »

« J'voulais seulement t'avertir, dit Mary d'un ton repentant. Évidemment, ton père est tellement distrait que ça s'peut que jamais il pensera à se remarier. Mais vaut mieux être prêt. »

Longtemps après que Mary fut sereinement endormie, la petite Una était encore éveillée, les yeux brûlants de larmes. Oh ! Comme ce serait épouvantable si son père épousait quelqu'un qui le ferait haïr ses enfants, elle, Jerry, Faith et Carl ! Una ne pouvait supporter cette idée, elle ne le pouvait tout simplement pas !

Si Mary n'avait pas instillé le poison qu'avait craint Mlle Cornelia dans l'esprit des enfants du presbytère, elle était pourtant arrivée, avec les meilleures intentions du monde, à faire une petite sottise. Mais elle dormait d'un sommeil sans rêve tandis qu'Una ne pouvait fermer l'œil, que la pluie tombait et que le vent gémissait autour du vieux presbytère gris. Et le révérend John Meredith oublia complètement de se coucher parce qu'il était en train de lire une biographie de saint Augustin. Une aube grisâtre venait de poindre quand il la termina, et il monta à l'étage, aux prises avec des problèmes qui s'étaient produits deux mille ans auparavant. La porte de la chambre des filles était ouverte et il aperçut Faith qui dormait. Comme elle était rose et ravissante. Il se demanda où pouvait bien être Una. Elle était peut-être allée passer la nuit chez ses amies Blythe. Elle y allait de temps en temps, et elle considérait cela comme une faveur toute particulière. John Meredith soupira. Il sentit que là où se trouvait Una n'aurait pas dû être un mystère pour lui. Cecilia se serait beaucoup mieux occupée d'elle.

Si seulement Cecilia était encore avec lui! Comme elle avait été jolie et gaie! Comme ses chansons avaient résonné dans le vieux presbytère de Maywater! Et elle était partie si soudainement, emportant avec elle le rire et la musique et ne laissant que le silence; oui, elle était partie si vite qu'il n'était jamais tout à fait revenu de sa stupeur. Comment elle, si belle et si vivante, avait-elle pu mourir?

La perspective d'un deuxième mariage ne s'était jamais sérieusement présentée à l'esprit de John Meredith. Il avait aimé sa femme d'un amour si profond qu'il ne croyait pas possible d'éprouver jamais un sentiment analogue envers une autre. Il avait vaguement l'idée que Faith aurait avant peu l'âge de prendre la place de sa mère. Jusque-là, il devait faire de son mieux tout seul. Il soupira et entra dans sa chambre où le lit n'avait pas été fait. Tante Martha avait oublié de le faire, et Mary n'avait pas osé s'en occuper parce que tante Martha lui avait formellement interdit de toucher à quoi que ce soit dans la chambre du pasteur. Mais M. Meredith ne s'en aperçut même pas. Saint Augustin occupait entièrement ses pensées.

10

Les filles du presbytère font le ménage

« Zut, bougonna Faith, s'asseyant dans son lit en frissonnant. Il pleut. Je déteste les dimanches de pluie. Le dimanche est déjà suffisamment ennuyeux quand il fait beau. »

« Nous ne devrions pas trouver les dimanches ennuyeux, répondit Una en s'étirant, essayant de rassembler ses esprits engourdis ; elle avait l'impression désagréable d'avoir dormi trop longtemps.

« Pourtant c'est vrai, reprit candidement Faith. Mary Vance dit que la plupart du temps, elle s'ennuie tellement le dimanche qu'elle pourrait se pendre. »

« Nous devrions aimer les dimanches plus que Mary Vance, fit remarquer Una d'un air penaud. Nous sommes des enfants de pasteur. »

« J'préférerais que nous soyons les enfants d'un forgeron, protesta maussadement Faith, à la recherche de ses chaussettes. Alors, personne ne s'attendrait à ce que nous fassions mieux que les autres. Mais regarde les trous à mes talons. Mary a raccommodé mes bas avant de partir et ils sont aussi troués qu'avant. Lève-toi, Una. Je ne peux pas préparer le déjeuner toute seule. Oh ! Seigneur ! J'aimerais que papa et Jerry soient ici. Qui aurait cru que l'absence de papa se ferait tellement sentir ? On ne le voit déjà pas beaucoup quand il est là. Pourtant, on dirait que la maison est vide. Il faut que je me dépêche d'aller prendre des nouvelles de tante Martha. »

«Est-ce qu'elle va mieux?» s'informa Una quand Faith revint.

«Non. Elle se plaint toujours. On devrait peut-être en parler au Dr Blythe. Mais elle ne veut pas. Elle dit qu'elle n'a jamais consulté de médecin de sa vie et que ce n'est pas aujourd'hui qu'elle va commencer. Elle prétend que les médecins ne font rien d'autre qu'empoisonner les gens. Penses-tu que ce soit vrai?»

«Non, évidemment, protesta Una, indignée. Je suis certaine que le Dr Blythe n'empoisonnerait jamais personne.»

«Bon, il faudra refrictionner le dos de tante Martha après le déjeuner. Nous ferons mieux de ne pas le faire avec des flanelles aussi chaudes qu'hier.»

Faith pouffa de rire à ce souvenir. Elles avaient pratiquement ébouillanté le dos de la pauvre tante Martha. Una soupira. Mary Vance aurait su exactement à quelle température les flanelles devaient être pour un tour de reins. Mais elles, elles ne savaient rien. Et comment pouvaient-elles apprendre si ce n'est en faisant des expériences malheureuses? Dans ce cas-ci, c'était la pauvre tante Martha qui en avait fait les frais.

Le lundi précédent, M. Meredith était parti prendre de courtes vacances en Nouvelle-Écosse et il avait amené Jerry. Le mercredi, tante Martha avait eu une attaque d'un mal mystérieux et récurrent qu'elle appelait «tour de reins», mal qui l'assaillait toujours aux moments les plus inopportuns. Elle était incapable de se lever, chaque mouvement lui causant une souffrance intolérable. Et elle refusait systématiquement de faire venir un médecin. Faith et Una préparaient les repas et veillaient sur elle. Les repas, aussi bien ne pas en parler même s'ils n'étaient pas vraiment pires que ceux de tante Martha. Plusieurs femmes du village se seraient fait un plaisir de leur donner un coup de main, mais tante Martha ne voulaient pas qu'elles connaissent son état.

« Il faut qu'vous preniez les choses en main jusqu'à ce que j'sois sur pieds, grogna-t-elle. Grâce à Dieu, John est absent. Y a plein de viande froide et de pain et vous pouvez vous essayer à faire du gruau. »

Les filles avaient essayé sans, jusqu'à présent, obtenir beaucoup de succès. Le premier jour, le gruau était trop clair. Le deuxième, il était si épais qu'on pouvait le trancher au couteau. Et les deux fois, il était brûlé.

« Je déteste le gruau, déclara Faith avec hargne. Quand j'aurai ma maison à moi, jamais je n'en ferai. »

« Qu'est-ce que tes enfants vont devenir, alors ? demanda Una. Les enfants doivent manger du gruau, sinon ils ne grandissent pas. C'est ce que tout le monde prétend. »

« Il faudra qu'ils s'en passent ou qu'ils restent des nains, répliqua Faith avec entêtement. Tiens, Una, brasse-le pendant que je mets le couvert. Si j'arrête une minute, cette horrible bouillie va coller au fond. Il est neuf heures et demie. Nous serons en retard à l'école du dimanche. »

« Je n'ai encore vu passer personne, fit remarquer Una. Il n'y aura probablement pas grand monde dehors. Il pleut à boire debout. Et quand il n'y a pas de sermon, les gens ne font pas tout ce chemin pour amener les enfants. »

« Va chercher Carl », dit Faith.

Il s'avéra que Carl avait mal à la gorge, parce qu'il s'était mouillé en poursuivant des libellules dans le marais de la vallée Arc-en-ciel, la veille au soir. Il était revenu à la maison avec des chaussettes et des bottes trempées et ne s'était pas changé pour s'asseoir dehors. Il ne pouvait rien avaler et Faith le renvoya se coucher. Elle et Una laissèrent la table telle quelle et partirent pour l'école du dimanche. La salle était vide lorsqu'elles arrivèrent et personne ne se présenta. Elles attendirent jusqu'à onze heures et décidèrent de rentrer.

« On dirait qu'il n'y a personne non plus à l'école du dimanche méthodiste », remarqua Una.

« Tant mieux, se réjouit Faith. Je détesterais l'idée que les méthodistes soient meilleurs que les presbytériens pour ce qui est d'aller à l'école du dimanche sous la pluie. Mais comme il n'y a pas de sermon dans leur église non plus, ils auront sans doute le catéchisme l'après-midi. »

Una lava la vaisselle et fit un excellent travail, l'ayant appris de Mary Vance. Faith balaya le plancher à sa façon puis se fit une coupure au doigt en pelant des pommes de terre pour le dîner.

« J'aimerais que nous ayons autre chose à manger que du fricot, soupira Una. Je suis si fatiguée de ça. Les enfants Blythe ne connaissent pas le fricot. Et jamais nous n'avons de pouding. Nan prétend que Susan s'évanouirait s'ils n'avaient pas de pouding le dimanche. Pourquoi ne sommes-nous pas comme les autres, Faith ? »

« Je ne veux pas être comme les autres, fit Faith en riant, pansant son doigt sanglant. J'aime être moi-même. C'est plus intéressant. Jessie Drew est peut-être une bonne maîtresse de maison comme sa mère, mais ça te plairait d'être stupide comme elle ? »

« Notre maison n'est pas comme il faut. C'est Mary Vance qui le dit. Elle dit que le désordre fait jaser les gens. »

Faith eut une inspiration.

« Nous allons faire le ménage, s'écria-t elle. Nous nous mettrons au travail demain. C'est une vraie chance que tante Martha soit au lit et ne puisse s'en mêler. Tout sera joli et propre pour le retour de papa, exactement comme c'était quand Mary est partie. N'importe qui est capable de balayer, d'épousseter et de laver les fenêtres. Personne n'aura plus rien à redire. Jem prétend que ce ne sont que les vieilles chouettes qui jacassent, mais leurs paroles blessent autant que celles des autres. »

« J'espère qu'il fera beau, demain, acquiesça Una, enthousiaste. Oh ! Faith, ce sera magnifique d'avoir une maison propre comme tout le monde. »

« J'espère que le mal de dos de tante Martha va durer jusqu'à demain, poursuivit Faith. Sinon, nous n'avancerons à rien. »

L'aimable souhait de Faith fut exaucé. Le lendemain, tante Martha était toujours incapable de se lever. Carl, encore très mal en point, fut également très facile à convaincre de garder le lit. Ni Faith ni Una n'avaient la moindre idée de la gravité de son cas; une mère attentive aurait appelé le médecin sans délai; mais il n'y avait pas de mère, et le pauvre petit Carl, la gorge en feu, la tête douloureuse et les joues écarlates, s'enroula dans ses draps froissés et souffrit tout seul, quelque peu réconforté par la présence d'un petit lézard vert dans la poche de sa chemise de nuit en lambeaux.

Un soleil d'été apparut après la pluie. C'était une journée idéale pour faire le ménage et les deux fillettes se mirent joyeusement au travail.

« Nous allons nettoyer la salle à manger et le salon, décida Faith. Inutile de s'occuper du bureau et ça n'a pas vraiment d'importance à l'étage. Pour commencer, nous allons tout sortir. »

Ainsi fut fait. Les meubles furent empilés sur la véranda et la pelouse, et les tapis drapèrent gaiement la clôture du cimetière méthodiste. Un balayage en règle suivit, après quoi Una tenta d'épousseter tandis que Faith lavait les fenêtres, brisant un carreau et en craquant deux par la même occasion. Una examina d'un air perplexe les vitres sillonnées de coulisses.

« On dirait que quelque chose ne va pas, commenta-t-elle. Les fenêtres de Mme Elliott et celles de Susan brillent et scintillent. »

« Peu importe. Le soleil entrera bien quand même, interrompit Faith avec bonne humeur. Elles sont sûrement propres après tout le savon et l'eau que j'ai utilisés, et c'est ça le principal. Comme il est passé onze heures, je vais essuyer le dégât sur le plancher et nous irons dehors. Tu vas épousseter les meubles et je vais battre les tapis. Je vais le faire dans le cimetière. Je n'ai pas l'intention d'envoyer valser la poussière partout sur la pelouse. »

Ce fut une activité qui plut à Faith. Elle trouva très divertissant de se tenir debout sur la tombe d'Hezekiah Pollock à frapper et à secouer les tapis. Il va sans dire que le marguillier Abraham Clow et son épouse, passant par là dans leur confortable boghei à deux places, semblèrent lui jeter un regard lugubrement désapprobateur.

« N'est-ce pas une chose terrible à voir ? » s'exclama solennellement le marguillier Abraham.

« Je ne l'aurais jamais cru si je ne l'avais pas vu de mes propres yeux », répondit son épouse d'un ton plus solennel encore.

Faith agita gaiement un paillasson en direction du couple Clow. Que le marguillier et sa femme ne lui renvoient pas son salut ne l'inquiéta nullement. Tout le monde savait que jamais le marguillier Abraham n'avait été vu en train de sourire depuis que, quatorze ans auparavant, il avait été nommé directeur de l'école du dimanche. Mais elle se sentit blessée que ni Minnie ni Adella Clow ne lui répondent. Faith aimait bien Minnie et Adella. Après les Blythe, elles étaient ses meilleures amies à l'école et elle aidait toujours Adella à faire ses additions. Voilà la reconnaissance qu'on lui témoignait. Ses amies l'ignoraient parce qu'elle secouait des tapis dans un vieux cimetière où, comme le disait Mary Vance, personne n'avait été enterré depuis des années. Faith se précipita vers la véranda où elle retrouva Una, également vexée parce que les fillettes Clow ne l'avaient pas saluée elle non plus.

« Je présume qu'elles sont fâchées pour une raison ou pour une autre, suggéra Faith. Elles sont peut-être jalouses parce qu'on passe beaucoup de temps à jouer avec les Blythe dans la vallée Arc-en-ciel. Attends seulement que l'école commence et qu'Adella me demande de l'aider en calcul ! Nous serons quittes, alors. Allons, rentrons les choses. Je suis complètement crevée et je n'ai pas l'impression que les tapis auront meilleure apparence, bien que j'aie envoyé des tonnes de poussière dans le cimetière. Je déteste faire le ménage. »

Les deux fillettes épuisées ne finirent pas de nettoyer
les deux chambres avant deux heures. Elles mangèrent une
bouchée dans la cuisine, décidées à laver la vaisselle
aussitôt après. Mais Faith tomba sur un nouveau livre
d'histoire que Di Blythe lui avait prêté et se plongea
dedans jusqu'au coucher du soleil. Una apporta une tasse
de thé fort à Carl, mais le trouva endormi ; elle se blottit
donc dans le lit de Jerry et céda elle aussi au sommeil.
Entre-temps, une histoire saugrenue faisait le tour de Glen
St. Mary et les gens s'interrogeaient mutuellement, d'un
air grave, sur ce qu'il fallait faire de ces enfants du
presbytère.

« Il n'y a pas de quoi rire, tu peux me croire, confia
Mlle Cornelia à son mari, en poussant un profond soupir.
Au début, je ne voulais pas le croire. Quand Miranda Drew
a raconté cette histoire après-midi en revenant de l'école
du dimanche méthodiste, j'ai tout simplement haussé les
épaules. Mais Mme Abraham a dit qu'elle et son mari le
marguillier l'ont vu de leurs propres yeux. »

« Vu quoi ? » demanda Marshall.

« Faith et Una Meredith sont restées chez elles ce
matin et ont fait le ménage au lieu d'aller à l'école du
dimanche, annonça Mlle Cornelia avec l'accent du
désespoir. Quand le marguillier Abraham est revenu de
l'église – il était resté plus tard pour remettre les livres de
la bibliothèque en ordre – il les a aperçues en train de
battre les tapis dans le cimetière méthodiste. Je ne pourrai
plus jamais regarder un méthodiste en face. Pense au
scandale que cela va provoquer ! »

Cela en provoqua certainement un, qui prit de plus en
plus d'ampleur à mesure que la rumeur se propageait,
jusqu'à ce que les habitants de l'autre côté du port
apprennent que non seulement les filles du presbytère
avaient nettoyé la maison et fait la lessive un dimanche,
mais que cela s'était terminé par un pique-nique dans le
cimetière pendant que se déroulait l'école du dimanche
méthodiste. Le seul foyer qui continua à ignorer béatement

l'effroyable nouvelle fut le presbytère lui-même; le lendemain, que Faith et Una croyaient sincèrement être un
mardi, il pleuvait encore; et il plut pendant les trois jours
suivants; personne ne s'approcha du presbytère et les filles
du presbytère n'allèrent nulle part; elles auraient pu
patauger dans la vallée Arc-en-ciel envahie de brume
jusqu'à Ingleside, mais toute la famille Blythe, à l'exception de Susan et du docteur, était allée en visite à
Avonlea.

«Ce sont nos dernières tranches de pain et il n'y a
plus de fricot, annonça Faith. Qu'allons-nous faire si tante
Martha ne se rétablit pas bientôt?»

«Nous pouvons acheter du pain au village et il reste
la morue que Mary a fait sécher, répondit Una. Mais nous
ne savons pas comment la faire cuire.»

«Oh! C'est facile, fit Faith en riant. Il n'y a qu'à la
faire bouillir.»

Ce qui fut fait, mais elles omirent de la faire tremper
avant et elle était si salée qu'elles ne purent la manger.
Elles eurent très faim, ce soir-là; le lendemain, elles virent
cependant la fin de leurs ennuis. Le soleil était revenu;
Carl était rétabli et le mal de dos de tante Martha la quitta
aussi soudainement qu'il était apparu; le boucher se
présenta au presbytère et chassa la famine. Pour couronner
le tout, les enfants Blythe étaient de retour et, avec les
enfants du presbytère et Mary Vance, ils eurent une fois de
plus leur rendez-vous au crépuscule dans la vallée
Arc-en-ciel où les pâquerettes semblaient flotter sur
l'herbe comme des esprits dans la rosée et les grelots des
Arbres amoureux tintaient comme les clochettes des fées
dans la brunante embaumée.

11

Une épouvantable découverte

« Eh bien, vous vous êtes mis dans de beaux draps, les jeunes ! »

C'est ainsi que Mary salua ses amis quand elle les rejoignit dans la vallée. Mlle Cornelia se trouvait à Ingleside, tenant un interminable conciliabule avec Anne et Susan, et Mary espérait que la séance fût longue, car c'était la première fois depuis deux semaines qu'elle était autorisée à s'amuser avec ses amis dans la chère vallée Arc-en-ciel.

« Comment ça ? » questionnèrent-ils tous en chœur, à l'exception de Walter, dans la lune comme à l'accoutumée.

« C'est à vous que je m'adresse, les jeunes du presbytère, reprit Mary. C'était vraiment affreux de votre part. J'aurais jamais fait ça pour tout l'or au monde, et j'ai pas été élevée dans un presbytère, moi, pas été élevée nulle part, d'ailleurs, j'ai juste poussé tant bien que mal. »

« Qu'est-ce qu'on a fait ? » demanda Faith, interloquée.

« Fait ? Vous avez du culot de me l'demander ! C'est effrayant, c'qu'on raconte ! J'm'attends à c'que ça ruine la réputation de votre père dans la paroisse. Jamais il pourra s'en remettre, le pauvre homme ! C'est lui que tout le monde blâme, et c'est pas juste. Mais y a rien de juste dans c'bas monde. Vous devriez avoir honte. »

« Mais qu'est-ce qu'on a bien pu faire ? » insista Una, au désespoir. Faith resta muette, mais ses yeux mordorés lancèrent un éclair méprisant à Mary.

« Oh ! Faites pas les innocentes ! s'écria Mary, les foudroyant du regard. Tout le monde est au courant. »

« Pas moi, interrompit Jem avec indignation. Que je ne te prenne pas à faire pleurer Una, Mary Vance. De quoi parles-tu ? »

« C'est possible que tu sois pas au courant, toi, tu viens juste d'arriver de l'ouest », admit Mary, quelque peu subjuguée. Jem avait le tour avec elle. « Mais le reste du monde le sait, je t'en passe un papier. »

« Sait quoi ? »

« Que dimanche dernier, Faith et Una sont restées à la maison à *faire le ménage* au lieu d'aller à l'école du dimanche. »

« Ce n'est pas vrai », protestèrent passionnément Faith et Una.

Mary les regarda d'un air hautain.

« J'aurais jamais cru que vous nieriez, après m'avoir tant rebattu les oreilles sur le mensonge, fit-elle. Tout le monde est au courant, alors à quoi ça vous sert de dire le contraire ? Le marguillier Clow et sa femme vous ont vues. Y en a qui disent que ça va diviser l'église, mais j'pense pas que ça aille aussi loin. Vous avez du front tout le tour de la tête ! »

Nan Blythe se leva et entoura de ses bras ses amies médusées.

« Elles ont eu la gentillesse de t'accueillir, de te nourrir et de t'habiller quand tu étais affamée dans la grange de M. Taylor, Mary Vance, dit-elle. Tu es vraiment reconnaissante, d'après ce que je peux voir. »

« J'le suis, répliqua Mary. T'en douterais pas si tu m'avais entendue prendre la défense de M. Meredith. J'me suis écorché la langue à parler en sa faveur, cette semaine. J'ai dit et répété que c'était pas de sa faute si ses jeunes avaient fait le ménage le dimanche. Il était pas là, et elles étaient censées savoir quoi faire. »

« Mais nous n'avons pas fait le ménage, protesta Una. C'est *lundi* que nous l'avons fait, pas vrai, Faith ? »

«Évidemment, renchérit Faith, ses yeux lançant des éclairs. Nous nous sommes rendues à l'école du dimanche malgré la pluie, et personne ne s'est présenté, pas même le marguillier Abraham, malgré tout ce qu'il raconte sur les premiers chrétiens. »

«C'est samedi qu'il a plu, coupa Mary. Dimanche, il faisait très beau. J'suis pas allée à l'école du dimanche parce que j'avais mal aux dents, mais tous les autres s'y sont rendus et ils ont aperçu vos affaires sur le gazon. Pis le marguillier Abraham et sa femme vous ont vues en train de battre des tapis dans le cimetière. »

Una s'effondra au milieu des marguerites et se mit à pleurer.

«Voyons, fit Jem d'un ton résolu, il faut clarifier ça. *Quelqu'un* s'est trompé. Dimanche, il faisait beau, Faith. Comment as-tu pu prendre le samedi pour le dimanche ? »

«L'assemblée de prières était jeudi soir, cria Faith, et Adam est tombé dans la soupière vendredi, quand le chat de tante Martha l'a poursuivi, et il a gâché notre dîner. Samedi, il y avait une couleuvre dans la cave et Carl l'a prise avec un bâton fourchu et l'a apportée dehors, et dimanche, il pleuvait, voilà ! »

«L'assemblée de prières était mercredi soir, rectifia Mary. C'est le marguillier Baxter qui devait la diriger et comme il ne pouvait pas y aller le jeudi, elle a été changée pour le mercredi. Tu étais juste une journée à l'avance, Faith Meredith, et vous avez vraiment travaillé un dimanche ! »

Faith éclata soudain de rire.

«Je suppose que oui. Quelle blague ! »

«J'me demande si votre père va la trouver drôle », fit Mary d'un ton acerbe.

«Il n'y aura plus de problème quand les gens vont s'apercevoir que ce n'était qu'une erreur, poursuivit Faith avec insouciance. Nous leur expliquerons. »

«Vous pourrez bien expliquer jusqu'à en avoir la face noire, dit Mary, mais une menterie comme celle-là voyagera plus vite et plus loin que vous pourrez jamais le faire. J'connais la vie plus que vous, et j'le sais. Y aura plein de gens qui voudront jamais croire que c'était une erreur.»

«Ils le croiront si je leur dis.»

«Tu peux pas le dire à tout le monde, insista Mary. Non, j'␣t'assure que vous avez déshonoré votre père.»

Si la soirée d'Una se trouva gâchée par cette sinistre réflexion, Faith refusa quant à elle de se sentir coupable. De plus, elle avait un plan qui rétablirait la situation. Elle relégua donc derrière elle le passé et sa bévue et s'abandonna tout entière au plaisir de l'instant présent. Jem partit pêcher et Walter, émergeant de sa rêverie, entreprit de décrire les forêts du ciel. Mary tendit l'oreille et écouta respectueusement. Vénérant Walter, elle se délectait de l'entendre «parler comme un livre». Cela la ravissait toujours. Ayant lu Coleridge ce jour-là, Walter se figurait un paradis où

> Des ruisseaux serpentaient dans des parcs de lumière,
> En pleine floraison, des arbres embaumaient,
> Des forêts immuables, des collines séculaires,
> Les vallons chatoyants, de verdure entouraient.

«J'savais pas qu'il y avait des forêts dans le ciel, remarqua Mary, en prenant une longue inspiration. J'pensais qu'il y avait seulement des rues.»

«Bien sûr qu'il y a des forêts, dit Nan. Ni maman ni moi ne pouvons vivre sans arbres, alors à quoi cela servirait-il d'aller au ciel s'il n'y avait pas d'arbres?»

«Il y a des villes aussi, reprit le jeune rêveur, des villes splendides, de la couleur du soleil couchant, avec des tours en saphirs et des dômes en arcs-en-ciel. Elles sont en or et en diamants, des rues entières en diamants, scintillant comme le soleil. Dans les parcs, il y a des fontaines de cristal qui reçoivent les caresses de la lumière, et partout, s'épanouissent des asphodèles, les fleurs du paradis.»

«Imaginez! s'écria Mary. Une fois, j'ai vu la rue principale de Charlottetown, et j'trouvais ça tellement magnifique, mais j'suppose que c'est rien, comparé au ciel. Seigneur, ça a l'air fantastique, de la façon dont tu le décris, mais tu crois pas que ça risque d'être un peu ennuyeux ? »

« Oh ! J'présume qu'on pourra s'amuser quand les anges auront le dos tourné », dit Faith avec assurance.

« Il n'y a que du plaisir au paradis », déclara Di.

« C'est pas écrit dans la Bible, ça », protesta Mary qui, après avoir tant lu les Saintes Écritures le dimanche après-midi sous l'œil de Mlle Cornelia, se considérait à présent comme une autorité en la matière.

« Maman dit que la Bible est écrite au figuré », dit Nan.

« Est-ce que ça veut dire qu'elle ne dit pas la vérité ? » demanda Mary avec espoir.

« Non, pas vraiment. Mais je crois que ça signifie que le ciel sera exactement comme on veut qu'il soit. »

« J'aimerais qu'il ressemble à la vallée Arc-en-ciel, dit Mary, avec vous autres pour jaser et jouer avec moi. Ça m'suffirait. En tout cas, on peut pas aller au ciel avant d'être mort, et même là, on en est pas sûr, alors pourquoi s'inquiéter de ça ? Voilà Jem avec une ficelle de truites et c'est mon tour de les faire frire. »

« Nous devrions en savoir davantage sur le paradis que Walter, puisque nous sommes les enfants du pasteur », commenta Una sur le chemin du retour.

« Nous en *savons* autant que lui, mais Walter peut *imaginer*, répondit Faith. Mme Elliott prétend qu'il tient ça de sa mère. »

« Si seulement nous n'avions pas fait cette erreur dimanche dernier », soupira Una.

« Ne t'en fais pas. J'ai un plan formidable pour expliquer la chose à tout le monde, la rassura Faith. Attends à demain soir. »

12

Une explication courageuse

C'était le révérend Dr Cooper qui prêchait le lendemain soir et l'église presbytérienne était bondée de gens
venus d'un peu partout. Le révérend Docteur avait la
réputation d'être un conférencier très éloquent; et, se
souvenant du vieux dicton selon lequel un pasteur devrait
porter ses plus beaux vêtements en ville et ses plus beaux
sermons à la campagne, il impressionna son auditoire par
le discours tout à fait érudit qu'il prononça. Pourtant,
quand les gens retournèrent chez eux ce soir-là, ce n'était
pas le sermon du Dr Cooper qui alimentait leurs conversations. Ils l'avaient totalement oublié.

Le Dr Cooper avait conclu par une fervente exhor-
tation, essuyé la sueur qui perlait sur son front massif,
prononcé ce « Prions, mes frères » qui l'avait rendu
célèbre, et avait dûment prié. Il y avait eu une légère
pause. À l'église de Glen St. Mary, la vieille habitude de
faire la quête après le sermon plutôt qu'avant subsistait –
principalement parce que les méthodistes avaient adopté
la nouvelle façon de faire, et que ni Mlle Cornelia, ni le
marguillier Clow ne voulaient entendre parler de marcher
dans les traces des méthodistes. Charles Baxter et Thomas
Douglas, qui assumaient la responsabilité de passer les
plateaux, étaient sur le point de se lever de leurs sièges.
L'organiste avait installé sa partition et la chorale s'était
éclairci la gorge. Tout à coup, Faith Meredith se leva dans

le banc du presbytère, s'avança jusqu'à l'estrade de la chaire et fit face à l'audience médusée.

Mlle Cornelia se souleva à demi de son siège puis se rassit. Son banc étant assez éloigné de la chaire, elle conclut que quelles que soient les intentions de Faith, le mal serait déjà à moitié fait avant qu'elle arrive jusqu'à elle. Inutile alors de rendre le spectacle plus dramatique que ce qu'il devait être. Jetant un regard angoissé à Mme Dr Blythe et un autre en direction de Deacon Warren de l'église méthodiste, Mlle Cornelia se résigna à subir un nouveau scandale.

« Si au moins la petite était vêtue convenablement », maugréa-t-elle intérieurement.

Faith, ayant renversé de l'encre sur sa tenue du dimanche, avait sereinement revêtu une vieille robe en tissu imprimé d'un rose délavé. Un accroc dans la jupe avait été reprisé avec du coton écarlate et l'ourlet avait été abaissé, laissant voir une bande claire d'un rose vif autour de la jupe. Mais Faith ne songeait aucunement à son accoutrement. Elle se sentait soudainement nerveuse. Ce qui avait paru si facile en imagination était en réalité plutôt difficile à accomplir. Confrontée à tous ces regards interrogateurs qui la fixaient, Faith faillit perdre courage. Les lumières étaient si aveuglantes, le silence, si terrifiant. Elle eut l'impression qu'elle n'arriverait pas à prononcer un mot. Mais il le fallait, son père devait être lavé de tout soupçon. Seulement... les paroles ne sortaient pas.

Le petit visage nacré et implorant d'Una luisait dans le banc du presbytère. Les enfants Blythe étaient déconcertés. À l'arrière, sous le jubé, Faith aperçut le gracieux sourire de Mlle Rosemary West et celui, amusé, de Mlle Ellen. Mais rien de cela ne fut d'aucun secours. Ce fut Bertie Shakespeare Drew qui sauva la situation. Assis au premier rang du jubé, Bertie Shakespeare fit à Faith une mimique moqueuse. Cette dernière lui lança en retour un regard menaçant et, dans sa fureur, elle oublia son trac. Retrouvant la voix, elle parla clairement et courageusement.

« Je veux expliquer quelque chose, commença-t-elle, et je veux le faire maintenant pour que tous ceux qui ont entendu l'autre version entendent celle-ci. Les gens prétendent qu'Una et moi, nous sommes restées à la maison dimanche dernier et avons fait le ménage au lieu d'aller au catéchisme. Eh bien! c'est vrai, mais nous ne l'avons pas fait exprès. Nous avons confondu les jours de la semaine. Tout est de la faute du marguillier Baxter – agitation dans le banc Baxter – il a changé le jour de l'assemblée de prières qui devait se tenir le mercredi soir, alors nous avons cru que jeudi était vendredi et ainsi de suite jusqu'au samedi que nous avons pris pour le dimanche. Comme Carl et tante Martha étaient tous deux malades et incapables de se lever, ils n'ont pu nous détromper. Nous nous sommes rendues à l'école du dimanche sous l'averse de samedi et personne n'est venu. Nous avons alors pensé faire le ménage lundi pour faire taire les vieilles commères qui n'arrêtent pas de raconter que le presbytère est sale – émoi général dans toute l'assemblée – et c'est ce que nous avons fait. J'ai secoué les tapis dans le cimetière méthodiste parce que c'est un endroit tellement pratique et non pas pour manquer de respect aux morts. Ce ne sont pas les morts qui ont monté toute cette histoire en épingle, ce sont les vivants. Et personne d'entre vous n'a le droit de blâmer mon père pour ce qui s'est passé; il n'était pas là, il ne pouvait pas le savoir, et, de toute façon, nous pensions que c'était lundi. C'est le meilleur des pères qui aient jamais existé sur terre et nous l'aimons de tout notre cœur. »

La tirade de Faith se termina dans un sanglot. Elle dévala les marches et s'éclipsa par la porte de côté. Là, réconfortée par l'amical clair de lune d'un soir d'été, elle cessa d'avoir mal à la gorge et aux yeux. La terrible explication était donnée et, à présent, tout le monde savait que son père n'était coupable de rien et qu'elle et Una n'avaient pas eu la vilenie de faire sciemment le ménage un dimanche.

À l'intérieur de l'église, pendant que les gens se dévisageaient avec ahurissement, Thomas Douglas se leva et, le visage inexpressif, il remonta l'allée. Son devoir était clair : que le ciel leur tombe ou non sur la tête, il fallait faire la quête. Ainsi fut fait ; la chorale, mal à l'aise, entonna le motet, consciente qu'il tombait terriblement à plat ; le Dr Cooper donna le signal de l'hymne final et prononça la bénédiction avec considérablement moins d'onction que d'habitude. Le sens de l'humour du révérend Docteur avait été chatouillé par la performance de Faith. En outre, John Meredith était bien connu des cercles presbytériens.

M. Meredith retourna chez lui le lendemain après-midi mais, auparavant, Faith s'organisa pour scandaliser une fois de plus la population de Glen St. Mary. En réaction à l'intensité de la pression subie le dimanche soir, elle débordait particulièrement, le lundi, de ce que Mlle Cornelia aurait appelé «diablerie». Ce qui l'amena à défier Walter Blythe de traverser la rue principale sur le dos d'un cochon, pendant qu'elle en chevauchait un autre.

Les gorets en question étaient deux grandes bêtes efflanquées censées appartenir au père de Bertie Shakespeare Drew et qui, depuis une quinzaine de jours, rôdaient dans le chemin jouxtant le presbytère. Walter ne voulait pas courir dans Glen St. Mary sur un cochon, mais tout ce que Faith Meredith le défiait de faire devait être fait. Ils dévalèrent donc la pente et firent irruption dans le village, Faith pliée en deux par le rire sur son coursier terrifié, et Walter rouge de honte. Ils frôlèrent le pasteur lui-même, qui arrivait de la gare ; un peu moins dans la lune que d'habitude – il avait dû s'entretenir avec Mlle Cornelia dans le train, ce qui le réveillait toujours temporairement – il les remarqua et pensa qu'il devait absolument parler à Faith et lui dire qu'une telle conduite n'était pas convenable. Arrivé chez lui , il avait cependant oublié cet incident futile. Walter et Faith passèrent à côté de Mme Alec Davis qui poussa un hurlement d'horreur,

puis à côté de Mlle Rosemary West, qui rit puis soupira.
Finalement, juste avant que les porcs aboutissent dans la
cour de Bertie Shakespeare Drew pour n'en plus jamais
ressortir tant le choc avait été pénible pour leurs nerfs,
Faith et Walter sautèrent de leur monture, au moment
précis ou le D^r et Mme Blythe arrivaient d'un pas rapide.

« C'est comme ça que tu élèves tes garçons », fit
Gilbert avec une feinte sévérité.

« Je les gâte peut-être un peu, admit Anne, l'air
contrit, mais, oh! Gilbert, quand je songe à ma propre
enfance avant d'arriver aux Pignons verts, je n'ai pas le
cœur de me montrer trop stricte. Comme j'avais faim
d'amour et de plaisir, petite cendrillon mal aimée que
j'étais, avec jamais un instant pour jouer! Ils s'amusent
tellement avec les enfants du presbytère. »

« Et les pauvres cochons, eux? »

Anne essaya sans succès de garder son sérieux.

« Penses-tu vraiment qu'ils en ont souffert? demanda-
t-elle. Rien, selon moi, ne peut faire de mal à ces bêtes.
Elles ont été la plaie du voisinage cet été et les Drew ne
veulent pas les enfermer. Mais je vais parler à Walter, si
j'arrive à le faire sans pouffer de rire. »

Mlle Cornelia se présenta à Ingleside ce soir-là pour
soulager son esprit à propos des événements du dimanche
soir. À sa grande surprise, elle découvrit qu'Anne ne
voyait pas le comportement de Faith du même œil qu'elle.

« J'avoue avoir trouvé qu'il y avait quelque chose de
courageux et de pathétique dans sa façon de faire face à
cette assemblée, dit-elle. C'était évident qu'elle était
mortellement terrifiée, et pourtant, elle était décidée à ce
que son père soit exonéré de tout blâme. Cela m'a plu. »

« Oh! C'est sûr que la pauvre enfant était bien
intentionnée, soupira Mlle Cornelia, mais c'était quand
même une chose terrible à faire, et les gens jacassent
encore plus. Ce n'était plus tellement cette histoire du
ménage du dimanche qui les dérangeait. On en parlait de
moins en moins, et cet esclandre a tout remis sur le tapis.

Rosemary West est comme vous : en quittant l'église hier soir, elle a dit qu'elle avait trouvé Faith courageuse, mais qu'elle avait eu pitié d'elle aussi. Quant à Mlle Ellen, elle a considéré que c'était une excellente plaisanterie et a déclaré qu'il y avait des années qu'elle ne s'était autant amusée à l'église. Elles s'en fichent, évidemment : elles sont épiscopaliennes. Mais c'est différent pour nous, presbytériens. Et il y avait tellement d'étrangers ce soir-là, sans compter la foule de méthodistes. Mme Leander Crawford a eu tant de peine qu'elle en a pleuré. Et Mme Alec Davis a dit que la petite effrontée méritait une bonne fessée. »

« Mme Leander Crawford passe son temps à pleurnicher à l'église, laissa tomber Susan avec mépris. Tout ce que le pasteur peut dire d'émouvant lui arrache des larmes. Mais on voit pas souvent son nom sur une liste de souscriptions, chère Mme Docteur. Faut croire que les larmes coûtent moins cher. Une fois, elle a essayé de me dire que tante Martha était une ménagère vraiment malpropre ; et j'ai eu envie de lui répondre : "Tout le monde sait que vous-même avez été vue en train de préparer des gâteaux dans le bac à vaisselle, Mme Leander Crawford !" Mais je l'ai pas dit, chère Mme Docteur, parce que je me respecte trop pour m'abaisser à discuter avec des gens de son espèce. J'pourrais raconter des choses pires encore sur Mme Leander Crawford, si j'étais disposée à commérer. Quant à Mme Alec Davis, si c'était à moi qu'elle avait dit ça, savez-vous c'que je lui aurais répondu, chère Mme Docteur ? J'aurais dit : "J'doute pas que vous donneriez une fessée à Faith, Mme Davis, mais jamais vous aurez l'occasion de porter la main sur la fille d'un pasteur, que ce soit dans ce monde-ci ou dans l'autre. »

« Si seulement la pauvre Faith avait été habillée convenablement, se lamenta Mlle Cornelia, le mal aurait été moins grand. Mais la voir là, debout sur l'estrade, dans cette robe affreuse ! »

« Mais elle était propre, chère Mme Docteur, la défendit Susan. Ce sont des enfants propres. Ils sont peut-être étourdis et insouciants, chère Mme Docteur, j'dis pas le contraire, mais jamais ils négligent de se laver derrière les oreilles. »

« Quand on pense que Faith a oublié quel jour était dimanche, insista Mlle Cornelia. En grandissant, elle sera aussi négligente et dénuée de sens pratique que son père, vous pouvez me croire. Je suppose que Carl aurait su ce qui en était, s'il n'avait pas été malade. J'ignore quel était son problème, mais j'ai idée qu'il a mangé les bleuets qui poussent dans le cimetière. Pas étonnant que ça l'ait rendu malade. Si j'étais méthodiste, j'essaierais au moins de nettoyer mon cimetière. »

« Je suis d'avis que Carl a seulement mangé les baies amères qui poussent sur le muret, émit Susan avec espoir. Je crois pas qu'aucun fils de pasteur avalerait des bleuets qui poussent sur la tombe des morts. Ce serait moins grave, vous savez, chère Mme Docteur, de manger les choses qui poussent sur le muret. »

« La pire chose de la performance de Faith a été la grimace qu'elle a faite à quelqu'un de l'assemblée avant de commencer, reprit Mlle Cornelia. Le marguillier Clow prétend qu'elle lui était adressée. Et vous a-t-on dit que Faith a été vue chevauchant un cochon aujourd'hui ? »

« Je l'ai moi-même vue. Walter était avec elle. Je l'ai un peu – un tout petit peu – réprimandé à ce sujet. Il n'a pas dit grand-chose, mais il m'a donné l'impression que c'était son idée et que Faith n'est pas à blâmer. »

« J'le crois pas, chère Mme Docteur, s'écria Susan en levant les bras. Walter est comme ça, il assume le blâme. Mais vous savez comme moi, chère Mme Docteur, que jamais le cher petit aurait songé à chevaucher un goret, même s'il écrit des vers. »

« Oh ! Ça ne fait aucun doute que cette lubie a germé dans la tête de Faith Meredith, trancha Mlle Cornelia. Et je ne dis pas que je suis désolée que les vieux porcs d'Amos Drew aient été remis à leur place, pour une fois. Mais la fille du pasteur ! »

«Et le fils du docteur!» fit Anne, imitant le ton de
Mlle Cornelia. Puis, elle éclata de rire. «Ce ne sont que
des enfants, chère Mlle Cornelia. Et vous savez qu'ils n'ont
jamais rien fait de mal, ils sont seulement espiègles et
impulsifs, tout comme je l'ai moi-même déjà été. Ils
deviendront posés et respectables avec le temps, tout
comme moi.»

Mlle Cornelia rit, elle aussi.

«Ma chère Anne, il y a des fois où je sais que votre
apparence convenable n'est qu'une façade et que vous
brûlez d'envie de commettre encore quelque action puérile
et folichonne. Ma foi, je me sens moins découragée. D'une
certaine façon, une conversation avec vous produit
toujours cet effet sur moi. Et c'est exactement le contraire
quand je rends visite à Barbara Samson. Je sors de là avec
l'impression que tout va et ira toujours de travers. Mais
évidemment, passer sa vie avec un homme comme Joe
Samson ne doit pas être tout à fait réjouissant.»

«C'est très étrange de penser qu'elle a épousé Joe
Samson après toutes les occasions qu'elle a eues, remarqua
Susan. Elle était très recherchée dans son jeune temps.
Elle avait coutume de se vanter devant moi qu'elle avait
vingt et un soupirants sans compter M. Pethick.»

«Qui était M. Pethick?»

«Ma foi, c'était une sorte de crampon, chère
Mme Docteur, mais on pouvait pas vraiment l'appeler un
soupirant. Il avait pas vraiment d'intentions. Vingt et un
amoureux, et moi qui en ai jamais eu un seul! Mais
Barbara est allée à la chasse et a fini par attraper le
mauvais gibier. On prétend pourtant qu'il peut faire de
meilleurs biscuits à la poudre à pâte qu'elle et qu'elle lui
demande toujours de les préparer quand ils ont de la visite
à l'heure du thé.»

«Ça me rappelle que j'ai moi-même des invités pour
le thé demain et que je dois rentrer pétrir mon pain, fit
Mlle Cornelia. Mary prétend qu'elle est capable de le faire
et je n'en doute pas. Mais tant que je vivrai et serai en

possession de mes moyens, je pétrirai mon pain moi-même, vous pouvez me croire. »

« Comment Mary va-t-elle ? » s'enquit Anne.

« Je n'ai rien à redire à son sujet, dit mélancoliquement Mlle Cornelia. Elle commence à avoir de la chair sur les os, et elle est respectueuse, quoique je n'arrive pas à sonder tout ce qu'elle a derrière la tête. C'est une petite rusée. On pourrait creuser pendant mille ans avant d'atteindre le fond de cette enfant, vous pouvez me croire. Pour ce qui est du travail, je n'ai jamais vu quelqu'un comme elle. Elle en raffole. Mme Wiley s'est peut-être montrée cruelle avec elle, mais les gens ont tort de dire qu'elle a obligé Mary à travailler. Elle est une travailleuse née. Je me demande parfois ce qui va s'user en premier, chez elle : ses jambes ou sa langue. Je n'ai plus suffisamment de travail pour m'empêcher de dire des sottises, ces jours-ci. Je serai vraiment contente à la rentrée des classes parce que j'aurai enfin quelque chose à faire. Mary ne veut pas retourner à l'école, mais j'ai fait preuve d'autorité et j'ai dit qu'elle devrait y aller. Pas question que les méthodistes racontent que je l'empêche de fréquenter l'école pour flâner et ne rien faire. »

13

La maison sur la colline

Une petite source intarissable, toujours glacée et limpide comme le cristal, coulait dans un creux caché par les bouleaux au bas de la vallée Arc-en-ciel, à proximité du marécage. Peu de gens se doutaient de son existence. Les enfants du presbytère et ceux d'Ingleside la connaissaient, évidemment, de même qu'ils connaissaient tout ce qui avait un rapport avec la vallée magique. Ils allaient à l'occasion s'y désaltérer, et elle figurait dans plusieurs de leurs saynètes comme une vieille fontaine romantique. Anne était au courant de son existence et l'aimait parce que, d'une certaine façon, elle lui rappelait sa chère Source des fées, aux Pignons verts. Rosemary West la connaissait et, pour elle aussi, elle incarnait une fontaine romantique. Dix-huit ans auparavant, elle s'était assise près d'elle un crépuscule de printemps et avait écouté Martin Crawford lui avouer en bredouillant son amour fervent de jeune homme. Elle lui avait en retour chuchoté son secret et ils s'étaient échangé baisers et promesses au cœur de la forêt sauvage. Jamais plus ils ne s'y étaient retrouvés ensemble – Martin s'étant peu après embarqué pour son voyage fatal ; mais pour Rosemary, c'était toujours un lieu sacré, auréolé par cet immortel instant de jeunesse et d'amour. Chaque fois qu'elle passait à proximité, elle s'y arrêtait et allait à son rendez-vous clandestin avec son vieux rêve, rêve dont la douleur s'était depuis longtemps estompée pour laisser place à une douceur inoubliable.

La source était cachée. On aurait pu passer à dix pieds
d'elle sans jamais avoir soupçonné son existence. Deux
générations plus tôt, un énorme pin était pratiquement
tombé à travers. Rien ne restait de l'arbre que son tronc
friable où la fougère poussait dru, faisant à l'onde un toit
vert et un écran ajouré. À côté, un érable au tronc étrangement noueux et tordu, rampant sur une petite distance
avant de se dresser dans les airs, formait ainsi un siège
pittoresque; et septembre avait entouré le vallon d'une
écharpe de pâles asters bleu fumée.

Revenant un soir de sa tournée pastorale à l'entrée du
port, John Meredith emprunta le chemin qui, par la vallée
Arc-en-ciel, traversait les champs. Il s'arrêta pour boire à la
source. Quelques jours auparavant, Walter Blythe la lui
avait montrée, un après-midi, et ils avaient longuement
bavardé ensemble, assis sur le tronc de l'érable. Sous des
apparences timides et réservées, John Meredith avait le
cœur d'un gamin. On l'appelait Jack dans son enfance,
même si personne ne l'aurait jamais cru, à Glen St. Mary.
Walter et lui avaient sympathisé et s'étaient confiés sans
réserve l'un à l'autre. M. Meredith avait exploré certains
recoins secrets et sacrés de l'âme du garçon, où même Di
n'avait pas accès. Ce moment avait marqué le début de leur
amitié et Walter sut qu'il n'aurait plus jamais peur du
pasteur.

« Je n'aurais jamais cru qu'il était possible de lier
vraiment connaissance avec un pasteur », avait-il confié à
sa mère ce soir-là.

John Meredith but de l'eau dans sa fine main blanche,
dont la poigne d'acier surprenait toujours ceux qui n'en
avaient pas encore fait l'expérience, puis il s'assit sur le
tronc de l'érable. Il n'était pas pressé de rentrer; c'était un
endroit ravissant et il se sentait épuisé après toutes ces
conversations triviales avec de nombreuses personnes au
bon cœur mais à l'esprit obtus. Là où il se trouvait, le vent
hantait la vallée Arc-en-ciel et les étoiles y montaient la

garde; plus loin pourtant, montaient les notes joyeuses des voix et des rires des enfants.

La beauté évanescente des asters dans le clair de lune, le scintillement de la petite source, le roucoulement mélodieux du ruisseau, l'ondulation gracieuse des fougères arborescentes, tout cela concourait à tisser une magie blanche autour de John Meredith. Il oublia les soucis de la paroisse et les problèmes spirituels; les années glissèrent loin de lui; il était de nouveau un jeune étudiant et les roses rouges de juin embaumaient sur la tête sombre et majestueuse de sa Cecilia. Il était assis là, rêvant comme n'importe quel jeune homme. Et ce fut à cet instant propice, dans ce lieu dangereux, ensorcelé, que Rosemary West surgit à ses côtés. John se leva et la vit – la vit vraiment – pour la première fois.

Il l'avait, à une ou deux reprises, rencontrée à l'église et lui avait serré la main aussi distraitement qu'il le faisait avec quiconque s'adonnait à se trouver sur son chemin quand il descendait l'allée. Il ne l'avait jamais croisée ailleurs car, épiscopaliennes, les demoiselles West fréquentaient la paroisse de Lowbridge, et il n'avait jamais eu l'occasion de leur rendre visite. Avant ce soir-là, si quelqu'un avait demandé à John Meredith à quoi ressemblait Rosemary West, il n'en aurait pas eu la moindre idée. Il ne devait pourtant jamais oublier comment elle lui était apparue près de la source, dans la chatoyante lumière lunaire.

Certes, elle ne ressemblait aucunement à Cecilia qui avait toujours constitué son idéal de beauté féminine. Cecilia avait été menue, brune et vive, alors que Rosemary était grande, blonde et placide. John Meredith se dit cependant qu'il n'avait jamais vu de femme plus belle.

Elle était tête nue et sa chevelure dorée – d'un or chaud, de couleur « tire à la mélasse » ainsi que la qualifiait Di Blythe – était relevée en un chignon lisse et serré; elle avait de grands yeux bleus sereins qui paraissaient toujours débordants de sympathie, un front haut et blanc et des traits finement ciselés.

On disait toujours de Rosemary West qu'elle était une femme « mignonne ». Elle était en effet si gentille que même son air majestueux, sa classe, ne lui avaient pas donné la réputation d'être « snob », ce qui aurait inévitablement été le cas pour n'importe qui d'autre à Glen St. Mary. La vie lui avait enseigné à se montrer courageuse et patiente, à aimer et à pardonner. Elle avait regardé le navire sur lequel s'était embarqué son amoureux s'éloigner du port de Four Winds dans le soleil couchant. Mais elle avait eu beau fixer inlassablement l'horizon, jamais elle ne l'avait vu revenir. Si cette attente avait fait disparaître de ses yeux une certaine candeur, elle conservait pourtant une merveilleuse jeunesse. C'était peut-être parce qu'elle avait toujours semblé garder devant la vie cette attitude d'émerveillement que la plupart d'entre nous laissent en même temps que l'enfance, attitude qui, non seulement la faisait elle-même paraître jeune, mais donnait une agréable illusion de jeunesse à quiconque lui parlait.

John Meredith fut ébloui par son charme et Rosemary, stupéfaite par sa présence. Elle n'aurait jamais cru trouver quelqu'un près de cette source éloignée, et surtout pas le reclus du presbytère de Glen St. Mary. Elle faillit laisser tomber les livres qu'elle rapportait de la bibliothèque du Glen et, pour camoufler sa confusion, elle proféra l'un de ces légers mensonges que mêmes les femmes les plus franches disent à l'occasion.

« Je... je suis venue boire », dit-elle, bafouillant un peu, en réponse au grave « Bonsoir, Mlle West » de M. Meredith. Elle eut l'impression d'être une oie impardonnable et eut hâte de se retrouver seule pour se morigéner. Mais M. Meredith n'était pas un homme vaniteux et il savait qu'elle aurait probablement été aussi étonnée de tomber sur le marguillier Clow de cette manière inattendue. La confusion qu'elle éprouvait le mit à l'aise et il oublia d'être timide. D'ailleurs, même le plus timide des hommes est parfois capable de se montrer audacieux au clair de lune.

«Permettez-moi de vous offrir une tasse», fit-il en souriant.

Il ignorait qu'il y en avait une tout près, une tasse bleue ébréchée et sans anse cachée sous l'érable par les enfants de la vallée Arc-en-ciel; mais comme il l'ignorait, il se dirigea vers un des bouleaux et déchira une bande d'écorce blanche. Il en fabriqua adroitement un gobelet à trois angles, le remplit de l'eau de la source et le tendit à Rosemary.

Rosemary le prit et but jusqu'à la dernière goutte pour se punir de son mensonge, car elle n'avait absolument pas soif et boire une grande tasse d'eau quand on n'a pas soif est toute une épreuve. Le souvenir de cet instant lui serait pourtant agréable. Des années plus tard, il lui semblerait que le geste avait eu quelque chose de sacré. C'est peut-être à cause de ce que fit le pasteur quand elle lui rendit le gobelet. Il se pencha, le remplit de nouveau et le but. Ce ne fut qu'accidentellement qu'il posa les lèvres à l'endroit exact où Rosemary avait mis les siennes, et cette dernière le comprit. Cela revêtit pour elle néanmoins une signification curieuse. Ils avaient tous deux bu au même verre. Elle se rappela négligemment qu'une de ses vieilles tantes avait coutume de dire que lorsque deux personnes le faisaient, leurs vies seraient par la suite liées d'une façon ou d'une autre, pour le meilleur ou pour le pire.

John Meredith tint le gobelet d'un air indécis. Il ne savait pas quoi en faire. Logiquement, il aurait dû le jeter, mais il n'en avait pourtant pas envie. Rosemary tendit la main.

«Me l'offrez vous? demanda-t-elle. Vous l'avez fabriqué si habilement. Je n'ai jamais vu personne le faire de cette façon depuis mon petit frère, il y a longtemps, avant sa mort.»

«J'ai appris à faire ça quand j'étais moi-même enfant, un été, alors que je campais. C'est un vieux chasseur qui me l'a enseigné, dit M. Meredith. Laissez-moi porter vos livres.»

Rosemary, déconcertée, mentit encore en disant
« Oh ! Ils ne sont pas pesants. » Mais le pasteur les lui prit
des mains avec autorité et ils partirent ensemble. C'était la
première fois que Rosemary se tenait près de la source sans
penser à Martin Crawford. Le rendez-vous mystique avait
été manqué.

Le petit sentier contournait le marécage pour aboutir
dans la forêt de la colline au sommet de laquelle vivait
Rosemary. Plus loin, à travers les arbres, ils pouvaient
apercevoir la lune qui luisait sur les prés. Mais le petit
sentier était sombre et étroit. Les arbres s'y bousculaient, et
les arbres ne sont jamais aussi sympathiques envers les
humains après la tombée de la nuit qu'ils le sont durant la
journée. Ils se serrent les uns contre les autres loin de nous.
Ils chuchotent et complotent furtivement. S'ils arrivent à
nous toucher, leur contact est hostile, hésitant. Les gens
qui marchent de nuit au milieu des arbres se rapprochent
toujours les uns des autres, instinctivement et involontairement, formant une alliance, physique et spirituelle,
contre les pouvoirs étrangers qui les entourent. La robe de
Rosemary frôlait John Meredith pendant qu'ils marchaient.
Même un pasteur lunatique, qui était pourtant encore un
jeune homme même s'il croyait en avoir fini avec les
histoires romantiques, ne pouvait rester insensible au
charme de la nuit, du sentier et de sa compagne.

Il n'est jamais tout à fait sûr de penser qu'on en a
terminé avec la vie. Lorsqu'on croit avoir fini notre
histoire, le destin a sa façon à lui de tourner la page et de
nous dévoiler un nouveau chapitre. Ces personnes
croyaient toutes deux que leur cœur appartenait au passé ;
pourtant, elles trouvèrent toutes deux très agréable leur
promenade dans la montagne. Rosemary se dit que le
pasteur du Glen n'était absolument pas aussi timide et
taciturne qu'on le lui avait affirmé. Il ne paraissait éprouver
aucune difficulté à bavarder sans contrainte. Les ménagères
du Glen auraient été stupéfaites de l'entendre. Mais il faut
dire qu'elles ne parlaient que de potins et du prix des œufs,

et que le pasteur ne s'intéressait ni à l'un ni à l'autre de ces sujets. Avec Rosemary, il discuta de livres, de musique, de ce qui se passait dans le monde, raconta des bribes de sa propre histoire, et il s'aperçut qu'elle pouvait le comprendre et lui répondre. Rosemary, semble-t-il, possédait un volume qu'il n'avait pas encore lu et qu'il souhaitait lire. Elle offrit de le lui prêter et lorsqu'ils atteignirent la vieille résidence sur la colline, il entra pour le prendre.

La maison elle-même était une vieille demeure grise où grimpaient les vignes à travers lesquelles la lumière allumée dans le boudoir clignotait amicalement. Elle surplombait le Glen, et semblait regarder le port argenté sous la lune, les dunes de sable et l'océan qui mugissait. Ils y entrèrent après avoir traversé un jardin où subsistait l'odeur des roses, même si les rosiers n'étaient plus en fleurs. Des lis fraternisaient à la grille, un ruban d'asters bordait les deux côtés de l'allée et les sapins faisaient un fond de dentelle sur la colline derrière la maison.

«Vous avez le monde entier à votre seuil, s'écria John Meredith en prenant une longue inspiration. Quelle vue! Quel panorama! Il m'arrive d'avoir l'impression d'étouffer au Glen. On peut respirer, ici.»

«C'est calme, ce soir, fit Rosemary en riant. S'il y avait du vent, vous en perdriez le souffle. On sait vraiment d'où vient le vent, ici. Cet endroit devrait s'appeler Quatre Vents, plutôt que port.»

«J'aime le vent. Une journée sans vent me paraît toujours morte. Le vent me stimule. Les jours calmes, je sombre dans la rêverie, poursuivit-il en riant d'un air entendu. Je suis sûr que vous connaissez ma réputation, Mlle West. Si je vous ignore la prochaine fois que nous nous rencontrerons, ne croyez pas que c'est parce que je suis mal élevé. Veuillez comprendre que c'est seulement de la distraction, qu'il faut me pardonner et me parler.»

Ellen West se trouvait dans le boudoir lorsqu'ils entrèrent. Elle posa ses lunettes sur le livre qu'elle était en train de lire et les considéra avec un mélange de

stupéfaction et d'un autre sentiment indéfinissable. Mais
elle échangea une cordiale poignée de mains avec
M. Meredith qui s'assit et bavarda avec elle pendant que
Rosemary partait à la recherche de son volume.

Ellen West avait dix ans de plus que Rosemary et
elles étaient si différentes l'une de l'autre qu'il était
difficile de croire qu'elles étaient deux sœurs. Ellen était
brune et massive, avait les cheveux noirs, d'épais sourcils
noirs et ses yeux avaient la teinte bleu clair du golfe quand
souffle le nordet. Sous un aspect plutôt sévère et rébar-
batif, elle était en réalité très joviale, riait de bon cœur et
avait une agréable voix profonde et douce, quoiqu'un
tantinet virile. Elle avait une fois fait remarquer à
Rosemary qu'elle aimerait vraiment s'entretenir avec le
pasteur presbytérien du Glen, pour voir s'il était capable
de s'adresser à une femme quand il était acculé au pied du
mur. Elle en avait à présent l'occasion et se mit à lui parler
de politique mondiale. Grande lectrice, Mlle Ellen venait
de dévorer un bouquin sur le Kaiser d'Allemagne et elle
demanda à M. Meredith ce qu'il pensait de lui.

«C'est un homme dangereux», répondit-il.

«Tout à fait d'accord avec vous! approuva Mlle Ellen
en hochant la tête. Retenez bien mes paroles, M. Meredith,
cet homme est sur le point d'engager le combat. Il en brûle
d'envie. Il va mettre le monde à feu et à sang.»

«Si vous entendez par là qu'il va provoquer gra-
tuitement un grand conflit mondial, j'ai peine à le croire.
L'époque de ce genre de choses est révolue.»

«C'est là que vous vous trompez, grogna Ellen.
L'époque où les hommes et les nations vont se rendre
ridicules et prendre les armes n'est jamais révolue. La fin
du millénaire n'est pas si près, M. Meredith, et vous le
savez aussi bien que moi. Quant à ce Kaiser, retenez mes
paroles, il va semer toute une pagaille» (ce disant,
Mlle Ellen, dans un geste théâtral, frappait le livre de son
doigt effilé). «Oui, s'il n'est pas écrasé dans l'œuf, il va
créer des tonnes d'ennuis. Nous vivrons pour en être

témoins, M. Meredith, oui, vous et moi. Et qui l'écrasera?
L'Angleterre le pourrait, mais elle n'en fera rien. Qui
l'écrasera? Pouvez-vous me le dire, M. Meredith?»

M. Meredith ne le pouvait pas, mais ils se plongèrent
dans une discussion sur le militarisme allemand qui dura
longtemps après que Rosemary eut trouvé le livre. Elle ne
dit rien, mais s'assit dans une petite berçante derrière Ellen
et flatta songeusement un imposant chat noir. John
Meredith chassait le gros gibier en Europe en compagnie
d'Ellen, mais il regardait plus souvent Rosemary que sa
sœur, et celle-ci s'en aperçut. Après que Rosemary l'eut
raccompagné à la porte et fut revenue, Ellen se dressa
devant elle d'un air accusateur.

«Rosemary West, cet homme a l'intention de te faire
la cour. »

Rosemary frémit. Les paroles d'Ellen lui donnèrent un
coup. Elles ternirent tout l'éclat de cette soirée agréable.
Mais elle ne voulut pas montrer à Ellen combien elle
l'avait blessée.

«C'est insensé, fit-elle, puis elle éclata de rire, d'une
façon un tout petit peu trop insouciante. Tu me vois des
prétendants partout, Ellen. Seigneur, il n'a cessé de me
parler de sa femme, ce soir, de m'expliquer tout ce qu'elle
signifiait pour lui et combien sa mort avait laissé le monde
vide. »

«Ma foi, c'est peut-être sa façon à lui de faire la cour,
rétorqua Ellen. Les hommes ont toutes sortes de façons,
d'après ce que je comprends. Mais n'oublie pas ta promesse, Rosemary. »

«Je n'ai ni à l'oublier ni à m'en souvenir, fit
Rosemary, un peu tristement. C'est *toi* qui oublies que je
suis une vieille fille, Ellen. C'est seulement à tes yeux de
sœur que je suis toujours jeune, resplendissante et dangereuse. M. Meredith souhaite seulement que nous soyons
amis, et je me demande même s'il le souhaite autant que
cela. Il nous aura oubliées toutes deux avant d'être de
retour au presbytère. »

«Je n'ai aucune objection à ce que vous soyez des amis, concéda Ellen, mais souviens-toi que cela ne doit pas aller plus loin que l'amitié. Je ne fais jamais confiance aux veufs. Ils n'ont pas coutume de voir l'amitié de façon romantique. Leur intérêt est plus prosaïque. Quant à ce presbytérien, pourquoi est-ce qu'on dit qu'il est timide? Il ne l'est pas du tout, même s'il est peut-être dans la lune, tellement dans la lune qu'il a oublié de me dire au revoir quand *tu* l'as raccompagné à la porte. Et il est loin d'être bête. Il y a tellement peu d'hommes par ici qui peuvent parler intelligemment. J'ai bien apprécié ma soirée. Je ne refuserais pas de le connaître davantage. Mais ne te laisse pas conter fleurette, Rosemary, fais bien attention, ne te laisse pas conter fleurette. »

Rosemary était habituée à ce qu'Ellen la mette en garde contre le flirt dès qu'elle parlait cinq minutes avec n'importe quel homme mariable de moins de quatre-vingts ans ou de plus de dix-huit. Ces recommandations l'avaient toujours sincèrement amusée. Cette fois-ci, cela ne la fit pourtant pas sourire, même que cela l'irrita un peu. Flirter? Loin d'elle cette idée.

«Ne sois pas si stupide, Ellen », dit-elle d'un ton inhabituellement coupant en prenant la lampe. Et elle monta dans sa chambre sans lui souhaiter bonne nuit.

Ellen secoua la tête d'un air perplexe et regarda le chat noir.

«Qu'est-ce qui la met en colère, Saint-Georges? demanda-t-elle. La vérité choque, à ce qu'on dit toujours, Georges. Mais elle a promis, Saint, elle a promis, et nous, les West, nous tenons toujours parole. Alors peu importe qu'il veuille la courtiser, Georges. Elle a promis, alors je n'ai pas à m'inquiéter. »

Dans sa chambre à l'étage, Rosemary resta assise un long moment à regarder par la fenêtre, au-delà du jardin sous la lune, le port qui scintillait dans le lointain. Elle se sentait vaguement bouleversée et déstabilisée. Elle en avait tout à coup assez des vieux rêves. Et dans le jardin, un coup de vent soudain éparpilla les pétales de la dernière rose rouge. L'été était fini ; c'était déjà l'automne.

14

Une visite de Mme Alec Davis

John Meredith rentra lentement chez lui. Pour commencer, il pensa un peu à Rosemary, mais lorsqu'il atteignit la vallée Arc-en-ciel, il avait tout oublié à son sujet et méditait sur un point qu'Ellen avait soulevé concernant la théologie germanique. Il traversa la vallée sans s'en apercevoir : contre la théologie teutonne, le charme de l'endroit ne faisait pas le poids. En arrivant au presbytère, il se rendit dans son bureau et consulta un gros bouquin pour voir qui avait eu raison, Ellen ou lui. Il demeura plongé dans ses dédales jusqu'à l'aube, puis tomba sur un nouveau sujet de réflexion et le poursuivit comme un chien de chasse pendant toute la semaine qui suivit, totalement perdu pour le reste du monde, sa paroisse et sa famille. Il lut jour et nuit; il oublia de prendre ses repas quand Una n'était pas là pour les lui apporter; et il ne pensa plus du tout ni à Rosemary ni à Ellen. Gravement malade, la vieille Mme Marshall le fit demander, mais le message resta ignoré sur son pupitre à ramasser la poussière. Mme Marshall se rétablit mais jamais elle ne lui pardonna. Un jeune couple se présenta au presbytère pour être marié et M. Meredith, la chevelure ébouriffée, en pantoufles et robe de chambre délavée, procéda à la cérémonie. Il commença par leur lire tout naturellement le service funèbre et se rendit jusqu'à « Souviens-toi que tu es poussière et retourneras en poussière » avant d'avoir la vague intuition que quelque chose clochait.

« Seigneur, fit-il d'un air distrait, voilà qui est étrange, très étrange. »

La mariée, qui était très nerveuse, fondit en larmes. Pas nerveux le moins du monde, le marié gloussa.

« S'il vous plaît, monsieur, j'ai l'impression que vous êtes en train de nous enterrer au lieu de nous marier », fit-il remarquer.

« Je m'excuse », dit M. Meredith, comme si cela n'avait pas beaucoup d'importance. Il poursuivit par le service du mariage et se rendit au bout mais, pour le reste de ses jours, la mariée ne se sentit jamais véritablement mariée.

Il oublia une nouvelle fois l'assemblée de prières – mais cela n'eut aucune conséquence, car c'était une soirée humide et personne ne s'y présenta. Il aurait peut-être même oublié son office du dimanche si ce n'avait été de Mᵐᵉ Alec Davis. Tanta Martha entra dans son bureau le samedi après-midi pour lui annoncer que Mᵐᵉ Alec Davis était dans le salon et désirait lui parler. M. Meredith soupira. Mᵐᵉ Davis était la seule femme de la paroisse de Glen St. Mary qu'il détestait vraiment. Elle était malheureusement aussi la plus riche et le conseil d'administration avait recommandé à M. Meredith de veiller à ne pas l'offenser. Si ce dernier pensait rarement à un sujet aussi terre à terre que ses appointements, ses administrateurs avaient davantage de sens pratique. Ils étaient également astucieux. Sans faire allusion à l'aspect monétaire, ils arrivèrent à instiller dans l'esprit de M. Meredith la conviction qu'il ne fallait pas offenser Mᵐᵉ Davis. Sans cela, aussitôt après le départ de tante Martha, il aurait probablement oublié qu'elle l'attendait dans le salon. Il déposa donc son Ewald[3] d'un air ennuyé et traversa le couloir jusqu'au salon.

---

3. Ewald, Georg Henrich August von, (1803-1875), orientaliste et philologiste allemand, une autorité dans le domaine de la Bible. (N.D.L.T.)

Mme Davis était assise sur le canapé, jetant autour d'elle des regards méprisants et désapprobateurs.

Quelle pièce scandaleuse! Il n'y avait pas de rideaux à cette fenêtre. Mme Davis ignorait que la veille, Faith et Una les avaient enlevés pour les utiliser comme traînes dans une de leurs pièces et qu'elles avaient oublié de les remettre, mais l'eut-elle su qu'elle n'aurait pu accuser plus férocement ces fenêtres. Les stores étaient craquelés et déchirés. Les tableaux sur le mur étaient de travers; les carpettes sur le plancher aussi; les vases débordaient de fleurs fanées; des montagnes de poussière s'accumulaient, oui, vraiment, des montagnes.

«À quoi en sommes-nous réduits?» se demanda Mme Davis avant de plisser ses lèvres sans beauté.

Quand elle était arrivée, Jerry et Carl se laissaient glisser le long des rampes d'escalier en hurlant. Ne l'ayant pas vue, ils avaient continué à hurler et à glisser et Mme Davis était convaincue qu'ils l'avaient fait exprès. Le coq de Faith déambula dans le corridor, vint se poster dans l'encadrement de la porte du salon et contempla la visiteuse. Comme elle ne lui plut pas, il ne s'aventura pas à l'intérieur. Mme Davis renifla avec dédain. Un joli presbytère, en effet, où la volaille paradait dans les couloirs et dévisageait impudemment les visiteurs.

«Ouste», commanda Mme Davis, pointant vers le coq son ombrelle de soie à volants.

Adam obtempéra. C'était un coq plein de sagesse et Mme Davis avait, de ses mains blanches, tordu le cou de tant de volatiles au cours de ses cinquante années de vie que quelque chose du bourreau flottait encore autour de sa personne. Adam trottinait dans le corridor quand le pasteur entra.

Si M. Meredith portait encore ses pantoufles et sa robe de chambre, et si ses cheveux sombres tombaient encore en boucles ébouriffées sur son haut front, il avait pourtant l'air du gentleman qu'il était. Et Mme Davis avait beau porter une toilette de soie et un chapeau à plumes,

des gants de chevreau et une chaîne en or, elle avait l'air
de la femme vulgaire et grossière qu'elle était. Ils sentirent
tous deux ce qui opposait leur personnalité. M. Meredith
se renfrogna, mais Mme Davis se prépara pour le combat.
Elle était venue au presbytère pour faire une certaine
proposition et n'avait pas l'intention de tourner autour du
pot. Elle allait lui accorder une faveur, une immense
faveur, et plus tôt il en serait informé, mieux cela vaudrait.
Elle y avait réfléchi tout l'été et avait fini par se décider.
C'était la seule chose qui comptait, selon elle. Quand elle
avait décidé quelque chose, c'était comme si c'était fait.
Personne d'autre n'avait son mot à dire. Voilà quelle avait
toujours été son attitude. Quand elle avait résolu d'épouser
Alec Davis, elle l'avait fait, un point, c'est tout. Et quelle
importance si Alec n'avait jamais compris ce qui s'était
passé? Dans ce cas-ci, Mme Davis avait tout organisé à sa
propre satisfaction. Il ne restait plus qu'à mettre
M. Meredith au courant.

« Auriez-vous l'obligeance de fermer cette porte?
demanda-t-elle en déplissant légèrement les lèvres mais
parlant d'une voix âpre. J'ai quelque chose d'important à
vous dire, et cela m'est impossible avec tout ce boucan
dans le corridor. »

M. Meredith obéit. Puis il prit place devant Mme Davis.
Il n'avait pas encore tout à fait conscience qu'elle était là.
Son esprit était encore en train d'argumenter avec Ewald.
Mme Davis sentit sa désinvolture et en fut ennuyée.

« M. Meredith, commença-t-elle agressivement, je
suis venue vous annoncer ma décision d'adopter Una. »

« Adopter Una! » M. Meredith la regarda fixement,
sans comprendre.

« Oui. Ça fait quelque temps que j'y songe. Depuis la
mort de mon mari, j'ai souvent pensé à adopter un enfant.
Mais ça paraissait si difficile d'en trouver un qui con-
vienne. Il y a très peu d'enfants que je voudrais dans ma
propre maison. Je ne voudrais pas d'un enfant abandonné,
de quelque paria venant sans aucun doute des quartiers

pauvres. Un des pêcheurs du port est mort l'automne
dernier, laissant six petits. On a essayé de me convaincre
d'en prendre un, mais j'ai vite fait de faire comprendre que
je n'avais aucunement l'intention d'adopter un vaurien
pareil. Le grand-père des petits avait déjà volé un cheval.
De plus, il n'y avait que des garçons et je voulais une fille,
une fillette calme et obéissante que je pourrais élever pour
en faire une dame. Una me conviendrait parfaitement. Elle
serait tout à fait mignonne si on s'en occupait convenablement. Elle est si différente de Faith. L'idée ne me
viendrait jamais d'adopter Faith. Mais je prendrai Una,
M. Meredith, je lui donnerai un bon foyer et une bonne
éducation, et si elle se conduit bien, je lui léguerai tout
mon argent à ma mort. De toute façon, je suis déterminée
à ce que personne de ma parenté ne reçoive un sou de moi.
C'est avant tout la perspective de les exaspérer qui m'a
convaincue d'adopter un enfant. Una sera bien vêtue, bien
élevée et recevra une bonne éducation, M. Meredith, je lui
ferai prendre des cours de musique et de peinture et je la
traiterai comme ma propre fille. »

     M. Meredith était alors tout à fait réveillé. Une légère
rougeur animait ses joues pâles, et une lueur dangereuse,
ses beaux yeux sombres. Est-ce que cette femme dont la
vulgarité et la suffisance sortaient par chaque pore était
vraiment en train de demander de lui donner Una, sa
chère petite Una triste qui avait les yeux bleu nuit de
Cecilia, l'enfant que sa mère mourante avait serrée sur son
cœur après que les autres, en larmes, eurent été amenés
dans une autre pièce ? Cecilia s'était agrippée à son bébé
jusqu'à ce que les portes de la mort se referment sur elle.
Elle avait regardé son mari par-dessus la petite tête brune.

     « Veille sur elle, John, avait-elle recommandé. Elle est
si petite et si sensible. Les autres seront capables de se
battre pour faire leur chemin dans la vie, mais elle, le
monde la blessera. Oh ! John, je me demande ce que vous
allez devenir, elle et toi. Vous avez tous deux tant besoin
de moi. Mais garde-la près de toi, garde-la près de toi. »

Ces paroles furent pratiquement les dernières qu'elle
prononça, sauf quelques autres réservées à lui seul,
inoubliables. Et c'était cette enfant que Mme Davis voulait
lui enlever, comme elle le lui annonçait froidement. Il se
redressa sur son siège et fixa son interlocutrice. Malgré sa
robe de chambre usée et ses pantoufles éculées, quelque
chose en lui inspirait le respect ; Mme Davis éprouva cette
vieille déférence envers le clergé qu'elle avait connue dans
son enfance. Après tout, un pasteur, même pauvre et
lunatique, représente quelque chose de divin.

« Je vous remercie de vos bonnes intentions,
Mme Davis, prononça M. Meredith avec une courtoisie
gentille, catégorique, tout à fait terrible, mais je ne peux
vous donner mon enfant. »

Mme Davis eut l'air interloquée. Elle n'aurait jamais
imaginé un refus de sa part.

« Mon Dieu, M. Meredith, s'écria-t-elle, stupéfaite,
vous devez être cin... vous n'êtes pas sérieux. Il faut que
vous réfléchissiez, que vous réfléchissiez à tous les avantages que je suis en mesure de lui offrir. »

« Il est inutile d'y réfléchir, Mme Davis. C'est absolument hors de question. Tous les avantages matériels que
vous avez le pouvoir de lui accorder ne pourraient
compenser la perte de l'amour et de l'attention d'un père.
Je vous remercie encore une fois, mais c'est une chose
inconcevable. »

La déception ulcéra tellement Mme Davis qu'elle
perdit son sang-froid habituel. Son large visage rubicond
vira au pourpre et sa voix trembla.

« Je croyais que vous seriez trop content de me la
laisser », aboya-t-elle.

« Et qu'est-ce qui vous faisait penser une telle
chose ? » demanda calmement M. Meredith.

« Parce que personne n'a jamais cru que vos enfants
avaient quelque importance pour vous, rétorqua
Mme Davis avec mépris. Vous les négligez de manière scandaleuse. Tout le monde en parle. Ils ne sont ni bien

nourris ni bien habillés, et pas élevés du tout. Ils n'ont pas
plus de manières qu'une bande d'Indiens sauvages. Il ne
vous vient jamais à l'esprit de faire votre devoir de père.
Une pauvresse s'est immiscée parmi eux pendant deux
semaines et vous ne vous en êtes même pas rendu compte,
une fillette qui sacrait comme un charretier, d'après ce
qu'on m'a dit. Ça vous aurait été égal qu'elle leur trans-
mette la petite vérole. Et Faith qui s'est donnée en
spectacle en faisant ce discours en pleine église ! Et elle
s'est pavanée dans la rue à cheval sur un cochon, sous vos
propres yeux, d'après ce que j'ai compris. Leur conduite
dépasse l'entendement et vous n'avez jamais levé le petit
doigt pour les arrêter ou essayer de leur enseigner quelque
chose. Et maintenant que j'offre un bon foyer et d'intéressantes perspectives d'avenir à une de vos enfants, vous
refusez et m'insultez. Quel père vous êtes ! Et vous osez
parler d'aimer et de prendre soin de vos enfants ! »

   « Cela suffit, madame ! » coupa M. Meredith. Il se leva
et la regarda avec des yeux qui la firent frémir. « Cela
suffit, répéta-t-il. Je ne veux pas entendre un mot de plus,
Mme Davis. Vous en avez déjà trop dit. Il est peut-être vrai
que j'ai parfois manqué à mon devoir de père, mais ce n'est
pas à vous de me le rappeler dans les termes que vous avez
employés. Disons-nous au revoir, à présent. »

   Sans rien dire d'à moitié aussi aimable qu'au revoir,
Mme Davis prit congé sur-le-champ. Au moment où elle
passait en froufroutant devant le pasteur, un gros crapaud
dodu que Carl avait camouflé sous le canapé apparut en
sautillant pratiquement sous son pied. Mme Davis poussa
un hurlement et, essayant d'éviter de marcher sur l'horrible chose, elle perdit son équilibre et son parasol. Elle ne
tomba pas exactement, mais trébucha et chancela dans la
pièce d'une manière totalement dénuée de dignité et se
cogna contre la porte avec un coup qui l'ébranla de la tête
aux pieds. N'ayant pas vu le batracien, M. Meredith se
demanda si elle venait d'avoir une attaque d'apoplexie ou
de paralysie et, alarmé, il se précipita pour lui porter

secours. Mais Mme Davis, retrouvant son équilibre, le repoussa brusquement.

« N'ayez pas l'audace de me toucher, cria-t-elle. C'est un autre coup de vos enfants, je présume. Cet endroit n'est pas convenable pour une dame. Donnez-moi mon parasol et laissez-moi m'en aller. Vous ne me reverrez plus jamais ni dans votre presbytère ni dans votre église. »

M. Meredith ramassa docilement la somptueuse ombrelle et la lui tendit. Mme Davis la saisit et sortit de la pièce. Carl et Jerry avaient cessé de glisser sur les rampes d'escalier et étaient assis sur la balustrade de la véranda avec Faith. Malheureusement, tous trois chantaient de toute la force de leurs jeunes poumons *Il a gagné ses épaulettes, maluron malurette*. Mme Davis crut que c'était à son intention et à son intention seulement qu'ils chantaient cette chanson. Elle s'arrêta et agita son parasol dans leur direction.

« Votre père est dément, déclara-t-elle, et vous êtes trois jeunes chenapans, vous mériteriez d'être fouettés. »

« Il ne l'est pas », s'écria Faith.

« On ne l'est pas », s'écrièrent les garçons.

Mais Mme Davis était déjà loin.

« Juste ciel, elle doit être folle ! commenta Jerry. D'ailleurs, c'est quoi, un "chenapan" ? »

John Meredith marcha de long en large dans le salon quelques instants, puis il retourna s'asseoir dans son bureau. Il ne se replongea pourtant pas dans la théologie allemande. Il était trop bouleversé pour cela. Mme Davis l'avait éveillé à une réalité. Était-il un père aussi négligent qu'elle l'en accusait ? Avait-il aussi scandaleusement négligé le bien-être physique et spirituel des quatre petits orphelins de mère qui dépendaient de lui ? Ses paroissiens en parlaient-ils aussi crûment que Mme Davis l'affirmait ? Cela devait être le cas, puisque Mme Davis était venue lui demander Una, absolument certaine qu'il serait trop heureux de la lui céder, comme s'il s'agissait d'un chaton égaré dont on ne veut pas. Et, si c'était vrai, que faire ?

John Meredith grogna et recommença à arpenter la pièce poussiéreuse et en désordre. Que pouvait-il faire ? Il aimait ses enfants aussi profondément qu'un père pouvait les aimer et il savait, malgré le pouvoir de Mme Davis ou de ceux de sa race d'ébranler sa certitude, qu'ils l'aimaient avec la même dévotion. Mais était-il apte à s'occuper d'eux ? Il connaissait mieux que personne ses faiblesses et ses limites. Ce qu'il fallait, c'était la présence bénéfique, l'influence et le sens pratique d'une femme. Mais comment cela pouvait-il se faire ? Même s'il arrivait à dénicher une perle pareille, cela vexerait tante Martha. Elle était convaincue d'être encore capable de faire le nécessaire. Il ne pouvait blesser et insulter ainsi la pauvre vieille qui leur avait témoigné tant de bonté, à lui et aux siens. Comme elle avait été dévouée à Cecilia ! Et c'était Cecilia qui l'avait prié de traiter tante Martha avec bienveillance. Bien entendu, il se rappela tout à coup que tante Martha lui avait un jour insinué qu'il devrait se remarier. Il eut l'impression qu'elle accepterait plus facilement une épouse qu'une gouvernante. Mais c'était hors de question. Il ne souhaitait aucunement se remarier, personne ne l'attirait, ni ne pouvait l'attirer. Alors, que pouvait-il faire ? L'idée lui traversa soudain l'esprit d'aller à Ingleside confier ses difficultés à Mme Blythe. Celle-ci était l'une des rares femmes avec lesquelles il ne se sentait ni timide ni incapable de parler. Elle était toujours si sympathique et rafraîchissante. Elle serait peut-être en mesure de lui suggérer une solution à ses problèmes. Et même si elle ne le pouvait pas, M. Meredith sentit qu'après avoir subi les insultes de Mme Davis, il avait besoin d'un peu de camaraderie humaine, de quelque chose qui pourrait effacer de son âme ce goût amer.

Il s'habilla en hâte et avala son souper un peu moins distraitement que d'habitude. Il se rendit compte que le repas n'était pas très bon. Il regarda ses enfants ; ils avaient le teint rose et semblaient suffisamment en santé, à l'exception d'Una, mais elle n'avait jamais été très forte, même du vivant de sa mère. Ils riaient et bavardaient tous, et paraissaient certainement heureux, Carl en particulier, parce que deux ravissantes araignées se baladaient autour de son assiette. Leurs voix étaient agréables, leurs manières avaient l'air convenables et ils se montraient respectueux et gentils les uns envers les autres. Et pourtant, Mme Davis avait affirmé que leur conduite faisait l'objet de ragots au sein de la congrégation.

Au moment où M. Meredith traversait la barrière, le D^r et Mme Blythe passèrent en boghei sur la route qui conduisait à Lowbridge. Le visage du pasteur s'allongea. Mme Blythe s'en allait : inutile dans ce cas de se rendre à Ingleside. Et plus que jamais, il avait besoin d'un peu de sympathie. Tandis qu'il jetait un regard plutôt désespéré sur le panorama qui s'offrait à lui, la lumière du soleil couchant frappa une fenêtre de la vieille maison des West sur la colline. Elle lui apparut, rosée, comme un phare. Il se souvint tout à coup d'Ellen et de Rosemary West. Il songea que la conversation piquante d'Ellen lui ferait du bien. Il songea aussi que ce serait agréable de revoir le discret et doux sourire de Rosemary, ses yeux bleus sereins. Qu'est-ce que disait le vieux poème de sir Philip Sidney déjà ? «Le constant réconfort d'un visage», oui, cette expression lui convenait à merveille. Et il avait besoin de réconfort. Pourquoi ne pas aller faire un tour ? Il se souvint qu'Ellen l'avait invité à leur rendre visite et il y avait le livre de Rosemary à rapporter ; il devait le faire maintenant sinon il oublierait. Mal à l'aise, il se douta qu'un grand nombre de volumes de sa bibliothèque avaient été empruntés à différents moments et lieux, et jamais n'avaient été rendus. Dans le cas présent, il était sûrement de son devoir de se garder d'un tel oubli. Il retourna à son bureau, prit le livre et se dirigea vers la vallée Arc-en-ciel.

15

Encore des ragots

Le lendemain soir de l'enterrement de Mme Myra Murray qui habitait de l'autre côté du port, Mlle Cornelia et Mary Vance se présentèrent à Ingleside. Mlle Cornelia avait de nombreuses préoccupations dont elle souhaitait soulager son âme. Les funérailles furent bien entendu discutées en détail. Susan et Mlle Cornelia vidèrent ensemble la question, quant à Anne, elle ne prenait jamais part, ni plaisir, à ces conversations morbides. Elle s'assit un peu à l'écart et contempla la splendeur automnale des dahlias qui flamboyaient dans le jardin et le havre rêveur et somptueux du crépuscule de septembre. Mary Vance prit place à son côté, et tricota avec modestie. Si le cœur de Mary était dans la vallée Arc-en-ciel d'où lui parvenaient les sons mélodieux, assourdis par la distance, des rires des enfants, ses doigts étaient sous la surveillance de Mlle Cornelia. Elle devait tricoter un nombre précis de rangs de sa chaussette avant d'être autorisée à les rejoindre dans la vallée. Mary tricotait et si sa langue chômait, ses oreilles, elles, étaient loin d'être oisives.

« Jamais je n'ai vu un aussi beau cadavre, fit remarquer Mlle Cornelia d'un ton compétent. Myra Murray avait toujours été une jolie femme ; c'était une Corey de Lowbridge et tous les Corey sont réputés pour leur belle apparence. »

« En passant devant le corps, je lui ai dit : "Pauvre femme j'espère que tu es aussi heureuse que tu en as l'air",

soupira Susan. Elle avait pas beaucoup changé. Elle portait
la robe de satin noir qu'elle s'était fait faire pour les noces
de sa fille, il y a quatorze ans. Sa tante lui avait alors
recommandé de la garder pour son enterrement, mais
Myra lui avait répondu en riant qu'elle la porterait peut-
être à ses funérailles, mais qu'elle comptait bien en profiter
en attendant. Ce qu'elle a pas manqué de faire, si je puis
me permettre. Myra Murray était pas du genre de femme à
assister à son enterrement avant d'avoir trépassé. Combien
de fois, en la voyant en train de s'amuser avec des amis,
j'ai pensé : "T'es une belle femme, Myra Murray, et cette
robe te va à ravir, mais elle te servira finalement de
linceul." Et ma prédiction s'est réalisée, comme vous avez
pu le constater, Mme Marshall Elliott. »

Susan soupira de nouveau profondément. Elle était au
septième ciel. Un enterrement était vraiment un sujet de
conversation en or.

« J'aimais toujours rencontrer Myra, reprit
Mlle Cornelia. Elle était si gaie, si joviale. Vous vous
sentiez mieux juste en lui serrant la main. Myra arrivait
toujours à tirer le meilleur de tout. »

« C'est bien vrai, ça, acquiesça Susan. Sa belle-sœur
m'a raconté que quand le docteur lui avait finalement
avoué qu'il ne pouvait rien pour elle et que jamais elle se
relèverait de ce lit, Myra lui avait répondu avec bonne
humeur : "Bon, si c'est vrai, je suis contente que les
conserves soient terminées et puis je n'aurai pas de grand
ménage à faire, cet automne. J'ai toujours aimé le faire au
printemps, mais je déteste le ménage d'automne. Grâce au
ciel, je vais éviter cette corvée, cette année." Certaines
personnes pourraient appeler ça de la frivolité,
Mme Marshall Elliott, et je pense que sa belle-sœur avait
un peu honte. Elle a dit que c'était peut-être la maladie
qui rendait Myra un peu tête de linotte. Mais, "Non,
Mme Murray, vous en faites pas avec ça, que j'ai répondu.
Myra était comme ça, elle voyait toujours le beau côté des
choses". »

« Sa sœur Luella était exactement le contraire, poursuivit Mlle Cornelia. Il n'existait pas de beau côté pour Luella, il n'y avait que le côté noir et certaines nuances de gris. Pendant des années, elle avait l'habitude de prétendre qu'elle allait mourir d'une semaine à l'autre. "Je ne serai pas un fardeau très longtemps pour vous", répétait-elle à sa famille en geignant. Et si l'un d'eux s'aventurait à mentionner un petit projet d'avenir, elle se remettait à geindre et disait : "Ah ! Je ne serai pas là pour voir ça." Je l'approuvais toujours quand j'allais la voir, et cela la mettait tellement hors d'elle qu'elle se portait beaucoup mieux pendant quelques jours. Elle a une meilleure santé à présent, mais elle n'est pas plus joviale. Myra était si différente. Toujours en train de faire ou de dire quelque chose pour faire du bien à quelqu'un. Peut-être que les hommes qu'elles ont épousés ont quelque chose à voir dans leur comportement. Celui de Luella était un barbare, vous pouvez me croire, alors que Jim Murray était aussi respectable qu'un homme peut l'être. Il avait l'air d'avoir le cœur brisé, aujourd'hui. C'est rare que je compatisse avec un homme aux funérailles de sa femme, mais j'ai vraiment eu de la peine pour Jim Murray. »

« Pas étonnant qu'il ait eu l'air triste. Il est pas à la veille de retrouver une perle comme Myra, dit Susan. Peut-être qu'il cherchera même pas, vu que tous ses enfants sont grands et que Mirabel est capable de s'occuper de la maison. Mais personne peut prédire ce qu'un veuf peut ou peut pas faire, et c'est pas moi qui vais essayer. »

« Myra nous manquera terriblement à l'église, reprit Mlle Cornelia. Quelle travailleuse c'était ! Rien ne l'a jamais prise de court. Si elle ne pouvait attaquer un problème de front, elle l'attaquait de côté, et si elle ne pouvait le prendre de côté, elle prétendait qu'il n'existait pas, ce qui était généralement le cas. Elle m'a confié un jour qu'elle garderait son flegme jusqu'à la fin du voyage. Eh bien, voilà son voyage terminé. »

« Vous croyez ? demanda tout à coup Anne, semblant émerger d'un rêve. Je n'arrive pas à me figurer son voyage terminé. Pouvez-vous l'imaginer assise, les mains jointes, elle qui avait l'esprit si avide, si curieux, l'air si aventureux ? Non, moi je pense qu'au moment de la mort, elle a seulement ouvert une barrière et s'en est allée vers... vers de nouvelles aventures éblouissantes. »

« Peut-être, peut-être, acquiesça Mlle Cornelia. Vous savez, ma chère Anne, je n'ai moi-même jamais été très portée sur cette doctrine de repos éternel, quoique j'espère ne pas être hérétique en le disant. J'ai envie de bouger au paradis tout comme ici-bas. Et j'espère qu'il y aura des choses à faire, des substituts célestes aux tartes et aux beignets. C'est vrai qu'on est parfois terriblement fatigué, et plus on vieillit, plus on l'est. Mais même la personne la plus fatiguée n'a pas besoin de l'éternité pour trouver le repos, sauf, peut-être, un homme paresseux. »

« Quand je reverrai Myra Murray, je voudrais qu'elle vienne vers moi, vive et riante comme elle l'était ici. »

« Oh ! Chère Mme Docteur, s'écria Susan d'un ton choqué, vous pensez sûrement pas que Myra va rire dans le monde à venir ? »

« Pourquoi pas, Susan ? Croyez-vous que nous allons passer notre temps à pleurer là-bas ? »

« Non, non, chère Mme Docteur, vous me comprenez mal. Je crois qu'on va ni rire ni pleurer. »

« Qu'est-ce que nous allons faire, alors ? »

« Ma foi, finit par expliquer Susan, j'suis d'avis, chère Mme Docteur, qu'on s'contentera d'avoir l'air solennel et saint. »

« Et vous pensez vraiment, Susan, dit Anne en prenant un air on ne peut plus solennel, que Myra Murray ou moi-même serons capables d'avoir l'air solennel et saint tout le temps, *tout le temps*, Susan ? »

« Eh bien, concéda Susan à contrecœur, j'pourrais aller jusqu'à dire que vous sourirez de temps en temps, mais j'admettrai jamais qu'on puisse rire au ciel. Cette idée me paraît manquer vraiment de respect, chère Mme Docteur. »

« Bon, pour revenir ici-bas, qui pourrait-on prendre pour remplacer Myra Murray à l'école du dimanche ? demanda Mlle Cornelia. Julie Clow s'en occupe depuis la maladie de Myra, mais comme elle va passer l'hiver en ville, il faudra trouver quelqu'un d'autre. »

« J'ai entendu dire que Mme Laurie Jamieson voulait cette classe, dit Anne. Les Jamieson fréquentent régulièrement l'église depuis qu'ils ont déménagé de Lowbridge au Glen. »

« De nouveaux venus ! s'exclama Mlle Cornelia d'un air perplexe. Attendons qu'ils l'aient fréquentée régulièrement pendant un an. »

« Impossible de se fier à Mme Jamieson, trancha Susan. N'oubliez pas qu'elle a trépassé, une fois, et pendant qu'on prenait ses mesures pour son cercueil, après l'avoir bien allongée, voilà-t-il pas qu'elle est revenue à la vie ! À présent, vous savez qu'on peut pas faire confiance à une femme comme elle, chère Mme Docteur. »

« Elle pourrait devenir méthodiste n'importe quand, renchérit Mlle Cornelia. On m'a raconté qu'à Lowbridge, ils allaient autant à l'église méthodiste qu'à la presbytérienne. Je ne les ai pas encore surpris à le faire ici, mais je ne serais pas d'accord à ce qu'on prenne Mme Jamieson pour enseigner à l'école du dimanche. Il ne faudrait pourtant pas les insulter. Nous perdons trop de membres, soit qu'ils meurent, soit qu'ils se fâchent. Mme Alec Davis a abandonné l'église sans que personne ne sache pourquoi. Elle a déclaré aux administrateurs que jamais elle ne verserait un autre sou pour le salaire de M. Meredith. Bien entendu, la plupart des gens pensent que les enfants ont dû l'offenser, mais quant à moi, j'en doute. J'ai bien tenté de faire parler Faith, mais tout ce que j'ai réussi à en tirer, c'est que Mme Davis était venue, apparemment de bonne humeur, voir son père, et qu'elle en était repartie dans une rage terrible, en traitant tous les enfants de "chenapans" ! »

«Chenapans, vraiment! s'exclama Susan, furieuse. Mme Alec Davis oublie-t-elle que son oncle du côté de sa mère a été soupçonné d'avoir empoisonné sa femme? Ça n'a jamais été prouvé, chère Mme Docteur, et il n'est jamais bon de croire tout ce qu'on raconte. Mais si j'avais un oncle dont la femme était morte sans motif satisfaisant, j'oserais pas traiter de chenapans d'innocents enfants.»

«L'important, reprit Mlle Cornelia, est que Mme Davis versait une grosse somme, et la façon dont cette perte va être compensée constitue un problème. Et si elle monte les autres Douglas contre M. Meredith, comme elle va certainement tenter de faire, il n'aura plus qu'à partir.»

«J'ai pas l'impression que Mme Alec Davis est très appréciée du reste du clan, dit Susan. Elle sera probablement pas capable de les influencer.»

«Pourtant, ces Douglas se serrent tellement les coudes. Quand on en touche un, c'est comme si on les touchait tous. Et ce qui est sûr, c'est qu'on ne peut se passer d'eux. Ils paient la moitié du salaire. Et quoi qu'on puisse dire à leur sujet, ils ne sont pas mesquins. Avant son départ, Norman Douglas avait coutume de donner cent dollars par année.»

«Pourquoi est-il parti?» demanda Anne.

«Il a déclaré avoir été roulé par un de nos membres lors de la vente d'une vache. Il y a vingt ans qu'il n'a pas mis les pieds à l'église. De son vivant, sa femme, la pauvre, fréquentait régulièrement l'église, mais il ne la laissait jamais payer quoi que ce soit, sauf un sou noir le dimanche. Cela l'humiliait terriblement. Je ne crois pas qu'il ait été un très bon mari pour elle, même si on ne l'a jamais entendue se plaindre. Mais elle avait toujours l'air apeurée. Norman Douglas n'a pas eu la femme qu'il voulait il y a trente ans et les Douglas n'ont jamais aimé se contenter du deuxième choix.»

«Quelle femme convoitait-il?»

«Ellen West. Je ne crois pas qu'ils étaient exactement fiancés, mais ils sont sortis ensemble pendant deux ans.

Puis, ils ont rompu, sans que personne ne sache pourquoi.
Une querelle idiote, je suppose. Norman s'est hâté d'épouser Hester Reese avant d'être revenu de sa colère, et je suis
convaincue que c'était simplement pour narguer Ellen.
Typiquement masculin ! Hester était tout à fait charmante,
mais elle n'avait jamais eu beaucoup de caractère et il a
cassé le peu qu'elle avait. Elle était trop docile pour
Norman. Il avait besoin d'une femme capable de lui tenir
tête. Ellen l'aurait fait marcher droit et il l'aurait aimée
encore davantage pour ça. La vérité, c'est qu'il méprisait
Hester, tout simplement parce qu'elle cédait toujours
devant lui. Combien de fois l'ai-je entendu répéter quand
il était encore un jeune homme "Qu'on me donne une
femme qui a du cran". Et, en vrai homme, il est allé
épouser une fille qui ne pouvait même pas faire fuir une
oie. Ces Reese n'étaient que des légumes. Ils se laissaient
porter par la vie, mais ils ne vivaient pas. »

   « Russell Reese a mis l'anneau de sa première femme
au doigt de la deuxième, se rappela Susan. Voilà qui est
trop économique à mon goût, chère Mme Docteur. Et son
frère John a fait placer sa propre pierre tombale dans le
cimetière de l'autre côté du port ; tout y est gravé sauf la
date de sa mort, et il va la contempler tous les dimanches.
La plupart des gens trouveraient pas ça très réjouissant,
mais lui, oui. Les gens ont des conceptions tellement
différentes du plaisir. Quant à Norman Douglas, c'est un
véritable païen. Quand le dernier pasteur lui a demandé
pourquoi il ne venait jamais à l'église, il a répondu "Trop
de femmes laides, là-bas, pasteur, trop de femmes laides !"
Chère Mme Docteur, j'vous assure que ça me plairait d'aller
dire à un tel homme que l'enfer existe ! »

   « Oh ! Norman n'y croit pas, dit Mlle Cornelia.
J'espère qu'il s'apercevra de son erreur au moment du
trépas. Bien, Mary, tu as tricoté la longueur requise et tu
peux aller jouer une demi-heure avec les enfants. »

   Mary n'eut pas à se le faire dire deux fois. Elle courut à
la vallée Arc-en-ciel le cœur aussi léger que ses talons et,

bavardant avec Faith Meredith, elle lui raconta tout ce qu'elle avait entendu sur Mme Alec Davis.

« Et Mme Elliott dit qu'elle montera tous les Douglas contre ton père et qu'il devra alors quitter le Glen parce que son salaire sera pas payé, conclut-elle. J'sais vraiment pas c'qu'il faut faire. Si seulement le vieux Norman Douglas revenait à l'église et payait son écot, ça serait pas si mal. Mais il le fera pas, et les Douglas vont partir, et vous aussi. »

Faith alla se coucher le cœur gros, ce soir-là. La pensée de quitter le Glen était insupportable. Ils ne trouveraient nulle part au monde des amis comme les Blythe. Son petit cœur avait été brisé quand ils étaient partis de Maywater; elle avait versé tant de larmes en se séparant de ses amis et du presbytère où sa mère avait vécu et était morte. Il lui était impossible d'envisager sereinement un autre départ encore plus pénible. Elle ne pouvait laisser Glen St. Mary, sa chère vallée Arc-en-ciel et cet adorable cimetière.

« C'est affreux de faire partie de la famille d'un pasteur, gémit-elle dans ses oreillers. Aussitôt qu'on commence à se plaire à un endroit, on en est déraciné. Jamais, jamais je n'épouserai un pasteur, même s'il est très gentil. »

Faith s'assit dans son lit et regarda par la petite fenêtre où grimpait le lierre. Tout était très calme. Il n'y avait que la respiration égale d'Una qui brisait le silence de la nuit. Faith se sentit terriblement seule au monde. Elle pouvait voir Glen St. Mary reposant sous les prés bleus et étoilés de la nuit automnale. De l'autre côté de la vallée, à Ingleside, une lumière luisait dans la chambre des filles et une autre dans celle de Walter. Faith se demanda si le pauvre Walter avait encore mal aux dents. Puis, songeant à Di et à Nan, elle poussa un furtif soupir d'envie. Elles avaient une mère et un foyer, elles n'étaient pas à la merci de gens qui se fâchaient sans raison et vous traitaient de chenapans. Loin au-delà du Glen, au milieu des champs endormis, une autre lumière brillait. Faith savait qu'elle brillait dans la maison où vivait Norman Douglas. Il avait la réputation de passer une partie de ses nuits à lire. Mary avait dit que si seulement on pouvait le persuader de retourner à l'église, tout irait bien. Et pourquoi pas ? Faith eut une inspiration en regardant une grosse étoile basse suspendue au-dessus de la grande épinette effilée à la barrière de l'église méthodiste. Elle sut ce qui devait être fait et décida que ce serait elle, Faith Meredith, qui le ferait. Elle arrangerait les choses. Avec un soupir de satisfaction, elle tourna le dos au monde obscur et solitaire et se pelotonna contre Una.

16

Un prêté pour un rendu

Dans le cas de Faith, décider, c'était agir. Elle ne perdit pas de temps pour mettre son projet à exécution. Aussitôt revenue de l'école le lendemain, elle quitta le presbytère et se rendit au Glen. Walter Blythe la rejoignit au moment où elle passait devant le bureau de poste.

« Je vais faire une course pour maman chez Mme Elliott, dit il. Et toi ? »

« J'ai une mission pour l'église à accomplir quelque part », répondit-elle hautainement. Elle ne voulut livrer aucune autre information et Walter se sentit traité de haut. Ils continuèrent à cheminer en silence quelques instants. C'était une soirée chaude et une suave odeur de résine embaumait l'air. Au-delà des dunes s'étalait, gris, le bel océan. Sur le ruisseau du Glen, une flottille de feuilles dorées et vermeilles voguait, évoquant des barques de lutins. Dans le champ de sarrasin de M. Reese aux riches nuances ocrées, des corbeaux tenaient un conciliabule, discutant solennellement du bien-être du peuple corbeau. Grimpant sur la clôture, Faith dispersa cruellement l'auguste assemblée en faisant tournoyer dans sa direction une planche brisée. L'air se remplit instantanément de battements d'ailes noires et de croassements indignés.

« Pourquoi as-tu fait ça ? lui reprocha Walter. Ils avaient tant de plaisir. »

« Oh ! Je déteste les corbeaux, répondit légèrement Faith. Ils sont si noirs, si lisses, et je suis certaine que ce sont des hypocrites. Tu sais qu'ils volent les œufs dans les nids des petits oiseaux. J'en ai surpris un à le faire sur notre pelouse au printemps dernier. Pourquoi es-tu si pâle, aujourd'hui, Walter ? As-tu encore eu mal aux dents hier soir ? »

Walter frémit.

« Oui, une vraie rage. Comme je ne pouvais fermer l'œil, j'ai marché de long en large en imaginant que j'étais un des premiers martyrs chrétiens torturé sur l'ordre de Néron. Ça m'a beaucoup aidé pendant quelque temps. Ensuite, j'ai eu tellement mal que je n'ai plus été capable de rien imaginer. »

« As-tu pleuré ? » demanda anxieusement Faith.

« Non, mais je me suis allongé sur le sol et j'ai gémi, admit Walter. Puis, les filles sont venues et Nan a mis du poivre de Cayenne sur ma dent, et ça m'a fait encore plus mal, puis Di m'a dit de garder une gorgée d'eau froide dans ma bouche, et je n'ai pas pu, alors elles ont appelé Susan. Susan m'a dit que c'était tout ce que je méritais pour être resté assis la veille dans le grenier froid à écrire des poèmes bons à rien. Mais elle a allumé le feu dans la cuisine et m'a apporté une bouillotte qui m'a enlevé mon mal. Dès que je me suis senti mieux, j'ai dit à Susan que mes poèmes n'étaient pas nuls et qu'elle n'était pas apte à en juger. Et elle a répondu qu'en effet, elle ne l'était pas, Dieu merci, et qu'elle ne connaissait rien en poésie à part le fait que c'était la plupart du temps un tissu de mensonges. Toi, tu sais que c'est faux, Faith. C'est une des raisons pour lesquelles j'aime écrire des poèmes : on peut y exprimer tant de choses qui sont vraies en poésie et ne le seraient pas en prose. C'est ce que j'ai dit à Susan, mais elle m'a répondu de cesser de jacasser et de me coucher avant que l'eau refroidisse, sinon elle me laisserait me rendre compte si écrire des rimes pouvait soulager du mal de dent, et qu'elle espérait que cela me serve de leçon. »

« Pourquoi ne vas-tu pas te faire arracher ta dent chez le dentiste de Lowbridge ? »

Walter frissonna de nouveau.

«C'est ce qu'ils veulent que je fasse, mais je ne peux pas. C'est trop douloureux.»

«Tu as peur d'une petite douleur?» demanda Faith avec mépris.

Walter rougit.

«Ce serait une grande douleur. Je déteste souffrir. Papa dit qu'il n'insistera pas pour que j'y aille. Il préfère attendre que je prenne moi-même la décision.»

«Cela te ferait souffrir moins longtemps que ton mal de dent, fit valoir Faith. Tu as déjà eu cinq rages de dent. Si tu allais la faire extraire, tu ne passerais plus jamais de nuits blanches. On m'en a arraché une, une fois. J'ai hurlé un moment, mais après, c'était fini. Il ne restait que le saignement.»

«Le saignement est pire que tout, c'est si laid, s'écria Walter. Ça m'a rendu malade quand Jem s'est coupé le pied, l'été dernier. Susan disait que j'avais l'air plus au bord de l'évanouissement que Jem lui-même. Mais je ne pouvais supporter de voir Jem blessé, non plus. Il y a toujours quelqu'un qui se fait mal, Faith, et c'est affreux. Je ne peux tout simplement pas supporter de voir les choses souffrir. J'ai envie de m'enfuir, très loin, jusqu'à ce que je ne puisse plus les voir ni les entendre.»

«Je ne comprends pas qu'on fasse tant d'histoires pour quelqu'un qui se fait mal, dit Faith, secouant ses boucles. Évidemment, quand c'est toi qui te blesses, il faut bien que tu cries, et c'est vrai que le sang fait des dégâts, et moi non plus, je n'aime pas voir les autres souffrir. Mais ça ne me donne pas envie de fuir, au contraire, j'ai envie de me mettre au travail et de leur porter secours. Ton père doit souvent faire mal aux gens quand il les soigne. Que feraient-ils s'il se sauvait?»

«Je n'ai pas dit que je m'enfuirais, mais que j'aurais envie de le faire. C'est très différent. Moi aussi, je veux aider les gens. Mais oh! comme je voudrais qu'il n'y ait pas

tant de choses laides et effrayantes dans le monde.
J'aimerais que tout soit heureux et beau. »

« Eh bien, ne pensons pas à ce qui n'existe pas, dit
Faith. Après tout, il y a quand même de l'agrément à être
en vie. C'est sûr que tu n'aurais pas mal aux dents si tu
étais mort, mais quand même, tu préfères être vivant que
mort, non ? Moi, cent fois oui. Oh ! Voici Dan Reese. Il est
allé pêcher au port. »

« Je déteste Dan Reese », maugréa Walter.

« Moi aussi. Toutes les filles le détestent. Je vais le
dépasser en marchant sans lui accorder un regard. Regarde
moi ! »

Faith marcha donc près de Dan, le menton haut et
arborant une expression de mépris qui mordit le cœur du
gamin. Il se tourna et lui lança cette insulte en crescendo :

« Peau de vache ! Peau de vache !! Peau de
vache !!! »

Faith poursuivit son chemin, l'air indifférente. Mais
l'outrage fit trembler légèrement sa lèvre. Elle savait
qu'elle ne pouvait rivaliser avec Dan Reese en matière
d'échange d'épithètes. Si seulement Jem Blythe avait été
avec elle, plutôt que Walter. Si Dan Reese avait osé la
traiter de peau de vache en présence de Jem, celui-ci lui
aurait fait mordre la poussière. Mais Faith ne se serait
jamais attendue à ce que Walter fasse de même, et jamais
elle ne l'aurait blâmé pour ça. Walter, elle le savait, ne se
battait jamais. Tout comme Charlie Clow de la route du
nord. Étrangement, tout en méprisant Charlie qu'elle
considérait comme un lâche, jamais elle ne ressentit de
mépris à l'égard de Walter. C'était tout simplement parce
qu'il lui apparaissait comme habitant son propre monde où
prévalaient des valeurs différentes. Faith aurait voulu
qu'un ange aux yeux brillants rouât de coups ce Dan Reese
sale et couvert de taches de rousseur. Elle n'aurait pas
blâmé l'ange et elle ne blâmait pas Walter Blythe. Mais
elle aurait aimé qu'un robuste Jem ou Jerry fût là et
l'insulte de Dan lui resta sur le cœur.

Walter n'était plus pâle. Il était devenu écarlate et ses beaux yeux étaient assombris de honte et de rage. Il savait qu'il aurait dû venger Faith. Jem, lui, aurait foncé et aurait fait ravaler ses paroles à Dan, assaisonnées d'une sauce amère. Ritchie Warren aurait lancé à Dan des insultes pires encore que celle que ce dernier avait lancée à Faith. Mais Walter ne pouvait tout simplement pas crier des injures. Il savait qu'il n'aurait pas eu le meilleur. Il était incapable de concevoir ou de prononcer les insultes grossières dont Dan Reese avait une réserve illimitée. Quant au combat à poings nus, Walter en était également incapable. La simple idée lui faisait horreur. C'était brutal et douloureux et, pire encore, c'était laid. Il n'avait jamais pu comprendre l'exultation qu'éprouvait Jem lors d'un conflit occasionnel. Il aurait pourtant souhaité *pouvoir* se battre contre Dan Reese. Il avait terriblement honte, parce que Faith Meredith avait été insultée en sa présence et qu'il n'avait rien tenté pour punir l'offenseur. Il était sûr qu'elle le méprisait. Elle ne lui avait pas adressé la parole depuis que Dan l'avait traitée de peau de vache. Il fut soulagé quand vint le moment de se séparer.

Faith l'était également, bien que pour une raison différente. Elle désirait être seule, le but de sa promenade la rendant soudain nerveuse. Son impulsion avait refroidi, particulièrement depuis que Dan avait froissé son amour-propre. Elle devait aller jusqu'au bout, mais n'était plus soutenue par l'enthousiasme. Elle se rendait chez Norman Douglas afin de lui demander de revenir à l'église, et elle commençait à avoir peur de lui. Ce qui, au Glen, lui avait semblé si simple et si facile, paraissait très différent ici. Elle avait beaucoup entendu parler de Norman Douglas, et savait que même les plus grands garçons de l'école le craignaient. Et s'il l'insultait ? Elle avait entendu dire qu'il avait tendance à invectiver les gens. Faith ne pouvait supporter les injures ; elles l'assommaient bien davantage qu'un coup physique. Elle devait pourtant réaliser son projet, Faith Meredith allait toujours jusqu'au bout. Si elle ne le faisait pas, son père serait peut-être obligé de quitter le Glen.

Au bout d'une longue allée, Faith déboucha sur la maison, une grande résidence à l'ancienne flanquée d'un bataillon de peupliers de Lombardie. En arrière, sur la véranda, Norman Douglas en personne était assis, lisant un journal. Son gros chien était près de lui. Derrière lui, dans la cuisine où sa femme de ménage, Mme Wilson, préparait le souper, on entendait des cliquetis de vaisselle entrechoquée avec colère, car Norman Douglas venait de se quereller avec elle et tous deux étaient de fort mauvais poil. C'est pourquoi, lorsque Faith arriva sur la véranda et que Norman Douglas abaissa son journal, elle fut accueillie par son regard furibond.

Norman Douglas était, à sa façon, un homme d'assez belle apparence. Une longue barbe rousse balayait sa large poitrine et une crinière de la même couleur, grisonnée par les années, coiffait sa tête massive. Son haut front blanc était lisse et dans ses yeux bleus brûlait encore le feu de sa jeunesse tumultueuse. Il pouvait se montrer très aimable quand il le voulait, et terrible aussi. Et voilà que la pauvre Faith, qui avait si anxieusement voulu arranger les affaires de l'église, le surprenait dans une de ses humeurs furieuses.

Il ignorait qui elle était et la dévisagea d'un air désapprobateur. Norman Douglas aimait les filles qui avaient de l'esprit, du caractère et le sens de l'humour. Or, en ce moment, Faith était livide. Pour être à son avantage, elle avait besoin de couleurs. Sans ses joues vermeilles, elle paraissait humble, voire insignifiante. Elle avait l'air de s'excuser et d'avoir peur, et la brute qui se trouvait dans le cœur de Norman Douglas remua.

« Veux-tu bien me dire qui tu es et ce que tu fais ici ? » interrogea-t-il d'une voix de stentor, fronçant férocement les sourcils.

Pour la première fois de sa vie, Faith fut incapable de répondre. Elle n'avait jamais supposé que Norman Douglas fût ainsi. Elle se sentait paralysée de terreur devant lui. Il s'en rendit compte et cela attisa sa colère.

« Qu'est-ce qui te prend ? hurla-t-il. Tu as l'air d'avoir quelque chose à dire et d'avoir la frousse. Qu'est-ce qui te trouble ? Allez, sors-le, parle, si tu en es capable ! »

Or Faith n'en était pas capable. Pas un son ne sortit de sa bouche, pourtant ses lèvres se mirent à trembler.

« Pour l'amour du ciel, ne pleure pas, s'écria Norman. Je ne peux supporter les pleurnicheries. Si tu as quelque chose à dire, dis-le. Grand Dieu, cette fille est-elle possédée d'un esprit muet ? Ne me regarde pas comme ça ! Je suis un humain, je n'ai pas de queue ! Qui es-tu ? Je t'ai demandé qui tu étais ! »

On aurait pu entendre Norman Douglas jusqu'au port. Les opérations étaient suspendues dans la cuisine. Mme Wilson était tout yeux, tout oreilles. Norman posa ses énormes mains brunes sur ses genoux et se pencha en avant, fixant le petit visage exsangue. Il apparut à Faith comme l'ogre d'un conte de fée. Elle eut l'impression qu'il était sur le point de la dévorer.

« Je... suis... Faith... Meredith », parvint-elle à murmurer.

« Meredith, hein ? Une des enfants du pasteur, hein ? J'ai entendu parler de toi, ça oui ! À cheval sur les cochons et violant le dimanche ! Un joli moineau ! Et qu'est-ce que tu fais ici, hein ? Je ne demande aucune faveur aux pasteurs, et je ne leur en accorde pas. Qu'est-ce que tu veux, dis ! »

Faith aurait voulu se voir à des milliers de kilomètres. Elle bredouilla sa pensée en toute simplicité.

« Je suis venue... vous demander... de revenir à l'église... et de payer... le salaire. »

Norman la dévisagea. Puis il éclata de nouveau.

« Mon espèce de petite effrontée ! Qui t'a demandé de faire ça, coquine ? Qui t'a demandé de faire ça, hein ? »

« Personne », bafouilla la pauvre Faith.

« Tu mens ! Ne me raconte pas d'histoires ! Qui t'a envoyée ici ? Ce n'est pas ton père... il est moins courageux qu'une puce, mais il ne t'enverrait pas faire ce qu'il n'ose pas faire lui-même. Je présume que c'est une de ces satanées vieilles filles du Glen, c'est ça, hein ? »

« Non... je suis venue de mon propre chef. »

« Tu me prends pour un imbécile ? » hurla Norman.

« Non, je vous prenais pour un gentleman », répondit Faith à voix basse, sans aucune intention de se montrer sarcastique.

Norman bondit.

« Occupe-toi de tes affaires. Je ne veux plus entendre un autre mot de toi. Si tu n'étais pas une enfant, je te montrerais ce qu'il en coûte de te mêler de ce qui ne te regarde pas. Quand j'aurai besoin d'un pasteur ou d'un pharmacien, je les enverrai chercher. Jusque-là, je ne veux pas entendre parler d'eux. Tu as compris ? À présent, va-t-en, face de carême. »

Faith obéit. Comme une aveugle, elle descendit l'escalier, tituba hors de la cours et ouvrit la grille. Elle n'avait pas fait la moitié du chemin dans l'allée que sa peur disparut pour faire place à une réaction cuisante de colère. Arrivée au bout de l'allée, elle était furieuse comme jamais elle ne l'avait été. Les injures proférées à son égard par Norman Douglas lui brûlaient le cœur comme une flamme. Elle serra les dents et les poings. S'en aller ! Oh ! non, pas elle ! Elle retournerait sur ses pas pour aller dire à ce croque-mitaine ce qu'elle pensait de lui. Il verrait, oh ! pour ça, oui ! Face de carême, vraiment !

Sans hésiter, elle fit volte-face et rebroussa chemin. La véranda était déserte et la porte de la cuisine, fermée. Faith l'ouvrit sans frapper et entra. Norman Douglas venait de s'asseoir à la table, mais il tenait toujours son journal. Faith traversa la pièce d'un pas décidé, lui arracha le journal, le jeta sur le plancher et le piétina. Puis elle lui fit face, les yeux étincelants et les joues écarlates. Elle s'était transformée en une jeune furie si ravissante que Norman Douglas eut peine à la reconnaître.

« Qu'est-ce qui te ramène ici ? » grogna-t-il avec davantage d'étonnement que de colère.

Sans frémir, elle plongea son regard dans les yeux coléreux que si peu de gens osaient affronter.

« Je suis revenue vous dire exactement ce que je pense de vous, rétorqua Faith d'une voix claire et sonore. Vous ne me faites pas peur. Vous n'êtes qu'un vieil homme brutal, injuste, tyrannique et désagréable. Susan prétend que vous irez sûrement en enfer, et cela me faisait de la peine pour vous, mais plus maintenant. Votre femme n'a pas eu de chapeau neuf pendant dix ans et ce n'est pas étonnant qu'elle soit morte. À partir d'aujourd'hui, je vous ferai des grimaces chaque fois que je vous verrai. Chaque fois que je serai derrière vous, vous saurez ce que je suis en train de faire. Papa a un portrait du démon dans un livre dans son bureau, et j'ai l'intention d'aller écrire votre nom en dessous. Vous êtes un vieux vampire et je vous souhaite d'attraper l'eczéma. »

Faith ignorait la signification du mot vampire, tout comme celle d'eczéma. Elle avait entendu Susan employer ces expressions et, d'après son ton, elle en avait conclu qu'il s'agissait de choses affreuses. Mais Norman Douglas savait du moins ce que le dernier mot voulait dire. Il avait écouté la tirade de Faith dans un silence absolu. Lorsqu'elle s'arrêta, tapant du pied, pour reprendre son souffle, Norman éclata d'un rire tonitruant. Donnant une grande claque sur son genou, il s'exclama :

« Je constate que, tout compte fait, tu as du cran, et ça me plaît. Viens, assieds-toi, assieds-toi. »

« Pas question ! » Les yeux de Faith étincelèrent avec encore plus d'ardeur. Elle avait l'impression qu'il se moquait d'elle, la traitait avec mépris. Elle aurait préféré une autre explosion de rage, mais ceci était blessant. « Pas question que je m'assoie dans votre maison. Je m'en vais chez moi. Mais je suis contente d'être revenue vous dire ma façon de penser. »

« Et moi, donc ! gloussa Norman. Tu me plais, tu es gentille, et brillante. Quelles roses ! Quelle énergie ! Est-ce que je l'ai appelée face de carême ? Elle n'a rien à voir avec le carême. Assieds-toi. Si seulement tu avais eu cette expression la première fois, petite ! Comme ça, tu vas écrire mon nom sous le portrait du Malin ? Mais il est noir, petite, il est noir, et moi, j'suis rouquin. Ça ne marcherait pas, pas du tout. Et tu me souhaites de l'eczéma, hein ? Dieu te bénisse, petite, j'en ai souffert dans mon enfance ! Ne me souhaite plus d'en avoir ! Assieds-toi, assieds-toi. Nous allons parler devant une tasse de bon thé. »

« Non, merci », répondit hautainement Faith.

« Oh, oui, tu vas t'asseoir. Allez, allez, je m'excuse, petite, je m'excuse. Je me suis conduit comme un fou et je le regrette. On ne peut s'exprimer de façon plus juste. Oublie et pardonne. Serrons-nous la main, petite, serrons-nous la main. Elle ne veut pas, non, elle refuse. Mais il le faut. Écoute, petite, si tu acceptes de me serrer la main et de prendre une bouchée avec moi, je verserai la somme que j'avais coutume de donner pour le salaire et j'irai à l'église le premier dimanche de chaque mois et je clouerai le bec à Kitty Alec. Je suis le seul du clan qui en soit capable. C'est pas une bonne affaire, ça, petite ? »

Cela le paraissait. Faith se retrouva en train d'échanger une poignée de main avec l'ogre puis de s'asseoir à sa table. Sa colère était passée – les colères de Faith ne duraient jamais longtemps – mais l'excitation faisait encore briller ses yeux et animait ses joues. Norman Douglas lui jeta un regard admiratif.

« Allez chercher vos meilleures conserves, Wilson, ordonna-t-il, et cessez de bouder, femme, cessez de bouder. Qu'arriverait-il si nous ne nous querellions jamais, femme ? Un bon orage nettoie l'atmosphère et ranime les choses. Mais après, pas de bruine ni de crachin, pas de bruine ni de crachin, femme. Je ne tolère pas ça. Une femme de caractère, d'accord, mais pas de larmes. Tiens, petite, voici une assiettée de viande et de pommes de terre. Commence

avec ça. Wilson a un nom sophistiqué pour ce plat, mais
moi, j'appelle ça de la gibelote. Tout ce que je n'arrive pas
à analyser dans le domaine de la nourriture, je l'appelle
gibelote, et toute boisson qui me laisse perplexe, je
l'appelle jus de chaussettes. Le thé de Wilson est du jus de
chaussettes. Elle le fait avec des bardanes, je le jure. Ne
bois pas ce liquide noirâtre, il y a du lait pour toi. Comment m'as-tu dit que tu t'appelles ? »

« Faith. »

« C'est pas un nom, c'est pas un nom, ça! J'peux pas
digérer un nom pareil. T'en as pas un autre ? »

« Non, monsieur. »

« J'aime pas ce nom, non, je ne l'aime pas. C'est fade.
De plus, ça me rappelle ma tante Jinny. Elle avait appelé
ses trois filles Faith, Hope et Charity[4]. Faith ne croyait en
rien, Hope était une pessimiste née et Charity était une
avare. On aurait dû te baptiser Rose Rouge, c'est à ça que
tu ressembles quand tu es fâchée. Moi, je t'appellerai Rose
Rouge. Et tu as réussi à me faire promettre d'aller à l'église ?
Mais seulement une fois par mois, rappelle-toi, seulement
une fois par mois. Allez, petite, vas-tu me libérer de ma
promesse ? J'avais l'habitude de donner cent dollars par
année et de fréquenter l'église. Si je promets de payer deux
cents, vas-tu me libérer de ma promesse ? Allez ! »

« Pas question, monsieur, répondit Faith, un petit
sourire espiègle creusant deux fossettes dans ses joues. Je
veux que vous alliez aussi à l'église. »

« Ma foi, un marché est un marché. J'imagine que
j'arriverai à supporter ça douze fois par année. Quelle
sensation cela fera, le premier dimanche ! Et la vieille
Susan Baker prétend que j'vais aller en enfer, hein ? Le
crois-tu, hein, dis-moi, le crois-tu ? »

« J'espère que non, monsieur », bafouilla Faith, un peu
confuse.

4. Foi, Espérance et Charité (N.D.L.T.)

« Pourquoi tu espères que non ? Allez, pourquoi ? Donne-moi une raison, petite, donne-moi une bonne raison. »

« Ce... ce doit être un endroit inconfortable, monsieur. »

« Inconfortable ? Tout dépend de ton goût en matière de compagnie, petite. Je me fatiguerais vite des anges. Essaie de te figurer la vieille Susan avec une auréole. »

Faith se la figura et l'image lui parut si cocasse qu'elle ne put s'empêcher de rire. Norman l'approuva du regard.

« Tu vois le côté comique de la chose, pas vrai ? Oh ! Tu me plais, toi, tu es quelqu'un de bien. Pour en revenir à cette histoire d'église, est-ce que ton père sait prêcher ? »

« Il est un prédicateur fantastique », assura la loyale Faith.

« Vraiment ? Je verrai. Je vais essayer de le prendre en défaut. Il fera mieux de veiller à ce qu'il dit devant moi. Je vais l'attraper, je vais le faire trébucher, je vais avoir l'œil sur ses arguments. Cette histoire d'église va sans doute m'amuser. Est-ce que ça lui arrive de prêcher sur l'enfer ? »

« Non... je ne crois pas. »

« Dommage. J'aime bien les sermons sur ce sujet. Tu lui diras que s'il veut me garder de bonne humeur, il faut qu'il prêche un bon gros sermon sur l'enfer deux fois par année, et plus ça sent le soufre, mieux c'est. Et songe à tout le plaisir qu'il va donner aux vieilles filles, aussi. Elles vont toutes regarder le vieux Norman Douglas en se disant : "Voilà pour toi, vieux dépravé. Voilà ce que l'avenir te réserve !" Je verserai dix dollars supplémentaires chaque fois que tu convaincras ton père de prêcher sur l'enfer. Voilà Wilson et la confiture. T'aimes ça, hein ? C'est pas de la gibelote, ça ! Goûte ! »

Faith avala docilement la grosse cuillerée que lui tendait Norman. Heureusement, c'était bon.

« La meilleure confiture de prunes au monde, affirma Norman, remplissant une grande soucoupe et la posant devant elle. Content que ça te plaise. Je t'en donnerai une couple de pots à rapporter chez toi. Je ne suis pas un avare, je l'ai jamais été. En tout cas, c'est pas par là que le diable pourra m'attraper. C'est pas de ma faute si Hester n'a pas eu de chapeau neuf pendant dix ans. Elle économisait sur les chapeaux pour donner aux Chinois. Je n'ai jamais donné un sou aux missions de ma vie, et jamais j'en donnerai. N'essaie pas de m'embobiner à ce sujet-là! Cent dollars par année pour le salaire et l'église une fois par mois, mais pas question de gâcher de bons païens pour en faire de mauvais chrétiens! Seigneur, petite, ils ne conviendraient ni au ciel ni à l'enfer, ils seraient gâchés pour les deux endroits, tout simplement gâchés! Hé, Wilson, vous n'avez pas encore retrouvé le sourire? C'est incroyable comment vous, les femmes, pouvez bouder! Je n'ai jamais boudé de ma vie. Avec moi, ça explose d'un coup et après, pouf! l'orage est passé et le soleil brille de nouveau et on peut me faire faire ses quatre volontés. »

Norman insista pour raccompagner Faith chez elle après le souper et remplit le boghei de pommes, de choux, de pommes de terre, de citrouilles et de pots de confiture.

«J'ai un beau petit chat dans la grange. Je te le donnerai aussi, si tu le veux. T'as qu'à me le demander. »

«Non, merci, répondit résolument Faith. Je n'aime pas les chats, et puis, j'ai déjà un coq. »

«Écoutez-la. Tu ne peux flatter un coq comme un chaton. Qui a déjà entendu parler de caresser un coq? Tu ferais mieux de prendre Minet. Je veux lui trouver un bon foyer. »

«Non. Tante Martha a un chat et il massacrerait un étranger. »

Norman céda, sur ce point, un peu à contrecœur. Il reconduisit Faith chez elle et la randonnée fut excitante derrière le fringant cheval de deux ans; après l'avoir laissée à la porte de la cuisine du presbytère, il déchargea ses marchandises sur la véranda et repartit en criant:

«C'est seulement une fois par mois, seulement une fois par mois, rappelle-toi. »

Faith monta se coucher, un peu étourdie et essoufflée, comme si elle venait d'échapper à une tornade vivifiante. Elle se sentait heureuse et soulagée. Il n'y avait plus de danger qu'ils quittent le Glen, le cimetière et la vallée Arc-en-ciel. Elle s'endormit pourtant troublée par la déplaisante arrière-pensée que Dan Reese l'avait traitée de peau de vache et qu'après avoir trouvé une si sympathique épithète, il continuerait à l'appeler ainsi chaque fois qu'il en aurait l'occasion.

17

Une double victoire

Norman Douglas se rendit à l'église le premier dimanche de novembre et y fit sensation comme il l'espérait. M. Meredith lui serra distraitement la main sur le parvis et souhaita d'un ton rêveur : « J'espère que Mme Douglas se porte bien. »

« Elle n'était pas très en forme juste avant que je l'enterre il y a dix ans, mais j'imagine que sa santé est meilleure, à présent », vociféra Norman, horrifiant ou amusant ainsi tout un chacun sauf M. Meredith qui, absorbé à se demander si la dernière partie de son sermon avait été suffisamment claire, n'avait pas la moindre idée de ce que Norman lui avait dit ni de ce qu'il avait dit à Norman.

Ce dernier intercepta Faith à la barrière.

« J'ai tenu parole, tu vois, j'ai tenu parole, Rose Rouge. À présent, je suis libre jusqu'au premier dimanche de décembre. C'était un bon sermon, petite, un bon sermon. Ton père en a plus dans le crâne qu'on croirait à le voir. Mais il s'est contredit, une fois, tu lui diras qu'il s'est contredit. Et rappelle-lui que je veux mon sermon sur l'enfer en décembre. Une façon fantastique de boucler la vieille année, avec un goût de soufre, tu vois. Et qu'est-ce que tu penserais d'un bon discours bien senti sur le ciel, pour le Nouvel An ? Quoique ça ne serait pas la moitié aussi intéressant que l'enfer, petite, pas la moitié. C'est seulement parce que j'aimerais savoir ce que ton père

pense du paradis. Il est capable de penser, lui, et c'est la
chose la plus rare au monde, un pasteur capable de penser.
Ha! Ha! Et voilà une question que tu pourrais lui poser à
l'occasion, quand il sort des nues, petite : "Est-ce que Dieu
peut fabriquer un rocher si gros qu'il est Lui-même
incapable de le soulever?" Tu t'en souviendras, hein? Je
veux connaître son opinion sur ce point. J'ai bouché plus
d'un pasteur avec ça, petite. »

Faith fut contente de lui échapper et se hâta de
rentrer chez elle. Debout à la barrière au milieu d'une
bande de garçons, Dan Reese la regardait et ses lèvres
formaient les mots "peau de vache", mais il n'osait pas les
prononcer à voix haute. Ce fut différent, le lendemain, à
l'école. À la récréation du midi, Faith croisa Dan dans la
petite futaie d'épinettes derrière l'école et l'apercevant,
Dan cria :

« Peau de vache! Peau de vache! Peau de coq! »

Walter Blythe se leva soudain du coussin de mousse
derrière un bosquet de sapins où il était en train de lire. Il
était très pâle, mais ses yeux luisaient.

« Ferme-la, Dan Reese! »

« Oh! Bonjour, Mlle Walter, répliqua Dan, pas troublé
le moins du monde. Il grimpa avec désinvolture sur le
sommet de la clôture et psalmodia d'un air injurieux :

« Peureux! Peureux! T'as peur de ton ombre! »

« Tu n'es qu'une conjecture! » lança Walter avec
mépris, devenant encore plus blême. Il avait une vague
idée de ce que signifiait ce mot, mais Dan n'en avait
aucune et crut qu'il s'agissait de quelque chose de particulièrement outrageant.

« Ah! Peureux! hurla Dan de nouveau. Ta mère écrit
des menteries, des menteries, des menteries! Et Faith
Meredith est une peau de vache, une peau de vache, une
peau de vache! Une peau de coq, une peau de coq, une
peau de coq! Peureux, peureux, peureux! »

Dan s'arrêta là. Walter s'était précipité et avait donné
un coup bien dirigé qui avait fait dégringoler Dan de la

clôture. La chute sans gloire du gamin fut accueillie par les rires et les applaudissements de Faith. Dan bondit sur ses pieds, violet de rage, et recommença à escalader la clôture. Mais la cloche sonna à cet instant et Dan savait ce qui, sous le régime de M. Hazard, arrivait aux garçons qui étaient en retard.

«On va régler ça avec les poings, ulula-t-il. Peureux!»

«Quand tu voudras», répondit Walter.

«Oh! non, non, Walter, protesta Faith. Ne te bats pas avec lui. Ça m'est égal, ce qu'il dit. Je ne m'abaisserais jamais à m'occuper de gens de son espèce.»

«Il t'a insultée et il a insulté ma mère, dit Walter avec le même calme rigide. Ce soir, après l'école, Dan.»

«Il faut que j'aille directement chez moi sarcler les patates, répondit boudeusement Dan. Mais demain soir fera l'affaire.»

«D'accord, demain soir, ici même», acquiesça Walter.

«Et j'vais t'écrabouiller ta petite face de fille», promit Dan.

Walter frémit, moins parce que la menace lui faisait peur que par une réaction de dégoût devant sa laideur et sa vulgarité. Mais il garda la tête haute et se dirigea vers l'école. Faith le suivit, mêlée dans ses émotions. Elle détestait l'idée que Walter se batte contre ce petit faux-jeton, mais oh! comme il avait été magnifique! Et il allait se battre pour elle, elle, Faith Meredith, se battre pour châtier celui qui l'avait insultée! Il ne faisait aucun doute qu'il allait gagner, des yeux pareils appelaient la victoire.

Le soir venu, Faith avait cependant moins confiance en son champion. Walter avait paru si calme, si morne, le reste de la journée à l'école.

«Si seulement c'était Jem, soupira-t-elle à Una, alors qu'elles étaient toutes deux dans le cimetière, assises sur la pierre tombale d'Hezekiah Pollock. C'est un tel bagarreur, il viendrait à bout de Dan en criant lapin. Mais Walter ne sait pas beaucoup se battre.»

« J'ai peur qu'il se fasse faire mal, soupira Una qui détestait la bataille et n'arrivait pas à comprendre l'exultation subtile et secrète qu'elle devinait chez Faith.

« Il ne devrait pas, répondit Faith, mal à l'aise. Il est de la même grandeur que Dan. »

« Mais Dan est beaucoup plus vieux, dit Una. Il a presque un an de plus. »

« Quand on fait le bilan, Dan se s'est jamais beaucoup battu, remarqua Faith. Je crois qu'en réalité, c'est un lâche. Il ne pensait pas que Walter se battrait, sinon il n'aurait pas crié des injures devant lui. Oh ! Si tu avais vu le visage de Walter quand il l'a regardé, Una ! J'en ai eu la chair de poule, et c'était excitant. Il ressemblait exactement à sir Galahad dans le poème que papa nous a lu samedi. »

« La pensée qu'ils vont se battre me fait horreur et je voudrais qu'on puisse empêcher ça », dit Una.

« Oh ! Il faut qu'ils aillent jusqu'au bout, à présent, s'écria Faith. C'est une question d'honneur. Surtout, ne le répète à personne, Una. Si tu le dis, je ne te confierai plus jamais mes secrets. »

« Je n'en parlerai pas, acquiesça Una. Mais je ne resterai pas pour voir la bagarre, demain. Je rentrerai directement à la maison. »

« Oh ! Très bien. Moi, il faut que je sois là. Ce serait mesquin de ma part de ne pas y assister, puisque Walter se bat pour moi. Je vais attacher mes couleurs à son bras. C'est ce qu'on doit faire quand on a un chevalier. Quelle chance que Mme Blythe m'ait donné ce joli ruban bleu pour mon anniversaire ! Je ne l'ai porté que deux fois, alors il est presque neuf. Mais j'aimerais être sûre que Walter va gagner. Ce serait si... si humiliant s'il perdait. »

Faith aurait douté encore davantage si elle avait pu voir son champion à cet instant précis. Quand Walter était rentré de l'école, sa légitime colère avait descendu au niveau le plus bas et un sentiment très désagréable avait pris sa place. Il devait se battre contre Dan Reese le lendemain, et il n'en avait pas envie, l'idée même le glaçait d'horreur. Et il ne pouvait cesser d'y penser. Cette pensée ne le quittait pas une minute. Cela lui ferait-il très mal ? La douleur lui inspirait une peur terrible. Et serait-il vaincu et humilié ?

Au souper, il eut peine à avaler une bouchée. Susan avait fait une grosse platée de « faces de singe », ses biscuits préférés, mais il ne put en manger qu'un seul. Jem, lui, en dévora quatre. Walter se demanda comment il avait pu. Comment quiconque pouvait-il manger ? Et comment pouvaient-ils bavarder joyeusement comme ils le faisaient ? Il y avait sa mère, les yeux brillants et les joues roses. Elle ignorait que son fils devait se battre le lendemain. Walter se demanda sombrement si elle serait aussi gaie si elle était au courant. Jem ayant pris une photo de Susan avec son nouvel appareil, le résultat circula autour de la table et Susan en fut terriblement indignée.

« J'suis pas une beauté, chère Mme Docteur, j'le sais et j'l'ai toujours su, commenta-t-elle d'un air blessé, mais jamais j'croirai que j'suis aussi laide que sur ce portrait. »

Jem éclata de rire, et Anne rit avec lui. Walter ne put supporter cela. Il se leva et courut à sa chambre.

« Cet enfant a quelque chose sur la conscience, chère Mme Docteur, affirma Susan. Il a pratiquement rien mangé. Pensez-vous qu'il soit en train de mijoter d'autres rimes ? »

L'esprit du pauvre Walter était, à cet instant, à des lieues des royaumes étoilés de la poésie. Il posa son coude sur le rebord de la fenêtre ouverte et pencha mélancoliquement la tête sur ses mains.

« Viens à la grève, Walter, cria Jem en entrant. Les gars vont brûler l'herbe des dunes, ce soir. Papa dit qu'on peut y aller. Viens-t'en. »

À n'importe quel moment, Walter aurait été ravi. Il raffolait des feux d'herbe sèche. Mais il refusa tout simplement d'y aller, et aucun argument ni supplication ne purent le faire changer d'idée. Déçu, Jem, qui n'avait pas envie de marcher seul dans le noir jusqu'à la pointe de Four Winds, se retira dans son musée du grenier et se plongea dans un livre. Il oublia bientôt sa déception, faisant la fête avec les héros de légendes anciennes, et s'arrêtant à l'occasion pour s'imaginer en général célèbre, menant ses troupes à la victoire sur quelque grandiose champ de bataille.

Walter resta assis à la fenêtre jusqu'au moment de se coucher. Di vint le retrouver, espérant apprendre ce qui n'allait pas, mais Walter ne pouvait en parler, même à Di. Le fait d'en parler semblait conférer à la chose une réalité qui le faisait reculer. Y penser était une torture bien suffisante. Blanches et crissantes, les feuilles s'agitaient dans les érables. La lueur rose et pourpre s'était estompée dans la voûte argentée du ciel, et une pleine lune se levait majestueusement dans la vallée Arc-en-ciel. Au loin, un feu de bois rougeoyant peignait un tableau splendide sur l'horizon derrière les collines. C'était une soirée nette et claire dans laquelle on entendait distinctement des sons lointains. Un renard glapissait de l'autre côté de l'étang ; une locomotive freinait à la gare du Glen ; un geai bleu criait follement dans l'érablière ; des rires fusaient sur la pelouse du presbytère. Comment les gens pouvaient-ils rire ? Comment les renards, les locomotives et les geais bleus pouvaient-ils se comporter comme si rien ne devait se produire le lendemain ?

« Oh ! Si seulement c'était fini », gémit Walter.

Il dormit très peu cette nuit-là et avala avec peine son gruau le lendemain matin. Susan servait des portions plutôt généreuses. M. Hazard ne fut pas satisfait de lui, ce jour-là. Faith Meredith semblait, elle aussi, dans les nuages. Dan Reese dessina subrepticement sur son ardoise des portraits de filles aux têtes de vaches ou de coqs et les montra à toute la classe. La nouvelle de la bagarre s'était répandue et la plupart des garçons et plusieurs filles se trouvaient dans le bois d'épinettes quand Walter et Dan arrivèrent après l'école. Una était rentrée chez elle, mais Faith était là, ayant noué son ruban bleu autour du bras de Walter. Walter fut soulagé de voir que ni Jem, ni Di, ni

Nan ne faisaient partie des spectateurs. Bizarrement, ils n'avaient pas entendu parler de ce qui était dans l'air et étaient rentrés. À présent, Walter n'avait plus peur d'affronter Dan. Au dernier moment, toute sa crainte s'était évanouie, mais il sentait encore du dégoût à l'idée de se battre. On remarqua que Dan était beaucoup plus pâle que Walter sous ses taches de rousseur. Un des garçons plus âgés donna le signal et Dan frappa Walter au visage.

Ce dernier vacilla un peu. La douleur provoquée par le coup se répercuta un instant dans son être sensible. Puis, il cessa d'avoir mal. Un sentiment qu'il n'avait jamais éprouvé auparavant parut le submerger comme une lame de fond. Son visage devint écarlate, ses yeux luirent comme des flammes. Les écoliers de l'école de Glen St. Mary n'auraient jamais imaginé que « Mlle Walter » puisse ressembler à ça. Il se rua sur Dan et s'agrippa à lui comme un jeune chat sauvage.

Les combats des garçons de l'école du Glen ne suivaient aucune règle particulière. C'était le corps-à-corps pur et simple et les coups étaient lancés n'importe comment. Walter se battit avec une furie et une joie sauvages et avec lesquelles Dan ne put rivaliser. Tout se termina très rapidement. Walter n'eut pas clairement conscience de ce qu'il faisait jusqu'au moment où le brouillard rouge qu'il avait devant les yeux se dissipa et qu'il se retrouva agenouillé sur le corps prostré de Dan dont le nez – horreur ! – était ensanglanté.

« En as-tu eu assez ? » demanda Walter, les dents serrées.

Dan admit de mauvaise grâce que oui.

« Ma mère n'écrit pas de mensonges ? »

« Non. »

« Faith Meredith n'est pas une peau de vache ? »

« Non. »

« Ni une peau de coq ? »

« Non. »

« Et je ne suis pas un lâche ? »

« Non. »

Walter avait eu l'intention de demander : « Et tu es un menteur ? » mais il eut pitié et n'humilia pas Dan davantage. De plus, ce sang était vraiment horrible. D'un air méprisant, il l'autorisa donc à partir.

Les garçons assis sur la clôture applaudirent bruyamment mais certaines des fillettes pleuraient. Elles étaient effrayées. Elles avaient déjà vu des bagarres entre les garçons de l'école, mais rien qui ressemblait à Walter quand il avait agrippé Dan. Il avait été terrifiant. Elles avaient cru qu'il allait tuer Dan. À présent que tout était terminé, elles sanglotaient hystériquement, à l'exception de Faith, immobile, tendue et le teint animé.

Walter ne resta pas pour recevoir l'hommage au vainqueur. Il bondit par-dessus la clôture et dévala la colline jusqu'à la vallée Arc-en-ciel. Il ne ressentait pas l'exultation de la victoire, mais plutôt une calme satisfaction d'avoir accompli son devoir et vengé son honneur, teintée d'une sensation de nausée à la pensée du sang qui giclait du nez de Dan. Cela avait été si laid, et Walter détestait la laideur.

De plus, il commença à s'apercevoir que lui-même était plutôt mal en point. Sa lèvre était fendue et enflée et un de ses yeux lui donnait une sensation étrange. Dans la vallée, il croisa M. Meredith qui revenait d'une visite chez les demoiselles West. Le révérend homme le regarda gravement.

« On dirait que tu t'es battu, Walter ? »

« Oui, monsieur », répondit Walter, s'attendant à une réprimande.

« À quel sujet ? »

« Dan Reese a dit que ma mère écrivait des mensonges et que Faith était une peau de vache », rétorqua Walter de but en blanc.

« Oh ! Alors tu étais certainement justifié, Walter. »

« Croyez-vous que ce soit bien de se battre, monsieur ? » demanda Walter, curieux.

« Pas toujours, et pas souvent... mais parfois, oui, parfois, répondit John Meredith. Lorsqu'on insulte les
femmes, par exemple, comme dans le cas qui nous occupe.
J'ai pour devise, Walter, de ne pas me battre avant d'être
sûr d'y être obligé, mais de le faire alors avec toute mon
âme. Je conclus que malgré quelques égratignures c'est toi
qui as gagné. »

« Oui. Je lui ai fait ravaler ses paroles. »

« Très bien, vraiment très bien. Je ne pensais pas que
tu étais un tel bagarreur, Walter. »

« C'était la première fois que je me battais, et jusqu'à
la dernière minute, je ne voulais pas, et puis, ajouta
Walter, déterminé à soulager complètement sa conscience,
j'ai aimé ça pendant que je le vivais. »

Les yeux du révérend John scintillèrent.

« Tu n'étais pas un peu effrayé, au début ? »

« J'étais terrifié, répondit honnêtement Walter. Mais
jamais plus je n'aurai peur, monsieur. La peur qu'on a des
choses est pire que les choses elles-mêmes. Je vais demander à papa de m'amener à Lowbridge demain pour faire
extraire ma dent. »

« Parfait. "La peur fait plus mal que le mal dont on a
peur." Sais-tu qui a écrit cela ? C'est Shakespeare. Existe-
t-il un sentiment, une émotion ou une expérience du cœur
humain qu'ignorait cet homme formidable ? Quand tu seras
chez toi, dis à ta mère que je suis fier de toi. »

Walter ne le lui dit pas ; mais il lui raconta tout le
reste. Elle sympathisa avec lui, l'assurant qu'elle était
contente qu'il ait pris sa défense et celle de Faith, mit du
baume sur ses blessures et frictionna d'eau de Cologne son
front douloureux.

« Est-ce que toutes les mères sont aussi gentilles que
toi ? demanda Walter, se serrant contre elle. Tu vaux la
peine qu'on prenne ta défense. »

Mlle Cornelia et Susan se trouvaient dans le salon quand Anne descendit et éprouvèrent un grand plaisir à l'écouter relater l'histoire. Susan en particulier fut hautement gratifiée.

« J'suis très contente qu'il ait finalement eu une bonne bataille, chère Mme Docteur. Peut-être que ça va lui sortir cette absurde poésie du coco. Et j'ai jamais, non jamais, pu supporter cette petite vipère de Dan Reese. Pourquoi vous vous approchez pas du feu, Mme Marshall Elliott ? En novembre, les soirées sont très fraîches. »

« Merci, Susan. Je n'ai pas froid. J'ai fait une visite au presbytère avant de venir ici et j'ai eu assez chaud, bien que j'aie dû rester dans la cuisine, car il n'y avait de feu nulle part ailleurs. Croyez-moi, on aurait dit que la cuisine avait essuyé un ouragan. M. Meredith était absent. Je n'ai pas réussi à apprendre où il se trouvait, mais j'ai idée qu'il s'était rendu chez les West. On dit qu'il y est allé très souvent cet automne, vous savez, très chère Anne, et les gens commencent à penser qu'il y va pour voir Rosemary. »

« Il aurait une femme très charmante s'il épousait Rosemary, remarqua Anne en empilant des bûches dans la cheminée. C'est une des femmes les plus exquises que je connaisse, elle fait vraiment partie de la race de Joseph. »

« Ou... i, seulement c'est une épiscopalienne, dit Mlle Cornelia d'un air dubitatif. Évidemment, c'est mieux que si elle était méthodiste, mais je suis d'avis que M. Meredith pourrait trouver une épouse suffisamment convenable dans sa propre secte. Mais il n'y a très probablement rien là-dessous. Je lui ai dit, il y a seulement un mois : "Vous devriez vous remarier, M. Meredith." Il a eu l'air aussi choqué que si j'avais prononcé quelque chose d'inconvenant. "Ma femme est dans sa tombe, Mme Elliott", m'a-t-il répondu à sa façon douce et sainte. "Je suppose que oui, lui ai-je dit, sinon je ne vous conseillerais pas de vous remarier." Il a alors eu l'air encore plus choqué. C'est pourquoi je doute que cette histoire de

Rosemary ait beaucoup de fondement. Si un pasteur célibataire se rend deux fois à une maison où habite une femme célibataire, toutes les commères racontent qu'il lui fait la cour. »

« Il me semble, si je peux me permettre de le dire, que M. Meredith est trop timide pour aller courtiser une deuxième femme », objecta solennellement Susan.

« Il n'est pas timide, vous pouvez me croire sur parole, rétorqua Mlle Cornelia. Distrait, oui, mais timide, non. Et tout distrait et rêveur qu'il soit, il a, comme tous les hommes, une très haute opinion de lui-même, et quand il est vraiment éveillé, il ne trouverait pas difficile de demander n'importe quelle femme en mariage. Non, le problème est qu'il s'illusionne lui-même à croire que son cœur est enseveli, alors qu'il continue à battre en lui comme en n'importe qui. C'est possible que Rosemary lui plaise, et c'est possible que non. Si oui, il faut en tirer le meilleur parti possible. C'est une femme gentille et une bonne maîtresse de maison, et elle fera une excellente mère pour ces pauvres enfants négligés. Et puis, conclut Mlle Cornelia avec résignation, ma propre grand-mère était épiscopalienne. »

18

Mary, oiseau de malheur

Mary Vance, que Mme Elliott avait envoyée faire une course au presbytère, traversa la vallée Arc-en-ciel en se rendant à Ingleside où elle devait passer l'après-midi avec Di et Nan, faveur spéciale du samedi après-midi. Nan et Di étaient allées chercher de la résine d'épinette avec Faith et Una et toutes les quatre étaient à présent assises sur un pin tombé près du ruisseau, en train, il faut bien l'admettre, de mâcher vigoureusement. Les jumelles d'Ingleside n'étaient pas autorisées à mâcher de la gomme ailleurs que dans la réclusion de la vallée, mais Faith et Una, qui n'étaient aucunement contraintes par de telles règles d'étiquette, mastiquaient avec conviction n'importe où, à la maison comme à l'extérieur, à la grande horreur des habitants du Glen. Une fois, Faith avait même été vue en train de mâcher à l'église ; devant l'énormité de la chose, Jerry avait pris son rôle de grand frère à cœur et l'avait réprimandée de telle sorte qu'elle n'avait jamais récidivé.

« J'avais si faim que j'ai senti qu'il fallait absolument que je mastique quelque chose, avait-elle protesté. Tu sais aussi bien que moi à quoi ressemblait notre déjeuner, Jerry Meredith. Je n'avais pas pu avaler le gruau collé et je me sentais l'estomac vide. La gomme m'a fait beaucoup de bien, et je ne mâchais pas très fort. Je n'ai fait aucun bruit et je n'ai pas claqué la gomme une seule fois. »

« En tout cas, tu ne dois pas mâcher de la gomme à l'église, avait insisté Jerry. Que je ne t'y reprenne plus. »

«Tu en as toi-même mâché à l'assemblée de prières la semaine dernière», s'écria Faith.

«C'est différent, répliqua Jerry avec désinvolture. L'assemblée de prières, ce n'est pas le dimanche. De plus, j'étais assis en arrière dans un coin sombre et personne ne m'a vu. Toi, tu étais assise en avant où tout le monde pouvait te voir. J'ai retiré la gomme de ma bouche au moment de l'hymne final et je l'ai collée sur le dossier du banc devant moi. Puis je suis parti et je l'ai oubliée. Je suis retourné la chercher le lendemain matin et elle avait disparu. Je suppose que Rod Warren me l'a piquée. C'était une mâchée épatante.»

Mary Vance descendit vers la vallée la tête haute. Elle portait un nouveau chapeau de velours bleu orné d'une rosette écarlate, un manteau de drap bleu marine et un petit manchon en écureuil. Très fière de ses vêtements neufs, elle était satisfaite de son apparence. Ses cheveux étaient frisés, son visage, grassouillet, ses joues, rosées, et ses yeux blancs brillaient. Elle n'avait plus rien à voir avec l'enfant abandonnée et couverte de haillons découverte par les Meredith dans la vieille grange des Taylor. Una essaya de ne pas ressentir de jalousie. Voilà Mary avec un nouveau chapeau de velours alors que Faith et elle-même devraient continuer à porter leurs vieux bérets gris défraîchis. Personne ne songeait à leur en procurer de nouveaux et elles n'en demandaient pas à leur père de peur de lui faire de la peine parce qu'il était à court d'argent. Mary leur avait dit une fois que les pasteurs manquaient toujours d'argent et trouvaient «rudement difficile» de joindre les deux bouts. Depuis, Faith et Una se seraient promenées en loques plutôt que de demander quelque chose à leur père si elles pouvaient l'éviter. Si l'aspect délabré de leur accoutrement ne les préoccupait pas tellement, elles trouvaient plutôt mortifiant de voir surgir Mary Vance ainsi vêtue et paraissant pleine de suffisance Le manchon d'écureuil était vraiment la cerise sur le gâteau. Ni Faith ni Una n'avaient jamais possédé de manchon et se comptaient déjà chanceuses quand elles arrivaient à porter des mitaines non trouées. Tante Martha n'y voyait pas suffisamment pour repriser, et bien qu'Una eût déjà essayé, le résultat avait été pitoyable. De toute façon, elles ne réussirent pas à rendre leur accueil très cordial. Mais Mary ne le remarqua ni ne s'inquiéta; elle n'était pas spécialement sensible. Elle grimpa agilement s'asseoir dans un pin, posant le manchon offensant sur une branche. Una remarqua qu'il était doublé de satin rouge chatoyant et qu'il était orné de pompons de la même couleur. Elle regarda de nouveau sur ses propres petites mains violacées et gercées et se demanda si elle les enfouirait un jour dans un manchon comme celui-là.

«Donnez-moi une mâchée», demanda Mary d'un ton amical. Nan, Di et Faith fouillèrent dans leurs poches et tendirent à Mary une ou deux boules ambrées. Una resta immobile. Elle avait quatre belles grosses boules dans la poche de sa veste étriquée, mais il n'était pas question qu'elle en offre une à Mary Vance, pas une seule. Que Mary ramasse sa propre résine. Les gens qui portaient des manchons d'écureuil ne devaient pas s'attendre à tout recevoir.

«Belle journée, pas vrai?» poursuivit Mary, balançant ses jambes, peut-être pour mieux faire voir ses nouvelles bottines garnies d'une jolie bande de tissu. Una cacha ses pieds sous elle. Une de ses bottines avait un trou à l'orteil et les deux lacets étaient pleins de nœuds. Mais c'étaient les meilleures qu'elle possédait. Oh! Cette Mary Vance! Pourquoi ne l'avaient-ils pas laissée dans la vieille grange?

Una n'éprouvait jamais de rancœur parce que les jumelles d'Ingleside étaient mieux habillées qu'elle et Faith. Elles portaient leurs jolis vêtements avec une grâce insouciante sans jamais paraître en avoir conscience. D'une certaine façon, les autres ne se sentaient jamais mal vêtues en leur présence. Mais quand Mary Vance était endimanchée, les vêtements semblaient envahir l'atmosphère, et on aurait dit que personne ne pouvait s'empêcher de penser vêtements. Assise dans le soleil couleur de miel de ce gracieux après-midi de décembre, Una avait une conscience aiguë et misérable de ce qu'elle avait sur le dos : le béret décoloré qui, lui aussi, était son meilleur, la veste étriquée qu'elle portait depuis trois hivers, les trous dans sa jupe et ses bottines, l'insuffisance frileuse de ses pauvres petits sous-vêtements. Évidemment, Mary s'en allait en visite, et elle, non. Mais même si cela avait été le cas, elle n'avait rien d'autre à se mettre et c'était là que le bât blessait.

« C'est d'la résine fantastique, dites donc ! Écoutez-moi la claquer. Y a pas beaucoup d'épinettes résineuses à Four Winds, reprit Mary. Des fois, j'ai follement envie d'une mâchée. Mme Elliott me permettrait pas de mâcher si elle me voyait. Elle dit que c'est pas convenable pour une dame. J'comprends rien à ces histoires de dame. J'arrive pas à faire tout c'qu'il faut pour en être une. Dis, Una, qu'est-ce qui se passe ? Tu as avalé ta langue ? »

« Non », répondit Una qui ne pouvait détacher ses yeux fascinés du manchon d'écureuil. Mary se pencha vers elle, saisit le manchon et le mit dans les mains d'Una.

« Mets tes pattes là-dedans, ordonna-t-elle. Elles ont l'air gelées. C'est un gentil manchon, pas vrai ? Mme Elliott me l'a donné la semaine dernière pour mon anniversaire. J'suis censée recevoir le col à Noël. Je l'ai entendue en parler avec M. Elliott. »

« Mme Elliott est très gentille avec toi », remarqua Faith.

« Tu parles ! Et moi aussi, j'suis gentille avec elle, rétorqua Mary. J'travaille comme un chien à lui faciliter la vie et à tout faire à son goût. On était faites l'une pour l'autre. C'est pas tout l'monde qui pourrait s'entendre avec elle comme moi j'le fais. Comme on est toutes les deux à cheval sur la propreté, on est d'accord. »

« Je t'avais dit qu'elle ne te battrait jamais. »

« C'est vrai. Elle a jamais essayé de lever le petit doigt sur moi et j'lui ai jamais raconté de menterie, pas une

seule, aussi vrai que vous êtes là. Elle m'engueule, des fois,
mais ça coule sur moi comme l'eau sur le dos d'un canard.
Dis, Una, pourquoi t'as pas gardé le manchon?»

Una l'avait reposé sur la branche.

«Je n'ai pas froid aux mains, merci», répondit-elle
sèchement.

«Eh ben, si t'es satisfaite, j'le suis aussi. Dites, la
vieille Kitty Alec est revenue à l'église douce comme un
agneau et personne sait pourquoi. Mais tout le monde
pense que c'est Faith qui a ramené Norman Douglas. Sa
femme de ménage raconte que t'es allée chez lui et que tu
lui as dit ta façon de penser. C'est vrai?»

«Je suis allée lui demander de revenir à l'église»,
répondit Faith, gênée.

«Quel cran! s'écria Mary avec admiration. J'aurais
jamais osé faire ça, et j'ai pourtant pas la langue dans ma
poche. Mme Wilson dit que vous avez eu toute une prise de
bec, mais que c'est toi qui as finalement eu le dernier mot
et qu'après, il a changé son fusil d'épaule. Dites, est-ce que
c'est votre père qui va prêcher ici, demain?»

«Non. Il va faire un échange avec M. Perry de
Charlottetown. Papa est parti en ville ce matin et M. Perry
arrive ce soir.»

«Il me semblait, aussi, qu'il se tramait quelque chose,
même si tante Martha a pas voulu me renseigner. Mais
j'étais sûre qu'elle aurait pas tué ce coq pour rien.»

«Quel coq? Qu'est-ce que tu veux dire?» cria Faith
en pâlissant.

«J'sais pas quel coq. J'l'ai pas vu. Quand elle a pris le
beurre que Mme Elliott lui envoyait, elle a dit qu'elle
arrivait de la grange où elle venait de tuer un coq pour le
souper de demain.»

Faith dégringola du pin.

«C'est Adam – nous n'avons pas d'autres coqs – elle a
tué Adam!»

«Prends pas le mors aux dents! Martha a dit que le
boucher du Glen avait pas de viande cette semaine et qu'il

fallait bien qu'elle serve quelque chose et que toutes les
poules couvaient et étaient trop maigres. »

« Si elle a tué Adam... » Faith commença à gravir la
colline au pas de course.

Mary haussa les épaules.

« Elle va devenir folle, à présent. Elle aimait tant cet
Adam. Y a longtemps qu'il aurait dû être dans la marmite,
il va être aussi coriace qu'une semelle de botte. Mais
j'aimerais pas être dans les souliers de Martha. Faith est
blanche de rage. Tu ferais mieux de la suivre et d'essayer
de l'apaiser, Una. »

Mary avait fait quelques pas avec les filles Blythe
quand Una fit soudain volte-face et courut la rejoindre.

« Tiens, prends de la résine, Mary, dit-elle d'un ton
repentant, mettant ses quatre mâchées dans les mains de
Mary. Et je suis contente que tu aies un si joli manchon. »

« Ben, merci », répondit Mary, plutôt surprise. Après
le départ d'Una, elle dit à ses compagnes : « Elle est un peu
bizarre, pas vrai ? Mais j'ai toujours dit qu'elle avait bon
cœur. »

19

Pauvre Adam !

Quand Una arriva à la maison, Faith était vautrée sur son lit, refusant toute consolation. Tante Martha avait tué Adam. À cet instant précis, il reposait sur un plat dans le garde-manger, troussé et dressé, entouré de son foie, de son cœur et de son gésier. Tante Martha ne prêta aucune attention à la colère de Faith et se moqua de sa douleur.

« Il fallait bien qu'on ait quelque chose pour le dîner du pasteur étranger, se justifia-t-elle. T'es une trop grande fille pour faire tous ces chichis à propos d'un vieux coq. Tu savais qu'on devrait finir par le tuer. »

« Quand papa reviendra, je lui dirai ce que tu as fait », sanglota Faith.

« Commence pas à ennuyer ton père. Il a bien assez de problèmes comme ça. C'est moi, la maîtresse de maison. »

« Adam m'appartenait, c'est à moi que Mme Johnson l'avait donné. Tu n'avais pas le droit de le toucher », cria Faith.

« Sois pas insolente, maintenant. Le coq est mort, un point, c'est tout. J'allais pas servir un plat de mouton froid à un pasteur étranger. J'ai reçu une meilleure éducation que ça. »

Faith refusa de descendre souper ce soir-là et d'aller à l'église le lendemain matin. Mais elle se présenta à la table au moment du dîner, les yeux boursouflés d'avoir tant pleuré, le visage renfrogné.

Le révérend James Perry était un homme onctueux et rubicond, à la moustache blanche hérissée, aux sourcils blancs en broussailles, et au crâne chauve et luisant. Certes loin d'être beau, il était ennuyeux et pompeux. Mais eut-il ressemblé à Saint-Michel Archange et parlé la langue des anges et des humains, Faith l'aurait quand même détesté. Il dépeça Adam avec dextérité, faisant voir ses blanches mains potelées et une magnifique bague à diamant. Il émit des remarques badines pendant toute l'opération. Jerry et Carl gloussèrent, et même Una ébaucha un sourire, croyant que la politesse l'y obligeait. Mais Faith se contenta de froncer les sourcils. Le révérend James considéra que les manières de Faith laissaient beaucoup à désirer. Alors qu'il faisait un commentaire à Jerry d'une voix mielleuse, Faith l'interrompit brusquement pour le contredire. Le révérend James leva ses sourcils broussailleux et regarda dans sa direction.

« Les petites filles ne devraient pas interrompre ni contredire les gens qui en savent beaucoup plus qu'elles. »

Cela aviva la colère de Faith. Se faire traiter de « petite fille » comme si elle n'était pas plus grande que la rondouillette Rilla Blythe d'Ingleside ! C'était intolérable ! Et comme cet abominable M. Perry s'empiffrait ! Il suça même les os de l'infortuné Adam. Ni Faith ni Una n'en avalèrent une bouchée, et elles regardaient leurs frères comme s'ils ne valaient guère mieux que des cannibales. Faith sentit que si ces horribles agapes ne s'achevaient pas bientôt, elle y mettrait fin en jetant quelque chose à la tête luisante de M. Perry. Heureusement, le révérend jugea la tarte aux pommes de tante Martha trop dure pour son pouvoir de mastication et le repas prit fin après d'interminables grâces où M. Perry remercia dévotement la Providence des aliments qu'Elle avait généreusement offerts pour nourrir et procurer un plaisir tempéré.

« Dieu n'a absolument rien à voir dans le fait de t'avoir donné Adam », marmonna Faith, révoltée.

Les garçons furent contents de sortir dehors tandis qu'Una alla aider tante Martha à laver la vaisselle, même si cette vieille dame plutôt ronchonneuse n'accueillait jamais de bon cœur la timide assistance d'Una. Faith, quant à elle, se réfugia dans le bureau où un bon feu était allumé dans la cheminée. Elle pensait échapper ainsi au détestable M. Perry qui avait annoncé son intention de faire la sieste dans sa chambre. Mais à peine Faith s'était-elle installée dans un coin avec un livre qu'il fit irruption et, debout devant le feu, se mit à examiner le bureau en désordre d'un air désapprobateur.

« Les livres de ton père semblent dans un état de confusion déplorable, ma petite fille », commenta-t-il sévèrement.

Faith recula dans l'ombre et resta muette. Jamais elle ne parlerait avec cette... cette créature.

« Tu devrais essayer de les remettre en ordre, poursuivit M. Perry, jouant avec sa belle chaîne de montre et adressant à Faith un sourire condescendant. Tu es bien assez vieille pour t'acquitter de ces tâches. Ma propre fillette n'a que dix ans et elle est déjà une excellente petite maîtresse de maison, une grande aide et un réconfort pour sa mère. C'est une très gentille enfant. J'aimerais que tu aies le privilège de faire sa connaissance. Elle pourrait t'aider de plusieurs façons. Bien entendu, tu n'as pas eu l'inestimable privilège d'avoir une bonne mère pour prendre soin de toi et t'élever. Une lacune bien triste, bien triste en effet. J'ai abordé le sujet à quelques reprises avec ton père et je lui ai loyalement indiqué quel était son devoir, mais cela n'a jusqu'à présent donné aucun résultat. J'espère qu'il prendra conscience de sa responsabilité avant qu'il ne soit trop tard. En attendant, tu as le devoir et le privilège de t'efforcer de remplacer ta sainte mère. Tu pourrais exercer une grande influence sur tes frères et ta petite sœur, tu pourrais être une vraie mère pour eux. Je crains que tu ne réfléchisses pas à ces choses comme tu le devrais. Permets-moi, ma chère enfant, de t'ouvrir les yeux. »

La voix huileuse et empreinte de suffisance de
M. Perry coulait lentement. Il était dans son élément.
Rien ne lui convenait davantage que d'exposer les règles,
de regarder les autres du haut de sa hauteur et de les
exhorter. Il ne songeait nullement à s'arrêter et ne s'arrêta
pas. Il se tenait devant le feu, les pieds fermement plantés
sur le tapis, continuant à déverser un flot de pompeuses
platitudes. Faith n'en entendit pas un seul mot. Elle ne
l'écoutait absolument pas. Mais elle contemplait, avec un
ravissement impie brillant dans ses yeux marron, les
basques de la longue redingote noire du révérend. M. Perry
se tenait très près du feu. Les queues de sa redingote commençaient à brûler, à fumer. Il continuait pourtant à
pontifier, enveloppé dans sa propre éloquence. Les basques
de sa redingote fumèrent de plus en plus. Une petite
étincelle s'envola des bûches et se posa au milieu d'une des
deux basques. Elle y adhéra, couva et s'enflamma. Faith ne
put se retenir plus longtemps et fit entendre un glous-
sement étouffé.

Irrité par cette impertinence, M. Perry se tut brusquement. Il prit soudain conscience qu'un relent de tissu
brûlé envahissait la pièce. Il se tourna de tous les côtés et
ne vit rien. Puis il saisit les basques de son habit et les
ramena devant lui. Il y avait déjà un gros trou dans l'une
d'elles et c'était son costume neuf. Faith ne put s'empêcher de pouffer de rire devant la mine déconfite du
révérend.

« Est-ce que tu voyais mon habit brûler ? » demanda-
t-il, en colère.

« Oui, monsieur », répondit-elle d'un air ingénu.

« Pourquoi ne m'as-tu rien dit ? » insista-t-il, la foudroyant du regard.

« Vous m'avez dit que c'était mal élevé d'interrompre
les adultes, monsieur », répliqua-t-elle encore plus candidement.

« Si... si j'étais ton père, tu recevrais une fessée dont
tu te souviendrais toute ta vie, mademoiselle », conclut le

révérend en colère, sortant de la pièce. La veste du second
meilleur costume de M. Meredith n'allait pas à M. Perry et
ce dernier dut aller à l'office du soir affublé d'une redingote
roussie. Il ne monta cependant pas l'allée avec son
habituelle conscience de l'honneur qu'il faisait à l'édifice.
Jamais plus il n'accepterait de changer de chaire avec
M. Meredith, et c'est à peine s'il se montra courtois avec
lui quand ils se croisèrent à la gare le lendemain matin.
Mais Faith éprouva une satisfaction mélancolique. Adam
avait été en partie vengé.

20

Faith se fait une amie

Le lendemain fut une journée difficile pour Faith à l'école. Mary avait raconté l'histoire d'Adam, et tous les écoliers, à l'exception des Blythe, la trouvèrent hilarante. Les filles, en gloussant, dirent à Faith que c'était bien dommage et les garçons lui adressèrent des notes de condoléances sardoniques. L'infortunée Faith rentra chez elle avec la sensation que son âme même était à vif et brûlait à l'intérieur d'elle.

« Je vais aller à Ingleside me confier à Mme Blythe, sanglota Faith. Elle ne se moquera pas de moi comme tous les autres. Il faut absolument que je parle à quelqu'un qui peut comprendre à quel point je souffre. »

Elle traversa en courant la vallée Arc-en-ciel. L'enchantement de la nature s'était de nouveau amorcé la veille au soir. Une neige légère était tombée et les sapins saupoudrés rêvaient d'un printemps à venir et d'une joie à vivre. Au loin, des bouleaux dénudés teintaient de pourpre la longue colline. Le paysage baignait tendrement dans la lumière rosée du soleil couchant. De tous les lieux enchantés, pleins de grâce étrange et féerique, la vallée Arc-en-ciel était, en ce soir d'hiver, le plus ravissant. Mais la pauvre petite Faith au cœur brisé ne pouvait jouir de son charme idyllique.

Passant près du ruisseau, elle tomba soudain sur Rosemary West, assise sur le vieux pin. Cette dernière rentrait chez elle après être allée donner un cours de musique aux fillettes d'Ingleside. Elle avait flâné dans la vallée quelque temps, contemplant la splendeur immaculée et errant dans des sentiers de rêve. À en juger par l'expression de son visage, ses pensées étaient agréables. Peut-être le léger tintement que produisaient à l'occasion les clochettes des Arbres amoureux faisait-il naître sur ses lèvres ce sourire fugitif... ou c'était peut-être la pensée que John Meredith manquait rarement de venir passer le lundi soir à la maison grise sur la colline blanche que le vent harcelait.

Pleine d'amertume et de révolte, Faith Meredith fit irruption dans les rêves de Rosemary. Apercevant cette dernière, elle s'arrêta brusquement. Elle ne la connaissait pas très bien, juste assez pour lui adresser la parole quand elles se rencontraient. Et là, elle n'avait envie de voir personne d'autre que Mme Blythe. Elle savait que ses yeux et son nez étaient rouges et enflés et détestait l'idée qu'une étrangère sache qu'elle avait pleuré.

«Bonsoir, Mlle West», articula-t-elle, gênée.

«Que se passe-t-il, Faith?» s'enquit gentiment Rosemary.

«Rien», répondit Faith, d'un ton plutôt bref.

«Oh!» Rosemary sourit. «Tu veux dire rien que tu puisses confier à des étrangers, n'est-ce pas?»

Faith regarda Mlle West avec un intérêt nouveau. Voilà une personne qui comprenait les choses. Et comme elle était jolie! Comme ses cheveux étaient dorés sous son bibi à plumes! Comme son teint était rose au-dessus de son manteau de velours! Comme ses yeux étaient bleus et sympathiques! Faith eut l'impression que Mlle West pourrait être une amie charmante, si seulement elle était une amie plutôt qu'une étrangère.

«Je... je m'en vais parler avec Mme Blythe. Elle comprend toujours, jamais elle ne se moque de nous. Je lui raconte toujours tout. Cela m'aide.»

«Chère petite fille, je suis désolée d'avoir à te dire que Mme Blythe n'est pas chez elle, annonça Rosemary avec sympathie. Elle est partie pour Avonlea aujourd'hui et ne reviendra pas avant la fin de la semaine. »

Les lèvres de Faith tremblèrent.

« Je ferais aussi bien de rentrer, alors », fit-elle d'un air malheureux.

« Je suppose que oui... à moins que tu ne penses pouvoir te confier à moi, proposa gentiment Rosemary. Cela fait tellement de bien de parler. Je le sais. Je ne pense pas comprendre aussi bien les choses que Mme Blythe, mais je te promets de ne pas rire. »

« Vous ne rirez pas extérieurement, hésita Faith, mais vous pourriez le faire... à l'intérieur. »

« Non, je ne rirai pas à l'intérieur non plus. Pourquoi le ferais-je ? Quelque chose t'a fait de la peine, et cela ne m'amuse jamais de voir quelqu'un souffrir, peu importe ce qui a pu le blesser. Si tu veux me raconter ce qui t'a fait du mal, je serai contente de t'écouter. Mais si tu penses que tu préférerais garder ton secret, c'est bien aussi, ma chérie. »

Faith plongea longuement et avidement son regard dans les yeux de Mlle West. Ils étaient très graves, ne camouflant aucun rire, même tout au fond. Poussant un léger soupir, elle s'assit sur le vieux pin à côté de sa nouvelle amie et lui narra toute l'histoire d'Adam et de son cruel destin.

Rosemary ne rit pas ; elle n'en avait aucune envie. Elle comprit et sympathisa. Elle était vraiment presque aussi gentille que Mme Blythe, oui, presque aussi gentille.

« M. Perry est pasteur, mais il aurait dû être *boucher*, conclut amèrement Faith. Il aime tellement dépecer. Ça lui plaisait de découper le pauvre Adam en morceaux. Il l'a tranché comme s'il s'était agi de n'importe quel coq. »

« Entre toi et moi, Faith, moi-même je n'aime pas beaucoup M. Perry, dit Rosemary en riant un peu – de M. Perry, non pas d'Adam, et Faith le comprit clairement – il ne m'a jamais plu. Je suis allée à l'école avec lui – c'était un garçon du Glen, tu sais – et c'était déjà un petit snob détestable. Oh ! Comme nous, les filles,

détestions tenir ses mains grasses et moites pendant les
rondes ! Mais tu dois te rappeler, ma chérie, qu'il ignorait
qu'Adam était ton animal familier. Il croyait que ce n'était
qu'un coq comme les autres. Il faut être juste, même quand
on a terriblement mal. »

« J'imagine que oui, admit Faith. Mais pourquoi tout
le monde semble-t-il trouver si amusant que j'aie tant
aimé Adam, Mlle West ? S'il s'était agi d'un horrible vieux
chat, personne n'aurait trouvé la chose bizarre. Quand la
moissonneuse a tranché les pattes du chaton de Lottie
Warren, tout le monde a eu de la peine pour elle. Elle a
pleuré pendant deux jours à l'école, et personne ne s'est
moqué d'elle, pas même Dan Reese. Et tous ses amis sont
allés aux funérailles du chaton et l'ont aidée à l'enterrer.
On a cependant pas pu enterrer ses pauvres petites pattes
avec lui, parce qu'on ne les a pas trouvées. C'était vraiment une chose affreuse, mais je pense pas que ça ait été
aussi épouvantable que de voir son animal se faire manger.
Pourtant, tout le monde a ri de moi. »

« À mon avis, c'est parce que le mot "coq" est plutôt
amusant, suggéra gravement Rosemary. Il a une connota-
tion cocasse. "Poussin" est différent. Cela ne semble pas
aussi comique d'aimer un poussin. »

« Adam était le plus adorable petit poulet, Mlle West,
une véritable petite boule dorée. Il accourait vers moi et
picorait dans ma main. En grandissant, il est devenu très
beau, aussi, blanc comme la neige, avec une si belle queue
recourbée, même si Mary la trouvait trop courte. Il connaissait son nom et venait toujours quand je l'appelais.
C'était un coq très intelligent. Et tante Martha n'avait pas
le droit de le tuer. Il m'appartenait. Ce n'était pas juste,
n'est-ce pas, Mlle West ? »

« Non, ce ne l'était pas, répondit Rosemary avec
conviction. Absolument pas. Je me souviens d'avoir eu
une poule comme animal familier dans mon enfance.
C'était une petite chose ravissante, brun doré et toute
tachetée. On ne l'a jamais tuée. Elle est morte de

vieillesse. Maman n'aurait jamais accepté qu'on la tue parce que je l'aimais. »

« Si ma mère avait été en vie, elle n'aurait pas permis qu'on tue Adam, dit Faith. Papa non plus, s'il avait été à la maison et l'avait su. Je suis certaine qu'il n'aurait pas permis ça, Mlle West. »

« Moi aussi », affirma Rosemary. Une légère rougeur colora ses joues. Elle sembla en prendre conscience mais Faith ne remarqua rien.

« Est-ce que c'était très méchant de ma part de ne pas avoir averti M. Perry que sa redingote était en train de brûler ? » demanda-t-elle anxieusement.

« Oh ! Terriblement méchant, répondit Rosemary, une lueur dans les yeux. Mais j'aurais été tout aussi vilaine, Faith, je ne lui aurais pas dit qu'elle brûlait. Et je ne crois pas que j'aurais jamais eu de remords. »

« Una pense que j'aurais dû l'avertir parce que c'est un pasteur. »

« Quand un pasteur ne se conduit pas en gentleman, on n'est pas porté à respecter ses basques, mon trésor. Je sais que j'aurais adoré voir flamber celles de Jimmy Perry. Cela a dû être très drôle. »

Elles rirent toutes deux ; mais Faith poussa un autre soupir amer.

« Eh bien, en tout cas, Adam est mort et jamais plus je n'aimerai quoi que ce soit. »

« Ne dis pas ça, ma chouette. Nous nous privons de tant de choses quand nous n'aimons pas. Plus nous aimons, plus la vie est riche, même quand l'objet de notre affection n'est qu'une petite bête à poil ou à plumes. Aimerais-tu avoir un canari, Faith ? Un minuscule canari jaune ? Je t'en donnerai un, si tu veux. J'en ai deux à la maison. »

« Oh ! J'adorerais cela, Mlle West, s'écria Faith. Je raffole des oiseaux. Seulement... si le chat de tante Martha le mangeait ? C'est si tragique de voir vos bêtes se faire dévorer. Je ne pense pas que je pourrais supporter une telle peine une autre fois. »

« Si tu suspends la cage suffisamment loin du mur, je ne crois pas que le chat puisse lui faire de mal. Je t'expliquerai comment t'occuper de lui et je l'apporterai à Ingleside quand j'irai la prochaine fois. »

Rosemary se dit en son for intérieur que cela alimenterait les potins du Glen, mais que cela lui était égal. Elle voulait consoler cette petite âme blessée.

Faith était réconfortée. La sympathie et la compréhension faisaient tellement de bien. Elle et Rosemary restèrent assises sur le vieux pin jusqu'à ce que le crépuscule commence à envahir doucement la vallée blanche et que l'étoile du berger brille sur l'érablière grise. Faith confia à Rosemary toute l'histoire de sa vie, ses espoirs, ce qu'elle aimait et ce qu'elle détestait, les événements du presbytère, les hauts et les bas de la vie à l'école. Elles finirent par se séparer en excellents termes.

M. Meredith était, comme d'habitude, perdu dans ses rêves quand le souper commença ce soir-là, puis il entendit un nom qui le ramena à la réalité. Faith racontait à Una sa rencontre avec Rosemary.

« Elle est tout simplement charmante, selon moi, disait-elle. Aussi gentille que Mme Blythe, mais différente. J'avais envie de la serrer dans mes bras. Elle l'a fait, elle, et c'était si bon, si velouté. Et elle m'appelait son "trésor". Ça m'a bouleversée. Je pourrais tout lui raconter. »

« Alors, tu as aimé Mlle West, Faith ? » demanda M. Meredith. Sa voix avait une intonation étrange.

« Je l'adore ! » s'écria Faith.

« Ah ! fit M. Meredith. Ah ! »

21

Le mot impossible à prononcer

John Meredith marchait, songeur, dans la fraîcheur limpide d'un soir d'hiver dans la vallée Arc-en-ciel. Au-delà, la lune sur la neige faisait scintiller les collines d'un lustre superbe et glacé. Chacun des petits sapins de la longue vallée chantait sa propre chanson sauvage sur la harpe du vent et du givre. Les enfants Meredith et Blythe étaient en train de glisser sur la butte à l'est et de filer à toute allure sur l'étang gelé. Ils s'amusaient comme des fous et l'écho joyeux de leurs voix et de leurs rires résonnait dans toute la vallée, avant de mourir au loin, parmi les arbres, en cadences magiques. Sur la droite, les lumières d'Ingleside luisaient à travers l'érablière, attrayantes et invitantes comme c'est toujours le cas quand il s'agit d'une maison où nous savons que tous les proches, qu'ils soient de chair ou d'esprit, seront accueillis avec affection et chaleur. M. Meredith aimait beaucoup, à l'occasion, y passer la soirée à discuter avec le docteur auprès d'un feu de bois de grève, là où les célèbres chiens de porcelaine montaient la garde, comme s'ils étaient devenus les divinités du foyer; ce soir-là, ce n'était pas pourtant dans cette direction qu'il regardait. Loin sur la colline à l'ouest brillait une lueur plus pâle mais plus attirante. M. Meredith s'en allait voir Rosemary West, et il avait l'intention de lui confier un secret qui avait germé lentement dans son cœur depuis le jour de leur première rencontre et s'était ouvert

comme une fleur le soir où Faith avait si chaudement
exprimé son admiration à l'égard de Rosemary.

Il avait fini par prendre conscience de son attachement pour Rosemary. Un attachement bien sûr différent
de celui qu'il avait éprouvé pour Cecilia. Cet amour avait
été totalement différent. Jamais, pensait-il, il ne pourrait
revivre un amour aussi romantique, enchanteur et lumineux. Mais Rosemary était belle, douce et chère, très
chère à son cœur. Elle était la meilleure des amies. Il se
sentait plus heureux en sa compagnie qu'il n'avait jamais
espéré l'être. Elle ferait une maîtresse de maison idéale, et
une bonne mère pour ses enfants.

Au cours des années de son veuvage, M. Meredith
s'était à maintes reprises fait insinuer, par certains de ses
confrères presbytériens et des paroissiens ne pouvant être
soupçonnés de nourrir des arrière-pensées, qu'il devrait se
remarier. Mais ces insinuations n'avaient jamais produit
aucune impression sur lui. On pensait en général qu'il ne
les entendait même pas. C'était pourtant tout le contraire.
Et quand il lui arrivait d'avoir un éclair de bon sens, il
savait que la seule chose raisonnable à faire était en effet
de se remarier. Mais le bon sens n'était pas le point fort de
M. Meredith, et le fait de choisir, délibérément et de sang
froid, une épouse «convenable», comme on choisirait une
femme de ménage ou un associé en affaires, était une
chose dont il était tout à fait incapable. Comme il haïssait
le mot «convenable», qui lui faisait tellement penser à
James Perry! «Une femme *convenable* d'un âge *convenable*» lui avait insinué d'une façon loin d'être subtile cet
onctueux confrère. À cet instant, John Meredith avait eu
le désir absolument invraisemblable de courir demander la
main de la femme la plus jeune et la moins convenable
qu'il pourrait trouver.

Mme Marshall Elliott était une de ses bonnes amies et
il l'aimait bien. Mais quand elle lui avait dit carrément
qu'il devait se remarier, il avait eu l'impression qu'elle
avait déchiré le voile suspendu devant le sanctuaire de sa

vie la plus intime et, depuis, il avait toujours eu plus ou
moins peur d'elle. Il savait qu'au sein de sa congrégation, il
y avait des femmes d'âge « convenable » qui accepteraient
sans hésiter de l'épouser. Il avait beau être dans la lune, il
en avait eu très vite conscience au cours de son ministère à
Glen St. Mary. Il s'agissait de bonnes personnes, mais tout
à fait inintéressantes ; si une ou deux d'entre elles étaient
plutôt banales, les autres l'étaient carrément ; et John
Meredith n'avait pas plus envie d'en épouser une que
d'aller se pendre. Il avait certains idéaux auxquels nulle
soi-disant nécessité ne lui ferait renoncer. Il ne pouvait
demander à aucune femme de remplacer Cecilia dans sa
maison à moins de pouvoir lui offrir au moins un peu de
l'affection et du respect qu'il avait donnés à sa jeune
épouse. Et où, parmi les rares femmes de sa connaissance,
cette perle rare se trouvait-elle ?

Rosemary West était entrée dans sa vie un certain soir
d'automne ; autour d'elle flottait une atmosphère où son
esprit reconnut un air familier. Étrangers qu'un gouffre
séparait, leurs mains se tendirent pourtant dans un geste
d'amitié. Pendant ces dix minutes passées près de la source
cachée, il la connut mieux qu'en un an il n'avait connu
Emmeline Drew, Elizabeth Kirk ou Amy Annetta Douglas,
ou ne pourrait les connaître en un siècle. C'est auprès
d'elle qu'il avait cherché du réconfort quand Mme Alec
Davis avait outragé son esprit et son cœur, et il l'avait
trouvé. Depuis, il s'était souvent rendu à la maison sur la
colline, se glissant si astucieusement dans la vallée Arc-en-
ciel à travers les sentiers sombres de la nuit que les commères du Glen n'étaient jamais absolument certaines qu'il
allait vraiment voir Rosemary West. Une ou deux fois, il
avait été surpris dans le salon des West par d'autres
visiteurs ; les Dames patronnesses devaient se contenter de
ça. Mais ayant eu vent de cette rumeur, Elizabeth Kirk
renonça, sans que son visage placide ne change d'expression, à un espoir qu'elle s'était permis de chérir, et
Emmeline Drew résolut que la prochaine fois qu'elle

verrait un certain vieux garçon de Lowbridge, elle ne le
snoberait pas comme elle l'avait fait lors d'une rencontre
précédente. Bien entendu, si Rosemary West avait décidé
de prendre le pasteur au piège, elle y arriverait ; elle paraissait plus jeune que son âge et les *hommes* la trouvaient
jolie ; de plus, les demoiselles West avaient de l'argent !

« Il est à espérer qu'il ne sera pas dans la lune au point
de demander la main d'Ellen », fut le seul commentaire
malicieux qu'elle se permit de dire à une de ses sœurs.
Emmeline ne garda pas rancune à Rosemary. Tout compte
fait, un célibataire libre était un bien meilleur parti qu'un
veuf père de quatre enfants. Ce n'était que l'attrait du
presbytère qui avait temporairement aveuglé Emmeline.

Un traîneau dans lequel trois occupants lançaient des
cris perçants dépassa M. Meredith et fonça vers l'étang.
Les longues boucles de Faith flottaient dans le vent et elle
riait plus fort que les autres. John Meredith les regarda
longuement avec tendresse. Il était heureux que ses
enfants eussent des camarades comme les Blythe, et une
amie si sage, gaie et tendre que Mme Blythe. Mais ils
avaient besoin de quelque chose de plus, quelque chose
qu'apporterait Rosemary West quand elle entrerait au
presbytère comme épouse. Cette chose était en elle une
qualité essentiellement maternelle.

C'était le samedi soir et il allait rarement en visite le
samedi soir, qui était censé être consacré à une révision
approfondie de son sermon du dimanche. Il avait pourtant
choisi ce soir-là ayant appris qu'Ellen West serait absente
et qu'il pourrait par conséquent voir Rosemary seul à
seule. Bien qu'il eût passé de plaisantes soirées dans la
maison sur la colline, il n'avait jamais vu Rosemary seule
depuis leur première rencontre près de la source. Ellen
avait toujours été là.

Ce n'était pas qu'il s'opposait à sa présence. Ellen
West lui plaisait énormément et ils étaient les meilleurs
amis du monde. Elle comprenait les choses d'une façon
presque masculine et possédait un sens de l'humour que sa

propre appréciation du plaisir, timide et camouflée, trouvait très agréable. Il aimait l'intérêt qu'elle manifestait à l'égard de la politique et des événements mondiaux. Personne au Glen, pas même le Dr Blythe, n'en avait une perception plus juste.

« Je pense que tant qu'on vit, on est aussi bien de s'intéresser aux choses, disait-elle. Sinon, je n'ai pas l'impression qu'il y aurait une grande différence entre la vie et la mort. »

Il aimait son agréable voix de contralto ainsi que le rire sincère par lequel elle ponctuait toujours quelque histoire cocasse et bien racontée. Elle ne lui donnait jamais de coups de griffe à propos de ses enfants comme les autres femmes du Glen ; toujours superbement sincère, elle était sans malice ni mesquinerie. Ayant adopté la façon de Mlle Cornelia de classer les gens, M. Meredith considérait Ellen comme appartenant à la race de Joseph. Dans l'ensemble, elle ferait une belle-sœur admirable. Un homme n'avait pourtant pas envie de voir même la femme la plus admirable du monde dans les parages quand il faisait sa demande en mariage à une autre. Et Ellen était toujours dans les parages. Elle n'insistait pas pour l'accaparer tout le temps, et laissait suffisamment de place à Rosemary. En vérité, Ellen s'était à maintes occasions presque totalement effacée, s'asseyant en retrait dans un coin, Saint-Georges sur les genoux, et laissant M. Meredith et Rosemary bavarder, chanter et lire des livres ensemble. Il leur arrivait d'oublier tout à fait sa présence. Mais si leur conversation ou le choix de leurs duos trahissait un tant soit peu une tendance à ce qu'Ellen considérait comme du flirt, elle s'interposait aussitôt et reléguait Rosemary à l'arrière-plan pour le reste de la soirée. Mais même le plus mélancolique des aimables dragons ne pouvait empêcher les yeux, le sourire et un éloquent silence de transmettre leurs subtils messages. C'est ainsi que la cour du pasteur progressait à sa façon.

Pourtant, si un sommet devait être atteint, cela ne pourrait se faire que pendant l'absence d'Ellen. Et elle ne

sortait que très rarement, surtout l'hiver. Elle considérait
que son propre coin du feu était l'endroit le plus douillet
au monde, assurait-elle. Courir la galipote n'exerçait
aucun attrait sur elle. Elle aimait avoir de la compagnie,
mais chez elle. M. Meredith en était presque arrivé à la
conclusion qu'il lui faudrait écrire à Rosemary ce qu'il
voulait lui dire lorsqu'un soir, Ellen avait négligemment
annoncé qu'elle irait à une noce d'argent le samedi suivant. Elle avait été demoiselle d'honneur lors du mariage.
Comme seuls les anciens invités étaient conviés,
Rosemary ne l'était pas. M. Meredith tendit l'oreille et un
éclat anima ses yeux sombres et rêveurs. Ellen et Rosemary
le virent toutes deux et comprirent, avec un choc, que
M. Meredith viendrait certainement sur la colline le
samedi soir suivant.

   « Aussi bien en finir tout de suite avec lui, Saint-
Georges », fit sévèrement remarquer Ellen au chat noir
après que M. Meredith fut rentré chez lui et Rosemary,
silencieusement montée à sa chambre. « Il veut lui
demander sa main, Saint-Georges, j'en suis parfaitement
sûre. Alors, c'est aussi bien qu'il ait l'occasion de le faire et
de découvrir qu'il ne peut l'obtenir, Georges. Elle aimerait
bien accepter, Saint, je le sais aussi, mais elle a promis et
elle doit tenir parole. Il n'y a aucun homme que je prendrais
plus volontiers pour beau-frère, si je devais en avoir un. Je
n'ai absolument rien à lui reprocher, Saint, sauf le fait qu'il
ne voit pas et ne peut voir que le Kaiser constitue une
menace pour l'Europe. C'est son seul point noir. Mais il est
de compagnie agréable et je l'aime bien. Une femme peut
dire tout ce qu'elle veut à un homme qui a une bouche
comme John Meredith sans crainte d'être mal comprise.
Des hommes pareils sont plus précieux que des rubis, Saint,
et beaucoup plus rares, Georges. Mais il ne peut épouser
Rosemary, et je présume que quand il le saura, il nous
laissera tomber toutes les deux. Et il nous manquera, Saint,
il nous manquera vraiment beaucoup, Georges. Mais elle a
donné sa parole, et je verrai à ce qu'elle la tienne. »

Ellen devint presque laide lorsqu'elle prononça à voix basse cette résolution. À l'étage, Rosemary pleurait dans ses oreillers.

C'est ainsi que M. Meredith trouva sa dame seule et très belle. Rosemary n'avait pas mis de toilette particulière pour l'occasion ; elle en avait eu l'intention, puis s'était dit qu'il était absurde de s'endimancher pour un homme dont on allait rejeter la demande en mariage. Elle portait donc sa sobre robe noire d'après-midi dans laquelle elle avait le port d'une reine. L'excitation qu'elle refoulait illuminait son visage et ses grands yeux bleus brillaient d'un éclat moins placide que d'habitude.

Elle aurait voulu que l'entretien fût terminé, l'ayant appréhendé avec terreur toute la journée. Elle avait la certitude qu'à sa façon, John Meredith l'aimait beaucoup, mais pas autant que sa première femme, toutefois. Elle sentait que son refus le décevrait considérablement, mais ne croyait pas qu'il en serait vraiment bouleversé. Si, pourtant, elle détestait l'idée de lui opposer ce refus, c'était tout autant pour lui que – Rosemary était honnête avec elle-même – pour elle. Elle savait qu'elle aurait pu aimer John Meredith si cela lui avait été permis. Elle savait que sa vie deviendrait vide si, rejeté comme amoureux, il refusait de continuer à être un ami. Elle savait qu'elle pourrait être très heureuse avec lui et qu'elle pourrait le rendre heureux. Mais entre elle et le bonheur, il y avait une porte de prison : cette promesse qu'elle avait faite à Ellen des années auparavant. Rosemary n'avait aucun souvenir de son père ; il était décédé quand elle n'avait que trois ans. Ellen, par contre, qui était âgée de treize ans au moment de sa mort, se rappelait très bien de lui, mais sans tendresse particulière. Il avait été un homme sévère et réservé, beaucoup plus vieux que sa jolie femme blonde. Cinq années plus tard, leur frère de douze ans était mort à son tour ; à partir de ce moment, les deux filles avaient vécu seules avec leur mère. Elles n'avaient jamais participé de très bon cœur à la vie sociale du Glen et de Lowbridge, même si, partout où elles allaient, la vivacité d'esprit d'Ellen et le charme de Rosemary faisaient d'elles des invitées recherchées. Toutes deux avaient eu, dans leur jeunesse, ce qu'il est convenu d'appeler une «déception». La mer n'avait pas rendu à Rosemary son amoureux; et Norman Douglas, qui était alors un jeune géant roux de belle apparence réputé pour ses randonnées sauvages et ses escapades bruyantes mais inoffensives, s'était querellé avec Ellen et l'avait laissée tomber dans un accès de dépit.

Les candidats n'avaient pas manqué pour remplacer Martin et Norman, mais aucun n'avait paru trouver grâce aux yeux des demoiselles West qui quittaient lentement la jeunesse et la beauté sans avoir l'air d'éprouver aucun regret. Elles s'étaient consacrées à leur mère, une invalide chronique. Toutes trois avaient un petit cercle d'intérêts domestiques constitué de livres, d'animaux familiers et de fleurs, qui leur assurait la satisfaction et le bonheur.

La mort de Mme West, survenue le jour du vingt-cinquième anniversaire de Rosemary, leur causa une douleur terrible. Tout d'abord, leur mère leur manqua intolérablement. Ellen, en particulier, continua à broyer du noir, ses longues songeries mélancoliques rompues uniquement par de frénétiques crises de larmes. Le vieux médecin de Lowbridge confia à Rosemary qu'il craignait une neurasthénie permanente ou pire encore.

Une fois, alors qu'Ellen était restée prostrée toute la journée, refusant de parler et de manger, Rosemary s'était jetée à genoux à côté d'elle.

«Oh! Ellen, je suis encore là, moi, avait-elle dit d'un ton implorant. Est-ce que je ne signifie rien pour toi? Nous nous sommes toujours tellement aimées.»

«Je ne t'aurai pas toujours à mes côtés, avait rétorqué Ellen, brisant son silence avec une rauque intensité. Tu te marieras et me laisseras. Je me retrouverai toute seule. Je ne peux supporter cette idée. Je ne peux tout simplement pas. J'aimerais mieux mourir.»

« Je ne me marierai jamais, avait déclaré Rosemary, jamais, Ellen. »

Ellen s'était penchée en avant et avait plongé ses yeux dans ceux de Rosemary.

« Vas-tu me le promettre solennellement ? avait-elle demandé. Me le promettre sur la Bible de notre mère ? »

Rosemary avait accepté sur-le-champ bien volontiers de se plier au désir d'Ellen. Quelle importance ? Elle savait bien qu'elle ne voudrait jamais épouser personne. Son amour avait été englouti avec Martin Crawford dans les profondeurs de l'océan. Elle avait donc promis, quoique Ellen en eut fait une cérémonie plutôt morbide. Elles avaient joint leurs mains au-dessus de la Bible, dans la chambre vide de leur mère, et s'étaient toutes deux juré de ne jamais se marier et de passer toute leur vie ensemble.

L'état d'Ellen s'était amélioré à partir de cet instant. Elle avait bientôt retrouvé sa bonne humeur et son aplomb habituels. Pendant dix ans, elle et Rosemary avaient vécu heureuses dans la vieille maison, jamais troublées par aucune velléité de se marier ou de donner l'autre en mariage. Leur promesse ne leur pesait pas. Ellen n'avait jamais raté une occasion de la rappeler à sa sœur chaque fois qu'un mâle potable croisait leur chemin ; elle n'avait pourtant jamais été vraiment alarmée avant le soir où John Meredith avait raccompagné Rosemary à la maison. Quant à Rosemary, jusqu'à récemment, elle avait toujours été amusée par cette obsession d'Ellen à propos de leur promesse. C'était à présent devenu une chaîne impitoyable, qui s'imposait d'elle-même mais jamais ne pourrait être secouée. À cause d'elle, Rosemary devrait ce soir tourner le dos au bonheur.

C'était vrai que jamais elle ne pourrait offrir à un autre le timide et charmant amour romantique, tout en boutons de roses, qu'elle avait donné à son jeune amoureux. Elle savait pourtant qu'à présent, elle pourrait offrir à John Meredith un amour plus riche, plus mûr. Elle savait qu'il avait touché, chez elle, des profondeurs où jamais

Martin n'avait eu accès, qu'il n'était peut-être pas possible
d'atteindre chez une jeune fille de dix-sept ans. Et elle
devait le renvoyer ce soir, le renvoyer à son cœur solitaire,
à son existence vide et à ses tristes problèmes, et cela
parce que dix ans auparavant, elle avait, sur la Bible de sa
mère, juré à Ellen de ne jamais se marier.

John Meredith ne sauta pas immédiatement sur
l'occasion. Au contraire, il l'entretint pendant deux
bonnes heures de sujets qui n'avaient rien à voir avec
l'amour. Il aborda même des questions politiques, bien que
cela eût toujours ennuyé Rosemary. Cette dernière commença à penser qu'elle s'était entièrement trompée, et ses
craintes et attentes lui parurent tout à coup grotesques.
Elle se sentit terne et idiote. Son visage et son regard
perdirent leur éclat. John Meredith n'avait pas la moindre
intention de la demander en mariage.

C'est alors qu'il se leva brusquement, traversa la pièce
et, debout à côté de son fauteuil, il le lui demanda. Le
silence tomba sur la pièce. Même Saint-Georges avait
cessé de ronronner. Rosemary entendit battre son propre
cœur et fut certaine que John Meredith l'entendait lui
aussi.

Le moment était venu de dire non, gentiment mais
fermement. Elle avait préparé depuis plusieurs jours sa
petite formule de regret guindée. Et voilà que les paroles
avaient complètement disparu de son esprit. Elle devait
dire non et s'aperçut tout à coup que cela lui était impossible. C'était le mot impossible à prononcer. Elle le savait
à présent : il n'était pas question de ne pas pouvoir aimer
John Meredith, elle *l'aimait* réellement. La pensée de le
chasser de sa vie était atroce.

Elle devait dire quelque chose; elle releva sa tête
dorée et lui demanda en bafouillant de lui accorder
quelques jours de... de réflexion.

John Meredith fut un peu surpris; il n'était pas plus
vaniteux que tout autre homme avait le droit de l'être,
mais il s'était attendu à ce que Rosemary dise oui tout de

suite. Il avait été suffisamment certain de lui plaire. Alors, pourquoi ce doute, cette hésitation? Elle n'était plus une écolière qui ne savait pas ce qu'elle pensait. Il éprouva un choc hideux de déception et de consternation. Il accéda pourtant à la demande de Rosemary avec son habituelle courtoisie et prit aussitôt congé.

« Je vous donnerai ma réponse dans quelques jours », fit Rosemary, les yeux baissés et les joues en feu.

Après avoir refermé la porte sur lui, elle retourna dans la pièce et se tordit les mains.

22

Saint-Georges a tout compris

À minuit, Ellen West revenait des noces d'argent des Pollock. Elle s'était attardée après le départ des autres invités pour aider la mariée aux cheveux gris à laver la vaisselle. Les deux maisons n'étaient pas très éloignées l'une de l'autre et comme le chemin était bon, Ellen appréciait sa promenade au clair de lune.

La soirée avait été agréable. N'étant pas allée à une réception depuis des années, Ellen avait beaucoup goûté celle-ci. Tous les invités avaient déjà fait partie de leur vieille bande et aucun jeune n'avait fait intrusion pour gâter la saveur de la fête, car le fils unique des jubilaires, qui poursuivait au loin des études universitaires, n'avait pu être présent. Norman Douglas était là et même s'ils s'étaient croisés une ou deux fois à l'église cet hiver-là, c'était la première fois depuis des années qu'ils se rencontraient socialement. Leur rencontre n'avait pas éveillé le moindre sentiment dans le cœur d'Ellen. Elle avait l'habitude, quand elle repensait à toute l'histoire, de se demander comment elle avait déjà pu idéaliser cet homme ou éprouver tant de peine lorsqu'il s'était brusquement marié. Mais elle avait été plutôt contente de le revoir. Elle avait oublié combien il pouvait être tonifiant et stimulant. Aucune réunion n'était morne quand Norman Douglas était présent. Sa venue avait étonné tout le monde.

Il était de notoriété publique que Norman n'allait jamais nulle part. Les Pollock l'avaient convié parce qu'il

avait été l'un des invités originaux, mais ils n'auraient
jamais pensé qu'il viendrait. Il avait amené au souper sa
cousine au deuxième degré, Amy Annetta Douglas, et
paraissait lui témoigner beaucoup d'égards. Mais Ellen
s'était assise en face de lui à la table et ils avaient eu une
discussion hautement intellectuelle au cours de laquelle ni
les vociférations ni l'ironie de Norman n'avaient pu lui
faire perdre ses esprits; elle avait finalement eu le dernier
mot, triomphant de Norman si calmement et si radicale-
ment qu'il en était resté coi quelques instants. On l'avait
ensuite entendu marmonner dans sa barbe rousse «elle a
toujours autant de cran, toujours autant de cran»; puis il
s'était mis à faire le matamore devant Amy Annetta qui
gloussait sottement alors qu'Ellen aurait rétorqué avec
mordant à ses saillies.

Ellen repensait à ces choses en marchant vers chez
elle et, avec le recul, elle en éprouvait un sentiment de
jubilation. Le givre scintillait dans l'air, au clair de lune.
La neige crissait sous ses pas. Au-dessous d'elle s'étalait le
Glen et, au-delà, le port immaculé. Une lumière était
allumée dans le bureau du presbytère. John Meredith était
donc rentré chez lui. Avait-il demandé à Rosemary de
l'épouser? Et de quelle façon lui avait-elle exprimé son
refus? Ellen eut l'intuition que, malgré sa grande curiosité,
jamais elle ne le saurait. Elle était sûre que Rosemary ne
lui parlerait jamais de cela et qu'elle n'oserait pas poser de
questions. Elle devrait se contenter du refus. Après tout,
c'était la seule chose qui comptait vraiment.

«J'espère qu'il aura le bon sens de revenir nous voir
de temps en temps en ami», se dit-elle à voix haute. Elle
détestait tant être seule qu'en pensant à voix haute, elle
abolissait la solitude non désirée. «C'est affreux de ne
jamais avoir d'homme quelque peu intelligent pour parler
à l'occasion. Et j'ai l'intuition qu'il ne s'approchera jamais
plus de la maison. Il y a aussi Norman Douglas; il me plaît,
et j'aimerais bien avoir une bonne grosse discussion avec
lui de temps à autre. Mais il n'osera jamais venir de peur

que les gens pensent qu'il me refait la cour, de peur que *moi* je le pense, sans doute, même s'il m'est davantage un étranger que John Meredith. La pensée que nous avons déjà été amoureux paraît un rêve. Pourtant voilà, il n'y a que deux hommes à qui je veux parler dans tout le Glen et avec tous ces lamentables potins sur l'éventualité d'une histoire d'amour, je ne les reverrai probablement jamais plus ni l'un ni l'autre. J'aurais pu, continua Ellen en s'adressant aux étoiles avec une emphase méprisante, j'aurais pu créer un monde meilleur. »

Elle s'arrêta à la grille, se sentant tout à coup vaguement inquiète. La lumière brillait encore dans le salon et, à travers les vitres, on voyait l'ombre d'une femme qui marchait inlassablement de long en large. Que faisait Rosemary à cette heure de la nuit ? Et pourquoi arpentait-elle la pièce ainsi, comme une lunatique ?

Ellen entra doucement. Au moment où elle ouvrait la porte du couloir, Rosemary sortit de la pièce. Elle avait le teint animé et était hors d'haleine. Une atmosphère de tension et de passion flottait autour d'elle comme un vêtement.

« Pourquoi n'es-tu pas couchée, Rosemary ? » s'étonna Ellen.

« Viens ici, dit Rosemary avec intensité. Il faut que je te parle. »

Ellen enleva posément son manteau et ses couvre-chaussures et suivit sa sœur dans la pièce qu'un feu éclairait et réchauffait. Elle resta immobile, une main sur la table, et attendit. Elle-même était très belle, dans son genre : sévère aux sourcils noirs. La nouvelle robe de velours noir, avec sa traîne et son encolure en pointe, qu'elle avait fait faire expressément pour la réception, mettait en valeur sa silhouette massive et majestueuse. Elle portait autour du cou le riche et lourd collier de grains d'ambre qui était un bijou de famille. Sa promenade dans l'air givré avait donné à ses joues une teinte vermeille. Mais ses yeux bleu d'acier étaient aussi froids et impitoyables que le ciel d'un soir d'hiver. Elle était debout, attendant dans un silence que Rosemary ne put briser que par un effort convulsif.

« Ellen, M. Meredith est venu, ce soir. »

« Oui ? »

« Et... et... il m'a demandée en mariage. »

« Je m'y attendais. Tu as refusé, évidemment ? »

« Non. »

« Rosemary ! » Ellen joignit les mains et fit involontairement un pas en arrière. « Es-tu en train de me dire que tu as accepté ? »

« Non... non. »

Ellen retrouva son sang-froid.

« Qu'est-ce que tu voulais dire, alors ? »

« Je... je lui ai demandé de m'accorder quelques jours de réflexion. »

« J'ai peine à voir en quoi c'était nécessaire, laissa tomber Ellen avec un mépris glacial, quand tu ne peux lui donner qu'une seule réponse. »

Rosemary tendit les mains dans un geste implorant.

« Ellen, fit-elle d'un ton désespéré, j'aime John Meredith, je veux être sa femme. Vas-tu me libérer de ma promesse ? »

« Non », trancha-t-elle, sans pitié parce que malade de terreur.

« Ellen... Ellen... »

« Écoute, interrompit cette dernière, ce n'est pas moi qui t'ai arraché cette promesse. Tu me l'as offerte de ton plein gré. »

« Je sais, je sais. Mais à ce moment-là, je ne croyais pas que je pourrais jamais aimer quelqu'un d'autre. »

« C'est toi qui l'as offerte, répéta Ellen sans se laisser émouvoir. Tu as juré sur la Bible de notre mère. C'était plus qu'une promesse, c'était un serment. Et voilà que tu veux le rompre. »

« Je t'ai seulement demandé de m'en libérer, Ellen. »

« Je refuse. À mes yeux, une promesse est une promesse. Je refuse. Brise ta promesse, parjure-toi si tu le veux, mais ce ne sera pas avec mon consentement. »

« Tu es très dure avec moi, Ellen. »

« Dure avec toi ? Et qu'en est-il de moi ? As-tu déjà seulement pensé à ce que serait ma solitude si tu partais ? Je ne pourrais pas la supporter, je deviendrais folle. Je ne peux pas vivre seule. Comme sœur, est-ce que je n'ai pas été bonne pour toi ? Me suis-je déjà opposée à un seul de tes désirs ? Ne t'ai-je pas fait profiter de tout ? »

« Oui, oui. »

« Alors pourquoi veux-tu me laisser pour cet homme que tu ne connaissais pas il y a un an ? »

« Je l'aime, Ellen. »

« Tu l'aimes ! Une femme d'âge mûr comme toi qui tient des propos de petite maîtresse d'école ! Il ne t'aime pas, lui. Il a besoin d'une ménagère et d'une gouvernante. Tu ne l'aimes pas non plus. Tu veux être appelée "Madame", tu n'es qu'une de ces femmes sans caractère qui considèrent comme une disgrâce d'être classée au rang des vieilles filles. Il n'y a rien d'autre. »

Rosemary frémit. Ellen ne pouvait pas, ou ne voulait pas, comprendre. Il ne servait à rien de discuter avec elle.

« Tu refuses donc de me relever de ma promesse, Ellen ? »

« Oui. Et je ne veux plus en parler. Tu as promis et tu dois tenir parole. C'est tout. Va te coucher. Tu as vu l'heure qu'il est ? Te voilà toute romantique et à bout de nerfs. Tu seras plus sensée demain. En tout cas, je ne veux plus entendre un mot de ces absurdités. Va-t'en. »

Rosemary s'en alla en silence, blême et défaite. Ellen arpenta rageusement la pièce pendant quelques instants, puis elle s'arrêta devant le fauteuil où Saint-Georges avait dormi sereinement toute la soirée. Un sourire contraint détendit son visage sombre. Une seule fois, dans sa vie – à la mort de sa mère – Ellen avait été incapable de tempérer la tragédie par la comédie. Même lors de cette cruelle déception, il y avait longtemps, quand Norman Douglas l'avait, d'une certaine façon, laissée tomber, elle avait ri d'elle-même aussi souvent qu'elle avait pleuré sur son propre sort.

« J'imagine qu'elle va bouder quelque temps, Saint-Georges. Oui, Saint, je m'attends à ce qu'on vive quelques jours de brouillard. Eh bien, on va passer à travers, Georges. Ce n'est pas la première fois qu'on est aux prises avec des enfantillages, Saint. Rosemary va bouder quelque temps, et puis, elle va en revenir et tout rentrera dans l'ordre, Georges. Elle a promis et elle doit tenir parole. Et c'est la dernière fois que j'aborde ce sujet avec toi, avec elle ou avec quiconque, Saint. »

Mais Ellen ne put pourtant fermer l'œil de la nuit.

Rosemary ne bouda cependant pas. Elle était pâle et calme le lendemain, mais à part cela, Ellen ne détecta aucune différence dans son comportement. Elle ne paraissait certainement pas tenir rancune à Ellen. Comme le temps était très maussade, il ne fut pas question d'aller à l'église. Pendant l'après-midi, Rosemary s'enferma dans sa chambre pour écrire un mot à John Meredith. Elle ne se croyait pas assez forte pour dire «non» en personne. Elle était sûre que s'il soupçonnait qu'elle refusait contre son gré, il ne prendrait pas cela pour une réponse et elle ne pouvait affronter l'éventualité qu'il la supplie. Elle devait le convaincre qu'elle n'éprouvait aucun amour pour lui et cela, elle ne pouvait le faire que par lettre. Elle rédigea donc le petit mot de refus le plus guindé, le plus froid imaginable. À peine courtois, il ne laissait aucune échappatoire ou aucun espoir possible à l'audacieux prétendant – et John Meredith était tout sauf audacieux. Il rentra dans sa coquille, blessé et mortifié, lorsqu'il lut la lettre de Rosemary le lendemain dans son bureau poussiéreux. Mais derrière sa mortification, une certitude épouvantable se fit jour. Il avait cru qu'il n'aimait pas Rosemary d'un amour aussi profond que celui qu'il avait éprouvé pour Cecilia. À présent qu'il l'avait perdue, il savait que c'était le contraire. Elle signifiait tout pour lui, tout. Et il devait l'écarter totalement de sa vie. Même l'amitié était devenue impossible. L'existence s'étala devant lui, intolérablement monotone. Il devait continuer – il y avait son travail, ses enfants – mais le cœur n'y était plus. Il passa cette soirée assis tout seul dans son bureau sombre, froid et inconfortable, la tête dans ses mains. Au sommet de la colline, Rosemary avait la migraine et alla se coucher de bonne heure tandis qu'Ellen faisait remarquer à Saint-Georges, qui ronronnait son dédain du genre humain stupide ignorant qu'un coussin moelleux était la seule chose qui comptait réellement :

« Que feraient les femmes si les migraines n'avaient pas été inventées, Saint-Georges ? Mais peu importe, Saint. On fermera l'autre œil quelques semaines. J'admets que moi-même, je me sens mal à l'aise, Georges. J'ai l'impression d'avoir noyé un chaton. Mais elle a promis, Saint, et c'est elle qui me l'a proposé, Georges. Qu'ainsi soit fait ! »

23

Le Club de bonne conduite

Une pluie fine était tombée tout le jour, une ravissante et délicate petite pluie de printemps dont les chuchotements évoquaient les fleurs de mai et les premières violettes. Le port, le golfe et les terres basses jouxtant la grève avaient été assombris par des vapeurs gris perle. Mais le soir venu, la pluie avait cessé et la brume avait été dissipée vers la mer. Au-dessus du port, le ciel était parsemé de nuages évoquant de petites roses de feu. Au loin, les collines se dressaient, sombres, sur un fond jonquille et vermillon. Argentée, la grosse étoile du berger brillait sur la barre de sable. Une petite brise printanière, vive et dansante, soufflait de la vallée Arc-en-ciel, embaumant le parfum résineux exhalé par les sapins et les mousses humides. Elle roucoulait dans les vieilles épinettes entourant le cimetière et ébouriffait les boucles splendides de Faith, assise sur la tombe d'Hezekiah Pollock, entourant de ses bras Mary Vance et Una. Carl et Jerry étaient assis en face d'elles sur une autre pierre tombale et ils se sentaient tous débordant de malice après avoir été enfermés toute la journée.

«On dirait que l'air brille, ce soir, pas vrai? La pluie l'a tellement lavé, vous voyez», remarqua joyeusement Faith.

Mary lui jeta un regard désapprobateur. Sachant ce qu'elle savait, ou croyait savoir, Mary estimait que Faith se montrait un peu trop désinvolte. Mary avait quelque chose derrière la tête et elle entendait le dire avant de rentrer chez elle. Mme Elliott l'avait envoyée porter des œufs frais pondus au presbytère et lui avait recommandé de ne pas s'attarder plus d'une demi-heure. Comme la demi-heure était presque écoulée, Mary allongea ses jambes engourdies qu'elle avait repliées sous elle et dit brusquement :

« Laisse faire l'air. Contentez-vous d'écouter ce que j'ai à vous dire. Il faut que vous vous conduisiez mieux que vous l'avez fait ce printemps, c'est tout. C'est pour vous dire ça que j'suis venue ce soir. C'est épouvantable c'que les gens racontent à votre sujet. »

« Qu'est-ce qu'on a fait, encore ? » s'écria Faith, interloquée, retirant son bras d'autour des épaules de Mary. Les lèvres d'Una tremblèrent et sa petite âme sensible se recroquevilla à l'intérieur d'elle. Mary était toujours si brutale dans sa franchise. Par bravade, Jerry se mit à siffloter. Il entendait montrer à Mary qu'il se fichait de ses tirades. De toute façon, leur conduite ne la regardait pas. De quel droit la leur dicterait-elle ?

« Encore ? Mais vous arrêtez pas ! rétorqua Mary. Dès qu'on commence à oublier une de vos fredaines, vous en faites une autre qui relance le débat. On dirait que vous avez aucune idée de la façon dont des enfants de pasteur doivent se comporter. »

« Tu pourrais peut-être nous l'expliquer », dit Jerry, dangereusement sarcastique.

Mais le sarcasme coulait sur Mary comme l'eau sur le dos d'un canard.

« Je peux te dire ce qui va arriver si vous apprenez pas à vous conduire comme il faut. Le conseil va demander la démission de votre père, voilà, P'tit Jos Connaissant. C'est Mme Alec Davis qui l'a dit à Mme Elliott. Je l'ai entendue. J'ai toujours les oreilles bien ouvertes quand Mme Alec Davis vient prendre le thé. Elle a dit que vous alliez de mal en pis et que, même si c'est normal vu qu'il y a personne pour vous élever, on pouvait pas s'attendre à c'que la congrégation endure ça plus longtemps et qu'il fallait faire quelque chose. Les méthodistes arrêtent pas de se moquer de vous et ça vexe les presbytériens. Elle a dit qu'une bonne fessée avec des verges de bouleau était le tonique dont vous aviez tous besoin. Si c'est vrai que ça rend meilleur, j'dois bien être une sainte, après toutes celles que j'ai reçues. J'vous dis pas ça pour vous faire de la peine. J'ai pitié de vous... » – Mary était passée maîtresse dans l'art de la condescendance – « Je comprends que, les choses étant ce qu'elles sont, vous avez pas beaucoup de chance. Mais les autres sont moins compréhensifs que moi. Mlle Drew prétend que Carl avait une grenouille dans sa poche dimanche dernier, au catéchisme. Il paraît qu'elle a sauté à terre pendant qu'elle faisait réciter la leçon. Elle dit qu'elle va abandonner la classe. Pourquoi tu gardes pas tes bestioles chez vous ? »

« Je l'ai remise aussitôt dans ma poche, s'écria Carl. Elle n'a fait de mal à personne, pauvre petite grenouille. Et je serais bien content que la vieille Jane Drew laisse tomber notre classe. Je la déteste. Son propre neveu avait une chique de tabac toute sale dans sa poche et il nous a offert de chiquer pendant que le marguillier Clow récitait la prière. Ce doit être pire qu'une grenouille, j'imagine. »

« Non, parce que les grenouilles sont plus inattendues, elles font plus d'effet. Puis il s'est pas fait attraper, lui. À part ça, ce concours de prières que vous avait fait la semaine dernière a causé un vrai scandale. Tout le monde en parle. »

« Et alors ! Les Blythe y ont participé autant que nous, s'exclama Faith, indignée. C'est Nan Blythe qui l'a suggéré la première. Et c'est Walter qui a remporté le prix. »

« En tout cas, c'est sur votre dos que c'est tombé. Ça aurait été moins pire si vous l'aviez pas tenu dans le cimetière. »

« J'aurais cru qu'un cimetière était un endroit idéal pour prier », répliqua Jerry.

« Deacon Hazard est passé près de vous pendant que toi tu priais, poursuivit Mary. Et il t'a vu et entendu, les mains jointes sur la poitrine et grognant après chaque phrase. Il a cru que tu te moquais de lui. »

« C'est exactement ce que je faisais, riposta Jerry sans perdre contenance. Mais j'savais évidemment pas qu'il était dans les parages. Ça n'a été qu'un accident. Je ne priais pas pour vrai, je savais que je n'avais aucune chance de gagner le prix. J'essayais juste d'en tirer le plus de plaisir possible. Walter Blythe peut prier rudement bien. C'est vrai, il prie aussi bien que papa. »

« Una est la seule d'entre nous qui aime vraiment prier », remarqua pensivement Faith.

« Eh bien, si nos prières scandalisent les gens à ce point, nous devrons cesser de le faire », soupira Una.

« Bonté divine ! Vous pouvez prier tant que vous voulez, mais pas dans le cimetière, et pas pour vous amuser. C'est ça qui a tant choqué les gens, ça, et le thé que vous avez pris sur les tombes. »

« Nous n'avons pas fait ça. »

« Vous avez soufflé des bulles, alors. Vous avez fait *quelque chose*. Les gens de l'autre côté du port jurent que vous avez pris le thé, mais j'veux bien vous croire. Et vous vous êtes servi de cette pierre tombale comme table. »

« Tante Martha ne voulait pas qu'on fasse de bulles dans la maison. Elle était de très mauvais poil, ce jour-là, expliqua Jerry. Et cette pierre tombale faisait une table rudement sympathique. »

« C'est vrai qu'elles étaient jolies, s'exclama Faith dont les yeux brillèrent à ce souvenir. Les arbres, les collines et le port se reflétaient dedans comme des mondes miniatures et quand on les libérait, elles s'éloignaient en flottant dans la vallée Arc-en-ciel. »

« Toutes sauf une qui est allée éclater sur la flèche de l'église méthodiste », précisa Carl.

« J'suis bien contente qu'on l'ait fait une fois, avant de découvrir que c'était mal », ajouta Faith.

« Ça aurait pas été mal si vous les aviez soufflées sur la pelouse, interrompit Mary avec impatience. On dirait que j'arrive pas à faire entrer une graine de bon sens dans vos caboches. On vous a assez répété de pas jouer dans le cimetière. Les méthodistes sont susceptibles à ce sujet. »

«On l'oublie, expliqua Faith d'un ton penaud. Et la pelouse est si petite, si pleine de chenilles, d'arbustes et de toutes sortes de choses. Comme on ne peut pas passer tout notre temps dans la vallée Arc-en-ciel, où est-ce qu'on peut aller ? »

«Le problème, c'est moins le cimetière que ce que vous y faites. Ça aurait pas d'importance si vous vous contentiez de vous asseoir et de parler calmement, comme on le fait à présent. Bon, ben j'sais pas c'qui va sortir de tout ça, mais c'que je sais, c'est que le marguillier Warren va en parler à votre père. Deacon Hazard est son cousin. »

«Je préférerais qu'ils n'embêtent pas papa avec ça », dit Una.

«Eh bien, les gens pensent qu'il devrait se préoccuper davantage de vous. Je... je l'comprends pas. C'est un enfant, lui aussi, à certains points de vue, et il a autant que vous besoin de quelqu'un pour s'occuper de lui. Si c'qu'on raconte est vrai, peut-être qu'il est à la veille de trouver quelqu'un. »

«Qu'est-ce que tu veux dire ? » demanda Faith.

«T'as vraiment aucune idée ? »

«Non, non. De quoi parles-tu ? »

«Eh ben, vous êtes une jolie bande d'innocents, c'est moi qui vous l'dis. Tout le monde en parle, Seigneur ! Votre père fréquente Rosemary West. Elle va devenir votre belle-mère. »

«Je ne le crois pas ! » s'écria Una, le visage empourpré.

«Ben, j'en sais rien, moi. J'vous répète seulement c'que les gens racontent. J'dis pas que c'est une chose faite. Mais ça serait une bonne chose. J'gagerais un sou que Rosemary West vous ferait marcher droit, si elle s'installait ici, malgré son air gentil et ses sourires. Elles sont toujours douces comme le miel jusqu'à ce qu'elles leur aient mis le grappin dessus. Mais vous avez besoin de quelqu'un pour

vous élever. Vous déshonorez votre père et j'trouve ça
dommage. J'ai toujours pensé grand bien de lui depuis le
soir où il m'a parlé si gentiment. J'ai jamais prononcé un
seul juron après ça, ni menti une seule fois. Et j'aimerais le
voir heureux et confortable, avec ses boutons posés et des
repas décents, et vous autres, les jeunes, rendus présen-
tables, et le vieux chat de tante Martha remis à la place
qui lui convient. Vous auriez dû voir l'air qu'elle a fait
quand j'ai apporté des œufs, ce soir. "J'espère qu'ils sont
frais", qu'elle m'a dit. J'aurais voulu qu'ils soient pourris.
Mais arrangez-vous pour qu'elle vous en donne chacun un
pour déjeuner, et à votre père aussi. Fâchez-vous si elle le
fait pas. C'est pour ça qu'on vous les a envoyés, mais j'fais
pas confiance à la vieille Martha. Elle est bien capable de
s'en servir pour nourrir son chat. »

Mary se reposa la langue un moment et un bref
silence tomba sur le cimetière. Les enfants du presbytère
n'avaient pas envie de parler. Ils étaient en train de
digérer les nouvelles idées pas vraiment agréables suggé-
rées par Mary. Jerry et Carl étaient quelque peu ébahis.
Mais après tout, quelle importance ? Et il n'y avait probablement pas un mot de vrai dans toute l'histoire. Faith
était, quant à elle, plutôt ravie. Seule Una était sérieusement bouleversée. Elle sentait qu'elle aurait voulu
s'éloigner pour pleurer.

« Y aura-t-il des étoiles dans ma couronne ? » chantait
la chorale méthodiste qui avait commencé à répéter dans
l'église.

« J'en veux que trois, dit Mary dont les connaissances
théologiques s'étaient considérablement accrues depuis
qu'elle vivait chez Mme Elliott. Que trois, sur ma tête,
comme un diadème : une grosse au milieu et une petite de
chaque côté. »

« Les âmes sont-elles de différentes grosseurs ? »
demanda Carl.

« Évidemment. Les petits bébés doivent sûrement en
avoir de plus petites que les grands hommes. Bon, il

commence à faire noir, il faut que je file à la maison. Mme Elliott aime pas que j'reste dehors après la noirceur. Bonté! Quand j'habitais chez Mme Wiley, la nuit ou le jour, ça faisait pas de différence pour moi. Ça me dérangeait pas plus qu'un chat gris. On dirait que ça fait cent ans que j'ai vécu ça. À présent, réfléchissez à c'que j'vous ai dit et essayez de mieux vous conduire. Faites ça pour votre père. Vous pouvez compter sur moi pour toujours vous soutenir et vous défendre. Mme Elliott prétend qu'elle a jamais vu personne prendre comme moi la défense de ses amis. J'y suis pas allée par quatre chemins pour dire ma façon de penser à Mme Alec Davis à votre sujet et j'me suis fait gronder par Mme Elliott après. La blonde Cornelia a pas la langue dans sa poche, elle non plus, pas de doute. Mais elle était quand même contente que je l'aie fait parce qu'elle déteste la vieille Kitty Alec et qu'elle vous aime bien. J'peux lire dans la pensée des gens. »

Mary s'en alla, tout à fait satisfaite d'elle-même et laissant derrière elle un petit groupe passablement déprimé.

« Chaque fois que Mary Vance vient nous voir, elle a quelque chose de désagréable à nous dire », commenta Una avec rancune.

« On aurait dû la laisser mourir de faim dans la vieille grange », ajouta Jerry, vindicatif.

« Oh! C'est méchant de dire ça, Jerry », protesta Una.

« Aussi bien être à la hauteur de notre réputation, poursuivit Jerry sans remords. Si les gens nous trouvent si méchants, soyons-le. »

« Mais pas si cela fait de la peine à papa », plaida Faith.

Jerry se tortilla, mal à l'aise. Il adorait son père. À travers la fenêtre nue du bureau, ils pouvaient distinguer la silhouette de M. Meredith à son pupitre. Il n'avait l'air ni en train de lire ni en train d'écrire. Il tenait sa tête dans ses mains et toute son attitude exprimait la lassitude et la détresse. Les enfants en prirent soudain conscience.

« Je suppose que quelqu'un a dû lui parler de nous, aujourd'hui, suggéra Faith. Si seulement nous pouvions vivre sans faire jaser les gens! Oh! Jem Blythe! Tu m'as fait peur! »

Jem Blythe s'était glissé dans le cimetière et avait pris place auprès des filles. Ayant erré dans la vallée Arc-en-ciel, il avait réussi à dénicher pour sa mère la première petite touffe d'aubépine. Les enfants du presbytère furent plutôt silencieux après son arrivée. Jem avait commencé à s'éloigner d'eux au cours de ce printemps. Il étudiait en vue de son examen d'entrée à l'Académie Queen's et, avec d'autres élèves plus âgés, il restait après l'école suivre des cours d'appoint. Consacrant en outre ses soirées à l'étude, il ne se joignait plus que rarement aux autres dans la vallée Arc-en-ciel. Il semblait être entraîné vers le monde des adultes.

« Qu'est-ce qui vous arrive, ce soir? s'étonna-t-il. Vous n'avez pas l'air très en forme. »

« Pas très, en effet, acquiesça Faith d'un air mortifié. Tu ne le serais pas non plus si tu savais que tu déshonores ton père et qu'on placote dans ton dos. »

« Qui est-ce qui a encore parlé de vous? »

« Tout le monde, c'est du moins ce qu'affirme Mary Vance. » Et Faith déversa ses ennuis dans l'oreille compatissante de Jem. « Tu vois, conclut-elle tristement, personne ne s'occupe de notre éducation. Nous nous mettons alors les pieds dans les plats et les gens pensent que c'est par méchanceté. »

« Pourquoi ne pas vous élever vous-mêmes? suggéra Jem. Je vais vous dire quoi faire. Formez un Club de bonne conduite et punissez-vous chaque fois que vous ferez quelque chose d'incorrect. »

« C'est une bonne idée, approuva Faith, impressionnée. Mais, ajouta-t-elle d'un air perplexe, ce qui nous semble à nous de simples bagatelles est tout simplement abominable aux yeux des autres. Comment pourrons-nous savoir? Nous ne pouvons passer notre temps à ennuyer papa, et de toute façon, il doit s'absenter souvent. »

« La plupart du temps, vous le saurez si vous vous arrêtez pour réfléchir avant de faire un geste et vous demander ce que les paroissiens en penseront, répondit Jem. Le problème, c'est que vous vous précipitez et ne prenez pas le temps de penser. Selon maman, vous êtes trop impulsifs, tout comme elle l'était avant. Le Club de bonne conduite vous aidera à réfléchir si vous vous punissez équitablement et honnêtement quand vous brisez les règles. Il faut imposer des punitions qui font vraiment mal, sinon ça ne sera pas efficace. »

« Nous fouetter mutuellement ? »

« Pas tout à fait. Vous devrez trouver des punitions convenant à chacun. Vous ne vous punirez pas les uns les autres, vous vous punirez *vous-mêmes*. J'ai lu l'histoire d'un club semblable dans un livre. Essayez, et vous verrez comment cela fonctionne. »

« D'accord », dit Faith ; et après le départ de Jem, ils s'entendirent pour tenter l'expérience. « Si les choses vont de travers, c'est à nous de les redresser », décréta Faith.

« Il faudra qu'on soit justes et honnêtes, comme l'a dit Jem, ajouta Jerry. Ce club servira à nous éduquer, vu que personne d'autre ne s'en occupe. Inutile d'établir trop de règles. Il vaut mieux n'en avoir qu'une et punir durement celui qui ne s'y conformera pas. »

« Mais comment ? »

« On y réfléchira au fur et à mesure. On se réunira chaque soir dans le cimetière pour parler de ce qu'on a fait durant la journée, et si on pense qu'on a fait quelque chose de mal et susceptible de déshonorer papa, celui qui l'a fait, ou qui en est responsable, devra être puni. C'est la règle. On décidera ensemble du type de châtiment. Il doit être adapté au crime, comme dit M. Flagg. Et le coupable devra le subir sans essayer de se défiler. On va bien s'amuser », conclut Jerry avec bonne humeur.

« C'est toi qui as suggéré de souffler des bulles », dit Faith.

« Oui, mais c'était avant qu'on ne forme le club, protesta vivement Jerry. Tout commence à partir de ce soir. »

« Mais qu'arrivera-t-il si on ne s'entend pas sur ce qui est bien, ou sur la punition à appliquer ? Supposons que deux d'entre nous pensent quelque chose, et les deux autres, le contraire. Il faudrait être cinq dans un club comme celui-ci. »

« Nous pouvons demander à Jem Blythe de servir d'arbitre. C'est le gars le plus honnête de Glen St. Mary. Mais je présume qu'on pourra régler la plupart de nos problèmes tout seuls. Il faut que cela reste notre secret dans la mesure du possible. N'en soufflez pas un mot à Mary Vance. Elle voudrait en faire partie et tout diriger. »

« À mon avis, reprit Faith, il est inutile de gâcher toutes les journées par des punitions. Réservons une journée pour les châtiments. »

« Dans ce cas-là, ce sera le samedi, puisqu'il n'y a pas d'école », suggéra Una.

« Et on gâcherait notre seul jour de congé ! s'indigna Faith. Jamais de la vie ! Non, choisissons plutôt le vendredi. De toute façon, c'est la journée du poisson et nous détestons tous le poisson. Aussi bien réunir toutes les choses désagréables le même jour. Le reste du temps, nous pourrons aller de l'avant et avoir du plaisir. »

« C'est idiot ! coupa Jerry avec autorité. Un pareil système ne fonctionnerait pas du tout. Nous allons nous punir au fur et à mesure et garder une ardoise claire. À présent, tout le monde a compris, n'est-ce pas ? Il s'agit d'un club de bonne conduite, destiné à nous éduquer. Nous sommes d'accord pour nous punir quand nous nous serons mal conduits, et pour réfléchir avant de faire quoi que ce soit, nous demandant si cela risque de faire du tort à papa ; celui qui se dérobera sera chassé du club et ne pourra plus jamais jouer avec les autres dans la vallée Arc-en-ciel. Jem Blythe arbitrera en cas de litiges. Plus question d'apporter des bestioles à l'école du dimanche,

Carl, ni de mâcher de la gomme en public, mademoiselle Faith. »

« Et plus question de se moquer des marguilliers en train de prier ni d'aller à l'assemblée de prières méthodiste », rétorqua Faith.

« Pourquoi ? Il n'y a pas de mal à aller à l'assemblée de prières méthodiste », protesta Jerry, stupéfait.

« Mme Elliott prétend que oui. Elle dit que les enfants du pasteur ne sont censés assister qu'aux cérémonies presbytériennes. »

« Maudit, j'ai pas envie d'arrêter d'aller aux assemblées de prières méthodistes ! s'exclama Jerry. Elles sont dix fois plus amusantes que les nôtres. »

« Tu viens de dire un vilain mot, cria Faith. Tu dois te punir, maintenant. »

« Pas avant que tout soit écrit noir sur blanc. On ne fait que discuter du club. Il ne sera pas formé avant qu'on ait rédigé et signé la constitution et les règlements. Et puis, tu sais parfaitement que ce n'est pas une faute d'aller à une assemblée de prières. »

« Nous ne nous punissons pas seulement pour nos fautes, mais pour tout ce qui peut nuire à papa. »

« Cela ne fait de mal à personne. Tu sais que Mme Elliott est fêlée quand il s'agit des méthodistes. Personne d'autre ne se formalise que j'y aille. Je m'y conduis toujours bien. Demande à Jem ou à Mme Blythe, tu verras bien ce qu'ils en diront. Je me conformerai à leur avis. À présent, je vais chercher du papier et j'apporterai la lanterne pour qu'on puisse signer. »

Quinze minutes plus tard, le document était solennellement paraphé par les enfants agenouillés autour de la pierre tombale d'Hezekiah Pollock, au milieu de laquelle trônait la lanterne fumeuse du presbytère. Mme Clow s'adonnait justement à passer par là et, le lendemain, tout le Glen apprit que les enfants du pasteur avaient tenu un autre concours de prières et qu'ils avaient fini par se poursuivre dans le cimetière avec une lanterne. Cette nouvelle fable prenait sans doute sa source dans le fait qu'après avoir signé et scellé le document, Carl avait pris la lanterne pour aller examiner sa fourmilière dans le petit creux. Les autres étaient tranquillement retournés au presbytère pour se coucher.

«Faith, penses-tu que c'est vrai que papa va épouser Mlle West?» demanda fébrilement Una, une fois les prières récitées.

«Je ne sais pas, mais ça me plairait», répondit Faith.

«Oh! Pas à moi, dit Una d'une voix étranglée. Elle est sympathique, mais Mary Vance prétend que les personnes changent quand elles deviennent des belles-mères. Elles deviennent horriblement acariâtres, mesquines et hargneuses et montent les pères contre leurs enfants. Elle prétend que c'est sûr qu'elles le font. Il n'y a pas un seul cas où ça ne s'est pas produit.»

«Je ne peux croire que Mlle West essaierait de faire ça», s'exclama Faith.

«Mary dit qu'elles le font toutes. Elle sait tout des belles-mères, Faith, elle en a vu des centaines et tu n'en as jamais vu une seule. Oh! elle m'a raconté des choses à leur sujet qui m'ont fait dresser les cheveux sur la tête. Elle dit qu'elle en a connu une qui fouettait les petites filles de son mari sur leurs épaules nues jusqu'à ce qu'elles saignent, puis qu'elle les enfermait pour la nuit dans la cave à charbon sombre et froide. Elle dit qu'elles brûlent toutes d'envie de faire des choses comme ça.»

«Pas Mlle West. Tu ne la connais pas aussi bien que moi, Una. Pense au joli petit oiseau qu'elle m'a envoyé. Je l'aime encore plus qu'Adam.»

«C'est juste quand elles deviennent belles-mères qu'elles changent. Mary dit qu'elles ne peuvent s'en empêcher. Je pourrais peut-être supporter d'être fouettée, mais pas que notre père nous déteste.»

«Ne sois pas stupide, Una. Tu sais bien que rien ne pourrait jamais influencer papa à nous haïr. Selon moi, il n'y a pas lieu de nous inquiéter. Si nous nous occupons

bien de notre club et que nous nous éduquons convenablement, papa ne songera pas à épouser qui que ce soit. Et
s'il le fait, je sais que Mlle West sera gentille avec nous. »

Mais Una n'avait pas cette conviction et elle s'endormit en pleurant.

24

Une impulsion charitable

Pendant une quinzaine de jours, il n'y eut pas de problèmes au Club de bonne conduite. Il avait l'air de fonctionner comme sur des roulettes. On ne demanda pas une seule fois à Jem Blythe de servir d'arbitre. Et pas une seule fois aucun des enfants du presbytère ne suscita de ragots au village. Quant aux peccadilles commises à la maison, ils en tenaient rigoureusement le compte et subissaient sans rechigner les châtiments qu'ils s'imposaient : en général une absence volontaire, le vendredi soir, de quelque joyeuse expédition à la vallée Arc-en-ciel, ou un séjour au lit par quelque soirée de printemps quand tous les jeunes corps brûlaient d'envie de se retrouver dans la nature. Pour avoir chuchoté à l'école du dimanche, Faith se condamna à passer toute la journée sans prononcer un seul mot sauf en cas d'absolue nécessité. Ainsi fit-elle. Ce fut malheureusement ce soir-là que M. Baker, de l'autre côté du port, choisit pour rendre visite au presbytère et que Faith s'adonna à répondre à la porte. Elle ne répondit pas à ses salutations mais s'éloigna silencieusement pour aller avertir son père. À son retour à la maison, M. Baker, froissé, confia à sa femme que la fille aînée des Meredith était une enfant timide et renfrognée, trop mal élevée pour répondre quand on lui adressait la parole. Mais il n'en résulta rien de fâcheux et, dans l'ensemble, leurs pénitences ne faisaient de tort à personne. Ils commençaient tous à être convaincus que, tout compte fait, il était très facile de s'élever.

« Je suppose que les gens vont bientôt s'apercevoir que nous pouvons nous conduire aussi bien que n'importe qui, déclara Faith en jubilant. Ce n'est pas difficile quand on s'y met. »

Elle était assise avec Una sur la tombe Pollock. Cette journée d'orage avait été froide, crue et humide, et il était hors de question que les filles aillent à la vallée Arc-en-ciel, bien que les garçons Meredith et Blythe s'y soient rendus pour pêcher. La pluie avait cessé, mais un vent d'est soufflait impitoyablement de la mer, et on était transi jusqu'aux os. Malgré un avant-goût précoce, c'était un printemps tardif et il y avait encore de la neige et de la glace qui n'avaient pas fondu dans le coin nord du cimetière. Venue porter un plat de harengs, Lida Marsh se glissa par la barrière en frissonnant. Elle habitait au village de pêcheurs à l'entrée du port et son père avait, depuis trente ans, l'habitude d'envoyer au presbytère des harengs de sa première prise du printemps. Jamais il ne se présentait à l'église, il buvait sec et était un homme brutal, mais pour autant qu'il envoyait ces harengs au presbytère chaque printemps comme son père l'avait fait avant lui, il avait la ferme assurance que ses comptes avec le Très-Haut étaient réglés pour l'année. Il ne se serait pas attendu à pêcher beaucoup de maquereaux s'il n'avait pas offert au pasteur les premières prises de la saison.

Lida était une fillette de dix ans, mais elle était si malingre, si ratatinée, qu'elle paraissait beaucoup plus jeune. Ce soir-là, comme elle s'approchait audacieusement des filles du presbytère, elle avait l'air d'avoir froid depuis le jour de sa naissance. Son visage était violacé et ses yeux bleu pâle et exorbités étaient rougis et larmoyants. Elle portait une robe imprimée en loques et, passé autour de ses maigres épaules, un châle de laine usé à la corde était attaché sous ses bras. Les trois milles séparant l'entrée du

port du presbytère, elle les avait parcourus pieds nus dans
la neige et dans la gadoue.

Ses pieds et ses jambes étaient aussi violets que son
visage. Mais Lida n'y accordait pas tellement d'importance. Elle était habituée à avoir froid et il y avait déjà un
mois qu'elle sortait pieds nus, à l'instar de la ribambelle
d'enfants du village de pêche. Elle n'éprouvait aucune pitié
pour elle-même lorsqu'elle s'assit sur la pierre tombale en
adressant à Faith et Una un sourire engageant. Celles-ci
connaissaient un peu Lida, l'ayant rencontrée à une ou
deux reprises l'été précédent lorsqu'elles étaient allées au
port avec les Blythe.

« Salut ! commença Lida. Fait pas chaud ce soir, hein ?
Même un chien irait pas dehors. »

« Pourquoi es-tu sortie, alors ? » s'étonna Faith.

« P'pa m'a envoyée vous porter des harengs », répondit
Lida. Elle frissonna, toussa et fit voir ses pieds nus. Lida ne
songeait ni à elle-même ni à ses pieds et ne cherchait pas à
provoquer la sympathie. Elle tendait instinctivement les
pieds pour ne pas les poser dans l'herbe humide autour de
la pierre tombale. Mais Faith et Una furent aussitôt sub-
mergées par une vague de pitié. Lida avait l'air si transie, si
misérable.

« Oh ! Pourquoi marches-tu pieds nus par un soir si
froid ? Tu dois avoir les pieds pratiquement gelés », s'écria
Faith.

« Pratiquement, rétorqua Lida avec fierté. J'vous
assure que c'était pas un cadeau de marcher dans la route
du port. »

« Pourquoi n'as-tu pas mis tes chaussettes et tes souliers ? » demanda Una.

« J'en avais plus. Tout c'que j'avais était fichu après
l'hiver », expliqua Lida d'un ton indifférent.

Faith resta figée d'indignation pendant un instant.
C'était terrible. Voilà une petite fille, presque une voisine,
à demi gelée parce qu'elle n'avait ni bas ni chaussures à se
mettre pendant ce temps cruel de printemps. L'impulsive

Faith ne songea à rien d'autre qu'à l'horreur de la situation. Un instant plus tard, elle retirait ses propres chaussettes et chaussures.

« Tiens, prends celles-ci et mets-les tout de suite, dit-elle, les fourrant dans les mains de Lida ébahie. Vite, sinon tu vas attraper ton coup de mort. J'en ai d'autres. Mets-les. »

Retrouvant ses esprits, Lida saisit le présent, une étincelle dans les yeux. Bien sûr qu'elle allait les mettre, et vivement, avant que surgisse quelqu'un pour l'obliger à les rendre. En une minute, elle avait enfilé les bas sur ses jambes décharnées et les bottines de Faith sur ses épaisses petites chevilles.

« J'te remercie ben, dit-elle, mais tes parents vont pas être fâchés ? »

« Non, et ça m'est de toute façon égal, la rassura Faith. Penses-tu que je pourrais voir quelqu'un en train de mourir de froid sans essayer de lui porter secours si je le peux ? Cela serait mal, particulièrement parce que mon père est pasteur. »

« Est-ce que tu voudras les ravoir ? À l'entrée du port, il fait froid bien plus longtemps qu'ici », insinua Lida.

« Non, tu peux les garder, bien sûr. C'est ce que je voulais dire quand je te les ai données. J'ai une autre paire de chaussures, et plein de chaussettes. »

Lida avait eu l'intention de rester à bavarder avec les filles. Mais elle pensa qu'elle ferait mieux de s'en aller avant de voir apparaître quelqu'un qui la force à remettre le cadeau. Elle se sauva donc dans le froid mordant du crépuscule, aussi silencieusement qu'elle était venue. Dès qu'elle se trouva hors de vue, elle s'assit, retira les bas et les souliers et les mit dans le panier à harengs. Elle n'avait pas l'intention de les porter dans ce chemin boueux. Il fallait les garder pour les occasions spéciales. Aucune autre fillette de l'entrée du port ne possédait de bas de cachemire noir aussi fins, ni d'aussi jolies chaussures presque neuves. Lida était équipée pour l'été. Elle n'éprouvait aucun scrupule. À ses yeux, les gens du presbytère étaient fabuleusement riches et il ne faisait aucun doute que ces filles possédaient plein de souliers et de bas. Lida se précipita donc au village et joua pendant une heure en face du magasin de M. Flagg, sautant à pieds joints dans une mare de boue avec les garçons les plus effrontés, jusqu'au moment où Mme Elliott vint leur ordonner de rentrer chez eux.

« Je crois que tu n'aurais pas dû faire ça, Faith, dit Una d'un ton légèrement chagriné une fois que Lida fut partie. Maintenant, il va falloir que tu portes tes bonnes bottines tous les jours et elles seront bientôt usées. »

« Je m'en fous, cria Faith encore transportée par l'acte généreux qu'elle venait d'accomplir envers une de ses semblables. C'est injuste que j'aie deux paires de chaussures quand la pauvre petite Lida Marsh n'en a aucune. Désormais, nous en avons chacune une paire. Tu sais parfaitement bien, Una, ce que papa a dit dans son sermon dimanche dernier : le bonheur véritable ne consiste pas à recevoir, mais à donner. Et c'est la vérité. Je me sens beaucoup plus heureuse maintenant que jamais je ne l'ai été auparavant. Pense à Lida qui marche en ce moment vers chez elle, ses pauvres petits pieds bien au chaud et confortables. »

« Tu sais que tu n'as pas d'autre paire de bas de cachemire noir, reprit Una. Ton autre paire est si trouée que tante Martha a dit qu'elle ne pouvait plus les repriser et qu'elle a coupé les jambes pour en faire des chiffons pour épousseter le poêle. Tu n'as rien d'autre que ces deux paires de bas à rayures que tu détestes. »

Pour Faith, ce fut une douche froide. Sa joie se dégonfla comme un ballon crevé. Elle resta assise en silence quelques instants, anéantie, à affronter les conséquences de son geste précipité.

« Oh ! Una, je n'y avais pas pensé, s'écria-t-elle, consternée. J'ai agi sans réfléchir. »

Les bas rayés étaient d'épaisses choses côtelées rouges et bleues en laine rugueuse que tante Martha avait

tricotées pour Faith durant l'hiver. Ils étaient indubita-
blement hideux. Jamais Faith n'avait autant détesté
quelque chose auparavant. Il était absolument hors de
question qu'elle les portât. Ils reposaient, encore inutilisés,
dans le tiroir de sa commode.

« À présent, tu devras mettre les bas rayés, poursuivit
Una. Pense aux garçons de l'école ! Ils vont rire de toi. Tu
sais à quel point ils se moquent de Mamie Warren et la
traitent de poteau de barbier parce qu'elle en porte et les
siens sont bien moins affreux que les tiens. »

« Je ne les porterai pas, décida Faith. J'irai pieds nus,
qu'il fasse froid ou non. »

« Tu ne peux pas aller à l'église pieds nus, demain.
Pense à ce que les gens vont dire. »

« Je resterai donc à la maison. »

« Tu ne peux pas. Tu sais très bien que tante Martha
t'obligera à y aller. »

Faith le savait. L'unique chose sur laquelle tante
Martha se donnait la peine d'insister était qu'ils aillent à
l'église, beau temps, mauvais temps. Leur accoutrement ne
la préoccupait aucunement, mais ils devaient y aller.
C'était de cette façon que tante Martha avait été élevée
soixante-dix ans auparavant et elle entendait leur
inculquer les mêmes principes.

« Tu n'as pas une paire à me prêter, Una ? » demanda
Faith d'un air piteux.

Una hocha la tête.

« Non, je n'ai qu'une paire de bas noirs, tu le sais
bien. Et ils sont si serrés que c'est à peine si j'arrive à les
enfiler. Ils ne t'iraient pas. Mes gris non plus. Et puis, les
jambes de ceux-là ont été reprisés des centaines de fois. »

« Je ne vais pas porter ces bas rayés, persista Faith. Ils
sont encore plus inconfortables que laids. Quand je les
mets, j'ai l'impression d'avoir les jambes grosses comme
des barils. Et puis, ils piquent. »

« Eh bien, je me demande ce que tu pourras faire. »

« Si papa était à la maison, je lui demanderais de m'en acheter une nouvelle paire avant la fermeture du magasin. Mais il ne reviendra que très tard. Je vais le lui demander lundi, et je n'irai pas à l'église demain. Je vais faire semblant d'être malade et tante Martha sera bien obligée de me garder à la maison. »

« Ce serait un mensonge, Faith, s'écria Una. Tu ne peux pas faire ça. Ce serait épouvantable, tu sais. Que dirait papa s'il l'apprenait ? Tu ne te rappelles pas qu'après la mort de maman il nous a dit que nous devions toujours être francs, peu importe nos autres fautes ? Il nous a dit que nous ne devions jamais mentir ni agir malhonnêtement, et qu'il avait confiance en nous. Tu ne peux pas faire ça, Faith. Porte les bas rayés, c'est tout. Ce ne sera qu'une fois. Personne ne le remarquera, à l'église. Ce n'est pas comme à l'école. Et ta nouvelle robe brune est si longue qu'ils ne paraîtront presque pas. N'est-ce pas une chance que tante Martha l'ait faite si grande ? Tu pourras grandir dedans, même si tu la détestais tellement quand elle l'a terminée. »

« Je ne porterai pas ces bas », répéta Faith. Elle déplia ses jambes blanches et nues et marcha résolument dans l'herbe froide et détrempée jusqu'au banc de neige. Serrant les dents, elle y grimpa et s'y tint immobile.

« Qu'est-ce que tu fais ? s'écria Una, interdite. Tu vas attraper ton coup de mort, Faith. »

« C'est ce que j'essaie de faire, rétorqua Faith. J'espère attraper un rhume épouvantable et être vraiment malade demain. Alors, je ne mentirai pas. Je vais rester ici aussi longtemps que je pourrai le supporter. »

« Mais tu pourrais vraiment mourir, Faith. Tu pourrais attraper une pneumonie. Je t'en prie, Faith, arrête. Allons à la maison chercher quelque chose pour tes pieds. Oh ! Grâce au ciel, voici Jerry. Jerry, fais descendre Faith de cette neige. Regarde ses pieds. »

« Sacrebleu ! Qu'est-ce que tu fais là, Faith ? Es-tu folle ? »

« Non. Va-t'en ! » dit Faith.

«Est-ce une punition que tu te donnes? Si oui, ce n'est pas bien. Tu vas te rendre malade.»

«Je veux être malade. Et je ne suis pas en train de me punir. Va-t'en.»

«Où sont ses bas et ses souliers?» demanda Jerry à Una.

«Elle les a donnés à Lida Marsh.»

«Lida Marsh? Pourquoi?»

«Parce que Lida n'en avait pas et qu'elle avait si froid aux pieds. Et à présent, Faith veut être malade pour ne pas aller à l'église demain avec des bas rayés. Mais elle pourrait mourir, Jerry.»

«Faith, ordonna Jerry, descends de ce banc de neige ou c'est moi qui vais t'en faire descendre.»

«Essaie, voir», le défia Faith.

Jerry se précipita sur elle et lui saisit les bras. Il tirait d'un bord et Faith de l'autre. Una courut derrière Faith et poussa. Faith hurla à Jerry de la laisser tranquille. Jerry lui hurla de ne pas agir comme une idiote. Una hurla elle aussi. Ils firent un boucan du tonnerre et ils étaient près de la clôture de la route du cimetière. Passant par là, Henry Warren et sa femme les aperçurent et les entendirent. Peu de temps après, tout le Glen avait entendu raconter que les enfants du presbytère s'étaient affreusement battus dans le cimetière en utilisant le langage le plus incorrect. Entre temps, Faith avait accepté d'être délogée de sa congère parce que les pieds lui faisaient si mal qu'elle était prête à en descendre de toute façon. Ils partirent tous aimablement se coucher. Faith dormit comme un chérubin et se réveilla en pleine forme le lendemain matin. Se souvenant d'une conversation tenue longtemps auparavant avec son père, elle sentit qu'elle ne pourrait mentir en faisant semblant d'être malade. Mais elle était toujours aussi totalement déterminée à ne pas porter ces abominables bas pour aller à l'église.

25

Un autre scandale et une autre explication

Faith se rendit de bonne heure à l'école du dimanche et s'assit à une extrémité du banc de sa classe avant l'arrivée des autres. C'est ainsi que personne ne connut l'épouvantable vérité avant que Faith n'eût quitté son banc près de la porte pour se rendre à celui du presbytère après l'école du dimanche. L'église était déjà à demi remplie et tous ceux qui étaient assis près de l'allée centrale s'aperçurent que la fille du pasteur était pieds nus dans ses bottines !

La nouvelle robe brune de Faith, que tante Martha avait confectionnée d'après un ancien modèle, avait beau être absurdement trop longue, elle n'atteignait cependant pas le haut de ses bottines. On pouvait encore voir deux bons pouces de peau blanche.

Seuls Faith et Carl prirent place dans le banc. Jerry était allé s'asseoir au jubé près d'un ami et les filles Blythe avaient amené Una avec elles. Les enfants Meredith avaient tendance à s'éparpiller dans l'église et un grand nombre de personnes considéraient cette façon d'agir très incorrecte. Le jubé, où se rassemblaient des gamins irresponsables reconnus pour chuchoter et soupçonnés de chiquer du tabac durant l'office, était un endroit particulièrement inapproprié pour le fils du pasteur. Mais Jerry détestait le banc du presbytère qui se trouvait à l'avant de l'église, dans le champ de vision du marguillier Clow et de sa famille. Il évitait d'y prendre place chaque fois qu'il le pouvait.

Occupé à examiner une araignée tissant sa toile à la
fenêtre, Carl ne remarqua pas les jambes de Faith. Après
l'office, celle-ci retourna à la maison en compagnie de son
père qui ne s'aperçut de rien. Elle enfila les bas à rayures
abhorrés avant l'arrivée de Jerry et d'Una et c'est ainsi
qu'aucun des habitants du presbytère ne sut ce qu'elle
avait fait. Personne d'autre au village ne l'ignora pourtant.
Les rares qui n'avaient rien vu en entendirent bientôt
parler. Ce fut d'ailleurs l'unique sujet de conversation des
paroissiens sur le chemin du retour. Mme Alec Davis dit
que ce n'était pas pour la surprendre et qu'on était à la
veille de voir un de ces jeunes écervelés se présenter à
l'église tout nu. La présidente des Dames patronnesses
décida de soulever le point à la prochaine réunion et
suggéra qu'elles se présentâssent en délégation chez le
pasteur pour protester. Mlle Cornelia déclara que, pour sa
part, elle abandonnait la partie. Il était inutile de se faire
davantage de mauvais sang pour les jeunes du presbytère.
Même Mme Dr Blythe fut un peu choquée, bien qu'elle
attribuât la chose à la seule étourderie de Faith. Comme
c'était dimanche, Susan ne put commencer immédiatement à tricoter des bas pour Faith, mais elle en avait
entrepris un avant que quiconque fût levé le lendemain
matin à Ingleside.

« Vous pouvez dire ce que vous voulez, chère Mme Docteur, mais j'sais que c'était la faute de la vieille Martha,
confia-t-elle à Anne. J'imagine que la pauvre petite avait
pas d'chaussettes décentes à se mettre. J'suppose que tous
les bas qu'elle avait étaient pleins de trous, et vous savez
aussi bien que moi qu'ils le sont. Et à mon avis, chère
Mme Docteur, les Dames patronnesses emploieraient
mieux leur temps à en tricoter pour ces enfants qu'à se
chamailler à propos du nouveau tapis de la chaire. J'suis
peut-être pas une Dame patronnesse, mais j'vous passe un
papier que j'vais tricoter pour Faith deux paires de bas
avec ce beau fil noir et ça, aussi vite que mes doigts me
l'permettront. Jamais j'oublierai c'que j'ai ressenti quand

j'ai vu l'enfant du pasteur avancer nu-jambes dans l'allée de l'église. J'savais plus où regarder. »

« Et dire que l'église était pleine de méthodistes, hier, ronchonna Mlle Cornelia qui, venue faire quelques emplettes au Glen, en avait profité pour venir discuter de la chose à Ingleside. J'ignore comment ça se fait, mais chaque fois que les enfants du presbytère font quelque bêtise particulièrement spectaculaire, on peut être certain que l'église va être remplie de méthodistes. J'ai cru que les yeux de Mme Deacon Hazard allaient lui sortir de la tête. En sortant de l'église, elle a dit : "Ma foi, cette exhibition était tout à fait indécente. J'ai vraiment pitié des presbytériens." Et il n'y avait rien à répondre. »

« J'aurais pu dire quelque chose si je l'avais entendue, chère Mme Docteur, répliqua Susan d'un air mécontent. J'aurais dit que premièrement, des jambes nues propres sont aussi décentes que des bas troués. Et j'aurais ajouté que les presbytériens n'ont pas vraiment besoin de pitié puisqu'ils ont un pasteur qui peut prêcher alors que les méthodistes en ont pas. J'vous assure que j'aurais cloué le bec de Mme Deacon Hazard. »

« J'aimerais que M. Meredith prêche un petit peu moins bien et s'occupe un petit peu mieux de sa progéniture, rétorqua Mlle Cornelia. Il pourrait au moins jeter un coup d'œil sur ses enfants avant leur départ pour l'église et s'assurer qu'ils sont habillés convenablement. Je suis fatiguée de leur trouver des excuses, vous pouvez me croire. »

Entre-temps, on était en train de torturer l'âme de Faith dans la vallée Arc-en-ciel. Mary Vance était présente et, comme d'habitude, elle était d'humeur à sermonner. Elle fit comprendre à Faith qu'elle s'était déshonorée et avait déshonoré son père au-delà de toute rédemption et qu'elle, Mary Vance, en avait fini avec elle. « Tout le monde » en parlait et « tout le monde » disait la même chose.

« J'ai tout simplement l'impression que j'peux plus être associée avec toi », conclut-elle.

« Alors, nous le serons, nous », s'écria Nan Blythe. En son for intérieur, Nan croyait que Faith avait vraiment fait quelque chose d'effrayant, mais elle n'allait certainement pas laisser Mary Vance avoir la main haute sur la conduite à suivre. « Et si tu ne veux plus avoir affaire à elle, il ne faut plus que tu viennes à la vallée Arc-en-ciel, Mlle Vance. »

Nan et Di entourèrent Faith de leurs bras et défièrent Mary du regard. Celle-ci se recroquevilla soudain, s'effondra sur une souche et fondit en larmes.

« C'est pas que j'veux plus, gémit-elle. Mais si j'continue à m'tenir avec Faith, les gens vont dire que j'approuve c'qu'elle fait. Y en a déjà qui l'disent, aussi vrai qu'vous êtes là. J'peux pas m'permettre qu'on parle de moi comme ça à présent que j'vis dans une maison respectable et que j'm'efforce d'être une dame. Et jamais j'suis allée à l'église nu-jambes, même aux pires moments de ma vie. J'aurais même jamais pensé à l'faire. Mais cette vieille mégère de Kitty Alec prétend que Faith a jamais été la même après mon séjour au presbytère. Elle dit que Cornelia Elliott va regretter le jour où elle m'a prise. J'vous assure que ça m'fait de la peine. Mais c'est surtout pour M. Meredith que j'm'inquiète. »

« Je ne crois pas que tu aies à t'inquiéter à son sujet, fit Di d'un ton méprisant. Ce n'est pas nécessaire. À présent, ma chère Faith, cesse de pleurer et explique-nous pourquoi tu as fait ça. »

Faith s'expliqua d'une voix entrecoupée de sanglots. Les filles Blythe sympathisèrent avec elle et même Mary Vance admit que la situation avait dû être difficile. Mais Jerry sur qui la nouvelle tomba comme la foudre refusa d'être amadoué. Ainsi, c'était donc *ça* les mystérieuses insinuations qu'il avait entendues à l'école ! Il ramena Faith et Una à la maison sans autre cérémonie et le Club de bonne conduite se réunit immédiatement dans le cimetière pour statuer sur le cas de Faith.

« Je ne vois pas en quoi c'était mal, se justifia Faith d'un ton de défi. On ne voyait pas beaucoup mes jambes. Ce n'était pas une *faute* et ça n'a fait de tort à personne. »

«Cela en fera à papa, et tu le sais très bien. Tu sais que les gens le blâment chaque fois que nous faisons quelque chose d'inusité.»

«Je n'avais pas pensé à ça», marmonna Faith.

«C'est justement là qu'est le problème. Tu n'as pas réfléchi et tu aurais dû le faire. C'est là le but de notre Club : nous éduquer et nous amener à réfléchir. Nous avons promis de toujours nous arrêter et de penser avant d'agir. Tu ne l'as pas fait et tu mérites une punition exemplaire, Faith. Tu vas porter tes bas rayés à l'école pendant une semaine.»

«Oh! Jerry! Un jour ne suffirait-il pas? Ou deux? Pas toute une semaine!»

«Oui, une semaine entière, décréta l'inexorable Jerry. Je pense que c'est juste et si tu n'es pas d'accord, demande à Jem Blythe.»

Faith sentit qu'elle préférait se soumettre que demander l'avis de Jem Blythe sur un sujet pareil. Elle commençait à prendre conscience de ce que sa faute avait de honteux.

«D'accord, je vais le faire», murmura-t-elle d'un air maussade.

«Tu t'en tires facilement, ajouta sévèrement Jerry. Et quelle que soit ta punition, cela ne sera pas d'un grand secours à papa. Les gens vont continuer à croire que tu l'as fait exprès et à blâmer papa de ne pas t'en avoir empêchée. Nous ne pourrons jamais l'expliquer à tout le monde.»

Cet aspect de la question resta dans la tête de Faith, car si elle pouvait supporter sa propre condamnation, le fait qu'on puisse blâmer son père la tourmentait. S'ils connaissaient la vérité, les gens ne le blâmeraient pas. Mais comment pourrait-elle la faire connaître à tout le monde? S'adresser à l'assemblée en pleine église comme elle l'avait fait une fois était hors de question. Mary Vance lui avait raconté comment les gens avaient jugé sa performance et elle avait compris qu'il était préférable de ne pas la répéter. Le problème hanta Faith pendant trois jours. Puis elle eut une inspiration et se mit aussitôt au travail. Elle passa cette soirée-là au grenier avec une lampe et un cahier, écrivant avec ardeur, le teint animé et les yeux brillants. C'était exactement la chose à faire ! Comme elle était intelligente d'y avoir pensé ! Elle pourrait ainsi tout expliquer sans causer de scandale. Il était onze heures lorsqu'elle termina et elle alla sans bruit se coucher, exténuée mais parfaitement heureuse.

Quelques jours plus tard, le petit hebdomadaire publié au Glen sous le nom de *Le Journal* parut comme d'habitude, et tout le village connut un nouvel émoi. Une lettre signée Faith Meredith occupait une place importante en première page et se lisait comme suit :

« À qui de droit,

Je voudrais expliquer à tout le monde pourquoi je me suis présentée à l'église sans porter de bas afin que chacun sache qu'il n'y a absolument pas lieu de blâmer mon père pour cela, et que les vieilles commères cessent de le prétendre parce que c'est faux. J'ai donné ma seule paire de bas noirs à Lida Marsh parce qu'elle n'en avait pas et que ses pauvres petits pieds étaient affreusement gelés et que j'avais pitié d'elle. Dans une communauté chrétienne, aucun enfant ne devrait marcher pieds nus quand il y a encore de la neige, et je crois qu'il était du devoir de la Société des femmes missionnaires de lui donner des bas. Bien entendu, je sais qu'elles envoient des choses aux enfants païens et que c'est très généreux de leur part. Mais les enfants païens vivent dans des pays où il fait beaucoup plus chaud qu'ici et je pense que les femmes de notre église devraient s'occuper de Lida Marsh plutôt que de m'en laisser l'entière responsabilité. Quand je lui ai donné mes bas noirs, j'ai oublié que c'était la seule paire non trouée que je possédais, mais je suis contente de les lui avoir donnés parce que sinon, je n'aurais pas eu la conscience en paix. Quand la pauvre petite est partie, l'air si heureuse et si fière, je me suis rappelé que je n'avais rien d'autre à porter que ces horribles choses bleues et rouges que tante

Martha m'avait tricotées l'hiver dernier avec de la laine que Mme Joseph Burr du Glen En-Haut nous avait envoyée. C'était une laine terriblement rugueuse et pleine de nœuds et je n'ai jamais vu aucun des enfants de Mme Burr porter des choses tricotées avec cette laine. Mais Mary Vance dit que Mme Burr ne donne au pasteur que les choses qu'elle ne peut utiliser ni manger et qu'elle pense que cela devrait compter comme une partie du salaire que son mari s'est engagé à payer même s'il ne le fait jamais.

Il m'était tout simplement impossible de porter ces horribles bas. Ils étaient trop laids, trop rudes et ils piquaient trop. Tout le monde se serait moqué de moi. J'ai d'abord pensé que je ferais semblant d'être malade pour ne pas aller à l'église le lendemain, mais j'ai décidé de ne pas le faire parce que ç'aurait été malhonnête et qu'après la mort de notre mère, papa nous a dit qu'il ne fallait jamais mentir. C'est aussi mal d'agir malhonnêtement que de mentir, quoique je connaisse des gens, ici même au Glen, qui le font et n'ont jamais l'air d'en éprouver de remords. Je ne mentionnerai pas de noms, mais je sais qui ils sont, et papa le sait aussi.

J'ai ensuite fait tout ce que j'ai pu pour attraper le rhume et me rendre vraiment malade en restant pieds nus sur le banc de neige du cimetière méthodiste jusqu'à ce que Jerry m'en déloge. Mais cela ne m'a fait aucun mal et je n'ai pu éviter de me rendre à l'église. J'ai donc décidé de mettre mes bottines et d'y aller comme ça. Je n'arrive pas à comprendre en quoi c'était si mal car je m'étais lavé les jambes aussi soigneusement que le visage. De toute façon, papa n'est pas à blâmer. Il se trouvait dans son bureau en train de méditer sur son sermon et d'autres sujets spirituels, et il ne m'a pas vue avant mon départ pour l'école du dimanche. Comme mon père ne regarde pas les jambes des gens à l'église il n'a évidemment pas vu les miennes, mais toutes les commères les ont vues et en ont parlé et c'est pourquoi j'écris cette lettre d'explication au *Journal*. Je présume avoir fait quelque chose de très mal puisque c'est ce que tout le monde prétend. Alors je le regrette et je porte ces affreux bas pour me punir, même si papa m'a acheté deux jolies paires de bas noirs dès l'ouverture du magasin de M. Flagg lundi matin. Mais c'était entièrement ma faute et si les gens continuent de blâmer papa après avoir lu cette lettre, ils ne sont pas chrétiens et je me fiche de leur opinion.

Il y a autre chose que je voudrais expliquer avant de terminer. Mary Vance m'a dit que M. Even Boyd accuse les Baxter d'avoir volé des pommes de terre dans son champ l'automne dernier. Ils n'y ont pas touché. Ils sont très pauvres, mais ils sont honnêtes. C'est nous, Jerry, Carl et moi, qui l'avons fait. Una n'était pas avec nous cette fois-là. Nous n'avions pas pensé que c'était du vol. Nous voulions seulement faire cuire quelques pommes de terre sur un feu dans la vallée Arc-en-ciel pour manger avec nos truites grillées. Comme le champ de M. Boyd était tout près, juste entre la vallée et le village, nous avons grimpé par-dessus sa clôture et arraché quelques patates. Elles étaient vraiment minuscules, pas plus grosses que des billes, parce que M. Boyd n'avait pas mis assez d'engrais et nous avons dû en arracher beaucoup avant d'en avoir suffisamment. Walter et Di Blythe en ont mangé avec nous, mais ils sont arrivés une fois qu'elles étaient cuites et ignoraient où nous les avions trouvées ; nous sommes donc les seuls coupables. Nous ne voulions pas faire de mal, mais si c'était du vol. nous sommes désolés et nous rembourserons M. Boyd s'il veut bien attendre que nous soyons grands. Nous n'avons actuellement pas d'argent parce que nous ne sommes pas assez vieux pour en gagner et tante Martha dit qu'elle a besoin de chaque sou du maigre salaire de notre père pour faire vivre la famille, même quand il est payé régulièrement, ce qui n'arrive pas souvent. Mais M. Boyd ne doit plus accuser les Baxter, qui sont innocents, et leur faire une mauvaise réputation.

Veuillez agréer mes sentiments respectueux,

Faith Meredith »

26

Mlle Cornelia adopte un nouveau point de vue

« Susan, après ma mort, je vais revenir sur terre chaque fois que les jonquilles fleuriront dans le jardin, s'écria Anne avec ravissement. Personne ne pourra me voir, pourtant je serai là. Si quelqu'un se trouve dans le jardin en même temps, il verra les jonquilles balancer leur tête comme si le vent avait soufflé plus fort sur elles, mais ce sera moi. »

« Vraiment, chère Mme Docteur, vous allez certainement pas penser à flotter sur des choses aussi terre à terre que des jonquilles après votre mort, rétorqua Susan. Et j'crois pas aux fantômes, visibles ou invisibles. »

« Oh ! Susan ! Je ne serai pas un fantôme ! Je serai simplement moi ! Et je vais vagabonder au clair de lune pour visiter tous les endroits que j'aime. Vous rappelez-vous comme j'ai été malheureuse en quittant notre petite maison de rêve, Susan ? Je pensais que jamais je ne pourrais aimer autant Ingleside. J'y suis pourtant arrivée. J'en aime chaque bout de bois, chaque pierre. »

« Cette maison me plaît beaucoup, à moi aussi, mais il vaut mieux pas trop s'attacher aux choses terrestres, chère Mme Docteur. Ça existe les incendies et les tremblements de terre. Faut être préparés. La maison de Tom MacAllister de l'autre côté du port a brûlé il y a trois nuits. Y en a qui prétendent que c'est Tom MacAllister lui-même qui a mis le feu pour retirer la prime d'assurance. Peut-être ben que c'est vrai, peut-être ben que c'est faux. Mais j'ai averti le docteur de faire vérifier nos cheminées. Mieux vaut prévenir que guérir. Tiens, voici Mme Marshall Elliott à la barrière. On dirait qu'elle a perdu un pain de sa fournée. »

« Très chère Anne, avez-vous lu *Le Journal*, aujourd'hui ? »

Mlle Cornelia parlait d'une voix chevrotante ; c'était dû en partie à l'émotion et en partie au fait qu'elle avait marché trop vite du magasin et était hors d'haleine.

Anne se pencha sur les jonquilles pour camoufler un sourire. Si elle et Gilbert avaient ri de bon cœur en lisant la une du journal ce jour-là, elle savait que ce devait être une quasi-tragédie pour cette chère Mlle Cornelia et qu'elle ne devait pas tourner le fer dans la plaie en affichant une attitude trop désinvolte.

« N'est-ce pas épouvantable ? Qu'est-ce qu'il faut faire ? » poursuivit Mlle Cornelia d'un air désespéré.

Anne la précéda jusqu'à la véranda où Susan était en train de tricoter, entourée de Rilla et de Shirley qui étudiaient leur alphabet. Jamais Susan n'était tourmentée par la détresse de l'humanité. Elle faisait ce qui était en son pouvoir pour la soulager et laissait sereinement le reste aux Pouvoirs célestes.

« Cornelia Elliott croit qu'elle est née pour mener le monde, avait-elle dit un jour à Anne, et c'est pour ça qu'il y a toujours quelque chose qui la tarabuste. Comme j'ai jamais pensé que c'était mon destin, je vais calmement mon petit bonhomme de chemin. C'est pas à de misérables vers de terre comme nous de nourrir des pensées pareilles. Ça fait que nous rendre mal dans notre peau sans nous mener nulle part. »

« Je ne crois pas qu'on puisse faire quoi que ce soit, à présent, répondit Anne en tirant une belle chaise coussinée pour Mlle Cornelia. Mais pouvez-vous m'expliquer comment il se fait que M. Vickers ait autorisé la publication de cette lettre ? C'est pourtant un homme responsable. »

« Mais il est absent, chère Anne, cela fait une semaine qu'il est parti au Nouveau-Brunswick. Et c'est ce

jeune sacripant de Joe Vickers qui publie *Le Journal* en son
absence. C'est évident que M. Vickers n'aurait pas publié
la lettre, même s'il est méthodiste, mais Joe a dû trouver
que c'était une bonne plaisanterie. Comme vous le dites, je
suppose qu'il n'y a plus rien à faire maintenant, sauf avaler
notre pilule. Mais si jamais je coince Joe Vickers quelque
part, je vais lui faire savoir ce que je pense d'une manière
qu'il n'oubliera pas de sitôt. Je voulais que Marshall annule
sur-le-champ notre abonnement au *Journal*, mais il s'est
contenté de rire et de déclarer que le numéro d'aujourd'hui
était le premier depuis un an à contenir quelque chose de
lisible. Il trouve ça drôle et n'arrête pas de rire. Un autre
méthodiste ! Quant à Mme Burr du Glen En-Haut, elle sera
évidemment furieuse et ils vont quitter l'église. Non pas
que ce soit une très grande perte. Quant à moi, ils peuvent
bien devenir méthodistes ! »

« Mme Burr a été joliment bien servie, fit remarquer
Susan qui, couvant une vieille querelle avec la dame en
question, avait éprouvé une grande jouissance en lisant ce
que Faith avait dit d'elle dans sa lettre. Elle va s'apercevoir
qu'elle pourra pas tromper le pasteur méthodiste sur son
salaire en lui envoyant de la mauvaise laine. »

« Le pire, dans cette histoire, c'est qu'il n'y a pas grand
espoir de voir les choses s'améliorer, poursuivit sombrement Mlle Cornelia. Tant que M. Meredith fréquentait
Rosemary West, j'espérais que le presbytère aurait bientôt
sa propre maîtresse. Mais tout est fini. J'imagine qu'elle a
refusé de l'épouser à cause des enfants. C'est du moins ce
que tout le monde pense. »

« J'crois pas qu'il lui ait jamais demandé sa main »,
déclara Susan pour qui refuser d'épouser un pasteur était
tout simplement inconcevable.

« Ma foi, personne n'en sait rien. Mais une chose est
sûre c'est qu'il n'y va plus. Et Rosemary n'avait pas l'air en
forme, le printemps dernier. J'espère que sa visite à
Kingsport lui fera du bien. Je n'arrive pas à me rappeler si
Rosemary s'est déjà absentée de la maison avant. Elle et

Ellen ne pouvaient supporter d'être séparées. D'après ce que j'ai compris, c'est Ellen qui a insisté pour qu'elle fasse ce voyage. Entre-temps, elle est en train de réchauffer la vieille soupe avec Norman Douglas. »

« Vraiment ? demanda Anne en riant. J'avais bien entendu une rumeur à ce sujet, mais j'avais peine à la croire. »

« Croyez-la, chère Anne. C'est le secret de Polichinelle. Norman Douglas n'a jamais laissé personne dans l'ignorance de ses intentions. C'est publiquement qu'il fait sa cour. Il a confié à Marshall qu'il y avait des années qu'il n'avait pas pensé à Ellen, mais qu'en se rendant à l'église la première fois, il l'a revue et est retombé sous son charme. Il ne l'avait pas vue depuis vingt ans, si vous pouvez le croire. Bien entendu, il n'allait jamais à l'église et Ellen ne fréquentait aucun autre endroit. Oh ! Si tout le monde connaît les visées de Norman, c'est différent dans le cas d'Ellen. Et je ne m'avancerais pas à prédire si cela va finir par un mariage ou non. »

« Il l'a déjà plaquée une fois, chère Mme Docteur », fit acidement remarquer Susan.

« Il l'a plaquée dans un accès de colère et s'en est repenti toute sa vie, précisa Mlle Cornelia. C'est différent de laisser tomber quelqu'un de sang-froid. Contrairement à certaines personnes, je n'ai, pour ma part, jamais détesté Norman. Il n'a jamais réussi à avoir le meilleur sur moi. Je me demande bien ce qui l'a incité à revenir à l'église. Je n'ai jamais cru que Faith Meredith est allée le trouver et l'a forcé à le faire, comme le raconte Mme Wilson. J'ai toujours eu l'intention de poser la question à Faith, mais je n'y pense jamais quand je la vois. Comment aurait-elle pu influencer Norman Douglas ? Il était au magasin quand j'en suis partie, beuglant de rire à propos de la lettre. On devait l'entendre jusqu'à la pointe de Four Winds. "La fille la plus formidable au monde", hurlait-il. "Elle a tellement de cran qu'elle en explose. Et que soient damnées toutes les vieilles grands-mères qui voudraient la dompter. Mais jamais elles n'y parviendront, jamais! Elles feraient mieux d'essayer de noyer un poisson. Assure-toi de mettre plus d'engrais sur tes patates, l'an prochain, Boyd! Ha! Ha! Ha!" Et il riait à en faire trembler le toit. »

« M. Douglas verse un bon montant pour le salaire, au moins », remarqua Susan.

« Oh! Pour certaines choses, Norman n'est pas mesquin. Il pourrait donner mille dollars sans sourciller, mais il rugirait comme un lion s'il devait payer cinq sous de trop pour quelque chose. De plus, il apprécie les sermons de M. Meredith, et Norman Douglas est toujours d'accord pour payer la note quand on flatte son intellect. Il n'y a pas plus d'esprit chrétien en lui qu'en un païen d'Afrique tout nu et noir comme le poêle, et jamais il n'y en aura. Mais il est intelligent et instruit et il juge les sermons comme il jugerait des conférences. En tout cas, c'est une bonne chose qu'il appuie M. Meredith et ses enfants, parce qu'ils auront plus que jamais besoin d'amis après cet esclandre. Je suis fatiguée de leur trouver des excuses, vous pouvez me croire. »

« Savez-vous, chère Mlle Cornelia, dit Anne le plus sérieusement du monde, je pense que nous avons tous trop cherché à les excuser. C'est complètement idiot et il faudrait arrêter. Je vais vous dire ce que j'aimerais faire. Je ne le ferai pas, bien sûr » – Anne avait perçu une lueur d'inquiétude dans les yeux de Susan – « ce serait trop extravagant et, après avoir atteint un âge censément respectable, il faut être conventionnel ou mourir. Mais j'aimerais le faire. J'aimerais convoquer une réunion des Dames patronnesses et de la Société des missions et inclure dans l'auditoire toutes les méthodistes qui ont déjà critiqué les Meredith – quoique, à mon avis, si nous, les presbytériennes, cessions de critiquer et d'excuser, nous nous apercevrions que les autres groupes ne se préoccupent que très peu des gens de notre presbytère. Voici ce que je leur dirais : "Chères amies chrétiennes – en mettant l'accent sur chrétiennes – j'ai quelque chose à vous dire et je veux

vous le dire clairement afin que, de retour chez vous, vous
le répétiez à vos familles. Vous, les méthodistes, n'avez pas
à nous prendre en pitié, et nous, presbytériennes, n'avons
pas à nous apitoyer sur notre sort. Nous ne le ferons plus.
Et nous allons dire, carrément et franchement, à tous ceux
qui nous critiquent et compatissent à notre sort, que nous
sommes fières de notre pasteur et de sa famille. M. Meredith
est le meilleur prêcheur que l'église de Glen St. Mary ait
jamais eu. De plus, il est un modèle honnête et sincère de
la vérité et de la charité chrétienne. Il est un ami loyal, un
pasteur judicieux dans tous les domaines essentiels, et un
homme raffiné, érudit et bien élevé. Sa famille est digne
de lui. Gerald Meredith est l'élève le plus intelligent de
l'école du Glen et M. Hazard dit qu'il est destiné à une
brillante carrière. C'est un petit garçon viril, honorable et
franc. Faith Meredith est une beauté, et elle est aussi
inspirante et originale que ravissante. Il n'y a rien de banal
en elle. Toutes les autres fillettes du Glen mises ensemble
n'ont ni son énergie, ni son esprit, ni sa gaîté, ni son cran.
Elle n'a pas un seul ennemi au monde. Tous ceux qui la
connaissent l'aiment. De combien de personnes, enfants
ou adultes, peut-on dire cela ? Una Meredith est la gentillesse incarnée. Elle deviendra en vieillissant une femme
adorable. Carl Meredith, avec l'amour qu'il voue aux
fourmis, aux grenouilles et aux araignées, deviendra un
jour un spécialiste des sciences naturelles que le Canada et
même le monde entier seront heureux d'honorer.
Connaissez-vous beaucoup d'autres familles, au Glen ou
ailleurs, dont on peut dire toutes ces choses ? C'en est fini
de la honte et des excuses ! Nous sommes fières de notre
pasteur et de sa merveilleuse famille !"»

Anne s'arrêta, en partie parce qu'elle était à bout de
souffle après ce discours véhément, et en partie parce
qu'elle ne se sentait plus capable de poursuivre en voyant
l'expression de Mlle Cornelia. La bonne dame la regardait
fixement, apparemment submergée par le flot de ces idées
nouvelles.

«Anne Blythe, j'aimerais vraiment que vous convoquiez cette réunion et teniez ce discours! Pour commencer, vous m'avez fait avoir honte de moi-même et loin de moi l'idée de refuser de l'admettre. C'est évidemment ça que nous aurions dû dire, surtout aux méthodistes. Et tout ce que vous avez dit est vrai. Nous n'avons fait que nous fermer les yeux devant toutes les choses valables et avons laissé les bagatelles les camoufler. Oh! Très chère Anne, je peux voir une chose quand on me l'enfonce dans la tête. Cornelia Marshall ne cherchera plus d'excuses! Je vais garder la tête haute après ceci, vous pouvez me croire, même si j'ai l'intention de continuer à parler avec vous comme d'habitude dans le seul but de soulager mon esprit si les Meredith font d'autres frasques spectaculaires. Même cette lettre qui m'a tant perturbée, mon Dieu! ce n'était après tout qu'une bonne blague, comme le dit Norman. Rares sont les fillettes qui auraient eu la présence d'esprit de penser à l'écrire. De plus, la ponctuation était impeccable et il n'y avait pas une seule faute d'orthographe. Que j'entende un méthodiste dire un mot à ce sujet! Pourtant, jamais je ne pardonnerai à Joe Vickers, vous pouvez me croire! Où sont vos autres rejetons, ce soir?»

«Walter et les jumelles sont dans la vallée Arc-en-ciel. Jem étudie dans le grenier.»

«Ils sont tous fous de cette vallée. Pour Mary Vance, il n'existe pas d'autre endroit au monde. Elle y passerait toutes ses soirées si je la laissais faire. Mais je ne l'encourage pas à courir la galipote. De plus, je m'ennuie de cette petite quand elle n'est pas dans les parages, très chère Anne. Je n'aurais jamais cru que je m'attacherais autant à elle. Non pas que je ne voie pas ses défauts et que je n'essaie pas de les corriger. Mais elle ne m'a jamais répondu effrontément depuis qu'elle habite chez moi et elle m'aide énormément car, tout compte fait, je ne suis plus aussi jeune que je l'étais, chère Anne, et il est inutile d'essayer de le cacher. J'ai eu cinquante-neuf ans à mon dernier anniversaire. Même si je ne sens pas mon âge, il ne sert à rien de nier l'évidence.»

27

Un concert sacré

Malgré le nouveau point de vue qu'elle avait adopté, Mlle Cornelia ne put éviter de se sentir un peu contrariée par la nouvelle performance des enfants du presbytère. En public, elle assumait magnifiquement la situation, répétant à toutes les commères l'essentiel des propos tenus par Anne au temps des jonquilles, et le disant d'une façon si directe que ses interlocuteurs commençaient à se trouver eux-mêmes un peu stupides et à croire que, tout compte fait, ils prenaient trop à cœur une fredaine puérile. En privé, cependant, Mlle Cornelia se permettait d'aller gémir dans l'oreille d'Anne.

« Chère Anne, ils ont tenu un concert dans le cimetière jeudi soir dernier, en plein milieu de l'assemblée de prières méthodiste. Ils se sont assis là, sur la pierre tombale d'Hezekiah Pollock, et ont chanté pendant une heure entière. D'après ce que j'ai cru comprendre, il s'agissait surtout de cantiques et ça aurait été un moindre mal s'ils s'étaient contentés de ça. Mais on m'a dit qu'ils ont clôturé le spectacle en chantant *Cadet Roussel* au complet, et au moment même où Deacon Baxter faisait la prière. »

« J'y étais ce soir-là, dit Susan, et même si j'vous en ai rien dit, chère Mme Docteur, j'ai pas pu m'empêcher de penser que c'était vraiment dommage qu'ils aient choisi ce soir en particulier. C'était à glacer le sang dans les veines de les entendre, installés dans le royaume des morts, chanter de toute la force de leurs poumons cette chanson frivole. »

« Je me demande bien ce que vous faisiez dans une assemblée de prières méthodiste », fit aigrement remarquer Mlle Cornelia.

« J'ai jamais entendu dire que le méthodisme était contagieux, riposta sèchement Susan. Et, comme j'allais le dire avant d'être interrompue, même si je me sentais mal, je l'ai pas fait voir aux méthodistes. Quand, en sortant, Mme Deacon Baxter s'est exclamée que c'était une exhibition des plus disgracieuses, je lui ai répondu en la regardant dans le blanc des yeux : "Ils ont des voix magnifiques, Mme Baxter, et on dirait que personne de votre chorale s'est déplacé pour l'assemblée de prières. C'est rien que le dimanche qu'on peut entendre le son de leurs voix !" Elle a baissé la tête et j'ai senti que j'lui avais cloué le bec comme il faut. Mais j'aurais pu être encore plus cinglante s'ils avaient pas choisi *Cadet Roussel*. C'était vraiment terrible de penser qu'ils chantaient ça dans un cimetière. »

« Certains de ces morts chantaient *Cadet Roussel* de leur vivant, Susan. Peut-être que cela leur fait plaisir de l'entendre encore », suggéra Gilbert.

Mlle Cornelia lui jeta un regard indigné et décida qu'elle trouverait une occasion de faire comprendre à Anne qu'elle devait amener le docteur à ne plus tenir de tels propos. Cela pourrait froisser sa clientèle. Les gens pourraient commencer à croire que le docteur n'était pas orthodoxe. Marshall avait bien sûr l'habitude de lancer des boutades encore plus choquantes, mais il n'était pas un homme public.

« D'après ce que j'ai compris, leur père se trouvait dans son bureau, les fenêtres ouvertes, pendant qu'ils chantaient et il ne s'est aperçu de rien. Bien entendu, il était comme d'habitude perdu dans ses livres. Mais je lui en ai glissé un mot quand il est venu chez moi, hier. »

« Comment avez-vous osé, Mme Marshall Elliott ? » protesta Susan.

« Osé ? Il est plus que temps que quelqu'un ose ! On prétend qu'il n'est même pas au courant de la lettre de

Faith dans *Le Journal* parce que personne n'a eu le cœur de
lui en parler. Évidemment, il ne le lit jamais. Mais j'ai
pensé qu'il fallait qu'il soit informé de ceci pour empêcher
que se produisent de telles performances à l'avenir. Il a
répondu qu'il en discuterait avec eux. Mais il n'y a bien sûr
plus songé dès qu'il a eu franchi notre barrière. Vous pouvez me croire, Anne, cet homme n'a aucun sens du
ridicule. Dimanche dernier, son sermon portait sur la façon
d'élever ses enfants. Un sermon très édifiant et tout le
monde dans l'église se disait qu'il était bien dommage qu'il
ne pût mettre en pratique ce qu'il prêchait si bien. »

Mlle Cornelia était injuste envers M. Meredith en
disant qu'il oublierait ses paroles. Il arriva chez lui très
perturbé et quand les enfants rentrèrent de la vallée Arc-
en-ciel ce soir-là – beaucoup plus tard qu'ils ne l'auraient
dû – il les fit venir dans son bureau.

Ils y allèrent, un peu effrayés. C'était si peu dans les
habitudes de leur père. Qu'allait-il leur dire ? Ils fouillèrent
leur mémoire à la recherche de quelque transgression
d'importance suffisante, mais ne purent se rappeler aucune.
Deux soirs auparavant, Carl avait renversé une soucoupe
de confiture sur la robe de soie de Mme Peter Flagg que
tante Martha avait invitée à souper. Mais M. Meredith ne
s'en était pas aperçu et Mme Flagg, qui avait bon cœur,
n'avait pas fait d'histoire. D'ailleurs, Carl avait été puni en
étant obligé de porter la robe d'Una toute la soirée.

Una pensa tout à coup que leur père voulait peut-être
leur annoncer son intention d'épouser Rosemary West.
Son cœur se mit à battre la chamade et ses jambes à
flageoler. Puis elle vit que M. Meredith avait l'air triste et
sévère. Non, ce ne pouvait être ça.

« Mes enfants, commença M. Meredith, on m'a
raconté quelque chose qui m'a fait beaucoup de peine.
Est-ce vrai que vous êtes restés dans le cimetière mardi soir
dernier et que vous avez chanté des chansons ribaudes
pendant que se déroulait une assemblée de prières à l'église
méthodiste ? »

« Juste ciel, papa ! On avait complètement oublié que c'était le soir de l'assemblée de prières », s'exclama Jerry, consterné.

« C'est donc vrai, vous avez fait cela ? »

« Mon Dieu, papa, je ne sais pas ce que tu entends par chansons ribaudes. Nous avons chanté des cantiques, c'était un concert sacré, vois-tu. Quel mal y a-t-il à ça ? Je t'assure que nous n'avons pas pensé que c'était le soir de l'assemblée de prières méthodiste. Ils avaient coutume de la tenir le mardi soir et comme ils ont changé pour le jeudi, c'est difficile de s'en souvenir. »

« Vous n'avez chanté que des cantiques ? »

« Eh bien, avoua Jerry en rougissant, c'est vrai que nous avons fini par *Cadet Roussel*. Faith a proposé que nous chantions quelque chose de gai pour terminer. Nous ne pensions pas mal faire, je t'assure, papa. »

« C'est moi qui ai eu l'idée du concert, papa, précisa Faith, craignant que M. Meredith ne blâme trop Jerry. Tu sais que les méthodistes eux-mêmes ont eu un concert sacré dans leur église dimanche soir il y a trois semaines. J'ai pensé que ce serait amusant d'en faire un pour l'imiter. Sauf qu'ils y récitaient des prières et que nous avons omis cette partie parce qu'on nous a dit que les gens trouvaient répréhensible que nous priions dans le cimetière. Tu étais ici dans ton bureau tout le temps, ajouta-t-elle, et tu n'as rien dit. »

« Je ne m'étais pas rendu compte de ce que vous faisiez. Ce n'est pas une excuse, bien sûr. Je suis plus à blâmer que vous, je le vois bien. Mais pourquoi avez-vous chanté cette chanson idiote à la fin ? »

« Nous n'avons pas pensé, marmonna Jerry, sentant que c'était là une bien piètre excuse, surtout après avoir tant sermonné Faith à propos de son manque de réflexion lors des séances du Club de bonne conduite. Nous sommes désolés, papa, nous le sommes vraiment. Engueule-nous, nous le méritons bien. »

Mais M. Meredith n'en fit rien. Il s'assit, rassembla ses enfants près de lui et leur parla tendrement et sagement. Submergés de remords et de honte, ils sentirent que plus jamais ils ne pourraient se montrer si stupides et étourdis.

« Il faut que nous nous imposions un vrai bon châtiment, chuchota Jerry en montant. Nous tiendrons une séance du Club à la première heure demain pour décider lequel. Mais je voudrais bien que les méthodistes décident d'un soir pour leur assemblée de prières et arrêtent de changer tout le temps. »

« En tout cas, je suis bien contente que ça ne soit pas ce que je craignais », murmura Una.

Derrière eux, dans son bureau, M. Meredith s'était assis à son pupitre et avait enfoui sa tête dans ses mains.

« Que Dieu me vienne en aide ! dit-il. Quel mauvais père je fais ! Oh ! Rosemary, si seulement tu avais voulu ! »

28

Une journée de jeûne

Le Club de bonne conduite tint une réunion spéciale le lendemain matin avant l'école. Après différentes suggestions, il fut décidé qu'une journée de jeûne constituerait un châtiment approprié.

« Nous ne mangerons rien de la journée, décréta Jerry. De toute façon, je suis plutôt curieux de savoir à quoi ressemble le jeûne. Ce sera une bonne occasion de le découvrir. »

« Quel jour le ferons-nous ? » demanda Una, pour qui c'était une punition assez facile et qui se demandait pourquoi Faith et Jerry n'avaient pas décidé d'en imposer une plus dure.

« Lundi, dit Faith. Nous avons habituellement un repas assez bourratif le dimanche tandis que ceux du lundi, vaut mieux ne pas en parler. »

« Mais la question est là, justement, s'écria Jerry. Nous ne devons pas choisir le jour où c'est le plus facile de jeûner, mais celui où c'est le plus difficile, et c'est le dimanche parce que, comme tu le dis, nous avons habituellement du rôti de bœuf plutôt que du fricot froid. Ce ne serait pas une punition très pénible que de se passer de fricot. Choisissons dimanche prochain. Ce sera une bonne journée car papa va échanger l'office du matin avec le pasteur d'Upper Lowbridge. Il sera donc absent jusqu'au soir. Si tante Martha se demande ce qui nous arrive, nous lui expliquerons que nous jeûnons pour le salut de nos âmes, que c'est écrit dans la Bible et qu'elle ne doit pas s'opposer. Je ne crois pas qu'elle nous mettra de bâtons dans les roues. »

Tante Martha ne fit aucune objection. Elle se contenta de marmonner de son ton chagrin habituel : «Quelle folie êtes-vous encore en train d'inventer, espèces de mauvais garnements ?» et n'y pensa plus. M. Meredith était parti tôt le matin avant que les autres soient levés. Il était parti sans déjeuner, mais c'était évidemment dans ses habitudes. Il l'oubliait la moitié du temps et il n'y avait personne pour le lui rappeler. Le déjeuner – celui de tante Martha – n'était pas un repas dont il était difficile de se passer. Même les jeunes «mauvais garnements» affamés ne ressentaient pas comme une grande privation le fait de s'abstenir du «porridge grumeleux et du lait sûr» qui avaient suscité le mépris de Mary Vance. Ce fut néanmoins une autre paire de manches au moment du dîner. Ils avaient alors l'estomac dans les talons et l'odeur du rôti qui emplissait le presbytère, absolument délicieuse même si la viande n'était pas assez cuite, leur fut pratiquement intolérable. En désespoir de cause, ils se réfugièrent au cimetière d'où ils ne pouvaient plus la respirer. Mais Una ne pouvait détacher ses yeux de la fenêtre de la salle à manger à travers laquelle on pouvait distinguer le pasteur d'Upper Lowbridge en train de se restaurer placidement.

« Si seulement je pouvais en avoir une toute petite petite bouchée », soupira-t-elle.

« À présent, tais-toi, ordonna Jerry. C'est évident que c'est difficile, mais c'est ça la punition. Je pourrais moi-même dévorer une gravure en ce moment, mais je ne me plains pas. Pensons à autre chose. Nous devons nous élever au-dessus de nos ventres. »

À l'heure du souper, ils n'éprouvèrent plus les tiraillements d'estomacs qu'ils avaient subis plus tôt dans la journée.

« On commence à s'habituer, j'imagine, suggéra Faith. Je ressens une drôle de sensation de vide, mais je ne peux pas dire que j'ai faim. »

« C'est dans ma tête que c'est bizarre, dit Una. Ça tourne parfois. »

Mais elle se rendit courageusement à l'église avec les autres. Si M. Meredith n'avait pas été si totalement obnubilé et emporté par son sujet, il aurait pu voir le petit visage exsangue et les yeux caves dans le banc du presbytère au-dessous. Mais il ne vit rien et son sermon fut un peu plus long que d'habitude. Puis, juste avant qu'il ne donne le signal du cantique final, Una Meredith tituba hors du banc et tomba évanouie sur le sol.

Mme Clow fut la première à arriver jusqu'à elle. Elle prit le petit corps décharné des mains de Faith blanche de terreur et le porta jusqu'au vestiaire. M. Meredith oublia le cantique et tout le reste et se rua derrière. L'assemblée se dispersa comme elle le put.

« Oh! Mme Clow, bafouilla Faith, est-ce que Una est morte? Est-ce que nous l'avons tuée? »

« Qu'est-ce qui arrive à mon enfant? » demanda le père livide.

« Je crois qu'elle a simplement perdu conscience, dit Mme Clow. Oh! Grâce au ciel, voici le docteur. »

Il ne fut pas facile pour Gilbert de ramener Una à elle. Il dut s'activer longtemps avant qu'elle n'ouvre les yeux. Il la porta ensuite au presbytère, suivi par Faith qui, dans son soulagement, sanglotait hystériquement.

« Elle a seulement faim, vous savez, elle n'a rien avalé de la journée, et nous non plus, nous avons tous jeûné. »

« Jeûné? » s'écrièrent en même temps M. Meredith et le docteur.

« Oui, pour nous punir d'avoir chanté *Cadet Roussel* dans le cimetière », précisa Faith.

« Mon enfant, il ne fallait pas vous punir pour cela, dit M. Meredith, plein de détresse. Je vous ai fait une petite réprimande, vous avez tous regretté, et je vous ai pardonné. »

« Oui, mais il fallait que nous soyons punis, expliqua Faith. C'est la règle, dans notre Club de bonne conduite;

vous savez, si nous faisons quelque chose de mal ou quelque chose qui peut nuire à notre père dans la congrégation, nous devons nous punir. Nous sommes en train de faire notre propre éducation, vous voyez, parce qu'il n'y a personne pour s'en charger. »

M. Meredith grogna, mais le docteur se redressa du chevet d'Una, l'air soulagé.

« Cette enfant s'est donc évanouie par simple manque de nourriture et elle n'a besoin de rien d'autre qu'un bon repas, dit-il. Auriez-vous la bonté de vous en occuper, Mme Clow ? Et d'après ce que vient de raconter Faith, je suis d'avis qu'ils feraient tous mieux d'avaler quelque chose si nous ne voulons pas être témoins d'autres évanouissements. »

« Je suppose que nous n'aurions pas dû faire jeûner Una, reprit Faith, pleine de remords. À bien y penser, seuls Jerry et moi aurions dû être punis. C'est nous qui avions organisé le concert et nous sommes les plus vieux. »

« J'ai chanté *Cadet Roussel* tout comme vous, fit Una d'une petite voix faible, alors je devais subir la même punition. »

Mme Clow revint avec un verre de lait. Faith, Jerry et Carl allèrent fouiner dans le garde-manger et M. Meredith se réfugia dans son bureau où il resta longtemps assis dans le noir, en proie à d'amères pensées. Ainsi, ses enfants étaient en train de « faire leur éducation » parce qu'il n'y avait « personne pour s'en charger ». Ils luttaient seuls au milieu de leurs petits dilemmes parce qu'il n'y avait aucune main pour les guider, aucune voix pour les conseiller. La phrase prononcée innocemment par Faith torturait l'esprit de son père comme une flèche barbelée. Il n'y avait « personne » pour s'occuper d'eux, réconforter leurs petits cœurs et prendre soin de leurs petits corps. Comme Una avait eu l'air fragile, étendue sur le canapé du vestiaire pendant son interminable évanouissement ! Comme ses petites mains étaient maigres, et blême son petit visage ! On aurait dit qu'elle aurait pu lui glisser des mains dans un souffle, mignonne Una sur laquelle Cecilia l'avait particulièrement supplié de veiller! Depuis la mort de sa femme, il n'avait jamais ressenti une telle épouvante que quand il s'était penché sur sa fillette évanouie. Il devait faire quelque chose, mais quoi? Devait-il demander à Elizabeth Kirk de l'épouser? Elle était bonne, elle traiterait bien ses enfants. Il aurait pu s'y résigner sans son amour pour Rosemary West. Mais tant qu'il n'aurait pas chassé ce sentiment, il serait incapable de songer à épouser une autre femme. Et il ne pouvait le chasser, il avait vainement essayé. Rosemary était présente à l'église ce soir-là; c'était la première fois depuis son retour de Kingsport. Il l'avait aperçue à l'arrière de l'église bondée, au moment où il finissait son sermon. Son cœur avait sauvagement tressailli. Il s'était assis pendant que la chorale entonnait le cantique de la quête, la tête penchée et le pouls tressautant. Il ne l'avait pas revue depuis le soir où il l'avait demandée en mariage. Quand il s'était relevé pour donner le signal de l'hymne de la fin, ses mains tremblaient et son visage pâle avait rougi. Puis, la perte de conscience d'Una avait pendant quelque temps effacé tout le reste de son esprit. À présent, dans la noirceur et la solitude de son bureau, tout lui revint. Rosemary était l'unique femme au monde pour lui. Il était inutile de songer à en épouser une autre. Même pour l'amour de ses enfants, il ne pouvait commettre un tel sacrilège. Il devait porter le fardeau tout seul, s'efforcer d'être un père plus attentif et dire à ses enfants de ne pas craindre de venir lui confier leurs petits problèmes. Il alluma ensuite sa lampe et prit un nouveau volume semant la zizanie au sein du monde théologique. Il avait l'intention de n'en lire qu'un chapitre pour se faire une idée. Cinq minutes plus tard, il était très loin du monde et des problèmes terrestres.

29

Une étrange histoire

C'était un soir du début de juin et la vallée Arc-en-ciel était un lieu plein de grâce ; c'est du moins ce qu'éprouvaient tous les enfants, assis dans la clairière où les clochettes tintaient féeriquement dans les Arbres amoureux et la Dame blanche secouait ses tresses vertes. Le vent riait et sifflotait autour d'eux comme un camarade fidèle et joyeux. Dans la clairière, les fougères précoces embaumaient l'air d'un parfum épicé. Les cerisiers sauvages égaillés dans la vallée parmi les sapins sombres étaient d'un blanc vaporeux. Les rouges-gorges pépiaient dans les érables derrière Ingleside. Plus loin, sur les pentes du Glen, le crépuscule voilait les vergers en fleurs, si ravissants, mystiques et somptueux. C'était le printemps et tout ce qui est jeune se doit d'être heureux au printemps. Chacun l'était ce soir-là dans la vallée Arc-en-ciel, jusqu'à ce que Mary Vance leur glace le sang dans les veines en racontant l'histoire du fantôme d'Henry Warren.

Jem n'était pas là. Il passait désormais ses soirées dans le grenier d'Ingleside à étudier en vue de l'examen d'entrée. Jerry pêchait la truite dans l'étang. Walter avait lu aux autres les poèmes de la mer de Longfellow et ils étaient encore imprégnés de la beauté et du mystère des vaisseaux. Ils avaient ensuite parlé de ce qu'ils feraient quand ils seraient grands, où ils iraient, les belles grèves lointaines qu'ils accosteraient. Nan et Di avaient l'intention d'aller en Europe. Walter rêvait de voir le sphynx et

le Nil gémissant dans les sables d'Égypte. Faith suggéra un
peu mélancoliquement qu'elle devrait devenir mission-
naire – la vieille Mme Taylor lui avait dit qu'elle le
devait – et qu'alors, elle verrait à tout le moins la Chine ou
les Indes, ces mystérieuses terres d'Orient. Le cœur de Carl
aspirait aux jungles d'Afrique. Quant à Una, elle ne disait
rien. Elle pensait qu'elle aimerait rester tout simplement à
la maison. C'était plus joli ici que n'importe où ailleurs.
Ce serait effrayant quand, une fois adultes, ils seraient
éparpillés partout sur la terre. À cette seule perspective,
elle était envahie d'un sentiment de solitude et de nostal-
gie. Mais les autres continuèrent à rêver tout haut jusqu'à
ce que Mary Vance surgisse et balaie d'un seul coup poésie
et rêveries.

« Seigneur, j'suis à bout de souffle, s'exclama-t-elle.
J'ai dévalé cette colline à toute allure. J'ai eu la frousse de
ma vie à la vieille maison Bailey. »

« Qu'est-ce qui t'a fait peur ? » demanda Di.

« J'sais pas. J'étais penchée sous les lilas dans le vieux
jardin pour voir s'il y avait du muguet de sorti. Il faisait
noir comme chez le loup là-bas, puis tout à coup, j'ai vu
quelque chose qui bougeait et froufroutait à l'autre bout du
jardin, dans les cerisiers. C'était tout blanc. J'vous dis que
j'ai pas pris la peine de regarder une deuxième fois. J'ai
sauté par-dessus le fossé en criant lapin. J'étais sûre que
c'était le fantôme d'Henry Warren. »

« Qui était Henry Warren ? » s'informa Di.

« Bonté divine ! Vous avez jamais entendu l'histoire ?
Eh bien, attendez une minute que j'retrouve mon souffle
et j'vais vous la raconter. »

Walter frissonna avec ravissement. Il raffolait des
histoires de fantômes. Leur mystère, leurs paroxysmes
dramatiques, leur étrangeté lui procuraient un plaisir
terrifiant et exquis. Longfellow devint instantanément
insipide et banal. Il jeta le livre de côté et s'allongea,
appuyé sur ses coudes pour écouter de tout son cœur, ses
grands yeux lumineux fixés sur le visage de Mary Vance.

Celle-ci aurait préféré qu'il la regardât avec moins d'insistance. Elle avait l'impression qu'elle raconterait mieux l'histoire si Walter ne la regardait pas. Elle pourrait l'orner de plusieurs fioritures et inventer certains détails artistiques pour en amplifier l'horreur. Dans la situation actuelle, elle devait s'en tenir à la vérité toute nue, ou du moins ce qu'on lui avait affirmé être la vérité.

«Eh ben, commença-t-elle, vous savez qu'il y a trente ans, le vieux Tom Bailey et sa femme vivaient dans cette maison. On raconte que c'était une fripouille de la pire espèce et que sa femme valait guère mieux que lui. Ils avaient pas d'enfants à eux, mais une sœur du vieux Tom mourut en laissant un petit garçon, ce Henry Warren, et ils l'ont recueilli. Il avait à peu près douze ans quand il est arrivé chez eux, et il était délicat et petit pour son âge. On prétend que Tom et sa femme l'ont maltraité dès le début, le fouettant et lui donnant rien à manger. Les gens disent qu'ils voulaient le tuer pour mettre la main sur la petite somme que sa mère avait laissée pour lui. Henry est pas mort tout de suite, mais il a commencé à avoir des crises, l'*épilepse*, qu'on appelle ça, et il s'est rendu jusqu'à dix-huit ans. Il était plutôt simple d'esprit. Son oncle avait coutume de le cacher dans le jardin là-bas parce qu'il se trouvait derrière la maison et que personne pouvait le voir. Mais les gens avaient des oreilles, et ils racontent que c'était affreux, parfois, d'entendre le pauvre Henry supplier son oncle de pas le tuer. Mais personne osait s'interposer parce que le vieux Tom était un tel dépravé que c'est certain qu'il leur aurait fait leur affaire d'une façon ou d'une autre. Il avait brûlé les granges d'un type de l'entrée du port qui l'avait offensé. Henry a fini par crever et son oncle et sa tante ont prétendu qu'il avait trépassé pendant une de ses crises et personne n'a jamais rien appris d'autre, mais tout le monde a dit que c'était Tom qui l'avait assassiné. Et ça a pas pris goût de tinette qu'on a commencé à dire qu'Henry *revenait*. Le vieux jardin était *hanté*. On l'entendait, la nuit, qui se lamentait et qui pleurait. Le vieux Tom et sa femme sont partis, ils sont allés dans l'Ouest et sont jamais revenus. L'endroit avait une si mauvaise réputation que personne a voulu ni l'acheter ni le louer. C'est pour ça que la baraque tombe en ruines. Ça fait trente ans de ça, mais le fantôme d'Henry Warren la hante encore. »

« Tu crois ça, toi ? s'exclama Nan avec mépris. Pas moi. »

« Ma foi, d'honnêtes gens l'ont vu et entendu, répliqua Mary. On dit qu'il apparaît, rampe dans l'herbe et vous attrape les jambes et qu'il baragouine et gémit comme quand il était vivant. J'ai pensé à ça dès que j'ai vu la chose blanche dans les buissons et j'me suis dit que s'il m'attrapait comme ça et se mettait à se lamenter, j'en tomberais raide morte. C'est pourquoi j'me suis sauvée à toutes jambes. C'était peut être pas son fantôme, mais j'allais certainement pas prendre de risque avec un esprit. »

« C'était probablement le veau blanc de la vieille Mme Stinson, suggéra Di en riant. Il broute dans ce jardin, je l'ai moi-même vu. »

« T'as peut-être raison. Mais c'est la dernière fois que j'vais dans le jardin Bailey. Voici Jerry avec une grosse ficelle de truites et c'est à mon tour de les faire cuire. Jem et Jerry disent que j'suis la meilleure cuisinière du Glen. Et Cornelia m'a autorisée à apporter ces biscuits. J'ai failli les laisser tomber quand j'ai vu le spectre d'Henry. »

Jerry hua en entendant l'histoire du fantôme, que Mary lui répéta en faisant frire les truites ; il faut dire qu'elle la retoucha un tantinet car Walter était allé aider Faith à mettre le couvert. Si cela ne fit aucun effet à Jerry, Faith, Una et Carl avaient été secrètement terrifiés, même si jamais ils ne l'auraient avoué. Tout alla bien tant que les autres furent avec eux dans la vallée ; mais quand le banquet fut terminé et que tombèrent les ombres, le souvenir les fit frémir. Jerry se rendit à Ingleside avec les Blythe pour voir Jem et Mary fit route avec eux pour rentrer chez elle. Faith, Carl et Una durent donc retourner seuls à la maison. Ils marchaient serrés les uns près des autres et firent un grand détour pour éviter de passer à proximité du vieux jardin Bailey. Ils ne croyaient évidemment pas qu'il était hanté, mais ils préféraient quand même ne pas passer trop près.

30

Le fantôme sur la digue

D'une certaine façon, Faith, Carl et Una ne purent se libérer de l'emprise qu'exerçait sur leur imagination l'histoire du spectre d'Henry Warren. Ils n'avaient jamais cru aux esprits. Des histoires de revenants, ils en avaient entendu beaucoup, et Mary Vance leur en avait raconté de plus traumatisantes que celle-là ; mais toutes ces histoires parlaient de lieux, de gens et de fantômes lointains et inconnus. Ils cessaient d'y penser dès qu'était passé le premier frisson mi-effrayant, mi-agréable de terreur. La dernière histoire continua pourtant de leur trotter dans la tête. Le vieux jardin Bailey était pratiquement à leur porte, pratiquement dans leur vallée Arc-en-ciel chérie. Ils avaient passé et repassé devant des centaines de fois ; ils y avaient cherché des fleurs ; ils l'empruntaient comme raccourci pour aller directement du village à la vallée. Mais jamais plus ils ne le feraient ! Après le soir où Mary Vance leur avait raconté cette histoire à faire dresser les cheveux sur la tête, même sous peine de mort ils n'auraient accepté de le traverser ou de passer à proximité. De mort ! Qu'était la mort comparée à l'angoissante possibilité de tomber dans les griffes du spectre rampant d'Henry Warren ?

Par une chaude soirée de juillet, ils étaient tous trois assis à s'ennuyer un peu sous les Arbres amoureux. Personne d'autre ne s'était approché de la vallée ce soir-là. Jem Blythe était allé à Charlottetown passer ses examens d'entrée. Jerry et Walter faisaient un tour de bateau dans le port avec le vieux capitaine Crawford. Nan, Di, Rilla et Shirley s'étaient rendus au bout du chemin du port chez Kenneth et Persis Ford venus avec leurs parents faire une visite éclair à la petite maison de rêves. Nan avait proposé à Faith de les accompagner, mais Faith avait décliné l'invitation. Même si jamais elle ne l'aurait avoué, elle ressentait une pointe de jalousie à l'égard de Persis Ford dont on lui avait tant rebattu les oreilles : elle était, semblait-il, merveilleusement belle et brillait de tout l'éclat de la ville. Non, il n'était pas question qu'elle aille jouer le deuxième violon là-bas. Elle et Una prirent leurs livres de contes et allèrent lire à la vallée Arc-en-ciel pendant que Carl cherchait des insectes le long des rives du ruisseau; tous trois étaient donc parfaitement heureux jusqu'au moment où ils s'aperçurent que le soir était tombé et que le vieux jardin était dangereusement proche. Carl vint s'asseoir tout près de ses sœurs. S'ils souhaitaient tous être partis un peu plus tôt à la maison, personne n'en souffla pourtant mot.

De gros nuages pourpres et veloutés s'amoncelèrent à l'ouest et se répandirent au-dessus de la vallée. Il n'y avait pas un souffle de vent et tout devint tout à coup étrangement, épouvantablement immobile. Des milliers de lucioles voletaient au-dessus du marais. On avait sûrement convoqué une assemblée de fées, ce soir-là. Tout compte fait, la vallée Arc-en-ciel n'était pas, à ce moment précis, un endroit sûr.

Faith jeta un regard effrayé en direction du vieux jardin Bailey. Alors, si jamais le sang de quelqu'un se glaça dans ses veines, ce fut celui de Faith Meredith à cet instant. Les yeux de Carl et d'Una suivirent le regard en transe de Faith et des frissons commencèrent à courir le long de leurs colonnes vertébrales. Là, sous le gros mélèze se trouvant sur la digue effondrée et envahie d'herbe du jardin Bailey, il y avait quelque chose de blanc et d'informe qui se mouvait dans le noir. Les trois enfants Meredith figèrent sur place.

«C'est... c'est... c'est le veau», chuchota enfin Una.

«C'est... trop... gros pour être un veau», chuchota Faith à son tour. Elle avait la bouche et les lèvres si sèches que c'est à peine si elle arrivait à articuler.

Carl murmura soudain d'une voix étranglée :

«Ça s'en vient par ici.»

Les filles jetèrent un dernier regard terrifié. Oui, la chose s'était mise à ramper en bas de la digue, et un veau était incapable de ramper. La panique leur enleva tout pouvoir de raisonner. Pour l'instant, ils étaient tous trois fermement convaincus d'être en présence du fantôme d'Henry Warren. Carl bondit sur ses pieds et s'enfuit en courant comme un aveugle. Poussant en même temps un hurlement, les filles le suivirent. Éperdus, ils dévalèrent la colline, traversèrent la route et entrèrent en trombe dans le presbytère. Quand ils étaient partis, tante Martha cousait dans la cuisine. Elle n'y était plus. Ils se ruèrent dans le bureau. Il était vide et plongé dans l'obscurité. Sur le coup d'une même impulsion, ils firent volte-face et se précipitèrent à Ingleside, sans cependant passer par la vallée. Dans le sentier de la colline et la rue du Glen, ils volaient sur les ailes de leur folle terreur, Carl en tête, Una à la queue. Personne ne tenta de les arrêter, quoique tous ceux qui les virent passer se demandèrent quelle nouvelle bêtise ces jeunes du presbytère avaient encore inventée. À la grille d'Ingleside, ils tombèrent sur Rosemary West entrée un moment rendre quelques livres.

Voyant leurs visages épouvantés et leurs yeux hagards, elle comprit que, quelle qu'en soit la cause, ils étaient en proie à une terreur affreuse et réelle. Elle saisit Carl par un bras, et Faith par un autre. Una trébucha et s'accrocha désespérément à elle.

«Mes chers enfants, qu'est-ce qui s'est passé ? demanda-t-elle. Qu'est-ce qui vous a fait si peur ?»

« C'est le fantôme d'Henry Warren », répondit Carl
en claquant des dents.

« Le fantôme d'Henry Warren ? » s'écria d'un air stupéfait Rosemary, qui n'avait jamais entendu cette histoire.

« Oui, sanglota hystériquement Faith. Il est là, sur la
digue du jardin Bailey... On l'a vu... et il a commencé à
nous poursuivre. »

Rosemary entraîna les trois créatures déroutées jusqu'à la véranda d'Ingleside. Gilbert et Anne étaient tous
deux absents, s'étant également rendus à la maison de
rêves, mais Susan apparut dans l'embrasure de la porte,
émaciée, cynique et pas du tout fantomatique.

« Qu'est-ce que c'est que ce boucan ? » demanda-t-elle.

Une fois de plus, les enfants racontèrent en bredouillant leur terrible histoire tandis que Rosemary les serrait
près d'elle en leur prodiguant un réconfort muet.

« C'était probablement un hibou », suggéra Susan, qui
resta de glace.

Un hibou ! Les enfants Meredith n'eurent plus jamais
une haute opinion de l'intelligence de Susan après ce
commentaire.

« C'était plus gros qu'un million de hiboux, protesta
Carl entre deux sanglots » – oh ! Comme plus tard il aurait
honte de ces sanglots ! – « et ça... ça rampait, exactement
comme l'a dit Mary, ça descendait du muret en rampant
vers nous. Est ce que les hiboux rampent ? »

Rosemary regarda Susan.

« Ils ont dû apercevoir quelque chose qui les a
effrayés », dit-elle.

« Je vais aller voir, rétorqua froidement celle-ci. À
présent, calmez-vous, les enfants. Quel le que soit la chose
que vous avez vue, c'était pas un esprit. Quant à ce pauvre
Henry Warren, j'suis certaine qu'il a dû être trop content
de se reposer tranquillement une fois en paix dans sa
tombe. Pas de danger qu'il revienne, vous pouvez être sûrs
de ça. Si vous pouviez leur faire entendre raison,
Mlle West, j'vais aller voir de quoi il retourne. »

Susan partit en direction de la vallée Arc-en-ciel, attrapant vaillamment une fourche qu'elle découvrit appuyée sur la clôture arrière où le docteur l'avait laissée après avoir travaillé dans son petit champ de foin. Une fourche n'était peut-être pas d'une grande utilité contre des «esprits», mais c'était quand même une arme réconfortante à avoir. Il n'y avait rien à voir dans la vallée Arc-en-ciel quand Susan y arriva. Aucun visiteur en blanc ne semblait tapi dans les broussailles du vieux jardin Bailey. Susan le traversa sans crainte et, armée de sa fourche, elle alla frapper à la porte d'un petit cottage situé de l'autre côté de la route, où Mme Stimson vivait avec ses deux filles.

Pendant ce temps-là, à Ingleside, Rosemary avait réussi à calmer les enfants. S'ils pleurnichaient encore un peu à cause du choc, un doute salutaire commençait à s'insinuer en eux, à savoir qu'ils s'étaient conduits comme d'impardonnables idiots. Ce doute devint une certitude au retour de Susan.

«J'ai découvert l'identité de votre fantôme, dit-elle avec un sourire contraint en s'asseyant dans une berçante et en s'éventant. La vieille Mme Stimson faisait blanchir une paire de draps de coton depuis une semaine dans le jardin Bailey. Elle les avait étendus sur le muret sous le mélèze parce que l'herbe est propre et courte à cet endroit. Ce soir, elle est allée les chercher. Comme elle avait son tricot dans les mains, elle a mis les draps sur ses épaules pour les transporter. Ensuite, elle a échappé une de ses aiguilles et s'est mise à la chercher, sans réussir à la trouver. Mais elle s'est agenouillée et s'est penchée dans l'herbe pour la chercher et c'était ce qu'elle faisait quand elle a entendu d'affreux hurlements dans la vallée et vu les trois enfants passer devant elle en dévalant la colline. Elle a cru qu'ils avaient été mordus par quelque chose et ça lui a donné de telles palpitations qu'elle a été incapable de bouger ou de prononcer une parole et qu'elle est restée figée là jusqu'à ce qu'ils aient disparu. Puis elle est rentrée

chez elle en titubant et on lui administre des stimulants
depuis son retour. Elle a le cœur dans un état terrible et
elle dit que ça va lui prendre l'été pour se remettre de
cette frousse. »

Les Meredith restèrent immobiles, rouges d'une honte
que ni la compréhension ni la sympathie de Rosemary ne
purent chasser. Ils partirent la tête basse et, parvenus à la
grille du presbytère, ils rencontrèrent Jerry à qui ils firent
une confession pleine de remords. Une réunion du Club
de bonne conduite fut convoquée pour le lendemain
matin.

« N'est-ce pas que Mlle West a été gentille avec nous,
ce soir ? » chuchota Faith dans son lit.

« C'est vrai, admit Una. Quel dommage que les
femmes changent tellement quand elles deviennent des
belles-mères. »

« Moi, je n'en crois rien », déclara Faith avec loyauté.

31

La punition de Carl

« Je ne vois pas pourquoi on devrait être punis », dit Faith d'un air maussade. Nous n'avons rien fait de mal. Nous n'avons tout simplement pas pu nous empêcher d'avoir peur. Et cela ne nuira pas à papa. Ce n'était qu'un accident. »

« Vous vous êtes conduits comme des lâches, déclara Jerry avec un mépris de justicier, et vous avez cédé à votre lâcheté. C'est pour ça qu'il faut que vous soyez punis. Tout le monde va rire de vous, et ça jette le déshonneur sur la famille. »

« Si tu savais comme la chose était horrible, reprit Faith en frémissant, tu te dirais que nous avons déjà été suffisamment punis. Je ne voudrais revivre ça pour rien au monde. »

« Je pense que toi-même tu te serais sauvé si tu avais été là », marmonna Carl.

« Devant une vieille bonne femme emmitouflée dans un drap de coton, se moqua Jerry. Ha ! Ha ! Ha ! »

« Ça ne ressemblait pas du tout à une vieille femme, s'écria Faith. C'était juste une grande et grosse chose blanche qui rampait dans l'herbe et c'était exactement comme Mary Vance avait décrit le fantôme d'Henry Warren. C'est facile pour toi de rire, Jerry Meredith, mais tu aurais ri jaune si tu avais été là. Et comment allons-nous être punis ? Je ne trouve pas ça juste, mais voyons à quoi tu vas nous condamner, juge Meredith. »

« Selon moi, fit Jerry en fronçant les sourcils, c'est Carl le plus coupable. C'est lui qui a fui le premier, d'après ce que j'ai compris. De plus, c'est lui, le garçon, et il aurait dû rester pour vous protéger, qu'importe le danger. Tu sais ça, n'est-ce pas, Carl ? »

« J'imagine que oui », grommela ce dernier, le visage honteux.

« Très bien. Alors voilà quelle sera ta pénitence. Ce soir, tu resteras assis tout seul sur la tombe d'Hezekiah Pollock jusqu'à minuit. »

Carl frissonna légèrement. Le cimetière n'était pas très loin du jardin Bailey. Ce serait une épreuve difficile. Mais Carl avait hâte de laver le déshonneur et de prouver que, tout compte fait, il n'était pas un lâche.

« D'accord, dit-il énergiquement. Mais comment vais-je savoir qu'il est minuit ? »

« Les fenêtres du bureau sont ouvertes et tu pourras entendre l'horloge sonner. Et prends garde de ne pas bouger du cimetière avant le dernier coup. Quant à vous, les filles, vous serez privées de confiture au souper pendant une semaine. »

Faith et Una eurent l'air interdites. Elles avaient l'impression que la pénitence comparativement brève de Carl, bien qu'elle fût sévère, était une peine plus légère que cette interminable épreuve. Une semaine entière de pain détrempé sans le secours de la confiture ! Mais, dans le club, il n'était pas permis de se défiler. Les filles acceptèrent donc leur lot avec toute la philosophie qu'elles purent rassembler.

Ce soir-là, ils allèrent tous se coucher à neuf heures, sauf Carl, qui montait la garde sur la pierre tombale. Una se glissa dans le cimetière pour aller lui souhaiter une bonne nuit. Son cœur tendre était déchiré de compassion.

« Oh ! Carl, as-tu très peur ? » chuchota-t-elle.

« Pas du tout », riposta ce dernier avec désinvolture.

« Je ne fermerai pas l'œil avant le dernier coup de minuit, poursuivit Una. Si tu t'ennuies, regarde la fenêtre et dis-toi que je suis à l'intérieur, réveillée et en train de penser à toi. Ça te tiendra un peu compagnie, pas vrai ? »

« Tout ira bien. Ne t'inquiète pas pour moi », la rassura Carl.

Mais malgré ses propos intrépides, Carl était un petit garçon qui se sentait plutôt esseulé quand s'éteignirent les lumières du presbytère. Il avait espéré que son père fût dans son bureau comme cela lui arrivait souvent. La solitude aurait alors été moins pénible à supporter. Mais M. Meredith avait ce soir-là été appelé au chevet d'un mourant, au village de pêcheurs de l'entrée du port et il ne rentrerait que très tard, après minuit sans doute. Carl devait purger sa peine tout seul.

Un homme du Glen passa, portant une lanterne. Les ombres mystérieuses provoquées par cette lueur bougèrent vivement, faisant penser à un ballet de démons et de sorcières. Elles passèrent et l'obscurité tomba de nouveau. Une après l'autre, les lumières du Glen s'éteignirent. C'était une nuit très noire, car le ciel était nuageux, et un vent mordant soufflait de l'est, frisquet malgré la saison. À l'horizon, au loin, on apercevait la bande faiblement éclairée des lumières de Charlottetown. Le vent soupirait et se lamentait dans les conifères. Le haut monument de M. Alec Davis luisait, tout blanc, dans la pénombre. À côté de lui, un saule balançait ses longs bras frémissants. Par instants, à cause des mouvements de ses branches, on aurait dit que le monument bougeait aussi.

Carl se recroquevilla sur la pierre tombale, les jambes repliées sous lui. Ce n'était pas particulièrement agréable de les laisser pendre sur le bord de la pierre. Imaginons – imaginons seulement – que des mains de squelette pussent sortir de la tombe de M. Pollock et l'attraper par les chevilles ! Cela avait été une des joyeuses suppositions de Mary Vance une fois qu'ils étaient tous assis à cet endroit même. L'idée revenait à présent tourmenter Carl. Il ne croyait pas à ces choses ; en vérité, il ne croyait même pas au fantôme d'Henry Warren. Quant à M. Pollock,

comme il était mort depuis soixante ans, il n'y avait pas
grand danger qu'il se préoccupât à présent de qui était assis
sur sa pierre tombale. Mais il y a quelque chose d'aussi
étrange que terrible dans le fait d'être éveillé quand le
reste du monde est plongé dans le sommeil. On est alors
seul, sans autre secours que sa faible petite personnalité
pour combattre les puissances de l'ombre. Carl n'avait que
dix ans et la mort était partout autour de lui et il souhaitait, oh! comme il souhaitait, que sonnent les douze
coups de minuit. Sonneraient ils jamais? Tante Martha
avait certainement oublié de remonter l'horloge.

Puis, onze heures sonnèrent, seulement onze heures!
Il fallait qu'il reste encore une autre heure dans ce lieu
sinistre. Si seulement on pouvait voir quelques étoiles
amicales! La noirceur était si dense qu'elle semblait se
presser contre son visage. On entendait des bruits furtifs
de pas dans tout le cimetière. Carl frissonna, en partie
parce qu'il était terrifié et en partie parce qu'il avait vraiment froid.

Il se mit ensuite à tomber une pluie glacée et péné-
trante. La fine chemise de coton de Carl fut bientôt
complètement détrempée. Il était transi jusqu'aux os.
L'inconfort physique lui fit oublier ses frayeurs mentales. Il
devait pourtant rester jusqu'à minuit, c'était une punition
et une question d'honneur. On n'avait pas parlé de la pluie,
mais cela ne changeait rien. Quand le douzième coup de
minuit sonna enfin à l'horloge du bureau, une petite
silhouette dégoulinante se glissa, toute raide, en bas de la
pierre tombale de M. Pollock, se faufila jusqu'au presbytère
et monta à sa chambre. Les dents de Carl claquaient. Il eut
l'impression que jamais il n'arriverait à se réchauffer.

Il avait cependant plutôt chaud quand le jour se leva.
Jerry jeta un regard stupéfait à son visage écarlate et se
précipita pour avertir son père. M. Meredith arriva en
hâte, son propre visage d'une pâleur ivoirine après sa
longue nuit de veille au chevet d'un moribond. Il se
pencha anxieusement sur son petit garçon.

« Carl, es-tu malade ? » demanda-t-il.

« La... pierre tombale... là-bas, bégaya Carl, elle bouge... elle vient... vers moi... protège-moi, je t'en prie... »

M. Meredith se rua vers le téléphone. Dix minutes plus tard, le Dr Blythe était là. Une demi-heure plus tard, un télégramme était envoyé pour faire venir une infirmière et tout le Glen savait que Carl Meredith avait attrapé une pneumonie et qu'on avait vu le Dr Blythe secouer la tête.

Gilbert secoua la tête plus d'une fois au cours de la quinzaine qui suivit. Carl avait développé une double pneumonie. Un soir, M. Meredith arpenta sans relâche son bureau, Faith et Una se réfugièrent dans leur chambre pour pleurer et Jerry, fou de remords, resta pétrifié dans le couloir derrière la porte de la chambre de Carl. Le Dr Blythe et l'infirmière ne quittèrent pas le chevet de Carl. Jusqu'à l'aurore, ils combattirent vaillamment la mort et remportèrent finalement la victoire. Carl sortit sain et sauf de la crise. La nouvelle fut communiquée par téléphone dans tout le village et les gens découvrirent qu'en réalité, ils éprouvaient beaucoup d'affection pour leur pasteur et ses enfants.

« Je n'ai pas dormi une seule nuit complète depuis que j'ai appris que cet enfant était malade, confia Mlle Cornelia à Anne, et Mary Vance a tellement pleuré que ses yeux bizarres avaient l'air de deux trous dans une couverture. Est-ce vrai que Carl a attrapé cette pneumonie parce qu'il avait parié de rester dans le cimetière ce soir de pluie ? »

« Non. Il est resté là pour se punir de sa lâcheté dans cette affaire du fantôme Warren. Il paraît qu'ils ont formé un club pour s'occuper de leur éducation et qu'ils se punissent quand ils ont commis une faute. Jerry a raconté toute l'histoire à M. Meredith. »

« Pauvres petits », soupira Mlle Cornelia.

Carl se rétablit rapidement car la congrégation apporta au presbytère suffisamment de choses nourrissantes pour fournir un hôpital. Norman Douglas venait chaque soir porter une douzaine d'œufs frais et un pot de crème

Jersey. Il passait parfois une heure dans le bureau de
M. Meredith à discuter de la prédestination; le plus
souvent, il se rendait au sommet de la colline qui surplombait le Glen.

Lorsque Carl put retourner à la vallée Arc-en-ciel, on
fit un banquet en son honneur et le docteur vint donner
un coup de main pour allumer les pétards. Mary Vance
était là, elle aussi, mais elle ne raconta aucune histoire de
revenants. Mlle Cornelia avait eu avec elle une conversation qu'elle n'était pas près d'oublier.

32

Deux têtes de mule

Rosemary West, rentrant chez elle après la leçon de musique à Ingleside, se dirigea vers la source cachée de la vallée Arc-en-ciel. Elle n'y était pas allée de l'été : ce coin exquis n'exerçait plus aucun attrait sur elle. L'esprit de son jeune amoureux ne s'était plus jamais présenté au rendez-vous ; quant aux souvenirs liés à John Meredith, ils étaient trop douloureux et poignants. Mais en jetant un coup d'œil derrière elle, elle avait aperçu Norman Douglas sauter aussi légèrement qu'un adolescent sur le muret de pierre du jardin Bailey et elle s'était dit qu'il était en train de gravir la colline. S'il la croisait, elle devrait marcher avec lui jusque chez elle et elle n'en avait aucune envie. Elle se glissa donc aussitôt derrière les érables de la source en espérant qu'il ne l'avait pas vue et passerait son chemin.

Mais Norman l'avait vue et, plus encore, c'était elle qu'il cherchait. Il y avait quelque temps qu'il désirait s'entretenir avec Rosemary, mais elle avait toujours paru l'éviter. Rosemary n'avait jamais, à aucun moment, beaucoup aimé Norman Douglas. Son tempérament explosif et coléreux et son hilarité bruyante l'avaient toujours horripilée. Autrefois, elle s'était souvent demandé comment Ellen pouvait être attirée par lui. Norman Douglas savait parfaitement qu'elle ne l'aimait pas et cela le faisait rire. L'inimitié des gens n'avait jamais préoccupé Norman Douglas. L'antipathie n'était même pas réciproque car il la

prenait comme un compliment. Il considérait Rosemary
comme une femme gentille et avait l'intention d'être pour
elle un beau-frère excellent et généreux. Mais avant de
devenir son beau-frère, il devait avoir une conversation
avec elle ; c'est pourquoi, l'ayant vue quitter Ingleside au
moment où il se trouvait dans l'embrasure de la porte du
magasin du village, il s'était aussitôt précipité dans la
vallée, espérant la croiser.

Rosemary était assise pensivement sur le tronc de
l'érable où John Meredith avait lui-même pris place un
soir, il y avait de cela presque un an. La petite source
miroitait et creusait ses fossettes sous sa bordure de fougères. Les rayons rubis du soleil couchant se frayaient un
chemin à travers les branches voûtées. Un haut bosquet de
ravissants asters se dressait à côté d'elle. Le petit recoin
était aussi mystérieux, ensorcelé et évanescent que n'importe quelle retraite de fées et de nymphes dans d'anciennes forêts. En y pénétrant, Norman Douglas dévasta et
anéantit immédiatement son charme. Sa personnalité eut
l'air d'engloutir le lieu. On ne voyait plus rien que l'énorme
et suffisant Norman Douglas à la barbe rousse.

« Bonsoir », fit froidement Rosemary en se levant.

« 'soir, fille. Rassoyez-vous, rassoyez-vous. J'ai quelque
chose à vous dire. Seigneur, pourquoi cette fille me
regarde-t-elle comme ça ? J'vais pas vous manger, j'ai déjà
soupé. Assoyez-vous et montrez-vous au moins polie. »

« Je n'ai pas besoin de m'asseoir pour vous entendre »,
riposta Rosemary.

« Y a pas de problème, fille, si vous vous servez de vos
oreilles. J'voulais seulement que vous soyez installée con-
fortablement. Vous avez l'air satanément guindée, debout,
comme ça. En tout cas, j'vais m'asseoir, moi. »

Norman prit donc place à l'endroit exact où John
Meredith s'était un jour assis. Le contraste était si ridicule
que Rosemary eut peur d'éclater d'un rire hystérique.
Norman jeta son chapeau à côté de lui, posa ses énormes
mains rouges sur ses genoux et cligna des yeux vers elle.

« Allons, fille, soyez pas si raide », insinua-t-il. Il y arrivait parfaitement bien quand il le voulait. « Ayons une petite conversation raisonnable, sensée et amicale. J'ai quelque chose à vous demander. Ellen dit qu'elle le fera pas, alors faut bien que ce soit moi. »

Rosemary regarda la source qui avait l'air d'avoir refoulé à la taille d'une goutte de rosée. Norman lui jeta un regard désespéré.

« Maudit, vous pourriez me donner un p'tit coup de main », explosa-t-il.

« Qu'est-ce que vous voulez que je vous aide à dire ? » demanda Rosemary avec mépris.

« Vous le savez aussi bien que moi, fille. Prenez pas vos airs tragiques. Pas étonnant qu'Ellen ait eu peur de vous le demander. Écoutez, fille, Ellen et moi, on veut se marier. C'est en bon français, ça, non ? Vous avez saisi ? Et Ellen prétend qu'elle peut pas le faire si vous refusez de la libérer d'une stupide promesse qu'elle vous a faite. Dites, maintenant, allez-vous la libérer de sa parole ? »

« Oui », répondit Rosemary.

Norman bondit sur ses pieds et saisit la main qu'elle lui abandonna à contrecœur.

« Parfait ! J'en étais sûr, je l'avais dit à Ellen. Je savais que ça prendrait pas plus d'une minute. À présent, fille, rentrez chez vous le répéter à Ellen et on va faire la noce dans deux semaines. Vous allez venir habiter chez nous. Inquiétez-vous pas, on va pas vous laisser vous morfondre au sommet de cette colline comme un corbeau solitaire. Je sais que vous me haïssez, mais Dieu que ça va être amusant de vivre avec quelqu'un qui me déteste. Ça va mettre du piment dans l'existence. Ellen va me rôtir et vous allez me geler. J'm'ennuierai pas un seul instant. »

Rosemary ne condescendit pas à lui apprendre que rien ne pourrait jamais la convaincre d'aller habiter chez lui. Elle le laissa repartir vers le Glen, suant de plaisir et de suffisance, et poursuivit lentement son chemin vers le sommet de la colline. Elle avait compris que cela se préparait depuis qu'à son retour de Kingsport, elle avait découvert en Norman Douglas un visiteur du soir assidu. Jamais son nom n'avait été prononcé entre elle et Ellen, mais cette omission même était hautement significative. Ce n'était pas dans la nature de Rosemary d'éprouver de l'amertume, sans quoi elle en aurait éprouvé beaucoup. Elle se montrait froidement polie avec Norman, et son attitude envers Ellen était toujours la même. Mais Ellen ne s'était pas sentie très à l'aise cette deuxième fois où elle était courtisée.

Elle se trouvait dans le jardin avec Saint-Georges quand Rosemary arriva. Les deux sœurs se rencontrèrent dans l'allée des dahlias. Saint-Georges s'assit entre elles dans le gravier et enroula gracieusement sa queue noire et luisante autour de ses pattes blanches avec toute l'indifférence d'un chat bien nourri, bien élevé et bien soigné.

«As-tu jamais vu de pareils dahlias? s'exclama fièrement Ellen. Ce sont les plus beaux que nous ayons jamais eus.»

Rosemary n'avait jamais été très attirée par les dahlias. Leur présence dans le jardin était une concession faite au goût d'Ellen. Elle en remarqua un énorme moucheté de rouge et de jaune qui dominait tous les autres.

«Ce dahlia, dit-elle en le pointant du doigt, ressemble tout à fait à Norman Douglas. Il pourrait être son jumeau.»

Le visage mat d'Ellen rougit. Elle admirait le dahlia en question, mais savait que ce n'était pas le cas pour Rosemary et qu'il ne s'agissait pas d'un compliment. Mais elle n'osa pas tenir rigueur à Rosemary de ses propos. Il faut dire qu'à ce moment précis, la pauvre Ellen n'osait s'offusquer de rien. Et c'était la première fois que Rosemary prononçait le nom de Norman devant elle. Elle sentit que cela laissait présager quelque chose.

«J'ai rencontré Norman Douglas dans la vallée, poursuivit Rosemary en regardant sa sœur droit dans les yeux, et il m'a dit que vous souhaitiez vous marier, toi et lui, si je vous en donnais la permission. »

« Oui ? Et qu'est-ce que tu as répondu ? » demanda Ellen en essayant en vain de s'exprimer avec naturel et désinvolture. Incapable de regarder Rosemary en face, elle baissa les yeux sur le dos noir et lustré de Saint-Georges ; elle avait horriblement peur. Rosemary avait soit dit oui, soit dit non. Si elle avait accepté, Ellen éprouverait tant de honte et de remords qu'elle ferait une fiancée très embarrassée ; et si elle avait refusé... eh bien, Ellen avait une fois appris à vivre sans Norman Douglas, mais elle avait oublié la leçon et sentait qu'il lui serait impossible de la réapprendre.

« J'ai répondu que quant à moi, vous étiez entièrement libres de vous marier dès que vous le voudrez. »

« Merci », dit Ellen, regardant toujours Saint-Georges.

Le visage de Rosemary se radoucit.

« Je te souhaite beaucoup de bonheur, Ellen », ajouta-t-elle gentiment.

Ellen lui jeta un regard plein de détresse.

« Oh ! Rosemary ! J'ai tellement honte... je ne le mérite pas... après tout ce que je t'ai dit... »

« Ne parlons plus de cela », interrompit Rosemary d'un ton ferme.

« Mais... mais, insista Ellen, tu es libre à présent, toi aussi... et il n'est pas trop tard... John Meredith... »

« Ellen West ! »

Sous toute sa douceur, Rosemary avait aussi du caractère et il faisait à présent scintiller ses yeux bleus.

« As-tu perdu l'esprit à *tous* les égards ? Peux-tu supposer un seul instant que je vais aller voir John Meredith et lui annoncer humblement : "Je vous en prie, monsieur, j'ai changé d'idée et je vous en prie, monsieur, j'espère que vous êtes toujours d'accord, vous." C'est ça que tu veux que je fasse ? »

« Non, bien sûr que non, mais avec un peu d'encouragement, il reviendrait... »

« Jamais. Il me méprise et il a bien raison. Ne me parle plus de cela, Ellen. Je ne te garde pas rancune, tu peux épouser qui tu veux. Mais ne te mêle plus de mes affaires. »

« Alors, tu dois venir vivre avec moi. Je ne vais pas te laisser ici toute seule. »

« Crois-tu vraiment que je vais aller vivre dans la maison de Norman Douglas ? »

« Pourquoi pas ? » s'écria Ellen, presque fâchée malgré son humiliation.

Rosemary se mit à rire.

« Je pensais que tu avais le sens de l'humour, Ellen. Peux-tu réellement m'imaginer avec vous ? »

« Je ne vois pas pourquoi tu ne viendrais pas. Sa maison est assez grande. Tu aurais tes appartements et il te laisserait tranquille. »

« C'est hors de question, Ellen. N'aborde plus ce sujet. »

« S'il en est ainsi, fit froidement et résolument Ellen, je ne l'épouserai pas. Je ne t'abandonnerai pas toute seule ici. Le sujet est clos. »

« C'est insensé, Ellen. »

« Non. C'est ma ferme décision. Ce serait absurde que tu restes ici toute seule, à un mille de la maison la plus proche. Si tu ne viens pas avec moi, je vais rester. N'essaie même pas d'en discuter. »

« Je vais laisser ce soin à Norman », répliqua Rosemary.

« Je vais m'occuper de Norman. Je suis capable de lui faire entendre raison. Je ne t'aurais jamais demandé de me libérer de ma promesse, jamais, mais j'ai dû expliquer à Norman pourquoi je refusais de l'épouser et il a décidé de te le demander. Je n'ai pas pu l'en empêcher. Ne crois pas être la seule personne au monde à avoir de l'amour-propre. Je n'ai jamais pensé un seul instant à me marier et à t'abandonner. Et tu vas t'apercevoir que je peux être aussi déterminée que toi. »

Rosemary lui tourna le dos et pénétra dans la maison en haussant les épaules. Ellen baissa les yeux vers Saint-Georges qui n'avait ni cligné un œil ni remué un poil de ses moustaches pendant toute la durée de l'entretien.

« Il faut admettre que le monde est un endroit terne sans les hommes, Saint-Georges, mais je serais tentée de souhaiter qu'il n'en existe pas un seul. Regarde les problèmes et les tracas qu'ils ont causés ici même, Georges. Ils ont complètement ruiné notre ancienne vie heureuse. C'est John Meredith qui a commencé et Norman Douglas a achevé le travail, Saint. Et voilà qu'ils doivent disparaître tous les deux. Norman est le seul homme de ma connaissance à penser comme moi que le Kaiser d'Allemagne est la créature vivante la plus dangereuse sur cette terre et je ne peux épouser cette personne sensée parce que ma sœur est une tête de mule et que je suis encore plus têtue qu'elle. Écoute-moi bien, Saint-Georges, elle n'aurait qu'à lever le petit doigt pour que le pasteur revienne. Mais elle n'en fera rien, Georges, jamais, elle ne le pliera même pas, et je n'oserai pas m'en mêler, Saint. Je ne bouderai pas, Georges ; Rosemary n'a pas boudé, elle, et je suis déterminée à faire comme elle, Saint ; Norman va s'arracher les cheveux, mais en fin de compte, Saint-Georges, les vieux fous comme nous devraient cesser de songer au mariage. Bien, bien, comme on dit, le désespoir, c'est liberté et l'espoir, c'est l'esclavage, Saint. À présent, rentre à la maison, Georges, et je vais te régaler d'une soucoupe de crème. Comme ça, il y aura au moins une créature heureuse et satisfaite sur cette colline. »

33

Carl n'est pas… fouetté

« Je pense qu'il faut que je vous dise quelque chose », commença mystérieusement Mary Vance.

Elle marchait bras dessus, bras dessous avec Faith et Una dans le village, après les avoir rencontrées au magasin de M. Flagg. Una et Faith échangèrent des regards qui signifiaient : « Attendons-nous à une révélation désagréable. » Quand Mary Vance pensait avoir quelque chose à leur dire, c'était rarement plaisant à entendre. Elles se demandaient souvent comment elles pouvaient continuer à aimer Mary Vance, car c'est vrai qu'elles l'aimaient, en dépit de tout. Elle était certes une compagne stimulante et sympathique. Si seulement elle n'était pas si souvent convaincue qu'il était de son devoir de leur apprendre quelque chose !

« Est-ce que vous savez que Rosemary West veut pas s'marier avec votre père parce qu'elle vous trouve trop tannants ? Elle a eu peur de pas être capable de vous élever et c'est pour ça qu'elle l'a laissé tomber. »

Le cœur d'Una tressaillit d'une joie secrète. Elle était ravie d'apprendre que Mlle West n'épouserait pas son père. Mais Faith fut plutôt déçue.

« Comment le sais-tu ? » demanda-t-elle.

« Oh ! Tout le monde le dit. J'ai entendu Mme Elliott en parler avec Mme Docteur. Elles pensaient que j'étais trop loin pour entendre, mais j'ai des oreilles de chat. Mme Elliott disait que ça faisait aucun doute que Rosemary avait peur de devenir votre belle-mère parce que vous aviez trop mauvaise réputation. Votre père va plus jamais au sommet de la colline, à présent. Ni Norman Douglas. Les gens racontent qu'Ellen l'a plaqué juste pour lui rendre la monnaie de sa pièce parce qu'il l'avait plaquée autrefois. Mais Norman se promène partout en disant qu'il va la persuader. Puis j'pense qu'il faut que vous sachiez que c'est d'votre faute si le mariage de votre père a raté et que c'est vraiment dommage parce qu'il faudra bien qu'il se marie avant longtemps et que Rosemary West était le meilleur parti à ma connaissance. »

« Tu m'as dit que toutes les belles-mères étaient cruelles et méchantes », dit Una.

« Oh ! ben, fit Mary, un peu confuse, la plupart le sont, j'pense. Mais Rosemary West serait pas capable d'être très méchante avec qui que ce soit. J'vous assure que si votre père change son fusil d'épaule et se marie avec Emmeline Drew vous allez regretter d'vous être si mal conduits et d'avoir fait peur à Rosemary. C'est affreux qu'aucune femme veuille épouser votre père à cause de votre mauvaise réputation. Évidemment, j'sais ben que la moitié des histoires qu'on raconte à votre sujet sont pas vraies. Mais qui veut noyer son chien l'accuse de la rage, pas vrai ? Seigneur, y a des gens qui prétendent que c'est Jerry et Carl qui ont lancé des cailloux dans la fenêtre de Mme Stimson l'autre soir alors qu'en réalité, c'étaient les deux Boyd. Mais j'ai peur que ce soit Carl qui ait mis l'anguille dans le boghei de la vieille Mme Carr, même si j'ai commencé par dire que j'le croirais pas avant d'avoir une meilleure preuve que la parole de la vieille Kitty Alec. C'est ce que j'ai dit à Mme Elliott en pleine face. »

« Qu'est-ce que Carl a fait ? » s'écria Faith.

« Ben... on dit que, attention, j'fais rien que vous répéter c'que les gens racontent, alors, inutile de me blâmer... En tout cas, on dit que Carl et une bande de gars étaient en train de pêcher l'anguille sur le pont un soir la semaine dernière. Mme Carr est passée dans son vieux

boghei brinquebalant à l'arrière ouvert. Et Carl s'est levé et
y a lancé une grosse anguille. Pendant que la pauvre vieille
Mme Carr descendait la colline près d'Ingleside, l'anguille a
commencé à ramper entre ses pieds. Croyant que c'était un
serpent, elle a poussé un cri de mort, s'est levée et a sauté
par-dessus les roues. Le cheval s'est emballé, mais il a réussi
à rentrer sans dommage. Quant à Mme Carr, elle s'est épouvantablement cogné les jambes et depuis, elle a des
spasmes nerveux chaque fois qu'elle pense à l'anguille.
Dites, c'était vraiment un sale tour à jouer à cette pauvre
petite vieille. Elle est sympathique même si elle est attifée
comme la chienne à Jacques. »

Faith et Una échangèrent un nouveau regard. C'était
un cas qui concernait le Club de bonne conduite. Elles
n'en discuteraient pas avec Mary.

« Voilà votre père, reprit Mary au moment où
M. Meredith passait près d'elles, et il a pas l'air de nous
voir plus que si on était pas là. Ça m'est égal parce que
j'suis habituée. Mais y a des gens que ça offusque. »

Si M. Meredith ne les avait pas vues, ce n'était pas
parce que, comme d'habitude, il allait son chemin perdu
dans ses rêves et ses pensées. Non, il gravissait la colline
dans un état de désarroi et d'agitation. Mme Alec Davis
venait de lui rapporter l'histoire de Carl et de l'anguille. La
vieille Mme Carr était sa cousine au troisième degré.
M. Meredith était plus qu'indigné. Il était choqué et
blessé. Jamais il n'aurait cru Carl capable d'un tel acte. Il
n'était pas porté à être dur dans le cas de bêtises dues à
l'étourderie ou à l'oubli, mais ceci était différent. On y
percevait une pointe de méchanceté. En arrivant chez lui,
il trouva Carl sur la pelouse, en train d'étudier patiemment
les us et coutumes d'une colonie de guêpes. M. Meredith le
fit venir dans son bureau, le fixa avec un visage plus sévère
que jamais ses enfants ne lui avaient vu auparavant, et lui
demanda si l'histoire était authentique.

« Oui », répondit Carl qui rougit mais affronta courageusement le regard de son père.

M. Meredith grogna. Il avait espéré qu'elle fût au moins un peu exagérée.

« Raconte-moi tout », dit il.

« Les gars étaient sur le pont, en train de pêcher l'anguille, commença Carl. Link Drew en avait attrapé une épatante, je veux dire une vraiment très grosse, la plus grosse anguille que j'aie jamais vue. Il l'avait attrapée au tout début et elle était depuis longtemps dans son panier, aussi immobile que possible. Sincèrement, je pensais qu'elle était morte. Puis la vieille Mme Carr est passée sur le pont. Elle nous a traités de jeunes vauriens et nous a dit de rentrer chez nous. Et nous ne lui avions même pas adressé la parole, c'est vrai, papa. Alors, quand elle est repassée en revenant du magasin, les gars m'ont défié de jeter l'anguille de Link dans son boghei. Comme je pensais qu'elle était morte et ne pouvait lui faire aucun mal, je l'ai fait. Puis l'anguille est revenue à la vie sur la colline et nous avons entendu un cri et avons vu la vieille sauter. J'étais vraiment désolé. C'est tout, papa. »

Si c'était moins grave que M. Meredith l'avait craint, c'était quand même très mal.

« Je dois te punir, Carl », dit-il tristement.

« Oui, je sais, papa. »

« Je... je dois te fouetter. »

Carl sourcilla. Il n'avait jamais été fouetté. Puis, voyant dans quel état était son père, il dit avec bonne humeur :

« D'accord, papa. »

M. Meredith se méprit sur le sens de cette désinvolture et crut qu'il était insensible. Il dit à Carl de revenir dans son bureau après le souper et quand ce dernier fut sorti de la pièce, il s'effondra dans son fauteuil et poussa un nouveau grognement. Il était beaucoup plus terrifié que Carl par la soirée qui s'en venait. Le pauvre pasteur ne savait même pas avec quoi fouetter son fils. De quoi se servait-on pour battre les garçons ? De bâtons ? De cannes ? Non, cela serait beaucoup trop brutal. Une branche

d'arbre, alors ? Dans ce cas, lui, John Meredith, devait se
hâter d'aller en chercher une dans les bois. C'était là une
pensée abominable. Puis une image se présenta d'elle-
même à son esprit. Il vit le petit visage de casse-noisettes
ratatiné de Mme Carr au moment de l'apparition de
l'anguille ressuscitée, il la vit voler comme une sorcière sur
son balai au-dessus des roues du boghei. Avant de pouvoir
s'en empêcher, il pouffa de rire. Puis il fut en colère contre
lui-même et encore davantage contre Carl. Il irait immédiatement chercher cette branche et, tout compte fait, elle
ne devait pas être trop souple.

Carl était dans le cimetière en train de discuter de la
chose avec Faith et Una qui venaient de rentrer. Elles
furent horrifiées à l'idée du châtiment réservé à Carl,
d'autant plus que leur père n'avait jamais porté la main sur
eux.

« Tu sais que c'était une chose effrayante, soupira
Faith, et tu n'en as jamais parlé au Club. »

« J'ai oublié, se justifia Carl. De plus, je ne pensais pas
qu'il en était résulté quoi que ce soit de mal. J'ignorais
qu'elle s'était cogné les jambes. Mais je vais être fouetté et
comme ça, nous serons quittes. »

« Est-ce que cela fera... très mal ? » demanda Una en
glissant sa main dans celle de Carl.

« Oh ! Pas trop, j'imagine, répondit Carl avec
désinvolture. En tout cas, que ça fasse très mal ou non, il
n'est pas question que je pleure. Si je pleurais, papa aurait
trop de peine. Il est tout bouleversé, à présent. Si seulement je pouvais me fouetter moi-même assez fort pour lui
éviter d'avoir à le faire. »

Après le souper, où Carl mangea un petit peu et
M. Meredith pas du tout, ils se dirigèrent tous deux en
silence vers le bureau. La branche reposait sur la table.
M. Meredith avait eu beaucoup de mal à en trouver une
qui lui convenait. Il en avait coupé une, puis l'avait
trouvée trop mince. Puis une autre, qui lui avait paru
beaucoup trop épaisse. Après tout, Carl avait cru l'anguille

bel et bien morte. La troisième fit mieux son affaire, mais quand il la prit sur la table, elle lui sembla très épaisse et très lourde : elle ressemblait davantage à un bâton qu'à une branche.

« Tends ta main », dit-il à Carl.

Carl rejeta la tête en arrière et tendit la main sans broncher. Mais comme il n'était pas très vieux, il ne put empêcher une petite peur de paraître dans ses yeux. M. Meredith plongea son regard dans ces yeux – mon Dieu, c'étaient ceux de Cecilia ! – et il y reconnut l'expression que Cecilia avait eue un jour qu'elle lui avait dit quelque chose qu'elle craignait de lui avouer. Ses yeux étaient là, dans le petit visage pâle de Carl... et six semaines auparavant, il avait cru, pendant une nuit affreuse et interminable, que cet enfant allait mourir.

John Meredith posa la branche.

« Va-t'en, dit-il. Je ne peux pas te frapper. »

Carl se rua au cimetière avec le sentiment que l'expression de son père était encore pire qu'une raclée.

« C'est déjà fini ? » s'étonna Faith. Elle et Una étaient restées sur la pierre tombale des Pollock, les dents serrées, en se tenant les mains.

« Il... il ne m'a pas fouetté, expliqua Carl en ravalant un sanglot, et j'aurais préféré qu'il le fasse... et il est là, à présent, complètement hébété... »

Una s'éclipsa. Elle languissait d'aller consoler son père. Aussi furtivement qu'une petite souris grise, elle ouvrit la porte du bureau et se faufila à l'intérieur. La pièce était plongée dans la pénombre. Son père était assis à son pupitre. Elle le voyait de dos, il avait la tête dans ses mains. Il se parlait à lui-même. C'étaient des mots brisés, pleins d'angoisse, pourtant Una les entendit, et elle comprit, avec cette clairvoyance qu'ont les enfants sensibles, privés de mère. Aussi silencieusement qu'elle était entrée, elle se glissa dehors et referma la porte. John Meredith continua à exprimer sa peine dans ce qu'il croyait être sa solitude inviolée.

34

Una fait une visite au sommet de la colline

Una monta à sa chambre. Carl et Faith étaient déjà partis dans le crépuscule vers la vallée Arc-en-ciel car le son féerique de la guimbarde de Jerry leur était parvenu et ils en avaient conclu que les Blythe étaient là, ce qui laissait présager des moments de plaisir. Una n'avait pas envie de les accompagner. Elle commença par se réfugier dans sa chambre et elle s'assit sur son lit pour pleurer un peu. Elle ne voulait pas que quiconque vienne prendre la place de sa chère maman. Elle ne voulait pas d'une belle-mère qui la haïrait et s'arrangerait pour lui enlever l'amour de son père. Mais son père était si désespérément malheureux. Si elle pouvait faire quelque chose pour le soulager, elle devait le faire. Il n'y avait qu'une chose à faire, elle l'avait su dès le moment où elle avait quitté le bureau. Mais c'était loin d'être facile.

Après avoir pleuré toutes les larmes de son corps, elle essuya ses yeux et alla dans la chambre d'ami. La pièce était sombre et sentait le renfermé car le store n'avait pas été levé et la fenêtre n'avait pas été ouverte depuis longtemps. Tante Martha n'était pas une adepte de l'air frais. Mais comme personne au presbytère n'avait jamais pensé à fermer une porte, cela n'avait pas beaucoup d'importance, sauf quand quelque infortuné pasteur venait passer la nuit et était obligé de respirer l'air de la chambre d'invité.

Il y avait un placard dans cette pièce et dans le fond de ce placard, une robe de soie grise était suspendue. Una y entra, ferma la porte, s'agenouilla et enfouit son visage dans les plis soyeux. Cela avait été la robe de mariée de sa mère. Le tissu avait conservé un parfum doux et léger, comme si l'amour s'y attardait. Una se sentait toujours très près de sa mère dans ce lieu; c'était comme si elle était à genoux à ses pieds, la tête dans son giron. Elle y allait quand la vie devenait trop dure.

« Maman, chuchota-t-elle à la robe de soie, jamais je ne t'oublierai, maman, et c'est toujours toi que j'aimerai le mieux. Mais il y a une chose que je dois faire, maman, parce que papa est vraiment trop malheureux. Je sais que tu ne veux pas qu'il le soit. Et je serai très gentille avec elle, maman, et je vais essayer de l'aimer, même si elle est comme ce que Mary Vance dit que les belles-mères sont. »

Una sortit de son sanctuaire secret remplie d'une nouvelle force spirituelle. Elle dormit d'un sommeil paisible cette nuit-là, des traces de larmes encore visibles sur son joli visage sérieux.

Le lendemain après-midi, elle revêtit sa plus jolie robe et coiffa son plus beau chapeau. Tous deux étaient plutôt décrépits. À l'exception de Faith et d'Una, toutes les fillettes du Glen avaient reçu des vêtements neufs, cet été-là. Mary Vance avait une adorable robe blanche en baptiste brodée, ornée d'un ceinturon et de boucles d'épaules de soie rubis. Mais ce jour-là, Una n'accordait pas d'importance à son accoutrement. Elle voulait seulement être impeccable. Elle se lava consciencieusement le visage, brossa ses cheveux noirs jusqu'à ce qu'ils fussent doux comme du satin, attacha soigneusement ses lacets après avoir reprisé deux mailles dans sa seule paire de bonnes chaussettes. Elle aurait aimé cirer ses chaussures mais ne put mettre la main sur le cirage. Elle se glissa enfin hors du presbytère, descendit dans la vallée Arc-en-ciel, traversa les bois chuchotants et emprunta le chemin qui menait à la maison sur la colline. C'était une assez longue marche et Una était en nage quand elle arriva là-bas.

Elle aperçut Rosemary West assise sous un arbre dans le jardin et se dirigea vers elle en longeant les plates-bandes de dahlias. Rosemary avait un livre sur les genoux, mais elle regardait loin devant elle, vers le port, et ses pensées n'étaient pas des plus réjouissantes. La vie n'avait pas été très agréable dans la maison sur la colline ces derniers temps. Ellen n'avait pas boudé, elle s'était montrée chic. Mais même quand les choses sont tues, elles peuvent être senties et il arrive que le silence entre deux personnes soit très éloquent. Toutes les choses familières qui avaient déjà rendu la vie douce avaient à présent un goût amer. Norman Douglas faisait de fréquentes irruptions pour essayer de convaincre Ellen. Rosemary pensait qu'il finirait par enlever Ellen un jour et elle se disait qu'elle serait plutôt soulagée quand cela se produirait. Son existence deviendrait alors horriblement solitaire, mais au moins, elle ne serait plus chargée de dynamite.

Un timide coup sur son épaule la tira de sa désagréable rêverie. Se tournant, elle vit Una Meredith.

«Juste ciel, Una, tu as marché jusqu'ici par cette chaleur?»

«Oui, répondit Una. Je suis venue pour... je suis venue pour... »

Mais elle trouva très difficile d'expliquer ce pourquoi elle était venue. La voix lui manqua, ses yeux se remplirent de larmes.

«Mon Dieu, Una, ma petite, quel est le problème? N'aie pas peur de me le dire.»

Rosemary entoura de son bras la petite forme mince et attira l'enfant près d'elle. Ses yeux étaient très beaux et son contact si tendre qu'Una reprit courage.

«Je suis venue... vous demander... d'épouser papa», bafouilla-t-elle.

Rosemary resta silencieuse un moment, complètement abasourdie. Bouche bée, elle regarda fixement Una.

«Oh! Ne vous fâchez pas, je vous en prie, chère Mlle West, supplia Una. Voyez-vous, tout le monde prétend que c'est à cause de nous que vous ne voulez pas épouser papa. Cela le rend très malheureux. Alors j'ai pensé venir vous expliquer que nous ne le faisons pas exprès pour être vilains. Et si vous acceptez d'épouser papa, nous nous efforcerons d'être de bons enfants et de vous obéir. Je suis certaine que vous n'aurez pas de problèmes avec nous. S'il vous plaît, Mlle West. »

Rosemary avait pensé rapidement. Elle se rendit compte que les racontars avaient induit Una en erreur. Elle devait se montrer parfaitement franche et sincère avec la fillette.

« Una, ma chérie, commença-t-elle doucement. Ce n'est pas à cause de vous, mes pauvres petits, que je ne peux pas être la femme de ton père. Jamais une telle chose ne m'est passée par l'esprit. Vous n'êtes pas méchants, je n'ai jamais pensé que vous l'étiez. Il y avait une autre raison, Una. »

« Vous n'aimez pas papa ? demanda Una, les yeux pleins de reproche. Oh ! Mlle West, vous ne savez pas combien il est gentil. Je suis sûre qu'il vous ferait un bon mari. »

Même aux prises avec sa perplexité et sa détresse, Rosemary ne put s'empêcher d'esquisser un petit sourire de travers.

« Oh ! Ne riez pas, Mlle West, s'écria Una avec véhémence. Papa souffre vraiment beaucoup. »

« Je crois que tu te trompes, ma chérie », répondit Rosemary.

« Non, je suis sûre que non. Oh ! Mlle West, papa devait fouetter Carl hier, parce qu'il avait été vilain. Mais il n'en a pas été capable, parce qu'il n'a pas l'habitude de fouetter. Alors quand Carl est venu nous dire combien papa était malheureux, je suis allée dans son bureau pour voir si je pouvais l'aider, il aime ça quand je le console, Mlle West. Il ne m'a pas entendue entrer et moi, j'ai entendu ce qu'il disait. Je vais vous le répéter, Mlle West, si vous me laissez le chuchoter dans votre oreille. »

Una chuchota loyalement. Le visage de Rosemary s'empourpra. Ainsi, John Meredith l'aimait toujours. Il n'avait pas changé d'idée. Et s'il avait vraiment prononcé ces paroles, il devait l'aimer intensément, l'aimer plus qu'elle ne l'avait jamais supposé. Elle resta quelque temps immobile, caressant les cheveux d'Una. Puis elle dit :

« Veux-tu apporter à ton père une petite lettre de moi, Una ? »

« Oh ! Vous allez l'épouser, Mlle West ? » s'écria Una.

« Peut-être, s'il le veut vraiment », répondit Rosemary, rougissant une fois de plus.

« Je suis contente... je suis contente », fit courageusement Una. Puis elle leva les yeux vers elle, les lèvres tremblantes. « Oh ! Mlle West, vous ne monterez pas notre père contre nous, vous ne le ferez pas nous haïr, n'est-ce pas ? » fit-elle d'un ton suppliant.

Rosemary la dévisagea.

« Una Meredith ! Me crois-tu capable d'une telle chose ? Qu'est-ce qui a bien pu te mettre une pareille idée dans la tête ? »

« C'est Mary Vance qui a dit que les belles-mères étaient comme ça, qu'elles détestent leurs beaux-enfants et s'arrangent pour que les pères les détestent aussi. Elle dit qu'elles ne peuvent tout simplement s'en empêcher, c'est juste le fait de devenir belles-mères qui les rend comme ça. »

« Ma pauvre petite ! Et tu es quand même venue me demander d'épouser ton père parce que tu voulais le rendre heureux ? Tu es un amour, une héroïne, tu es chic, comme dirait Ellen. À présent, écoute-moi bien, ma chérie. Mary Vance est une petite idiote qui ne sait pas grand-chose et qui se trompe terriblement à propos de certaines choses. Il ne me viendrait jamais à l'esprit de monter votre père contre vous. Je ne veux pas prendre la place de votre mère, il faut qu'elle soit toujours dans vos cœurs. Et je n'ai pas l'intention non plus de devenir une belle-mère. Pour vous, je veux être une amie, un guide, une copine. Tu ne penses

pas que ce serait bien, Una, si toi, Jerry, Carl et Faith me
considériez simplement comme une camarade sympathique, une grande sœur ? »

« Oh ! Ce serait merveilleux », s'exclama Una, le
visage transfiguré. Elle jeta impulsivement les bras autour
du cou de Rosemary. Elle se sentait si heureuse qu'elle
avait l'impression d'avoir des ailes.

« Est-ce que les autres, est-ce que Faith et les garçons
pensent la même chose des belles-mères que toi ? »

« Non. Faith n'a jamais cru Mary Vance. Il faut
admettre que c'était complètement stupide de ma part de
la croire. Faith vous aime déjà ; elle vous aime depuis que
le pauvre Adam a été mangé. Et Carl et Jerry vont trouver
que c'est sympathique. Oh ! Mlle West, quand vous
viendrez vivre à la maison, allez-vous, pourriez-vous...
m'enseigner à cuisiner... un peu... et à coudre... et à faire
des choses ? Je ne connais rien. Je ne vous ennuierai pas, je
vais essayer d'apprendre vite. »

« Je vais t'aider et t'enseigner tout ce que je pourrai,
ma chérie. À présent, promets-moi de ne parler de cela à
personne, pas même à Faith, jusqu'à ce que ton père
lui-même ne t'autorise à le faire. Et tu vas rester prendre le
thé avec moi. »

« Oh ! je vous remercie, mais... mais je crois que je
préférerais porter tout de suite la lettre à papa, bredouilla
Una. Comme ça, il sera content plus tôt, Mlle West. »

« Je comprends », dit Rosemary. Elle entra dans la
maison, écrivit quelques mots et remit la lettre à Una.
Quand la petite demoiselle fut partie, Rosemary alla voir
Ellen qui écossait des pois dans le porche arrière.

« Ellen, commença-t-elle, Una Meredith vient de
venir me demander d'épouser son père. »

Ellen leva les yeux et scruta le visage de sa sœur.

« Et tu vas le faire ? » demanda-t-elle.

« Très probablement. »

Ellen continua à écosser des petits pois quelques
minutes. Puis elle se couvrit tout à coup le visage de sa
main. Il y avait des larmes dans ses yeux noirs.

«Je... j'espère que nous serons tous heureux», dit-elle entre le rire et les larmes.

Arrivée au presbytère, Una Meredith, fébrile, rose et triomphante, entra tout de go dans le bureau de son père et déposa la lettre sur le pupitre devant lui. Le visage blême de celui-ci rougit quand il vit la fine et claire écriture qu'il connaissait si bien. Il ouvrit l'enveloppe. La lettre était très brève, mais il rajeunit de vingt ans en la lisant. Rosemary lui donnait rendez-vous, le soir même, au coucher du soleil, à la source de la vallée Arc-en-ciel.

35

«Que vienne le Joueur de pipeau»

«Et alors, dit Mlle Cornelia, le double mariage va se faire un jour au milieu du mois.»

C'était un soir du début de septembre, et comme l'air était un peu frais, Anne avait allumé un feu de bois d'épave dans le grand salon et elle baignait avec Mlle Cornelia dans sa lumière enchantée.

«C'est vraiment merveilleux, surtout en ce qui concerne M. Meredith et Rosemary, répondit Anne. Quand j'y songe, Je suis aussi heureuse qu'à mon propre mariage. Je me sentais exactement comme une jeune mariée hier soir quand je suis allée sur la colline voir le trousseau de Rosemary.»

«On m'a dit qu'elle avait des choses dignes d'une princesse, fit Susan qui était dans un coin sombre en train de dorloter son garçon brun. Comme j'ai moi aussi été invitée à les voir, j'ai l'intention d'y aller un bon soir. D'après ce que j'ai compris, Rosemary va porter une robe de soie blanche et un voile alors qu'Ellen va se marier en bleu marine. C'est raisonnable de sa part, pas de doute, chère Mme Docteur, mais quant à moi, j'ai toujours eu l'impression que si jamais je me mariais, je préférerais la robe blanche et le voile; comme ça, on a plus l'air d'une vraie mariée.»

Une vision de Susan en mariée vêtue de blanc se présenta d'elle-même à Anne qui eut peine à s'empêcher d'éclater de rire.

«Quant à M. Meredith, reprit Mlle Cornelia, il est devenu un homme différent depuis ses fiançailles. Il est beaucoup moins rêveur et distrait, croyez-moi. J'ai été tellement soulagée en apprenant qu'il avait décidé de fermer le presbytère et d'envoyer les enfants en visite pendant son voyage de noces. S'il les avait laissés là tout seuls avec la vieille tante Martha, j'aurais eu peur de m'éveiller tous les matins en découvrant la maison incendiée.»

«Tante Martha et Jerry vont venir ici, dit Anne. Carl va habiter chez le marguillier Clow. J'ignore où vont les filles.»

«Oh! C'est moi qui les prends, répondit Mlle Cornelia. J'étais contente de le faire, évidemment, mais Mary ne m'aurait pas laissé de répit tant que je ne le leur aurais pas proposé. Les Dames patronnesses vont nettoyer le presbytère de la cave au grenier avant le retour des mariés, et Norman Douglas s'est engagé à remplir la cave de légumes. Personne n'a jamais vu Norman Douglas comme il est ces jours-ci, vous pouvez me croire. Il est si émoustillé de penser qu'il va épouser Ellen West après l'avoir voulu toute sa vie. Si j'étais Ellen... mais je ne le suis pas, et si elle est satisfaite, je peux bien l'être aussi. Je me souviens de l'avoir entendue dire, il y a des années, quand elle allait encore à l'école, qu'elle ne voulait pas d'un pantin docile comme mari. Il n'y a rien de soumis en Norman, c'est moi qui vous le dis.»

Le soleil se couchait sur la vallée Arc-en-ciel. L'étang était magnifiquement revêtu de violet et d'or, de vert et de pourpre. Une délicate brume bleutée nimbait la colline à l'est au-dessus de laquelle une grande et pâle pleine lune flottait comme une bulle d'argent.

Tout le monde était installé dans le petit vallon ouvert : Faith et Una, Jerry et Carl, Jem et Walter, Nan et Di, et Mary Vance. Ils avaient eu une célébration spéciale, car ce serait la dernière soirée de Jem à la vallée Arc-en-ciel. Le lendemain, il s'en irait à Charlottetown pour étudier à l'Académie Queen's. Leur cercle enchanté serait brisé; c'est pourquoi, en dépit de la gaîté de leur petite fête, une légère tristesse assombrissait leurs jeunes cœurs.

«Regardez, il y a un grand palais doré dans le soleil couchant, dit Walter en pointant du doigt. Voyez les tours qui luisent et les bannières écarlates qui flottent au vent. Peut-être qu'un conquérant rentre chez lui après le combat et qu'on les a hissées pour lui rendre hommage.»

«Oh! Je voudrais tellement que ce soit comme autrefois, s'exclama Jem. J'aimerais être un soldat, un grand général triomphant. Je donnerais tout au monde pour voir une vraie bataille.»

Eh bien, Jem deviendrait effectivement soldat et il verrait la plus grande bataille que le monde eût jamais connue; mais c'était encore loin dans le futur; et la mère dont il était le fils premier-né avait coutume de regarder ses fils et de remercier le ciel que ces temps passés qui faisaient tant rêver Jem fussent révolus et que jamais les fils du Canada n'auraient à aller combattre «pour les cendres de leurs ancêtres et les temples de leurs dieux».

L'ombre du grand conflit n'avait pas encore fait tomber de signe avant-coureur de son souffle glacial. Les garçons qui allaient combattre, et peut-être tomber, sur les champs de France et des Flandres, de Gallipoli et de Palestine, étaient encore des écoliers polissons avec, devant eux, la perspective d'une vie agréable; les filles dont le cœur allait être déchiré étaient encore de petites demoiselles auréolées d'espoirs et de rêves.

Lentement, les bannières de la cité du soleil couchant perdirent leurs teintes vermeilles et dorées; lentement, le grand spectacle du conquérant s'estompa. Le crépuscule envahit la vallée et le petit groupe devint silencieux. Walter avait, encore ce jour-là, lu des passages dans son bien-aimé livre de mythes et il se rappela comme il avait déjà imaginé le Joueur de pipeau surgissant dans la vallée un soir identique à celui-ci.

Il se mit à rêver tout haut, en partie parce qu'il voulait provoquer l'émoi de ses compagnons, mais aussi parce que quelque chose hors de lui semblait s'exprimer par sa bouche.

« Le Joueur de pipeau s'approche, commença-t-il, il est plus près que le soir où je l'ai vu la première fois. Son long manteau sombre flotte autour de lui. Il joue, il joue, et nous devons le suivre, Jem, Carl, Jerry et moi, nous devons le suivre partout autour de la terre. Écoutez, écoutez, vous n'entendez pas sa musique folle ? »

Les filles frissonnèrent.

« Tu sais que tu fais semblant, dit Mary Vance, et j'aimerais que tu arrêtes. Tes paroles sont trop réelles. Je déteste ton vieux Joueur de pipeau. »

Mais Jem bondit en riant gaîment. Il se tint debout sur un tertre, élancé et superbe, le front ouvert et les yeux sans peur. Il y en avait des milliers comme lui au pays de l'érable.

« Que le Joueur de pipeau vienne et soit le bienvenu, cria-t-il en agitant la main. C'est avec plaisir que je le suivrai partout autour de la terre. »

COLLECTION ANNE

Ce premier tirage a été
achevé d'imprimer en février 1995
sur les presses de l'Imprimerie Gagné,
Louiseville, Québec.

JAKE

LEIGH GREENWOOD

JAKE

Traduit de l'américain par Indologic

POUR elle

Titre original :
Jake
A Leisure book, published by Dorchester Publishing Co., Inc., New York

Prologue

Texas Hill Country, avril 1866

Jake Maxwell observait du coin de l'œil le groupe de fermiers qui avançait vers sa maison. Vêtements noirs, yeux noirs, barbes noires, ils chevauchaient leurs mules comme autant de corbeaux. La main de Jake glissa automatiquement vers son revolver, bien qu'il fût convaincu de ne pas en avoir besoin. Ils venaient sans armes. Leur nombre et le front uni qu'ils formaient en toutes circonstances suffisaient à assurer leur défense.

Pendant que Jake se battait contre les Yankees, ils avaient fait main basse sur les meilleures terres de son ranch pour y cultiver du blé et de la pomme de terre. Ils avaient abattu les arbres qui offraient de l'ombre à ses vaches l'été et les abritaient du vent l'hiver. Loin d'être soulagés que Jake ait survécu à la guerre, ils lui en voulaient d'être revenu sur les terres que sa famille occupait depuis vingt ans.

Jake ne possédait qu'une centaine d'hectares, alors que son troupeau en aurait nécessité un bon millier. Avant la guerre, personne ne lui disputait ce coin de Gillespie County. Désormais, une douzaine de familles convoitaient son ranch.

Les fermiers ne perdirent pas de temps en civilités.

— On a quelques factures pour les dégâts que tes vaches ont causés à nos récoltes, dit Noah Landesfarne.

— Elles ont saccagé mon maïs, ajouta un autre.

— Je vous avais dit de mettre des barrières, répliqua Jake. Il ne faut pas s'attendre à ce que des vaches se

5

contentent d'herbe sèche, quand il y a du bon maïs et du blé.

— Si quelqu'un doit installer des barrières, c'est toi, rétorqua Noah.

Jake était le dernier éleveur du comté. Il était minoritaire.

— C'est une terre à bétail, dit-il. On n'en fera jamais des cultures.

— Chacun de nous a une facture pour les dégâts, insista Noah.

Il tendit un bout de papier à Jake, qui écarquilla les yeux en lisant le montant. Les autres fermiers lui tendirent à leur tour des papiers. Le total était exorbitant.

— On en a déjà parlé au shérif. Tu as un mois pour nous payer.

— Et qu'est-ce qui se passera si je n'arrive pas à réunir l'argent ?

— On se paiera en bétail, déclara Noah. Trois dollars par tête. C'est tout ce que ça vaut au Texas.

Ses vaches valaient au moins dix fois plus à Saint-Louis, davantage peut-être sur les terres prospères du Colorado.

— Vous vous rendez compte que vos demandes me coûteraient la plus grande partie de mon troupeau ?

— Comme ça, il n'y aura plus de vaches pour piétiner nos champs.

Jake connaissait Rupert Reison, qui venait de parler : le jeune fermier ne prenait pas la peine de cacher sa haine.

— Il est hors de question que je vous paie autant, tonna Jake.

Il déchira les papiers en mille morceaux et les dispersa au vent.

— Ces terres sont aux Maxwell depuis vingt ans et elles le resteront !

— Le shérif dit que tu dois nous dédommager. Sinon, on descendra la première vache qu'on apercevra dans nos champs.

— Osez donc ! explosa Jake. Maintenant, quittez ma terre ou je vous troue la peau.

Le départ des fermiers ne le soulagea guère. Ils avaient la loi et le temps pour eux. Il ne lui restait qu'à rassembler ses bêtes et les conduire au marché. Mais comment faire ça seul?

1

Mai 1866

Isabelle Davenport examinait attentivement les huit orphelins qui partageaient son chariot. Ils avaient beau avoir l'air jeunes et innocents, à eux tous ils avaient été renvoyés de dix-sept orphelinats, foyers adoptifs ou familles d'accueil. Quatre avaient été officiellement adoptés, puis rejetés, car leurs nouveaux parents ne pouvaient rien faire d'eux. Deux s'étaient battus avec leurs parents d'adoption. L'un avait tiré sur un frère adoptif. Tous avaient fugué.

Elle avait pitié d'eux, mais par moments ils lui faisaient peur. Ils donnaient l'impression de n'aimer personne.

C'était leur dernière chance. S'ils échouaient, trois d'entre eux iraient en prison. Les deux plus jeunes retourneraient à l'orphelinat. Et les autres se débrouilleraient. Isabelle n'était au Texas que depuis un an, mais elle savait ce que cela signifiait : il leur faudrait voler pour vivre. Et donc, la plupart seraient morts avant d'avoir vingt ans.

Prenant sur son temps et sur ses économies, Isabelle avait trouvé une communauté agricole récemment fondée dans le Hill Country, disposée à accueillir les garçons. Elle espérait que, loin des villes, du whisky, des femmes et des voyous qui traînent toujours autour des saloons, ces gosses deviendraient des hommes mûrs et responsables.

— Où est-ce qu'on s'arrête ce soir ? demanda Bret Nolan.

Le soleil descendait à l'horizon. La toile du chariot avait été retirée pour profiter de la brise printanière.

Isabelle n'aimait pas ce qu'elle voyait. Cela ne ressemblait pas du tout à Savannah. De son point de vue, c'était un désert de collines et de canyons, avec à peine assez d'eau pour nourrir une rare végétation. Elle ne comprenait pas de quoi vivaient les fermiers.

— Il y a un ranch un peu plus loin, dit-elle. J'espère que le propriétaire nous offrira l'hospitalité pour la nuit.

— Je préférerais camper avec les Peaux-Rouges.

Bret avait douze ans. Son père était un abolitionniste de Boston, mort pour avoir aidé des esclaves en fuite. Bret haïssait le Texas et ses habitants.

— Je sais pas ce qu'il y a de pire : les Peaux-Rouges, les Mexicains ou les Texans.

— Ça suffit, Bret, ordonna Isabelle.

— Qu'est-ce qu'il y a, mademoiselle ? Vous n'aimez pas la vérité ?

— Même si c'était la vérité, ce ne serait pas une chose à dire.

— Ah, j'oubliais. On n'est pas censé se moquer des classes inférieures. Même pas des Irlandais.

À ces mots, Sean O'Ryan lui expédia un coup de poing.

Les parents de Sean étaient morts quand il avait un an. Il avait passé la plus grande partie de ses treize ans brinquebalé d'une famille à une autre, mais il ne laissait personne insulter les Irlandais.

— Vous avez vu ça ? s'exclama Bret. Il m'a frappé.

— La ferme, gronda Mercer Williams, sinon tu continues à pied.

— Je ne bougerai pas d'un pouce, répliqua Bret. Il faudra revenir me chercher.

Isabelle se mordit la lèvre pour s'empêcher de dire à Mercer – pour la centième fois – que son travail était de s'assurer qu'ils arrivent sains et saufs, et que les orphelins étaient sous sa responsabilité. Mercer maintenait qu'il était aux commandes. Il avait voulu enchaîner les garçons au chariot pour les empêcher de s'enfuir. Isabelle l'avait finalement laissé prendre leurs bottes. Si on obligeait Bret à marcher, il s'écorcherait les pieds sur les pierres pointues et les cactus.

Ils prirent un virage bordé de peupliers et de saules. Le ranch de Broken Circle apparut. Il se composait d'une baraque, d'un bâtiment peu élevé qui semblait servir de dortoir et de deux enclos. Isabelle perdit tout espoir de dormir dans un lit.

Jusqu'à seize ans, elle avait fait partie de la haute société de Savannah. Aucune des épreuves endurées depuis sept ans ne pouvait effacer ce qu'elle avait connu alors, ni son goût pour un certain confort.

— Je parie que le sol est pourri, marmonna Bret.

— Ça ne fera aucune différence, vu que c'est installé dans un trou boueux, répliqua Pete Jarnigan. Les lits seront cloués au mur.

Pete avait neuf ans, il était trop jeune pour comprendre qu'il valait mieux ignorer Bret.

— Tu ne dormiras pas dans un lit, dit Bret. Aucun des employés n'abandonnera le sien pour une crevette comme toi.

— Laisse-le tranquille, intervint Sean.

Son visage très pâle et couvert de taches de rousseur prit la couleur de ses cheveux roux. Son tempérament irlandais refaisait surface en un instant.

— D'accord. Je n'ai jamais adoré jouer avec les vers de terre.

Cette fois, Bret réussit à esquiver le poing de Sean.

— On dirait qu'il n'y a personne, lança Chet Attmore depuis le siège du cocher. Vous voulez que j'aille voir ?

À quatorze ans, Chet était le plus mûr. Isabelle n'aurait su que faire sans lui et sans Luke, son frère cadet âgé de treize ans. Chet semblait trouver instinctivement le bon chemin. Luke était un génie en matière de chevaux et d'équipement.

— Que personne ne pose le pied par terre sans mon ordre, grommela Mercer Williams.

— Je vais parler au propriétaire, dit Isabelle.

Elle n'aimait pas approcher les étrangers. Avec la fin de la guerre et le début de la Reconstruction, les Texans étaient nerveux. En voyant ses vêtements de bonne facture et son chapeau orné de fleurs et de rubans, on l'assimilait immédiatement à une femme de haute extraction.

Isabelle se hissa hors du chariot. Excepté le cliquetis des harnais quand les chevaux chassaient les mouches avec leur queue, le silence régnait sur la cour qui entourait la cabane, le dortoir et les enclos. Il n'y avait ni puits ni pompe, ni fleurs, ni jardin, pas la moindre trace de poulets ou de vache à lait. Il n'y avait pas de rideaux aux fenêtres, et la cour n'était pas balayée. Elle ne voyait ni corde à linge, ni bassine pour se laver, ni potager.

L'endroit semblait désert.

Un instant, elle redouta que les Indiens aient anéanti la famille. Leurs raids s'étaient intensifiés pendant la guerre. Jusqu'à présent, le gouvernement n'avait rien fait pour les arrêter. Rassurée par les empreintes récentes d'une paire de bottes et d'un cheval ferré, elle se dirigea vers le porche et frappa à la porte. Elle ne reçut pas de réponse. Elle n'entendit aucun mouvement à l'intérieur.

— Essayez le dortoir, cria Pete.

Le dortoir était également vide. Isabelle ne savait que faire. On l'avait prévenue qu'il n'y avait pas d'autre halte possible. Et il était trop tard pour continuer.

Elle était fatiguée de voyager. La chaleur, la poussière et les cahots permanents la rendaient malade. La tension du voyage lui rongeait les nerfs. Les premiers jours, elle s'était efforcée d'avoir une attitude positive. Mais les enfants étaient trop cyniques, trop colériques, trop méfiants.

— Nous allons quand même nous arrêter, décida-t-elle. Qui que ce soit, celui qui vit ici finira bien par revenir. Commencez à installer le camp. Je pense que le propriétaire ne verra pas d'inconvénient à ce que nous restions à l'écart de la baraque.

Les garçons attendaient en silence que Mercer déverrouille la malle et leur donne leurs bottes. Isabelle avait assigné les responsabilités et instauré une procédure dès le premier soir. Ils s'y tenaient depuis deux semaines.

Faucon de Nuit, un métis comanche, retira les harnais des chevaux et leur donna à boire. Bret Nolan alla chercher du bois. Matt Haskins et son frère, Will, firent la cuisine. Sean O'Ryan et Pete Jernigan nettoyèrent les lieux. Les frères Attmore, Chet et Luke, n'étaient pas de corvée car ils conduisaient l'attelage du matin au soir.

Isabelle avait tenté d'encourager la conversation pendant les repas, mais les garçons ne s'aimaient pas et se méfiaient les uns des autres. Les deux couples de frères fonctionnaient en équipes. Pete, maussade mais vaillant, traînait avec Sean pour la protection que le grand Irlandais pouvait lui offrir, s'il savait se taire. Bret et Faucon de Nuit évitaient d'avoir affaire à quiconque.

Isabelle refusait de s'asseoir autour d'un repas en silence. Ce fut donc elle qui parla.

— Ma tante disait que la valeur d'un homme se mesure à la manière dont il sait faire face aux difficultés. Elle pensait que l'Amérique est le meilleur endroit pour ça. J'imagine qu'elle aurait trouvé le Texas particulièrement approprié pour distinguer l'authentique de l'imitation.

N'obtenant pas de réponse, elle poursuivit son monologue.

— Mais elle croyait aussi qu'une femme doit être dorlotée et protégée. Je me demande ce qu'elle aurait fait, mariée à un Texan. Juste avant de mourir, elle m'a dit…

Isabelle s'arrêta net. Les garçons ne l'écoutaient pas, mais tendaient l'oreille.

— Qu'est-ce que c'est ? demanda-t-elle.

— Quelqu'un vient, annonça Faucon de Nuit. Homme blanc. Cheval ferré.

Isabelle entendit à son tour le bruit des sabots. Un trot enlevé. Elle se redressa et vit Mercer prendre son fusil. Les visages des garçons reflétaient la curiosité, l'ennui, l'hostilité ou même la peur.

Le cavalier ne ralentit pas sa monture. Un instant, Isabelle craignit qu'il ne pousse à cheval jusqu'au milieu de leur camp. Il vint si près, et il avait l'air tellement en colère, que plusieurs garçons se relevèrent.

— Qui êtes-vous, bon Dieu, et qu'est-ce que vous faites chez moi ? tonna-t-il.

Du haut de sa selle, il paraissait très impressionnant.

— C'est moi qui parle, dit Isabelle.

— S'il vous laisse faire, marmonna Chet Attmore, pas inquiet pour un sou.

Isabelle se demanda où Luke et lui avaient acquis cette confiance.

Le visage de l'homme sembla se détendre quand il mit pied à terre. Peut-être le fait qu'elle fût une femme apaisait-il ses craintes. Un air confus apparut sur son visage, alors que son regard allait d'un garçon à l'autre.

Il portait un pantalon usé qui collait à son corps comme une seconde peau. Les manches de sa chemise à carreaux étaient retroussées. Elles révélaient de larges et fortes mains, ainsi que de puissants avant-bras couverts d'une sombre toison. Sa chemise s'ouvrait sur un cou solide et un torse velu. Un chapeau à large bord lui abritait les yeux. De la tête aux pieds, il était le prédateur le plus dangereux du monde, un homme certain de son pouvoir.

— Bonté divine ! marmonna-t-il. Ne me dites pas que ce sont tous les vôtres, je n'y croirai pas. Vous êtes trop jeune et trop jolie.

Isabelle voulut parler, en vain. Elle se sentait complètement idiote. La vue de cet homme lui coupait bras et jambes. Sentant qu'il représentait une menace pour elle, elle avait envie de déguerpir. Mais ce serait absurde. Si elle restait sans voix, c'était par surprise. Elle n'avait jamais vu quelqu'un comme lui.

Elle fit un formidable effort pour se concentrer sur ce qu'il disait. Bien qu'aucune femme ne puisse se plaindre d'être qualifiée de jeune ou de jolie, ce n'était pas une chose à dire devant les garçons. La discipline et le respect d'abord.

— Je m'appelle Isabelle Davenport, annonça-t-elle d'un ton qui se voulait posé. Ces garçons sont orphelins, je les escorte jusqu'à leurs nouveaux foyers.

— Alors que faites-vous ici ? demanda l'homme.

Isabelle éprouvait de la difficulté à se concentrer. Il l'impressionnait.

— J'espérais que vous nous donneriez la permission de nous arrêter ici pour la nuit. Voyant qu'il n'y avait personne, nous...

— Vous vous arrêtez toujours où vous voulez? se moqua l'homme.

Sans attendre de réponse, il fit le tour du groupe, scrutant chaque garçon comme un chef de régiment inspecte ses troupes. Le petit Will Haskins, huit ans, se rapprocha de son frère Matt, mais les autres restèrent en place. Le chapeau de l'homme empêchait Isabelle de lire quoi que ce soit dans ses yeux, mais ce qu'elle décelait dans son expression lui indiquait qu'il n'aimait pas ce qu'il voyait.

— Bon sang, qu'est-ce que vous faites avec cette bande? demanda-t-il. Vous lancez un nouveau gang de hors-la-loi? C'est une bonne chose que votre homme ait un fusil. Celui-là a l'air capable de vous arracher le cœur pour le manger.

Il regardait Faucon de Nuit, qui était svelte et hâlé. Le garçon lui retourna son regard, bien campé sur ses pieds nus.

— Je ne suis pas mariée, dit Isabelle avec ce qu'elle espérait être sa voix la plus hautaine. M. Williams est notre garde. Ces garçons ont tous été placés chez des fermiers qui vivent à moins d'une journée d'ici.

Son attitude changea immédiatement. Il fondit sur elle, avec une expression affreuse.

— Je vous préviens tout de suite, grommela-t-il en brandissant un doigt véhément. Je tire sur le premier qui touche à mes vaches!

Isabelle se demanda s'il l'attaquerait, elle. Il avait l'air suffisamment en colère. Elle ne pouvait pas imaginer que quiconque veuille toucher à son troupeau. Les vaches Longhorn étaient de grosses bêtes sales et bourrues. Autant tripoter un alligator.

— Nous voudrions nous arrêter pour la nuit, et repartir dans la matinée.

Elle parlait calmement, espérant désamorcer sa colère.

— Nous ferons en sorte de laisser les lieux exactement dans l'état où nous les avons trouvés.

— J'espérais que vous les laisseriez dans un état un peu meilleur, rétorqua-t-il.

Cet homme la laissait perplexe. Soit il tentait de les faire fuir, soit il se moquait d'eux. Elle ne trouvait aucune de ces deux attitudes attirante.

La vue de son col largement ouvert continuait à la chavirer, mais elle se sentait de nouveau elle-même.

— En échange de votre hospitalité, nous vous offrons volontiers le couvert : notre repas n'a rien de fastueux, mais vous êtes le bienvenu.

Il perdit toute animosité.

— N'importe quoi, madame, serait fastueux à côté de ma tambouille.

Si elle avait voulu lui montrer combien il était grossier par contraste avec ses propres manières, elle perdait son temps. Il attrapa une assiette vide, se servit dans la casserole et s'assit. En deux temps trois mouvements, il enfourna une quantité impressionnante de haricots et de bacon.

— Vous avez du café ? bafouilla-t-il, la bouche pleine.

Elle se retint de lui dire ce qu'elle pensait des hommes qui se servent dans le plat, s'asseyent avant leur hôtesse et parlent la bouche pleine : elle doutait qu'il fût réceptif à ce genre de discours.

— Je n'ai pas l'habitude de servir du café à un homme dont je ne connais pas le nom, répliqua Isabelle, vexée par son absence totale de manières et de considération pour elle.

— C'est une coutume à cultiver, madame. Ça vous évitera un paquet de problèmes au final.

— Merci, mais votre approbation n'est pas nécessaire. Maintenant, si vous poussez l'amabilité jusqu'à me donner votre nom, je vous présenterai aux garçons.

— Je n'ai pas besoin d'être présenté à une horde de coquins que je ne reverrai jamais. Mais si ça compte pour vous, je vais vous dire mon nom. Ceux qui vous ont indiqué cet endroit auraient dû vous le donner.

— Ils l'ont fait, mais un gentleman se présente toujours.

Il s'arrêta de mâcher, le temps de lui adresser un regard narquois.

— Vous êtes du genre à broder et à prendre le thé au boudoir, c'est ça ? Je ne sais pas comment diable vous avez atterri ici. Ce doit être un enfer, pour votre petite sensibilité. Mais je veux vous faire plaisir : je m'appelle Jake Maxwell. Je suis propriétaire du ranch de Broken Circle, ou de ce que vos satanés fermiers braconniers ont bien voulu m'en laisser. Vous êtes les bienvenus pour la nuit, mais j'exige que vous partiez demain à la première heure. Je ne veux pas donner à ces chiens de voleurs une raison de poser un pied sur mes terres.

Sa colère effrayait Isabelle.

Il posa son assiette et se leva.

— Peut-être que je ferais mieux de me servir mon café moi-même. Vous semblez un peu longue à la détente.

Isabelle s'empressa, gênée.

— Désolée, j'avais oublié.

Pourquoi se sentait-elle obligée de lui servir son café et de le lui apporter ? De toute évidence, il faisait un parfait propriétaire de ranch. Il avait un caractère de cochon.

— Attention, c'est chaud, dit-elle en lui tendant le café.

— J'espère bien. C'est à peu près tout ce qu'il a pour lui.

Il y goûta, avec l'air de s'attendre à ce qu'une tarentule émerge de la tasse.

— En général, on goûte le café avant de critiquer son arôme, non ?

— Pas quand il est léger comme de la pisse d'âne.

Elle remarqua que cela ne l'empêchait ni de boire, ni de tendre de nouveau sa tasse.

— Soif.

Ce fut la seule explication qu'il donna.

Elle crut apercevoir une lueur moqueuse dans ses yeux.

— Ce qui ne serait pas mal, ce serait que vous mettiez un peu plus de café, dit-il après la seconde tasse. Et que vous ne jetiez pas le marc sans l'utiliser trois ou quatre fois.

— Je n'utilise jamais le marc plus d'une fois.

Sa tante se serait passée de café, plutôt que de faire une chose aussi épouvantable.

— Le marc frais manque de caractère.

Il posa sa tasse par terre, à côté de son assiette.

— Maintenant que je sais que vous n'allez pas filer avec mes antiquités hors de prix, je vous laisse.

— Vous ne dormez pas ici ? s'étonna-t-elle.

— J'ai un bivouac près du troupeau. Vous pouvez dormir dans la cabane. Le lit n'est pas fameux, mais c'est mieux que par terre.

— Non merci, je dormirai dans le chariot.

— Sûre ? C'est dommage de laisser un lit vide.

— Tout à fait sûre.

Encore une fois, Isabelle était parfaitement consciente de ses bras musclés, de son torse viril, du sentiment de puissance totalement maîtrisée qui émanait de lui. Cela lui rendait difficile de dormir dans le lit de Jake Maxwell. Une chose était de camper dans la cour de son ranch, une autre de se rouler dans ses draps.

Il haussa les épaules.

— Qu'un des garçons le prenne. Ils n'ont qu'à jouer ça aux cartes.

— Je ne suis pas favorable aux paris.

— Moi non plus, mais enfin, la vie est un pari, n'est-ce pas ? Jouer aux cartes une nuit dans un lit n'est pas un crime.

Isabelle ne trouva rien à répondre. Jake remonta en selle et s'en alla sans un mot.

Il avait presque disparu dans l'obscurité quand Pete annonça :

— J'ai des cartes.

Ses yeux brillaient.

— Voyons qui tire la plus grosse carte.

Les autres étaient d'accord.

— Elles sont sûrement trafiquées, grommela Bret.

L'ignorant, Pete dit à Isabelle :

— Mélangez-les pour nous.

— Je ne sais pas le faire. Ma tante n'a jamais toléré de cartes à la maison.

Pete était incrédule.

Seul Faucon de Nuit méprisait le lit de l'homme blanc, les autres le convoitaient. Ce fut Pete qui gagna.

— Vous croyez que cet avorton saura se débrouiller? demanda Bret. Il est sans doute plus habitué à dormir par terre dans une hutte boueuse.

— Demain est un jour important, déclara Isabelle, ignorant à nouveau Bret et espérant que Pete en ferait autant. Je veux que vous vous leviez tôt pour pouvoir prendre un bain, vous laver les cheveux et mettre des vêtements propres. Il faut que vous fassiez bonne impression à ces gens. Ce seront vos familles pendant des années.

— Vous voulez dire que nous serons leurs esclaves, corrigea Bret.

— Il faut que tu apprennes à tenir ta langue, lui répondit Isabelle. Personne n'a intérêt à contrarier leurs bonnes intentions, de l'aube au crépuscule.

— Personne n'a de bonnes intentions envers un orphelin yankee.

— L'endroit où tu es né ne détermine pas ta nature.

— Sans blague? Vous êtes une Sudiste de la tête aux pieds. Le cow-boy propriétaire de cet endroit ne vaut pas plus cher que les Comanches dont il vole les terres. Et chacun de ces garçons vous le dira. Je ne suis qu'une saleté de Yankee et je le resterai.

Isabelle ne se disputa pas avec Bret. Elle savait que ce serait vain.

Plus tard, en se mettant au lit dans le chariot, elle s'aperçut qu'elle pensait à Jake Maxwell. Elle se demandait comment un homme pouvait vivre seul dans cette région. Il était inimaginable qu'il garde des milliers de vaches tout seul. Bien sûr, au camp, il avait peut-être une équipe, une femme, une famille…

Cependant, Isabelle était sûre que Jake était un solitaire. Elle le sentait. Elle avait été seule assez longtemps pour lire les signes – méfiance, regard fuyant, désarroi de celui qui sait que personne ne s'inquiéterait s'il disparaissait définitivement.

Quelque chose chez Jake lui faisait forte impression, bien qu'il ne rappelât en rien le fiancé d'Isabelle. Charles était beau, charmant, un parfait gentleman. Mais elle n'avait jamais senti que son cœur s'emballait pour lui, que son corps flanchait, que son esprit lui jouait des tours.

Elle se demanda quel effet cela ferait de toucher ses bras solides. Elle était fascinée.

2

Jake se maudissait en sellant son cheval. Il se maudit encore en franchissant les basses collines couvertes de genévriers, de chênes, d'arbres à mescal et de yuccas. Les sabots de son cheval martelaient le sol rocailleux, et cela l'agaçait. Devoir longer les canyons qui entaillent profondément la terre aux abords de la rivière Pedernales l'irritait.

Il rentrait au ranch à cause d'Isabelle Davenport !

Il ne pouvait pas dormir, à force de penser à cette femme. Son corps avait été agité de désir toute la nuit. Il connaissait son genre – froide, sévère. Elle s'allongeait sans doute à côté de son mari comme une bûche. Ni baisers, ni caresses, ni chaleur, ni excitation partagée.

Elle n'était pas hautaine, mais son attitude était supérieure. S'il avait été de meilleure humeur, il aurait dit « royale ». Elle se comportait comme une princesse, une princesse de glace.

Dans un flot de jurons, il fouetta son cheval. Pourquoi ne parvenait-il pas à la chasser de son esprit ? Il imaginait sa taille fine, la rondeur généreuse de sa poitrine, la blancheur de sa peau, la douceur de sa voix, ses grands yeux bleu-vert : cette féminité totale qui désarme totalement un homme. La seule façon d'en finir avec cette obsession stupide était de revenir pour se faire proprement rembarrer.

Ils étaient levés quand il arriva. Les garçons étaient la lie de l'humanité, de jeunes hors-la-loi en devenir. Elle perdait son temps à essayer d'en tirer quelque chose. Il ne serait pas étonné que ces satanés fermiers les lui envoient voler ses vaches.

Isabelle apparut au coin de la cabane. Jake n'était pas homme à trembler devant une femme, mais ce spectacle lui fouctta le sang. Il avait l'habitude des femmes en robes marron informes, aux cheveux cachés sous des bonnets disgracieux, marquées par le travail, le temps et de nombreuses grossesses.

On aurait dit qu'Isabelle sortait d'un livre d'images. Elle portait une jupe jaune d'une teinte éclatante. Sa tunique blanche la couvrait des poignets au menton. Comment rester à ce point fraîche et propre en plein voyage ? Sa chevelure resplendissante était brossée jusqu'aux boucles châtaines qu'elle avait rassemblées sur sa nuque.

Mais c'était son visage qui illuminait l'ensemble. Si jeune, si frais, si innocent. Une combinaison détonante, à damner un saint.

— Bonjour, lança-t-elle. Vous êtes pile à l'heure pour le petit-déjeuner.

— Je ne suis pas venu pour ça.

— Ce n'est pas ce que j'imaginais, répliqua-t-elle en s'approchant de lui. Mais vous pouvez quand même vous joindre à nous.

Il aurait dû partir, dire qu'il passait juste s'assurer qu'ils allaient bien. Il mit pied à terre, mais détourna délibérément son attention d'Isabelle. Il fallait qu'il garde son sang-froid.

— Qu'est-ce que tu as ici, fiston ? demanda-t-il au garçon qui entretenait le feu.

— Du bacon et des haricots, répondit un garçon plus jeune qui s'affairait avec lui. Matt n'a pas eu le temps de faire des biscuits.

— On dirait que tu es un sacré bon cuisinier, dit Jake à Matt. Où as-tu appris ?

— C'est maman qui lui a appris, répliqua le plus jeune.

Bien que Jake lui eût adressé la parole à deux reprises, Matt n'avait ni relevé la tête ni jeté le moindre coup d'œil. C'était un grand garçon aux yeux bleus.

— Comment tu t'appelles ? demanda Jake au plus jeune.

Une main fine passa dans les cheveux blond clair qui occultaient presque ses yeux bleu ciel. Il n'arrivait pas à la ceinture de Jake, mais il le regardait sans la moindre peur.

— Will Haskins. Matt est mon frère.

— Bon, Will Haskins, je parlais à Matt. J'aimerais que tu te taises, le temps qu'il me réponde.

— Il ne parle pas, expliqua Will.

Jake fronça les sourcils. Matt semblait n'avoir aucune conscience de son existence. Will le fixait, les yeux ronds, d'un air parfaitement dégagé.

Jake se demanda comment Isabelle comptait trouver un foyer à un garçon qui ne parlait pas.

— Il te parle, à toi?

— Non.

— Alors comment sais-tu ce qu'il veut?

— Matt ne veut jamais rien.

— Vous feriez mieux de manger votre petit-déjeuner avant qu'il ne soit froid.

C'était la voix d'Isabelle. Jake constata qu'elle lui avait servi une tasse de café. Matt lui tendit une assiette; il semblait regarder à travers lui.

Quelque chose de terrible était arrivé à ce garçon. Ses yeux étaient vides. Il n'était qu'une coquille creuse: il faisait ce qu'on attendait de lui, ne désirait rien, ne pensait à rien, ne ressentait rien. Jake reconnut ces signes; il les avait vus assez souvent chez des garçons privés de leur innocence par la brutalité de la guerre. Cela le fit frissonner.

— Venez avec moi, dit-il à Isabelle. Je veux vous montrer le chemin.

— J'appelle Chet et Luke Attmore, ce sont eux qui conduisent.

— Non, seulement vous. Vous leur montrerez ensuite.

Il aurait mieux fait de garder ses distances. Cette femme lui donnait toutes sortes d'idées, dangereuses pour un homme seul à qui manque le réconfort d'une présence féminine. Mais le regard vide de Matt le tourmentait.

— Avez-vous idée de qui sont ces fermiers? s'enquit Jake quand ils furent assez loin pour ne pas être entendus.

La question surprit manifestement Isabelle.

— Bien sûr. Je me suis occupée de toute la correspondance.

— Et ils ont l'intention d'adopter les garçons ?

— Non, mais je n'en attendais pas tant, répondit-elle. J'ai déjà eu de la chance qu'ils acceptent de les prendre tous.

Jake se demandait s'il était juste de compromettre les chances qu'avaient les garçons de trouver un foyer, mais il se rappelait la froideur de ces hommes, la cruauté de Rupert. Il ne pouvait pas croire que ces fermiers s'occuperaient d'orphelins.

— Je ne sais pas grand-chose de ces hommes, commença Jake, mais à votre place je poserais quelques questions avant de leur laisser les garçons. Je ne pense pas qu'ils les traiteront de la manière que vous souhaitez.

— Si vous ne savez rien d'eux, comment pouvez-vous dire ça ?

— Ils sont venus ici pendant que j'étais absent, et ils se sont installés sur mes meilleures terres. Un mois après mon retour, ils sont arrivés avec des factures pour les dégâts que mes vaches avaient causés dans leurs champs. Ils savent que je n'ai pas d'argent, alors ils m'ont proposé de les payer en bétail.

— Et donc ?

— Ils essaient de me ruiner. Ils savent bien qu'ainsi je n'aurai aucun moyen de rester. Vous devriez pouvoir comprendre ça.

Isabelle le regarda avec dédain.

— Je comprends tout à fait, dit-elle. Je comprends que vous en voulez à des hommes qui travaillent de leurs mains et revendiquent des droits légitimes sur leurs terres, pour y construire des maisons et cultiver des champs afin de nourrir leurs familles. Je comprends que vous vous moquez de savoir que vos bêtes ruinent le fruit de leur travail. Je comprends que vous cherchez à éviter des dettes dont vous êtes seul responsable. Je comprends que vous salissez la réputation d'hommes dont vous admettez ne pas savoir grand-chose.

Ce discours convainquit Jake de la laisser se débrouiller avec les fermiers. Pour le bien des garçons, il avait essayé de la prévenir, et elle mettait en doute son intégrité !

Il jeta son petit-déjeuner et renversa son café dans la poussière.

— Je veux que vous et vos loustics décampiez dès qu'ils auront mangé. Et assurez-vous que celui qui a dormi dans mon lit n'y a pas mis des poux. Je n'ai qu'un matelas : je n'ai aucune envie de le brûler.

Il lui remit son assiette et sa tasse dans les mains. Elle lui lança un regard furieux.

— Je vous conseille de retourner à Austin dès l'instant où vous aurez déposé cette petite équipe, ajouta-t-il. Comme ça, vous ne saurez jamais s'ils ont été exploités jusqu'à tomber de fatigue, ou nourris de déchets dont les cochons ne voudraient pas.

— Monsieur Maxwell, dit-elle la mâchoire serrée, chacun de ces hommes a fourni d'excellentes références personnelles.

— Avez-vous vu ces hommes vous-même ?

— Non, mais…

— Faites-le. Ensuite, vous pourrez me dire ce que vous pensez de leur caractère délicieux. Maintenant, j'ai des vaches à marquer, avant que mes si charmants voisins ne le fassent à ma place.

— Mais… s'ils le font pour vous…

— Ne soyez pas idiote. Ils n'utiliseraient pas ma marque.

Elle pâlit, gênée.

Elle ne savait rien du Texas, ni des hommes rudes qui y vivaient.

Il s'éloigna d'un pas rapide et enfourcha son cheval. La colère le tenaillait, mais il jeta quand même un regard en arrière du côté de Matt Haskins. Le garçon avait fini son petit-déjeuner et, assis les yeux dans le vide, regardait droit devant lui.

Cette image hanta Jake tandis qu'il rejoignait son troupeau.

Jake parti, Isabelle eut l'impression de se libérer de l'attraction d'un gigantesque aimant. Elle avait pensé à lui depuis la veille, toujours à propos de quelque chose qu'elle aurait voulu changer – ses vêtements, son apparence rugueuse. Mais elle savait que même à Savannah, un homme tel que lui aurait ignoré les convenances sociales.

Isabelle ne comprenait pas sa propre réaction. Elle n'était pas une gamine écervelée, du genre à se complaire dans une fascination absurde pour un homme qui ne lui convenait absolument pas. Il n'y aurait pas pire destin que d'être retenue ici, sous la coupe de Jake Maxwell.

Il était dépourvu de toute moralité. Réalisait-il combien son attaque envers les fermiers était transparente ? Pensait-il qu'elle allait le croire sur parole ?

Elle se demandait pourquoi il essayait de tenir un ranch tout seul. En réalité, il ne devait pas avoir de bétail. Elle n'en avait pas vu trace. De son point de vue, il était du genre à voler les bêtes des fermiers.

Isabelle voulut chasser Jake Maxwell de son esprit. Ce qu'il était ou ce qu'il faisait n'était pas son problème. Son travail à elle consistait à installer ces garçons dans leurs nouveaux foyers.

Il était l'heure de s'activer. Son regard balaya les alentours ; elle aperçut les frères Attmore.

— Chet, dis à Faucon d'atteler les mules.

— Oui mademoiselle, répondit Chet poliment.

Chet et Luke Attmore étaient une véritable énigme pour Isabelle. Elle avait du mal à comprendre que personne ne veuille d'eux. Ils étaient beaux garçons, très mûrs pour leurs treize et quatorze ans. Ils connaissaient les bonnes manières et faisaient tout ce qu'elle leur demandait.

— Sean, dépêche-toi de tout nettoyer avec Pete. Je veux être en route dans une demi-heure.

Ces deux-là semblaient dépareillés : Sean avec sa grande taille, son corps dégingandé et son large visage, le petit Pete avec ses cheveux bruns bouclés, ses traits fins et singuliers. Les yeux verts de Sean pétillaient de bonne humeur. Les yeux marron sombre de Pete étaient pleins de méfiance.

Les garçons s'affairaient mollement. Elle savait qu'ils étaient aussi nerveux qu'elle, concernant leurs nouveaux foyers.

— Je n'ai pas fini, dit Bret quand Pete essaya de prendre son assiette.

Il se tourna brusquement vers Pete, mais le petit garçon sauta hors de sa portée. Le poing de Sean s'abattit sur Bret qui roula à terre. Pete ramassa l'assiette qui était tombée. Sean et lui repartirent comme si de rien n'était.

— Dépêchez-vous et retirez vos bottes, ordonna Mercer.

— On ne peut pas les garder aujourd'hui ? demanda Chet. Je ne veux pas arriver pieds nus.

— Tu les auras quand tu en auras besoin, répliqua Mercer. Maintenant, dépêche-toi et monte dans ce chariot.

Isabelle aurait voulu assommer Mercer pour son insensibilité. Elle se promit qu'elle ne voyagerait plus jamais avec lui. Il y avait bien des façons de mater ces garçons, il ne servait à rien de les traiter comme des bagnards.

Lorsqu'ils grimpèrent dans le vieux chariot militaire, elle vit Pete sortir de son pantalon le couteau dont Matt se servait pour couper le bacon. Il le brandit au-dessus de sa tête et se rua sur Faucon de Nuit. Elle était trop loin pour l'arrêter.

— Faucon ! cria-t-elle.

Faucon de Nuit se jeta à terre et roula sur le côté. Il se redressa immédiatement, attrapa le jeune garçon par la taille et l'entraîna avec lui sur le sol. Il tomba sur lui, le couteau maintenant sous la gorge de Pete.

Mercer, réveillé de sa léthargie, pointa son fusil contre la tête de Faucon de Nuit.

— Lâche ce couteau, sang-mêlé, ou je te fais un trou dans la cervelle.

Isabelle saisit le fusil par le canon et le repoussa.

— Si tu pointes encore ce fusil sur l'un de ces garçons, je te renvoie !

— Il allait le scalper.

— Ne sois pas ridicule, il est juste exaspéré que Pete essaie de l'attaquer sans arrêt. Laisse-le se relever, Faucon.

Faucon de Nuit lâcha Pete immédiatement, mais son regard resta froid et terrible.

— Sean, tu es censé surveiller Pete.

Sean était un brave garçon; il se sentait toujours coupable quand il ne faisait pas ce qu'on attendait de lui.

— Je ne peux pas le surveiller en permanence.

Pete avait vu ses parents massacrés par les Comanches. Il détestait tous les Indiens, même les métis.

— Pete, assieds-toi en face de moi. Si tu attaques Faucon encore une fois, je dirai à Mercer de t'attacher les mains derrière le dos.

Elle serait soulagée de le confier à sa famille. La plupart du temps, il était heureux et gai, mais ses humeurs noires survenaient sans prévenir. Il avait agressé Faucon cinq fois, au cours des deux semaines de voyage.

Bientôt, ils furent en route. Les garçons s'assirent en tailleur sur le lit du chariot, adossés aux rebords, leurs affaires entassées au milieu. Elle s'installa sur le banc d'où elle pouvait les surveiller, dos au conducteur.

— Vous croyez que ce qu'a dit cet homme est vrai? demanda Will quand le ranch de Broken Circle fut hors de vue.

— Qu'est-ce que tu veux dire? s'enquit Isabelle.

— Ce qu'il a dit sur les fermiers, qui ne nous attendent que pour faire de nous leurs esclaves.

— Où as-tu entendu ça?

— Je vous ai suivis.

Cela surprit Isabelle.

Tous les regards des garçons se tournèrent vers elle. Leurs espoirs reposaient sur sa réponse.

— Je n'accorde aucun crédit à ce qu'a dit M. Maxwell, répondit-elle.

— Moi, je l'aime bien.

Isabelle ne comprenait pas. Jake était dur et sans manières. Elle imaginait que ce devait être un patron brutal. Voilà sans doute pourquoi le dortoir était vide.

— Les fermiers ont d'excellentes références, assura-t-elle. Je suis certaine qu'ils comptent sur vous pour travailler dur, mais eux-mêmes et leurs propres fils travailleront à vos côtés.

— Je parie que nous écoperons des travaux les plus pénibles, dit Bret, qui optait toujours pour la pire des hypothèses.

— Peut-être au début. Mais une fois qu'ils sauront que vous êtes autonomes et qu'ils peuvent vous faire confiance, je suis sûre qu'ils vous traiteront comme des membres de la famille.

— Ce serait stupide de leur part, commenta aigrement Mercer.

— N'écoutez pas Mercer non plus, faites votre travail au mieux et avec bonne volonté, et les choses marcheront bien pour vous tous.

Ils ne posèrent pas davantage de questions, mais elle comprit que le doute s'était insinué dans leurs esprits.

Cela faisait environ une heure qu'ils roulaient quand Chet Attmore poussa un cri. Quelque chose obstruait la piste. Faucon de Nuit se leva et escalada le chariot pour mieux voir. Croisant le regard nerveux d'Isabelle, Sean enserra les deux mains de Pete.

— C'est un homme, annonça Faucon de Nuit. Un homme blanc.

Isabelle se leva à son tour. Un corps gisait sur la route.

— Il doit être mort, marmonna Chet.

— Il est vivant, corrigea Faucon de Nuit.

— Qu'en sais-tu ? Il est trop loin.

— J'en suis sûr.

Faucon de Nuit sauta par-dessus la ridelle du chariot et se dirigea vers le corps. Le chariot fit une embardée pour éviter un gros rocher. Isabelle rattrapa Chet qui allait tomber.

— Remonte dans ce chariot ! hurla Mercer.

Faucon de Nuit l'ignora.

— Reviens ici, ou je tire.

— Il va juste voir si l'homme est blessé, expliqua Isabelle, perdant patience face à la stupidité de Mercer.

Chet Attmore arrêta le chariot, qui se vida instantanément de tous les garçons. Le temps qu'Isabelle atteigne l'homme qui était à terre, tous l'avaient précédée. Elle s'agenouilla près de lui.

Bien qu'il ait l'air d'avoir deux ou trois ans de plus que Chet, ce n'était qu'un jeune garçon. Il semblait grand et fin, presque émacié. Ses cheveux étaient d'un brun terne, ses vêtements sales, usés. Il avait l'air d'un vaurien.

— Will, cours chercher ma cantine.

Les yeux du garçon étaient ouverts, mais il n'avait pas la force de parler. Il semblait faible et mal nourri. Isabelle remarqua une cicatrice sur son bras. Elle crut discerner les traces de plusieurs autres sur son visage.

— Je ne crois pas qu'il soit malade, mais plutôt épuisé, dit-elle.

— Qui que ce soit, celui qui l'a frappé a fait du bon boulot, se moqua Sean.

Will revint avec la cantine. Isabelle versa un peu d'eau dans un mouchoir et commença à essuyer le visage du garçon. Alors que la couche de poussière disparaissait, elle put voir les cicatrices plus clairement. Elles ne dataient pas de la veille, plus probablement d'une semaine, mais il avait été violemment battu.

— Faucon, aide Sean à le porter dans le chariot. Nous allons le prendre avec nous. L'un des fermiers pourrait s'en charger jusqu'à ce qu'il aille mieux.

Le garçon cria quand Sean passa la main sous son dos. Isabelle tira sur son col et constata que les marques rouges étaient infectées. Elle sentit son estomac se soulever de colère et de dégoût.

— Je suis désolée si ça te fait mal, dit-elle au garçon. Mais si tu ne peux pas marcher, on va te porter. Nous allons à Utopia.

Le garçon gigota furieusement, terrorisé.

— Ils vont me tuer si vous me ramenez là-bas, hoqueta-t-il.

— Tes blessures sont infectées, tu as besoin de manger et de te reposer.

Le garçon se mit à déboutonner sa chemise.

— Regardez ce qu'ils m'ont fait! sanglota-t-il en se débattant pour l'enlever.

Il se retourna. Des dizaines de cicatrices couvraient son dos. Quelqu'un l'avait battu sans pitié. En deux ans à l'orphelinat, elle n'avait rien vu de tel.

— Qui a fait ça? demanda-t-elle d'une voix nauséeuse, tremblant de rage.

— L'homme tendre et doux qui m'a pris chez lui, répliqua le garçon d'un ton cynique. L'homme qui devait m'adopter si je parvenais à aimer sa famille autant qu'elle m'aimait. Voilà ce qu'il me fait quand je ne travaille pas assez à son goût, quand je m'écroule parce que je n'ai plus la force de travailler, quand je m'enfuis parce que je préfère mourir que vivre dans cet enfer.

— Les autres le savent? s'enquit Isabelle, qui ne pouvait pas croire que l'on tolère une telle cruauté.

— Ils sont trop occupés à cogner leurs propres orphelins.

La jeune femme blêmit. Elle n'avait jamais vu ou entendu parler d'un traitement aussi inhumain.

— Si un homme essaye de me frapper comme ça, je le tue, gronda Sean.

— Sauf s'il t'a attaché!

— Bon sang! s'exclama Bret. Tu veux dire qu'ils vous attachent?

— Ils nous attachent tous, de peur qu'on s'échappe.

— Bon sang! répéta Bret.

Isabelle regarda les garçons. Ils s'étaient tournés vers elle, attendant ce qu'elle allait dire. Leur avenir dépendait d'elle.

— Nous n'allons pas à Utopia, annonça-t-elle.

— Qu'allez-vous faire? demanda Mercer.

— Je ne sais pas, répondit-elle, mais ce qui est certain, c'est que nous n'allons pas à Utopia. Faucon, aide Sean à le porter dans le chariot.

— On y va, dit Mercer. C'est ce que l'agence voulait, et c'est ce que nous allons faire.

— Ce n'est pas toi qui décides, rétorqua Isabelle. Ton travail est d'assurer notre sécurité, rien de plus.

31

Mercer pointa son fusil sur Faucon de Nuit et Sean, qui s'apprêtaient à porter le garçon jusqu'au chariot.

— Reposez-le. Je dirai aux fermiers où le trouver, mais ce sont eux qui décideront de venir le chercher ou non.

Isabelle fut saisie d'une telle colère qu'elle se pencha, ramassa une pierre et la lança sur Mercer. Elle fut la première surprise que la pierre l'atteigne au front. Et la plus choquée lorsqu'il s'effondra au sol, inconscient.

Trop horrifiée par ce qu'elle venait de faire pour réfléchir, elle se tourna vers le garçon:

— Comment tu t'appelles ?

Il eut un large sourire.

— Buck, madame. Vous n'avez qu'à m'appeler Buck.

3

Chet arrêta le chariot devant la baraque de Jake.

— Aide-le à s'installer dans le lit de M. Maxwell, dit Isabelle à Sean.

— Je parie qu'il n'aura pas très envie qu'un orphelin crasseux saigne partout dans son lit, protesta Bret.

— Il peut prendre ma couverture, proposa Sean, toujours généreux.

— Je suis sûre que ce ne sera pas un problème pour M. Maxwell, déclara Isabelle. Il nous l'avait déjà proposé gracieusement.

Elle les suivit jusqu'à la cabane.

— Je vais voir si je trouve des médicaments.

Isabelle fut atterrée par l'état de la cuisine. On aurait dit qu'elle n'avait pas été utilisée depuis des semaines, voire des mois. Elle ne trouva rien en fait de pharmacie, à l'exception de plusieurs bouteilles de whisky. Visiblement, Jake Maxwell n'était jamais blessé ni malade. Ou, si c'était le cas, il se saoulait jusqu'à ce que mère nature le guérisse. Elle trouva tout de même du saindoux. Un peu vieux, mais cela ferait l'affaire. Elle se dirigea vers la porte.

— Bret, apporte-moi de l'eau.

Pendant qu'elle attendait, elle trouva du bois dans une caisse, derrière la cuisinière. Mais lorsqu'elle ouvrit la cuisinière, elle réprima une exclamation de dégoût. Les cendres n'avaient pas été vidées. Elle dégagea un espace au tisonnier, puis mit des brindilles sèches et des écorces. Elle craqua une allumette. Le feu prit rapidement.

— Mets la casserole sur la cuisinière, ordonna-t-elle à Bret quand il arriva avec l'eau. Apporte-moi ça dès que c'est chaud.

Elle prit du saindoux, une bouteille de whisky et une petite cuvette, et se hâta de rejoindre la chambre de Jake, qui n'était meublée que d'un lit et d'une commode. Elle ne semblait pas avoir été occupée récemment. De toute évidence, il préférait le grand air.

— Il faut que tu te déshabilles, dit-elle à Buck.

— Complètement ? demanda-t-il, gêné.

— Garde tes sous-vêtements.

Isabelle apporta une chaise de la cuisine, pendant que Sean aidait Buck à retirer ses vêtements. Pour un grand gaillard, souvent maladroit, il était étonnamment doux.

Bret apporta de l'eau et en versa dans la bassine.

— Ce n'est pas encore chaud, mais je me suis dit que vous voudriez commencer rapidement. Son dos est dans un sale état.

Elle fut surprise. Bret ne faisait jamais preuve du moindre intérêt pour quiconque, à l'exception de lui-même.

Isabelle dut arracher les croûtes sur les pires blessures pour les nettoyer. Buck sursauta quand elle appliqua le chiffon imbibé d'alcool sur la chair à vif, mais resta immobile ensuite. Elle se dit qu'il n'avait simplement pas la force de bouger.

— Je parie que M. Maxwell prévoyait de boire ça, commenta Sean.

— Je ne suis pas pour le whisky, dit Isabelle.

Elle chassa le souvenir de ce qu'un homme avait un jour essayé de lui faire, sous l'empire de l'alcool.

— Ça permettra d'éviter une nouvelle infection.

Elle se redressa.

— Maintenant, nous allons le laisser se reposer.

Elle sortit. Chet attendait sur les marches.

— Qu'est-ce qu'on va faire de lui ? demanda-t-il en désignant Mercer Williams, couché par terre à côté du chariot, les mains attachées dans le dos avec sa propre ceinture.

La jeune femme n'en avait aucune idée.

— On pourrait le balancer dans la rivière, proposa Bret. Les loups et les buses nettoieront ce que les poissons laisseront.

34

Isabelle était toujours horrifiée à l'idée d'avoir frappé Mercer.

— Je ne sais pas, peut-être que M. Maxwell aura une suggestion quand il reviendra.

À moins qu'il ne soit trop fâché de la trouver ici. Elle avait la nette impression que c'était un homme impatient et intolérant.

Mais Jake et Mercer ne la préoccupaient pas vraiment. Elle devait trouver quoi faire de ces garçons. Elle ne voulait pas les ramener à l'agence, mais elle ne pouvait pas s'en occuper elle-même, et elle n'avait personne pour l'aider.

Jake poussa les dernières Longhorn récalcitrantes dans l'enclos du canyon et se dirigea vers son camp. Depuis qu'il était revenu de la guerre, un an plus tôt, il avait marqué environ un millier de bêtes lui-même, mais le travail était long et dangereux pour un homme seul. Il devait faire entrer les veaux, les génisses et les taurillons entre deux barrières et les marquer après les avoir coincés entre les piquets, de chaque côté. Plus d'un s'était cassé la patte en se débattant.

Le troupeau Maxwell n'avait pas été marqué durant cinq ans. C'étaient les bêtes de Jake, mais il devait les marquer pour s'en affirmer propriétaire. Cela ne suffisait pas toujours. Le gouvernement de la Reconstruction avait fait voter une loi qui autorisait un homme à rassembler des vaches, quelle que soit leur marque, et à aller les vendre. L'homme était censé payer le propriétaire quand il le trouvait, mais il ne le trouvait jamais. C'était du vol légalisé.

Les fermiers d'Utopia n'avaient pas encore essayé. Ils étaient trop occupés à évincer les autres occupants de la région. Mais qui sait s'ils ne changeraient pas d'avis.

Depuis l'hiver, Jake avait rassemblé plus de cinq cents bœufs, mais il ne pouvait les emmener seul au Nouveau-Mexique. Pour dédommager les fermiers – certainement pas autant qu'ils l'exigeaient – il devait vendre ses bœufs.

S'il n'y arrivait pas, il les perdrait, et le reste de son chep-tel avec.

À peine avait-il atteint sa tente qu'il remarqua un léger nuage de poussière à l'horizon, ou de la fumée. Cela semblait venir du ranch. Les Comanches brûlaient-ils sa ferme? Les fermiers étaient-ils de retour? Il ne voyait pas ce qui pouvait soulever tant de poussière.

Il fallait chasser ces intrus. Jurant sans retenue, Jake jeta sa selle sur un cheval frais et fonça vers son ranch au galop.

Lorsqu'il pénétra dans la cour, il fut confronté à un spectacle totalement inattendu. Mlle Davenport était de retour avec ses orphelins, mais il y avait plus surprenant encore. Dans le grand enclos, deux garçons essayaient de monter des mustangs, malgré leurs violentes ruades. Cinq autres chevaux – une partie du troupeau que sa famille possédait avant la guerre – trottaient nerveuse-ment dans le petit enclos. Après que son père eut été tué par un bœuf, on les avait laissés retourner à leur état sauvage.

L'un des cavaliers était le métis comanche. Jake ne connaissait pas le nom de l'autre, mais il semblait aussi doué. Les autres garçons avaient escaladé la barrière et leur scandaient des encouragements. Isabelle était debout sur les marches de la cabane.

Il s'approcha d'elle sans faire de bruit.

— Je parie sur le métis, dit-il.

La jeune femme fit un bond.

— Vous avez failli me faire mourir de peur.

— Où ont-ils attrapé les mustangs?

— Au ruisseau, quand ils sont venus boire. J'espère que ça ne vous pose pas de problème.

Elle était adorable. Il aurait dû rebrousser chemin en courant, mais l'envie de passer les mains autour de sa taille le démangeait. Elle était tellement fine et jolie. Bien qu'elle fût tirée à quatre épingles et raide comme un clou, elle dégageait une douceur à laquelle il était impossible de résister.

— Qu'allez-vous imaginer? J'adore que des étrangers réquisitionnent ma propriété quand ils le souhaitent.

Isabelle rougit.

— Il fallait que nous revenions.

Maintenant, elle semblait gênée et mal à l'aise, ce qui fit immédiatement resurgir ses instincts chevaleresques.

— Je vous dois des excuses, murmura-t-elle.

— Pour avoir occupé cet endroit ? Laissez tomber.

— Non, pour avoir douté de ce que vous disiez à propos des hommes d'Utopia.

— Comment ? Ils n'attendaient pas pieusement votre gang de sauvages pour les serrer dans leurs bras ?

— Ce ne sont pas des sauvages.

Elle redevint sévère, son embarras disparut.

— Pas encore, répliqua-t-il.

— Jamais, si je peux y faire quoi que ce soit.

Elle parlait avec une résolution si passionnée que Jake détourna son regard des chevaux pour lui faire face. Elle affichait une expression d'ardente détermination.

— D'accord, ce ne sont pas encore des sauvages. Pourquoi ne les amenez-vous pas chez les fermiers ?

— Nous avons trouvé un garçon sur la route. Il a été battu, il souffrait de malnutrition.

— Qu'avez-vous fait de lui ?

— Il est à l'intérieur, dans votre lit. J'ai nettoyé ses blessures du mieux que j'aie pu, mais il a surtout besoin de nourriture et de repos.

Jake tourna les talons et se dirigea vers sa chambre. Isabelle le suivit.

Buck semblait dormir. Jake s'approcha du lit et regarda le dos du garçon, zébré de cicatrices. Il ne manqua pas de remarquer les autres, sur son visage.

Il ressentit une colère froide. Toutes les cruautés de la guerre, les injustices de la Reconstruction semblaient présentes dans cet acte terrible. Il pensa aux hommes courageux et honnêtes qui avaient tout sacrifié pour combattre au nom d'un idéal, tandis que ces bourreaux d'enfants venaient lui voler sa terre.

— Lequel de ces salauds a fait ça ? gronda-t-il.

— Je l'ignore.

Jake marcha vers la commode, l'ouvrit, en tira un pistolet et un holster.

— Qu'est-ce que vous faites ? s'alarma Isabelle.

— Je trouverai qui a fait ça, ils cracheront le morceau. Ensuite, je descendrai ce salaud.

— Vous ne pouvez pas, protesta-t-elle alors qu'il vérifiait si son arme était chargée.

— Pourquoi pas ?

Il posa l'arme et saisit une poignée de balles dans une boîte.

— Ils sont trop nombreux. En plus, ils ne vous le diront pas. Et si vous en tuez un, les autres vous pendront.

— Je tente ma chance.

Il enfilait les balles dans la cartouchière de sa ceinture.

— Vous ne pouvez pas y aller ! Si vous le faites, ils sauront que nous sommes là.

Il marqua une pause.

— Ils le savent déjà.

— Ils savent que nous venons, mais pas que nous sommes ici. S'ils le savaient, ils viendraient chercher les garçons.

— Je les arrêterais.

— Vous ne pourriez pas les repousser seul. Ni être sûr qu'aucun garçon ne serait blessé.

— Il est possible que quelqu'un se fasse tirer dessus…

— Aucun de ces garçons ne se fera tirer dessus !

Jake se demandait ce qui rendait les femmes de la ville si promptes à partir vers l'ouest. Elles n'aimaient ni la saleté, ni la chaleur. Elles réprouvaient la façon dont on vivait au Far West. Selon lui, tout le monde serait plus heureux si l'on n'admettait pas les femmes à l'ouest du Mississippi, du moins tant qu'il n'y aurait pas de ville pour les accueillir.

— Mademoiselle, il y a des Peaux-Rouges, des bandits et des voleurs de bétail par ici. Ajoutez-y des bons à rien, des parasites et cette bande de fermiers meurtriers. Aucun d'eux ne se soucie de savoir comment obtenir quelque chose, pourvu qu'il l'obtienne. On a le choix. Soit on détale la queue entre les jambes, et on les laisse faire…

— Soit on se bat et on se fait enterrer en héros, iro- nisa-t-elle.

— Non, mademoiselle. Par ici, ceux qui ont de la chance sont enterrés sous quelques rochers, pour que les animaux ne déchiquettent pas leur dépouille.

Isabelle déglutit.

— Et ceux qui n'ont pas de chance?

— En général, on ne les retrouve pas. Et si on les retrouve, il n'en reste pas grand-chose.

Il était désolé d'avoir perdu son sang-froid. Mais elle le rendait fou. Et il voulait la rendre folle à son tour. Elle l'avait contrarié et à présent, il voulait la plaquer contre lui, l'embrasser, lui dire qu'elle n'avait pas à s'inquiéter car il allait nettoyer tout ce nid de serpents.

— Je dois y aller. Je veux en attraper un dans son champ. Comme ça, ils ne pourront pas se mettre à plu- sieurs contre moi.

— S'il vous plaît, non!

— Ne vous inquiétez pas pour vos garçons. Vous pou- vez partir dès maintenant, ils ne vous trouveront jamais.

— Est-ce qu'il ne vaudrait pas mieux en informer le shérif? Il se rendra sur place, si Mercer et moi témoi- gnons. Comme ça, vous n'aurez pas à tuer qui que ce soit.

— Vous vous inquiétez pour moi, mademoiselle?

Elle parut surprise par sa question.

— Je veux que personne ne soit blessé.

— Mais je n'ai aucune moralité, vous l'avez dit vous- même.

Isabelle rougit d'embarras.

— J'espère que vous oublierez ce que j'ai dit. Attendez, s'il vous plaît.

Jake devenait toujours faible lorsqu'il rencontrait une femme. Quand elles étaient aussi jolies qu'Isabelle, il était sans défense. Il devait être fou.

— D'accord, j'attendrai.

Mais il ne précisa pas combien de temps.

Il ressortit, et elle le suivit. Dans l'enclos, le cheval du métis avait cessé de ruer. Celui de l'autre garçon était fatigué, mais avait encore de l'énergie.

— Qui sont ces garçons ? Ils se débrouillent bien avec les chevaux.

— Faucon de Nuit et Chet Attmore. Ils voulaient juste s'amuser.

Faucon de Nuit retira la selle du cheval qu'il venait de monter et le ramena dans le petit enclos. Quand il s'approcha des autres chevaux en agitant un lasso, ceux-ci se dispersèrent en courant.

— Qu'est-ce qu'il fait ? s'étonna Isabelle.

— Il va attraper un autre cheval, dit Jake. Je me demande s'il a l'intention de les passer tous en revue.

— Ça vous dérangerait ?

— Il n'y a pas de raison ; de toute façon, ils seront de nouveau abandonnés.

— Peut-être que vos assistants pourraient les utiliser ?

— Peut-être.

Il n'avait pas l'intention de lui confier qu'il n'avait aucun assistant. D'autre part, il était intéressé par Faucon de Nuit. Ce dernier avait attrapé Sawtooth, le cheval le plus méchant du ranch. Sawtooth supportait sans broncher corde et bride mais, si on tentait de le seller, il se changeait en monstre.

Faucon de Nuit mit un mors et une bride à Sawtooth, et l'emmena avec lui dans le grand enclos. Là, il l'attacha à un pieu. Incapable de bouger sa tête, Sawtooth ne put s'opposer à ce que Faucon de Nuit lui mette une selle sur le dos.

— Malin, approuva Jake. Ce garçon connaît les chevaux.

— Son père est un chef comanche, expliqua Isabelle. Il a vécu avec eux jusqu'à onze ans.

Chet Attmore avait maîtrisé sa monture. Alors que la bête épuisée restait debout sur ses pattes bien droites, reprenant son souffle, Faucon de Nuit proposa son cheval aux autres garçons. Matt Haskins s'avança.

Jake n'avait pas oublié Matt, ni la façon qu'il avait de garder le silence, les yeux vides. Ce gamin n'était pas apte à monter un cheval. Il se retint de sonner la fin des réjouissances, car c'était le premier signe de vie que Matt donnait en sa présence. Il regarda attentivement le garçon se préparer à monter en selle.

— Vous êtes peut-être sur le point de perdre votre cuisinier, dit-il à Isabelle. Sawtooth va faire mordre la poussière au gamin. Ensuite, il essaiera de le tuer.

La jeune femme n'aurait pas été plus choquée s'il avait dit que Matt allait enfourcher un grizzly.

— Vous devez l'arrêter! cria-t-elle.

Comme Jake ne bougeait pas, elle voulut y aller elle-même. Il la saisit par le bras.

— Voyons ce que ce garçon sait faire.

— Mais…

— J'ai ma corde, au cas où.

Jake traversa la cour pour rejoindre son cheval, sans quitter Sawtooth des yeux. Il déroula sa corde, prêt à s'en servir si nécessaire.

— Restez sous le porche, dit-il à Isabelle lorsqu'elle voulut s'approcher de l'enclos. Sawtooth ne fait pas la différence entre un cow-boy et une demoiselle.

Faucon de Nuit maintint Sawtooth attaché au piquet, pendant que Matt montait en selle. Il ajusta la longueur des étriers et vérifia que la sous-ventrière était bien serrée. Il dit quelque chose à Matt, puis détacha le cheval.

Durant une seconde, Sawtooth resta parfaitement immobile. À la seconde suivante, on ne distingua plus qu'un vaste flou de pieds en l'air et de muscles bandés. Il rua, tournoya, se renversa et rua de plus belle.

Matt fut éjecté de sa selle bien avant que Sawtooth ne réalise qu'il n'avait plus personne sur le dos. L'animal s'arrêta et se retourna, les yeux luisants de méchanceté, à la recherche de l'homme qui avait osé le monter. Il renifla furieusement et chargea.

Jake était prêt à s'occuper de Sawtooth. Mais il ne s'attendait pas à voir Matt rester là, sans bouger, comme s'il attendait que le cheval l'attaque. Sa surprise fit qu'il arriva une fraction de seconde après Faucon de Nuit. Le garçon réussit à glisser le lasso autour du cou de Sawtooth, juste à temps pour éviter que Matt ne se fasse piétiner.

Le cheval se retourna immédiatement vers Faucon de Nuit.

Jake se maudit pour l'instant d'hésitation qui avait failli coûter la vie à Matt, et jeta sa corde. L'étalon gris était pris. Il rua et gémit de fureur.

— Sors de l'enclos! cria Jake à Matt.

Celui-ci demeura à sa place.

— Si tu ne sors pas, alors remonte dessus!

Jake ne savait pas ce qui l'avait poussé à dire ça. Il sentait juste que ce garçon voulait mourir; il était resté immobile parce qu'il voulait que Sawtooth le tue.

Jake pensa aux centaines de garçons morts à la guerre, à peine plus âgés que Matt.

— Allez! cria-t-il. Que tu aies le cran de le monter jusqu'au bout ou pas, il faut te décider!

Tout sembla s'immobiliser. Les garçons gardèrent le silence. Isabelle descendit les marches en chancelant, la main sur la bouche, les yeux écarquillés. Même Sawtooth se tourna pour regarder le garçon qui restait là, à l'observer de ses yeux vides.

Matt ne bougeait pas. Jake se demandait s'il s'était retranché trop loin en lui-même pour être encore atteint. Il avait vu des garçons après la bataille, si traumatisés par le carnage, par la vue de leurs amis en morceaux, qu'ils se retiraient dans un coin sombre de leur esprit et refusaient d'en sortir.

Alors, Matt fit un pas. Rien de plus. Sawtooth hurla soudain sa fureur et le tableau prit vie.

Isabelle accourut vers l'enclos.

— Vous n'allez pas le laisser remonter sur ce cheval, n'est-ce pas? demanda-t-elle.

— Si, s'il le veut.

— Mais il va se faire tuer!

— Il est déjà à moitié mort. Peut-être que Sawtooth peut sauver ce qu'il reste de vie en lui.

— Comment pouvez-vous parler comme ça? C'est un enfant.

— Je ne parle pas de son âge. Je parle de son esprit. Ce garçon veut mourir.

— Comment le savez-vous?

— Est-ce que vous avez vu comment il est resté planté là, à attendre que Sawtooth le piétine?

— Il avait trop peur pour courir.

— Il n'a peur de rien. Il s'en moque.

Tous deux regardèrent Matt qui s'avançait vers Sawtooth. Le cheval l'examinait d'un œil malveillant. Intrépide, Sean sauta à l'intérieur et attrapa la tête de Sawtooth, pour que Matt puisse monter en selle. Jake et Faucon de Nuit balançaient leurs lassos.

— Sors de là ! cria Jake à Sean.

Le garçon se dépêcha d'escalader la balustrade.

— Tu es prêt ? demanda Jake à Matt.

Il ne répondit pas.

— Je suppose qu'il n'est ni plus ni moins prêt que d'habitude, marmonna Jake dans sa barbe.

Il croisa le regard de Faucon de Nuit, et ils lâchèrent les cordes. Sawtooth se mit à ruer avec une furie redoublée. En moins d'une minute, Matt heurta le sol. Jake et Faucon de Nuit ramassèrent les cordes et étranglèrent Sawtooth pour le maîtriser.

— Prêt à y retourner ? demanda Jake.

— Non ! intervint Isabelle. Ça suffit.

— Laissez-le décider.

Matt s'épousseta et s'avança encore une fois vers Sawtooth. À nouveau, Jake et Faucon de Nuit laissèrent filer les cordes et l'étalon se mit à ruer, mais il ne bondissait plus aussi haut et tournoyait moins violemment.

Matt resta en selle.

Sawtooth partit au galop, puis s'arrêta en dérapant pour faire voler son cavalier par-dessus sa tête.

Matt resta en selle.

Le cheval recommença à ruer, à sauter, à se cabrer, à tournoyer, à se renverser et à tournoyer de plus belle, mais Matt restait en selle. Il y resta quand Sawtooth courut vers la barrière de l'enclos. Il y resta quand Sawtooth sauta par-dessus. Il y resta même quand Sawtooth se prit la jambe dans les cordes et faillit tomber. Il y était toujours lorsque le cheval finit par s'arrêter à plus d'un kilomètre, haletant.

— Enfer ! dit Bret. Je n'aurais jamais pensé que cet abruti y arriverait.

Matt revint dans la cour en chevauchant l'étalon. Il mit pied à terre, et Sean lui donna une claque amicale dans le dos.

— C'était magnifique, dit-il. La plus belle séance de dressage que j'aie jamais vue.

— Pas aussi doué que Faucon, commenta Jake. Mais autant que Chet.

— Je vous trouve ignoble, dit Isabelle. Vous l'avez encouragé à se rompre le cou sur ce cheval vicieux.

Jake ne répondit pas. Il regardait Matt, essayant de voir ses yeux. Il fut soulagé d'y déceler une lueur, une minuscule étincelle. Matt ne parlait toujours pas. Will était à son côté, parlant pour lui, recevant les félicitations.

— A-t-il jamais parlé? demanda Jake à Isabelle.

— Pas que je sache. Mais ça n'a aucun rapport.

— Bien sûr que si. Il y a encore quelque chose de vivant chez ce garçon, quelque chose qui l'a fait avancer, qui l'a fait remonter en selle quand il chutait.

Maintenant, l'excitation était retombée. Les garçons réalisèrent progressivement que Jake était au milieu d'eux. Ils se calmèrent, regardant tous vers lui.

— Il y a quatre autres chevaux qui ont besoin qu'on leur rappelle ce que ça fait d'avoir un cavalier sur le dos.

Faucon de Nuit, Chet et Sean se dirigèrent vers l'enclos. Pete suivit Sean. Luke Attmore emboîta le pas à son frère. Quant à Will, il resta avec Matt.

— C'est l'heure de préparer le repas, dit Isabelle à Bret. Tu ferais mieux d'aller chercher de l'eau et du bois pour le feu.

— Je veux les voir monter.

— Après que tu auras fait tes corvées.

— Je n'ai pas peur.

— Je n'ai jamais pensé ça.

— Qu'est-ce qui le ronge comme ça? demanda Jake quand Bret fut parti.

— Il a grandi à Boston. Il ne sait pas monter.

— Eh bien, c'est du propre!

— En tout cas, ne laissez aucun de ces garçons se blesser sur ces chevaux.

Jake se tourna vers elle.

— Vous savez monter à cheval, mademoiselle ?

— Je sais conduire un chariot.

— Cela vous fait une belle jambe, par ici.

— Je ne vis pas dans le coin, monsieur Maxwell. Je n'ai pas à me conformer à ce mode de vie brutal que vous semblez trouver si normal – peut-être devrais-je dire : si attirant.

— Vous pouvez dire ce que vous voulez. Si la vie dans cette région est trop dure pour votre petite sensibilité, je vous suggère d'aller vous occuper de votre patient. C'est mieux comme ça, à moins que vous ne trouviez ça trop rude.

L'expression d'Isabelle se figea.

— J'ai nettoyé ses plaies infectées.

— Je sais. Pourquoi ne pas vous être étendue contre lui, tant que vous y étiez ?

Isabelle fulminait.

— Je ne sais pas si vous avez décidé de m'insulter ou si vous méprisez les femmes en général, mais j'estime que vous êtes grossier, insensible et très indélicat. Je ne suis pas surprise que vous aimiez voir les gens mettre leur vie en danger. C'est tout à fait le genre de chose qu'un type de votre espèce doit trouver divertissante.

— Et que trouvez-*vous* divertissant, mademoiselle ?

— Je ne tiens pas à vous le dire, vous vous feriez un plaisir de vous moquer de moi.

— Et si je vous promets de ne pas rire ?

— Je ne vous croirai pas.

Elle le regarda comme s'il était un cloporte.

Qu'il était bête de penser à elle ! Elle pouvait se débrouiller toute seule. Les femmes comme elle pouvaient tout : leur beauté envoûtait les benêts.

— Je ferai de mon mieux pour rester à l'écart de votre chemin, jusqu'à ce que vous partiez.

Isabelle se mordit la lèvre, toute colère retombée.

— C'est bien le problème. Nous ne pouvons pas partir.

4

— Comment ça, vous ne pouvez pas partir ? demanda Jake en revenant vers la cabane.

— Ce n'est pas votre problème.

— Ça l'est, dès lors que vous restez sur mon ranch.

Il désigna Mercer.

— Il risque d'être difficile à contrôler si vous le libérez.

Elle gémit intérieurement. Elle ne voulait pas garder Mercer attaché, mais elle ne pouvait lui permettre de rentrer à Austin avant elle.

— Qu'est-ce que vous suggérez ? s'enquit-elle.

— Nous pourrions le donner aux fermiers. Il pourrait abattre pas mal de travail.

— Monsieur Maxwell, je me rends compte que vous avez une bien piètre opinion des femmes en général, et de moi en particulier. Mais...

Elle s'arrêta. Il affichait un rictus malicieux.

— Vous vous moquez de moi.

Son sourire disparut.

— Moi ? Quelle horreur !

Il ne pouvait prendre un air plus faussement sincère.

— Oui, vous, bien que je ne sache pas pourquoi.

— Mettez ça sur le compte de ma nature perverse – vous savez, les gens qui ne dorment pas dans un vrai lit sont capables de tout.

Il essayait de l'agacer. Il avait réussi, mais elle refusait de le lui montrer.

— C'est pour les garçons que je m'inquiète. Ils ont tous un passé tragique. Ça vous arracherait le cœur, si vous saviez.

En fait, il n'avait pas l'air d'un type qui se laisse arracher le cœur. Il était plutôt du genre à considérer que la malchance des autres leur était imputable.

— Pourquoi ne sauraient-ils pas se débrouiller ? Certains ont l'air doués.

— Ils sont tous doués, insista Isabelle. Mais ils ne font pas confiance aux gens.

— On dirait une bande de marginaux qui pleurnichent parce que personne ne les dorlote. Évidemment, si vous les larguez chez des gens comme ces fermiers, je comprends.

— Je n'ai rien à voir avec leurs précédents placements.

— Peut-être, mais vous avez raté celui-ci. Qu'est-ce que vous faites, maintenant ?

Elle ne savait pas pourquoi elle perdait son temps à lui parler. C'était un homme. Et les hommes pensaient toujours que, si une femme affirmait ne pas être responsable de quelque chose, c'était faux.

— Je ne sais pas, confessa-t-elle. Je ne puis les ramener à Austin, mais je n'ai nulle part où aller.

— Je ne perdrais pas mon temps à m'inquiéter pour eux, à votre place. Ils ne savent pas se débrouiller parce qu'ils n'essaient pas.

— Mais ils sont sous ma responsabilité.

— Êtes-vous parente avec eux ?

— Non.

— Alors pourquoi vous tracasser ?

Isabelle eut envie de lui tourner le dos. C'était l'homme le plus froid, insensible et dur qu'elle ait rencontré ! Elle s'assit sur les marches de la cabane. Il l'imita.

— Ils se comportent de cette manière parce qu'ils ont été blessés. Leur confiance a été trahie, leur innocence détruite.

— Vous évitez ma question.

— Je ne souhaite pas répondre.

— Pourquoi ?

— Ce n'est pas votre affaire.

— Ça l'est, si vous voulez que je vous aide.

— Je ne vous ai pas demandé de m'aider.

— Pas dans ces termes, mais en m'expliquant tout ça, vous m'y avez invité.

— Considérez que vous n'y êtes pas invité, trancha-t-elle.

Il faisait tout pour être odieux, et il y parvenait très bien.

— Vous avez déjà pensé laisser ces garçons se débrouiller avec Mercer ?

— Non.

— Vous ne leur faites pas confiance ?

Elle le regarda sévèrement.

— Bien sûr que si.

— Alors pourquoi ?

— Parce que tout ce qu'ils feraient serait fondé sur la terreur. Ce ne serait une bonne chose ni pour eux ni pour Mercer.

— Une bien meilleure réponse que je ne l'aurais imaginé.

— Je vous demande pardon ? Vous pensez que je suis stupide ?

— Pas forcément.

Isabelle se leva.

— Asseyez-vous, murmura-t-il.

— Pour recevoir d'autres insultes ?

— Non.

— Je doute que vous soyez capable de ne pas m'insulter.

— Pourquoi ?

— Parce que vos préjugés contre les femmes sont si profonds qu'ils imprègnent tout ce que vous dites. Ça fait probablement si longtemps, que vous ne réalisez plus combien vous êtes blessant.

Il garda le silence un moment. Elle sentit que l'idée cheminait dans son esprit.

— Non, j'aime les femmes, déclara-t-il finalement. Simplement, je ne leur fais pas confiance.

Un instant, Isabelle crut percevoir en Jake un petit garçon blessé, comme ses orphelins. Mais elle rejeta cette hypothèse peu probable.

— Nous n'avons toujours pas décidé de ce que nous allons faire de vos garçons, lui rappela-t-il.

— Ce n'est pas votre problème.

— Ça ne devrait pas être le vôtre. Asseyez-vous. Vous me donnez le torticolis.

Elle aurait aimé lui donner un coup sur la tête, mais elle se rassit. Elle ne savait pas pourquoi. Cela semblait juste la meilleure chose à faire. Après tout ce qui était arrivé aujourd'hui, il ne lui restait guère d'énergie. Pourtant, elle savait que ce n'était pas la seule raison. Quand il était là, elle sentait que les problèmes pouvaient se résoudre. Malgré sa grossièreté, son calme inébranlable la mettait en confiance.

Elle était fascinée par ses avant-bras musclés. Une femme ferait n'importe quoi pour un homme si magnifique. Elle-même le ferait. La tentation de se fier à lui était presque irrésistible.

Isabelle fut choquée par ses propres pensées.

— Les garçons sont sous ma responsabilité, dit-elle. Pourquoi ne pas plutôt parler de vous ?

— Bon Dieu, pourquoi ?

Elle fut blessée par sa réponse.

— La politesse exige que l'on s'intéresse aux autres.

— Pas dans cette région. Ici, si un homme veut que vous sachiez d'où il vient, il vous le dit.

Isabelle se releva.

— Je pense qu'il vaut mieux que je vous quitte. J'ai l'impression d'énoncer constamment des choses contraires à votre goût.

— Asseyez-vous, jeune dame. Vous sautez partout comme un poulet qui chasse les sauterelles. Et si vous voulez que les gens vous comprennent, cessez d'employer des mots raffinés.

Isabelle sentit ses dernières forces l'abandonner. Elle aurait voulu se recroqueviller sur elle-même et oublier toute cette journée. Elle aurait voulu oublier Jake Maxwell, aussi.

Mais elle ne le pouvait pas. Malgré ses insultes, sa grossièreté, sa manière de l'énerver, il y avait chez lui une force attirante. Il restait seul, sans peur, défiant presque le monde entier. Isabelle ne pouvait concevoir un tel degré de confiance en soi... ou d'inconscience.

Il y avait aussi chez lui une honnêteté élémentaire. Mais c'était une honnêteté dure, qui ne tenait compte ni des sentiments ni de la faiblesse, qui demandait plus à une personne que ce que la plupart des gens ne pouvaient offrir.

— N'y a-t-il rien chez moi que vous jugiez acceptable, monsieur Maxwell ?

Elle regretta sa question dès qu'elle eut refermé la bouche. Elle s'attendait à ce qu'il se moque d'elle.

Il la toisa.

— Si. Vous avez un joli visage, de chouettes cheveux et une taille tellement fine qu'elle n'a pas l'air assez large pour vous porter. Mais vous êtes une princesse de glace. Vous pourriez refroidir un après-midi d'été. Un homme attraperait des engelures en vous approchant de trop près. Je suis sûr que beaucoup ont essayé. J'y ai moi-même pensé...

Même épuisée, Isabelle ne pouvait passer une minute de plus en compagnie de cet homme.

— Je vais voir comment va Buck. Je ne trouverais pas mal à propos que vous soyez reparti à votre camp, quand je reviendrai.

Il haussa les sourcils.

— Vous essayez de vous débarrasser de moi ?

— Vous êtes ici chez vous, monsieur Maxwell.

— C'est Jake. Chaque fois que vous dites M. Maxwell, j'ai envie de me retourner pour voir qui est dans mon dos.

— Je n'ai pas l'habitude d'appeler un homme par son prénom.

Elle s'était pourtant surprise à penser à lui comme cela.

— Par ici, c'est comme çà qu'on fait, en général.

— Je préfère, quant à moi, qu'on m'appelle Mlle Davenport.

— Pas de problème, les Texans sont très pointilleux dans leur manière de traiter les femmes. Nous en avons trop peu pour ne pas nous en soucier. Quand elles sont aussi jolies que vous... eh bien, on peut vous appeler exactement comme vous voulez.

Isabelle se sentit honteuse. Jake la regarda d'un air sceptique.

— Ne me dites pas que les compliments vous étouffent, reprit-il. J'ai vu les femmes d'Austin : parmi elles, vous resplendiriez comme le soleil après l'orage.

— J'ai reçu bien des compliments, admit Isabelle. Mais jamais aussi extravagants.

— N'en faites pas une histoire. Les belles femmes n'ont pas leur place au Texas. Si je dois me marier – ce que je ne ferai jamais avant d'être vieux, mal en point et incapable de me débrouiller seul – je prendrai une femme laide. Comme ça, elle restera concentrée sur son travail, au lieu de penser à tous les trucs qu'un type gominé pourrait lui offrir.

— Pour peu que vous finissiez vieux et mal en point, riposta Isabelle. Tuez-vous plutôt, vous ne serez plus bon pour personne.

Jake était toujours à la même place quand Isabelle ressortit de la cabane. Elle s'éloigna de lui, d'une manière signifiant clairement qu'elle ne souhaitait pas qu'il la suive. Il n'en avait pas l'intention. Il continua son repas, se demandant sans cesse quels méandres du destin avaient conduit cette femme jusqu'à son ranch.

Il ne trouvait pas si amusant qu'elle n'affiche aucune envie de l'approcher. C'était fou, mais la seule vue de cette créature lui nouait le ventre.

Quand elle s'arrêta pour parler aux garçons qui se massaient autour du feu, Jake décida d'ouvrir les hostilités.

— T'as encore un peu de café ? demanda-t-il à Matt en arrivant près du feu.

Will remplit sa tasse.

— Ton frère s'y prend bien avec les chevaux, dit Jake. Il monte souvent ?

— Il y a peu de chance. On n'a croisé que des foutus bourrins depuis plus d'un an.

— Des vieux chevaux, corrigea Isabelle.

Will ne releva pas la remarque.

— Faudra qu'il parle, s'il veut travailler pour quelqu'un, enchaîna Jake.

— Matt ne parlera pas.

— Certains hommes le prendront comme une insulte, s'ils lui parlent et qu'il ne répond pas. Ils pourraient même sortir leurs armes.

— Matt ne parlera à personne, répliqua Will.

— Dis-lui juste ce que je t'ai dit.

— D'accord.

Jake l'observa. Son éclatante innocence était aussi rare que la beauté d'Isabelle.

— Vous pensez vraiment ce que vous avez dit ? demanda la jeune femme à Jake alors qu'il se détournait de Will.

Ah, ah ! Qu'on menace ses précieux orphelins, et elle parlerait au diable en personne.

— Oui. Pourquoi ?

— Je croyais que vous essayiez de le piéger pour qu'il parle.

— Pas besoin de piège, mademoiselle. Il y a assez de problèmes comme ça ici.

Il but une gorgée de café.

— Je ne voudrais pas être importune, mais ne feriez-vous pas mieux de repartir à votre camp ? Bien sûr, je suppose que vos hommes peuvent se débrouiller tout seuls…

— Je n'ai pas d'hommes.

Jake se mordit les doigts d'avoir dit cela. Sachant combien il était impossible à une femme de ne pas poser de questions, il serait bon pour une explication qu'il n'avait pas envie de donner.

— Ça doit rendre le travail plutôt dur pour vous.

— Il n'y a pas grand-chose qu'un homme ne puisse faire lui-même, s'il se sert de sa tête.

— Je suis sûre que vous avez raison.

Elle le regarda à travers le feu. C'était sans aucun doute une jolie femme. Ses vêtements mettaient en valeur son visage très fin. Non pas qu'ils exposent plus son corps que de raison. Mlle Davenport ne croyait pas aux ornements inutiles, ni que des mètres de tissu soient un atout. Cette sobriété donnait une robe simple, que l'on remarquait moins que le corps magnifique qu'elle recouvrait.

— Bien sûr, je ne peux pas les conduire au marché moi-même. Même un petit troupeau nécessite plusieurs hommes.

— Je comprends.

Quelle femme! L'air si calme et si sûre d'avoir réponse à tout, alors qu'elle n'avait pas la moindre idée de ce dont il parlait.

— Je pensais aller faire un tour au Nouveau-Mexique ou au Colorado. Les forts militaires ont besoin de viande, par là-bas.

— Je suis sûre que les soldats seraient ravis de manger autre chose que du porc.

— Le voyage n'est pas aussi long que pour le Kansas ou le Missouri, mais il est moins sûr.

— Ah bon?

— Pas de fermiers fous furieux qui s'énervent au moindre geste et vous chassent de leurs terres à coups de winchester, mais il y a des Peaux-Rouges et des bandits mexicains.

Elle s'assit en fixant le feu, sans répondre. Elle commença à taper du pied, sans doute impatiente qu'il s'en aille. Diable, il ne s'était jamais senti autant attiré par une femme, même aussi jolie, douce et féminine qu'Isabelle.

Sans doute parce que cela faisait des mois qu'il n'était pas allé en ville. Il n'y allait pas forcément pour trouver des filles, mais il ne s'en privait pas. Il était humain, après tout.

Mais il ne devait pas oublier combien les femmes sont dangereuses. Pas question de leur faire confiance!

— Je suis sûre que vous trouverez les hommes dont vous avez besoin, dit-elle d'un air absent.

Elle ne semblait pas s'intéresser beaucoup plus à lui qu'à Mercer.

— Et comment ferai-je? demanda-t-il, hargneux.

— Les choses finissent toujours par se résoudre au bon moment. C'est pourquoi moi, je suis sûre que

quelque chose va arriver, pour que je n'aie pas à ramener ces garçons à Austin.

Une idée traversa alors l'esprit de Jake, si incroyablement simple qu'il se sentit stupide de ne pas l'avoir eue
plus tôt.

— Je peux embaucher vos garçons, dit-il.

— À quel titre ?

— Garçons vachers. Ils m'aideront à emmener mon
troupeau au Nouveau-Mexique.

Isabelle le regarda comme s'il avait soudain sombré
dans une folie délirante.

— Certainement pas ! Je les ramènerai à Austin avant
que vous ne leur mettiez la main dessus.

5

— Je ne jouerai pas à la nounou avec un troupeau de vaches puantes, décréta l'un des garçons, le plus aigre, qui semblait n'aimer personne.

— Je ne te demande pas ça, Bret, assura Isabelle. Même si c'est plus facile que d'exploiter des cultures. Tout ce que tu as à faire, c'est de monter à cheval et chanter des chansons. Dès lors qu'elle broute, une vache n'embête personne.

Jake se demanda s'il devait rire ou prendre la mouche. Savait-elle convaincre une bête de cinq cents kilos de brouter tranquillement au lieu de l'encorner, de s'enfuir ou de disparaître dans Dieu sait quel canyon sinueux et sans fond ?

— Pourquoi ne voulez-vous pas que je les embauche ? questionna-t-il.

— Ce sont des enfants.

— Je garde les troupeaux depuis l'âge de dix ans.

— Ils ne savent pas tous monter.

— Je peux leur apprendre. Ce n'est pas difficile. Même les enfants le font.

— Il faudrait des années pour en faire de vrais cowboys.

— Mais non.

Jake n'abandonnerait pas. Il avait trouvé une solution pour sauver sa peau.

— Quand j'en aurai fini avec eux, ils seront prêts à vivre leur vie, insista-t-il. N'est-ce pas ce que vous souhaitiez ?

— Si, mais...

— Soyez raisonnable, mademoiselle. Ces garçons sont à deux doigts de la prison. Vous ne les auriez pas amenés aux frontières de la civilisation s'ils ne s'étaient pas fait renvoyer de partout.

S'il pensait que la simple vérité briserait l'image idyllique qu'elle avait de sa petite bande de voyous, il avait tort. Elle n'écoutait pas un mot.

— Ils ont besoin d'amour et d'attention, déclara-t-elle, pas d'être éjectés d'un cheval ou transpercés par vos vaches sauvages.

Il décida de ne pas relever qu'un instant auparavant, ces vaches n'étaient selon elle que de débonnaires ruminants.

— Vous préférez qu'ils continuent comme ça jusqu'au bagne ?

— Non, dit-elle, serrant les poings. Mais ce sont encore de jeunes garçons, des enfants pour certains, et ils ont besoin qu'on les traite comme tels.

Les garçons sentaient que quelque chose d'important se tramait. Ils se rassemblèrent autour de Jake et d'Isabelle. Ils observaient avec des yeux durs, méfiants. Prendre cette bande sous son aile serait comme essayer d'arracher les crocs à une portée de louveteaux.

— On ne peut pas les traiter comme n'importe qui, reprit Isabelle. Ils n'ont pas eu des vies ordinaires. Ils ne peuvent pas apprendre les règles habituelles.

— Eh bien, s'ils font des problèmes, je les punirai.

— Non, ce n'est pas ce que je voulais dire. La mère de Faucon a été capturée par les Indiens. Son père est un chef comanche. Il a vécu avec les Comanches pendant onze ans. Quand sa mère et sa sœur sont mortes, Faucon s'est enfui loin de son peuple. Ils ont failli le tuer parce qu'ils avaient peur que ce soit un espion de l'homme blanc. Maintenant, il n'est plus chez lui nulle part. Plus personne ne lui fait confiance.

Les mots d'Isabelle étaient passionnés. Mais les yeux de Faucon de Nuit étaient froids, sa posture rigide et inflexible.

— Pete a vu ses parents tués par les Comanches, continua la jeune femme. Il a été forcé de regarder alors

56

qu'il ne pouvait rien faire. Il hait tous les Indiens, même Faucon. Il l'attaque à la moindre occasion.

Elle semblait disposée à lui raconter l'histoire de chacun des garçons du groupe, afin de le convaincre qu'ils étaient trop fragiles pour survivre à la manière forte.

— S'il garde des vaches, il sera trop occupé pour attaquer Faucon, répliqua Jake.

— C'est une idée grotesque, dit Isabelle. Ils sont trop jeunes.

— Certains ont quatorze ans.

— Will en a huit, Pete neuf. Ce sont presque des bébés.

— Je ne suis pas un bébé, protesta Will.

— Il devrait être dans un foyer, avec une femme attentionnée pour le materner.

Jake laissa son regard errer lentement d'un garçon à un autre. Leur attitude rebelle ne démontrait aucune affection à son égard, ni aucune velléité de devenir cowboys. Ils restaient juste là, à l'observer patiemment, impassibles comme des bûches.

Mais ils étaient sa seule chance de mettre son troupeau en vente, de sauver quelque chose de son héritage, et il ne comptait pas la laisser passer sous prétexte que cela indisposait Isabelle. Il était temps de faire comprendre à celle-ci que travailler pour lui était une meilleure solution que de retourner à l'orphelinat d'Austin.

— Allons vers l'enclos, proposa-t-il, nous pourrons parler tranquillement.

— Ce n'est pas nécessaire. Je n'ai pas l'intention de dire quoi que ce soit que les garçons ne pourraient entendre.

— Eh bien, moi si. Et nous ne voudrions pas chiffonner ces chers enfants, n'est-ce pas?

Elle hésita, puis le suivit à l'écart.

— Je suis d'accord, certains des garçons sont trop petits, admit Jake une fois que ceux-ci furent hors de portée. Je prendrai Faucon, Chet et Matt. Et le grand gamin irlandais, s'il sait rester en selle. Vous pouvez garder les autres.

— C'est impossible, rétorqua-t-elle sur ce ton péremptoire qu'il commençait à détester. On ne peut pas séparer les frères.

— Je n'ai pas de temps à consacrer aux petits, se défendit Jake. Un cow-boy passe des journées entières seul. Il doit être assez fort pour mater un taureau récalcitrant d'une demi-tonne, assez expérimenté pour rattraper une bête échappée ou repousser une attaque de Peaux-Rouges, assez malin pour survivre quelles que soient les difficultés.

— Sean ne se séparera pas de Pete.

Jake était désespéré. Il avait peu de temps pour marquer son bétail et partir. Si Luke Attmore se révélait ne serait-ce qu'à moitié aussi doué que son frère, il pourrait lui être utile. Et il serait toujours possible de laisser Pete et Will au camp.

— D'accord, mais je ne tolérerai pas de pleurnicheries.

— Et Bret ?

Jake voyait le genre : arrogant, tête de mule, inutile.

— Vous le gardez.

— Vous ne pouvez pas le laisser. Il se sentirait rejeté.

— Il doit y être habitué, maintenant.

— Et il y a Buck. C'est le plus vieux de tous.

— Je ne peux pas prendre un gamin si faible qu'il doit rester au lit.

— Il ira bien.

— Écoutez, vous pourrez rester ici jusqu'à ce qu'il soit assez fort pour voyager.

Elle lui sourit d'un air supérieur.

— Eh bien, ce ne sera pas nécessaire. Puisque c'est comme ça, nous partirons demain matin, tous.

— Mais vous avez dit...

Elle l'avait encouragé. Elle l'avait laissé négocier et espérer alors que, au fond, elle n'avait aucune intention de lui laisser les garçons. L'idée le prit de l'attacher avec Mercer pour que les garçons décident eux-mêmes de leur destin.

— Ils ont besoin d'un travail et d'un foyer. Je peux leur donner l'un et l'autre.

— Vous n'avez pas de foyer. Ou plutôt votre foyer, c'est là où est votre troupeau. Vous êtes perdu au milieu de nulle part, loin de tout, sans aucune attache. Buck a dit que les fermiers prévoient de vous dépouiller avant l'automne. Vous voulez seulement utiliser mes garçons pour sauver votre peau.

— Qu'est-ce qui vous pose problème ?

— Tout ! Comment puis-je m'attendre à ce que vous instauriez des règles de conduite correctes alors que vous ne savez pas vous tenir vous-même ? Vous n'avez pas non plus de sympathie à leur égard. Vous pensez qu'ils sont tous des criminels en puissance. Seul votre bétail vous intéresse. Si dresser ces chevaux est un exemple du genre de travail que vous espérez d'eux, ils se casseront bras et jambes d'ici une semaine. Autant les abandonner aux fermiers.

Jake était furieux. C'était injuste de penser qu'il ne se préoccuperait pas de la santé des garçons, et le comparer aux fermiers était pire.

— Je suis peut-être dur, mal élevé et parfois un peu sale, mais je ne blesserai jamais personne, même votre bande de rebuts. J'en ai vu trop mourir à la guerre. Restez aussi longtemps qu'il le faut pour que Buck soit en état de voyager. Et essayez de laisser cet endroit en bon état.

— Si nous faisions ça, monsieur Maxwell, nous ne le laisserions pas dans l'état où nous l'avons trouvé.

Au prix d'efforts patients, il apprendrait sans doute à détester cette femme.

— Laissez-le comme vous voudrez, contentez-vous de partir.

Il monta en selle et s'éloigna sans un regard en arrière. Il chevaucha jusqu'à son camp, avant de réaliser qu'il venait de perdre sa seule chance de quitter le Texas avec autre chose que sa chemise sur le dos.

Les fermiers avaient vraiment l'intention de le ruiner. Ils avaient un plan. Et lui ? Rien que ses dix doigts. Un seul obstacle l'empêchait de s'en sortir : cette Isabelle Davenport, têtue, ignorante et follement attirante.

Au diable les femmes !

Sauf à l'occasion de rares promenades dans le jardin, certaines nuits d'été, Isabelle avait rarement été dehors la nuit. Tante Deirdre affirmait qu'une femme n'avait rien à faire dehors, passé le crépuscule. Les quinze nuits où Isabelle avait dormi dans le chariot ne l'avaient en rien poussée à remettre en cause le dicton de sa tante.

Mais cette nuit-ci était différente.

Elle ne semblait pas sombre. Le paysage était vivement illuminé par le clair de lune. D'innombrables étoiles constellaient le ciel. Isabelle distinguait parfaitement les chevaux debout dans l'enclos. L'air frais était vivifiant, après la chaleur de la journée. Il n'y avait pas de vent. La nuit était immobile.

En réalité, elle se sentait libre. Elle se demanda si les garçons ressentaient la même chose, sachant qu'ils retourneraient bientôt à Austin. Certains s'étaient vu offrir une porte de sortie, et elle avait refusé. Elle n'était pas sûre qu'ils le lui pardonneraient.

— Vous vous êtes mise dans de beaux draps, avait dit Mercer. Ils vous détestent.

Ils ne la détestaient pas – du moins le pensait-elle – mais ils n'étaient sûrement pas heureux avec elle.

— Que dira l'agence en apprenant que vous avez décliné deux possibilités de placement pour ces petits voyous ?

— Ce ne sont pas des voyous, avait tranché Isabelle. Si c'était le cas, vous seriez resté quelque part sur la piste, votre cadavre abandonné aux animaux sauvages.

— Il empoisonnerait les animaux qui y planteraient leurs dents.

C'était Bret. Il avait harcelé tout le monde ce soir, faisant tout pour provoquer une bagarre. Sans l'intervention d'Isabelle, il y serait parvenu. Avec son teint mat et ses cheveux noirs épais, il promettait de devenir un bel homme. Mais cela était gâché par son air teigneux.

— Au lit, Bret.

— Pourquoi ? Nous n'avons rien à faire, à part attendre que ce gamin soit rétabli pour rentrer à Austin. Ne soyez pas surpris si certains ne répondent pas à l'appel demain matin.

— Où iraient-ils ? Et comment ?

— Ils ont des chevaux. Ils peuvent aller où ils veulent. Je pourrais ne plus être ici non plus.

— Ce serait stupide.

— Pourquoi ? Personne ne veut rentrer à Austin.

— Tu ne rentreras pas à Austin, avait assuré Isabelle.

— Pourquoi pas ?

— J'ai une idée.

— Quoi ?

— Je ne peux pas te la dire maintenant, avait-elle répliqué, espérant qu'il la croirait.

— Elle n'a aucune idée, avait grommelé Mercer. Toute votre sacrée bande va rentrer à l'agence. Je verrai bien s'ils vous enchaînent, cette fois.

— Personne ne sera enchaîné, avait déclaré Isabelle, se retenant de jeter une autre pierre sur Mercer.

Elle avait été choquée à cette idée. Elle n'avait jamais eu de pulsion violente avant de rencontrer Jake Maxwell.

Non, ce n'était pas juste. Ses valeurs étaient simplement différentes des siennes. Il ne faisait pas les choses comme elle avait appris qu'un gentleman devait les faire. En surface, il représentait tout ce dont on lui avait dit de se méfier.

Pourtant, elle ne pouvait le chasser de son esprit plus de quelques minutes. Et il ne s'agissait pas seulement de son physique. Il y avait quelque chose d'irrésistible en lui. Il mettait en conflit son esprit et ses émotions, ce qui n'était jamais arrivé auparavant. Cela la troublait et la bouleversait.

Elle devait rentrer à Austin avant de remettre en cause tout ce que sa tante lui avait appris…

Isabelle se demanda si elle pourrait s'habituer à des nuits presque aussi claires que le jour. Il était difficile de se mouvoir discrètement alors que n'importe lequel des garçons pourrait la voir en ouvrant les yeux. Au moins, le bruissement des feuilles couvrait le son des cailloux qui crissaient sous ses pieds.

Elle tira doucement les piquets à l'arrière de l'enclos : par cette ouverture, les chevaux pourraient sortir. Et sans chevaux, les garçons ne pourraient s'enfuir.

Elle fit le tour de l'enclos, agitant les bras, espérant pousser les chevaux vers l'ouverture. Ils foulaient le centre de l'enclos, refusant de se diriger vers la sortie. Elle allait devoir entrer et les emmener. Elle retroussa sa jupe et, la tenant serrée contre ses jambes, se glissa entre les fils de fer.

Elle fit quelques pas vers les chevaux, qui s'éloignèrent rapidement. Elle lâcha un soupir de soulagement. C'était plus facile qu'elle ne le pensait. Elle se déplaça encore, et les chevaux bougèrent aussi. Sans l'avoir vu venir, elle se trouva face à Sawtooth, qui ne semblait pas avoir l'intention de faire un pas de plus.

Isabelle regarda en arrière et fut horrifiée de constater que la barrière était à près de trente mètres. Si Sawtooth décidait de l'attaquer, il lui serait impossible de ressortir avant qu'il ne la piétine.

Décidant de faire comme si elle n'était pas effrayée, elle s'avança d'un pas, agitant les bras au-dessus de sa tête pour paraître aussi grande et impressionnante que possible. Sawtooth frappa rageusement le sol, s'ébrouant avec violence. Elle était assez proche pour distinguer ses yeux. Ils semblaient tout blancs, avec à peine quelques points de couleur au centre. Il ressemblait à une sorte de démon à moitié aveugle.

Il hennit, ou cria – Isabelle n'avait aucune idée du nom de ce terrible bruit qui déchira le calme de la nuit. Il se cabra et se dressa de toute sa hauteur. Il était absolument énorme. Elle se demanda comment elle avait pu penser impressionner un tel cheval.

Sawtooth hurla à nouveau, montra les dents, retomba sur ses jambes et chargea.

Bien que certaine de ne pas en réchapper, Isabelle eut un réflexe de survie. À l'instant où Sawtooth l'atteignait, mâchoires ouvertes, elle se jeta sur le côté. Elle sentit l'air la fouetter tandis que l'épaule de l'animal la frôlait.

Elle se hissa sur ses pieds, pendant que Sawtooth s'arrêtait en glissant.

La jeune femme s'élança vers la barrière. Elle crut entendre des bruits de pas précipités, des cris depuis plusieurs directions, mais elle n'écoutait que le martèlement des sabots de Sawtooth derrière elle. Comme par miracle, elle réussit à se glisser à travers la barrière et s'effondra presque sur Will.

— Fichtre ! dit-il, émerveillé. Vous vouliez monter Sawtooth ?

Isabelle se demanda pour quelle raison il s'imaginait qu'elle voulait monter une bête aussi démente.

Avant même qu'elle puisse répondre, Will escalada la barrière de l'enclos et cria :

— À toi de jouer, Faucon ! Mate-moi cette sale bête !

Le bruit des hurlements de Sawtooth et des graviers qu'il projetait avec ses sabots la fit se retourner. Faucon de Nuit avait glissé une corde à son cou, et il frappait l'étalon furieux avec l'autre bout pour lutter contre ses violentes attaques.

Les frères Attmore accoururent. Luke lança son lasso, mais Sawtooth baissa la tête et il le manqua. Presque immédiatement, le lasso de Chet tomba autour de l'encolure de Sawtooth. Comme l'animal sentait la corde se resserrer, il retourna sa fureur contre Chet. À cet instant, le second lasso de Luke se coula autour de son cou.

Il était pris. Hurlant sa rage, il se débattait de toutes ses forces. Isabelle l'observait alors qu'il secouait les garçons comme des herbes roulées par le vent. Sean s'empara de la corde avec Luke. Progressivement, les quatre garçons repoussèrent l'étalon contre le bord de l'enclos. Faucon de Nuit et Chet attachèrent leurs cordes à des piquets situés à environ six mètres. Sawtooth ne pouvait plus bouger sans s'étrangler.

Faucon de Nuit se hissa à l'intérieur de l'enclos et donna un coup sur la tête de Sawtooth. L'étalon montra les dents et tenta de l'attaquer, mais les cordes le retenaient. Son acharnement à les rompre sembla seulement exciter Faucon encore plus.

— Lui cheval à moi, déclara à la cantonade Faucon de Nuit. Moi monter lui.

Isabelle ne comprenait pas. Elle aurait encore préféré monter un bison sauvage !

— Qu'est-ce que vous faisiez là-dedans ? demanda Chet Attmore. Il aurait pu vous tuer.

— Qui a ouvert la barrière ? ajouta Sean.

Il ne restait à Isabelle qu'à confesser sa faute mais, avant qu'elle n'ait pu le faire, son attention fut distraite par le bruit d'un cheval au galop. Jake Maxwell jaillit de l'obscurité, chevauchant droit vers elle. Elle se plaqua contre la barrière de l'enclos, tandis que la monture de Jake s'arrêtait dans une gerbe de graviers.

— Qu'est-ce qui se passe ? cria-t-il en sautant de la selle. Pourquoi Sawtooth hennissait-il comme ça ?

Will Haskins répondit très calmement :

— Il essayait de tuer Mlle Davenport.

6

Jake examina Sawtooth et les cordes qui l'avaient immobilisé.

— Faucon l'a attrapé avant qu'il ne la mette en morceaux, expliqua Will.

Jake ne pouvait pas le croire. Était-elle folle pour ignorer que Sawtooth était capable de la tuer?

— Bon sang, qu'est-ce que vous faisiez dans cet enclos?

— Je voulais laisser les chevaux s'échapper pour que les garçons ne puissent pas s'enfuir.

Jake avait été réveillé d'un sommeil léger en entendant les hennissements du cheval. Il avait craint une attaque de Peaux-Rouges; il avait imaginé les garçons tués, Isabelle enlevée et les chevaux volés.

Et maintenant, elle lui racontait qu'elle était entrée dans l'enclos pour en faire sortir les chevaux! Elle était folle. Aucun doute là-dessus.

Il la prit par les épaules et l'examina. La lune se reflétait dans ses yeux. Ses yeux étaient un peu exorbités, mais c'était sans doute la frayeur. Il la relâcha.

— Peut-être que vous vous êtes perdue dans le noir. Les citadines n'ont pas l'habitude de traîner dehors après minuit.

— Je ne me suis pas perdue, dit Isabelle en se frottant les bras comme pour effacer toute trace qu'il aurait pu laisser.

— Vous êtes allée dans cet enclos de votre plein gré? Même une femme de la ville n'aurait pas fait quelque chose d'aussi stupide!

— Les garçons étaient déçus de ne pas pouvoir travailler pour vous. Et Bret a dit que certains ne seraient pas là demain matin. J'avais peur qu'ils ne s'enfuient.

— Matt ne veut pas retourner à l'orphelinat, acquiesça Will. Les autres sont furieux contre lui parce qu'il ne veut pas parler. Parfois, ils le frappent.

— Je trouverai quelqu'un qui vous prendra tous les deux, dit Isabelle. Quelqu'un qui ne battra pas Matt parce qu'il ne parle pas.

— Comment allez-vous faire? riposta Jake.

— Ça ne vous concerne pas, rétorqua Isabelle avec un léger mouvement de tête réprobateur.

Elle se dirigea vers le feu de camp. Voyant qu'il la suivait, elle bifurqua vers la cabane.

Matt avait préparé le feu et faisait du café. Il semblait avoir un sixième sens pour deviner ce qu'il fallait faire. Jake se dit que tout ce dont ce garçon avait besoin pour redevenir normal, était un environnement équilibré et chaleureux.

— Elle a failli se faire tuer, lança Mercer Williams, toujours enchaîné à une roue du chariot.

— Elle se soucie plus de ses garçons que de sa propre peau, répliqua Jake. Si vous étiez un tant soit peu humain, vous l'aideriez.

Mercer haussa les épaules.

— Mon boulot, c'est de les emmener à ces fermiers ou de les amener en prison. Ça ne me fait ni chaud ni froid.

— En prison?

Mercer hocha la tête.

— Peut-être la moitié d'entre eux.

— Matt Haskins?

— Sans doute.

— Et son frère, Will?

Mercer haussa à nouveau les épaules.

— Ils le placeront dans une famille. C'est un gamin brillant, pas revêche comme son frère. Bien sûr, si je reste enchaîné comme ça, au moins la moitié vont s'enfuir. Bah, ça sera encore mieux. Je rentrerai à Austin, et Mlle Davenport pourra se marier comme une femme normale.

Jake ne savait pas ce qu'il détestait le plus, la manière dont Mercer parlait des garçons ou son regard quand il parlait d'Isabelle. Le simple fait de soupçonner les pensées salaces de Mercer donnait envie à Jake de lui expédier son poing dans la figure. Ce type ne comprenait-il pas qu'Isabelle était trop bonne pour des gens comme lui ?

Pour moi aussi, se dit Jake. Il était idiot de penser qu'elle serait sensible à un homme comme lui. Il n'était pas de son rang.

Il se dirigea d'un pas résolu vers la cabane. Quand il entra dans la pièce, Buck était assis sur le lit et discutait avec Isabelle.

— Je veux ces garçons, annonça-t-il.

Isabelle et Buck se tournèrent tous les deux vers lui.

— Sept d'entre eux, au moins, continua Jake. Je ne sais pas ce que je ferai des petits, mais Luke Attmore ne se débrouille pas mal avec les chevaux. J'imagine qu'il fera sa part de travail.

— Je sais monter à cheval aussi, dit Buck.

Il se leva. Il mesurait presque un mètre quatre-vingts, la taille de Jake, mais il était grêle comme une ficelle, faible, et pas tout à fait rétabli.

— Tu tomberas de selle au premier coup de vent. En plus, tu ne pourras pas bouger sans rouvrir tes cicatrices dans le dos. Si je te prenais avec moi, Mlle Davenport dirait que je suis cruel et insensible.

Isabelle rougit. Elle aurait été choquée de voir combien elle était jolie ainsi, songea-t-il.

— Je ne pense pas que vous soyez cruel ou insensible. J'ai juste dit que vous n'aviez aucune sympathie pour les garçons.

— Ils n'ont pas besoin de sympathie. Ils ont besoin de dignité.

— Je suis d'accord, admit Isabelle. En rentrant à Austin, j'essaierai de trouver quelqu'un qui leur donne du travail pour qu'ils puissent gagner leur vie.

— Comment comptez-vous faire ça ?

— Je m'arrêterai dans chaque bourgade, je parlerai au maire ou au conseil municipal.

— Autant proposer des esclaves à vendre.

— Vous avez une meilleure suggestion ?

— Je vous l'ai donnée à l'instant.

— Je ne puis accepter.

— Mon Dieu, que vous êtes têtue !

— Peut-être, mais pas inconsciente. J'ai réfléchi à votre offre. Je pense toujours que vous n'êtes pas la personne qu'il faut.

— Qu'est-ce qui ne va pas chez moi, encore ?

Elle hésita.

— Allez, crachez le morceau, insista-t-il. Après ce que vous avez déjà dit, ça ne peut pas être bien pire.

Elle expliqua finalement :

— Ils ont besoin de nourriture correcte, de vêtements propres, d'un lieu décent pour vivre, de prendre de bonnes habitudes, le genre de choses que procure une femme. Comme j'imagine que la plupart d'entre eux vont se marier, ils n'ont pas besoin de vos préjugés misogynes. Ils n'ont pas non plus besoin d'apprendre à mépriser les règles de la société. Le Texas ne sera pas toujours une terre sauvage et barbare.

Elle dépassait les bornes. Il l'avait laissée s'installer dans son ranch, l'avait autorisée à mettre des gamins sales dans son lit, les avait laissés s'amuser à embêter ses chevaux. Il lui avait même proposé de la soulager de la plupart de ses soucis, mais elle n'accepterait pas parce qu'elle estimait qu'il était un mauvais exemple.

— Qu'est-ce que vous voudriez que je fasse ? Que je les emmène dans un palace ?

— Bien sûr que non ! dit-elle avec humeur. Mais ces garçons ont besoin de quelqu'un qui comprenne qu'ils souffrent, quelqu'un qui apprenne à les aimer. Vous en êtes incapable. Vous prenez toute émotion pour un signe de faiblesse.

— Alors pourquoi ne pas m'accompagner, pour vérifier que je traite vos petits chéris avec tout l'amour et la gentillesse dont ils ont besoin ?

Jake ne pouvait pas croire qu'il ait laissé sa colère l'aiguillonner au point de dire une chose aussi stupide !

Il n'y aurait rien eu de pire que d'avoir Isabelle sur le dos pendant tout le voyage pour Santa Fe.

— Pas la peine d'être sarcastique, monsieur Maxwell.

— Je ne suis pas sarcastique.

Non, mais il était idiot. Il espérait qu'elle refuserait.

— Si, vous l'êtes. Vous savez bien que vous n'avez pas l'intention de prendre Bret et Buck. C'est cruel.

— Ramenez-les tous, alors, du premier au dernier ! cria presque Jake. Je n'ai pas de livre d'histoires à leur lire le soir, mais il y a une bible quelque part. Ça devrait faire l'affaire, non ?

Isabelle se leva avec un air de réprobation impériale.

— Je refuse de rester ici, vous vous moquez de moi. Si vous voulez bien vous écarter, j'aimerais partir.

Jake s'effaça et s'inclina cérémonieusement.

— Bien sûr, Majesté. Tout ce que vous voudrez, Majesté. Laissez-moi me coucher par terre pour que vous puissiez me marcher sur le dos, Majesté…

Isabelle le transperça d'un regard indigné et disparut.

Jake aurait aimé être soulagé d'avoir remis à sa place cette chipie. Mais ce qu'il ressentait n'était que de la déception. *Il lui fallait ces garçons.*

— Vous vouliez vraiment dire ça ? demanda Buck.

— Quoi ?

— À propos de tous nous prendre, même moi.

Le regard de Buck lui fit réaliser que prendre ces garçons sous sa responsabilité ne serait pas si simple. Ils remettraient leur vie entre ses mains, exactement comme les soldats pendant la guerre.

Jake pensa aux jeunes qu'il avait entraînés, certains à peine plus âgés que Chet ou Faucon de Nuit. Ils étaient venus à lui débordant d'impatience de combattre pour la cause. Ils avaient des foyers à protéger, des familles qui les aimaient, un mode de vie qu'ils chérissaient. Ils avaient quelque chose pour quoi combattre et auquel revenir.

Ces garçons-là n'avaient rien.

Buck était couvert de coupures et d'ecchymoses, et ses vêtements étaient en lambeaux. Jake se dit qu'il ne devait pas peser plus de cinquante kilos. Il ne serait utile à personne pendant au moins un mois. Mais ses yeux brillaient d'espoir. Il voyait Jake comme son sauveur.

Jake ne voulait pas être considéré ainsi, mais il ne pouvait tourner le dos à Buck. Celui-ci n'avait ni l'assurance de Faucon, ni la maturité de Chet, ni la taille de Sean. Il ne s'était pas coupé du monde comme Matt. Il se tenait nu devant Jake, sans défense, incapable de cacher ce qu'il ressentait, ce qu'il redoutait.

Cependant il tenait à se battre, à essayer encore. Si on le renvoyait à la rue, il passerait son temps à se bagarrer dans les saloons, jusqu'au jour où quelqu'un le tuerait.

Jake ne pouvait pas laisser faire ça à Buck, à Matt, à Will, ni à aucun autre.

— Je vous prendrai tous si Mlle Davenport accepte de faire la cuisine.

Buck se précipita vers la porte, manquant trébucher tant il était pressé de trouver Isabelle. Jake savait qu'il n'y avait pas une chance sur un million qu'elle accepte son offre. Mais il devait essayer.

Quand il sortit, la moitié des garçons étaient déjà rassemblés autour de Buck, curieux. Isabelle examina Jake comme si elle ne pouvait y croire. Il eut l'impression d'avoir la braguette ouverte.

— Je ne vous laisserai pas vous moquer des garçons comme ça, lança-t-elle lorsqu'il arriva près d'elle. Je vous ai déjà dit pourquoi ils ne peuvent pas partir avec vous.

Qu'est-ce qui lui avait pris de faire une telle proposition ? Espérait-il qu'ils soient si importants pour elle qu'elle accepterait de les accompagner, malgré le fait qu'elle le déteste ? Ou était-ce qu'il ne voulait pas abandonner ces garçons à un sort pire que celui qu'il pouvait leur offrir, même avec tous les risques que cela comportait ?

— Toutes vos objections disparaîtraient si vous veniez pour vérifier que je les traite avec toute la tendresse dont ils ont besoin.

— Vous savez bien que je ne peux pas partir. Je dois retourner à mon travail.

— Pourquoi ?

— Parce que je suis professeur. C'est de cela que je vis.

— Vous n'avez pas toujours été professeur. Aucune loi n'impose que vous le restiez jusqu'à la fin de vos jours.

— Peut-être, mais c'est le seul métier que j'ai.

— Je croyais que vous étiez tellement préoccupée par ces garçons que vous feriez tout pour les aider.

— C'est vrai.

— J'ai proposé de les prendre, tous. Tout ce que je vous demande, c'est d'être notre cuisinière.

— C'est impossible.

— Pourquoi ?

— Je ne sais pas cuisiner.

Il haussa les sourcils.

— Toutes les femmes savent cuisiner.

— Moi pas. Je n'ai jamais appris.

— Si ces garçons peuvent apprendre à s'occuper du bétail, vous pouvez apprendre à cuisiner.

— Voyager seule avec tant d'hommes n'est pas convenable pour une femme célibataire, décréta Isabelle.

— Considérez-les comme vos enfants.

— Et vous comme mon mari ?

— Dieu m'en garde ! s'exclama Jake.

— Ce ne sera pas nécessaire, je vous en garderai moi-même.

Will et Pete souriaient. Certains des plus âgés affichaient un air préoccupé.

— Allez, mademoiselle Davenport ! supplia Buck. Nous vous promettons qu'il ne vous arrivera rien.

— Veux-tu te taire ? dit Jake. Elle se fiche de toi.

Isabelle pâlit.

— Vous êtes abominable !

— C'est à cause des vaches. C'est dur, les conversations de salon, quand on est seul avec du bétail toute l'année.

— Ce n'est pas une excuse.

— Personne ne vous ennuiera, mademoiselle, intervint Chet Attmore. Mon frère et moi, nous y veillerons. Vous pourrez dormir dans le chariot toutes les nuits.

— Merci, Chet, mais ce n'est pas seulement une question de convenance, de cuisine ou de place où dormir.

J'ai un métier. Je ne peux pas disparaître sans explication.

— Mercer pourra tout expliquer pour vous, contra Jake.

Isabelle regarda autour d'elle les visages impatients des garçons, et lança à Jake un regard fâché.

— C'est impossible. Après un tel voyage, je serai une femme perdue…

Jake vit que les garçons comprenaient, se résignaient, perdaient espoir. Mais lui refusait d'abandonner.

— Pourquoi ne pas laisser les garçons décider ? Peut-être qu'ils préfèrent travailler pour moi, tout mauvais exemple que je sois, plutôt que d'être à l'orphelinat.

— Qui prendriez-vous ? demanda Buck.

— Les Attmore, Faucon, Chet et Matt. Désolé, dit Jake en voyant la déception de Buck. Je dois être parti d'ici une semaine. Si mademoiselle ne vient pas, je ne peux prendre personne qui ne puisse passer dix-huit heures par jour en selle.

Maussade, Buck ne répondit pas.

— Luke et moi travaillerons pour vous, déclara Chet.

— Moi aussi, ajouta Faucon de Nuit.

Sean hocha la tête, sans enthousiasme.

— Vous ne les forceriez pas à rentrer contre leur volonté, n'est-ce pas ? demanda Jake à Isabelle.

Il devinait le combat intérieur qui l'animait.

Elle ne lui faisait pas confiance, concernant ses précieux orphelins. Elle ne pensait pas qu'il était assez bon pour eux. Il était dommage qu'elle ne puisse pas les adopter elle-même.

Jake se demanda pourquoi elle était si dévouée aux garçons, et si critique envers lui.

— Non, je ne les forcerai pas à rentrer à Austin, répliqua enfin la jeune femme. Tous les garçons qui le souhaitent peuvent aller avec vous.

Jake poussa un soupir de soulagement. Il avait une chance de sauver son troupeau, et certains des garçons avec. Mais il ne pouvait savourer pleinement son succès.

Il était blessant qu'elle fût si fâchée de les laisser partir avec lui. Il avait toujours été respecté, parfois même admiré. Cela le vexait qu'elle ne perçoive pas, au-delà de son manque de manières, les qualités que d'autres avaient vues en lui. Isabelle avait appris à apprécier un type d'homme auquel Jake ne ressemblerait jamais.

— Pas la peine de faire comme si vous signiez leur arrêt de mort, grommela-t-il. Je ferai de mon mieux pour qu'ils arrivent à Santa Fe sans une égratignure.

— J'en suis sûr, mais ils vont me manquer. Je n'avais pas encore réalisé à quel point je les adore.

Il se tourna vers les garçons.

— Dès qu'il fera jour, choisissez-vous un cheval dans l'enclos. Vous trouverez des selles supplémentaires dans le dortoir. Puis nous irons attraper d'autres chevaux.

Sean regarda Pete, et hésita.

— Vas-y, lui dit Pete. Mlle Davenport a dit qu'elle avait un autre plan. En plus, je suis trop petit pour conduire des vaches.

— On revient ici ce soir? demanda Sean à Jake.

— Oui.

— Je vais vous aider à attraper vos chevaux, dit-il.

— Matt ne vient pas, décréta Will. Il ne va nulle part sans moi.

— Tu es trop jeune, répliqua Jake.

— Matt n'y va pas sans moi, répéta Will.

Jake réalisa qu'il était effrayé à l'idée de quitter son frère.

— Mlle Davenport sera avec toi. Elle veillera sur toi.

Jake eut l'impression que le regard de Matt se concentrait un instant, qu'il le regardait réellement. Puis l'absence dans ses yeux réapparut.

— Très bien, grommela Jake, étonné lui-même de souhaiter à ce point que Matt l'accompagne. Matt, tu fais ce que tu veux.

Le garçon ne bougea pas.

Il ne bougea pas quand l'aube se leva et qu'ils rapportèrent des selles du dortoir. Il ne bougea pas quand ils sortirent les chevaux de l'enclos.

Un peu plus tard, Jake regarda par-dessus son épaule en chevauchant pour attraper d'autres chevaux, mais Matt ne bougeait toujours pas.

Bon sang !

Isabelle passa une matinée exécrable. Les garçons qui resteraient avec elle étaient amers. Ils se sentaient rejetés.

Mercer s'était échappé pendant la nuit. Il atteindrait Austin avant elle. Elle se doutait de ce qu'il dirait à l'agence et à l'école mais, face à ses soucis avec les garçons, cela ne comptait guère. Elle envoya Buck au lit. Il devait reprendre des forces.

Elle avait finalement admis que personne n'accepterait ses garçons pour leur offrir un foyer. On les verrait sans doute toujours comme Jake et les fermiers les avaient vus. Les fermiers les prenaient pour des esclaves, Jake pour des bandits en devenir.

Ils étaient pourtant beaux, intelligents, vaillants et compétents. Ils méritaient une chance.

Ils avaient une chance, lui murmura une petite voix. Mais tu l'as gâchée.

Isabelle s'efforça de penser à autre chose. Jake Maxwell ne voulait pas vraiment qu'elle vienne avec eux. Il aurait été horrifié si elle avait accepté. Elle l'avait lu dans ses yeux lorsqu'il le lui avait proposé.

Elle ne pouvait pas l'accompagner, de toute façon. Elle ne savait absolument pas cuisiner. Elle n'aurait aucune intimité. Elle attraperait des coups de soleil et se couvrirait de taches de rousseur. Et elle risquerait de se faire violer et tuer par des Indiens.

Un instant, elle se demanda si elle devrait laisser un seul des garçons y aller. Mais si quelqu'un pouvait les faire voyager en sécurité à travers les territoires peaux-rouges, c'était bien Jake Maxwell. Elle avait encore le souvenir de sa poigne, quand il lui avait pris les bras. C'était comme du fer.

Il pourrait devenir attirant, s'il prenait un bain et se rasait. Pour elle, tous les barbus étaient menteurs et tricheurs. Rien qu'elle ne puisse imputer à Jake Maxwell, dont le principal péché était un mépris total pour les sentiments des autres en général, et pour les siens à elle en particulier.

Cela lui donnait une raison supplémentaire de ne pas partir avec lui.

Will vint vers elle.

— On va rentrer à Austin ? demanda-t-il, inquiet.

Isabelle détestait admettre son échec, mais ce n'était plus la peine de continuer à prétendre une chose à laquelle plus personne ne croyait.

— Je crains que oui, pour l'instant.

— Vous pensez que quelqu'un nous prendra tous les deux ?

Will la regardait de ses grandes prunelles bleues, avec son visage d'ange, ses cheveux blonds presque dans les yeux, et Isabelle se sentit mortifiée. Comment n'avait-elle pas réussi à trouver un foyer pour cet adorable garçon ?

— Matt n'ira pas avec cet homme, précisa-t-il. J'ai pourtant essayé de le convaincre.

— Pourquoi donc ?

— Je ne sais pas.

Une ombre de crainte passa sur le visage de Will.

Isabelle se sentait honteuse. Will était encore un enfant. Cependant, il avait dû prendre la décision d'essayer de faire partir Matt, pour son propre bien. Il avait plus de courage à huit ans qu'elle n'en avait à vingt-trois. Quand elle avait entrepris de trouver des foyers à ces garçons, elle savait que ce ne serait pas facile. Elle devait admettre qu'elle avait peur de Jake. Elle était pétrifiée de peur, plus exactement ! Elle n'approuvait pas cet homme, mais il l'attirait. Ses pensées allaient vers lui plus souvent que de raison.

Elle avait ressenti un élan d'excitation lorsqu'il lui avait demandé de partir avec lui. Elle s'était dit de tenir bon, qu'elle serait bientôt de retour à Austin. Puis elle avait pensé à ses bras, à sa force, et elle avait failli accepter de partir avec lui.

Elle savait qu'il était dangereux pour elle. Elle redoutait que sa proximité n'altère son sens commun. Malgré sa colère et ses réticences, l'attirance semblait devenir de plus en plus puissante.

Cela la rendait perplexe. Elle était une femme forte et autonome. Elle avait survécu à la perte de son unique parente, à deux ans d'orphelinat, à des hommes qui avaient bien autre chose à l'esprit que de la soutenir et de la réconforter, sans parler de la guerre et de ses conséquences. Elle pourrait certainement survivre à une attirance provisoire pour Jake Maxwell.

Seulement, ce n'était sans doute pas provisoire. Quelque chose en elle réagissait violemment à sa présence. Dans son ventre, elle éprouvait une sensation troublante…

Elle aurait dû penser aux garçons, pas à elle-même. Elle cherchait une autre solution mais n'en trouvait aucune. C'était Jake, ou personne.

Elle fut soulagée quand les garçons revinrent avec de nouveaux chevaux. Et surprise que Jake se dirige vers elle dès qu'ils les eurent enfermés dans l'enclos. Cela lui donna l'occasion de prendre une décision avant que sa détermination ne faiblisse.

— Très bonne journée, dit-il. Nous allons garder les meilleurs et relâcher les autres.

— Non, gardez-les. J'accepte votre offre. Nous partons tous à Santa Fe.

7

Elle n'avait pas l'air de s'en réjouir, songea-t-il, comme si elle se sacrifiait. Une martyre, voilà ce qu'elle pensait être. Il se demanda si elle croyait son honneur en péril. Son regard semblait plus froid que jamais.

— Qu'est-ce qui vous a fait changer d'avis ?

— Je ne pouvais pas forcer les garçons à rentrer à Austin. Et je suppose que vous n'êtes pas pire que les autres personnes susceptibles de les prendre.

Elle le regardait droit dans les yeux, fixement. Il devait l'admettre, ce n'était pas une trouillarde.

— Vous allez tous les prendre, même Buck ? s'enquit-elle.

Il devait être fou, songea-t-il. Voilà qu'il allait essayer de rassembler un troupeau et de lui faire traverser les territoires indiens, empêtré par une demi-douzaine d'enfants – des enfants dont certains ne savaient sans doute pas monter à cheval, certainement pas tirer, qui n'en connaissaient pas plus sur le bétail que sur la survie dans les plaines – et tout cela à cause d'une princesse de glace que même le soleil du Texas ne pouvait faire fondre.

Mais il y avait une autre femme en elle. Il le sentait. Il devait trouver une manière d'atteindre ce qu'elle cachait sous cette froideur.

— Oui, même Buck.

Will et Pete attrapèrent les mains d'Isabelle et se mirent à sauter autour d'elle, tout excités. Elle ne put réprimer un sourire.

Jake aimait ce sourire – qui la transfigurait – si rare, hélas. Il se demanda si elle avait jamais été heureuse.

Il avait l'impression qu'elle avait toujours été trop soucieuse des bonnes manières et des apparences pour laisser la sève de la vie courir le long de son dos.

Il voulait la faire sourire, lui aussi. Juste une fois, la voir se comporter naturellement, en faisant fi des bonnes manières. La voir courir dans l'herbe, la jupe retroussée jusqu'aux genoux, patauger dans un ruisseau, marcher sous la pluie, cueillir des fleurs dans l'herbe pleine de rosée…

Une femme au sang chaud était prisonnière de la glace. C'était certain.

Isabelle le regardait, le bras posé sur l'épaule de Will.

— Vous devez promettre de garder tous les garçons. Vous ne pouvez pas en renvoyer un au bout de quelques jours.

Il en fut blessé.

— J'ai dit que je le ferai, non ? Je ne vaux peut-être pas grand-chose, mais je n'ai qu'une parole.

— Je n'ai jamais douté de votre honneur, monsieur Maxwell. Je m'inquiétais juste de vos changements d'humeur.

— Vous pouvez vous inquiéter tant que vous voulez, mais je ne reviens pas sur ce que je dis. Maintenant, les garçons et moi devons dresser quelques mustangs. Pendant ce temps, préparez le dîner en vitesse.

Elle grimaça.

— Vous semblez oublier que je ne sais pas cuisiner. Il faudra que Matt m'apprenne.

— Prenez un des petits morveux, Will ou l'autre Pete.

— Ne les traitez pas de petits morveux ! Leur amour-propre est déjà à vif.

— Mais ce *sont* des petits morveux.

— Raison de plus !

Seigneur !

Il soupira.

— Mettons une chose au clair tout de suite. Je n'ai pas le temps de tourner sept fois ma langue dans ma bouche avant chaque mot que je dis. S'ils n'aiment pas la manière dont je les appelle, il faut qu'ils s'y habituent.

— Oui, mettons ça au clair, approuva Isabelle, ripostant avec la hargne d'une femelle protégeant ses petits. Vous serez prévenant à l'égard des garçons, ou vous aurez affaire à moi.

Jake éclata de rire. La situation était trop absurde.

— Mademoiselle, pendant que j'entraînerai un millier de vaches à travers huit cents kilomètres de prairie, je n'aurai pas le temps de faire attention à vous. En cas de bousculade, de panique, nous essaierons d'éviter de perdre la totalité de ce satané troupeau. Et si les Indiens nous attaquent, nous tenterons de sauver notre peau.

— Alors vous feriez mieux de commencer maintenant. Surveillez votre langage. Je ne tolère pas les gros mots.

— Vous ne to… tolérez pas…

Jake ne put finir sa phrase. Cette femme croyait pouvoir lui dire ce qu'il avait à faire ? Elle était dérangée. Pas d'autre explication. Argumenter ne servirait à rien.

— Mais bien sûr, mademoiselle, tout ce que vous voudrez.

— Appelez-moi Mlle Davenport.

— Je vais vous appeler Isabelle.

— Alors je ne répondrai pas.

— Et vous allez m'appeler Jake.

— Certainement pas !

— Eh bien, au moins, je ne vous entendrai pas jacasser.

Il fit mine de partir, mais se retourna.

— Il faudra que vous finissiez le repas avant la nuit. Il est facile pour les Peaux-Rouges de repérer un feu dans le noir.

La terreur qui perça dans les yeux d'Isabelle eut raison de la colère de Jake. Comment cette femme pouvait-elle d'un coup cesser de cracher comme un chat sauvage pour sembler si vulnérable ? Il eut envie de la prendre dans ses bras et lui dire que tout irait bien.

— C'est la deuxième fois que vous mentionnez les Peaux-Rouges, monsieur Maxwell. Sont-ils dangereux à ce point ?

— Oui, mademoiselle. Je pense que tuer et scalper sont des choses que vous jugerez dangereuses.

— Est-ce qu'il est intelligent d'emmener vos vaches au Nouveau-Mexique ? Ne vaudrait-il pas mieux aller à Saint-Louis ou à La Nouvelle-Orléans ?

— Ce serait mieux si je le pouvais, mais il y a des Indiens entre ici et Saint-Louis. Et des hommes blancs encore pires, entre ici et La Nouvelle-Orléans. Je pense que j'ai plus de chances d'arriver au Nouveau-Mexique.

Elle ne sembla pas soulagée.

— C'est comme ça, mademoiselle, conclut-il. Et promener des vaches est le seul métier que j'ai trouvé pour vivre.

Elle paraissait un peu effrayée. Pensive, aussi. Jake se dit qu'elle regrettait sa décision. Puis elle sembla prendre une résolution.

— Je crois que je ferais mieux de préparer le dîner. Avez-vous des provisions ?

— Rien que l'on puisse qualifier de tel.

— Vous avez plein de viande, non ?

— On ne pourra pas la vendre si on la mange.

Il se dirigea vers l'enclos. Il ne voulait pas avoir à lui dire qu'il n'avait presque plus rien en réserve, et pas d'argent pour se réapprovisionner.

— Monsieur Maxwell ?

Il s'arrêta et se retourna.

— Appelez-moi Jake.

— Qu'allez-vous faire des garçons quand vous serez à Santa Fe ? demanda-t-elle, refusant obstinément de l'appeler par son prénom.

— Je ne sais pas.

— Si vous ne leur trouvez pas de places, vous devrez les garder, leur donner un emploi permanent.

— J'y penserai. Mais si je le fais, vous devrez rester aussi.

Cela la toucha. Elle ne s'attendait pas du tout à cette proposition.

Lui non plus, d'ailleurs.

Monté sur son étalon, Jake regardait Faucon de Nuit, Matt, Chet et Sean rappeler aux chevaux ce que cela faisait d'avoir un cavalier sur le dos. Ils avaient fait le travail pour la moitié du troupeau. D'ici demain midi, ils en auraient fini avec l'autre moitié. Certains de ces chevaux n'avaient sans doute pas été montés depuis qu'il était parti à la guerre. Leur dressage prendrait plusieurs jours, peut-être même une semaine. Alors, il aurait sept ou huit montures pour chaque garçon sachant monter. Cela constituait un choix suffisant, assez pour accompagner du bétail.

Jake ne voulait pas l'admettre, mais il bouillait d'excitation. Il allait le faire ! Il allait quitter le Texas.

Il espérait toutefois que quelques-uns des garçons pourraient rester en selle toute une journée sans qu'on leur attache les pieds sous le ventre de leur monture. Luke Attmore faisait preuve d'une certaine dextérité avec les chevaux. Jake pensa à lui en confier la responsabilité.

Il ne savait pas quoi faire de Bret Nolan. Le garçon traînait autour de l'enclos, il observait tout, mais gardait ses distances. Il n'avait pas une fois demandé à monter ou proposé son aide.

Comme il avait dix-sept ans, Buck savait sans doute monter à cheval. Dans l'immédiat, il était trop faible pour faire plus que quelques pas ; il venait s'appuyer contre la barrière, mais il avait dans les yeux un éclat que Jake appréciait.

Le cœur de Jake bondit de peur lorsque Will se glissa à travers la barrière et se mit à courir vers lui. Le garçon semblait inconscient des chevaux à moitié sauvages qui occupaient l'enclos.

— Bon sang, mais qu'est-ce que tu fais ? le gronda Jake. Tu ne vois pas ces chevaux ? Tu pourrais te blesser. N'entre jamais dans un enclos ainsi.

— Je veux que vous m'appreniez à monter.

— Pourquoi n'es-tu pas en train d'aider Isabelle ?

— Apporter du bois et trimballer de l'eau, c'est le boulot de Bret.

— Je t'apprendrai demain. Maintenant, va-t'en et…

Jake était sur le point de lui dire de rejoindre Isabelle, quand le troupeau de chevaux bifurqua soudain et se dirigea dans sa direction.

— Lève les mains ! ordonna-t-il discrètement en se penchant sur sa selle.

Will brandit sagement ses deux mains au-dessus de sa tête. Jake tira le garçon en selle, devant lui. Il eut à peine le temps d'écarter son cheval pour éviter la charge du troupeau.

— Tu vois, dit Jake, tremblant presque à l'idée de ce qui aurait pu arriver. Ils fonçaient droit sur toi.

— Je voulais juste apprendre à monter à cheval, comme Matt.

Devant sa beauté de chérubin et son expression blessée, la colère de Jake tomba d'elle-même.

— D'accord, mais à une condition.

— Laquelle ?

— Que tu fasses tout ce que je dis. Pas seulement certaines choses. Toutes. Et que tu le fasses immédiatement, sans poser de questions.

Will se tortilla sur la selle pour croiser son regard.

— Pourquoi ?

Jake ne comprenait pas ce qu'il faisait, assis sur son cheval, au milieu de son enclos, à expliquer à un gamin de huit ans qu'il essayait de lui sauver la vie. Il jeta un regard vers l'endroit où Isabelle travaillait, de l'autre côté du feu. C'était sa faute. Rien de semblable ne serait arrivé si elle n'était pas venue.

— Les chevaux et les vaches sont des bêtes sauvages, dit-il cependant. Elles n'aiment pas que nous les parquions, que nous montions sur leur dos ou que nous les emmenions loin de leur foyer. Elles se défendent et blessent des gens. Tu dois connaître les règles et savoir t'y tenir.

— D'accord, mais vous m'apprendrez à monter.

— Nous commencerons demain, si j'ai le temps.

Il n'aurait pas le temps. Avec un peu de chance, il arriverait à finir de dresser certains chevaux et à rassembler quelques bœufs.

— Pourquoi ne pas commencer maintenant ? Je suis déjà à cheval.

Jake ne put se retenir de rire.

— Je ne pense pas qu'un enclos plein de chevaux effrayés soit le meilleur endroit pour commencer.

— Vous ne me laisserez pas tomber.

Non, certes. Et comme disait le dicton, mieux valait battre le fer tant qu'il était chaud. L'intérêt de Will ne serait jamais plus ardent qu'en cet instant.

— D'accord. La première chose que tu dois savoir faire, c'est seller ton cheval, mais je pense que ça peut attendre.

— Je veux le diriger, dit Will.

Jake gloussa à nouveau.

— Accroche-toi aux rênes, juste devant mes mains.

— Je ne peux pas les tenir moi-même ?

— Pas encore. Quand tu veux qu'il tourne à gauche, tu tires légèrement sur les rênes avec ta main gauche.

Will secoua les rênes.

— J'ai dit : légèrement. Si tu tires comme ça, il t'expédie dans un arroyo.

— Qu'est-ce que c'est, un arroyo ?

— Un cours d'eau.

Will tira les rênes plus légèrement. Le cheval tourna doucement à gauche.

— Maintenant, à droite, dit Jake.

À nouveau, Will tira légèrement et le cheval tourna vers la droite.

— Comment le faites-vous courir ?

— Tu serres les jambes et tu glousses.

Will fit un bruit bizarre avec sa gorge et frétilla sur la selle.

— Il ne court pas.

Le cheval bougea instantanément au signal de Jake.

— Pourquoi est-ce qu'il ne l'a pas fait avec moi ?

— Il le fera. Faire partir un cheval, dit Jake en manœuvrant à travers l'enclos, c'est facile. Ce qui est dur, c'est de lui faire faire ensuite ce que tu veux.

— Je veux ce cheval, dit Will, en montrant un hongre qui les suivait.

C'était un demi-frère de Sawtooth.

— Pas maintenant. Nous commencerons avec un plus petit.

Ils atteignirent la barrière, juste à temps pour voir Pete arriver en courant. Ce dernier sembla surpris de voir Will monter avec Jake. Sa jalousie était si évidente que Jake faillit rire.

— Mlle Davenport dit qu'il est l'heure de manger, annonça Pete. Pourquoi est-ce que vous montez avec Will ?

— Il m'apprend à monter, déclara fièrement Will.

— Je sais déjà monter, dit Pete, mais pas très bien. Vous m'apprendrez aussi ?

— Sûr.

Pourquoi pas ? Il n'avait rien d'autre à faire qu'apprendre à des gamins à monter des chevaux trop gros pour eux et à mener des vaches.

Jake fit signe aux autres garçons, de l'autre côté de la barrière. Pendant qu'il attendait, Will glissa à terre et partit comme un coup de feu.

— Je vais raconter ça à Mlle Davenport, cria-t-il.

— Moi aussi, ajouta Pete, le rattrapant au pas de course.

Jake secoua la tête, en se demandant dans quel pétrin il s'était mis.

— C'est l'heure de manger, dit-il aux garçons quand ils le rejoignirent. Laissez les selles en place, ça les aidera à se rappeler ce que ça fait d'être monté. Quand nous aurons fini, nous irons voir comment se porte le troupeau.

Le lendemain dans l'après-midi, il emmènerait ces quatre garçons chercher du bétail. Il voulait voir comment ils se débrouillaient avec les vaches. Une fois ce point réglé, il se poserait la question de ce qu'il ferait des autres.

Trois des garçons mirent pied à terre rapidement. Un instant, le regard de Matt se focalisa sur Jake. C'était tellement inespéré qu'il eut à peine le temps de saisir l'émotion qui éclata brièvement dans ses yeux. Il aurait juré que c'était de la colère, de la haine même. Mais cela n'avait pas de sens. Il n'y avait aucune raison pour que Matt soit en colère contre lui. Et absolument aucune pour qu'il le déteste.

C'était arrivé si vite que Jake n'était pas sûr d'avoir bien vu. Pourtant, cela le remua. C'est notamment pour Matt qu'il avait décidé de prendre les garçons. Il n'avait jamais oublié l'image de ce gamin immobile, prêt à se faire piétiner par Sawtooth. Jake était certain de pouvoir l'aider.

Sauf si Matt le détestait.

Celui-ci mit pied à terre, escalada les piquets de l'enclos et s'éloigna vers le camp sans se retourner. Perplexe, Jake le regarda partir. Puis il descendit de cheval et se dirigea à son tour vers le feu de camp.

Jake avait hâte de dîner. Après une journée en selle, il avait faim. Il voulait surtout du café, pour rincer la poussière qu'il avait dans la gorge.

Il savait cuisiner – il avait appris pendant la guerre – mais juste assez pour rester en vie. Il n'avait pas eu droit à un repas correct préparé par une femme depuis une éternité.

L'odeur de viande brûlée fut le premier indice que tout n'allait pas comme il l'espérait. La réticence des garçons à prendre les assiettes qu'on leur tendait en fut un deuxième. L'expression d'Isabelle lorsqu'il arriva fut le troisième.

Jake regarda l'assiette qu'elle lui avait tendue. Le bacon était charbonneux. Du moins supposait-il que c'était du bacon. C'était impossible à dire. Les haricots ressemblaient à de petites îles brunes dans une mare boueuse. Il essaya d'en piquer un avec sa fourchette. C'était dur comme du marbre : les grains sautaient hors de son assiette et retombaient à plus d'un mètre.

— C'est vous qui avez cuisiné ça ? demanda-t-il.

— Bien sûr, répondit Isabelle. Ils sont assez chauds, n'est-ce pas ?

Il devinait qu'elle était nerveuse. Elle ne regardait même pas les garçons.

— Ils sont durs comme du roc.

— Je les ai fait cuire environ une demi-heure.

— Combien de temps les avez-vous fait tremper ?

— Pourquoi les faire tremper ? Ils n'étaient pas sales.

Grand Dieu, elle ne savait vraiment pas cuisiner !

— Ce sont des haricots secs. Ils doivent tremper plusieurs heures !

— Vous criez, dit-elle d'une voix normale, comme si elle corrigeait un enfant qui avait mal parlé.

— Bien sûr que je crie. Si je vous servais du charbon et des grains de sable, vous crieriez aussi.

— C'est du bacon.

— C'était peut-être du bacon, mais c'est du charbon maintenant !

— Vous criez encore.

— Si vous promettez de changer ça en quelque chose qui ressemble même vaguement à du bacon, je vous promets de ne pas crier.

— Ce n'est pas si mauvais si on gratte la croûte, intervint Chet.

— Et si on met du sel dessus, ajouta son frère.

— Ça doit être cru à l'intérieur.

— C'est cuit, dit Chet. J'ai vérifié.

Jake fixa les frères Attmore. Il ne comprenait pas que quelqu'un ne les ait pas adoptés depuis des années. Ils étaient blonds, athlétiques, se ressemblaient comme des jumeaux et savaient mentir en ayant l'air honnêtes. Ce repas, un chien n'en aurait pas voulu et ils le savaient.

— Donnez-moi du café, dit Jake. Peut-être que je pourrai rincer tout ça.

Il sut immédiatement que le café était trop léger. Il lui suffit d'y goûter pour confirmer ses doutes.

— Vous avez jeté le marc ?

— Bien sûr.

— Je vous avais dit de le garder.

Elle sembla offensée.

— Je refuse de boire du café préparé avec du vieux marc.

— Alors, vous allez devoir faire deux cafetières.

— C'est ridicule.

— Je suis d'accord. Vous devriez apprendre à boire du café correct.

— J'ai fait du café correct.

— Si vous comptez faire le genre de café que nous buvons ici au Texas, commencez par ne jeter qu'un tiers du marc, jamais plus. Ensuite, ajoutez de nouveaux grains dans la casserole et faites bouillir. Quand c'est noir, c'est prêt à boire.

— On dirait la recette de la boue.

— Peut-être, mais ça fait du bon café. Maintenant qu'avez-vous d'autre?

Il devait y avoir quelque chose d'autre. Sans quoi, ils mourraient de faim.

— Des biscuits et une tarte, dit Isabelle.

Vu ce qu'elle avait fait avec les haricots et le bacon, il ne voulait même pas penser à ses biscuits et à sa tarte. Il reversa les haricots dans la casserole.

— Laissez-la sur le feu. Avec un peu de chance, nous pourrons les manger au petit-déjeuner. Avez-vous préparé une sauce?

— Je ne sais pas la faire.

Grommelant quelques jurons, Jake gratta autant de croûte calcinée que possible sur sa viande. Quand cela commença à ressembler à du bacon, il goûta: c'était dur comme du cuir.

— Nom de Dieu, c'est répugnant!

— Je vous avais prévenu que je ne savais pas cuisiner.

— Toutes les femmes disent qu'elles ne savent pas cuisiner. Comme ça, on pense qu'elles ont fait quelque chose de merveilleux.

— Moi, je ne mens pas.

Jake regarda sa nourriture.

— En effet, on dirait... Que savez-vous cuisiner?

— Les biscuits, répliqua Isabelle.

Sa réponse ne fit rien pour le consoler. Les biscuits étaient ce qu'il y avait de plus difficile à cuire sur un feu de camp. Pendant la guerre, un soldat sachant préparer de vrais bons biscuits n'avait rien d'autre à faire. Ses amis le débarrassaient de toutes ses corvées pour pouvoir en manger.

— Donnez-m'en quelques-uns, dit Jake. Je vais peut-être réussir à avaler ce bacon si je l'enroule dans un biscuit.

— Vous n'êtes pas obligé de manger, si vous ne voulez pas.

— Si, je veux. Le dressage des chevaux est un travail de forçat. C'est pire que de rassembler du bétail. Nous devons manger, sinon nous mourrons de faim.

— Si seulement vous aviez laissé Matt ici, jusqu'à ce que je…

— Je ne peux pas me passer de lui. Alors, ces biscuits, ils sont prêts ?

— Je crois.

Isabelle souleva le couvercle d'une marmite, et un parfum absolument divin assaillit les narines de Jake. Quelques douzaines des plus beaux biscuits qu'il ait jamais vus étaient au fond.

8

Isabelle tendit à Jake deux biscuits. Il n'attendit pas qu'ils refroidissent. Il ne les gaspilla pas avec le bacon brûlé. Il en mit un directement dans sa bouche. C'était trop chaud – il se brûla la langue –, mais ses dents mordirent à travers la croûte brune et craquante dans un intérieur blanc et doux. Il ne s'arrêta pas avant d'avoir mangé les deux biscuits.

— Comment ?

Ce fut le seul mot qu'il prononça.

— Ma tante est morte quand j'avais seize ans. Je n'avais pas de parent, donc j'ai été envoyée à l'orphelinat. Ils nous ont trouvé un travail à chacune. Ils m'ont appris à préparer des biscuits et à faire des tartes aux pommes.

— Mais si vous savez faire une pâte comme ça…

— Je devrais savoir faire du bacon aussi, termina-t-elle à sa place.

Il hocha la tête.

— Ils ne me laissaient jamais rien faire d'autre. Quand j'ai quitté l'orphelinat, je n'ai plus eu besoin de cuisiner.

Will se laissa tomber à côté de Jake. Il avait mis son bacon dans un biscuit. Même avec ses dents solides, il avait du mal à entamer la carne à moitié brûlée.

— Vous avez de la confiture ? demanda-t-il, la bouche pleine.

— Il doit y en avoir dans la maison, dit Jake.

— Je vais voir, proposa Pete.

Et il se précipita vers la cabane.

Personne d'autre n'avait semblé vouloir bouger. Jake ne savait pas comment il allait souder ces garçons en une équipe, leur faire risquer leur vie les uns pour les autres. Ils étaient comme des étrangers réunis par hasard au même endroit, attendant tous une occasion de s'enfuir.

Vers quoi ? Où ? Sans but, sans lieu.

— J'ai trouvé ! s'écria Pete en revenant. Vous en voulez ?

— Non.

Will tendit son assiette.

— Moi si.

Pete proposa de la confiture à Sean, puis aux autres garçons.

— Essayez d'en garder pour Will, dit Isabelle.

— Je suis allé la chercher, protesta Pete.

— Mais c'était l'idée de Will. S'il n'en reste plus, vous devrez tous lui en donner un peu.

Jake comprit que Pete ferait exprès de servir Will en dernier, espérant qu'il n'y en aurait plus.

Quand chacun de ceux qui voulaient de la confiture en eut pris, Pete se servit une généreuse portion. Alors il reposa le pot face à Will.

— Voilà, dit-il.

Il prit son assiette et se posa de l'autre côté de Jake.

Les coups d'œil qu'il échangeait avec Will n'étaient pas amicaux. Isabelle jeta à Jake un regard interrogateur. Il ne put que hausser les épaules.

— Il y a d'autres biscuits, déclara Isabelle.

Elle ouvrit une deuxième marmite. Will fut debout en une fraction de seconde.

— Donnez-m'en pour Jake aussi, dit-il.

— Il ne t'a pas demandé de prendre ses biscuits, protesta Pete.

— C'est la dernière tournée, annonça Isabelle avant que Will puisse répondre. Tu en auras deux, pas plus.

Will tendit à Jake ses biscuits, puis versa ce qu'il restait de confiture dans son assiette.

— Tu as tout pris ! s'exclama Pete.

— Il n'y en avait pas assez, répliqua Will.

— Avant de prendre tout ce qui reste, dit Isabelle, tu dois demander si personne d'autre n'en veut.

— Il n'en resterait plus pour moi.

— Partage ta confiture avec Pete, ordonna Isabelle.

Will n'apprécia pas cette décision. Il regarda Jake, espérant qu'il contredirait la jeune femme.

— Je crois que c'est juste, approuva Jake.

En réalité, il ne voyait pas pourquoi Will ne prendrait pas tout. Il avait été assez malin pour sauter dessus tant qu'il en restait. Cette idée de partager donna à Jake un vague sentiment de malaise. Il n'aimait guère les gens qui ne font pas le moindre effort et obtiennent une part de ce que leurs voisins plus énergiques ont gagné. Comme ces satanés fermiers qui lui prenaient sa terre et réclamaient ses vaches, après que sa famille eut vécu ici pendant vingt ans.

— Tends ton assiette, dit Isabelle à Will.

Pete commit l'erreur d'essayer de prendre au moins les deux tiers de la confiture. Dans un hurlement de rage, Will se jeta sur lui. Des assiettes et des fourchettes en étain se mirent à voler, alors que les deux garçons essayaient de s'assommer mutuellement par-dessus les genoux de Jake.

Celui-ci les sépara fermement.

— Bon sang, mais qu'est-ce que vous fabriquez, pauvres imbéciles ? tonna-t-il.

Le fait qu'il fût couvert de confiture et de miettes de pain n'améliorait en rien son humeur.

— Il essayait de prendre ma confiture.

— C'est toi qui as tout pris.

— J'avais demandé.

— C'était la mienne.

Jake écarta les deux garçons.

— Le premier qui fait un geste contre l'autre ira droit dans le ruisseau.

Les garçons se fusillaient du regard, mais ils n'eurent pas le courage de mettre Jake au défi.

— Je ne suis pas sûr d'être d'accord avec cette affaire de partage, dit Jake. Il me semble que, comme Will a eu la confiture en premier, il devrait être autorisé à la garder.

Il regarda Isabelle du coin de l'œil. Elle n'était visiblement pas d'accord. Il s'en serait douté.

— Mais je sais bien qu'il n'était pas juste que tu en prennes plus de la moitié. N'essaie pas de discuter, ajouta-t-il quand Pete commença à parler. Tu as fait ça juste sous mon nez. Maintenant écoutez, tous, dit-il aux garçons qui l'observaient attentivement. Je m'attends à ce qu'il y ait des bagarres de temps en temps. C'est naturel, avec autant de garçons au même endroit. Mais il n'y aura pas de vol. Je ne suis pas sûr de ce que je ferai dans ce cas, mais je peux vous jurer que je vous en ferai passer l'envie, pour de bon. Gardez vos mains à l'écart de ce qui ne vous appartient pas. Il vous faut quelque chose que vous n'avez pas? Vous pouvez venir voir Isabelle ou moi, le trouver dans les collines, ou faire sans. Quelqu'un a des questions?

Personne n'ouvrit la bouche.

— Vous deux, nettoyez ce bazar et excusez-vous auprès d'Isabelle pour avoir jeté sa nourriture.

— C'est Will qui devrait le faire, protesta Pete. Il a fait tomber mon assiette.

— Pas de dispute! Et si vous voulez encore enfourcher l'un de mes chevaux, ne faites plus jamais ce genre de chose.

Les garçons s'excusèrent, ramassèrent leurs assiettes et les essuyèrent.

— Maintenant, mademoiselle, vous avez dit quelque chose à propos de dessert. Pete n'en prendra pas, il a assez mangé.

— Tarte aux pommes, acquiesça froidement Isabelle.

Elle attrapa un couteau et coupa la tarte en dix parts étroites. Jake se dit qu'il en faudrait deux, la prochaine fois. C'était une insulte de proposer à un homme une part aussi insignifiante.

Il regarda Matt. Le garçon ne s'était pas éveillé quand la bagarre avait éclaté. Il s'était pourtant énervé tout à l'heure, lorsque Jake avait fait monter Will sur la selle avec lui. Il avait aussi paru fâché quand Will s'était assis à côté de lui. C'était exactement le contraire de ce à quoi Jake s'attendait. Il ne comprenait pas ce qui se passait dans l'esprit de ce garçon, mais il était sûr qu'il avait un sacré problème.

Isabelle ne voulait pas de tarte. Elle était trop en colère contre Jake pour manger. Cet homme n'avait pas de sentiments. C'étaient des petits garçons, et pourtant il les traitait aussi durement que des adultes. Ne se rendait-il pas compte qu'il les blessait?

Comment avait-il pu grandir sans apprendre à partager? Pete n'aurait pas dû essayer d'en prendre trop, mais il était simplement jaloux de Will.

Elle ne comprenait pas cela. D'habitude, Will restait toujours avec son frère. Pete était en général inséparable de Sean. Pourtant, maintenant, les deux garçons se battaient pour obtenir l'attention de Jake.

Cela ne durerait pas longtemps, vu la façon dont il les avait traités ce soir. Elle comptait avoir une conversation avec M. Maxwell, dès qu'elle le pourrait.

Elle attendit qu'il se dirige vers l'enclos et le suivit.

— Monsieur Maxwell.

Il ne répondit pas et ne se retourna pas.

— Monsieur Maxwell, je voudrais vous parler.

Toujours pas de réponse. Elle le rattrapa et se planta en face de lui.

— Vous êtes sourd?

— Oh! s'exclama-t-il, feignant l'innocence. J'ai cru vous entendre héler un certain Maquesouelle? Moi, mon nom est Jake.

— Vous savez que je n'approuve pas les familiarités.

— Ce n'est pas vous qui commandez, ici. C'est mon ranch.

— Je sais, mais je ne souhaite pas donner le mauvais exemple aux garçons.

— J'imagine qu'ils ont eu des exemples infiniment pires que celui-là.

— C'est bien le problème. Ils savent tout sur les mauvaises choses et rien sur les bonnes.

— Eh bien, l'une de ces bonnes choses est qu'un homme peut décider de la manière dont on l'appelle. Appelez-moi Jake, ou je ne répondrai pas. C'est à prendre ou à laisser.

Isabelle eut envie de tourner les talons et de filer, mais elle avait le sentiment qu'un tel geste ne servirait à rien.

— Très bien, je vous appellerai Jake quand nous serons seuls. Mais je continuerai à m'adresser à vous en disant M. Maxwell devant les garçons.

Il sourit.

— Est-ce que ça veut dire que nous serons souvent seuls ?

Elle savait que Jake essayait de l'agacer, mais le fait d'être près de lui n'était pas si désagréable… Toujours le bon sens qui lui échappait. Il était pratiquement le contraire de tout ce qu'elle admirait chez un homme.

— Je voulais vous parler de la manière dont vous avez traité Will et Pete.

— Et moi qui pensais que vous souhaitiez être un instant seule avec moi.

— Monsieur Maxwell, vous êtes…

— Samequouelle ?

— Jake.

Elle ignorait pourquoi ce nom était si difficile à dire.

— Je ne comprends pas comment vous faites pour passer de la moquerie à la cruauté.

— Quand ai-je été cruel ?

Il semblait n'avoir aucune idée de ce dont elle parlait.

— Quand vous privez Pete de dessert, quand vous traitez les garçons de pauvres imbéciles.

— Que voulez-vous que je fasse ? Que je les félicite d'avoir mis de la confiture partout ?

Isabelle constata que l'ironie de Jake avait disparu. À la place, l'expression de dureté habituelle signifiant qu'une femme comme elle n'avait rien à faire dans un ranch.

— Non, mais vous avez eu tort de dire que Pete n'aurait pas de tarte, alors que tous les autres en ont eu.

— Tous les autres n'ont pas essayé de voler la confiture de Will.

— Il ne l'a pas volée.

— Comment appelez-vous le fait de prendre quelque chose qui ne vous appartient pas ?

— Il essayait simplement d'en avoir plus que sa part.

— Ce qui signifie qu'il essayait de prendre ce qui ne lui appartient pas. C'est la définition même du vol.

— Monsieur Maxwell – Jake – c'est de la confiture, pas des vaches ou de l'argent.

— Oh, alors ce n'est rien de prendre les choses qui ne vous appartiennent pas, tant qu'elles ne valent pas grand-chose. Qu'il me vole mes bottes, mais pas mon cheval : c'est ça ?

— Ne dites pas n'importe quoi. Vous avez besoin de vos bottes.

— D'accord : mon caleçon, mais pas mon chapeau ?

Isabelle se sentit rougir.

— Je dois espérer que vous considérez vos sous-vêtements comme nécessaires, rétorqua-t-elle d'un air pincé.

— Pas par cette chaleur. Ce matin encore, j'ai longuement tergiversé.

La conversation glissait dans une direction qui perturbait la jeune femme.

— Euh… nous parlions de principes généraux, je crois.

— Exactement. Quand vous prenez quelque chose qui ne vous appartient pas, c'est du vol. Qui vole un œuf vole un bœuf.

Elle soupira.

— Je vois qu'il n'y a pas moyen de vous raisonner.

— Mademoiselle, ça n'a rien à voir avec la raison. J'ai vu des hommes se faire descendre pour leur manière de marcher, pour un simple regard, même. Une cuillerée de confiture de plus ou de moins, c'est important.

— Vous avez été trop sévère, dit Isabelle, décidant qu'il était inutile d'être rationnelle avec lui. Pete est encore un enfant.

— Qu'est-ce que vous auriez préféré que je fasse ?

— Lui parler, expliquer que prendre plus que sa part fait mauvaise impression.

— Mademoiselle, où avez-vous grandi ?

Isabelle fut désarçonnée par la question.

— Savannah.

— Vous dormiez par terre, vous vous débrouilliez seule en rase campagne ?

— Bien sûr que non, mais…

— Une femme intelligente comme vous devrait comprendre que les règles sont différentes ici.

Elle savait qu'il la croyait vaguement sotte.

— Les règles élémentaires de la politesse et de la correction sont les mêmes partout.

— Elles le seront quand les gens auront le temps d'y penser. Pour l'instant, j'essaie davantage d'empêcher ces garçons de se faire tuer que de les transformer en gentlemen. On ne touche pas au cheval d'un homme, à sa selle, à son couchage, à son arme, à sa nourriture ou à quoi que ce soit qui lui appartient. Si vous le faites, il pensera que vous le volez, et il vous abattra. Il y a beaucoup d'autres leçons qu'ils devront apprendre pour survivre. Vous n'allez pas les aimer non plus.

— J'essaie seulement de leur donner des manières, de combler certaines des lacunes qu'ils ont accumulées en n'ayant pas de foyer.

— Je suppose que c'est bien, mais je ne sais pas du tout élever des enfants. Tout ce que je connais, ce sont les vaches, les chevaux et ces collines. Ces garçons vont avoir besoin de tout ce que je peux leur apprendre pour emmener le troupeau au Nouveau-Mexique. Et vous feriez bien d'espérer qu'ils apprennent vite, parce qu'ils seront les seuls à se dresser entre vous et certaines situations qui vous retourneraient l'estomac si vous m'entendiez seulement les nommer.

Isabelle savait qu'il pensait ce qu'il disait. Elle s'était imposée à lui, ainsi que les garçons. Il avait accepté la situation parce qu'il avait besoin d'eux.

— Si vous m'expliquez vos raisons, j'essaierai de comprendre, concéda-t-elle. Je ne promets pas que j'approuverai, ni que je ne m'opposerai jamais à vous, mais je ferai mon possible.

— Je suppose qu'un homme ne peut pas demander mieux.

Jake sauta sur son cheval.

— Maintenant, vous feriez mieux d'aller au lit. Le jour se lève horriblement tôt.

— Vous rentrerez, cette nuit ?

96

Elle fut consternée de réaliser qu'elle semblait tenir à ce qu'il rentre.

— Non, mais je serai de retour pour le petit-déjeuner. Et souvenez-vous : pas plus d'une petite poignée de nouveaux grains de café dans la casserole.

Tandis qu'Isabelle le regardait s'éloigner, elle se demanda quel méandre du destin avait mis les garçons entre les mains de cet homme. Cela aurait-il été préférable de rentrer à Austin ? Peut-être aurait-elle pu trouver quelqu'un qui sache mieux comment élever des garçons.

De toute façon, personne n'aurait pris tous les garçons. Pour le meilleur ou pour le pire, ils s'en étaient remis à Jake Maxwell.

Elle se posait aussi d'autres questions. Supporterait-elle cette tension qui existait entre Jake et elle ? Il était inutile de prétendre qu'il ne l'attirait pas. Elle serait avec lui constamment, le verrait à moitié nu, son corps moite de transpiration, ses vêtements serrés soulignant chaque détail de son anatomie...

Elle sentit son estomac se nouer. Elle était sans doute plus en danger que les garçons.

Isabelle crut entendre quelqu'un l'appeler. Mais quand elle ouvrit les yeux, il faisait toujours nuit. Elle les referma pour se rendormir.

— Isabelle.

C'était réel, quelqu'un l'appelait. Rassemblant la couverture autour d'elle pour se protéger de la fraîcheur de la nuit, elle s'assit sur le lit. Elle tressaillit et serra un peu plus le tissu contre elle : Jake lui souriait par-dessus la ridelle du chariot.

— C'est l'heure de préparer le petit-déjeuner, dit-il.

Isabelle n'était pas très réveillée, mais elle savait quand même qu'il faisait trop noir pour faire la cuisine.

— Quelle heure est-il ?

— Quatre heures.

Il devait être fou. Elle remonta la couverture sur ses épaules et se laissa retomber sur sa couche.

— Réveillez-moi à sept heures.

— Il faut que la cuisinière se lève à quatre heures. Les cow-boys doivent être nourris et en selle dès l'aurore.

Il plaisantait, probablement. Mais il ne souriait pas.

— La journée ne dure que quelques heures, expliqua-t-il. Je ne peux pas me permettre d'en perdre une seule.

Il était sérieux ! Il s'attendait vraiment à ce qu'elle se batte avec ses casseroles, alors qu'elle pouvait à peine distinguer sa main devant son visage.

— Vous devriez vous dépêcher. Une fois les garçons levés, ils voudront manger.

— Non. Ils aident tous.

— Ça a changé. À partir de maintenant, ils dorment jusqu'à ce que vous les appeliez à table.

Isabelle rejeta la couverture. Elle était tout habillée, mais la fraîcheur matinale lui fit claquer des dents.

— Et vous, qu'est-ce que vous allez faire ?

— Me recoucher.

Son sourire était presque démoniaque.

— Faites ça, et c'est vous que je ferai frire dans l'huile bouillante, grommela-t-elle en se levant.

— Où est passé votre sens de l'humour ?

— Je ne vois rien d'hilarant dans le fait de préparer du bacon à quatre heures du matin, ou du café avec du marc vieux de trois jours.

— Vous n'avez pas jeté celui d'hier, tout de même ?

Elle fut tentée de lui dire qu'elle l'avait mis au feu.

— Non, j'ai gardé cette chose dégoûtante.

Il soupira de soulagement. Il lui proposa sa main pour se hisser hors du chariot. Elle ne la prit pas. Même à moitié réveillée, elle n'avait pas assez confiance en elle pour le toucher.

— C'est votre café, dit-elle en se détournant pour se diriger vers l'emplacement du feu. Vous méritez que je le fasse comme vous l'aimez, même s'il est imbuvable.

Il rit.

— Il faut toujours que vous ayez le dernier mot, n'est-ce pas ?

Sa remarque la fit sursauter. Jamais, autrefois, elle n'avait été censée donner son avis.

— Est-ce une mauvaise habitude ? s'enquit-elle, inquiète.

Il sourit.

— Seulement quand je veux avoir le dernier mot.

Même à quatre heures du matin, son sourire avait le pouvoir d'allumer une flamme en elle. Elle se demanda pourquoi il ne souriait pas plus souvent. Cela éteignait d'un coup toute colère contre lui.

— Vous avez le dernier mot quand il s'agit de chevaux et de vaches. Et moi, quand il s'agit de la nourriture et des garçons.

Elle n'avait nullement prévu de le laisser faire ce qu'il voulait. Ces garçons étaient sous sa responsabilité. Elle avait l'intention de garder un œil sur eux.

— Nous verrons, dit-il.

Ce qui signifiait : jamais de la vie !

Il n'y avait pas de bois. Ils avaient tout brûlé avant d'aller se coucher.

Jake marcha jusqu'à la cabane et prit la hache.

— Allez, dit-il en revenant. Je coupe, vous ramassez.

— Où ?

— Le long du ruisseau.

Isabelle n'avait aucune envie de s'aventurer dans l'obscurité dense qui régnait sous ces arbres, mais elle était décidée à ne pas montrer son angoisse à Jake. Sa jupe s'accrocha à un petit buisson. Le temps qu'elle se libère, il avait disparu. Elle était seule. Un instant, elle ressentit de la frayeur. Elle ne connaissait rien de cette nature sauvage. Elle n'avait rien à faire par ici !

Elle entendit le bruit d'une hache. Jake. Elle se détendit.

— Allez. Il y a plein de bois ici.

— Où êtes-vous ? Je ne vois rien.

Il émergea de l'obscurité.

— Ici.

Isabelle se dépêcha de le rejoindre.

— Donnez-moi la main, il y a une souche sur le chemin.

Elle fut tentée d'essayer seule, mais elle n'y voyait goutte. Résignée, elle lui tendit la main. Celle de Jake était large et dure. Sa peau était comme du cuir, ses doigts puissants. Il faisait naturellement partie de cette terre, de cette nature farouche qui la mettait si mal à l'aise.

Le feuillage des arbres n'était pas opaque. Des rayons de lune tombaient en oblique. Alors que sa vue s'ajustait, elle fut surprise de distinguer Jake aussi clairement, suffisamment pour être impressionnée par sa carrure tandis qu'il balançait la hache. Des copeaux de bois volèrent, qu'elle rassembla dans sa jupe. Le fait d'être occupée l'aidait à oublier qu'elle était seule avec lui. Ils obtinrent un tas de bois respectable en ce qui lui sembla un rien de temps.

— Chargez-le-moi.

Elle se pétrifia.

— Quoi ?

— Chargez le bois dans mes bras.

Isabelle se mit en mouvement. Elle ne savait pas ce qui avait pu la figer ainsi. Peut-être était-ce la manière dont il la regardait, avec une sorte de franchise qu'elle trouvait plaisante. Peut-être était-ce sa chemise ouverte et la vue d'une bonne partie de son torse, large et musclé. Peut-être l'intimité inattendue de cet instant.

Elle ne pouvait s'expliquer pourquoi elle était nerveuse comme une débutante à son premier bal.

Elle leva les yeux vers lui alors qu'ils ressortaient de sous les arbres. Mais ce n'était pas vraiment à ses regards qu'elle réagissait, songea-t-elle. C'était à toute sa présence physique.

Son corps.

En réalisant cela, des vagues de chaleur la parcoururent. Elle se sentit devenir écarlate. Elle avait été élevée dans la tradition raffinée de Savannah. Là-bas, une femme prêtait la plus grande attention à la moralité d'un homme, à sa foi et même à l'histoire de sa famille, mais une véritable demoiselle ne se permettait jamais d'être troublée par le corps d'un homme.

Isabelle essaya de se convaincre qu'elle se méprenait quant à ses sentiments, que cela venait principalement du fait qu'elle n'était qu'à moitié réveillée. Mais quand, avec son pas rapide, Jake s'éloigna un peu devant elle, elle se surprit à détailler avec intérêt ses larges épaules, son postérieur ferme et bombé, ses cuisses puissantes qui tendaient son pantalon.

Non, elle ne se méprenait pas. La vue du corps de Jake avait touché une partie d'elle-même dont elle ignorait l'existence. Quel genre de femme suivait ainsi un homme et lui examinait effrontément le derrière, faisant monter dans son corps d'étranges et incontrôlables sensations, qui affolaient ses nerfs jusqu'à la consumer?

Elle fut soulagée d'atteindre le camp, de sentir la présence des garçons endormis. Seul Matt était levé. Il avait de toute évidence décidé de lui apprendre à faire cuire le bacon. Elle en fut gênée, mais soulagée.

— Savez-vous faire du feu? demanda Jake.

Elle n'avait pas encore recouvré sa présence d'esprit et ne put lui dire qu'elle avait fait des centaines, des milliers de feux. Déjà, il prenait des bûches.

— Je vais vous montrer. Approchez-vous!

Elle ne voulait pas s'approcher. Il fallait qu'elle reste aussi loin de lui que possible, pour chasser ces sensations qui lui donnaient des idées insensées. Peut-être qu'en se concentrant très fort sur ce qu'il était en train de faire, elle pourrait oublier qu'il était aussi proche.

Jake creusa les cendres jusqu'à trouver une braise encore rougeoyante. Il arracha un morceau d'écorce, le broya dans son poing et en saupoudra la braise. Il souffla dessus jusqu'à ce qu'elle commence à fumer. Il souffla plus fort et écrasa davantage d'écorce. La fumée s'élevait.

— Maintenant, à vous, dit-il.

Elle fut obligée de s'agenouiller tout près de lui, épaule contre épaule. Elle pouvait à peine inspirer assez d'air pour respirer. Avec difficulté, elle souffla sur le tison.

— Mieux que ça!

Elle dut s'appuyer sur lui pour éviter de basculer en avant. Elle suffoquait.

— Comme ça...

Il souffla longuement, et une minuscule flamme apparut. En ajoutant des copeaux, Jake fit rapidement prendre le feu.

— C'est facile avec du bois sec. Vous saurez, la prochaine fois ?

— Oui.

Il était si près... Elle ne pourrait pas bouger tant qu'il la regarderait avec une telle faim dans les yeux. Elle avait déjà vu ce regard. Elle savait ce qu'il signifiait. Jake Maxwell avait envie d'elle.

Instantanément, le cœur d'Isabelle bondit de joie... et de peur.

9

La première fois qu'un homme l'avait regardée comme cela, elle avait dû se battre pour son honneur. Il l'avait harcelée, ses yeux l'avaient suivie partout. Elle avait vécu dans la terreur.

Elle était gouvernante chez une riche famille de La Nouvelle-Orléans. L'éducation sévère de tante Deirdre lui servait bien, et Isabelle pensait avoir trouvé le travail idéal. Puis Henri Duplange rentra de Paris, et tout changea.

Il prenait les servantes pour des jouets, et elle était une servante. Il interprétait tous les refus comme des coquetteries faussement pudiques pour obtenir de lui des cadeaux plus beaux, plus chers. Il ne pouvait croire que quiconque jugeât ses avances répugnantes.

Un soir d'ivresse, il vint dans sa chambre et tenta de la prendre de force. Une heure plus tard, Isabelle était dans un chariot qui quittait la ville. Elle laissait derrière elle un homme zébré de griffures sanguinolentes au visage, une épouse hystérique et vociférante, des enfants inquiets d'un tel émoi en pleine nuit, et des servantes qui ricanaient dans leurs quartiers.

Henri avait eu la même expression que Jake.

Elle ne l'oublierait jamais.

Elle observa Jake attentivement, mais il s'occupait d'aider les garçons à choisir leurs montures pour la journée. Pendant que Luke faisait boire les chevaux au ruisseau, Jake les aidait à rassembler et à trier leur équipement. Ce faisant, il répondait au flot ininterrompu de questions que lui posaient Will et Pete.

Progressivement, la panique d'Isabelle retomba. Jake la désirait, mais il ne la prendrait pas de force. Elle le savait au plus profond d'elle-même.

Le petit-déjeuner fut meilleur, cette fois-ci. Le café était toujours trop léger, le bacon et les haricots trop durs, mais les biscuits étaient parfaits. Pete fouilla la cuisine de Jake et trouva un autre pot de confiture. Plutôt que de risquer une deuxième bagarre, Isabelle la servit elle-même. Elle jeta un œil à Jake alors qu'elle mesurait la part de Will. Il semblait amusé.

Malgré elle, elle lui sourit en retour. De nouveau, elle était dans l'embarras.

— L'agence ne devrait pas laisser exploiter ces garçons, dit Jake. Elle devrait construire une maison et vous les confier tous.

Isabelle aurait aimé croire qu'il la complimentait, parce qu'il l'estimait capable de s'occuper de ces enfants. Mais c'était peu probable.

— Ils ne l'auraient pas permis. Ils auraient dit que c'est inconvenant.

Elle eut le plaisir de voir la surprise chasser son sourire.

— Vous avez sacrément raison. Vous ne pourriez pas vivre seule avec des garçons…

Il jeta un regard à Chet Attmore.

— … de cet âge.

Elle se demanda s'il la croyait sensible au charme de Chet. Du haut de son mètre quatre-vingts et déjà solidement charpenté, ce garçon était incroyablement mûr pour ses quatorze ans. Matt aussi, qui n'avait que treize ans. Il était blond aux yeux bleus et encore plus beau. Mais tous deux étaient des adolescents. Elle ne ressentait rien de comparable au désir qui l'embrasait dès qu'elle était près de Jake.

— J'aurais dû vous renvoyer à Austin, marmonna Jake.

— Je ne serais pas partie.

— Je n'ai jamais cru que vous feriez ça.

Il se releva.

— J'emmène l'équipe au camp pour leur apprendre comment rassembler des Longhorn.

— Emmenez-moi avec vous ! s'écria Will.

— Moi aussi !

Pete n'avait pas l'intention de se laisser distancer.

— Pas aujourd'hui, dit Jake. Je ne saurais que faire de toute une bande. Et je ne pense pas qu'Isabelle apprécierait que je vous ramène avec des fractures.

— Je compte sur vous pour les surveiller avec autant d'attention que s'il s'agissait de vos propres fils, déclara-t-elle.

— Mes fils n'auraient pas besoin qu'on les surveille.

Elle avait piqué sa fierté. Cet homme n'aimait pas admettre qu'il avait besoin d'aide, en particulier devant une femme et une bande de gamins.

— Je sais monter, dit Buck.

— Non, protesta Isabelle.

— J'irai doucement.

Jake toisa Buck de la tête aux pieds.

— Il te faut une journée de plus pour te soigner. Tu es encore trop faible.

Buck n'était pas content, mais il accepta.

On ne pouvait en dire autant de Will. Il suivit Jake près de l'enclos, insistant pour l'accompagner.

— Si tu es sage, je te laisserai monter ce soir.

Cela ne le satisfit pas, mais ses plaintes se firent moins aiguës.

Isabelle prit une décision. Les garçons étaient en selle lorsqu'elle atteignit l'enclos.

— Je viens avec vous.

Jake la regarda comme si elle était devenue folle.

— Vous ne pouvez pas vous occuper des vaches, dit Sean, formulant tout haut l'avis que tous devaient partager.

— Je n'ai pas l'intention de m'occuper des vaches. Je veux voir la nature du travail que vous attendez de ces garçons.

— Nous n'avons pas de temps à perdre avec des spectateurs, trancha Jake. C'est un camp de travail, pas un endroit pour une femme à pied.

— Alors apprenez-moi à monter.

— Je n'ai pas le temps. En plus, c'est impossible avec ce genre de jupe !

Isabelle n'avait pas pensé à la question des vêtements.

— Je peux conduire le chariot.

— Il y a plusieurs arroyos entre ici et le camp.

— Je les contournerai.

— Vous vous perdriez.

— Vous pourriez me montrer.

— Ce serait trop long.

— Alors, l'un des garçons pourrait me montrer.

— Ils ne connaissent pas le chemin. En plus, on ne peut pas laisser les morveux tout seuls.

Elle le fusilla du regard.

— Vous ne voulez pas m'emmener ?

— Pas aujourd'hui.

— Il faudra que nous parlions de ça, dit Isabelle.

— D'accord.

Jake s'éloigna, soucieux de s'en aller avant qu'elle ne lui demande autre chose. Il pensait avoir gagné. Mais elle ne s'était pas hissée dans la haute société de Savannah, n'avait pas survécu à son séjour à l'orphelinat, ni échappé à Henri Duplange pour se laisser dominer par un cow-boy !

Jake Maxwell avait beaucoup à apprendre au sujet des femmes de sa trempe.

— Ça ne va pas lui plaire, dit Will en trottant à côté d'Isabelle.

— Il va être furax, renchérit Pete.

— Je suppose, admit Isabelle. Mais M. Maxwell doit savoir qu'il ne peut tout contrôler.

Ils arrivaient au camp, à pied.

— Bon sang, mais qu'est-ce que vous faites ici ? tonna Jake en les voyant.

Il fonça vers eux au galop. Will et Pete sautèrent hors de son chemin. Isabelle refusa de bouger, même lorsqu'elle sentit le souffle chaud du cheval sur sa joue.

— Je suis venue voir ce que vous faites dans ce camp, dit-elle, aussi calmement qu'elle le pouvait. Comme il est impossible de venir ici à cheval ou en chariot, je marche.

— Nom de Dieu, mais ça fait cinq kilomètres ! Vous êtes bonne pour une insolation.

La marche avait été longue, en effet, ses pieds lui faisaient mal, et sa robe était maculée de sueur.

— Les femmes ne sont pas aussi fragiles que vous semblez le croire, monsieur Maxwell.

Elle regarda alentour, espérant trouver de l'ombre et un endroit pour s'asseoir. Elle ne vit rien qui y ressemblât. Seigneur tout-puissant, comment Jake survivait-il par ici ? Comment faisait-il quand il pleuvait ? Ou quand il neigeait ?

— Vous allez devoir rentrer.

— Si vous pensez qu'après une heure de marche pour venir ici, je vais repartir tout de suite, c'est *vous* qui avez une insolation.

— Ça va péter, annonça Will dans un murmure.

Il était resté près d'Isabelle, alors que Pete avait déjà filé dans un bosquet de pins.

— Qu'est-ce qu'il a dit ? demanda Jake.

— Will a prédit que vous retireriez votre chapeau en me voyant, mentit-elle. J'espère que vous n'allez pas le décevoir.

Isabelle avait chaud, elle était fatiguée et irritée, mais elle sourit face à la réaction de Jake. Il semblait se retenir de proférer un flot de jurons. Elle ignorait si c'était la fierté ou une réticence à être grossier envers une femme, mais il réussit à refréner son humeur.

— Puisque vous êtes ici, vous pourriez venir voir ce que nous faisons, céda-t-il en faisant avancer son cheval.

Isabelle ne s'était certes pas attendue à ce qu'il lui propose de monter avec lui, mais elle ne s'était pas attendue non plus à ce qu'il reste en selle tandis qu'elle marcherait.

— Pendant que je *marche*, pouvez-vous m'en dire plus sur les lieux ? lança-t-elle. M'aider à identifier certaines de ces plantes. Je ne suis pas familière d'un tel paysage.

Jake ne répondit pas.

— Qu'est-ce que c'est que tout ce bruit ? demanda Will.

— Nous marquons les bêtes. Elles n'aiment pas ça.

Will partit en courant.

— Reste derrière la barrière ! lui cria Jake.

Il lança son cheval après Will, puis se retourna sur la selle.

— Vous ne venez pas ?

Isabelle n'en crut pas ses oreilles. Il allait foncer à cheval et la laisser continuer à pied.

— Vous allez devoir m'accorder un peu de temps. Je doute de pouvoir marcher aussi vite que votre cheval.

Si cette fois il ne comprenait pas, c'était un cas désespéré.

— Eh bien, trottez !

Isabelle mit les poings sur ses hanches et se mordit la langue pour retenir la réponse cinglante qui lui venait à l'esprit.

Elle le regarda. Il souriait. Il avait dit cela juste pour l'énerver. Elle refusa de se laisser appâter. Elle avait survécu à des classes entières de garçons grossiers, elle pourrait endurer les railleries d'un vulgaire exploitant de ranch.

— Ne négligez pas votre travail pour moi, dit-elle.

— Je ne songe pas à vous abandonner.

Sans rien ajouter, elle se dirigea dans la direction qu'avaient prise Will et Pete. Ce qu'elle vit lorsqu'elle atteignit l'enclos, la choqua au point de la tirer de son mutisme.

— Mon Dieu, ils vont se faire tuer !

Matt avait passé une corde autour des cornes d'une énorme bête, un taureau sans doute. Chet avait noué ses pattes arrière. Mais le taureau ne voulait pas se coucher sur le sol. Sean s'approcha, attrapa la bête par les cornes et lui tordit le cou jusqu'à ce qu'il s'écroule dans un bruit assourdissant. Isabelle poussa un petit cri, certaine que le taureau était tombé sur Sean. Elle recommença à respirer quand elle le vit se lever, sain et sauf.

Luke tendit un fer qui sortait du feu. Sean le pressa contre le flanc du taureau. Celui-ci meugla de douleur.

Chet et Matt tenaient les cordes tendues. L'odeur de poil et de cuir brûlés parvint à Isabelle, qui grimaça de dégoût.

Sean sauta à cheval, et Chet lâcha les pattes arrière du taureau. La bête bondit sur ses pieds, beuglant avec fureur. Elle chargea le cheval de Sean. Mais le lasso de Matt, toujours autour de ses cornes, l'arrêta brutalement. Utilisant leurs lassos comme fouets, ils le dirigèrent vers l'enclos.

— Qu'est-ce qu'ils vont faire ? demanda Isabelle dès qu'elle eut recouvré l'usage de la parole.

— En chercher un autre.

— Pourquoi ?

— Tout le bétail doit être marqué.

— Mais ce taureau aurait pu les tuer !

— Ce bœuf.

Isabelle rougit.

— Comment pouvez-vous rester assis là, les bras ballants ?

— Il faut qu'ils apprennent.

La jeune femme regarda autour d'elle.

— Où est Faucon ?

— Parti rassembler d'autres bœufs.

— Est-ce dangereux ?

— Sans doute.

— Pourquoi ne l'aidez-vous pas ?

— C'est ce que je faisais avant de vous voir. Vous devriez être contente que je sois là. Vous seriez dans un sacré pétrin si j'arrivais avec du bétail alors que vous êtes entre eux et la bouche du canyon.

Avant qu'Isabelle ait pu répondre, les cris de Will et Pete détournèrent son attention vers les garçons. Chet avait sorti un autre bœuf du troupeau. Il essayait de conduire l'animal vers Matt, mais le bœuf renâclait.

— Tu vas te décider à aider ou rester assis là à regarder bêtement ? cria Chet à Matt.

Sean lança son lasso. Elle retomba sur la tête du bœuf, mais Sean ne réussit pas à resserrer la boucle autour des cornes. Le bœuf s'échappa, entraînant le garçon qui vida les étriers.

— Manchot ! hurla Chet.

— Réveille-toi, tête de lard ! cria Sean à Matt. Tu es censé le maîtriser.

Il s'approcha de Matt et tenta de le tirer hors de sa selle. Matt le poussa du pied, le renvoyant en arrière.

Chet sauta à terre et rejoignit la mêlée.

Isabelle s'attendait à ce que Jake fasse cesser la bagarre immédiatement. Mais il regardait à peine.

— Arrêtez-les ! s'exclama-t-elle.

— Pourquoi ?

— Ils pourraient se blesser.

— Ils sont trop fatigués pour blesser qui que ce soit.

— Mais ils ne devraient pas se battre. Ce n'est pas bien.

— Ils ne le feront plus dès qu'ils auront résolu leur problème.

— Ce serait mieux s'ils se parlaient.

— C'est ce qu'ils feront quand ils auront fini de se battre.

— Pourquoi avez-vous empêché Pete et Will de se bagarrer, alors ?

— Parce qu'ils se battaient sur mes genoux, rétorqua Jake, en la regardant comme si elle était une simple d'esprit.

Les garçons cessèrent brusquement de se battre.

— Faites gaffe, sinon je vous aplatis tous les deux, gronda Chet en remontant en selle.

— Va te faire voir ! répliqua Sean en retournant vers son cheval.

Il jeta son chapeau à terre, grommela quelques jurons, le ramassa et remonta à cheval.

Cette fois, les garçons isolèrent le bœuf, l'attrapèrent et le marquèrent sans anicroche.

— Voyez, ils ont résolu le problème, dit Jake.

Isabelle songea qu'elle ne percerait jamais les mystères de l'esprit masculin. Peut-être était-ce une bonne chose que Jake ait pris sa place – car il avait effectivement pris sa place : il était évident que les garçons le regardaient, lui, plutôt qu'elle. Elle supposait que c'était la manière dont les choses devaient se passer, mais il lui était difficile d'accepter que des garçons dont elle s'était tant occupée l'aient déjà presque oubliée.

Elle s'efforçait de ne pas trop en attendre de leur part. Ils n'avaient aucun attachement, ils étaient méfiants, ils faisaient d'abord et uniquement attention à eux-mêmes. Il fallait qu'ils apprennent à se soucier des autres et à les estimer. Elle espérait qu'ils y parviendraient quand ils se sentiraient en sécurité, qu'ils acquerraient de la confiance. Jake pourrait les y aider. Comme elle voulait vraiment le bonheur de ses garçons, il le soutiendrait.

Elle regarda Will et Pete se disputer le fer rouge à marquer. Elle eut un soupir de soulagement quand Pete le remit à Sean sans se blesser, puis s'inquiéta de nouveau lorsque Will le rapporta à Luke. Elle n'avait jamais vu Will et Pete si heureux… Peut-être avait-elle eu tort. Peut-être Jake leur donnait-il ce qu'il leur fallait.

Buck arriva à cheval.

— Bon sang, mais qu'est-ce que tu fais ici ? gronda Jake.

— Je ne pouvais pas rester au lit, en sachant que les morveux étaient ici.

Il regarda Isabelle d'un air blessé, car elle l'avait laissé dans la cabane et avait emmené Pete et Will. Jake adressa à la jeune femme un regard qui signifiait : voilà le résultat de vos petits chichis.

Puis elle entendit un sifflement strident. Elle suivit le regard de Jake. Faucon de Nuit ramenait une douzaine de bœufs.

— Tu peux tenir sur ce cheval au-delà du petit galop ? demanda Jake à Buck.

— Bien sûr, répondit le garçon. Je suis peut-être faible, mais je monte aussi bien que les autres.

— Alors aide-les à conduire ces bœufs dans l'enclos. Luke, toi et les petits, ouvrez les portes et restez en dehors du passage. Vous, dit-il à Isabelle, grimpez sur la barrière. N'en descendez sous aucun prétexte.

Isabelle commença à protester, mais elle se rendit compte qu'elle parlait dans le vide. Jake et Buck étaient partis à la rencontre de Faucon de Nuit. Luke tira un vantail du portail, Will et Pete tirèrent l'autre. Matt et

Sean allèrent s'occuper des bœufs de Faucon. Chet resta pour dissuader les bêtes de sortir du canyon. Isabelle n'avait jamais escaladé une barrière de sa vie. Tante Deirdre insistait sur le fait que l'escalade était inconvenante pour les demoiselles. Elles avaient trop de jupons. Isabelle ne pouvait voir où elle posait ses pieds.

La clôture en bois de cèdre et de genévrier était couverte d'endroits rugueux, là où les branches avaient été coupées. La surface lui griffait les mains. Elle s'installa en équilibre instable, et regarda ce que Will et Pete étaient en train de faire. Ils avaient escaladé la barrière à moins de trois mètres d'elle. Mais Will n'aimait pas sa place. Il sauta au sol et grimpa un peu plus loin. Puis il changea encore de place.

— Ne bouge plus, dit Isabelle. Les bœufs seront bientôt là.

— Je n'y vois rien, se plaignit Will.

Il sauta à terre et partit en courant. Le cœur d'Isabelle lui manqua. Will était seul. Elle ne lui faisait pas confiance pour rester en place. Tenant sa robe pour ne pas l'accrocher, elle descendit et commença à courir pour le rejoindre.

Elle se tordit la cheville sur un rocher et tomba.

Elle essaya de se relever, mais sa cheville lui faisait terriblement mal. Serrant les dents, elle se redressa, juste à temps pour voir qu'un bœuf fonçait droit sur elle.

Jake avait commencé à jurer dès l'instant où Isabelle avait posé un pied dans le camp. Il émit de nouveaux jurons quand il la vit sauter à terre et s'engouffrer dans l'ouverture de l'enclos, trébucher et tomber. Et il fut à court de jurons lorsqu'il vit un bœuf, tête baissée, foncer vers elle à une vitesse inouïe.

Il fouetta son cheval. Isabelle boitillait. Il ne savait pas si elle était blessée, mais il doutait qu'elle fût capable d'escalader la barrière avant que le bœuf ne l'atteigne. Il saisit son lasso pour attraper la bête par les cornes.

Et s'il le manquait ? Il n'aurait pas de seconde chance. Il fallait qu'il s'interpose entre l'animal et la jeune femme.

Éperonnant furieusement sa monture, il doubla le bœuf par la gauche. Isabelle se débattait frénétiquement pour se mettre en sécurité sur la barrière, mais elle n'y arriverait pas. Dans un dernier sursaut, Jake interposa son cheval entre elle et le bœuf.

Voyant la jeune femme grimper pour se mettre en sécurité, l'animal se tourna vers lui. Il n'avait pas le temps de s'écarter du chemin. Le bœuf encornerait sûrement son cheval. Lorsque celui-ci serait à terre, il s'occuperait de Jake.

Un lasso siffla et retomba sur les cornes du bœuf, qui secoua la tête et rua, puis s'écroula dans un bruit sourd. Presque immédiatement, il bondit de nouveau sur ses pattes. Dans un beuglement féroce, il se retourna vers son assaillant.

Mais sa chute avait donné à Jake le temps qu'il lui fallait. Son lasso encercla les cornes du bœuf, et celui-ci fut fermement maîtrisé. Jake leva les yeux et vit que Chet lui souriait.

— Il a failli vous avoir, m'sieur.

— *Jake*, bon sang ! hurla Jake alors qu'il poussait le bœuf vers la porte. Je m'appelle Jake !

— Il a failli vous avoir, Jake.

— Bon Dieu, oui. Merci.

Chet et lui agitèrent leur lasso pour les libérer à peu près en même temps. Le bœuf fila. Mais Chet lui assena un coup cinglant par-dessus la barrière et le dirigea vers le reste du troupeau.

Jake revint vers Isabelle.

Des mots de fureur lui venaient, mais le regard de pure terreur de la jeune femme le força à se taire.

— Elle n'aurait pas dû me suivre, dit Will qui se sentait clairement coupable. Je peux me débrouiller tout seul.

Jake le poussa contre la barrière, le hissa sur sa selle et lui administra quelques claques sur le derrière.

— La première chose que tu dois apprendre ici, c'est à obéir aux ordres. La deuxième, c'est à ne rien faire de stupide. La troisième, c'est à ne pas mettre la vie des autres en danger. Tu as fait les trois.

Jake renvoya Will contre la barrière de l'enclos.

— Si tu descends avant que je te le dise, je t'enchaîne à la cabane.

Will accepta cette réprimande sans broncher. Jake se promit de mieux le surveiller la prochaine fois. De toute évidence, Will s'imaginait que rien ne pouvait lui arriver tant qu'il était près de lui.

Le reste des bœufs avançait vers la porte. Jake déplaça son cheval pour le poster face à Isabelle, jusqu'à ce qu'ils soient passés. Pendant que les garçons se dépêchaient de remettre les piquets en place, il mit pied à terre.

— Vous allez bien ? demanda-t-il.

Il n'aimait pas la voir ainsi. Elle était trop raide, trop pâle. Elle hocha la tête.

— Comment va votre cheville ?

— Ça va. Elle est juste foulée.

— Laissez-moi regarder.

— Non, tout va bien.

— Ce n'est pas le moment de faire la prude.

— Tous les moments sont bons pour être prude.

— Supposez que vous receviez une flèche pendant que nous serons sur la route. Est-ce que vous refuserez que je vous touche ?

— Je… Ce n'est pas pareil.

— Bien sûr que si. Maintenant, faites-moi voir cette cheville.

Elle ne bougea pas.

— Si vous ne le faites pas, je vais devoir le faire moi-même.

La menace ne présageait rien de bon.

— Je pensais que j'étais déjà tellement inutile que personne ne remarquerait un problème de plus, marmonna-t-elle.

— Vous ne donnez pas le bon exemple. Montrez-moi cette cheville.

Elle ne bougeait pas, et ne le regardait pas. Il se retourna. Tous les garçons étaient en train de les observer.

— Remettez-vous à votre travail, ordonna Jake. Faucon, prends Buck avec toi, mais vas-y doucement avec lui. Il est toujours faible comme un fouet mouillé. Les autres, retournez marquer. Nous ne pourrons pas partir pour le Nouveau-Mexique tant que tous ces bœufs ne porteront pas la preuve qu'ils m'appartiennent.

Il se retourna à nouveau. Isabelle soupira.

— Maintenant que tout le monde est parti…

Elle se baissa vers le sol, en faisant attention à tenir sa jupe près de son corps. Elle la releva jusqu'à ce que l'ourlet touche presque le haut de sa chaussure.

— Je suis surpris que vous ne vous soyez pas cassé le cou, avec des chaussures pareilles.

— Ce sont de très bonnes chaussures de marche en toile, répliqua Isabelle.

— Il vous faut des bottes en cuir.

— Peut-être, mais je n'en ai pas. Maintenant, est-ce que vous allez regarder cette cheville, ou continuer à vous plaindre de ce que je porte aux pieds ?

Elle s'assit contre la barrière, et Jake commença à délacer la chaussure.

— Est-ce que ceci est vraiment indispensable ? s'inquiéta-t-elle.

— Oui, grommela-t-il.

10

Toucher Isabelle fit plus d'effet à Jake qu'il ne l'avait prévu. Une onde de désir lui tenailla les reins.

— Je dois retirer votre chaussure si je veux me faire une idée de ce que vous avez à la cheville, ajouta-t-il.

Il ne pouvait voir sa jambe – elle veillait à la garder couverte – mais le pied était petit et fin. La cheville comme le pied paraissaient si fragiles ! Il sentait parfaitement la douce chaleur de sa peau à travers les bas.

Il tourna délicatement la cheville.

— Ça vous fait mal ?

— Non.

Il la plia un peu plus.

— Et là ?

— Un peu.

Il songea que cela devait lui faire plus qu'un peu mal, mais il n'insista pas.

— Vous vous êtes foulé la cheville. Pas au point de ne plus pouvoir marcher, mais ça ne vous fera pas de bien.

— Je m'en étais rendu compte toute seule, figurez-vous.

— Il faut que vous évitiez de vous appuyer dessus un moment.

— Mais je ne peux pas rester ici.

— J'ai une tente au bord du canyon. Je vais vous y porter.

— Je marcherai, protesta Isabelle.

Elle essaya de se lever, mais la douleur la fit basculer contre Jake.

Il la prit dans ses bras avant qu'elle n'ait pu s'y opposer. Il aimait la sentir contre lui. Sa fragilité la rendait terriblement attirante.

— Monsieur Maxwell, lâchez-moi tout de suite ! Je vous connais à peine. Et même si je vous connaissais, je ne vous permettrais pas de me porter.

Elle le repoussa, mais Jake était beaucoup plus fort qu'elle et il la souleva comme un fétu de paille.

— Mademoiselle, votre pudibonderie vous tuera. À Austin, elle a peut-être sa place, mais pas ici. Quand on est blessé, on se fait aider.

Elle avait des yeux charmants ; aujourd'hui, ils avaient l'air bleus. Un nez finement ciselé. Des lèvres humides, douces, entrouvertes de surprise. Il ne l'avait jamais vue d'aussi près. Elle semblait encore plus adorable.

Il sentit la chaleur de son souffle qui caressait sa joue. Elle détourna la tête, mais il eut le temps de la voir passer sa langue sur sa bouche et se mordre la lèvre inférieure. Elle ne devait pas être plus habituée que lui à ce genre de situation. Il aurait donné n'importe quoi pour la regarder dans les yeux, pour savoir ce qu'elle ressentait si près de lui.

Il commença à escalader le bord du canyon. Après avoir lutté avec des bœufs tout le jour, il se dit qu'elle pesait à peine plus qu'un enfant.

— Vous avez perdu votre langue ? demanda-t-il car elle restait silencieuse.

— À quoi bon parler ? Je ne puis dire un mot sans que vous me mettiez plus bas que terre.

— J'essaie juste de vous apprendre la vie ici.

— Monsieur Maxwell...

— Jake...

— Monsieur Maxwell... Oooh !

Il avait trébuché. Elle jeta les bras autour de son cou et le serra de toutes ses forces. Hmm, songea-t-il, ce corps délicieux collé contre le sien ! Il faillit lâcher prise pour de bon.

Son charme avait dû l'ensorceler.

— Je ne voulais pas trébucher, mademoiselle, mais le fait que vous m'ayez appelé M. Maxwell m'a tellement troublé que je ne savais plus poser un pied devant l'autre.

Ce n'était pas cela qui l'avait troublé, bien sûr, mais elle n'avait pas à le savoir.

— Vous voulez dire que si je ne vous appelle pas Jake, vous allez me laisser tomber ?

— Je ferai de mon mieux pour vous garder, mais je ne réponds de rien.

— Vous êtes odieux. Vous n'avez aucun scrupule.

Il sourit.

— Effectivement, mademoiselle.

Elle le dévisagea si fixement qu'il faillit l'embrasser. C'était une réaction instinctive, qu'il refréna juste à temps.

Au moment où ils atteignirent le bord du canyon, il tremblait. Il savait qu'il était attiré par cette femme, mais il avait sous-estimé ses charmes et surestimé sa propre maîtrise. Elle pourrait le convaincre de n'importe quoi.

Cela l'effraya. Il s'était juré de ne jamais tomber dans les griffes d'une femme.

— C'est votre campement ?

— Oui, mademoiselle.

Il était constitué d'une tente et d'un espace plat où il pouvait cuisiner et manger.

— Vous pouvez me poser, maintenant, dit Isabelle.

Il l'assit sur une souche.

— S'il fait trop chaud, vous pourrez utiliser la tente.

— Merci. Tout ira bien.

Elle sembla soulagée de reprendre le contrôle de ses mouvements. Et en colère contre lui.

— Ne vous servez pas de ce pied. Il ira mieux dans quelques heures.

— Merci. J'éviterai.

Vraiment en colère. Elle lissa sa jupe de façon à cacher jusqu'à ses orteils.

— Je vais vous apporter de l'eau.

— Envoyez Will. Je refuse de vous empêcher de travailler.

Autrement dit : « Éloignez-vous de moi et ne revenez pas. » Il en fut blessé.

— Ne vous inquiétez pas si vous apercevez quelques serpents à sonnette, se moqua-t-il. Je les garde pour chasser les souris.

Terrorisée, elle jeta un regard autour d'elle, ce qui fit retomber l'irritation de Jake. Il s'en voulut de l'avoir effrayée.

— Il y a vraiment des serpents à sonnette ici?

— Oui, mais ils ne vous ennuieront pas si vous ne les ennuyez pas. Criez, si vous avez besoin de quoi que ce soit. Les garçons vous entendront.

— Où serez-vous?

— Avec Faucon de Nuit et Buck.

Elle semblait anxieuse.

— Je viendrai vous voir de temps en temps, promit-il.

— Ce ne sera pas nécessaire. Tout ira bien.

Une vraie femme. Dès qu'il la quittait, elle avait peur. Mais s'il affirmait qu'il serait près d'elle, elle prétendait n'avoir pas besoin d'aide. Il ne comprenait rien aux femmes en général, ni pourquoi il ressentirait la moindre attirance pour celle-ci.

C'est pourtant ce qu'il ressentait. Peu importait que ce ne soit pas son type de femme. Il y avait quelque chose chez Isabelle qui lui faisait oublier ses résolutions. Le fait que tout pouvait être différent avec elle l'obsédait.

Isabelle se rendit compte que lorsqu'elle posait prudemment son pied à plat, sa cheville ne lui faisait pas mal. Enfin, pas trop. Elle aurait dû éviter de s'en servir encore un certain temps, mais elle s'ennuyait. Elle avait regardé les garçons attraper et marquer un nombre incalculable de vaches. Ils se disputaient souvent. Mais à mesure que l'après-midi avançait, ils avaient réussi à éviter les sautes d'humeur.

Un rocher glissa sous son pied, et elle grimaça de douleur. Elle avait décidé de revenir à pied, redoutant que Jake insiste pour la porter. Elle voulait éviter cela à tout prix. Elle ne voulait plus ressentir ce trouble délicieux dans tout son corps.

Elle n'avait rien senti de comparable avec son fiancé. Pourquoi cela arrivait-il maintenant, et avec Jake?

De nouveau, elle glissa. Elle s'arrêta un instant.

Elle regarda la terre inhospitalière qui l'entourait. Elle ne comprenait pas pourquoi Jake l'adorait tant. Cette terre était dure, escarpée, rocailleuse, coupée par des ravins et des canyons assez grands pour cacher un troupeau de bétail.

Elle arriva enfin à l'enclos; Jake et les garçons venaient d'y guider un nouveau troupeau. Ils étaient assis sur leurs chevaux, surveillant les bœufs. Isabelle se demanda combien de bêtes ce canyon contenait. Il semblait y en avoir des centaines, à présent.

— J'allais justement venir vous voir, dit Jake. Il est temps que nous rentrions.

— Il va encore faire jour un bon moment, protesta Sean. Je ne suis pas fatigué.

— Ton cheval, si, répliqua Jake. Je ne veux pas risquer qu'il se blesse parce qu'il est exténué.

— Je peux rentrer avec vous? demanda Will.

Isabelle ne comprit pas pourquoi Jake regardait Matt. Elle ne comprit pas non plus pourquoi l'expression du garçon semblait contrariée et menaçante. Elle ne voyait aucune raison pour qu'il déteste Jake.

— Monte avec ton frère, répondit celui-ci.

— Et moi? s'enquit Pete.

— Allez, morveux, dit Sean. Je te prendrai avec moi.

— Comment rentre Mlle Davenport? demanda Chet.

— Je marcherai, déclara Isabelle.

— C'est impossible, dit Jake. Il y en a pour une heure d'un bon pas. Vous allez vous massacrer la cheville: vous ne mettrez plus le pied par terre pendant des jours.

La jeune femme répugnait à admettre que Jake avait raison.

— Si vous voulez bien seller un cheval pour moi, j'essaierai d'éviter de tomber jusqu'à ce qu'on arrive au camp.

— Nous n'avons pas de cheval de rechange.

— Si vous voulez, mademoiselle, proposa Chet, vous pouvez prendre mon cheval. Vous pourrez le monter à cru, si vous préférez.

— Il n'y a pas un seul cheval ici auquel je ferais assez confiance pour qu'Isabelle le monte en amazone et sans selle! gronda Jake.

Isabelle ne fut pas tentée de le contredire. La perspective de se jucher sur un cheval sans selle la faisait défaillir.

— Elle prendra mon cheval, ajouta Jake. Je marcherai.

— On va mettre une éternité pour rentrer, geignit Will.

— Elle pourrait monter avec Jake, dit Sean.

— Ne sois pas ridicule, je…

— La voilà, la solution, approuva Chet. Elle ne pourra s'accrocher à rien si elle monte à cru. Mais si Jake monte derrière elle, il l'empêchera de tomber.

— Mlle Davenport ne l'envisagerait pas une seconde, répliqua Jake. Ce n'est pas convenable pour une demoiselle, et elle ne m'aime pas.

— Il a sans doute peur des femmes, murmura Sean à Chet. J'avais un oncle comme ça. Il ne pouvait pas s'approcher d'une femme sans devenir tout rouge, bégayer et se tortiller comme s'il avait des frelons dans le calcif.

Jake examina les garçons. Sean souriait patiemment. Chet semblait satisfait qu'ils aient touché un point sensible.

Isabelle ouvrit la bouche pour dire qu'on ne la verrait jamais monter avec un homme de toute sa vie, mais elle la referma immédiatement. Si elle voyageait jusqu'au Nouveau-Mexique, elle allait devoir faire beaucoup de choses qu'elle n'aurait pas envisagées à Savannah.

— Vous monterez à califourchon, décréta Jake.

Il lui avait répété que la pudibonderie de l'Est n'était pas de mise au Far West. Il fallait soit monter, soit marcher. Face à cette alternative, le choix était facile.

— D'accord, céda-t-elle.

Jake glissa à terre, retira la selle de son cheval et la tendit à Chet.

— Allez-y, dit-il aux garçons. Nous vous rattraperons.

Les garçons obéirent.

— Maintenant, reprit Jake quand ils furent assez loin, je vais vous soulever. Il faut que vous jetiez votre jambe droite de l'autre côté, sinon vous allez tomber. Vous pouvez le faire ?

Isabelle était certaine qu'elle ne le pourrait pas.

— Bien sûr que oui, répondit-elle.

Mais elle n'était pas plus préparée à sentir les mains de Jake autour de sa taille qu'elle ne l'était lorsqu'il l'avait portée à son camp. Elle sentait chacun de ses doigts contre ses hanches, les paumes de ses mains sur ses côtés, les pouces dans son dos.

Elle avait l'impression d'être petite et vulnérable, comme si ses forces n'étaient rien. Elle se retrouvait complètement englobée par l'énergie implacable et la vitalité de Jake.

— Pliez les genoux et sautez, dit-il.

Elle obéit automatiquement.

Elle se retrouva en équilibre instable sur le dos du cheval, et n'avait rien pour s'accrocher. Elle s'attendait à basculer de l'autre côté.

Mais les mains de Jake la tenaient toujours, serrées comme un étau.

— Accrochez-vous à sa crinière et jetez votre jambe.

Elle réussit à le faire, tandis que Jake sautait à son tour sur le dos du cheval.

— Allons-y.

Ce ne fut pas le départ précipité qui fit sursauter Isabelle quand le cheval se lança au petit galop. Elle était en revanche bouleversée par le corps de Jake collé contre son dos, trop intensément consciente de ses bras autour d'elle, de ses cuisses contre les siennes.

Elle connut successivement la panique, la peur et un urgent besoin de se défaire de son emprise. Jamais – même lorsque Henri l'avait violentée – elle n'avait connu un tel contact intime avec le corps d'un homme.

Pourtant, tandis qu'elle chevauchait à l'abri dans son étreinte, une sorte d'excitation montait en elle, comme une attente délicieuse. Isabelle essaya de la maîtriser, mais elle était puissante, dévorante, et la poussait à s'appuyer contre Jake. Elle se réchauffait au contact de son corps. Elle s'enflammait au rythme des foulées du cheval et de leur frottement sensuel. Le poids du désir l'écrasait, sapant ses défenses et engourdissant son esprit.

Sa réaction était trop claire pour être confondue avec quoi que ce soit d'autre. Elle avait envie de Jake.

Cela choqua Isabelle. Aucune de ses précédentes expériences ne l'avait préparée aux effets bouleversants du désir. Cela la déconcertait, la mortifiait et la terrifiait.

À son grand soulagement, ils rattrapèrent les garçons avant qu'elle ne perde complètement son sang-froid.

— Je pourrai revenir demain ? cria Will à Jake.

— Moi aussi ? ajouta Pete en chœur.

— Nous verrons, dit Jake. Il suffit d'une personne pour chauffer les fers et entretenir le feu.

— Je pourrais rassembler les bêtes, proposa Will.

Isabelle se raidit, craignant que Jake, qui semblait ne voir aucun danger menacer quiconque à part elle, ne laisse Will venir avec lui.

— Pas encore. Tu as besoin de prendre quelques leçons d'équitation d'abord.

— Je sais déjà monter. Je…

— Tu te souviens de ce que je t'ai dit plus tôt ? coupa Jake.

— Oui, répondit Will, calmé.

— Essaie de te le rappeler.

Isabelle n'avait jamais pensé que Jake soit d'une grande patience. Elle s'étonnait qu'il ne se soit pas encore énervé. Elle s'attendait à ce qu'un silence gênant s'ensuive, mais Will jacassa à propos de toutes les choses qu'il savait désormais faire et de ce qu'il apprendrait bientôt à faire. Ce qui poussa Pete à raconter ses propres exploits.

— Donnez-leur une semaine, commenta Chet, et ils seront prêts à emmener le troupeau au Nouveau-Mexique eux-mêmes.

Will continua à bombarder Jake de questions jusqu'à ce qu'ils arrivent au ranch.

Isabelle sursauta lorsqu'elle sentit la chaleur du corps de Jake la quitter tandis qu'il glissait au sol. Elle ressentit une certaine déception, mais rien du soulagement auquel elle s'attendait.

Jake la saisit par la taille et la porta jusqu'au sol.

Il garda ses mains autour de sa taille et la retint près de lui. Elle lutta contre l'envie de se jeter dans ses bras et de lover son corps contre le sien.

— Vous tenez sur vos pieds ? demanda-t-il.

— Oui.

— Ça vous fait mal ?

— Non. Si j'y vais doucement en préparant le dîner, je serai remise au petit-déjeuner.

— Vous êtes sûre ?

Cela faisait une éternité que personne ne s'était occupé de savoir comment elle allait. Mais elle savait qu'il lui fallait faire la cuisine tant que cela lui était possible. De plus, elle avait demandé à Jake de donner le bon exemple. Maintenant c'était son tour.

— Matt pourrait s'occuper de la cuisine, ajouta-t-il.

— Matt est épuisé. Il a été en selle toute la journée, et il doit encore s'occuper de son cheval et de son matériel.

— Je suis sûr qu'il ne verra pas de problème à ce que quelqu'un le fasse à sa place, ce soir.

— Quand vous avez assigné les tâches pour ce voyage, avez-vous prévu de laisser les garçons s'en dispenser s'ils le souhaitent ?

— Non, mais…

— Faire la cuisine est mon travail. Je ne puis demander à personne de le faire à ma place.

Isabelle fit deux pas en arrière. Il était difficile de lui parler en se tordant le cou pour lever les yeux vers les siens.

— Bon, j'y vais.

Elle s'éloigna, déterminée à ne pas boiter, bien qu'elle eût horriblement mal. Elle buta contre un caillou et crut défaillir. Mais elle retrouva l'équilibre et continua, refusant de capituler face à la douleur.

— Bret, appela-t-elle après avoir remué les cendres, j'ai besoin d'eau et de bois immédiatement.

— Vous avez encore mal à la cheville ?

Isabelle avait servi les garçons et Jake avant de se servir, puis elle s'était assise.

— Non, mentit-elle, mais cette simple question lui donnait envie de pleurer.

Depuis la mort de tante Deirdre, personne ne s'était jamais inquiété pour elle. Elle pensait s'y être habituée. Elle avait essayé. Elle ne comprenait pas pourquoi cela serait différent avec Jake. Elle ne voulait pas que cela le fût.

— Vous avez trébuché plusieurs fois pendant que vous faisiez la cuisine.

Elle se dit qu'elle n'avait aucune raison d'être contente qu'il l'ait observée. Si son cœur battait vite, si elle se sentait étourdie, c'est sûrement parce qu'elle avait respiré trop de fumée.

— C'est ce sol accidenté. Tout le monde trébuche.

— Vous ne devriez pas vous appuyer dessus ce soir. Laissez Will et Pete nettoyer.

— C'est ce que je comptais faire, admit-elle.

Il s'assit à côté d'elle, mâchant bouchée après bouchée de haricots et de bacon. Apparemment, il n'était pas gêné par le fait que les haricots soient pâteux et le bacon très dur.

— Les garçons n'ont pas encore beaucoup de muscle, dit Jake, mais un mois en selle devrait arranger ça.

Il parlait enfin d'autre chose que de sa cheville. Elle était heureuse que les garçons se débrouillent mieux que prévu, mais pour l'heure elle ne souhaitait pas parler d'eux. Elle était fatiguée, elle avait mal à la cheville, elle arrivait à peine à manger, et elle n'en pouvait plus de penser sans cesse aux autres.

Pourtant, elle n'avait pas le choix. Ces garçons constituaient la raison pour laquelle ils étaient ensemble. Sans eux, elle ne serait jamais retournée à son ranch. Et elle n'aurait certainement pas été d'accord pour aller au Nouveau-Mexique.

— J'apprécierais que vous leur appreniez tout ce que vous pouvez avant que nous soyons à Santa Fe, dit-elle. Il est très important qu'ils puissent trouver du travail.

— Qu'allez-vous faire des plus jeunes ? demanda Jake. Ils ne peuvent pas être cow-boys.

— Je ne sais pas.

— Vous pourriez les ramener à Austin. Bret est un peu âgé, mais Will et Pete sont assez jeunes pour…

— Non.

— Vous ne pourrez pas les entretenir vous-même.

— Je trouverai quelque chose.

Elle aurait voulu qu'il parte. Elle ne souhaitait pas s'échiner à rendre quiconque heureux, alors qu'elle-même ne l'était pas. Elle désirait être seule un moment, pour s'offrir le réconfort que personne ne lui donnait.

Elle se sentait soudain déprimée et mal-aimée. Cela ne lui arrivait pas souvent mais, de temps en temps, la solitude la submergeait. En général, elle parvenait à se convaincre que cela n'était pas important, mais ce n'était pas toujours le cas. Si elle mourait demain, personne ne la regretterait plus de quelques minutes. C'était dur à supporter.

— Pourquoi ne dormez-vous pas dans la cabane, cette nuit ?

— Quoi ?

Elle avait perdu le fil de la discussion.

— Dormez dans la cabane. Vous serez plus à l'aise que dans le chariot.

— J'y suis très bien.

— Vous pourriez vous blesser en montant ou en descendant.

— Vous avez peur que je ne puisse pas préparer le petit-déjeuner demain ?

— J'ai peur que vous vous fassiez une véritable entorse. Dans ce cas, je devrais vous laisser.

S'inquiétait-il vraiment pour elle ?

— En plus, reprit-il, il n'est pas convenable pour vous de dormir dehors. Une femme comme vous mérite une maison avec un plancher et des rideaux aux fenêtres.

Elle ignorait si c'était un compliment ou une critique.

— Est-ce que vous essayez de me dire que je n'ai rien à faire dans ce voyage ?

— J'essaie de vous dire que je ne veux pas que vous vous blessiez à nouveau.

Isabelle se sentit mieux.

— Merci. J'accepte volontiers votre proposition.

La jeune femme se releva. Elle était soulagée. Elle avait juste besoin d'une bonne nuit de sommeil, pour se remettre les idées en place.

Jake hésitait à repartir pour son camp. Il savait qu'il ne devrait pas laisser le troupeau sans surveillance toute la nuit, mais il était mal à l'aise à l'idée de laisser Isabelle sans rien de mieux qu'une bande de garçons désarmés pour la protéger. Il pourrait leur confier une arme, mais il ignorait quel garçon saurait le mieux s'en servir, ne tirerait qu'à bon escient et n'en profiterait pas pour filer : avec un cheval et un revolver, on se débrouillait toujours au Far West.

Isabelle et ses orphelins lui offraient une chance de sauver son ranch, mais ils lui compliquaient la vie. C'était pire qu'à l'armée. Au moins là-bas, on lui donnait de la nourriture, des armes et un ennemi à combattre. Ici, on s'attendait qu'il pourvoie à tout lui-même.

Enfin... Le lendemain, il enverrait quelques garçons dormir au camp. D'ici là, le troupeau se surveillerait tout seul.

Isabelle fut ravie de s'éveiller avant l'aube. Jake n'aurait pas à l'appeler, cette fois-ci. Elle s'habilla rapidement et sortit réveiller Bret. L'herbe était humide d'une copieuse rosée. Le temps qu'elle mette tout à cuire, ses chaussures étaient trempées. Elle avait vraiment besoin de bottes.

Les garçons étaient dispersés à travers la cour dans leurs couvertures, et ils semblaient dormir. Elle fut soulagée de constater qu'ils avaient dormi avec leurs couvertures jusque sur la tête. Elle supposa que c'était Jake qui le leur avait conseillé.

Elle se mit à préparer le café. Elle avait du marc de deux jours. Elle ne comprenait pas que l'on aime ce café, mais elle en ferait à Jake tant qu'il en voudrait, pourvu qu'il ne lui demande pas d'en boire.

Dès que le café fut chaud, elle prit une grande casserole et frappa dessus avec une énorme louche. Le tapage était somptueux.

— Petit-déjeuner dans cinq minutes! cria-t-elle. Vous avez juste le temps d'enfiler vos bottes et de vous laver la figure.

— Depuis quand faut-il avoir le visage propre pour manger? marmonna une voix endormie.

Elle fut choquée de constater qu'il s'agissait de Jake.

11

— Qu'est-ce que vous faites là ? demanda-t-elle. Vous n'êtes pas à votre campement ?

— J'étais trop fatigué pour seller un cheval et repartir.

— Et vos vaches ?

— Elles se débrouillent seules depuis des années, je me suis dit qu'elles n'étaient pas à une nuit près. Mais ça sent le café, on dirait ?

— Il sera prêt dès que vous serez propres.

Les garçons attendaient la suite. Isabelle était sûre que s'il refusait de se débarbouiller, ils en feraient autant.

— Allez, leur dit Jake. Venez vous passer de l'eau sur la frimousse. Si vous grimpez endormis en selle, vous passerez la journée à vous retirer du dos des épines d'églantiers.

Comme un seul homme, ils partirent au pas vers le ruisseau.

— Will frétille autour de lui comme un chiot, commenta Bret d'un ton mauvais.

Les garçons étaient à peine revenus quand Luke accourut de l'enclos.

— Buck est parti, annonça-t-il. Il a pris deux chevaux.

— Il a dû lui arriver quelque chose, dit Isabelle.

— Qu'est-ce qui aurait pu lui arriver, alors que nous dormions tous autour de lui ? demanda Chet.

— Tout ce qui est arrivé, gronda Jake furieux, c'est qu'il a volé deux chevaux et s'est enfui.

— Buck n'est pas un voleur, protesta Isabelle, fâchée qu'il pense une chose pareille.

— Pourquoi pas ? Parce que vous vous êtes occupée de ses blessures ? Il a été maltraité par tous ceux à qui il

129

a eu affaire. Il déteste sans doute les adultes. J'espère seulement qu'il ne va pas vers l'ouest. Je ne tiens pas à retrouver sur la route son cadavre scalpé.

Isabelle ne comprenait pas que Jake évoque la mort éventuelle de Buck avec une indifférence aussi cruelle.

— Vous devez aller le chercher, dit-elle. Il est faible.

Jake la regarda comme on regarde un enfant qui vient de dire une bêtise.

— Il est peut-être déjà à quatre-vingts kilomètres. Ça prendra des jours de le rattraper, si j'y arrive.

— Mais vous ne pouvez pas l'abandonner !

— Je n'ai pas le choix. Je ne sais pas où il est. Et même si je le savais, je n'aurais pas le temps.

— Il faut que vous fassiez quelque chose, insista Isabelle, incapable de croire qu'il allait renoncer.

— En effet. Je vais prendre mon petit-déjeuner.

— Est-ce que tu as trouvé des empreintes ? demanda la jeune femme à Luke, refusant d'abandonner.

— Oui, mais elles ne sont pas claires. Le sol est trop rocailleux.

— Je suivre empreintes, proposa Faucon de Nuit.

— Tu peux le pister sur quelques kilomètres, acquiesça Jake, résigné, juste pour t'assurer de sa direction.

— Vous n'allez pas avec lui ? s'étonna Isabelle.

— Non.

Il montra le ciel qui virait déjà au rose.

— Nous sommes en retard.

Isabelle tendit à Matt l'assiette qu'elle avait dans les mains.

— Alors, j'y vais.

— Vous ne ferez pas ça, grommela Jake.

— Qui m'en empêchera ?

— Moi. Bon sang, d'ici cinq minutes, vous ne serez plus capable de retrouver le chemin du camp !

— J'irai avec elle, proposa Sean.

— Moi aussi, ajouta Chet.

— Personne ne va nulle part. Faucon de Nuit, seul, nous apprendra ce que nous devons savoir. Maintenant, mademoiselle, si vous n'y voyez pas d'inconvénient, nous allons avoir besoin d'un solide petit-déjeuner si nous devons passer la journée en selle. J'espère que vous avez fait plein de biscuits.

Isabelle fut tentée de lui rétorquer que les poules auraient des dents avant qu'elle n'ait préparé quoi que ce soit, mais elle comprenait qu'une attitude de défi ne la mènerait à rien. Il fallait que les garçons mangent.

Néanmoins, elle n'avait aucune intention d'abandonner Buck à son triste sort. Elle ne pouvait comprendre que Jake s'y résolve ainsi. Bien qu'il vive en sauvage, il devait avoir le sens du bien et du mal.

Elle s'affaira en silence une dizaine de minutes, puis ils mangèrent, tandis que Will et Pete tâchaient de s'expliquer ce qui était arrivé à Buck. Leurs hypothèses étaient horribles. Isabelle fut soulagée que Jake mette fin à leurs élucubrations en annonçant qu'il était l'heure de monter en selle.

Ils étaient à peine debout que Sean cria :

— C'est Faucon de Nuit et Buck ! Ils ont quelqu'un avec eux.

Les garçons, lâchant tout, se précipitèrent sur le tertre derrière l'enclos. Le temps qu'Isabelle y arrive, les garçons avaient rejoint Buck.

— Je craignais quelque chose comme ça…

Elle se tourna et vit Jake debout près d'elle.

— Quoi donc ?

— Qui est ce garçon ? demanda Jake sans répondre à sa question.

— Ce n'est pas le problème. Buck est sain et sauf.

— Je crois que ça va devenir un sacré problème.

— Qu'est-ce que vous voulez dire ?

— Vous verrez.

Isabelle n'avait jamais vu ce garçon auparavant. Il était noir, grand, et extrêmement maigre malgré sa large carrure. Il semblait à peu près de l'âge de Buck. Les chevaux avançaient au pas. À l'instant même où Isabelle se demandait pourquoi ils avançaient si doucement, elle comprit. Le garçon était trop faible pour chevaucher plus vite.

— Je me demande où Buck l'a trouvé, murmura-t-elle.

— Il l'a fait évader, dit Jake.

— Ne soyez pas ridicule. Pourquoi ferait-il évader un garçon ?

— Je suppose qu'il travaillait pour les fermiers. J'imagine que Buck l'a fait évader, parce que je vois une chaîne autour de la cheville droite de ce garçon.

Isabelle regarda la chaîne.

— Vous voulez dire…

— On l'enchaînait la nuit pour qu'il ne puisse pas s'enfuir.

— Mon Dieu…

Soudain, Isabelle sentit sa cheville défaillir. Elle se raidit. Jake la prit par la main. Il glissa un bras autour de sa taille pour la soutenir.

— Ça va ?

— Oui. Je ne suis pas habituée à marcher sur un sol accidenté. Mes appuis ne sont pas sûrs.

Seulement, à présent c'étaient ses genoux, pas ses chevilles, qui flanchaient. Elle s'écarta de Jake. Exactement comme la veille, la sensation qu'elle éprouva ne fut pas du soulagement, mais un arrachement.

— Sortez vos remèdes et vos bandages. Espérons qu'il n'a pas été traité aussi mal que Buck.

Les garçons s'arrêtèrent devant Isabelle et Jake.

— Il fallait que je le prenne avec moi, expliqua Buck. Je ne pouvais pas partir en sachant qu'il était encore là-bas.

— Pourquoi ne nous as-tu pas dit ce que tu voulais faire ? questionna Isabelle.

— Je n'étais pas sûr que vous me laisseriez faire. Vous avez déjà beaucoup de garçons, et je pensais que M. Maxwell ne prendrait personne de plus.

Isabelle doutait que Jake et elle puissent un jour s'accorder sur quoi que ce fût, mais elle était certaine qu'il ne laisserait pas ce garçon derrière eux. Il faisait trop pitié. La chaîne accrochée à sa jambe la faisait bouillir de fureur.

— Comment l'as-tu libéré ?

— J'ai scié le pieu, répondit Buck.

— Comment t'appelles-tu ? demanda Isabelle au garçon.

Il ne répondit pas. Il la fixait de ses yeux noirs, exorbités.

— C'est Zeke, dit Buck. L'un de ces fermiers l'a acheté.

— Mais les esclaves sont libres, maintenant!

— Il ne l'était pas.

— Venez prendre le petit-déjeuner, dit Isabelle. Je regarderai tes blessures après.

Avec la même expression hagarde, Zeke descendit de selle et suivit Buck jusqu'au feu de camp.

— La prochaine fois, dis-moi ce que tu comptes faire, lança Jake à Buck. Je préférerais me battre contre cinq cent mille diables que de laisser un seul d'entre vous avec ces fermiers.

Puis il se tourna vers Zeke.

— Il en reste d'autres?

Un éclair de colère traversa le regard du garçon.

— Non, mais ils en attendent de nouveaux. Je les ai entendus en parler.

— C'est nous qu'ils attendaient, déclara Sean, mais nous emmenons les vaches de Jake au Nouveau-Mexique.

Zeke tourna les yeux vers Jake.

— Tu peux venir aussi, dit celui-ci. Mais commence par te rassasier.

Zeke mangea comme un affamé. Ensuite, ses blessures furent aisément soignées. Il avait été battu, mais ni aussi souvent ni aussi sévèrement que Buck. Isabelle se demanda quels monstres pouvaient avoir mis ces garçons dans une situation si inhumaine.

Sean entra dans la cabane, il apportait une chemise et un pantalon. Il les tendit à Zeke. La générosité de Sean réchauffa le cœur d'Isabelle. Mais Zeke les rejeta rageusement.

— Tu devrais les prendre, insista Sean. Les tiens sont sur le point de tomber en lambeaux. Tu ne peux pas te promener tout nu devant Mlle Davenport.

— Je ne veux rien de personne, rétorqua Zeke.

Il vibrait de colère de la tête aux pieds.

— Alors prends-les jusqu'à ce que tu puisses gagner de l'argent pour t'en acheter d'autres, dit Isabelle.

— Et comment est-ce que je ferai ? s'emporta Zeke.

— Je ne le sais pas encore, mais ça viendra, répondit-elle. Il y a deux jours, je me demandais comment protéger ces garçons des fermiers. Alors M. Maxwell a été d'accord pour nous prendre avec lui. Le temps que nous arrivions au Nouveau-Mexique, j'aurai trouvé comment te permettre de payer ton pantalon.

Zeke fixa Sean.

— D'accord, mais seulement jusqu'à ce que je puisse m'acheter les miens.

Isabelle sortit pour qu'il se change tranquillement. Jake l'attendait d'un air soucieux.

— Ça va aller, assura-t-elle. Il est surtout épuisé et sous-alimenté.

— Ce n'est pas ça qui m'inquiète.

— Je suis sûre qu'il sera capable d'aider pour le troupeau.

— Ce n'est pas ça non plus. Les fermiers vont le chercher. Ils vont forcément venir.

Isabelle n'avait pas pensé à cela.

— Que vont-ils faire ?

— Me forcer à le leur rendre.

— Vous ne pouvez pas !

— Je ne compte pas le faire. Mais s'ils amènent le shérif, je risque de ne pas avoir le choix.

— Alors ?

Elle ne doutait pas une seconde qu'il ait un plan. Il avait toujours une réponse à chaque problème.

— Je vais les cacher.

— Où ?

— Nous garderons Bret, Will et Pete ici. J'enverrai les autres garçons et la plupart des chevaux au camp. Ils continueront à marquer.

— Ne devriez-vous pas aller avec eux ?

— Les fermiers ne croiront jamais que je n'y suis pour rien s'ils ne me voient pas. Nous ne pouvons faire croire qu'il n'y a personne ici. Alors donnons-leur une explication crédible. Vous serez ma cousine, de passage chez moi avec ses trois garçons.

La solution était totalement inattendue, mais l'heure n'était pas aux protestations. Il y avait trop de préparatifs en vue. Jake devait expliquer aux garçons ce qu'il espérait d'eux et renvoyer les plus âgés, avec la majorité des chevaux et toutes leurs affaires.

Il fit effacer les traces des chevaux par Will, Pete et Bret. Puis il enfourcha l'un des chevaux restants et trotta à droite à gauche, jusqu'à ce qu'il n'y ait plus que quatre empreintes de sabots différentes dans l'enclos.

— Les garçons, emportez les restes de nourriture, dit-il à Buck. Vous êtes partis pour la journée.

— Où allons-nous ? demanda Zeke, suspicieux.

— Je vais vous cacher, expliqua Jake. Les fermiers vont forcément venir vous chercher ici.

— Je n'ai jamais pensé à ça, admit Buck. Il faut que je parte. S'ils me trouvent, ils me tuent.

Jake lui passa la main dans les cheveux.

— Ils ne te feront aucun mal, ni à personne.

Isabelle se dit qu'elle ne comprendrait jamais Jake. Lui si dur et insensible, ne s'inquiétant de rien ni de personne, il n'hésitait jamais à protéger ces garçons.

Elle enveloppa le reste de bacon et les biscuits dans une serviette propre.

— Je les accompagne. Je ne sais pas dans combien de temps je serai de retour, dit Jake à Isabelle quand ils furent prêts à partir. Au cas où les fermiers arriveraient ici avant mon retour, donnez l'impression que vous comptez rester un moment.

— Comment ?

— Je ne sais pas. Que font les femmes ? La lessive ? Le ménage ?

— La cuisine, des conserves, prendre soin des bébés...

— Vous avez déjà fait la cuisine, il n'y a rien à mettre en conserve et vous n'avez pas de bébé.

Elle sourit.

— Rentrez vite.

Vu ce que les fermiers avaient fait aux garçons, l'idée d'être seule lorsqu'ils arriveraient la terrifiait. Elle avait beau douter des manières de Jake et de certaines de ses valeurs, il était assurément capable de la défendre.

— Je vais nettoyer la maison, décida-t-elle. Les garçons s'occuperont du dortoir.

— Ce n'est pas la peine. Nous partons dans quelques jours.

— Comme vous l'avez noté, les femmes nettoient et lessivent. Personne ne croira que j'aie l'intention de rester dans un désordre pareil. Tante Deirdre aurait fait une syncope si elle était entrée dans cette maison. Le dortoir est l'endroit le plus évident où les garçons pourraient dormir.

Jake acquiesça.

— Je reviens dès que possible, promit-il.

Isabelle commença par la chambre de Jake. Ensuite, elle comptait s'attaquer à la cuisine. Elle fut frappée par l'ironie de la situation. Elle n'avait jamais eu ni foyer, ni mari, ni enfants à elle. Elle n'avait jamais fait la cuisine, le ménage, la lessive, ni aucune des choses que les femmes font généralement. Pourtant, elle tenait la maison d'un homme qu'elle ne connaissait pas trois jours plus tôt, et elle feignait d'être la mère de trois garçons avec lesquels elle n'avait aucun lien de parenté.

Après l'attaque de Duplange, elle s'était dit qu'elle ne voudrait plus qu'un homme la touche. Mais elle ne pouvait pas s'empêcher de penser aux mains de Jake sur ses hanches.

La chambre était d'un dénuement spartiate, qui lui ressemblait tout à fait. Il n'y avait rien de moelleux ni d'inutile. Elle se demanda ce que tante Deirdre aurait dit de lui. Elle ne lui aurait sans doute pas adressé la parole. C'était une femme aux idées très strictes. Isabelle s'était souvent demandé où elle les avait acquises. Même au sein de la société de Savannah, elles détonnaient.

Les parents d'Isabelle étaient morts juste après sa naissance. Tante Deirdre n'avait jamais mentionné la moindre autre parenté. Quand Isabelle lui posait la question, elle avait coutume d'évoquer de lointains parents en Angleterre. La jeune fille n'avait jamais souhaité aller en Angleterre. D'après tante Deirdre, c'était un endroit étrange et froid.

Un jour, elle eut une attaque qui la laissa muette et paralysée. Elle mit des mois à mourir. Comme Isabelle était fiancée à un homme d'une riche famille, elle put rester chez sa tante. Mais quand le prétendant se fit tuer au premier coup de canon de la guerre, tout changea. Isabelle n'avait que seize ans, et pas de parenté connue. La maison fut vendue pour payer les dettes de sa tante et elle fut envoyée dans un orphelinat.

Elle n'oublierait jamais ce premier jour. Elle était seule, effrayée, et encore accablée par la mort de sa tante. Personne ne s'en souciait. Surtout pas les autres enfants. Toutes ses affaires furent confisquées et mises sous clef. On lui remit un uniforme, et l'on exigea qu'elle se comporte comme si elle n'avait jamais vécu ailleurs. On lui reprochait de pleurer la nuit, elle empêchait les autres de dormir. Les filles se moquaient de «ses grandes manières et ses chichis». Les garçons, dont elle trouvait les façons vulgaires et repoussantes, étaient cruels.

Elle s'enfuit, mais on la retrouva.

Alors elle apprit à se battre. Cela ne l'aida pas à se faire des amis, mais elle y gagna une sorte de respect. Elle comptait les jours qui la séparaient de sa majorité légale.

Lorsqu'elle quitta enfin l'orphelinat, aucune des personnes qu'elle connaissait ne voulait plus d'elle. Elle était une proscrite parmi les siens. Elle acheta un billet pour La Nouvelle-Orléans où elle trouva un emploi de gouvernante.

Après avoir quitté la famille Duplange, il eut du mal à retrouver du travail. Les familles comme il faut ne voulaient plus d'elle. Un jour enfin, on l'accepta pour enseigner dans une école d'Austin.

C'est là qu'elle avait rencontré les garçons.

Elle voulait aider ces enfants. Elle savait ce que c'est que de perdre un foyer aimant et chaleureux, d'être seule au monde…

Un bruit de galop arracha Isabelle à ses réminiscences. Elle fut soulagée de voir Jake, mais elle eut honte du peu de travail qu'elle avait fourni. À force de rêver, elle avait à peine terminé sa chambre.

Elle le rejoignit dehors.

— Où avez-vous caché les deux garçons en fuite?

— Dans une grotte, près de la rivière.

— N'est-ce pas le premier endroit où les fermiers vont regarder?

— L'érosion en a creusé des centaines. Ils ne peuvent les fouiller toutes.

— Mais ils vont se mouiller et avoir froid.

— C'est le meilleur endroit que j'aie trouvé. Que faites-vous?

Elle montra les seaux d'eau que les garçons avaient posés sous le porche.

— J'allais attaquer la cuisine.

— Laissez ça, dit Jake. Vous pouvez continuer à faire la cuisine dehors.

Elle prit l'eau et rentra.

— Ce sont des fermiers: ils ne verront pas pourquoi je la fais dehors, alors que vous avez une cuisine. Si vous allumez le feu, je mettrai à bouillir tout ce qu'il faut laver. Mais d'abord, enlevez les cendres. Vous avez du savon?

— Quelque part, oui.

Le temps que Jake ait allumé un feu dans la cheminée, Isabelle avait fait l'inventaire de la cuisine.

— Il n'y a rien à manger, annonça-t-elle.

— Je sais.

— Nous sommes presque à court de nourriture.

— Je sais, répéta Jake.

— Alors il va falloir en acheter. Combien de temps cela va-t-il prendre, avant notre départ?

— Trois ou quatre jours.

— Nous devrions y aller dès que possible.

Jake semblait fasciné par la belle flambée.

— Il faudrait que nous prenions quelques vaches avec nous, dit-il.

Elle haussa les sourcils, étonnée.

— Pourquoi?

138

— Je n'ai plus d'argent, admit-il finalement, et personne ne me fera crédit. Ces satanés fermiers se sont occupés de ça.

Isabelle comprit qu'il avait tardé à lui répondre car il était embarrassé d'admettre qu'il n'avait pas un sou.

— J'en ai, moi, de l'argent ! dit-elle.

— Quelques dollars ne changeront rien à l'affaire. Il nous faut quinze jours de provisions pour une douzaine de personnes.

— Ce sont des dollars or.

— C'est mieux, mais…

— Deux cents dollars or.

Jake se figea.

— Quoi ? Je ne pensais pas qu'il y en avait autant dans tout le Texas.

— L'agence me les a donnés. Pour les fermiers.

— Pas pour moi, donc.

— Pour quiconque prendrait les garçons. Vous les avez pris, alors cette somme vous revient.

Jake sembla dubitatif. Elle savait que cela blessait sa fierté d'accepter quoi que ce soit, surtout d'une femme.

Soudain, elle entendit des pas précipités, et Will fit irruption dans la pièce.

— Des hommes arrivent !

12

Les fermiers ne ressemblaient pas le moins du monde à ce qu'Isabelle avait imaginé. Elle s'attendait à voir des hommes épais et rubiconds, vêtus à la paysanne, aux rênes d'un chariot. Il s'agissait en fait de quatre hommes maigres et barbus, aussi chétifs et moroses que les mules qu'ils montaient.

Même s'ils n'avaient maltraité personne, Isabelle n'aurait pas voulu leur confier les garçons.

— Laissez-moi parler, dit Jake.

Isabelle était ravie qu'il s'en charge. Bret et Pete étaient sortis du dortoir pour voir ce qui se passait. Elle leur fit signe de la rejoindre. Ils accoururent en traversant la cour, regardant par-dessus leur épaule comme s'ils avaient peur que l'un des hommes essaie de les capturer. Will se serra contre Jake. Bret et Pete se postèrent de chaque côté d'Isabelle.

— Ce sont les hommes qui devaient nous prendre ? murmura Will.

— Exactement, acquiesça Jake.

— Je ne les aime pas.

— Moi non plus. Maintenant, ne dis plus un mot. Ils ne doivent pas penser que nous savons quoi que ce soit au sujet de Zeke et Buck.

Jake portait son arme, remarqua Isabelle, ce qu'elle ne l'avait jamais vu faire auparavant. Il avait placé Will à sa gauche, sa main droite restant libre pour son revolver.

Il s'apprêtait à les défendre.

Elle fut emplie de gratitude à l'idée que Jake souhaite la défendre, ainsi que les garçons. Était-il vraiment possible que ce célibataire endurci se sente responsable d'eux? Elle baissa les yeux vers Will. Jake, la main posée sur son épaule, le serrait contre lui.

La jeune femme sentit ses yeux s'embuer. Comment avait-elle pu passer à côté de cet aspect de Jake? Will et Pete l'avaient décelé presque immédiatement. Elle, elle n'avait vu que ses mauvaises manières, sa tenue négligée, sa réticence à les prendre en charge.

Elle se sentit fière d'être à ses côtés. C'était un homme sur lequel une femme pouvait se reposer. Il avait à présent la main sur la crosse de son arme. Elle observa la réaction des fermiers. Ils avaient peur de lui. Cela l'aurait horrifiée quelques jours plus tôt; maintenant, cela la faisait sourire.

Les hommes s'arrêtèrent devant la cabane. Ils ne descendirent pas de leurs mules. Ils scrutèrent Jake en silence.

— Je ne savais pas que tu avais une femme, dit finalement Noah Landesfarne.

— C'est ma cousine, Isabelle, répondit Jake. Ses trois garçons et elle sont venus vivre avec moi.

— Je ne savais pas que tu avais des parents dans le coin.

— Elle est de Géorgie, répliqua Jake. Savannah.

Isabelle se mit à parler sans trop savoir pourquoi. Les mots semblaient sortir tout seuls.

— Comment allez-vous? s'enquit-elle, en exagérant tellement l'accent de la Géorgie que Pete leva les yeux vers elle, surpris.

Elle lui pressa l'épaule.

— C'est agréable de savoir que nous avons des voisins, poursuivit-elle. Nous étions sacrément seuls depuis que nous sommes ici. J'espère que vos femmes viendront nous voir et que nous ferons connaissance.

Les fermiers ouvraient des yeux ronds.

— Vous avez vu quelqu'un sur le chemin? demanda Noah.

— Rien, à part un couple de Comanches il y a une semaine. Vous cherchez quelqu'un en particulier?

— Un garçon! explosa Rupert Reison.

Mais le regard de Noah l'arrêta brusquement.

— Il n'est pas rentré hier soir, expliqua Noah. Nous craignons qu'il se soit perdu. Il n'est pas encore habitué.

— Vous devez être morts d'inquiétude, compatit Isabelle. Je deviendrais folle si l'un de mes garçons se perdait dans ces terres sauvages. Comment s'appelle-t-il ?

Noah sembla surpris, perplexe même.

— Zeke.

— C'est un joli nom. Quel âge a-t-il ?

— Seize ans.

— Nous n'avons vu personne, assura Jake.

— Nous pensions qu'il avait pu venir par ici. Il va être à court de nourriture.

— Il serait bien en peine de trouver quelque chose à manger ici, dit Isabelle.

Elle fronça les sourcils en jetant un regard réprobateur à Jake et ajouta :

— Les placards de mon cousin sont aussi vides que la corbeille de la quête à l'église. Je n'ai pas arrêté de lui dire d'aller en ville pour me rapporter des provisions. Je ne peux pas faire des biscuits avec rien. Je vous assure, même quand Sherman est parti avec tout ce que nous avions, je mangeais mieux.

Isabelle était navrée par le ton de sa voix. Tante Deirdre avait travaillé très dur pour faire disparaître toute trace d'accent de Savannah dans sa prononciation, et voilà qu'elle parlait comme si elle avait grandi dans les marais !

— Vous pensez qu'il pourrait se cacher dans l'un des canyons en contrebas, près de la rivière ? demanda Jake.

— Il faut bien qu'il soit quelque part, dit Noah. Il n'a pas pu aller très loin à pied.

Son regard balaya lentement tout le ranch. Il s'arrêta à l'enclos.

— Je vois que tu as ramené certains de tes chevaux.

— Ils sont pour les garçons, dit Jake. Des sales carnes tout juste bonnes à tirer un chariot.

— Ils ont l'air en effet bien petits pour conduire des bovins.

142

— Trop petits, admit Jake, mais assez grands pour les empêcher d'entrer sur vos champs.

— Ça ne remplacera pas l'argent que tu nous dois.

Le silence revint. Les fermiers n'allaient pas partir avant que leurs doutes soient levés.

— On peut jeter un œil ?

— Pas sans moi, rétorqua Jake. Je ne vous fais pas confiance.

Les fermiers n'apprécièrent pas, mais aucun ne pipa mot.

— Et le dortoir ? lança l'un d'eux.

Jake rit.

— Même un fuyard ne voudrait pas rester ici. Ma cousine Isabelle a demandé aux garçons de le nettoyer pour pouvoir l'utiliser. Voyez vous-mêmes, si vous voulez.

Rupert mit pied à terre et traversa la cour en direction du dortoir. Les garçons avaient retiré toutes les couvertures, les matelas, les chaises, une table, les selles et le matériel, tout ce qui pouvait être déplacé. Il était évident que personne ne se cachait dans ce dortoir.

— J'espère que vous ne nous en voudrez pas si nous retournons travailler, déclara Isabelle. J'ai dit aux garçons qu'ils ne mangeraient pas avant que ce dortoir soit propre. Et j'ai du travail dans la maison. Aucun homme n'a jamais su tenir une cuisine.

Les hommes la fixèrent comme s'ils n'avaient pas vu une femme depuis des mois.

— Au boulot, les garçons, dit-elle. On perd du temps.

Ils ne bougèrent pas.

— Allons, insista-t-elle. Ces hommes ne vont pas vous manger.

Elle rit.

Pas les fermiers.

Les garçons s'éloignèrent doucement vers le dortoir. Will jeta un regard interrogateur à Jake par-dessus son épaule.

— Ton oncle Jake doit aider ces hommes à chercher leur garçon, lui expliqua Isabelle. Nous ne voulons pas qu'il se perde. Imagine à quel point tu aurais faim si n'avais ni dîné ni pris ton petit-déjeuner.

Les fermiers restaient silencieux.

— Les garçons engloutissent chaque repas comme s'ils n'allaient plus jamais rien avoir à manger. Si votre garçon était quelque part par là, je suis sûre qu'il serait venu à la maison. Bonne journée à vous.

Isabelle se retourna et rentra dans la cabane. À la seconde où la porte se refermait derrière elle, elle sentit ses jambes se dérober. Elle ne savait pas où elle avait trouvé le courage de les affronter ainsi.

Elle s'approcha de la fenêtre. Les garçons avaient repris leur travail dans le dortoir, mais ils s'intéressaient plus aux fermiers qu'au ménage. Jake n'avait pas bougé. Il regardait les hommes fouiller le ranch. Un moment plus tard, il les conduisit au ruisseau. Ils disparurent entre les arbres.

Isabelle poussa un soupir de soulagement. Elle ne parviendrait pas à se détendre vraiment tant qu'ils ne seraient pas partis, mais c'était agréable de ne plus les avoir sous le nez. Will vint tambouriner à la porte de la cabane et se précipita dans la cuisine.

— Est-ce qu'ils vont trouver Buck et Zeke?

— Non. Jake fera en sorte que ça n'arrive pas. Maintenant retourne au dortoir. Ils ne doivent pas croire que quelque chose ne va pas.

— Est-ce qu'ils vont revenir? J'ai peur.

— Tu n'as pas à avoir peur. Jake ne laissera personne te faire du mal.

— Il va les descendre?

Isabelle fut horrifiée que Will envisage cette possibilité.

— Peut-être qu'on ferait mieux de les suivre, ajouta-t-il. Ils font peut-être du mal à Jake. Il a un fusil, je l'ai vu. Je sais m'en servir.

Isabelle savait que le garçon ne connaissait rien au ~~~niement~~ des armes.

~~~Il n'y a aucune raison pour qu'ils fassent du mal à ~~~Quand ces hommes en auront assez de chercher ~~~ rentreront chez eux.

~~~ce que je pourrai aller chercher Buck avec

— Peut-être, mais si maintenant tu ne retournes pas aider Pete et Bret, tu n'auras le droit d'aller nulle part.

Will regagna le dortoir d'un pas traînant.

Isabelle décida de se remettre à la tâche. Cela l'aiderait à ne pas s'inquiéter pour Jake.

Jake n'avait jamais porté les fermiers dans son cœur mais, depuis une heure, il en venait à les mépriser. Ils ne se gênaient plus devant lui :

— Je vais lui trouer le cuir quand je lui mettrai la main dessus, avait dit l'un.

— La prochaine fois, j'enchaînerai ce sale nègre à un pieu en métal, avait grondé un autre.

L'idée de les traîner derrière un cheval au galop démangeait Jake.

Mais il savait que cela n'aiderait ni les garçons ni lui-même. Il les conduisit donc au ruisseau puis, à travers plusieurs gorges, le long de la rivière, de plus en plus loin de l'endroit où étaient cachés les garçons.

— Et s'il était allé de l'autre côté ? demanda l'un des fermiers.

— Alors il ne serait pas venu par ici, dit Jake. Il aurait descendu la rivière vers Newcombe. Est-ce qu'il sait nager ?

— Je ne sais pas, répondit Noah.

— Je pense qu'il doit rester à l'écart de la rivière. Dans ce pays, les orages de printemps provoquent des crues rapides.

Rupert voulait fouiller la rivière. Jake ne pensait pas qu'ils trouveraient la cachette, mais ils pouvaient trouver des empreintes dans le sable ou la boue.

— Comme vous voulez, dit-il, mais moi j'ai du travail.

Il remonta un petit canyon et s'éloigna de la rivière. Les fermiers le suivirent vers le ranch. Ils regardèrent à peine les garçons et le dortoir. Pas un ne se sentit obligé de faire ses adieux à Isabelle.

— Préviens-nous si tu le vois, lança Noah.

— Bien sûr, mais je crois qu'il doit être à Newcombe, maintenant.

Les hommes n'ajoutèrent aucun commentaire et s'éloignèrent. Jake poussa un soupir de soulagement. Heureusement, ils ignoraient que Zeke était parti à cheval. Comme aucun cheval ne manquait, ils n'avaient pas pensé à chercher des empreintes de sabots.

Isabelle sortit sous le porche.

— Ils sont partis ?

— Oui.

— Quand allez-vous ramener les garçons ?

— Une fois la nuit tombée.

— Allez-vous rejoindre le troupeau, à présent ?

— Non. Ils ont sûrement chargé quelqu'un de nous surveiller. Je ne veux pas qu'ils entendent parler des autres garçons, ni qu'ils sachent que je marque tout le troupeau. Je veux être à cent cinquante kilomètres quand ils réaliseront que je suis parti.

— Quand partirons-nous ?

— Le plus vite possible. Maintenant, je vais apprendre aux garçons à monter.

Jake était énervé. Il avait emmené Will et Pete chevaucher dans les collines.

— Je veux aider à ramener les vaches, décréta Will. Je sais y faire. Je ne tomberai pas.

— Moi non plus, répliqua Pete en écho.

En réalité, Pete était meilleur cavalier. À leur âge, un an de plus faisait une grosse différence. Ils n'auraient pas la force de manier le lasso avant des années, mais pourraient en revanche se montrer utiles pour accompagner les troupeaux et les garder groupés.

Non, Pete et Will faisaient du bon travail. C'est Bret qui agaçait Jake. Il ne voulait pas monter sur un cheval. Il refusait même de tenir un cheval et d'aider à le seller. En fait, il n'avait jamais pénétré dans l'enclos. Jake n'arrivait pas à savoir ce qui ne tournait pas rond chez lui.

Isabelle sortit de la maison et se dirigea vers eux. Jake leva un sourcil. Elle portait une jupe plus courte, à vingt centimètres au moins du sol. On voyait nettement les chevilles, et davantage.

— Comment vont les garçons ? demanda-t-elle.

Jake savait qu'elle les avait observés depuis la fenêtre de la cuisine.

— Ils vont bien, surtout Pete. C'est une force de la nature. S'il se décide à grandir, il fera un excellent cow-boy.

Jake attendait qu'elle s'explique, concernant sa jupe. Will arriva au trot.

— Regardez-moi, dit-il fièrement.

Et il partit au galop à travers l'enclos.

— Est-ce qu'il ne va pas trop vite ? s'inquiéta Isabelle.

— Il se débrouille très bien.

— Vous le lui avez dit ?

— Non. Trop d'éloges lui nuiraient.

Pete s'était joint à Will.

— Les garçons ont besoin d'encouragements, pro-testa-t-elle.

— Ils se feront tuer s'ils sont trop sûrs d'eux-mêmes. Donnez-lui quatre ou cinq ans avant de juger s'il est bon. Ce sera bien assez tôt.

— Trois ou quatre ans ?

— Ce sera à son patron d'en décider.

Isabelle se mordit la lèvre.

— Vous ne prévoyez pas de le garder ?

— J'ai promis de les installer, mais pas de les prendre avec moi. Je ne prévois rien au-delà de Santa Fe. Si je n'arrive pas à vendre mon troupeau, je n'ai aucun avenir.

Elle l'observa, plissant les yeux face au soleil.

— Que ferez-vous, dans ce cas ?

— Mon ancien capitaine dans l'armée, George Randolph, a un ranch quelque part au sud d'ici. Je pourrai toujours lui réclamer un travail à cheval.

— Mais ce ne serait pas comme tenir votre propre ranch.

— Ça demande de l'argent. Pour l'instant, je n'ai pas un sou… Maintenant, je crois que c'est le moment d'apprendre à monter à Bret.

— Apprenez-moi d'abord, dit Isabelle.

Jake l'examina d'un air curieux. Elle était nerveuse, mais semblait déterminée.

— C'est impossible, tant que vous n'aurez pas des bottes et des vêtements adéquats.

— Je ne peux rien faire pour les bottes, mais j'ai ajusté ma jupe. Je l'ai raccourcie et transformée en jupe-culotte.

— Vous pourrez monter dans le chariot.

Elle soupira, agacée.

— Je ne veux pas qu'on me laisse encore ici parce que je ne sais pas monter. Sellez-moi un cheval. Un cheval dressé, de préférence, ajouta-t-elle.

Jake céda et sella une vieille jument.

Les garçons arrivèrent au trot.

— Est-ce que vous allez monter? demanda Will à Isabelle.

— Si Jake veut bien se donner la peine de m'apprendre.

— Je peux vous apprendre, assura Will. Je m'y connais en équitation.

— Moi aussi, dit Pete.

— Tous les deux, allez de l'autre côté de l'enclos, ordonna Jake. Je ne veux pas que vous effrayiez le cheval d'Isabelle.

— Ils vont observer chacun de mes gestes et tout raconter aux autres, n'est-ce pas? s'inquiéta la jeune femme.

— Vous pouvez compter là-dessus, mais ils seront bien eus si vous faites tout parfaitement.

Il marcha jusqu'au cheval.

— La première chose que vous devez apprendre à faire, c'est monter en selle. Vous aurez besoin d'une sorte de marche ou de quelqu'un pour vous donner un coup de main.

— Je me contenterai d'une marche.

— Je n'en ai pas.

— Comment Will et Pete montent-ils?

— Je leur fais la courte échelle.

Elle l'examina un instant, et rougit.

— Alors je suppose que vous allez devoir me faire la courte échelle aussi.

Jake plongea le regard dans ses yeux. Ils étaient presque verts, aujourd'hui. Ils semblaient changer selon son humeur. Il se demanda ce que le vert signifiait. D'après ce que lui indiquait son propre corps, il devait s'agir de passion. Il n'avait pas eu autant envie d'une femme depuis longtemps.

Isabelle en était sans doute également consciente. Son souffle se faisait plus profond et plus rapide. Sa poitrine se gonflait à chaque inspiration, tendait le tissu de la tunique boutonnée jusqu'au cou. Jake n'avait aucun mal à imaginer la forme de ses seins.

Il en tremblait. Ses muscles se contractaient de désir. Il sentait sa virilité réagir, sa bouche s'assécher. Instinctivement, il se passa la langue sur les lèvres. Mais rien n'y fit. Cela lui faisait seulement penser au goût des lèvres de la jeune femme, au contact de sa langue sur ses seins.

Elle planta son regard dans le sien. Il était certain qu'elle savait à quoi il pensait. Il y avait une trace de gêne dans ses yeux, peut-être même de peur, mais elle ne se détournait pas.

— Tournez-vous, dit-il d'une voix rauque. Quand je vous soulèverai, jetez votre jambe par-dessus.

— Je me souviens, acquiesça-t-elle.

Jake la souleva en selle et s'efforça de lui lâcher la taille immédiatement. C'était cela, ou risquer de la prendre dans ses bras et de l'embrasser.

— Maintenant, prenez les rênes et faites exactement ce que je vous dis.

Il la dirigea dans l'enclos, lui donnant les instructions qu'il avait dispensées aux garçons. Bon sang, songea-t-il, il était à deux doigts de ne plus se contrôler avec elle. Avait-il côtoyé tellement de bœufs et d'arbousiers que la vue et la proximité d'une simple femme lui fassent perdre la tête ?

Apparemment. Il voulait l'embrasser, poser les mains partout sur elle. Il ne pouvait pas s'empêcher d'aimer les femmes mais, à cause de sa mère, il ne ferait confiance à aucune.

— Laissez-moi essayer toute seule, dit Isabelle.

Il la regarda faire des huit avec sa jument, s'entraîner à la diriger avec les genoux ou les rênes. Sa mère avait fait la même chose. Elle avait prétendu avoir toujours désiré devenir la femme d'un exploitant de ranch. Elle les avait tous trompés. Ils avaient été consternés lorsqu'elle était partie, leur disant qu'elle détestait le ranch et tout ce qui s'y rapportait. Depuis le début.

Quelque chose en Jake était mort, ce jour-là.

Will et Pete chevauchaient de chaque côté d'Isabelle. Jake sourit quand la jument d'Isabelle partit au petit galop. Elle semblait pétrifiée, mais avec Pete et Will pour l'encourager, elle n'avait pas d'autre choix que de tenir bon.

Elle était si belle, si délicate. Comme la mère de Jake. Celle-ci avait grandi à Mobile, en Alabama, fille choyée d'un riche marchand. Elle ne comprenait pas le Texas. Elle ne l'aimait pas. Un jour, elle était partie et il n'avait plus eu de nouvelles.

Le sourire de Jake disparut. Une colère froide lui nouait la poitrine.

— Comment me suis-je débrouillée ? demanda Isabelle.

— Très bien, dit-il d'un ton morne. Maintenant, il est temps que Bret apprenne à monter.

Elle eut une moue de surprise.

— Il n'aime pas les chevaux.

— Il n'a pas à les aimer, seulement à les monter.

Avant que Bret ait pu sortir de l'enclos, Jake l'attrapa.

— Lâchez-moi ! cria Bret.

Il se débattait, mais Jake était trop fort pour lui.

— Qu'allez-vous faire ? s'inquiéta Isabelle.

— Puisqu'il ne veut pas monter sur un cheval tout seul, je vais le mettre dessus.

— Non, pas ça ! hurla Bret en se débattant de plus belle.

— Je crois que vous ne devriez pas le forcer, dit Isabelle. Il a besoin de temps pour surmonter sa peur. Et si vous vous contentiez de…

— Will et Pete ne font pas la moitié de sa taille, et ils n'ont pas peur.

— La taille n'a rien à voir là-dedans, insista la jeune femme. Il peut avoir une infinité de raisons.

— Alors je vais me débarrasser d'elles d'un seul coup. Pete, détache le cheval pour moi, ordonna Jake.

— Si tu fais ça, je te tue à la seconde où cette ordure me lâche, gronda Bret.

Pete ne fit pas mine d'entendre. Il dénoua la corde qui retenait le cheval.

— Tu es mort, sale petit serpent! s'époumona Bret.

— Ce cheval ne va pas te manger, se moqua Will. Il veut juste te faire mordre la poussière.

— La ferme! ordonna Jake. Pete, tiens mon cheval.

Bret se débattait de plus belle.

— Quand je te poserai sur la selle, glisse tes pieds dans les étriers et tiens bien les rênes.

— Je refuse! rétorqua Bret.

— Je te monte sur son dos. Soit tu t'accroches, soit tu tombes.

Jake croisa le regard d'Isabelle. Il savait qu'il allait se faire réprimander plus tard, mais il ne voyait rien de mieux à faire.

À l'instant où il posa Bret sur la selle, celui-ci glissa de l'autre côté. Jake le rattrapa de justesse.

— Espèce de salaud! cria Bret lorsque Jake le reposa sur la selle.

— Garde les gros mots pour ton cheval. Tu les gaspilles avec moi.

Bret essaya de se laisser glisser à nouveau, mais Bret le saisit par la chemise.

— Reste en selle, ou je t'attache les pieds sous le ventre du cheval.

Le garçon le fusilla du regard.

— Lâchez-moi, bon Dieu!

— Est-ce que tu vas rester en selle?

— Oui, merde!

Bret attrapa la crinière à deux mains, mais ses pieds pendaient hors des étriers. Jake comptait faire marcher le cheval au pas, mais avant qu'il ait pu saisir les rênes, Pete donna une forte claque sur la croupe du cheval et cria:

— Hue!

Le cheval partit au trot dans l'enclos. Bret rebondissait sur son dos comme une pierre dévalant une falaise.

Jake courut derrière lui et le rattrapa à l'instant où il chutait.

Bret se releva en jurant comme un charretier.

— Espèce de petit salaud! vociféra-t-il en se dirigeant vers Pete.

Jake secoua Bret, le coinça sous son bras, et rejoignit le cheval qui s'était arrêté à une vingtaine de mètres.

— Tu te battras avec Pete plus tard, dit-il. Pour l'instant, monte ce cheval.

Bret était tellement furieux qu'à l'instant où il atterrit sur la selle, il cogna des pieds sur les flancs du cheval. La réaction fut immédiate. Le cheval rua, et Bret fut projeté en l'air.

Pete et Will hurlaient de rire.

Bret ne se leva pas immédiatement.

— Est-ce qu'il est blessé? s'exclama Isabelle.

— Il va bien, assura Jake. Il est juste essoufflé.

Bret se releva. Avant qu'il ait retrouvé ses esprits, Jake fut à son côté.

— Tu vas remonter. Et cette fois, si tu perds ton sang-froid et si tu fais perdre le sien au cheval, tu sais exactement ce qui t'attend.

Bret n'offrit aucune résistance.

— Ce n'est pas dur de monter à cheval, se moqua Will. Même les Yankees savent le faire.

Un regard de Jake le fit taire brusquement.

Jake aida Bret à monter en selle. Pas à pas, il apprit au garçon comment contrôler et diriger le cheval. Un quart d'heure plus tard, il lâcha la bride et le laissa chevaucher seul. Dès qu'il fut certain que Bret ne tomberait pas, il marcha vers Isabelle, toujours assise sur son cheval.

— Il devrait monter aussi bien que les autres d'ici quelques jours.

— Vous êtes une brute, murmura-t-elle.

De sa vie, Jake n'avait jamais brutalisé qui que ce soit. Pendant la guerre, il avait forcé des soldats à faire des choses contre leur volonté, mais sans violence.

— Ce matin, ajouta-t-elle, quand vous étiez prêt à nous protéger contre ces fermiers, je me suis dit que je m'étais trompée sur votre cas. J'ai vu comment les garçons travaillent pour vous, comment Pete et Will se battent pour une seconde d'attention de votre part.

— Ce sont de braves gamins.

— Est-ce que vous pensez que Bret va devenir un brave gamin, vu la manière dont vous le traitez ?

— Je lui ai juste montré qu'il n'y a pas lieu d'avoir peur d'un cheval.

— Vous l'avez humilié devant Will et Pete. Vous lui avez dénié son droit à refuser de monter.

— Dénié son droit…

Jake ne savait que dire. Il n'avait jamais entendu une ineptie pareille.

— Vous aurez de la chance s'il ne vous déteste pas pour le restant de ses jours.

— Je me fiche qu'il me déteste, explosa Jake. Un Texan qui ne sait pas monter ne se respecte pas lui-même !

— Vous ne connaissez rien aux jeunes, rétorqua Isabelle avec dédain. On ne peut pas les traiter comme des chevaux sauvages, les attraper au lasso et les dresser jusqu'à ce qu'ils obéissent. Il faut les cajoler autant que faire se peut.

— Je n'ai pas le temps.

— Prenez-le.

Ils se turent tous les deux. Un fermier était apparu sur la piste devant le ranch. En passant, il ne regarda ni Jake ni Isabelle.

— Je savais qu'ils laisseraient quelqu'un pour nous surveiller, dit Jake.

— Pourquoi ? demanda Isabelle, oubliant sa colère.

Jake ne quittait pas le fermier du regard.

— Ils ne me font pas confiance.

— Est-ce que vous pensez qu'ils vont revenir ?

— Oui.

— Quand ?

— Ils vont sans doute garder un œil sur le ranch.

— Qu'allez-vous faire ?

— Nous allons nous rendre à Newcombe pour nous ravitailler. Du coup, ils n'auront plus rien à surveiller.

Ils regardaient le fermier franchir la crête, quand Jake réalisa que Will lui parlait.

— Qu'est-ce qui se passe? demanda-t-il en se retournant.

— C'est Bret.

— Qu'est-ce qu'il a? gronda Jake en le cherchant du regard.

— Il s'est enfui. Il a dit qu'il détestait tout le monde ici, surtout vous. Il a dit qu'il rentrait à Boston.

13

— Où est-il allé ? demanda Isabelle.

— Par là.

Will montrait les arbres au bord du ruisseau, dans la direction qui menait à un canyon puis à la rivière, quelques kilomètres plus loin.

— Nous devons aller le chercher, décréta Isabelle.

— Il reviendra quand il sera prêt, répliqua Jake. Il est gêné. La dernière chose qu'il souhaiterait, ce serait que quelqu'un le suive, surtout une femme.

— Que voulez-vous dire par *surtout* une femme ?

— Bret est peut-être un petit garçon effrayé, mais c'est déjà suffisamment un homme pour ne plus avoir besoin d'une femme.

— Je ne vous crois pas.

— Demandez à Will.

— Est-ce que tu aimerais que j'aille te chercher ? l'interrogea-t-elle.

Pete arriva à cheval alors qu'Isabelle formulait sa question.

— Moi non, dit-il. Tout le monde me traiterait de femmelette.

— Moi non plus, renchérit Will.

Mais Jake voyait bien que Will n'était pas aussi sûr que Pete.

— J'espère qu'une bête sauvage va le dévorer, marmonna Pete.

— Quand il reviendra, dit Jake, ignorant le commentaire de Pete, je veux que tout le monde se comporte comme s'il ne s'était rien passé.

— Je ne peux pas accepter cela, protesta Isabelle.

— Arrêtez de saper ma discipline, gronda Jake. Ce que ces fermiers ont fait n'est rien, comparé à ce qui peut arriver durant notre voyage vers le Nouveau-Mexique. Je veux être certain que les garçons auront confiance en eux et respecteront les consignes.

— Je ne crois pas en cette méthode.

— Le problème n'est pas d'y croire. Le problème, c'est ce qu'il faut faire. C'est comme préparer des garçons à une bataille. Ils doivent apprendre à obéir aux ordres, sinon ils meurent.

Jake vit Isabelle lutter en son for intérieur et il se sentit désolé pour elle. Elle était forcée d'accepter l'une après l'autre des choses qui allaient à l'encontre de ses convictions. Il détestait lui faire cela, mais s'il devait prendre ces garçons avec lui, il faudrait qu'ils soient prêts. Sans quoi, ils feraient mieux de retourner à l'orphelinat.

Il avait déjà noté un changement chez la plupart d'entre eux. Ils n'étaient pas prêts à lui faire confiance, mais ils lui donnaient une chance. Certains savaient qu'il avait besoin d'eux autant qu'ils avaient besoin de lui. Pete et Will étaient trop jeunes pour s'en soucier. Ils voulaient seulement se sentir en sécurité.

— J'attendrai que l'on ait dîné, annonça Isabelle. S'il n'est pas rentré à ce moment-là, j'irai le chercher.

Bret ne se montra pas jusqu'au dîner. Jake était parti voir les garçons qui s'occupaient du troupeau, puis était revenu avec eux, apportant de la viande pour le dîner. Il affirma qu'un veau s'était cassé la patte, mais Isabelle le soupçonnait de l'avoir tué pour que les garçons aient un repas copieux.

— Bon débarras, dit Sean en apprenant que Bret s'était enfui.

— Tu ne peux pas dire ça, protesta Isabelle. Je sais qu'il n'est pas toujours agréable, mais il pense que vous ne l'aimez pas.

— Je ne l'aime pas.

— Il ne veut pas que nous l'aimions, dit Chet.

— C'est aussi qu'il ne se sentait pas à sa place, continua Isabelle.

— Qui se sent à sa place, ici ? demanda Sean.

— Mais il est de Boston et il se trouve au Texas.

— Ne comptez pas sur moi pour compatir, dit Sean.
Je ne serais pas au Texas si les gens de Boston n'avaient
pas fait mourir mes parents de faim.

Isabelle comprit qu'elle ne parviendrait pas à les
convaincre. Ils ne semblaient pas s'inquiéter du sort de
Bret. C'était pourtant un être humain comme les autres.
Comment pouvaient-ils s'en soucier aussi peu ?

Elle scruta l'obscurité et eut des frissons dans le dos.
Elle était terrifiée à l'idée de s'engager dans le canyon en
pleine nuit. Elle ne comprenait pas comment Bret pouvait y rester. S'il ne revenait pas bientôt, elle irait le chercher.

Il était peut-être à des kilomètres. Elle espérait que
non. Il n'avait que douze ans.

Ils dînèrent dans la cuisine. Jake refusait de risquer
qu'un garçon se fît voir. Ils dormiraient tous dans la maison ou dans le dortoir. Les chevaux de rechange étaient
entravés à l'abri des regards indiscrets. Isabelle fut tou-
chée par ses efforts. Elle comprenait d'autant moins qu'il
ne s'inquiète pas plus pour Bret.

— Voilà Jake, annonça Will.

Le garçon était resté debout durant tout le repas,
attendant près de la fenêtre fraîchement nettoyée que
Jake rentre avec Zeke et Buck. Les yeux brillants, il sortit en courant à leur rencontre.

Quelque chose attira le regard d'Isabelle sur Matt. Elle
lut une colère brûlante dans ses yeux. Elle ne comprenait pas. Matt n'avait jamais détesté personne...

— Est-ce que vous avez vu Bret ? demanda-t-elle à
Jake lorsqu'il entra.

Elle commença à emplir les assiettes et à les poser sur
la table. Il n'y avait qu'une chaise dans toute la maison.

— Il y a peu de chances qu'il vienne vers moi.

Buck et Zeke s'assirent et commencèrent à manger.

— Quand on se met à table, on attend que tout le
monde soit servi, dit Isabelle. Comme M. Maxwell a ris-

157

qué son ranch et son confort pour votre sécurité, je crois que ce n'est pas trop vous demander.

Les garçons levèrent les yeux, étonnés, et ils s'arrêtèrent de manger.

— Jake. Je vous ai dit de m'appeler Jake. Et ils peuvent manger, cela ne me dérange pas.

— À vous les décisions concernant les vaches et les chevaux, mais à moi celles qui concernent les bonnes manières. Il est extrêmement grossier de commencer à manger avant que tout le monde soit servi.

— Je ne suis pas à table.

— Alors attablez-vous.

Will sourit.

— Vous feriez mieux de faire comme elle dit, prévint Sean. Elle est sur le sentier de la guerre, ce soir.

Jake s'assit en lui lançant un regard exaspéré, et Isabelle lui tendit une assiette.

— Maintenant, vous pouvez commencer.

Aucun des deux garçons ne bougeait. Ils continuaient à regarder Jake.

— Vous n'avez pas besoin d'attendre qu'il commence à manger, précisa-t-elle. Seulement qu'il soit servi.

Isabelle tendit son café à Jake et se retira près de la fenêtre. Elle ne pouvait pas s'empêcher de s'inquiéter pour Bret. Il n'avait jamais passé la nuit seul, auparavant. Elle était certaine qu'il se cachait quelque part près du ranch.

— Pourquoi ne lui laissez-vous pas un peu de nourriture ? lança Jake.

— Quoi ?

— Mettez une assiette de côté pour lui. Comme ça, vous n'aurez pas à vous tracasser.

— Où pourrais-je la poser ?

— Sous le porche.

— Vous pensez qu'il viendra jusqu'à la cabane ?

— Dans le cas contraire, il ne la trouvera pas.

Isabelle réfléchit.

— Ne vaudrait-il pas mieux la porter jusqu'au bois ?

— On ne sait pas où il est. Posez-la simplement sous le porche et appelez-le. S'il est là, il vous entendra. Sinon, ce n'est pas notre problème.

— Pas notre problème ? répéta Isabelle, offusquée. Plus que vos vaches, votre ranch et ces horribles fermiers, en tout cas.

Elle sentit des larmes rouler sur ses joues. Elle saisit une assiette et commença à la remplir.

— Je ne vois pas comment vous pouvez dîner tranquillement, tous, comme si tout allait au mieux…

— Il peut revenir quand il veut, dit Chet. La porte n'est pas verrouillée.

Isabelle renonça à discuter. Elle s'était dit que c'était seulement Jake, mais ils étaient tous d'accord. Elle prit l'assiette et se dépêcha de sortir, avant que la colère lui fasse dire quelque chose qu'elle regretterait. Elle s'avança un peu dans la cour.

— Bret ? Je sais que tu es là ! cria-t-elle.

Elle se sentait idiote de parler ainsi aux arbres.

— J'aimerais que tu reviennes. Jake ne voulait pas te blesser. Il voulait seulement que tu apprennes à monter. C'est nécessaire, tu sais. Tu ne vas pas éternellement conduire le chariot. Ça voudrait dire que tu serais toujours avec moi, et tu n'aimerais pas ça. Je vais laisser ton dîner sous le porche. Je te l'aurais bien apporté, mais je ne sais pas où tu es. Je poserai ta couverture au même endroit. Tu auras froid, sinon.

Elle marqua une pause. Le silence régnait.

— N'aie pas peur si tu ne vois personne dans la cour. Jake pense que nous devons dormir à l'intérieur. Nous allons bientôt partir. Il faut que tu reviennes avant.

Elle marcha jusqu'au chariot et attrapa la couverture de Bret, puis revint et la posa sous le porche.

— Est-ce que vous vous êtes toujours plus occupée des autres que de vous-même ?

La voix de Jake, dans l'obscurité, la fit sursauter.

— Il est fâché, il a froid et il a faim.

— Il n'a qu'à revenir.

— Sa fierté et sa colère l'en empêchent.

— La fierté peut coûter très cher. Peut-être vaut-il mieux qu'il l'apprenne maintenant, tant que ça ne lui coûte pas trop cher.

Elle leva les yeux. Jake était sorti de l'obscurité dense du porche, mais le clair de lune donnait à son visage un relief étrange.

— Je ne vous comprends pas. Parfois, je me dis que vous êtes le plus aimable et le plus patient des hommes. Quelques instants plus tard, le plus cruel. Comment pouvez-vous être les deux à la fois ?

Il descendit les marches vers elle. Il semblait aussi irréel que la situation dans laquelle elle se trouvait : perdue au milieu de nulle part, poursuivie par des fermiers barbares, prête à conduire Dieu sait combien de bêtes à travers une terre sauvage infestée d'Indiens, jusqu'aux terres non moins sauvages du Nouveau-Mexique.

Était-ce un rêve ou un cauchemar ?

Elle oscillait entre sa défiance à l'égard de Jake et une inexplicable envie d'être près de lui, entre une totale incompréhension de cet homme et une sorte de surprise due au fait qu'il s'intéressait à elle.

— Je n'essaie pas d'être ceci ou cela, répliqua-t-il. Je fais ce que j'ai à faire. Et je compte apprendre à ces garçons à en faire autant.

— Pourquoi ? Vous ne vouliez pas d'eux.

— Disons simplement que j'avais un peu honte face à vous.

Isabelle rit.

— Si vous pensez que je vais croire ça, vous avez une bien piètre opinion de mon intelligence.

Il vint plus près. Beaucoup plus près.

— Vous vous sous-estimez.

Soudain, la nuit ne fut plus froide du tout. Elle sentait battre son pouls dans ses veines.

— Non, ce n'est pas vrai. Une femme célibataire et sans famille ne peut pas se le permettre.

— Vous avez une famille, une grande famille.

Elle se demanda s'il considérait qu'il appartenait lui-même à cette famille. Elle refusa d'y penser, ou même de l'envisager.

— Ces garçons comptent sur moi parce qu'ils n'ont pas d'autre solution. Une fois qu'ils voleront de leurs propres ailes, ils m'oublieront.

— Ça dépend.

— De quoi?

Il vint si près qu'ils se touchaient presque.

— Vous ne ressemblez à aucune des femmes que j'ai rencontrées.

— Ça ne devrait pas vous… surprendre. Vous… n'avez pas dû en rencontrer beaucoup… par ici.

Il était si proche qu'elle avait du mal à réfléchir. Si près qu'elle devait se tordre le cou pour le regarder dans les yeux.

— Suffisamment.

Alors, il la prit par les épaules et l'embrassa. Ce n'était pas un baiser passionné, pour autant qu'elle pouvait en juger. Cela ressemblait plus à une question, un baiser pour la tester.

Elle tressaillit. Il lui était insupportable de rester debout ainsi, à se laisser embrasser par cet homme. La dernière des cruches savait que l'on n'embrasse pas un homme que l'on n'aime pas!

Pourtant elle n'avait pas la force de bouger. Pire, elle se surprit à venir à sa rencontre. Elle aimait qu'on l'embrasse, fût-ce Jake Maxwell: pourquoi pas, si c'était agréable?

— Où est-ce que je vais dormir? demanda soudain Will, depuis la porte.

Isabelle fit un bond en arrière.

— Tu vas dormir dans la maison avec Mlle Davenport, répondit Jake, sans quitter Isabelle des yeux.

— Où est-ce que Matt va dormir?

— Dans le dortoir.

Isabelle se retourna et monta les marches.

— Vous feriez mieux de venir à l'intérieur, expliquer comment on arrange le couchage.

La jeune femme se surprenait elle-même à parler avec autant de naturel. Son existence tout entière était sens dessus dessous. Elle appréciait Jake Maxwell, que Dieu la garde. Pire, elle avait aimé qu'il l'embrasse au beau milieu de la cour, comme la femme de rien qu'elle était. Pire encore, elle avait envie de recommencer.

Tante Deirdre devait se retourner dans sa tombe !

— Ça vous ennuierait de partager la chambre avec Pete et Will ? lui demanda Jake.

— Non.

— Buck et Zeke peuvent dormir dans la cuisine.

— Et les autres ?

— Dans le dortoir.

Il y avait six lits dans le dortoir. Assez pour les garçons et Jake. Elle ressentit une pointe de déception de ne pas partager avec lui sa chambre, même avec Will et Pete comme chaperons.

— Je dormirai sous le porche, dit Jake.

Il lui adressa un clin d'œil, mais ne sourit pas. Elle n'aurait pas supporté un sourire. Cela aurait signifié qu'il avait gagné, et elle perdu.

Ce clin d'œil signifiait au contraire qu'ils avaient partagé quelque chose.

Jake s'éveilla avant que Bret ne sorte du bois prendre la nourriture qu'Isabelle lui avait laissée. Il n'avait pas eu l'intention de parler au garçon, mais embrasser la jeune femme l'avait fait changer d'avis.

Cela avait changé beaucoup de choses.

Jake acceptait en général la vie comme elle venait : ainsi avait-il embrassé Isabelle sans réfléchir.

Il avait adoré cela. Mais cela le rendait soucieux. Il ne voulait pas aimer cette femme. Il ne faisait pas confiance aux femmes. Pourtant, il avait embrassé Isabelle et il voulait encore l'embrasser. Quelque chose ne tournait pas rond.

Peut-être avait-il baissé la garde car elle ne correspondait à aucun de ses préjugés envers la gent féminine. Elle était fragile, mais pleine de courage et de détermination. Elle lui tenait tête à la moindre occasion. Elle était infatigable et, en même temps, elle réussissait à ressembler à une demoiselle, plus qu'aucune des femmes qu'il avait connues.

C'est pour cela qu'il l'avait embrassée.

Non, il l'avait embrassée parce qu'il y avait chez elle quelque chose d'irrésistible. C'était peut-être une demoiselle, mais elle était passionnée dans tout ce qu'elle entreprenait. Il était très difficile d'être près d'elle sans se sentir ébloui.

C'est pour cela qu'il l'avait embrassée.

Non, ce n'était pas exactement cela non plus. Bon sang, il ne savait pas pourquoi il l'avait embrassée! C'était arrivé comme ça. Et il ignorait pourquoi cela l'irritait à ce point. Il avait embrassé des femmes auparavant, mais jamais comme cette fois.

Il était seul depuis trop longtemps. Cela le rendait nigaud. Isabelle n'aimerait jamais un homme qu'elle désapprouvait si totalement. De plus, Jake ne voulait pas s'embrouiller avec un quelconque sentiment d'amour. Cela altérait la manière dont un homme réfléchissait. Et cela le conduisait à faire des bêtises.

Tout le monde sait que les femmes ne sont pas raisonnables, se dit-il. Elles veulent ce qu'elles ne devraient pas avoir. C'est plus fort qu'elles, c'est dans leur nature...

Les pensées de Jake furent interrompues par un bruit sur le porche. Bret ramassa l'assiette posée par terre et la couverture.

Jake sortit de l'obscurité.

— Si tu comptes utiliser ça, tu devrais revenir, tant qu'à faire.

Bret grelottait de froid.

— Tu ne peux pas t'attendre à ce qu'Isabelle te mette encore de la nourriture de côté, ajouta Jake. Nous partons au Nouveau-Mexique. Qu'est-ce que tu feras?

Il n'y eut pas de réponse, mais Bret ne s'enfuit pas.

— Tu as contrarié Isabelle. Elle n'a pensé qu'à toi tout l'après-midi. Je lui ai dit que tu n'en valais pas la peine, mais elle estime que tu es aussi important qu'un autre.

Bret ne disait toujours rien.

— Si tu tiens un peu à elle, ramène tes fesses au dortoir. Mais si tu ne penses qu'à toi, j'aimerais que tu te dépêches de te faire tuer. Comme ça, elle pourra arrêter de s'inquiéter pour toi.

— Personne ne s'inquiète pour moi, rétorqua Bret d'une voix tremblante de rage.

Jake eut un soupir de soulagement. Bret parlait. La bataille était à moitié gagnée.

— Je ne sais pas ce que tu as dans le ventre. Tu es énervé comme une bouilloire sur le point d'exploser, depuis que tu es ici. Peut-être as-tu des raisons d'être en colère. Je ne sais pas. Ce que je sais, c'est que tu n'obtiendras rien en fuyant.

— Et qu'est-ce que j'obtiendrai en apprenant à monter pour emmener vos satanés bestiaux au Nouveau-Mexique ?

Jake sourit.

— Tu es comme moi à ton âge, Bret, trop buté pour voir où est ton intérêt. Je ne vais pas te supplier de m'aider. Je veux que tu saches monter parce que j'ai besoin de toi sur le dos d'un cheval, mais je peux faire sans toi. Je ne ferai pas aussi bien, mais je m'en sortirai.

— Personne ne tient à moi.

— Montre-moi que ça vaut la peine qu'on tienne à toi, le défia Jake. Tout ce que je vois, c'est un garçon qui en fait le moins possible, qui attend que les autres s'occupent de lui, et qui les déteste quand ils le font. Tu pousses tout le monde à bout, et ensuite tu te plains qu'on te rabaisse. Tu ne croiras plus ça lorsque tu sauras monter.

— Ça ne fera aucune différence. Personne n'a que faire de moi.

Bret n'était pas différent des autres. Il voulait seulement être important pour quelqu'un.

— Si, répondit Jake. Moi.

14

Isabelle fut tellement surprise de voir Bret sortir du dortoir au matin qu'elle lui sauta au cou.

Elle le sentit se raidir, et le relâcha rapidement. Jake avait raison. Il était peut-être jeune, mais il ne voulait pas que l'on croie qu'il avait besoin d'une femme. Isabelle se dit que les hommes sont bien étranges et contrariants, pour feindre de ne pas vouloir des choses dont chacun a besoin.

Tout serait tellement plus simple s'ils étaient comme Will. Lui aimait qu'on le prenne dans les bras. Les autres étaient susceptibles, par fierté masculine. Exactement comme Jake.

— Je suis contente que tu sois revenue. J'étais inquiète pour toi.

Bret haussa les épaules.

— Jake essayait seulement de t'aider, assura-t-elle. Il dit que tu dois savoir monter. Il dit…

— Je sais. Vous avez besoin de bois ?

— De beaucoup, oui.

Elle le regarda se diriger vers les arbres. Fallait-il qu'il se sentît seul pour croire que personne au monde ne l'aimait… Elle comprenait. Elle avait vécu ça.

— Nous allons chercher des provisions, annonça Jake dès qu'ils furent tous dans la cuisine.

Les garçons s'arrêtèrent de manger.

— Will, Pete et Bret viennent avec nous.

— Pourquoi moi ? demanda Bret.

— Les fermiers pensent que vous êtes tous les trois fraîchement arrivés de la ville. Ils ne s'attendent pas que je laisse l'un de vous ici. Cela pourrait leur donner envie de fouiner.

— Et nous, qu'est-ce qu'on fait ? questionna Sean.

— Continuez à attraper et marquer les bêtes. Plus nous en aurons, plus nous pourrons en vendre. Buck viendra avec vous, mais vous devrez à tout prix vous assurer que personne ne le voie.

— Et Zeke ?

— Il vient avec nous. Il faut que quelqu'un lui retire cette chaîne.

Isabelle remarqua que les collines étaient presque recouvertes d'arbres à mescal aux fleurs bleues ou jaunes. Les pluies abondantes du printemps avaient prolongé la floraison. Les vives couleurs bleues, rouges et jaunes des bleuets, des pinceaux indiens, des phlox et des coquelicots tachetaient les hauteurs, et les terres plus fertiles au fond des gorges. Même les vulgaires yuccas et les cactus n'altéraient pas la beauté du paysage.

Chet et Luke lui manquaient : elle n'avait jamais mené d'attelage. Elle était épuisée. Elle avait les muscles du dos tellement tendus qu'elle arrivait à peine à bouger. Ses gants légers lui protégeaient peu les mains. Son chapeau ne l'abritait que partiellement du soleil, qui tapait plus fort d'heure en heure. Elle sentait un début de coup de soleil, inesthétique et douloureux, sur sa nuque.

Elle avait très envie de s'arrêter, mais Jake insistait pour qu'ils se pressent, et elle était d'accord. Elle ne voulait pas laisser les garçons seuls plus longtemps que nécessaire. Ils n'avaient pas l'habitude de se débrouiller tout seuls.

Jake apprenait toujours aux trois garçons à monter. Il leur donnait des instructions, corrigeant les défauts de l'un et de l'autre. Ce n'était pas un maître facile, mais Will semblait heureux. Pete se débrouillait très bien. Quant à Bret, il affichait un air renfrogné.

Zeke était couché au fond du chariot sous une couverture, sa chaîne enveloppée pour ne pas tinter. Isabelle avait essayé de lui parler, mais il ne répondait que par monosyllabes. Il était évident que Zeke ne l'aimait pas. Peut-être l'associait-il à quelqu'un qui l'avait maltraité.

— Les garçons, attachez vos chevaux à l'arrière du chariot.

L'ordre de Jake fut soudain et péremptoire.

— Pourquoi ? Je veux monter jusqu'à…

— Faites ce que je vous dis. Immédiatement !

Isabelle lança un regard à Jake. Il avait l'habitude de distribuer les ordres, mais pas de manière aussi crue.

— Vous n'êtes pas obligé de couper la parole aux garçons, dit-elle. Je suis sûre que si vous expliquiez…

— Il y a deux fermiers derrière nous, à l'horizon. Je ne crois pas qu'ils nous ont vus, mais je ne peux pas en être sûr. Il faut que les garçons montent dans le chariot et mettent leurs jambes sur Zeke avant qu'ils ne s'approchent.

Jake n'eut rien à dire de plus. Même Bret obéit à une vitesse surprenante.

— Je vais rester entre eux et le chariot, annonça Jake à Isabelle. Quoi qu'il arrive, ne vous arrêtez pas.

Les fermiers étaient à cheval et avançaient bon train. Comme Isabelle gardait les mules au pas, ils les rattrapèrent en peu de temps.

— Est-ce que vous avez retrouvé votre garçon ? demanda Jake quand les fermiers furent à portée de voix.

— Non, répondit Rupert Reison. Nous le cherchons le long de la rivière.

— Il est sans doute à mi-chemin de la côte, maintenant. S'il embarque sur un bateau à Galveston, vous ne le retrouverez jamais.

— Pourquoi as-tu autant de chevaux ? s'étonna Rupert.

— J'apprends aux garçons à monter, dit Jake.

— Pourquoi est-ce qu'ils ne montent pas, alors ?

— Leur mère préfère qu'ils se reposent, pour l'instant.

Isabelle ne comprenait pas que Rupert soit aussi soupçonneux. Elle craignait qu'il y ait un problème s'ils chevauchaient à leurs côtés trop longtemps.

— Nous allons à Newcombe, expliqua-t-elle avec l'accent traînant qu'elle avait pris la veille. Jake va enfin trouver quelque chose pour que je puisse faire la cuisine, avant que les garçons et moi ne mourions de faim. Vous devez penser qu'avec toutes ces vaches, il y a plein de viande, mais non, Jake ne me laisserait pas en toucher une. Il dit…

— Les femmes ne comprennent pas qu'on ne peut à la fois manger et vendre une vache, coupa Jake.

Les fermiers demeuraient de marbre.

— Je ne vois pas en quoi il serait mieux de vendre une vache que de la manger. Je suis sûre que vos femmes seraient d'accord avec moi.

Elle leva les yeux au ciel.

— Je n'en peux plus : cela fait des jours que je n'ai pas parlé avec une femme. J'en ai jusque-là des hommes. J'ai demandé à Jake de m'emmener chez vous, hier après-midi, mais il a dit que c'était plus important d'apprendre aux garçons à monter.

— Vous savez comment sont les femmes, soupira Jake.

— J'étais prête à y aller seule, mais il a dit que je me perdrais. Je lui ai répondu que j'avais bien trouvé mon chemin depuis la Géorgie. Je suis tellement contente que vous nous ayez rattrapés. Dites-moi exactement comment venir chez vous. J'aimerais vous rendre visite à la seconde où je rentrerai.

— Il ne faut pas qu'on traîne, grommela l'ami de Rupert.

— Je crois que les femmes devraient se voir entre elles autant que possible ! cria Isabelle derrière eux alors qu'ils s'éloignaient.

Poussant un soupir de soulagement, elle se retourna et vit Jake qui la fixait avec stupéfaction.

— Pas un homme au Texas ne serait capable de subir une minute de plus votre bavardage, déclara-t-il.

— C'est ce que j'espérais, répliqua Isabelle, ne sachant s'il l'entendait comme un compliment.

Il grimaça.

— Rupert est convaincu que quelque chose ne va pas.

— Pourquoi ?

— Je ne sais pas, dit Jake, pensif. Il a peut-être une autre raison de retrouver Zeke.

— Suivez cette piste, dit Jake.

Il était tard dans l'après-midi. Le soleil commençait à glisser vers l'horizon. Isabelle espérait qu'ils atteindraient la ville avant la nuit. La piste qu'indiquait Jake était un simple chemin.

— Où allons-nous ? demanda-t-elle.

— Chez quelqu'un qui retirera la chaîne de Zeke.

Isabelle obéit. Zeke était sorti de sous la couverture. Elle se serait sentie beaucoup mieux s'il avait parlé, mais il la dévisageait avec une indéfectible animosité. Peut-être en avait-il assez de se cacher.

Ils arrivèrent devant une cabane de rondins nichée au creux de la falaise. De petits chênes et des cèdres torses parsemaient les coteaux escarpés. Des massifs de gaillardes rouges et jaunes et de verveine sauvage égayaient les champs alentour. Isabelle distingua une remise ouverte à quelques dizaines de mètres.

Un grand gaillard sortit des broussailles.

— C'est pour quoi ? lança-t-il.

Il n'avait pas l'air aimable. Isabelle se demanda si Jake avait été bien avisé de s'arrêter.

— J'ai du travail pour toi, annonça Jake en mettant pied à terre.

— Il faudra me payer d'abord.

— Je t'ai amené un cheval.

L'homme marcha jusqu'au cheval de rechange. Il examina sa constitution, passa la main sur ses jambes, releva chaque sabot, vérifia ses dents.

— Qu'est-ce que vous voulez ?

Jake fit signe à Zeke de descendre du chariot.

— Je veux que tu retires cette chaîne à ce garçon.

Le forgeron regarda Zeke, puis la chaîne.

— Elle est cadenassée.

— Je n'ai pas la clé, expliqua Jake.

— Perdue ?

— Jamais eue.

— Ce n'est pas votre chaîne ?

— Non.

Le forgeron regarda encore le cheval un instant, puis se tourna vers Zeke.

— Ça va prendre un moment.

— Tu auras la soirée et la journée de demain. Je reviendrai après-demain.

— Ce cheval vaut plus que l'ouverture d'un cadenas.

— Tu ne nous as jamais vus. Nous ne sommes jamais venus ici. Tu ne sais même pas qui nous sommes.

— Recherché ?

— Pas par les autorités.

— Où allez-vous passer la nuit ?

— Ici, si tu es d'accord.

— Tu ferais mieux de retourner sur la grand-route. Je ne peux pas dire que je ne vous ai jamais vus si vous campez dans ma cour.

Ils furent à Newcombe le lendemain avant le lever du soleil.

— Chaque *cent* de cet argent doit être dépensé en nourriture, dit Isabelle : ni armes ni munitions.

— Un plein chariot de nourriture ne nous sera d'aucune utilité si nous avons une centaine de Peaux-Rouges aux trousses et rien pour les repousser.

— Je suis sûre que l'armée ne laisserait pas faire une chose pareille.

— Ce serait vrai s'il y avait assez de soldats, et si l'on savait à l'avance où les Peaux-Rouges attaqueront. Mais nous ne pourrons compter que sur nous-mêmes.

— Les garçons ne savent pas manier des armes, objecta Isabelle.

— Je leur apprendrai.

Bien qu'elle détestât cette idée, la jeune femme capitula.

— J'ai besoin de quelques petites choses aussi.

Jake s'arrêta devant la boutique d'un charron.

— Qu'est-ce que nous avons à faire ici ? s'étonna-t-elle.

— Je vais voir s'il peut me fabriquer une cantine roulante.

— Qu'est-ce que c'est?

— Vous verrez.

La porte était ouverte. Jake entra.

— Est-ce que c'est toi qui as construit la cantine roulante de Charlie Goodnight?

— Affirmatif, répondit l'homme.

— Est-ce que tu peux m'en faire une pour ce soir?

— Non.

— Bon sang. Je pars demain à l'aube. Qu'est-ce que tu peux faire?

— Je peux te faire une cantine, dit l'homme.

— J'imagine que c'est le principal. Où veux-tu que je mette le chariot?

— À l'intérieur. Tu peux laisser les mules dehors.

Les garçons l'aidèrent à défaire l'attelage et à pousser le chariot dans l'atelier. Il attacha les mules.

— Il va falloir que nous marchions, dit-il.

— Qu'est-ce qu'une cantine? demanda Isabelle.

— Vous verrez.

— J'apprécierais que vous me le disiez.

Elle en avait assez qu'il la traite comme si elle était encore plus faible et ignorante que les garçons.

— C'est comme un placard, expliqua-t-il. Ça se monte à l'arrière du chariot. Charlie Goodnight est venu me voir avec une chose de ce genre, il y a moins d'un mois, en partant pour le Nouveau-Mexique.

— Et c'est ce qui vous a donné l'idée de partir vers l'ouest plutôt que vers l'est?

— Si Charlie le peut, je le peux aussi.

Très peu de gens étaient debout quand ils atteignirent la rue principale de la ville. Bien qu'il fût extrêmement tôt, le grand magasin était ouvert.

— Je peux venir? demanda Will.

— Bien sûr, répondit Jake. Tout le monde peut venir, mais souvenez-vous de notre histoire. Vous êtes une famille.

À l'intérieur, Isabelle s'éloigna de Jake en empruntant une allée.

— Vous n'allez pas m'aider ? demanda-t-il. C'est vous qui faites la cuisine.

— Ce n'est pas grave. Je rate tout, de toute façon.

La jeune femme disparut et revint un instant plus tard avec une paire de bottes.

— Il vous faudra un chapeau aussi, dit Jake.

— J'en ai déjà un.

— Un vrai chapeau, qui restera sur votre tête en cas de grand vent ou quand vous chevaucherez au galop.

— Je ne compte pas monter un cheval à cette allure.

— Vous le ferez, pourtant.

Jake examina plusieurs chapeaux, jusqu'à ce qu'il en trouve un en cuir marron, à dessus plat, à larges bords, doté d'un cordon à nouer sous le menton.

— Celui-ci protégera vos yeux du soleil et votre tête de la grêle.

— Mais mon chapeau…

— Votre chapeau s'envolera au premier coup de vent. Si un cheval ou une vache marche dessus, il sera déchiqueté. Le seul moyen de déchirer celui-ci, c'est de le lacérer au couteau.

Isabelle étudia le chapeau.

— Je ne promets pas de le porter, mais j'y réfléchirai. Maintenant, à moins que vous n'ayez encore besoin de moi, j'ai à faire.

— Quoi ?

— C'est mon problème.

Et si cela ne se passait pas comme prévu, il ne saurait jamais de quoi il s'agissait.

— Où allez-vous ? insista-t-il. Où est-ce que je vous retrouverai ?

— C'est moi qui vous retrouverai.

— Quand ?

— Quand repartons-nous ?

Jake ouvrit la bouche pour répondre, mais se mit à jurer. Il marcha vers la vitrine du magasin et regarda à l'extérieur.

— C'est Rupert et son ami.

Isabelle le rejoignit.

— Je croyais qu'ils seraient partis, maintenant.

172

— Moi aussi. Est-ce que vous connaissez ces hommes ? demanda-t-il au caissier.

L'homme s'approcha de la fenêtre.

— Bien sûr. Ils s'approvisionnent ici. C'est ce que je pensais qu'ils faisaient quand je les ai vus hier, mais ils sont venus se renseigner à propos de deux garçons. Je leur ai dit que nous n'avions vu personne.

— Ils ne nous ont parlé que d'un seul.

Le caissier réfléchit un instant.

— Non, ils ont bien dit deux.

Jake les regarda s'éloigner à cheval, les sourcils froncés. Dès qu'ils furent hors de vue, Isabelle voulut partir.

— Retrouvez-nous à l'hôtel pour le dîner, dit Jake.

— D'accord.

Jake passa la plus grande partie de la matinée à acheter des provisions. Pendant ce temps, les garçons furetèrent dans tout le magasin, essayant chapeaux et bottes, fouillant des piles de vêtements, salivant devant des bocaux en verre pleins de bonbons. Ils appréciaient surtout les armes, épaulaient leurs préférées, feignaient des fusillades. Même Bret était moins lugubre que d'habitude.

Le temps que Jake ait fait ses courses chez le marchand, il fut l'heure de manger ; il les emmena dans un restaurant et les gava de bœuf et de pommes de terre. Pas de porc. Ils en auraient à satiété sur la route.

Puis il leur donna à chacun cinquante *cents*, leur enjoignit de ne pas les dépenser d'un coup, et leur donna l'ordre formel d'être à l'hôtel à six heures. Ensuite, il se rendit au saloon.

Isabelle s'essuya le front. La chaleur était terrible dans la cuisine.

— Comment pouvez-vous supporter ça ? demanda-t-elle.

— C'est plus facile que de faire la cuisine dehors, avec le vent qui saupoudre la nourriture de saletés et la pluie qui vous éteint le feu.

173

À la seconde où elle avait quitté Jake, Isabelle s'était dirigée droit vers l'hôtel.

— Je veux que vous m'appreniez tout ce que vous savez sur la cuisine, avait-elle annoncé à la cuisinière. Avant ce soir. Je vous paierai.

L'hôtel était un bâtiment en bois de deux étages avec une salle à manger au rez-de-chaussée, et des chambres au-dessus. La cuisine était petite et équipée d'une table encore plus petite, ainsi que d'un grand fourneau.

La cuisinière avait cru d'abord qu'Isabelle souffrait d'une insolation, mais cinq dollars avaient eu raison de ses hésitations. La femme s'était mise à la tâche avec entrain.

— Je n'ai pas vraiment besoin de savoir cuisiner quoi que ce soit, à part les haricots et le bacon, avait précisé Isabelle. Mais je veux les faire bien.

— Nous allons vous apprendre quelques petites choses supplémentaires, avait répondu la cuisinière. Vous ne serez pas toute votre vie sur la route.

Isabelle apprit ainsi à préparer et faire cuire trois sortes de haricots différents, à cuisiner le porc et le bœuf d'au moins une douzaine de façons, à accommoder un poulet sauvage s'ils en attrapaient un, à faire mariner le bison et le chevreuil, et à faire frire des beignets.

— Les hommes en raffolent, dit la cuisinière. Une bonne platée de beignets leur fait oublier des mois de mauvaise pitance.

Isabelle notait ce qu'elle pouvait.

— Mais je n'ai pas l'intention de leur faire de la mauvaise pitance.

— Tout de même, apprenez à faire les beignets. Personne ne vous prendra plus pour une mauvaise cuisinière.

Isabelle n'en était pas sûre. Cette femme ne connaissait pas Jake Maxwell! Il n'était pas homme à se répandre en compliments. Elle doutait qu'il pût faire autre chose que grogner, quel que soit le plat.

Eh bien, tant pis. Elle apprenait à cuisiner pour elle-même et pour les garçons. S'il n'aimait pas, il préparerait ses repas lui-même!

Jake se sentait plus calme. Il avait presque oublié qu'il allait voyager avec des gamins et une femme particulièrement capricieuse. Il s'était limité à deux whiskys, mais il avait passé l'après-midi dans le saloon, à se renseigner sur la route de l'Ouest. Il avait appris que l'herbe était drue cette année. Les pluies du printemps avaient été abondantes. Des sources de la rivière Concho au Pecos, le trajet serait moins pénible si le bétail était bien nourri.

On lui avait dit aussi que les Indiens n'étaient pas sur le sentier de la guerre. Jake se sentait donc rassuré lorsqu'il sortit du saloon. Cela dura jusqu'à ce qu'un cri de Pete lui parvienne depuis l'autre côté de la rue. Pete lui-même arriva presque aussi vite que le son de sa voix.

— Les fermiers ont capturé Will ! cria-t-il.

15

Jake suivit Pete en courant. Il contourna le coin d'un bâtiment et vit les deux fermiers devant Will et Bret. Ils étaient sous un arbre, au bord de la rivière qui traversait la ville. Jake ralentit. Will ne disait mot. C'était Bret qui parlait.

— Tout le monde dit que je parle bizarrement, déclarait-il. J'ai grandi à Boston. Papa n'aimait pas le Nord, alors il est parti en Géorgie. Ce n'était pas très bien non plus. Papa n'aimait pas trop travailler, et il s'est entaillé le pied avec une hache. Il en est mort.

— Où est ta maman?

— Sans doute en train de bavarder avec une bonne femme. Maman dit que nous, ses garçons, on la rend folle. Elle veut parler à une femme avant d'être coincée avec nous six mois dans ce ranch paumé. Maman n'aime pas le Texas. Elle veut rentrer à Savannah. Moi non. Les amis de maman disaient que nous nous comportons comme des mécréants. Oncle Jake se fiche de savoir comment on se comporte.

— Bien sûr que non, intervint Jake en espérant que sa voix ne trahissait pas la colère qui bouillait en lui.

Will se précipita vers lui et attrapa sa main. Jake lui donna une tape rassurante sur l'épaule.

— Pourquoi ne m'avez-vous pas dit que vous pourchassiez deux garçons? demanda-t-il aux fermiers.

Les hommes échangèrent un regard gêné.

— L'autre est parti avant, expliqua Rupert. Personne ne l'a vu par ici.

— Alors oubliez-le, dit Jake. S'il part vers San Antonio, vous ne le rattraperez jamais. S'il part vers l'ouest ou le nord, les Peaux-Rouges s'en chargeront.

— Je ne crois pas qu'il soit allé par là-bas, rétorqua Rupert.

Jake savait que Rupert pensait qu'il était responsable de la disparition de Zeke, d'une manière ou d'une autre, peut-être même aussi de celle de Buck. Mais il n'avait aucune preuve.

— Allez, les garçons, dit Jake. Allons chercher votre mère. Si je la laisse traîner ici trop longtemps, elle va refuser de rentrer. J'espère que vous autres ne verrez pas d'inconvénient à ce qu'elle vous rende visite. Elle manque cruellement de compagnie.

— Nos femmes n'ont pas le temps de recevoir, répondit Rupert.

— Isabelle est la femme la plus travailleuse que j'aie jamais rencontrée, assura Jake. Elle les aidera dans leurs corvées.

— Elles n'aiment pas les inconnues, dit Rupert.

— En cinq minutes, ce ne sera plus une inconnue pour personne.

Bret continuait à observer les fermiers avec l'ostensible curiosité d'un garçon de douze ans dépourvu de toute culpabilité.

— Il faut qu'on rentre à la maison, grommela Rupert. On ne peut pas négliger nos champs plus longtemps.

— Si j'étais vous, je ne penserais plus à ces gamins, dit Jake. J'en réclamerais d'autres.

Rupert braqua un regard particulièrement diabolique sur Jake, avant de se retourner et de s'en aller. Son compagnon le suivit.

— Je le déteste, murmura Will.

— Je ne l'aime pas beaucoup non plus, approuva Jake. Qu'est-ce qu'il t'a demandé?

— Il m'a posé des questions sur mon père.

— Qu'est-ce que tu lui as dit?

— Je lui ai dit que je ne me souvenais pas de grand-chose, et c'est vrai.

— Est-ce qu'il t'a demandé autre chose?

— Ouais, mais Bret m'a coupé la parole.

Will était vexé par l'ingérence de Bret, mais Jake en était soulagé. Will était trop jeune pour comprendre ce qui se passait. Bret comprenait, lui. Jake lui sourit.

— Tu as fait exactement comme Isabelle : les noyer sous un déluge de paroles, pour ne rien dire. Bravo.

Bret haussa les épaules, gêné par le compliment.

— Je pensais à ce qu'ils m'auraient fait si nous n'avions pas rencontré Buck.

— Mais je ne veux pas prendre de bain ! objecta Will. J'en ai pris un à Austin.

— Ça fait trois semaines.

— Je me lave le visage tous les matins dans le ruisseau.

— Ce n'est pas comme un bain.

— Ça fait le même effet.

Ils s'étaient tous retrouvés à l'hôtel. La salle de bains était petite et étroite. Une grande baignoire remplie d'eau chaude prenait presque toute la place. Isabelle se demandait si Jake prendrait un bain aussi. Elle avait été surprise qu'il se soit fait couper les cheveux. Cela le rendait deux fois plus beau.

— Nous allons tous prendre un bain, décréta Jake.

— Ensuite, un bon dîner et une nuit dans de vrais lits, ajouta Isabelle. Les derniers avant longtemps.

La jeune femme et les garçons étaient déjà assis dans la salle à manger de l'hôtel lorsque Jake les rejoignit. Lavé, rasé et vêtu de propre, il était d'une beauté à couper le souffle. Même les garçons le remarquèrent.

— Vous avez l'air moins hirsute, dit Will.

La pièce contenait douze tables à tréteaux. Isabelle avait choisi la seule qui avait une nappe.

— Il s'est rasé, l'informa Pete.

— Je ne me raserai jamais, quand je serai grand.

— Les filles aiment que les hommes se rasent, dit Bret. Elles n'aiment pas les ours sauvages.

— Je me fiche de ce qu'aiment les filles, rétorqua Pete. Moi, je ne les aime pas.

— Moi non plus, renchérit Will.

— Isabelle est une fille, fit remarquer Jake.

— Non, dit Will. C'est une demoiselle.

— Merci, marmonna Isabelle en rougissant, mais je crois que nous devrions reprendre cette discussion dans six ou sept ans.

— Tout ce que veulent les filles, c'est se marier, déclara Bret. Moi, je ne me marierai jamais.

Isabelle écouta les garçons parler des femmes et du mariage comme si elle n'était pas là. Peut-être, comme Will, ne s'imaginaient-ils pas que ces sujets s'appliquaient à elle. D'ailleurs, c'était vrai. Elle n'était pas intéressée par le mariage. Après ses expériences avec les hommes, elle préférait ne compter que sur elle-même.

Pourtant, il lui était impossible d'être assise si près de Jake sans ressentir l'attraction magnétique de sa présence. Elle sentait une tension entre eux. Elle se demandait s'il la sentait aussi et, dans ce cas, ce qu'il en pensait.

Les garçons alignaient les bêtises les unes après les autres. Malgré le bagout de Bret, Jake réussissait à maintenir une conversation légère. Ils se comportaient comme des chiots qui jouent avec un grand chien.

C'était un Jake complètement différent de l'homme qu'elle avait connu au ranch. Il souriait. Et quel sourire ! Isabelle avait un délicieux pincement au ventre à chaque fois. Il avait un petit pli au menton, et sa pomme d'Adam montait et descendait lorsqu'il parlait. Elle n'avait pas remarqué cela avant qu'il se rase. Elle discernait le léger masque de sa barbe. Le visage de son fiancé était lisse comme un merlan. Elle préférait la peau un peu rugueuse de Jake.

Elle ne s'était jamais doutée qu'il fût si charmant ; la serveuse était dans un tel état de ravissement qu'Isabelle attendait le moment où elle proposerait à Jake de lui couper son steak. Leur bonne humeur était si contagieuse que les gens des autres tables les regardaient. La jeune femme se dit que tout le monde les prenait pour une famille de sortie en ville.

Une sensation de froid et de vide figea son sourire. Elle n'avait pas de famille. Elle était seule. Elle était ici seulement le temps d'aider ces garçons. Elle rentrerait à Austin ensuite. C'était exactement ce que l'on attendait d'elle quand elle s'était embarquée dans ce voyage, mais tout avait changé.

Elle avait fini par aimer ces enfants. Elle voulait être aussi importante pour eux qu'ils l'étaient pour elle. Elle ne pouvait imaginer de ne plus les revoir, de ne pas savoir comment ils grandiraient, de ne pas voir leurs femmes, leurs enfants. Ils faisaient partie de sa vie. Ils étaient sa famille.

Et Jake était le ciment qui les maintenait ensemble.

Ses yeux bleus clignèrent à son intention. Will avait dit quelque chose, mais elle n'avait pas entendu. Des ridules de sourire apparurent autour de ses yeux. Ses lèvres s'ouvrirent et révélèrent de belles dents blanches, ainsi qu'une minuscule fossette sur sa joue.

Ce sourire était si chaleureux, si authentique, qu'elle eut l'impression d'être réellement en famille.

Elle espérait que Jake l'embrasserait de nouveau.

Cette pensée la choquait, mais elle l'assumait. Elle ne se souciait pas de ce que cela signifiait. Elle se souvenait de la douceur de ses lèvres, de la force de ses bras autour d'elle. Elle s'était sentie en sécurité, convoitée, désirée, attirante. Rien à voir avec l'impression qu'elle avait eue d'être une proie face à Henri Duplange. Jake l'attirait, malgré ses réticences.

Elle ne s'était jamais sentie aussi bien que dans ses bras. Elle se rappelait chaque seconde du trajet jusqu'à sa tente après qu'elle se fut tordu la cheville, chaque minute du retour vers le ranch, lorsque son corps enveloppait presque le sien.

Un genou la toucha sous la table. Le bon sens lui disait que ce pouvait être n'importe lequel des garçons, mais son corps lui assurait que c'était Jake. Ses yeux aussi. Son regard se brouillait de désir.

Une chaleur envahit Isabelle de la tête aux pieds. Elle eut l'impression que la température avait augmenté de dix degrés. Elle espérait qu'elle ne rougissait pas. Mais elle était sûre que c'était le cas. Elle savait comment se comporter dans les salons de Savannah, mais lorsqu'il s'agissait de Jake, elle devenait aussi innocente et naïve que Will.

— Je crois que ça va être l'heure de mettre ces lascars au lit, annonça Jake. Je veux être parti avant l'aube.

Le dîner était terminé. Ils étaient restés à parler pendant que Jake buvait trois tasses de café, dont Isabelle savait qu'il n'avait pas été fait avec du marc vieux de trois jours.

— On ne veut pas aller au lit, dit Pete.

— Est-ce que je pourrais voir un saloon? demanda Will.

— Non, répliqua Isabelle. Tu vas directement au lit. Tu ne t'en rends peut-être pas compte, mais tu es fatigué. Je ne veux pas que tu pleurniches pendant tout le retour vers le ranch.

— Je ne pleurniche jamais! protesta Will.

Jake se leva. Isabelle se demanda si elle aurait la force de bouger. Pourquoi portait-il un pantalon aussi serré? C'était indécent. Il offrait sa virilité en spectacle.

Elle détourna les yeux, le feu aux joues. Jake tendit la main pour l'inviter à se lever.

— Vous êtes fatiguée aussi, dit-il. Qu'est-ce que vous avez fait toute la journée?

— Vous le saurez bien assez tôt, répondit-elle mystérieusement.

Il fallait qu'elle se contrôle. Elle voulait Jake Maxwell, et elle le voulait à tel point qu'elle tremblait de tous ses membres.

— Montez. Les garçons et moi allons faire une petite promenade digestive. Je viendrai vous voir quand je rentrerai.

Isabelle les regarda partir avec une sensation d'arrachement. Elle était près de tomber de fatigue, mais elle aurait tout donné pour les suivre.

— Est-ce qu'on ne pourrait pas aller visiter un saloon? demanda Will.

— Génial! acquiesça Pete. Juste un coup d'œil.

Bret regardait Jake avec espoir, bien qu'il refusât d'exprimer son impatience.

— D'accord, mais ne le dites pas à Isabelle. Elle nous tuerait.

Il n'y avait pas grand-chose à Newcombe, seulement quelques douzaines de bâtiments, dont un tiers de saloons. Les garçons se précipitèrent en direction d'un saloon qui ressemblait plus à une tente qu'à une maison.

— Ils ne font rien, se plaignit Will.

— Bien sûr que si, petit idiot, répliqua Bret. Ils boivent du whisky.

— Ils ne se battent pas et ils ne descendent personne, fit remarquer Pete, déçu.

— Ils ne se disputent même pas, renchérit Will. Ils restent juste assis, à parler et à boire.

— C'est ce que les gens font dans les saloons, expliqua Jake.

— Où sont les femmes? demanda Bret. Je croyais qu'il y aurait des femmes à moitié nues.

— Seulement dans les bons saloons, répondit Jake, amusé.

— Est-ce qu'il y a un bon saloon ici? s'enquit Will.

— Non, dit Jake.

— Ça n'est pas juste, grommela Bret.

— Est-ce que tous les saloons du coin sont comme celui-ci? questionna Pete alors qu'ils longeaient l'établissement, en regardant à travers les vitres.

— À peu de chose près, répliqua Jake.

— Bon sang, dans ce cas je resterai avec le bétail.

Jake faillit éclater de rire. Isabelle adorerait entendre cela.

Il repensa à la jeune femme. La simple idée de passer des semaines sur la route avec elle éveillait son désir. Il comprenait cet appétit physique, le besoin de se perdre dans son corps. Après tout, il était un homme, et il n'avait pas eu de femme depuis longtemps. Ce qu'il ne comprenait pas, c'était ce qu'elle lui faisait ressentir.

Il n'avait jamais eu beaucoup de temps pour apprécier les joies de l'existence. La vie était dure. Il fallait survivre, ou mourir. C'était ainsi. Mais avec Isabelle, ces choses-là devenaient soudain importantes.

— Est-ce qu'on peut aller à un combat de coqs? demanda Pete.

— Non, répondit Jake sans hésitation. Même s'il y en avait un, et il n'y en a pas.

— Qu'est-ce que c'est, un combat de coqs? interrogea Will.

— Deux poulets qui se battent, expliqua Bret.

— Tiens donc! Qui a envie de voir ça?

— Personne, à part un Texan, rétorqua Bret en se détournant d'une vitrine où étaient exposées des bottes et des selles.

— Et pourquoi pas un combat de chiens? dit Pete, décidé à ne pas abandonner.

— Pas de combat, décréta Jake. C'est l'heure d'aller au lit, bande de morveux. Vous êtes trop assoiffés de sang pour moi.

Will rit.

— Vous vous moquez de nous.

Il s'éloigna en sautillant, puis se retourna pour faire face à Jake:

— Vous n'avez peur de rien, vous.

Son regard d'idolâtrie troubla Jake. Personne ne l'avait jamais admiré, pas même les recrues qu'il entraînait pendant la guerre. Il n'était pas le genre d'homme qu'un garçon comme Will devait admirer. George Randolph, par contre, était ce genre d'homme. Il ne perdait jamais son sang-froid, ne criait jamais, même au plus fort de la bataille. Il se contrôlait toujours.

Jake n'était pas comme cela. Il jurait, buvait, prenait les femmes lorsqu'il avait envie d'elles et faisait généralement ce que bon lui semblait. Il n'avait aucune éducation, ne se lavait pas souvent – les vaches se fichaient de son odeur – et pouvait aussi bien vivre sous une tente ou dans une cabane.

Il n'avait pas la moindre idée de ce qu'il pouvait faire de ces garçons. Il n'était pas un modèle pour eux. Et il n'était pas près de le devenir.

Ils traversèrent la rue et revinrent sur leurs pas.

— Isabelle va me faire la peau si je vous ramène trop tard, bande de sales gosses, grommela Jake. Cette femme peut être méchamment féroce quand il s'agit de vous.

— Je ne dirais pas ça d'Isabelle, répondit Will. Mais plutôt des Peaux-Rouges, des voleurs et des fermiers. Mais vous n'avez pas peur des Peaux-Rouges, hein ?

— Bien sûr que si.

— Non, ce n'est pas vrai.

Bon sang, maintenant il n'avait même plus le droit d'être effrayé par une bande de fous qui voulaient le tuer et partir avec son scalp !

— Bien sûr que si, répéta-t-il.

La foi de Will était ébranlée, mais il persévéra :

— Mais vous ne vous enfuiriez pas devant eux.

— Si j'avais un cheval plus rapide, certainement.

L'enfant était sérieusement déstabilisé, désormais.

— Vous ne vous battriez même pas contre eux ?

— Peut-être.

Will sourit.

— Vous vous moquez de moi. Je savais que vous n'aviez pas peur des Peaux-Rouges.

— Il a peur d'eux parce qu'il serait idiot de ne pas avoir peur de quelqu'un qui essaie de te tuer, intervint Bret. Mais il ne s'enfuirait pas, parce que ce n'est pas un lâche.

— Oh, murmura Will, qui réfléchit à cette idée.

— Il y a une différence, dit Bret avec impatience. Bon sang, tu es bête à manger du foin !

— Je ne suis pas bête ! cria Will, faisant mine de vouloir se battre.

— Tu tiens à te faire détester, ou tu ne peux pas t'en empêcher ? demanda Jake à Bret.

Celui-ci se retourna vers lui.

— Il pose toujours des questions idiotes, marmonna-t-il.

— Aucune question n'est idiote, si la réponse t'apprend quelque chose.

Jake tira Pete à l'écart d'une vitrine pleine de bonbons et de vêtements féminins.

Bret ne répondit pas, mais son expression de colère ne donnait pas l'impression qu'il avait changé d'avis. Jake savait que Bret voulait qu'on l'aime, mais il ne comprenait pas pourquoi il semblait faire tout son possible pour qu'on le haïsse.

— Je déteste qu'on me regarde comme si j'étais un chien ou quelque chose comme ça, cracha-t-il. Vous n'êtes personne. Vous ne savez rien faire, à part attraper des vaches. Mon grand-père ne vous aurait même pas parlé. Vous sentez trop mauvais.

Will se jeta sur Bret. Avant que celui n'ait pu le repousser, Pete l'attaqua à son tour. Les trois garçons roulèrent sur le trottoir et des coups de poing volèrent.

Si Jake avait eu la moindre velléité de se prendre pour un éducateur, il était désormais fixé. Comment diable avait-il pu se fourrer dans une telle situation ? Et surtout, qu'allait-il faire pour en sortir ?

— Arrêtez tout de suite, ordonna-t-il.

Comme ces mots restaient sans effet, il saisit Will et Pete par le col et les sépara de Bret.

— Quand je vous dis de faire quelque chose, je veux que vous le fassiez ! gronda-t-il en secouant les deux garçons.

— Mais il a dit que vous sentiez mauvais, protesta Will.

— Nous sentirons tous très mauvais avant d'atteindre Santa Fe, y compris Bret, mais vous apprendrez qu'il y a pire que sentir mauvais. Maintenant, époussetez-vous. Il ne faut pas qu'Isabelle nous pose de question. Les femmes ne comprennent jamais quand les hommes se battent.

Pete et Will s'ébrouèrent vigoureusement, mais l'un et l'autre semblaient prêts à se ruer à nouveau sur Bret s'il prononçait un seul mot.

— Tourne-toi pour que je t'enlève toute cette poussière, dit Jake à Bret.

Comme il ne bougeait pas, Jake le prit par les épaules, le fit pivoter et frotta énergiquement sa chemise et son pantalon. Il en fit autant avec les autres, puis secoua sa main.

— Vous n'allez pas passer inaperçus… Écoutez, je vais occuper Isabelle, et vous vous faufilerez à l'intérieur quand elle ne regardera pas.

— C'est tout ce que vous allez faire ? demanda Pete.

— Qu'est-ce que tu veux que je fasse ?

— Le frapper, ou quelque chose comme ça.

— Est-ce que ça fera en sorte qu'il m'aime ?

— Non.

— Est-ce qu'il cessera de penser que je sens mauvais ?

— Non.

— Alors je vais trouver autre chose.

— Quoi ?

— C'est entre Bret et moi.

— Vous n'allez pas nous le dire ?

— Si c'était toi, est-ce que tu aimerais que je le dise à tout le monde ?

— Je n'en aurais rien à faire, dit Pete. Les dernières personnes chez qui j'ai vécu me frappaient sans arrêt.

— Je n'aimais pas qu'ils frappent Matt, intervint Will. Je voulais tous les tuer.

Jake poussa un soupir.

— Allez, sales gosses, on rentre à l'hôtel. Et en silence.

Leur plan tomba à l'eau : ils croisèrent Isabelle dans le couloir de l'hôtel. Elle remarqua la poussière du premier coup d'œil. Son regard passa d'un garçon à l'autre, puis s'arrêta sur Jake.

— Ils sont épuisés, dit-il aussi nonchalamment que possible.

Il poussa les trois garçons devant Isabelle jusqu'à la chambre.

— Allez au lit. Nous partons à l'aube.

— Bien. Je suis inquiète pour les garçons.

Jake la regarda. Elle était encore habillée, mais elle avait détaché ses cheveux. Ils tombaient sur ses épaules comme une nappe auburn. La différence était saisissante. Elle ressemblait à une princesse, sans la glace. Accessible en quelque sorte. Féminine et désirable.

Jake sentit que quelque chose en lui chavirait. Quelque chose lui déchirait les entrailles.

— Vous êtes tout à fait charmante, ce soir, parvint-il à dire avec l'apparence de la maîtrise. J'aime vos cheveux libres.

Elle toucha ses cheveux.

— Je les ai lavés.

— Ça vous fait paraître plus jeune.

Ce n'était pas la bonne chose à dire.

— Et plus charmante, ajouta-t-il. Plus jeune, plus charmante, et moins... professorale.

Il s'enfonçait de plus en plus. Elle rosissait à vue d'œil. Sans doute de colère. S'il avait été beau parleur, c'eût été de plaisir. À en juger par certaines de ses paroles, il avait tendance à s'exprimer comme un mufle. Être près d'elle le rendait stupide et maladroit.

Will passa la tête par la porte entrouverte.

— Quel lit avez-vous choisi, Jake ? Je veux dormir avec vous.

— Je ne dors pas avec Bret, décréta Pete.

Les deux garçons étaient en sous-vêtements.

Isabelle sourit.

— Vous feriez mieux de régler ce problème de couchage, ou nous aurons une nouvelle bagarre. Bonne nuit.

Elle referma sa porte, et ce fut comme si les jambes de Jake ne le portaient plus. Il fit un violent effort pour se reprendre.

— Dans ce cas, dit-il aux garçons, j'imagine que c'est moi qui vais dormir avec Bret.

16

Jake s'assit brusquement dans son lit. Il croyait avoir entendu un cri. Mais il n'y avait pas un bruit dans l'hôtel. Il se leva, alla à la fenêtre et regarda dehors.

La rue était calme. Les derniers soiffards étaient sans doute rentrés chez eux depuis des heures. On n'était ni à Austin, ni à San Antonio. Peu de gens vivaient à Newcombe.

Derrière lui, Pete et Will dormaient du sommeil du juste. Bras et jambes dans tous les sens, ils étaient enchevêtrés comme lorsqu'ils s'étaient jetés sur Bret. Ce dernier semblait plus paisible qu'il ne l'était, éveillé.

Quand Jake se détourna de la fenêtre, il entendit le cri à nouveau. Le bruit était trop sourd pour savoir s'il s'agissait d'un homme ou d'une femme, trop faible pour savoir si la personne rêvait ou appelait à l'aide. Jake attendit, aux aguets. Il ne pouvait se recoucher avant d'avoir compris de quoi il s'agissait.

Il n'attendit pas longtemps. Cette fois, il fut certain que cela venait de la chambre d'Isabelle. Il sauta dans son pantalon, ouvrit la porte et sortit dans le couloir.

Pratiquement aucune lumière ne filtrait à travers la fenêtre au bout du couloir. Il suivit le mur à tâtons jusqu'à la porte. Il frappa doucement, en vain.

Il frappa de nouveau et attendit. Toujours pas de réponse. S'était-il trompé? Il ne pouvait s'en assurer, la porte était verrouillée.

La fenêtre! Il devait y en avoir une dans la chambre d'Isabelle. Jake revint dans sa chambre et se pencha par la fenêtre ouverte. Le toit étroit du porche surplombait la façade du bâtiment. Il sentit une écharde se ficher dans son pied tandis qu'il escaladait la fenêtre, mais continua. Il atteignit celle d'Isabelle et regarda à l'intérieur.

Elle était au lit, mais gémissait et faisait de grands gestes désordonnés dans le vide. Jake eut peur qu'elle ne fût malade. Il se glissa dans la chambre. Les couvertures légères étaient éparpillées sur le sol. Isabelle eut un nouveau râle, et se tortilla dans son lit. Elle essayait de dire quelque chose, mais Jake ne comprenait pas un mot. Il lui posa la main sur le bras. Marmonnant quelque chose d'inintelligible, elle la repoussa immédiatement.

— Isabelle, vous allez bien ?

Elle ne répondit pas.

— C'est Jake. Dites-moi ce qui ne va pas.

Toujours pas de réponse. Il ne savait que faire. Il ne s'était jamais occupé d'une femme malade. Il aurait pu demander de l'aide, mais il ignorait qui appeler.

Elle était calme, désormais. Il aurait dû repartir par où il était venu. Mais, malgré son vœu de ne jamais faire confiance à une femme, il ne pouvait nier l'attraction brûlante qui les liait depuis leur premier regard.

Maintenant il pouvait s'asseoir près d'elle, l'observer, peut-être même la toucher, sans craindre qu'elle ne s'éloigne d'un air apeuré ou dégoûté. Son père lui avait dit une fois que lorsqu'il rencontrerait la femme de sa vie, il le saurait. Que ce serait comme s'ils se connaissaient depuis toujours.

Ce n'était pas le cas entre Isabelle et lui. Ils avaient des idées opposées sur à peu près tous les sujets. Ils se méfiaient l'un de l'autre – notamment parce qu'ils étaient si différents.

Il avait envie de passer des heures à la regarder, à lui parler, à la toucher. Depuis qu'il l'avait embrassée, serrée dans ses bras, il était incapable de penser à autre chose. Elle l'avait ensorcelé, et il ne pouvait rien y faire.

Il se pencha pour la toucher. Il savait qu'il n'aurait pas dû, mais il ne pouvait s'arrêter. Il n'aurait jamais cru qu'une femme puisse être aussi douce et sentir aussi bon qu'Isabelle. Ce n'était pas l'odeur de son parfum. C'était son odeur, une odeur simple, comme une brise matinale chargée de senteurs de primevères.

Mais c'était sa douceur qui l'hypnotisait. Toute sa vie, il avait dû être fort pour survivre sur ces terres hostiles, survivre à la barbarie de la guerre, à la douleur de perdre des personnes chères. Peu à peu, la vie avait eu raison de la douceur qui était en lui. Alors Isabelle était apparue, sa douceur étant le parfait contrepoint de sa propre dureté.

Il effleura sa joue, et l'effet sur son corps fut immédiat. Tout ce qu'il ressentait pour elle se concentra en une unique sensation écrasante. Il avait tellement envie d'elle qu'il était sur le point d'exploser. Il retira vivement sa main, craignant de ne plus pouvoir s'arrêter.

Elle passa une main sur sa joue, comme si elle chassait une mouche. Il sourit. Même dans son sommeil, elle le tenait à distance.

Il n'avait pas été si proche d'une femme depuis près d'un an. Son corps était tendu par la douleur de ne pas faire ce que la nature lui ordonnait de faire. Il agrippa le bord du lit. C'était cela ou lui caresser les seins, sous la fine chemise de nuit. Ou explorer la courbe de sa hanche.

Il imaginait son effroi si elle se réveillait et le surprenait en train de la caresser. Elle reprendrait sans doute les garçons pour rentrer tout droit à Austin. Il ne voulait pas cela. Il fallait qu'il la garde avec lui. Autrement, il ne la reverrait jamais…

Soudain, Isabelle cria et commença à s'agiter dans le lit. Jake craignit qu'elle ne bascule par terre. Il essaya de la replacer sur le lit, mais elle luttait de plus belle. Elle frappait, donnait des coups comme si sa vie en dépendait. Il n'eut pas d'autre solution que de la prendre dans ses bras pour la maintenir en place.

Sa réaction fut stupéfiante. Elle cessa de lutter et se jeta à son cou. Elle le serra avec une force dont il ne croyait aucune femme capable. Elle enfouit la tête au creux de son épaule et s'y blottit.

Puis, à sa grande surprise, elle se mit à lui embrasser la joue, le cou et l'oreille.

C'était plus qu'il n'en pouvait supporter.

Jake embrassa fougueusement la jeune femme sur la bouche, et ses paupières se levèrent.

190

— Qu'est-ce que vous faites ici ? demanda-t-elle en ouvrant de grands yeux.

Isabelle était abasourdie. Elle quittait un rêve pour le retrouver en miroir dans la réalité. Henri Duplange la hantait de nouveau. Cette nuit, il l'avait emmenée de force dans une petite maison, quelque part dans la plantation. Personne n'était assez près pour l'entendre crier. Personne ne serait là pour l'empêcher de la violer.

Puis Jake était apparu et avait mis Henri à terre du premier coup. Il l'avait portée jusqu'au chariot. Elle s'était jetée à son cou, soulagée d'être libérée d'Henri, comblée d'être dans les bras de l'homme qu'elle aimait.

Maintenant, elle se retrouvait vraiment dans les bras de Jake, et il l'embrassait avec encore plus de fougue que dans son rêve. Immédiatement, son corps fut incendié par l'envie qu'elle s'était donné tant de mal à nier. Ses seins, pressés contre son torse, devinrent douloureusement sensibles. Elle essaya de s'écarter.

— Qu'est-ce que vous faites ici ? demanda-t-elle à nouveau.

— Vous criiez dans votre sommeil. Je vous ai entendue depuis ma chambre.

Elle jeta un œil à la porte. Elle était certaine de l'avoir verrouillée.

— Je suis passé par la fenêtre, expliqua-t-il.

Il marqua une pause.

— Je ne pouvais pas rester au lit sans rien faire.

Il ne la lâchait pas. Elle non plus ne pouvait le lâcher. Le feu qui la dévorait l'en empêchait.

— Est-ce que vous êtes malade ? s'inquiéta Jake.

Elle secoua la tête.

— C'était un cauchemar.

— Est-ce qu'on vous faisait du mal ?

— Non.

Elle se cramponnait à lui. Il la serra plus fort.

— Est-ce qu'on vous a déjà fait du mal ?

— Non.

— Mais quelqu'un a essayé?

— Oui.

Personne ne l'avait ainsi serrée dans ses bras depuis que sa tante était tombée malade. Elle n'avait pas réalisé combien cette dernière lui manquait. Elle était contente d'être forte et autonome, mais cela faisait un bien fou d'être ainsi réconfortée.

— Qu'est-ce que vous avez fait?

— Je suis partie.

À présent, elle tremblait de manière incontrôlable. Elle avait froid et chaud. Elle aurait dû renvoyer Jake dans sa chambre, mais elle restait dans ses bras pour qu'il l'embrasse encore.

Une telle conduite allait à l'encontre de tout ce que sa tante lui avait enseigné. Tante Deirdre avait toujours affirmé que la réputation d'une femme était son bien le plus précieux. Elle prenait les hommes pour des brutes. Elle aurait détesté Jake.

Isabelle était certaine qu'il était sujet au même désir. Mais son attitude prouvait qu'il ne se laissait pas dominer par celui-ci.

— Vous n'aviez aucun endroit où aller?

— Non.

— Personne?

— Non.

Jake lui embrassa tendrement les paupières, le bout du nez.

Elle se demandait si sa mère lui aurait donné le même conseil que tante Deirdre. Si son père avait serré sa mère comme cela, l'avait embrassée comme cela, elle aurait certainement apprécié.

— Vous ne devriez pas rester seule, dit Jake. Vous devriez vous marier.

— J'ai été fiancée.

Jake se figea. Il s'écarta un peu.

— Je ne l'aimais pas, ajouta-t-elle. Je ne le savais pas à l'époque, mais maintenant si.

Il la serra à nouveau dans ses bras.

— Qu'est-ce qui s'est passé?

— Il a été tué à la guerre.

Ses lèvres se posèrent sur le front d'Isabelle. Elle fut frappée par leur douceur. Chez lui, tout était si dur, si brusque. Mais ses lèvres étaient douces, chaudes, veloutées. Elle inclina la tête en arrière, et il l'embrassa sur la bouche.

Leur baiser fut fougueux, gourmand, torride. Elle se sentit brûlée par son intensité. Elle tressaillit lorsque la langue de Jake se fraya un chemin entre ses lèvres et buta contre ses dents. Tante Deirdre n'avait jamais évoqué cela. Les filles de l'orphelinat non plus.

Pourtant, instinctivement, elle ouvrit la bouche. La langue de Jake encercla la sienne en une danse à la fois érotique et follement tendre.

D'abord, Isabelle hésita. Elle ne savait pas quoi faire. Elle chancela un peu. Puis, abandonnant toute retenue, elle laissa ses sens s'exprimer.

Elle n'avait jamais été aussi consciente de son propre corps.

Sa langue semblait reliée à un nerf qui courait à travers tout son être. Elle se pressait contre Jake, pour tirer tout le plaisir possible de ce baiser. Elle ne voulait pas laisser la moindre part de cette expérience inexplorée.

— Alors vous êtes toute seule ? dit Jake lorsqu'il détacha enfin ses lèvres des siennes.

— Oui.

Il soupira.

— Je ne devrais pas être ici. Il faut que quelqu'un vous protège. Il vous faut…

— Je vous ai, vous.

Ce n'était pas ce qu'elle voulait dire. Du moins, pas de cette manière. Cela sous-entendait trop de choses.

— Vous êtes sûre ?

— Oui.

À quoi venait-elle de dire oui ? Elle n'en était pas certaine. Mais cela lui semblait juste. D'autant plus juste que Jake se mit à déposer des grappes de baisers sur son visage. Quand il bascula sur le côté de son cou, elle sentit ses os se liquéfier. Elle renversa la tête, dans l'espoir qu'il embrasse sa gorge.

Il le fit.

Mais il ne s'arrêta pas là. Il embrassa ses épaules, le creux de son cou, ses oreilles. Elle sentit ses mains dans ses cheveux, sur son dos, sur ses côtes. Du bout de la langue, il traça le contour de ses lèvres. Elle frissonnait de plaisir. Il prit le lobe de son oreille entre ses dents et le tira doucement. Elle fondait.

La sensation de ce souffle chaud était la plus érotique qu'elle ait jamais connue. Elle était certaine qu'une vraie jeune fille ne s'abandonnerait jamais de la sorte, mais elle ne pouvait s'en empêcher. Elle espérait qu'il continue encore et encore, jusqu'à ce qu'elle se dissolve dans une mer de plaisir.

La main de Jake remonta pour recouvrir son sein. Elle émit un hoquet étouffé lorsque le bout de son doigt trouva son téton durci, et commença à le masser doucement à travers sa chemise de nuit. Son corps, déjà en feu, se changeait en lave brûlante.

Jake l'embrassa de nouveau, et sa langue envahit la bouche d'Isabelle en une nouvelle danse. Entraînée par les ondulations toujours plus fortes du plaisir que le bout de ses doigts faisait naître, la jeune femme prit la lèvre de Jake entre ses dents. Il gémit de plaisir.

Elle ne s'était pas rendu compte qu'il avait déboutonné sa chemise de nuit pour la faire glisser par-dessus son épaule. Immédiatement, il traça un chemin de baisers sur son épaule, son cou, puis sur son sein, jusqu'à ce qu'il parvienne au sommet.

Isabelle se raidit d'anticipation, mais cette attente n'était rien comparée à la réalité : il prit son téton dans sa bouche chaude. Elle était sur le point d'exploser. Sa poitrine était en feu, et cette chaleur la privait de toute force. Simultanément, son corps s'emplissait d'une énergie si sauvage qu'elle parvenait à peine à la contenir.

Elle voulait se jeter furieusement sur Jake pour briser l'emprise de cette tension.

Mais elle n'opposa pas de résistance quand Jake fit glisser la chemise de nuit pour découvrir l'autre sein. Elle n'essaya pas de l'arrêter quand il prit son téton entre ses dents, et elle s'entendit pousser un étrange gémissement d'extase. Elle n'opposa pas non plus de résistance quand il lui retira complètement sa chemise de nuit.

Elle ne sentait pas l'air frais de la nuit. Elle avait chaud. La multitude de sensations que Jake éveillait dans son corps la submergeait tellement qu'elle n'eut pas conscience de sa main, jusqu'à ce que celle-ci atteigne son entrejambe. Stupéfaite, elle sursauta et les mises en garde de sa tante lui revinrent. Tante Deirdre lui avait dit que ce jour viendrait, que les hommes n'espéraient qu'une chose des femmes. Elle affirmait qu'une femme devait attendre le mariage pour autoriser à un homme de telles privautés.

Isabelle n'avait eu aucun mal à se refuser aux autres hommes qui la regardaient d'un air lubrique, mais elle voulait faire l'amour avec Jake. Ce n'était pas une chose à laquelle elle avait pensé. Elle n'essaya pas non plus de se l'expliquer. Elle le voulait, tout simplement.

Elle ne se sentait pas capable de s'arrêter.

Il lui fallut un moment pour s'ouvrir à Jake. Ce n'était pas qu'elle avait peur de lui. Ce n'était pas qu'elle ne le souhaitait pas. Ses muscles ne se détendaient pas. C'était nouveau. C'était... effrayant.

Un instant, elle fut certaine qu'elle ne le pourrait pas. Mais alors même que la peur menaçait de la paralyser complètement, celle-ci finit par disparaître, la laissant impatiente.

Jake continuait à la toucher, à la caresser doucement, et Isabelle sentit soudain chaque muscle de son corps se tendre comme une corde. Elle était désarmée face aux vagues de plaisir qui se déversaient en elle de plus en plus fort, de plus en plus vite. Elle se contorsionnait sur le lit, gémissait de plus belle. Cette exquise agonie allait la faire crier.

Alors, une gigantesque vague l'éleva jusqu'à un sommet inconnu. Elle fut submergée.

Puis la tension finit par diminuer, et elle se retrouva de l'autre côté de la vague, dans une sorte d'état second. Elle n'avait jamais été aussi épuisée.

Et en même temps, elle ne s'était jamais sentie aussi bien.

Sa tante ne pouvait pas avoir connu quoi que ce soit de semblable à ce qui venait de lui arriver, songea-t-elle. Si tel avait été le cas, ne serait-ce qu'une fois, elle n'aurait pas mis si fréquemment Isabelle en garde contre les hommes.

Mais sa tante n'avait jamais rencontré un homme comme Jake. Il ne possédait pas les qualités sociales qu'elle jugeait nécessaires. Il ne s'habillait ni ne vivait dans un style qu'elle pût trouver acceptable. C'était un homme qui n'avait pas besoin de vernis pour dissimuler ses défauts.

Parce qu'il n'en avait aucun.

Il était exactement ce que toutes les femmes souhaitaient, et redoutaient de ne pas trouver.

Isabelle sentit les vagues de plaisir qui commençaient à remonter. Elle ignorait que cela pouvait arriver deux fois ! Mais, avant que sa surprise n'ait pu laisser place au désir qui émergeait, Jake retira sa main. Elle était sur le point de lui demander ce qu'il faisait, lorsqu'il la pénétra.

Elle sut instinctivement que c'était de cela que sa tante l'avait prévenue. Se souvenant de la menace d'une grande douleur, Isabelle se tendit.

Mais il n'y eut pas de douleur. Juste une légère gêne, brève, puis un plaisir étourdissant qui l'envahit par vagues tandis que Jake bougeait en elle. Isabelle oublia l'avertissement de sa tante. Elle s'abandonna aux sensations qui malmenaient ses sens, jusqu'à ce qu'elle ne puisse plus résister. Elle se laissa entraîner de plus en plus profondément dans le tourbillon, au point de croire qu'elle allait perdre connaissance. Alors, comme auparavant, quelque chose explosa en elle.

Elle n'était plus que faiblement consciente quand Jake se crispa, s'agita, puis s'effondra à côté d'elle.

— Ça va ? demanda Jake.

Isabelle ne savait pas combien de temps s'était écoulé. Plusieurs vies, sans doute…

— Vous n'avez rien dit, ajouta-t-il comme elle ne répondait pas.

— Je… je ne sais pas quoi dire.

— Vous n'avez pas à dire quoi que ce soit, pourvu que je vous donne du plaisir.

— Hmm.

Il lui en avait donné plus qu'elle ne le croyait possible.

— Je ferais mieux d'y aller, murmura-t-il.

Un courant d'air froid envahit le cocon de chaleur dans lequel elle était prise. Elle se blottit plus près de lui, mais elle le sentait battre en retraite.

— Je ne veux pas que les garçons se réveillent et voient que je suis parti. Vous êtes sûre que ça va ?

— Oui, très bien.

En réalité, elle n'allait pas très bien. Il s'enfuyait. Son attitude était comme un rejet.

Il marqua une pause après s'être rhabillé.

— Vous êtes sûre qu'il n'y a pas de problème ?

— Absolument. Allez-y. Je dors déjà à moitié.

Elle mentait. Comment dormir, alors qu'elle venait d'offrir sa vertu à un cow-boy en échange du simple bonheur de se sentir désirée, aussi merveilleux et intense fût-il ?

En deux temps trois mouvements, il escalada la fenêtre et disparut. Elle était aussi seule et délaissée qu'avant.

17

Une heure plus tard, Isabelle ne dormait toujours pas. Elle tremblait de froid et de peur. Elle ne pouvait pas croire qu'elle ait permis ce qui s'était passé.

Elle s'était perdue pour quelques minutes de plaisir, un sentiment fugace de sécurité, le désir irrépressible d'être importante pour quelqu'un.

Elle n'en voulait pas à Jake. Il lui avait donné toutes les opportunités de refuser. Elle avait capitulé face à son besoin physique. Qu'est-ce qui avait bien pu la posséder au point de faire une chose aussi insensée ?

L'attirance entre eux était dévastatrice. Et elle admirait cet homme. Elle lui était reconnaissante de tout ce qu'il faisait pour les garçons. Elle appréciait sa force, la sensation de sécurité qu'elle éprouvait avec lui. Mais aucune de ces choses ne justifiait qu'elle se donnât à lui.

La seule raison acceptable aurait été qu'elle l'aimât.

Mais elle ne l'aimait pas. C'était impossible. Comment aurait-elle pu l'aimer, alors qu'elle se disputait avec lui constamment, n'était pas d'accord avec la moitié de ce qu'il faisait, et jugeait la plupart de ses choix désastreux ? Non, elle ne l'aimait pas, pourtant elle l'avait laissé lui faire l'amour. Comment allait-elle pouvoir le regarder en face demain matin, rentrer au ranch avec lui, voyager à travers le Texas sans autre compagnie que celle de quelques garçons ?

Les simples mots « faire l'amour » la faisaient tressaillir. Cela avait été fort, pur et simple. Vu la manière dont elle s'était conduite, il comptait sans doute l'entraîner derrière un buisson chaque soir, à l'instant où le dîner serait terminé.

Mais Jake ne la prendrait pas de force. Il n'en avait pas besoin. Il y avait plus de chances qu'elle le traîne derrière un buisson que l'inverse. Son corps l'avait trahie une fois, elle n'avait aucune raison de penser qu'il ne recommencerait pas.

La jeune femme sortit du lit et alluma la lampe. Elle commença à s'habiller. Elle ne pouvait pas partir avec Jake. C'était absurde. Elle serait incapable de le regarder en face. Elle allait rentrer à Austin. Il n'avait qu'à emmener les garçons. Il s'en occuperait d'ailleurs mieux si elle n'était pas là.

Mais à l'instant où elle prenait cette décision, Isabelle hésita. Elle n'avait jamais rencontré un homme comme Jake. Elle pouvait l'aimer. Elle était très proche de lui, dorénavant. Beaucoup plus proche qu'elle ne l'avait imaginé.

Pourtant, il ne l'aimait pas. Il était temps de partir, avant qu'elle ne fût désespérément amoureuse d'un homme qui n'appréciait pas les femmes comme elle.

Jake avait harnaché les mules et chargé le chariot. Les garçons avaient mangé et se demandaient si le forgeron avait retiré les chaînes de Zeke.

Jake était impatient de savoir ce qu'Isabelle penserait de la cantine que le charpentier avait construite pour entreposer la nourriture et le matériel de cuisine.

Mais il ne la trouvait pas. Elle n'était pas dans sa chambre. Elle était passée à la réception et n'avait pas laissé de message. Ce n'était pas le genre d'Isabelle.

— Ça doit être la demoiselle qui est partie avant l'aube, déclara le réceptionniste. Je ne l'ai pas vue moi-même, mais le vieux Joshua a dit que c'était un sacré morceau.

— Où est-elle allée ?

— Elle a parlé d'Austin. Le vieux Joshua lui a dit d'aller voir Sam Stone. Il conduit un chariot là-bas aujourd'hui même.

— Elle ne va pas nous ramener à Austin ? s'inquiéta Pete.

— Elle ne peut pas, dit Will. Elle a promis.

— Les promesses qu'on fait aux orphelins ne valent pas tripette, grommela Bret.

— Les promesses d'Isabelle valent toujours, rétorqua Jake. Restez près du chariot, et assurez-vous que personne ne se serve dans nos provisions. Je serai bientôt de retour.

Il la trouva assise devant une cabane branlante, le dos droit, le regard fixe.

— Qu'est-ce que vous faites ici ? demanda Jake. Nous devons repartir pour le ranch.

— Je n'y vais pas, répliqua-t-elle.

Elle ne le regardait pas.

— Je retourne à Austin.

Jake avait deviné que quelque chose n'allait pas, mais il ne s'était pas attendu à cela.

— Est-ce que ça a un rapport avec la nuit dernière ?

Elle sembla se raidir encore.

— Parce que si c'est le cas, je...

— J'aimerais que vous effaciez la nuit dernière de votre mémoire, coupa-t-elle. Je ne vous tiens pas pour responsable. Vous êtes venu me voir seulement parce que vous croyiez que j'étais malade.

— Vous n'êtes pas tenue de prendre la responsabilité de ce que j'ai fait, rétorqua Jake.

— Je la prends quand même. Ça m'a fait prendre conscience de ma faible nature.

Jake se mit face à elle pour l'obliger à le regarder.

— Vous êtes la femme la plus forte que j'aie jamais rencontrée. Vous êtes sans doute la plus bornée et la plus pragmatique, aussi.

— Ça ne règle pas le problème de...

— Vous n'êtes pas différente de n'importe quelle autre femme à qui l'on a appris à craindre les hommes et à détester faire l'amour.

— Mais une demoiselle...

— Je parie que l'on vous a dit qu'une demoiselle devait souffrir pour avoir des enfants, que vous devriez subir les dégoûtantes assiduités de votre mari par devoir.

Il en lisait la confirmation dans ses yeux.

— On a dit la même chose à ma mère, affirma-t-il. Elle détestait que mon père la touche. Elle détestait aussi le ranch. Elle disait que le Texas n'était pas un endroit pour une femme. Mon père, David et moi faisions la moitié de son travail, mais ça ne changeait rien. Elle haïssait le Texas, et elle nous haïssait du fait que nous l'obligions à rester.

Il ne savait pas pourquoi il lui parlait de tout cela. Il ne l'avait jamais dit à personne. Vingt ans plus tard, la blessure était encore trop vive. Mais maintenant qu'il avait commencé, il ne pouvait s'arrêter. C'était comme un poison dont il devait se débarrasser.

— Papa lui a dit que si elle oubliait simplement tout ce charabia de la haute société que sa mère lui avait enseigné, elle apprendrait à être heureuse. Eh bien, vous savez ce que ma chère maman si bien née a oublié ?

Isabelle secoua la tête.

— Elle a oublié son mari et ses deux fils. Elle nous a chassés de son esprit et s'est enfuie à Austin. Mais ce n'était pas assez excitant pour elle, alors elle est allée à Saint-Louis. Elle s'est trouvé un emploi dans un de ces clubs de jeu. Vous voyez le genre, là où il vous faut une recommandation personnelle pour entrer.

Isabelle secoua la tête.

— Elle s'est mise avec un commerçant. Je suppose qu'elle s'est dit que ce n'était pas grave qu'un homme la touche, s'il avait un tas d'argent pour faire passer la pilule.

— Qu'est-ce qui s'est passé ? demanda Isabelle.

— Je ne sais pas, et je m'en fiche.

Ce n'était pas vrai. Sa mère avait épousé son commerçant et déménagé à Santa Fe. À ce qu'il en savait, elle y était encore.

— Je n'avais pas l'intention de vous révéler cela, murmura Jake, gêné. Mais je deviens fou quand les femmes se racontent qu'elles ne sont pas censées apprécier les attentions d'un homme. C'est aussi naturel pour une femme que pour un homme.

— Mais nous ne sommes pas mariés, dit Isabelle.

— Ça n'a rien à voir avec ça.

— Ça devrait.

— C'est ce qu'affirment les règles. La vraie vie ne suit pas les règles.

— Eh bien, moi, il faut que je vive selon les règles. Et les règles disent qu'une femme ne s'offre pas à un homme avant le mariage. Si elle le fait, elle est bannie de la société.

— Il n'y a pas de société au Texas.

— Je n'ai pas l'intention de vivre au Texas. Ça compte beaucoup pour la société dans laquelle j'ai été élevée, celle à laquelle je tiens.

— Si vous tenez tant à votre fameuse société, pourquoi n'a-t-elle pas pris soin de vous quand votre tante est morte ?

Isabelle ne répondit pas.

Il s'approcha, la regardant dans les yeux.

— Pourquoi ?

— Je n'ai aucun parent. Il n'y en avait pas un seul à qui me confier.

— Il y a toujours quelqu'un, quand les gens tiennent à vous. Vous disiez que vous étiez fiancée.

— Mon fiancé est mort.

— Alors pourquoi sa famille ne vous a-t-elle pas prise chez elle ?

— Pourquoi auraient-ils dû le faire ?

— Une famille du Texas vous aurait hébergée. Ils vous auraient gardée si vous n'aviez pas trouvé de mari.

— Je suis allée à l'orphelinat.

— Pourquoi ?

Il s'avança encore plus près, faisant pression sur elle.

— Je n'avais pas d'argent ! cria-t-elle. J'étais pauvre.

C'est bien ce qu'il avait pensé. Il recula.

— Et vous laissez encore ces gens vous tyranniser avec leurs maudites règles ?

— Elles ne valent pas seulement pour moi. Elles valent pour tout le monde.

— Pas pour moi.

— C'est différent pour les hommes. Moi, je dois me conformer aux règles, sinon je perds mon emploi.

— Tant que personne ne le sait, vous n'avez violé aucune règle.

— Moi, je le sais.

— C'est absurde ! Vous venez de découvrir que vous êtes une femme chaleureuse, aimante et généreuse, qui deviendra pour un homme une formidable épouse. Vous devriez avoir une douzaine d'enfants.

Elle sourit à moitié.

— Je n'y survivrais pas.

— Vous êtes plus solide que vous ne le croyez. Il y a un mois, vous ne vous saviez pas capable de préparer un repas en plein air.

— Je ne le peux toujours pas.

— Vous vous débrouillez.

Jake avait de la peine à croire ce qu'il était en train de faire. Isabelle n'avait rien à faire dans ce convoi de bétail jusqu'au Nouveau-Mexique. Et il ne voulait surtout pas s'engager affectivement envers une femme.

Alors pourquoi la suppliait-il presque de partir avec lui ?

Isabelle regarda ses mains repliées sur ses genoux. Puis elle leva les yeux vers Jake.

— Merci d'essayer de faire en sorte que je me sente mieux. C'est très gentil à vous. Je vous promets de réfléchir à ce que vous m'avez dit, mais je ne peux pas partir avec vous.

— Et les garçons ? Vous les abandonnez ?

— Ils n'ont pas besoin de moi. Ils ne m'écoutent même plus.

— Je croyais que vous vous inquiétiez du fait que je sois trop dur avec eux ?

— Buck a survécu aux fermiers. Ils survivront avec vous.

— Et qu'est-ce qui va leur arriver, une fois à Santa Fe ?

— Vous leur trouverez du travail.

Elle leva vers lui des yeux aussi implorants qu'inquiets.

— Mais il faudra que vous gardiez Will et Pete. Ils sont petits, et ils vous adorent.

— Ces garçons ont besoin d'une maman, d'un foyer stable, d'un père qui sera là pour leur donner un coup de main quand ils en auront besoin, ou pour leur mettre une raclée quand il le faudra. Moi, je ne sais même pas si j'aurai encore un ranch.

— Qu'est-ce que vous ferez d'eux ? Il faut que je sache.

— Les donner, les envoyer à l'orphelinat. Bon sang, je ne sais pas…

Il se détourna à moitié.

— Vous ne pouvez pas faire ça, protesta-t-elle.

Il pivota pour lui faire face.

— Je peux les abandonner où bon me semble, et vous n'aurez pas la moindre possibilité de m'arrêter si vous êtes à Austin.

— Mais vous ne le ferez pas. Je vous connais.

— Qui va les surveiller quand je m'écarterai du troupeau pour trouver de l'eau ou un endroit pour dormir ? Qu'est-ce qui va leur arriver si nous nous faisons attaquer par des Peaux-Rouges ? Il faut que je pense aux autres garçons, au troupeau. Je ne peux pas promener Will et Pete derrière moi partout.

— Vous ne pouvez pas les renvoyer.

— Je n'aurai pas à le faire si vous venez.

Elle prit sa tête dans ses mains.

— Je ne peux pas !

Il s'agenouilla en face d'elle pour croiser son regard.

— Vous avez envie de venir, n'est-ce pas ?… N'est-ce pas ? insista-t-il comme elle ne répondait pas.

Elle hocha la tête.

— Alors pourquoi ne le faites-vous pas ?

Pas de réponse.

— Est-ce que vous croyez que je vais essayer de vous séduire ?

Une pause.

— Je n'en suis pas sûre…

— Est-ce que vous pensez que j'y arriverai, si j'essaye ?

Une pause plus longue.

— Je ne suis pas non plus sûre de ça…

Jake soupira et prit ses mains dans les siennes.

— Je vous promets que je ne vous toucherai pas pendant tout le voyage. Je ne vous embrasserai pas. Je ne vous dirai même pas que vous êtes jolie. Je ne vous parlerai pas, à moins d'y être obligé, et je garderai autant de distance que possible entre nous. Mais je ne peux pas prendre en charge ce voyage tout seul. J'ai besoin de votre aide.

Isabelle retira ses mains, mais ne releva pas les yeux. Il voyait bien qu'elle luttait intérieurement.

Jake se releva.

— Avant de me donner votre réponse, sachez que si vous montez dans cette charrette pour Austin, j'y mets Will et Pete avec vous.

Elle le regarda.

— Vous ne pouvez pas faire ça !

— Si, et je le ferai. Vous ne pouvez pas débarquer ici, me refourguer dix garçons, avoir une crise de conscience et nous abandonner tous.

— Je n'abandonne personne !

— Si. Vous avez peur de moi et de vous-même. De ce qui va se passer. Vous fuyez.

— Est-ce mal ?

— C'est inutile. Vous avez fait une erreur. Tout le monde en fait. On en tire une leçon et on continue. C'est ce que vous direz aux garçons. Vous ne direz pas à Buck d'aller retrouver l'ordure qui l'a pratiquement battu à mort.

— Vous me prenez pour une lâche, n'est-ce pas ?

Jake s'approcha et l'incita à se relever.

— Je crois que vous êtes une femme forte et courageuse, mais vous êtes effrayée et perdue. Si vous ne comprenez pas ce qui se passe, vous ne trouverez pas la réponse à Austin.

Isabelle se dégagea.

— Alors, que suis-je censée faire ?

— Venir avec nous à Santa Fe. Vous ne vous le pardonnerez jamais si vous laissez ces garçons. Ils signifient plus pour vous que tout ce qui s'est passé entre nous.

Isabelle commença à faire les cent pas. Jake savait qu'elle était fortement attirée par lui – elle ne l'aurait jamais laissé lui faire l'amour autrement – mais son attachement le plus profond était à l'égard des garçons.

L'attirance entre eux était purement physique. S'agissant de tout le reste, ils auraient difficilement pu être plus différents.

Alors pourquoi était-il aussi irrité qu'Isabelle aime les garçons et pas lui ? Il ne pouvait s'expliquer cela. Ce n'était pas comme s'il voulait se marier, s'installer, ou même avoir une maîtresse. Les femmes comme Isabelle n'épousaient pas un éleveur.

Elle s'arrêta et se tourna vers lui.

— D'accord, je viens avec vous. Mais à certaines conditions.

Il y en avait toujours, avec les femmes, songea-t-il. Il était impossible d'obtenir simplement un oui ou un non.

Elle resta à distance.

— Je dois vous dire que je vous trouve extrêmement attirant. Je ne comprends pas pourquoi, mais c'est comme ça. Je ne suis pas sûre de pouvoir assurer ma part du contrat. Si je ne le peux pas, je partirai.

— Les garçons seront toujours là, dit-il. Ça devrait aider. Si ça peut vous rassurer, ça va être difficile pour moi aussi. Ça sera étrange de penser au goût de vos lèvres et de devoir parler haricots ou café.

— Monsieur Maxwell, vous avez promis…

— C'est toujours Jake. Je tiendrai parole, mais ne croyez surtout pas que la tension n'est que d'un côté. Maintenant, quelles sont vos autres conditions ?

Isabelle rougit. Il fut tenté de lui dire combien elle était attirante, mais il eut peur de l'effaroucher.

— Vous devez payer les garçons correctement. Je ne sais pas à quoi ça correspond, mais ils doivent recevoir quelque chose pour leur travail.

— Vu que nous allons là-bas avec un troupeau à vendre, je les paierai quarante dollars.

— Et vous garderez les garçons jusqu'à ce que j'aie décidé ce que je ferai d'eux.

— Vous voulez dire, les ramener au ranch ?

— Si nécessaire.

— Est-ce que vous resterez aussi longtemps qu'eux ?

— Je ferai de mon mieux.

— S'il faut que je donne des garanties, vous aussi.

Elle sembla perdre la maîtrise dont elle avait fait preuve précédemment.

— Comment ferais-je, alors que je brûle de me jeter sur vous sans pudeur à n'importe quel moment ?

Il ne put s'empêcher de sourire.

— Je vous promets de crier si fort que les garçons accourront.

— Ne vous moquez pas, répliqua-t-elle, les poings serrés. Je ne voudrais pas avoir envie de vous, aimer vos baisers, la sensation de vos bras autour de moi, aimer être près de vous, mais je ne peux pas m'en empêcher. Zut, je vous trouve même attirant le matin, avec vos cheveux ébouriffés !

Jake en resta sans voix. Les mots d'Isabelle l'avaient atteint comme un coup de poing. Instantanément, sa virilité réagit. La nuit dernière n'avait pas rassasié son appétit d'elle. Au contraire ! Surtout maintenant qu'il savait qu'elle avait aussi envie de lui.

— Je vous promets que nous ne ferons pas l'amour tant que nous ne serons pas d'accord sur le fait que nous le souhaitons tous les deux.

Isabelle recula.

— Ce n'est pas le genre de garantie qu'il me faut.

— C'est la meilleure que je puisse donner.

— Pourquoi dites-vous *faire l'amour* ? Nous ne nous aimons pas.

Il haussa les épaules.

— Nous avons un sentiment fort l'un envers l'autre. Peut-être ne savons-nous pas avec certitude ce que c'est, mais c'est là. Sans quoi, vous ne m'auriez jamais laissé rester la nuit dernière. Et je ne serais pas resté.

— Je croyais que les hommes avaient envie des femmes… de toutes les femmes.

— Peut-être certains hommes. Pas moi.

Elle demeura silencieuse un long moment. Puis elle soupira et redressa les épaules.

— Nous ferions mieux d'y aller. J'imagine que Zeke doit commencer à se demander si nous allons revenir.

Zeke était à l'intérieur de la cabane du forgeron quand ils arrivèrent. La chaîne avait disparu, et sa jambe était pansée.

— Ce garçon a une faim de loup, déclara la femme du forgeron. Nourrissez-le correctement.

Zeke avait l'air moins en colère, moins tendu, mais il ne parlait pas. Il grimpa dans le chariot et tira la couverture sur lui.

— Tu n'as pas besoin de faire ça, dit Jake. Les fermiers sont rentrés chez eux hier.

Le forgeron amena le cheval que Jake lui avait donné et l'attacha à l'arrière du chariot. Ensuite, il apporta une selle de cuir noir décorée et une bride, qu'il déposa dans le chariot.

— Ce cheval est à toi, dit Jake.

— Je n'ai pas besoin de ton cheval ni de cette selle, répondit le forgeron. Zeke pourrait en avoir l'usage. On ne sait jamais, s'il devait fuir pour sauver sa peau.

— Espérons qu'il n'aura pas à fuir de nouveau.

La fumée montait en volutes paresseuses au-dessus des arbres qui se consumaient encore. Jake savait que les fermiers le haïssaient, mais il avait de la peine à croire qu'ils aient incendié son ranch. Ce n'était pas le fait d'Indiens ou de bandits. Rien n'avait été laissé au hasard. Ils avaient arraché les piquets des enclos, les avaient empilés avec les balustrades du dortoir et de la cabane. Jake n'aurait pas été surpris qu'ils aient versé de l'essence sur le bois pour qu'il brûle encore mieux. Les garçons eurent beau fouiller les décombres, ils ne trouvèrent rien.

— Qui a fait ça ? demanda Isabelle, stupéfaite.

— Rupert, répondit Zeke. Mon propriétaire.

— Il croit que j'ai quelque chose à voir avec ta disparition, dit Jake.

— On devrait aller lui régler son compte.

— Ce serait une perte de temps. Ils jureraient tous qu'ils sont restés chez eux toute la journée. Ils ne reconnaîtraient pas non plus que Rupert a acheté un esclave, l'a battu et affamé. Ils sont ensemble dans cette affaire. Quoi que fasse l'un d'eux, il le fait pour tous.

— Mais brûler votre maison !

— Il n'y avait pas grand-chose à brûler.

C'était pourtant son foyer, le seul qu'il ait jamais eu, celui pour lequel il était parti faire la guerre, celui où il était revenu quand tout le reste était perdu. Il fut fortement tenté par la suggestion de Zeke. Mais il ne ferait pas cela. Le résultat serait seulement plus de haine, plus d'orphelins.

La sécurité d'Isabelle et des garçons était la raison principale pour laquelle il ne se vengerait pas. Partir au Nouveau-Mexique était la meilleure solution.

— En selle, dit-il aux garçons. Allons rejoindre le bétail.

— Il fera noir avant que nous y soyons, protesta Isabelle.

— Je sais, mais je veux être sur la route avant l'aube. Je n'attendrai pas un jour de plus pour partir.

Le camp était d'un calme sinistre. Jake chevaucha jusqu'à la barrière, qui avait été dissimulée sous des broussailles.

— Où sont-ils tous ? demanda Pete.

— Où est Matt ? renchérit Will, inquiet que son frère l'ait abandonné.

— Vous croyez qu'il leur est arrivé quelque chose ? questionna Isabelle.

— Non. J'imagine qu'ils savent que les fermiers ont brûlé la cabane. Ils ont essayé de cacher toute trace de leur présence.

Jake se sentait coupable de les avoir laissés sans arme.

— Mais où sont-ils ?

— Allons voir à la tente.

Les selles supplémentaires et le reste du matériel étaient empilés sous la tente. Les chevaux de rechange étaient attachés à côté, mais nulle trace des garçons.

— Je ne comprends pas, murmura Isabelle. Où sont-ils ?

Mais Jake n'écoutait pas la jeune femme. Il entendait un léger bruit de chant – pas harmonieux, mais qui avait quelque chose de familier.

— Restez ici, ordonna-t-il. Je vais les chercher.

— Je viens avec vous, dit Isabelle.

— Pas la peine. Il va falloir que tous mangent bientôt. Je veux qu'ils aient le ventre plein quand nous prendrons la route.

— Bret et les garçons peuvent faire le feu. Je viens avec vous.

Jake capitula. Il fallait bien qu'elle l'apprenne tôt ou tard.

Ils n'eurent pas à aller bien loin. Après qu'ils eurent franchi une petite crête, le bruit s'amplifia. Jake supposait qu'ils étaient dans une grotte dont il se souvenait, sur le flanc opposé du canyon. Il se cachait là quand il était petit.

— Vous êtes sûre que vous ne voulez pas faire demi-tour ? demanda-t-il à Isabelle.

Elle lui adressa un regard inquisiteur.

— Vous me cachez quelque chose, et je compte bien savoir ce que c'est.

Elle marqua une pause et écouta.

— Pourquoi chantent-ils de cette étrange manière ? Je ne croyais pas qu'un seul d'entre eux s'intéressait à la musique.

— Je doute que ce soit le cas. C'est leur état qui fait ça.

— Quel état ?

— Vous verrez.

Ils mirent un moment à se frayer un chemin à travers le canyon jusqu'à la falaise opposée.

Les garçons étaient rassemblés autour des restes d'un petit feu. Faucon de Nuit, Luke et Buck étaient endormis. Chet était appuyé contre la paroi de pierre, les yeux mi-clos. Matt était couché à côté, calé sur son coude, les yeux perdus dans le vide. Sean chantait d'une voix faible. Il était debout et se balançait maladroitement d'un pied sur l'autre. Deux bouteilles de whisky vides jonchaient le sol.

— Ils sont soûls, dit Isabelle, incrédule. Ivres morts !

18

Isabelle tombait des nues. Ils étaient si jeunes, si innocents. Heureusement, Jake et elle avaient emmené Will
et Pete avec eux.

— Ce n'est pas grave, dit Jake. Matt et Chet sont
conscients, et Sean tient encore debout.

— N'essayez pas de les défendre, gronda-t-elle, dégoû-
tée. Ils savent qu'il leur est interdit de toucher à l'alcool.
C'est l'une des premières choses qu'ils ont apprise.

Sean arrêta brusquement de chanter en entendant
leurs voix. Il scruta l'obscurité.

— C'est vous, Jake ? cria-t-il.

— Oui.

Sean semblait soulagé. À la vue d'Isabelle, Chet fit un
effort pour se relever. Matt continuait à regarder dans le
vide.

— Je vous assure que je suis content de vous revoir,
déclara Chet. Nous ne savions pas quoi faire.

— Ils ont brûlé le ranch, annonça Sean. Luke et moi
avons voulu les arrêter, mais Chet a dit qu'il était plus
important de les empêcher de trouver Buck.

— Est-ce que c'est pour ça que vous avez tout rangé
dans la tente et que vous vous êtes cachés ici ?

— Ouais. Faucon voulait les attendre, mais Chet ne
l'aurait pas laissé faire non plus.

— Chet a eu raison, approuva Jake, se tournant vers
l'intéressé qui avait beaucoup de mal à se tenir debout.
J'ai toujours pensé que tu avais la tête sur les épaules. Je
te nomme chef d'équipe.

Isabelle s'avança au milieu du groupe. Furieuse, elle
tourna son regard enflammé vers Jake.

— Vous les retrouvez soûls, et tout ce que vous faites c'est les complimenter, et nommer Chet chef d'équipe?

— Je l'aurais fait de toute façon demain matin.

— Mais ils ont volé votre whisky et l'ont bu!

— Ils n'auraient pas dû faire ça.

— C'est tout ce que vous trouvez à dire?

— Ils ont fait du bon travail pour camoufler la barrière, répliqua Jake. Qui a eu cette idée?

— Moi, dit Chet. Comme nous n'avions pas d'arme, c'était la seule chose que nous pouvions faire. Et vous, vous avez fait bon voyage?

— Plutôt, oui. Nous avons fait retirer la chaîne de Zeke et nous rapportons plein de provisions. Nous partons demain avant l'aube.

Les jambes de Chet ne pouvaient le porter plus longtemps. Il s'affaissait progressivement. Sean le regarda d'un air tourmenté.

— Je veux que vous retourniez au camp, dit Jake. Chet, maintenant que tu es chef d'équipe, c'est ton travail. Veilles-y.

— Oui, monsieur, marmonna Chet d'une voix pâteuse.

— Il ne peut même pas se déplacer lui-même, intervint Isabelle. Comment va-t-il faire bouger les autres?

— Il se débrouillera, répondit Jake en prenant la jeune femme par le bras pour la raccompagner.

— Laissez-moi, dit-elle, essayant de lui échapper. Je n'ai pas eu mon mot à dire.

— Nous avons tous les deux dit ce que nous avions à dire, décréta Jake en la poussant devant lui.

Isabelle enrageait. Chaque fois qu'elle estimait que Jake était parfait pour les garçons, il faisait quelque chose de ce genre. Il était évident qu'il ne se préoccupait pas du tout de leurs qualités morales. Il les avait retrouvés ivres morts et n'avait pas protesté. Pire, il ne comptait pas les punir. C'était intolérable.

— Est-ce que vous comptez dire quelque chose d'autre? demanda-t-elle quand le sol fut assez plat pour qu'elle n'ait plus à regarder où elle posait les pieds.

— Qu'est-ce que vous voulez que je dise?

— C'est évident.

— Pas pour moi.

— Vous pourriez commencer par leur dire que c'est mal.

— Est-ce que vous ne l'avez pas déjà dit ?

— Bien sûr que si.

— Alors ils le savent.

— Mais ils se sont soûlés.

— Ça ne signifie pas qu'ils ne savent pas que c'est mal. Ça veut juste dire qu'ils l'ont fait quand même.

— C'est encore pire.

— Sans doute.

Elle s'arrêta et se retourna pour lui faire face.

— C'est donc tout ce que vous comptez dire ?

— Oui, absolument.

Isabelle pivota et repartit en direction du troupeau.

— Je n'aurais jamais cru que vous laisseriez ces garçons faire quelque chose d'aussi bête et dangereux.

— N'avez-vous jamais fait quelque chose en sachant que c'était stupide et dangereux ?

— Non.

— Vous avez amené ces garçons ici.

— Ça aurait pu être dangereux, mais ce n'était pas bête.

— Vous comptiez les donner aux fermiers.

— Je ne *savais* pas comment ils étaient. Si j'avais su, cela aurait été cruel et inhumain, pas bête.

— D'accord. Mais ce que je veux dire, c'est que les garçons savent tout ça. Ils ont sans doute trouvé ce whisky le premier jour de notre absence.

— Ils savaient déjà qu'il y en avait, répliqua Isabelle. Je m'en suis servie pour désinfecter les blessures de Buck.

— C'est encore mieux.

— Comment cela ?

— Ils le savent depuis une semaine, mais ils n'y ont pas touché. Ils étaient effrayés. Ils ne savaient pas quoi faire, alors ils se sont soûlés.

— C'était inutile.

— Bien sûr que oui, mais en étant soûls, ils n'avaient plus peur. Nous n'étions pas là pour les aider, alors ils ont fait du mieux qu'ils pouvaient.

Étrange point de vue, auquel elle n'aurait jamais pensé.

— Voilà bien une réflexion d'homme. Mais ça ne change rien au fait que c'était mal, et qu'il faudrait les punir pour qu'ils ne le refassent plus.

— Ne vous tracassez pas. Ils seront bien assez punis. Vous verrez qu'ils n'auront pas envie de boire du whisky avant longtemps.

— Qu'est-ce que vous allez faire ?

— Vous verrez.

Il était difficile de se disputer avec Jake alors qu'il était derrière elle et qu'elle devait regarder ses pieds, sous peine de rouler au fond de la gorge. Mais elle était têtue.

— Je ne peux pas accepter ça, insista-t-elle.

— D'accord, dites ce que vous voulez, mais souvenez-vous de deux choses.

— Lesquelles ?

— C'est la première liberté que ces garçons ont eue depuis longtemps. Ils font forcément des choses qu'ils regrettent ensuite. Ce n'est pas la peine d'essayer de leur donner une leçon qu'ils ont déjà apprise.

— Et quelle est l'autre chose ?

— L'expérience est le meilleur des professeurs.

— Est-ce que vous prévoyez de rester planté là et de laisser l'*expérience* faire tout le travail ?

— Ces garçons ne sont plus des enfants. Ils sont presque grands, maintenant. Ils n'écouteront ni vous ni moi. Ils toléreront nos conseils, mais c'est à peu près tout. Si je les laisse apprendre par eux-mêmes les petites choses, peut-être m'écouteront-ils pour les grandes. Si je les presse trop maintenant, ils ne m'écouteront plus.

Elle le regarda, bien campé sur ses jambes, tellement grand, fort et sûr de lui. Peut-être avait-il raison. Que connaissait-elle des garçons et des hommes ? Elle s'était trompée sur Jake à chaque fois. Et maintenant, bien qu'elle estimât qu'il commettait une terrible erreur, elle ne pensait qu'à une chose : être à nouveau dans ses bras.

Il l'enlacerait volontiers. Elle le savait. Il avait beau avoir promis qu'il garderait ses distances, il serait tenté. Elle le voyait dans ses yeux. Tout ce qu'elle avait à faire, c'était de s'approcher, de le toucher, et sa résistance s'émietterait.

À quoi donc songeait-elle ? Au moindre ennui, elle avait envie de sauter au cou de Jake. C'était aussi mal que de se soûler.

— Je ferais mieux de préparer le dîner.

— Ils n'auront pas besoin de grand-chose. Je veux qu'ils prennent leur plus gros repas le matin. Je ne compte pas m'arrêter avant qu'ils ne tombent de fatigue. Je veux mettre autant de distance que possible entre ces fermiers et nous.

— C'est prêt ? s'enquit Jake.

— Donnez-moi deux minutes, répondit Isabelle. Les biscuits ne sont pas cuits.

La jeune femme avait eu l'impression qu'elle venait à peine de fermer les yeux quand Jake l'avait réveillée pour préparer le petit-déjeuner.

— Est-ce que je peux les secouer ? demanda Bret.

— Laisse faire Jake, conseilla Isabelle. Ils ne seront pas à prendre avec des pincettes, aujourd'hui.

Les garçons étaient revenus en claudiquant dans la nuit, juste avant qu'Isabelle n'aille se coucher. Ils avaient juste réussi à ramper sous leurs couvertures avant de s'écrouler.

Isabelle souleva le couvercle d'une marmite. Les biscuits étaient à point.

— Voilà, dit-elle à Jake. C'est prêt.

Il passa entre Faucon de Nuit et Buck, prit le couvercle de la marmite et commença à cogner dessus avec un vieux fer à cheval. Le vacarme fut terrible. Les garçons sursautèrent en émergeant de leurs couvertures. Certains tenaient leur tête douloureuse à deux mains, l'air torturé.

Faucon de Nuit voulut se précipiter sur Jake, mais il tenait à peine debout. Jake esquiva, sourit largement, et continua à frapper le couvercle aussi fort qu'il le pouvait. À l'instant où Isabelle se dit qu'elle-même ne tiendrait pas longtemps, il s'arrêta.

— Vous avez trente minutes pour manger et être en selle, annonça Jake. Quand nous nous coucherons ce soir, nous serons à plus de trente kilomètres d'ici. Si quelqu'un ne veut pas y aller, qu'il le fasse savoir maintenant. Je lui donnerai un cheval pour rentrer à Austin.

Buck tira la couverture par-dessus sa tête, mais Zeke la lui arracha.

— Levez-vous, bande de petits crétins ! Vous préférez finir avec des marques de fouet sur le dos ?

Comme Buck ne bougeait pas, Zeke le tira hors du lit et lui fourra la tête dans un seau d'eau glacée. Buck se débattait comme un bœuf que l'on marque. Quand Zeke le laissa sortir la tête de l'eau, il était tout à fait réveillé.

— Quelqu'un d'autre a besoin d'eau fraîche ? lança Zeke.

Ils s'activèrent tous, sauf Faucon de Nuit. Zeke lui vida le seau sur la figure. L'autre se releva d'un bond avec un regard meurtrier.

— Allez, Peau-Rouge ! railla Zeke, hilare. Ce sont tes frères de race qui m'ont vendu aux fermiers.

Sean attrapa Faucon de Nuit et l'entraîna vers le feu.

— Tu as été un peu dur avec eux, non ? demanda Jake à Zeke.

— Pas autant que les fermiers, répondit-il.

Isabelle n'avait jamais vu troupe si défaite. Elle fut un peu irritée : personne ne remarqua que le petit-déjeuner était meilleur que d'habitude. Les garçons étaient trop sonnés pour remarquer quoi que ce soit. Même Pete et Will se tenaient tranquilles.

Elle se demanda comment les garçons allaient monter alors qu'ils n'arrivaient pas à marcher. En effet, Luke ne parvint pas à serrer la sous-ventrière de sa selle. Celle-ci glissa, et Luke tomba.

Jake fut sur lui en un éclair, pour lui dire qu'il retardait tout le monde : si les fermiers les attrapaient, ce serait sa faute. Luke redoubla d'efforts pour seller son cheval et rejoignit les autres. Même Bret était en selle pour aider à déplacer le troupeau.

— Bon Dieu, Jake était vraiment furieux, hein ? lança Will lorsqu'il ne resta plus au camp qu'Isabelle, Pete et lui.

— Continue à travailler et ne jure pas, répliqua-t-elle. Il faut que nous ayons chargé ce chariot et que nous soyons sur la route avant qu'ils soient hors de vue.

— Ce ne sera pas un problème, assura Pete. Ils ont tellement la gueule de bois que pour la plupart, ils sont incapables de distinguer une vache d'un cactus !

Isabelle soupira. Jake avait huit garçons dans son équipe, dont six tenaient une fameuse gueule de bois. Elle se demanda s'ils arriveraient à faire dix kilomètres.

Vers midi, Isabelle comprit qu'elle s'était largement méprise quant à la détermination de Jake à faire effectivement trente kilomètres dès le premier jour. Elle comprit aussi que les garçons enduraient une punition pire que toutes celles qu'ils auraient pu leur administrer.

Sean s'était noué un foulard autour de la tête. Il l'imbibait d'eau fraîche toutes les demi-heures. Luke gémissait chaque fois que son cheval changeait d'allure. Faucon de Nuit, muet et renfrogné, cinglait rageusement la moindre vache qui essayait de se retourner. Chet était blanc comme un linge et serrait les dents pour se concentrer. Buck vomissait comme une gargouille. Isabelle n'aurait pu jurer qu'ils ne boiraient plus, mais elle était sûre qu'ils feraient plus attention.

Le soleil était implacable. Isabelle sentait la sueur lui couler dans le dos et entre les seins.

Ils étaient en train de quitter le pays des collines et des profondes gorges. L'herbe se faisait plus clairsemée, moins tendre. C'était une terre moins hospitalière : voilà pourquoi les colons l'avaient laissée aux Indiens.

Elle n'avait rien d'autre à faire que d'observer Jake en selle. Elle n'avait jamais réalisé combien il était beau sur un cheval. Il s'asseyait haut sur la selle. Si chaud qu'il fît, si fatigué qu'il fût, il ne s'avachissait jamais, ne ralentissait pas une minute. Il était partout, distribuant encouragements, conseils et secours. Il flairait à l'avance d'où les ennuis allaient surgir. Il semblait savoir quand un garçon avait besoin d'un petit coup de pouce, d'une claque amicale sur l'épaule.

Depuis une heure, il chevauchait flanqué de Will et Pete. Elle aurait préféré les garder avec elle dans le chariot, mais ils étaient bien trop fiers d'être enfin de *vrais* cow-boys.

Isabelle se dit qu'elle ne comprendrait jamais les hommes, même les plus petits. Rien ne les stimulait plus que le danger. Elle repensa à l'impatience qu'avait montrée son fiancé de partir à la guerre. Maintenant, voilà que Pete et Will, encore enfants, étaient pressés de se faire encorner par d'énormes Longhorn à moitié sauvages.

Matt avait plus ou moins réussi à se frayer un chemin pour se placer derrière Will. Son antipathie envers Jake avait continué à croître. C'était sans doute de la jalousie, qui grandissait à mesure que Will s'attachait à Jake.

Isabelle se demandait comment elle avait pu trouver son fiancé beau : face à Jake, c'était une chiffe. Malgré ses efforts pour garder la tête froide, son cœur battait vite, sa respiration était oppressée.

— Tout va bien pour vous ? s'enquit Jake en se rangeant à côté du chariot.

— Oui.

En réalité, elle était fort mal. Et dire qu'elle avait trouvé qu'il faisait chaud à Savannah ! Là-bas, elle pouvait s'asseoir à l'ombre, prendre l'air à la rivière. Elle avait toujours quelque chose de frais à boire. Elle fut tentée de suivre l'exemple de Sean et de se verser de l'eau sur la tête.

— Je vais partir devant et chercher un endroit où nous arrêter cette nuit, annonça-t-il. Je reviendrai dans deux ou trois heures.

Isabelle ouvrit la bouche pour protester, mais la referma aussitôt. Elle devait porter son fardeau durant ce voyage. Si cela signifiait qu'il la laisse avec les garçons quelques heures, elle devait s'y habituer.

— Chet est responsable du troupeau, dit-il. Si quelque chose ne va pas, il faut qu'il écarte les garçons et laisse

218

les vaches se débrouiller toutes seules. Cela vaut aussi pour vous.

Jake chevaucha un instant sans parler.

— Je lui ai donné une arme, ajouta-t-il enfin. Je veux que vous en ayez une aussi.

Il sortit un Colt. Elle tressaillit.

— Je ne sais pas me servir de ça !

— Vous n'avez qu'à viser et presser la détente. Vous manquerez votre cible, mais le bruit effrayera tout le monde.

Comme elle ne le prenait pas, il se pencha et le posa sur le siège arrière.

— Je serai de retour dès que possible.

Isabelle ne s'était jamais considérée comme lâche, mais elle se sentait mieux quand Jake était là. Le fait de se retrouver seule dans ce vaste paysage dépassait ce qu'elle avait imaginé. Seules quelques collines brisaient l'immense étendue des plaines herbeuses qui s'étiraient jusqu'à l'horizon.

Cela ne semblait pas gêner les garçons. Pour eux, c'était synonyme de liberté. Ils étaient trop jeunes pour réaliser que tout avait un prix, surtout la liberté. La nature désolée de cette terre l'avertissait que ce prix pouvait être leur vie.

Ils dépendaient tous de Jake.

Aussi fut-elle très soulagée en l'apercevant à l'horizon. Elle sourit quand Pete et Will désertèrent leurs postes auprès du troupeau et firent la course à la rencontre de Jake, chacun essayant de doubler l'autre. Elle ne vit pas qui avait gagné, mais elle entendit que Jake n'était pas content. Il prit son temps pour leur exprimer ce qu'il pensait de leur conduite. Puis les garçons reprirent leur place près du troupeau.

— Pourquoi sont-ils revenus ? demanda-t-elle lorsqu'il atteignit le chariot.

— Parce que je les ai renvoyés.

— Ils vous ont attendu tout l'après-midi.

— Il faut qu'ils apprennent qu'ils ne peuvent abandonner leur poste. Tout le monde compte.

— Ils sont trop jeunes pour comprendre.

— Ils sont en âge de comprendre ce qu'est la responsabilité.

— Mais…

— Je n'ai pas l'intention d'être dur avec eux, mais il faut qu'ils apprennent. Maintenant, je vais vous dire comment rejoindre le lieu où nous dormirons. Est-ce que vous savez suivre des repères?

— Quel genre de repères? s'étonna-t-elle.

— Collines, ruisseaux, toutes sortes de grands arbres ou de rochers, le soleil.

— Je ne sais pas. Je n'ai jamais essayé, répondit Isabelle, décontenancée.

Tous les arbres, toutes les collines, tous les ruisseaux et tous les rochers se ressemblaient.

— C'est facile. Écoutez-moi bien.

Il la bombarda d'une multitude d'instructions, que personne au monde n'aurait été capable de mémoriser.

— Vous avez compris?

— Je ne sais pas.

— Redites-moi tout.

Par Dieu sait quel miracle, elle réussit à répéter, sauf qu'elle confondit un rocher avec une petite colline.

— Si vous ne pouvez pas faire mieux que ça, vous risquez de finir au Mexique ou en plein territoire peaurouge, grommela Jake.

— Pourquoi ne me montrez-vous pas?

— Il faut que je reste avec les garçons.

— Si je peux trouver mon chemin, eux aussi le peuvent.

— Je pense que ce serait mieux, dit Jake. Plus sûr pour nous deux.

Il lui sourit et, instantanément, l'étincelle jaillit entre eux. Vive, folle, qui les attirait l'un vers l'autre. Elle le voyait dans ses yeux, dans la manière dont son corps se raidissait. Il avait la mâchoire contractée, les dents serrées.

— Ne me regardez pas comme ça, murmura-t-elle.

— Je vous ai fait une promesse que je compte tenir. Mais je ne le pourrai pas si nous restons seuls.

— Est-ce si difficile ?

Comment pouvait-elle poser une telle question alors qu'elle brûlait de désir pour lui ? Cela devait être encore plus difficile pour Jake. Les hommes étaient censés être esclaves de leurs désirs.

— Est-ce que vous croyez que je vous aie fait l'amour sur un coup de tête ? demanda Jake.

— Je…

— Vous êtes très belle. Vous feriez sensation même dans une ville beaucoup plus grande qu'Austin. Par ici, vous êtes une vision : l'homme qui vous voit se demande s'il ne délire pas. Je ne peux pas aller avec vous. Je n'ose pas. Je vous enverrai Faucon. Vous devriez atteindre le lieu où nous dormirons d'ici environ deux heures.

— Je trouverai mon chemin.

Elle était sûre de se perdre, mais elle avait besoin de temps pour se calmer, pour reprendre le contrôle. Elle ne pouvait pas continuer à réagir de cette manière chaque fois qu'elle était près de lui. Ce voyage finirait un jour. Jake disparaîtrait de sa vie.

Il faudrait qu'elle soit prête, le moment venu.

Le voyage se déroulait mieux que Jake l'avait espéré. Mais il ne se déroulait pas de la manière qu'il souhaitait. Il avait voulu aider Matt à recommencer à parler, mais le garçon le détestait un peu plus chaque jour. Jake se considérait comme un type plutôt bien, mais il ne voulait pas que Will l'idolâtre.

Il n'avait pas beaucoup plus de succès avec les autres. Peut-être Buck l'appréciait-il mais, pour les autres, il n'était qu'un patron. Il ne s'en était pas soucié au début, puis il avait commencé à aimer ces garçons, à s'attacher à eux. Il voulait qu'ils l'aiment en retour. Il se dit qu'il avait accumulé les erreurs.

La présence d'Isabelle était la plus importante de ces erreurs. Elle n'était pas censée venir, mais elle était venue. Il n'était pas censé être attiré par elle, mais il l'était. Il n'était pas censé l'apprécier, mais il se surprenait à l'estimer davantage chaque jour. Il n'était pas censé la toucher, mais il lui avait déjà fait l'amour et son corps réclamait douloureusement de le refaire.

Pire, il se surprenait à souhaiter qu'elle l'apprécie. Il continuait à évoquer ce en quoi elle était différente de sa mère, oubliant à quel point elles étaient semblables, oubliant qu'il ne voulait pas se marier, pensant seulement qu'il ne voulait pas la laisser partir.

Il devait être fou pour croire qu'elle puisse accepter de se lier à un homme comme lui. Elle ressentait une forte attirance physique, certes, mais bien malgré elle. D'ailleurs, elle avait failli abandonner les garçons et fuir à Austin.

Tout cela l'obsédait. Plus il avait envie d'Isabelle, plus elle semblait inaccessible.

Il ne savait pas s'y prendre avec les femmes. Son père et sa mère se battaient comme des chats sauvages. Et il ne connaissait aucun couple qui se fût mieux débrouillé.

Il avait envie d'Isabelle, mais il ne voulait ni mariage, ni famille, ni confiance, ni amour, ni blessures. Il voulait qu'ils profitent l'un de l'autre tant que leur passion durerait. Or c'était impossible.

19

— C'est très bon! s'exclama Jake.

— Je suis une femme, souvenez-vous, marmonna Isabelle. Nous aimons dire que nous ne savons pas cuisiner, pour qu'on nous complimente quand nous y arrivons.

— La semaine dernière, vous ne saviez pas faire bouillir de l'eau. Maintenant, vous préparez un excellent ragoût.

— J'ai des provisions.

— Il n'y a pas que ça.

Isabelle esquissa un sourire.

— C'est la cuisinière de l'hôtel qui m'a appris.

— Oh! Je comprends. C'est fameux, n'est-ce pas, les garçons? demanda-t-il à Will et Pete.

Ils étaient à leurs places habituelles, de chaque côté de lui.

— C'est meilleur que ce que faisait Matt, dit Pete.

— Deux fois meilleur, renchérit Will. Pourquoi est-ce que vous ne l'épousez pas? Comme ça, vous nous adopteriez et nous resterions pour toujours.

Jake ne put s'empêcher de jeter un coup d'œil à Isabelle. Elle semblait aussi stupéfaite que lui. Mais ce qui le choquait le plus était que cette idée lui parût si naturelle...

— Vous ne trouvez pas qu'elle est jolie? insista Will.

— Bien sûr que si, dit Jake, d'un ton aussi banal que possible. À mon avis, elle est belle.

— C'est aussi mon avis, décréta Pete. Si vous m'adoptiez, est-ce que ça voudrait dire que je pourrais rester avec vous, au lieu de retourner dans je ne sais quel foyer?

Jake ne savait quoi répondre. Will attendait aussi impatiemment sa réaction. Il regarda alentour. Buck, Sean et Luke l'observaient. Pas Bret ni Zeke, mais ils avaient arrêté de manger. Chet et Faucon surveillaient le troupeau. Seul Matt ne semblait pas intéressé.

— Un homme n'épouse pas une femme seulement parce qu'elle sait faire la cuisine, dit Jake.

— Pourquoi pas? demanda Will. Moi, je le ferais.

— Une femme ne se limite pas à faire la cuisine, précisa Jake.

— Mais vous avez dit que vous la trouvez belle.

— Ça ne se limite pas à ça non plus.

— Quoi?

Jake avait l'impression d'être assis sur un nid de serpents.

— Je ne suis pas la bonne personne pour vous répondre, dit-il. Ma mère s'est enfuie alors que j'étais plus jeune que vous. Depuis, je n'aime guère les femmes.

— Vous appréciez Isabelle, non?

— Ouais, mais je ne connais pas grand-chose aux femmes. Je n'en ai pas fréquenté beaucoup.

Il savait qu'il ne s'en tirerait pas sans donner une réponse aux garçons. Cette question était trop importante pour eux. S'il ratait cette chance de leur enseigner quelque chose, il n'était pas digne d'être responsable d'eux.

— Le mariage ne se limite pas à la nourriture ou à la beauté. Après tout, tout le monde vieillit.

Comment expliquer ce qu'il comprenait à peine lui-même?

— Les gens ne devraient pas se marier, à moins d'éprouver quelque chose de très spécial l'un pour l'autre. Il y a des moments où l'on n'est pas d'accord sur des choses vraiment importantes. Il faut s'aimer assez pour laisser l'autre suivre son propre chemin.

— Moi, je ne le ferais pas, déclara Pete.

— Et après s'être disputés, il faut être capables d'oublier et de se souvenir simplement que l'on s'aime.

— Matt n'oublierait pas, dit Will. Il n'oublie jamais rien.

— On ne peut pas garder rancune, enchaîna Jake. Et quand la personne que l'on aime fait une erreur, on ne peut pas dire : « Je te l'avais bien dit. » Il ne faut même pas le penser.

— Et si on a raison ? demanda Bret.

— Ça n'a pas d'importance ; il faut souhaiter être heureux, plus qu'avoir raison.

— Est-ce que vous connaissez quelqu'un comme ça ? questionna Bret.

Il était clairement sceptique.

— Non.

— Moi non plus.

— Mais ça ne veut pas dire que c'est impossible. Être avec quelqu'un tout le temps peut être pénible, à moins de s'apprécier beaucoup.

— On peut toujours aller au saloon.

— Il vaut mieux apprécier davantage sa femme que le saloon, le jeu ou n'importe quoi.

— Ça ne doit pas être très amusant, commenta Pete.

— Ça peut l'être.

— Moi, je veux que ma femme soit jolie, dit Will.

— Moi, je ne me marierai pas, décréta Bret. Je n'aime pas les femmes.

— Moi peut-être, concéda Pete, mais il faudra qu'elle fasse la cuisine.

— Pourquoi ne ferais-tu pas la cuisine ? répliqua Jake. Peut-être qu'elle pourrait s'occuper du ranch.

— Bah ! Les hommes ne font pas la cuisine, protesta Pete. En plus, aucune fille ne peut monter à cheval ni lancer un lasso comme un homme.

Là-dessus, ils étaient tous d'accord : le silence se fit.

— Vous n'avez toujours pas répondu à la question de Will, dit Buck. Si vous nous adoptiez, ça voudrait dire qu'on ne nous confierait à personne d'autre ?

Piégé !

— Vous feriez mieux de demander à Mlle Davenport, marmonna Jake.

Tous les yeux se tournèrent vers Isabelle.

— Je ne suis pas sûre que l'agence laisserait un homme adopter autant d'enfants, déclara-t-elle. Mais s'ils le faisaient, personne ne pourrait plus vous prendre. Vous seriez les fils de Jake.

Buck se retourna vers Jake, la bouche ouverte pour parler.

— Avant de réveiller vos espoirs, précisa Isabelle, il faut que vous sachiez qu'il ne peut adopter aucun d'entre vous tant qu'il n'est pas marié.

— Alors je pense que vous devez épouser Mlle Davenport et nous adopter tous, conclut Will. Je ne veux plus être avec personne d'autre.

Jake plaça ses bras sur les épaules de Pete et Will.

— Pourquoi quelqu'un voudrait-il adopter deux filous comme vous ? Ce serait pire que de vivre avec un blaireau et un lynx.

Les deux garçons s'esclaffèrent, et Will se jeta au cou de Jake. Celui-ci aurait été touché par cette marque d'affection, si la colère qui brûlait dans les yeux de Matt ne s'était pas changée aussitôt en haine.

Isabelle ne sut jamais comment elle réussit à absorber son dîner. La question de Will l'avait heurtée au plexus. C'était la clef de l'énigme : aussi absurde, grotesque, impossible et effrayant que cela fût, elle aimait Jake et voulait l'épouser.

Au diable le bon sens ! Au diable les enseignements de tante Deirdre ! Elle était amoureuse d'un cow-boy qui préférait dormir par terre et préparer ses repas sur un feu, que vivre dans une maison. Il n'avait que des notions d'hygiène très approximatives, et pas le moindre soupçon de savoir-vivre.

Elle n'en avait que faire. Dès lors qu'il la prenait dans ses bras, il pouvait manger avec les doigts et jurer comme un charretier. Du moment qu'il l'aimait comme il l'avait fait deux nuits plus tôt, elle dormirait par terre. En bénissant sa chance, au passage !

Mais il y avait un problème : il ne l'aimait pas, lui.

Elle se demanda s'il pensait ce qu'il avait dit aux garçons : le fait qu'il exigeât par-dessus tout de l'amour, et non un visage agréable ou un corps désirable. Cela l'avait surprise, mais lui avait plu, au fond. Elle ignorait qu'il tenait tant à l'amour.

Mais elle se trompait sur Jake depuis le début. Parce qu'elle avait été élevée à Savannah, elle était persuadée d'en savoir plus qu'elle n'en savait en réalité. Il lui démontrait constamment à quel point elle avait tort. Il était grand temps de faire table rase des mises en garde de tante Deirdre. Si elle voulait être femme de cow-boy, il fallait qu'elle se mette dans la peau d'une fermière. Mais elle n'était cependant pas prête à dire amen à tout ce que Jake disait ou faisait.

De plus, elle ne voyait pas en quoi cela l'avancerait. Il ne l'aimerait pas davantage.

Jake observait les garçons qui venaient prendre leur petit-déjeuner. Matt se leva, donna son assiette à Isabelle et se dirigea vers son cheval. C'était son tour de garde. Il jeta à Jake un regard plein de colère. Jake était sûr que c'était aussi de la peur. Il avait abandonné l'espoir d'aider Matt. Ce garçon le détestait, et cela commençait à avoir un impact sur l'attitude de Will.

L'enfant se sentait pris entre Jake et son frère. Quand Matt était auprès du troupeau, Will se détendait. Mais quand Matt était là, il était gêné, nerveux. Jake s'efforçait de garder ses distances.

Les quatre premiers jours s'étaient mieux passés qu'il ne l'avait espéré. Ils avaient fait environ cent dix kilomètres. Le Hill Country, ses gorges et ses arbres étaient loin. Devant eux s'étendait une plaine désertique, plantée de rares bosquets de saules et de peupliers, au bord de ruisseaux qui ne coulaient qu'au printemps.

Les garçons avaient pris le rythme. Ils s'étaient faits à leurs tâches. Il n'avait plus besoin de les surveiller en permanence. Chet se montrait un remarquable chef d'équipe pour son âge. Jake comprenait de moins en moins pourquoi on n'avait pas réussi à le placer.

Plus il ajoutait de kilomètres entre les fermiers et lui, mieux il se sentait. Il ne s'était jamais vraiment sorti de la tête que Rupert avait toujours l'intention de retrouver

Zeke. Le second garçon devait être Buck, mais pourquoi voulait-il à ce point lui mettre la main dessus?

Will se dirigea vers lui. Le garçon marchait bizarrement. Jake espéra qu'il n'était pas sujet au mal de selle. En plein transport de bétail, c'est presque aussi grave que d'avoir un clou dans le derrière.

— Pourquoi est-ce que tu n'aides pas à ranger? s'enquit Jake.

Pete et Will passaient peu de temps en selle, mais ils se rattrapaient en aidant Isabelle.

— Je me suis assis sur un cactus, avoua Will. J'ai une épine dans le derrière.

Jake essaya de ne pas rire.

— Eh bien, tu ferais mieux de demander à Matt de te l'enlever.

— Il est parti.

— Demande à Isabelle.

— Je ne veux pas qu'une fille me touche le derrière, rétorqua Will, choqué à cette seule pensée. Je ne suis pas une femmelette. Je veux que vous l'enleviez.

— Les femmes sont bien meilleures que les hommes pour ce genre de choses.

— Je veux que ce soit vous, insista Will.

— D'accord, dit Jake, mais on ferait mieux d'aller sous ces saules près du ruisseau.

Will sourit et tendit sa main à Jake alors qu'ils s'éloignaient.

Jake eut l'inexplicable impression de comprendre ce qu'il ressentirait s'il marchait avec son propre fils un jour. Après ses expériences à la guerre, il avait décidé qu'il ne voulait pas d'enfants. Puis Isabelle était entrée dans sa vie et tout avait changé.

— Vous êtes sûr que personne ne nous voit? s'inquiéta Will tandis qu'ils s'enfonçaient sous les saules. Je ne veux pas que Bret le sache. Il le dirait à tout le monde.

— Personne ne nous voit, assura Jake. Je crois que tu ferais mieux de baisser ce pantalon. Plus tôt nous te débarrasserons de cette épine, plus tôt nous pourrons sortir de là.

Will avait les fesses blanches et maigres. L'épine fut facile à trouver, mais difficile à extraire. Le fait qu'il se fût assis dessus l'avait enfoncée sous la peau. Jake dut utiliser son couteau pour la faire sortir. Will fit tout ce qu'il put pour ne pas pleurer. À part quelques grognements et un gémissement, il se conduisit comme un homme.

Jake était sur le point de le féliciter pour son courage, lorsqu'il entendit quelque chose sous les saules.

Craignant qu'un bœuf ne se soit échappé du troupeau, il se retourna, à temps pour voir Matt lui foncer dessus. Il tenait un grand couteau dans la main droite, et avait les yeux pleins de rage et de haine.

Il voulut lui porter un coup à la gorge. Jake lâcha son propre couteau pour attraper la main de Matt.

— Arrêtez ! Arrêtez ! hurla Will.

Matt ne prêtait aucune attention à son frère, il ne semblait même pas l'entendre. Il se débattait comme un démon pour libérer son poignet.

Jake était impressionné par la force du garçon. Il était deux fois plus fort et pesait au moins vingt-cinq kilos de plus, mais il lui fallut près d'une minute pour le ceinturer, lui coincer les bras et le bloquer en s'asseyant sur lui. Matt continuait à lutter frénétiquement, mais il ne pouvait vaincre Jake.

— C'est un malentendu ! hurla Will à son frère, des larmes plein les yeux. Il en est incapable. Je le sais !

— Je ne sais pas de quoi parle Will, gronda Jake entre ses dents serrées. Je ne lui ferais jamais de mal. Mais si tu ne lâches pas ce couteau, je vais te casser la main.

Matt se débattait encore, mais Jake trouva un point de pression sur son poignet. Le garçon relâcha son emprise et le couteau tomba par terre. Jake le ramassa. C'était un des couteaux dont Isabelle se servait pour couper le bacon. Il avait une lame extrêmement effilée de vingt-cinq centimètres.

— Maintenant, dis-moi pourquoi tu veux me trancher la gorge, ordonna Jake.

En guise de réponse, Matt se débattit comme un forcené.

— Dis-le-moi, ou je te cogne la tête contre le sol !

— C'est à cause de moi, intervint Will, toujours en pleurant. Il pensait que vous alliez... que vous alliez... faire cette chose.

— Quelle chose ? interrogea Jake.

— Matt m'a dit qu'il ne fallait jamais que je laisse qui que ce soit me toucher le derrière, expliqua Will. Il a dit que si quelqu'un le faisait, il fallait que je donne des coups de pied et que je crie.

Jake entendit des bruits sous les saules.

— Remonte ton pantalon, murmura-t-il à Will.

Il redressa Matt.

— Assieds-toi, mais ne bouge pas. Il faut que nous parlions.

Quelques secondes plus tard, Isabelle arriva, suivie de Pete.

— Qu'est-ce qui ne va pas ? s'étonna-t-elle. J'ai entendu crier. Est-ce que vous avez sorti l'épine ?

— Oui. Ramenez Pete et Will au chariot. Matt et moi allons rester là une minute.

Le regard d'Isabelle tomba sur le couteau. Elle ouvrit la bouche pour parler, mais Jake secoua la tête. Il regarda alentour, jusqu'à ce qu'il retrouve l'épine de Will.

— Tiens. Tu peux la montrer à tout le monde.

— Bon sang, c'en était une belle, commenta Pete. Est-ce que ça faisait mal ?

— Nan, claironna Will.

— Vas-y, dit Jake. Il faut que tu aides Isabelle à ranger.

L'attention de la jeune femme demeurait rivée sur Matt. Le garçon était assis, la tête entre les jambes.

— Nous serons de retour dans un moment, assura Jake. Pourquoi ne referiez-vous pas un peu de café ?

Isabelle était clairement réticente à l'idée de partir.

— Vous êtes sûr qu'il va bien ?

— C'est ce que je voudrais savoir.

— Vous êtes certain que je ne peux pas vous aider ?

— Pas cette fois.

Elle ne sembla pas convaincue, mais elle partit. Jake attendit que le bruit de ses pas ne soit plus audible.

— Maintenant, dis-moi à quoi rime tout ça, lança-t-il à Matt.

Le garçon ne bougea pas. Il resta assis la tête entre les jambes, tremblant.

— Qu'est-ce qui est arrivé à Will? Qui lui a fait ça?

Matt ne bougeait toujours pas, sauf qu'il tremblait de plus belle. Jake attendit. Les mots finiraient bien par sortir.

Il avait peine à imaginer ce que l'on avait fait à Will. Il n'avait remarqué aucun signe de sévices. Will ne se comportait pas comme si on l'avait maltraité. Il était ouvert, affectueux. C'était Matt qui se comportait de manière farouche et introvertie.

Matt! Bien sûr. Jake se sentit stupide de ne pas l'avoir compris plus tôt.

— C'est à *toi* qu'on a fait ça, n'est-ce pas? De quoi s'agit-il? Qu'est-ce qui s'est passé?

Matt commença à trembler violemment. Il essaya de se relever d'un coup, pour partir, mais Jake le força à se rasseoir.

— Tu ne peux pas garder ça pour toi indéfiniment…

Le garçon refusait toujours de parler. Ses tremblements empiraient. Il claquait des dents.

Quoi qu'il lui soit arrivé, Matt avait cru que Jake était sur le point de faire la même chose à Will, alors il l'avait attaqué. Mais qu'est-ce qui pouvait être assez terrible pour qu'il l'attaque avec un couteau?

— Qui était-ce? demanda Jake. Si c'était l'un de tes parents adoptifs, nous pourrons le dire à l'agence. Ils s'assureront que cela n'arrive plus jamais.

Matt secoua la tête.

— Qui, alors? insista Jake.

— Oncle.

Jake faillit manquer le mot. Il fut prononcé si doucement, sa voix était si rauque à force d'être inutilisée qu'il était pratiquement imperceptible.

— Qu'est-ce qu'il faisait?

— Aimait garçons, dit Matt. Petits garçons.

Une image floue prit forme dans l'esprit de Jake.

— Est-ce qu'il te touchait entre les jambes?

Matt acquiesça.

Jake en eut la chair de poule. L'une des recrues qu'il avait entraînées pendant la guerre lui avait raconté qu'un homme l'avait touché ainsi. Des années plus tard, ce garçon faisait encore des cauchemars.

Soudain, il comprit. Matt l'avait attaqué pendant qu'il était avec Will, alors que le garçon avait baissé son pantalon. Jake crut qu'il allait être malade. Il ne pouvait imaginer qu'un homme fasse une chose pareille. Mais qu'un oncle le fasse à son propre neveu orphelin était inconcevable.

— Est-ce qu'il te forçait à baisser ton pantalon ?

Matt hocha la tête.

— Combien de fois ?

Matt haussa les épaules.

— Pendant combien de temps ?

— Trois ans.

Jake sentit une colère bouillir le long de ses veines. Trois ans, c'était une éternité pour un garçon de l'âge de Matt. Il avait dû vivre un enfer. Jake eut envie de retrouver ce salaud pour le tuer.

— Pourquoi est-ce que ça s'est arrêté ?

Matt sauta sur ses pieds, si rapidement que Jake fut surpris. Mais il le rattrapa par les épaules avant que le garçon ait pu s'échapper.

— Il faut que tu me le dises, Matt. Si tu ne le fais pas sortir, ça va te rendre fou.

Matt tremblait terriblement. Jake l'attrapa sous les bras pour le redresser. Il n'était pas sûr que le garçon pourrait parler.

— Allez, Matt. Tu m'as raconté la partie la plus dure. Maintenant, fais le reste. Débarrasse-toi de tout.

— Je l'ai vu regarder Will, expliqua enfin Matt dans un murmure rauque. Je savais à quoi il pensait. Je lui ai dit qu'il pouvait me le faire à moi et que je ne dirais rien à personne, mais qu'il ne fallait jamais qu'il le fasse à Will.

Il leva les yeux vers Jake.

— Un jour, il a emmené Will dans les arbres en dessous du fumoir. Il le forçait à se pencher sur une branche quand je les ai trouvés. Ils étaient tous les deux tout nus. Il allait…

Il s'arrêta. Son tremblement avait repris. Il regardait au loin.

— Qu'est-ce qui s'est passé ? demanda Jake.

— Je ne pouvais pas le laisser faire ça…

Il s'était mis à pleurer. D'énormes larmes roulaient sur ses joues. Il adressa à Jake un regard implorant.

— Je ne pouvais pas.

— Qu'est-ce qui s'est passé ? répéta Jake.

— J'ai trouvé un couteau de boucher dans le fumoir. Je l'ai enterré au milieu du parc à cochons.

Il pleurait fort, maintenant. Debout devant Jake, sans défense, il pleurait le meurtre qu'il avait gardé si long-temps secret.

— Est-ce qu'on va me pendre ?

Jake fut pris d'une terrible colère. Non seulement ce garçon avait subi des sévices, mais il avait aussi vécu dans la culpabilité et la terreur.

— Personne ne te touchera. Jamais. Je te le jure.

Il posa une main sur l'épaule de Matt et l'attira plus près. Le garçon se jeta dans ses bras en sanglotant.

Jake se demandait pourquoi tous les malheurs du monde tombaient sur des innocents. Il pensa à tous les couples sans enfant de par le monde, qui auraient donné la moitié de ce qu'ils possédaient pour un fils comme Matt. Pourtant, il avait fini avec un oncle qui abusait de lui, un oncle qu'il avait tué pour protéger son petit frère.

Comment sauver une âme ainsi déchirée ? Jake ne le savait pas. Il n'était même pas sûr que cela fût possible. L'enfant avait vécu dans la peur toute sa vie.

Les sanglots de Matt cessèrent enfin. Il lâcha Jake, gêné par sa faiblesse.

— Pardon !

— Il n'y a pas lieu de t'excuser.

Matt s'essuya les yeux.

— Est-ce que vous allez le dire ?

— Oui, à Isabelle. Il faut qu'elle comprenne.

— Je ne veux pas qu'elle le sache.

— Pourquoi ?

Matt regarda par terre.

— Parle sans crainte, insista Jake.

— Elle va croire que je suis sale.

Il releva les yeux.

— Vous ne voulez sans doute pas que je finisse ce voyage avec vous?

Enfer et damnation! Le fardeau de ce garçon était encore plus terrible qu'il ne l'avait imaginé.

— Il n'y a rien de sale chez toi, assura Jake. J'ai toujours pensé que tu étais quelqu'un de bien. Sachant ce que tu as traversé, je pense encore plus de bien de toi : c'était courageux de protéger ton frère.

Matt eut l'air soulagé, mais il ne semblait pas vraiment croire Jake.

— Je sais qu'Isabelle pensera comme moi. Elle va sans doute te couvrir d'attentions. Mais je ne le lui dirai pas, si tu ne veux pas.

Le garçon hésita.

— D'accord, mais ne le lui dites pas aujourd'hui.

— Matt, rien de ce qui s'est passé ne t'a sali. Tu es toujours le bon garçon que tu étais avant. Ne te gâche pas la vie.

Il était jeune. Il n'oublierait jamais, mais il avait du temps pour surmonter cette épreuve.

— Maintenant, rentrons. Tu es censé être de garde. Si les bêtes paniquent pendant ton absence, les garçons ne te le pardonneront jamais.

20

Isabelle se dit que Dieu aurait mieux fait de créer l'homme à l'image de la femme. Après que Jake lui eut révélé l'histoire de Matt, elle avait voulu lui montrer qu'il était toujours un membre bien-aimé du groupe. Mais Jake lui avait défendu de dire un mot, et même d'agir comme si elle savait – sous peine de lui tordre le cou. La jeune femme, furieuse, décida d'attendre que Jake comprenne qu'il avait pris la mauvaise option. Quand l'échec serait patent, elle lui montrerait comment l'on se comportait avec un garçon sensible comme Matt.

Les faits lui donnèrent totalement tort.

Jake traitait Matt comme il l'avait toujours fait : avec une indifférence revêche. Non seulement Matt n'était pas contrarié, mais il s'épanouissait à vue d'œil sous ce régime qui aurait sans doute fait pleurer une fille. Il ne parlait pas beaucoup, mais il parlait. Cela n'était jamais évident avec lui, mais il aimait être près de Jake. Il n'essayait pas de s'asseoir à côté de lui comme Will, mais il était toujours assez près pour entendre ce qu'il disait.

Isabelle menait sa propre bataille pour rester près de Jake sans en avoir l'air. Un convoi de bétail ne favorise pas l'intimité de couple, surtout lorsque l'on conduit le chariot. Elle se levait tôt et faisait la vaisselle après que tout le monde fut parti avec le troupeau. Elle les rejoignait à peu près à l'heure où Jake annonçait où il comptait planter le camp pour la nuit.

Elle les quittait à nouveau, s'installait à l'endroit indiqué pour cuisiner le repas du soir, et passait la plus grande partie de la soirée à nettoyer et à préparer le petit-déjeuner du lendemain matin. Elle tombait de fatigue, mais tenait bon. Jake ne ralentissait jamais. Il était toujours en selle ou en train d'apprendre aux garçons à tirer.

Un jour, il décida de lui apprendre à tirer.

— Je ne veux pas me servir d'une arme, lui dit-elle. Je ne crois pas à la nécessité de tuer.

— Moi non plus, répliqua Jake, mais je crois encore moins à la nécessité de mourir.

Isabelle regretta que les rares moments que Jake souhaitait passer avec elle soient consacrés à parler de choses pratiques. Il avait tenu parole. Il s'était tenu à l'écart. Elle avait eu exactement ce qu'elle voulait... et elle détestait cela.

— Nous avons eu beaucoup de chance jusqu'à présent, mais nous ne pouvons pas nous attendre à ce qu'il n'y ait aucun problème jusqu'à Santa Fe. Vous êtes la plus vulnérable de nous tous. Il faut que vous sachiez vous défendre.

Quelque chose cependant avait changé. Il avait envoyé l'un des garçons avec elle chaque jour mais, les deux derniers jours, il y était allé lui-même. La première fois, son cœur avait battu d'excitation. Il avait insisté pour conduire, le temps qu'elle fasse la sieste.

Elle avait essayé de s'y opposer, en vain. C'était le plus têtu des hommes que Dieu ait créé. Le fait qu'il ait généralement raison l'ennuyait encore plus. Ils auraient déjà dû quitter le lieu où ils avaient campé. Le troupeau était parti, mais il avait décidé que c'était précisément le moment de lui apprendre à tirer. Elle envisagea de refuser, puis se résigna. De plus, autant elle haïssait les armes et l'idée de tuer quiconque, autant elle avait le terrible pressentiment qu'elle devrait un jour se défendre, ou défendre les garçons.

— Ce n'est pas difficile, dit-il en lui tendant un fusil non chargé. Tenez, prenez-le. Faites-vous à cette sensation.

Elle aurait préféré qu'il la prenne dans ses bras. Elle connaissait déjà cette sensation-là, et elle l'aimait. Beaucoup plus que ce fusil froid, lourd et encombrant.

— Ne le tenez pas comme si c'était un serpent. Il ne vous fera pas de mal.

Jake lui reprit le fusil.

— Épaulez, comme ça.

Il le lui tendit à nouveau.

Elle essaya d'imiter ce qu'il venait de faire, mais l'arme était grande. Elle la passa du côté gauche, et se sentit mieux.

— Vous êtes gauchère?

— Oui. C'est important?

Il sourit.

— Ça m'évitera d'essayer de vous apprendre à tirer de la mauvaise main.

Elle ne tenait toujours pas le fusil comme Jake l'aurait voulu.

— Laissez-moi vous montrer, dit-il.

Il se posta derrière elle et passa ses bras autour d'elle. Isabelle aimait beaucoup plus cela.

— Il faut que vous le caliez contre votre épaule gauche... comme ça.

Il le pressa contre son épaule.

— Soutenez-le de votre main gauche.

Il prit sa main gauche et la plaça sous le canon du fusil.

— Mettez votre main droite sur la détente.

Il guida sa main, plaça son index sur la détente et enroula ses doigts autour de la crosse.

Isabelle n'opposa pas de résistance, mais elle ne se préoccupait plus de ce qu'il était en train de dire. Elle ne pouvait se concentrer que sur ce corps qui enveloppait le sien. Elle sentait ses épaules contre son torse, ses cuisses contre ses fesses, sa joue contre ses cheveux, son souffle dans son cou. Elle aurait pu tenir une sarbacane, elle n'aurait pas vu la différence.

— Maintenant, regardez le viseur qui est au bout du canon à travers cette fente, dit Jake.

Le timbre de sa voix avait changé. Il n'était plus si vif, si assuré. Il avait le souffle court, la voix rauque.

— Vous ne faites pas ce que je vous demande, murmura Jake. Il est hors de question de tirer sans viser la cible.

Mais lui non plus ne semblait guère songer au fusil ou à la cible. Son corps était crispé. Il essayait de se tenir à l'écart, mais il ne le pouvait pas sans relâcher son emprise sur elle et sur le fusil.

Elle sentait sa chaleur lui brûler la peau comme un tison. Elle sentait la tension de ses bras qui se resserrèrent autour d'elle petit à petit, jusqu'à lui faire mal.

Il sembla revenir à lui. Ses muscles se détendirent.

— Vous ne regardez pas le canon, dit-il à nouveau.

Ils savaient tous les deux que c'était impossible. Le fusil tremblait tant, qu'ils auraient raté une vache dans un couloir !

— Qu'est-ce que je fais quand je regarde le canon ? s'enquit-elle.

Au moins, elle voulait essayer. Sinon, elle serait capable de laisser tomber le fusil et de se jeter au cou de Jake.

— Assurez-vous que votre cible est au milieu du viseur. Ensuite vous appuyez sur la détente, comme ça. Ne le secouez pas. Vous perdriez de vue votre cible.

Sa cible, c'était Jake. Seulement, ce n'était pas pour lui tirer dessus. Son esprit lui disait qu'elle était incroyablement bête. Ses sentiments lui murmuraient que, malgré les apparences, c'était bien lui qui lui donnerait tout ce qu'elle désirait. Quant à ses sens, ils lui criaient de ne pas perdre plus de temps et de le dévorer de baisers, là, tout de suite.

Soudain, la tension fut trop forte. Ses muscles s'affaissèrent et elle se laissa aller en arrière, contre lui. La réaction de Jake fut immédiate. Il se raidit et recula brusquement. Le fusil tomba car elle l'avait lâché.

Isabelle se retourna. Leurs regards se nouèrent. Ils restèrent à se regarder, incapables de bouger, de parler. Soudain une mule piaffa, et le charme fut rompu. Jake ouvrit les bras et elle s'y précipita.

Leur baiser fut torride et fougueux. La frustration, le désir emmagasinés tant de jours consumèrent leurs dernières hésitations. Isabelle oublia ses réserves concernant l'avenir, le fait qu'elle était une femme perdue et qu'elle ne reverrait sans doute pas Jake après ce voyage.

Elle voulait le recevoir en elle.

Quand les doigts impatients de Jake fouillèrent les boutons de sa robe, elle les défit pour lui. Elle était impatiente de sentir ses mains sur son corps, de sentir ses lèvres chaudes et humides sur ses seins qui durcissaient.

Un gémissement lui échappa lorsque les dents de Jake taquinèrent un mamelon sensible. L'air matinal ne pouvait rien pour rafraîchir sa chair incandescente. Seule l'union de leurs corps pourrait éteindre ce feu qui lui brûlait les reins.

Isabelle s'appuya contre le rebord du chariot. Tandis que les dents et la langue de Jake ravageaient ses seins, il glissa son genou entre ses jambes. La jeune femme coinça sa jambe entre ses cuisses et la serra. La pression était délicieuse.

Puis la main de Jake se fraya un chemin entre ses jambes. Il n'eut pas à la tenter ou à l'exciter. Ce n'était pas la peine. Son corps était déjà inondé par une chaleur humide. Il écarta ses chairs et ses doigts allèrent droit au point le plus sensible. Tout le corps d'Isabelle frissonna quand il commença à la caresser doucement. Des vagues montèrent en elle, de plus en plus hautes.

Isabelle s'agrippa à Jake. Puis les vagues se retirèrent comme elles étaient venues et elle sentit la tension disparaître peu à peu.

Il lui fallut quelques instants pour retrouver un souffle normal. Jake s'était reculé et restait debout, à l'observer, un masque de honte et d'indignation sur le visage.

— Je ne voulais pas faire ça, murmura-t-il.

Isabelle lutta pour reprendre le contrôle de son esprit. Jake s'éloigna rapidement d'elle. Elle devait l'arrêter avant qu'il ne s'enfuie carrément.

— J'en avais autant envie que vous ! lança-t-elle.

— Mais je vous avais donné ma parole.

— Je sais, mais…

— Vous m'aviez dit que vous ne pouviez pas contrôler votre envie. Je vous avais promis de le faire à votre place. *Je vous l'avais promis*.

— J'avais envie de vous, Jake. Je voulais que vous ayez envie de moi.

— Et j'ai envie de vous. J'ai tellement envie de vous qu'il m'est difficile de penser à autre chose. Pourquoi croyez-vous que je fais autant voyager les garçons avec vous ?

Elle fut soulagée de savoir qu'il était resté à l'écart parce qu'il n'avait pas confiance en lui. Elle n'avait jamais été capable de chasser tout à fait la peur qu'il n'éprouve plus d'intérêt pour elle, après lui avoir fait l'amour une fois.

Elle reboutonna sa tunique.

— Vous êtes une dame, reprit Jake. Vous êtes trop bien pour moi.

— Ne dites pas de bêtises. Je ne suis qu'une femme.

— Vous ne serez jamais *seulement* une femme. Vous serez toujours ce pour quoi vous avez été élevée. Vous ne pourriez pas être autre chose, même si vous essayiez. Pas plus que je ne pourrais être autre chose que ce que je suis. Vous êtes faite pour la musique douce, les salons, les compliments murmurés à l'oreille. Je suis fait pour vivre ici, avec les épines et la poussière.

— Je ne veux pas qu'on me mette sous verre et qu'on me sorte uniquement pour être admirée ! répliqua Isabelle, horrifiée par le style d'existence dont il semblait croire qu'elle avait envie. Je ne suis peut-être pas aussi douée que vous pour vivre dans les épines et la poussière, mais je préfère ça à la vie que vous décrivez. Je veux vivre, Jake, me sentir vivante. Vous m'avez appris la différence.

— Ce sont les garçons.

— Non, c'est vous. Vous m'avez ouvert les yeux.

Mais elle ne pouvait le convaincre sur-le-champ. Il était trop choqué par ce qu'il avait fait pour l'écouter. Elle souhaitait lui faire comprendre qu'elle n'était plus la même que quelques semaines plus tôt, mais il n'était pas prêt à entendre cela maintenant. Il s'en voulait trop.

— Nous ferions mieux d'y aller, dit-il. Je ne veux pas qu'un des garçons revienne pour voir si quelque chose nous est arrivé.

— Jake…

— Mon père m'a appris à honorer une parole donnée. Il n'aurait pas admis que mon envie de vous soit une excuse pour la bafouer.

Isabelle ne put s'empêcher de sourire.

— Moi, je l'admets, Jake.

— Ça n'arrivera plus, je vous le pro…

— Ne faites pas de promesse, Jake. Je ne le veux pas.

— Vous ne me croyez pas capable de tenir parole, cette fois ?

— Je ne le *veux* pas.

Il prit un moment pour réfléchir à cela. Elle aurait aimé savoir à quoi il pensait mais, quoi que ce fût, cela l'avait déstabilisé.

Isabelle quant à elle savait ce qu'elle voulait. Elle aimait Jake et désirait l'épouser. Elle n'avait aucune idée de la façon dont elle pourrait rendre ce mariage possible, mais elle refusait de s'en préoccuper. Ils trouveraient une solution.

Jake résista au réflexe de s'enfuir loin d'Isabelle pour ne plus la voir. Il savait qu'il essayait en réalité d'échapper à sa propre conscience. Il n'aurait pas dû la toucher. Il avait promis de garder ses distances. Mais à la première tentation, il avait capitulé.

Elle disait avoir envie de lui autant qu'il avait envie d'elle. Une onde de désir le traversait à cette idée. Il frémissait pour se retenir de lui faire de nouveau l'amour.

Il se rappela sa mère. Elle n'avait pu endurer le seul genre d'existence qu'il pouvait offrir à Isabelle. Celle-ci essaierait peut-être, mais elle finirait par retourner dans le monde qu'elle connaissait.

Il ne pouvait s'installer dans une relation. Il doutait que son envie d'elle s'épuise. Il ne se serait jamais attendu à ressentir une telle chose, et cela l'effrayait. Maintenant qu'il l'aimait, il la suivrait n'importe où.

Et ce serait la fin pour eux deux.

Mais elle ne l'aimait pas. Elle avait envie qu'il lui fasse l'amour, mais une femme de cette classe avait besoin d'un homme de son rang.

Il ferait mieux de garder ses distances jusqu'à ce qu'ils arrivent au Nouveau-Mexique. Après avoir vendu son troupeau, il s'assurerait qu'elle avait assez d'argent pour rentrer à Austin. Il trouverait quelque chose pour les garçons aussi. Il fallait qu'il les sache heureux et en sécurité.

Ensuite, il repartirait. Il ne pourrait pas rester près d'Isabelle, sachant qu'il ne pourrait pas partager sa vie. Peut-être irait-il au Colorado créer un nouveau ranch. Peut-être rentrerait-il au Texas rassembler un autre troupeau. Peut-être abandonnerait-il son ranch et prendrait-il un emploi de simple cow-boy. Il était certain que George Randolph lui donnerait du travail s'il le lui demandait.

Où qu'il aille, il devrait être assez loin d'Isabelle pour ne plus jamais la revoir.

Isabelle sut que quelque chose n'allait pas avant même qu'ils n'aient atteint le troupeau. Les vaches étaient dispersées, broutaient et avançaient en longue colonne sinueuse. Pas de garçons en vue.

— Quelqu'un s'est fait mal, dit-elle, certaine que rien d'autre n'aurait pu leur faire quitter leurs postes.

— Ils ont intérêt à ce que ce soit vraiment grave pour avoir laissé le troupeau, grommela Jake. Je vais voir plus loin.

Et il partit au galop.

Lorsque Isabelle le rejoignit, elle assista à un spectacle inattendu. Les garçons étaient debout près d'un bœuf mort. Sean et Faucon maîtrisaient un jeune garçon, qui luttait violemment pour se libérer. Chet expliquait à Jake ce qui s'était passé.

— Je ne sais pas comment il a pu arriver si près sans se faire voir, disait Chet. Mais ce que je sais, c'est qu'il emmenait un bœuf. Le temps que je sois là, ce sale voleur l'avait tué.

— Qui es-tu ? interrogea Jake. Qu'est-ce que tu fais seul par ici ?

Le garçon était encore un enfant, de huit ou neuf ans au plus. Son visage était tanné par le soleil et le vent. Ses cheveux châtain foncé étaient coupés en mèches inégales. Un chapeau informe, à larges bords, recouvrait pratiquement son visage. Un pantalon marron et une chemise à carreaux trop grands faisaient ressortir sa maigreur. Isabelle doutait qu'il pesât plus de trente-cinq kilos. Ses lourdes bottes étaient trop grandes de plusieurs tailles, mais ses mains étaient fines et délicates.

L'enfant refusait de répondre à Jake. Quand Isabelle descendit du chariot, il commença à se débattre. Comme Sean était trop fort, il le mordit. Il mordit aussi Faucon. Avant qu'ils n'aient pu le récupérer, l'enfant se jeta sur Isabelle. Il l'attrapa par la taille et se cacha derrière elle.

— Les laissez pas me tuer! cria-t-il d'une voix aiguë.

— Personne ne va te tuer, rétorqua Jake, essayant en vain d'arracher le garçon à Isabelle. Mais je ne peux pas laisser les gens voler mes bœufs.

— Je ne l'ai pas volé, dit l'enfant, esquivant toujours Jake. Je l'ai emmené.

— C'est pareil pour moi, dit Jake.

— Est-ce que vous êtes blessés? demanda Isabelle à Sean et Faucon.

Sean secoua la tête.

— Il n'a pas percé la peau, mais ça fait un mal de chien. Qu'est-ce qui ne va pas chez toi, petit enfant de salaud? Ce sont les filles qui mordent!

— Si tu me touches encore, je te mordrai encore, répondit le garçon sur un ton de défi.

— Les garçons, retournez près du troupeau, dit Jake. Isabelle et moi allons nous occuper de ça. Et la prochaine fois que vous laissez le bétail seul, que ce soit uniquement si vous êtes mourants.

Les garçons montèrent en selle et s'éloignèrent.

— Maintenant, reprit Jake en se retournant vers le gamin, tu pourrais commencer par me dire ton nom.

— Non.

— D'accord. En attendant que tu me donnes quelque chose de mieux, tu t'appelleras Chenapan.

— C'est pas ça!

Jake l'ignora.

— Bon, Chenapan, qu'est-ce que tu fais par ici tout seul ? Il ne doit pas y avoir un seul homme blanc à des centaines de kilomètres.

— Je m'appelle Drew.

— Voilà qui est mieux, Drew. Maintenant dis-moi, où est ta famille ?

Les yeux brun miel du garçon s'emplirent soudain de larmes.

— Morts, dit-il. Des Peaux-Rouges les ont tués. Je suis content d'avoir mordu ce grand-là.

— Tu n'aurais pas dû. Faucon n'est qu'à moitié comanche. Comment t'es-tu enfui ?

Drew ne se repentait pas de son geste.

— Ward m'a aidé.

— Qui est Ward ? questionna Isabelle.

— L'homme qui m'a aidé. Son cheval s'est cassé une jambe. Il allait demander s'il pouvait faire un bout de chemin avec nous, quand les Peaux-Rouges ont attaqué. Il les a tués, mais ils lui ont tiré dessus. J'ai pris ce bœuf pour manger. Nous avons déjà mangé tout ce que nous avions dans le chariot.

— Où est ce Ward ? s'enquit Jake.

— Un peu plus loin, au gué. Nous vous observions.

— Conduis-nous à lui, dit Jake.

— Vous allez lui faire du mal ?

— Bien sûr que non, assura Isabelle. Nous allons vous aider tous les deux.

Drew chercha une confirmation dans les yeux de Jake.

— Ouais. Maintenant, dépêche-toi. Il faut que nous rejoignions ensuite le troupeau.

Drew ne semblait pas convaincu que Jake ne leur ferait aucun mal, mais il parut se résigner et partit vers le gué. Ils le suivirent à pied, Jake tenant les rênes de son cheval.

— Depuis combien de temps êtes-vous par ici ? demanda Jake.

— J'sais pas. On dirait une éternité.

— Est-ce qu'il y avait quelqu'un d'autre avec toi, en plus de tes parents ?

— Non.

— Qu'est-ce qui a pris à ton père de voyager seul? Il cherchait les ennuis.

— C'est ce que les gens lui ont dit, mais papa n'écoutait jamais personne.

Sans prévenir, Drew disparut dans des fourrés de genévriers au bord du gué.

— Pas un pas de plus! cria une voix.

Elle venait de l'autre côté.

— Nous sommes venus vous aider, dit Jake. Drew a abattu votre dîner, mais il ne peut pas vous l'apporter. Nous pensions donner un coup de main.

L'homme rampa hors d'un buisson en se servant de ses bras et de sa jambe. Une jambe de son pantalon était déchirée de haut en bas, la cuisse était bandée. Il était grand et maigre, de type mexicain. Ou peut-être était-ce seulement le style de ses vêtements. Il avait les cheveux bruns et raides. Il y avait à côté de lui une selle, une bride et des sacoches de cuir noir ornées de ferrures à l'espagnole. Qui que ce fût, ce n'était pas un pauvre. Il repéra Isabelle et son attitude changea.

— Veuillez m'excuser, madame, mais je crains de ne pouvoir vous saluer comme je l'aurais voulu.

Il semblait tout à fait courtois.

— Je suis Ward Dillon. Quand je réussirai à me lever, je vous baiserai la main.

— Ce n'est pas nécessaire, répliqua Isabelle. Je suis inquiète pour vos blessures.

— Ce n'est pas une chose à montrer à une demoiselle.

— J'ai vu un certain nombre de choses qu'une demoiselle ne devrait pas voir, depuis quelques semaines, et je ne me suis pas encore évanouie, répondit Isabelle, irritée.

Fallait-il s'habiller en souillon pour être jugée par les hommes aptes à autre chose qu'à se promener avec une ombrelle?

Ward se retourna et se coucha sur le dos.

— Désolé, mais je suis à bout.

Jake l'examina attentivement.

— Je suppose qu'il vaut la peine d'être sauvé, dit-il.

Isabelle s'offusqua, mais Ward gloussa.

— J'apprécierais que vous essayiez. Vu la situation, vous pourriez avoir besoin d'au moins un cow-boy qui ait du poil au menton.

Isabelle pâlit en remarquant une flèche cassée fichée dans sa jambe.

— Il va falloir venir au chariot pour enlever ça, annonça Jake.

— Allons-y, acquiesça Ward.

Ils le hissèrent sur le cheval de Jake. Elle savait que la douleur devait le torturer, mais Ward ne dit pas un mot.

— Tu peux sortir, Drew! cria-t-il. Nous allons accompagner cette demoiselle et ce monsieur.

Drew réapparut, mais il se méfiait de Jake.

— Il n'est pas tout de suite à l'aise avec les étrangers, expliqua Ward.

— Elle si, dit Jake en indiquant Isabelle. Surtout si c'est un gamin.

— Je m'appelle Isabelle Davenport, déclara la jeune femme. Et ce malotru, c'est Jake Maxwell. J'aide à placer des orphelins. Jake a un troupeau à conduire au Nouveau-Mexique. Nous avons décidé d'unir nos forces.

Ward sourit.

— Elle a commencé avec huit, expliqua Jake. Mais le temps de dire ouf, elle a secoué un arbre et deux autres sont tombés.

— Maintenant, nous avons la douzaine, conclut Isabelle en riant.

21

Retirer la flèche s'avéra plus difficile que prévu. Jake dut pousser la tige, faute d'arriver à l'extraire en tirant. Isabelle crut s'évanouir. Mais c'est Ward qui perdit connaissance.

— Arrosez de whisky pour nettoyer, dit Jake. Attention à la gangrène.

Il examina de plus près la blessure.

— Franchement, je me demande comment il ne l'a pas déjà.

— Est-ce que ça va aller ? s'inquiéta Drew.

Le garçon était blanc comme un linge.

— Nous le saurons dans quelques jours, répondit Jake. C'est une mauvaise blessure. Maintenant, monte dans le chariot. Nous avons un long chemin avant de planter le camp ce soir.

Ward reprit connaissance une demi-heure plus tard.

— Je vois que j'ai survécu, dit-il à Isabelle.

— Votre blessure s'est infectée.

— Je sais. J'ai utilisé tout mon phénol pour essayer d'éviter la gangrène. J'espère que j'ai réussi.

Il regarda alentour.

— Où allons-nous ?

Il ne semblait guère préoccupé par la perspective de mourir.

— Jusqu'à un bivouac pour la nuit. Peut-être que nous pourrons nous arrêter bientôt.

— Non, dit Ward. Je connais un emplacement à une trentaine de kilomètres d'ici.

— C'est trop loin, vu notre retard, répliqua Jake.

— Nous sommes tout près de la grande piste nord-sud des Peaux-Rouges. Nous risquons d'être attaqués si nous restons dans les parages.

— Les garçons ne peuvent pas conduire seuls le troupeau. Ils ne font ça que depuis une semaine. Et je ne peux pas laisser Isabelle seule.

— Occupez-vous des garçons. Je m'assurerai que le chariot arrive à bon port.

— Vous connaissez ces plaines?

— Comme ma poche.

Jake hésitait.

— Dites-moi où c'est, céda-t-il finalement.

Ward expliqua à Jake comment s'y rendre.

— D'accord, mais ouvrez l'œil.

Isabelle fut heureuse que Jake n'ait pas voulu la laisser.

— Allez-y, lança-t-elle. Les garçons ont plus besoin de vous que moi.

Ce n'était pas vrai. Elle n'avait jamais eu autant besoin de quelqu'un. Les garçons pourraient se passer de Jake, mais elle, jamais.

— Parlez-moi de vous, dit-elle à Ward alors qu'ils démarraient. Et dites-moi ce que vous faites seul au milieu de cette désolation.

Isabelle regarda Jake disparaître au loin. Cela ne prit pas longtemps. Cela lui procura un sentiment étrange. Elle aurait voulu le rejoindre, le supplier de revenir. Pourtant elle n'était pas seule, avec Ward et Drew dans le chariot.

Elle et Jake avaient franchi le matin même un nouveau seuil dans leur relation. Elle était devenue une petite partie de lui, lui était devenu une grande partie d'elle. Même si Jake ne le savait pas, elle le savait, elle.

Jake était inquiet. Les empreintes de sabots étaient anciennes, mais il n'y avait aucun doute: une centaine de poneys indiens avaient transhumé vers le nord sur la piste que le troupeau allait croiser. Les Peaux-Rouges reviendraient. La seule question était de savoir quand.

À moins qu'il n'y ait de fortes pluies, ils ne pourraient manquer de remarquer les empreintes du troupeau.

Ils les suivaient, Jake en était certain. Mais pour l'heure, il était surtout préoccupé par les prochains kilomètres. L'emplacement idéal de Ward était aux sources de la rivière Concho, dernier point d'eau avant la rivière Pecos. Entre les deux, il y aurait quatre jours de plaines sèches et brûlantes. Il avait prévu de laisser le troupeau se reposer une journée, pour qu'il broute à satiété.

L'autre question, c'était de savoir que faire de Ward et Drew. Ils ne voulaient sans doute pas aller jusqu'à Santa Fe, mais il ne pouvait faire demi-tour pour les ramener vers l'est. Il n'allait pas non plus prendre un nouvel orphelin sous sa responsabilité – bien que cela ne fît pas grande différence, au point où ils en étaient.

Une fois guéri, Ward se débrouillerait, et Drew avait sans doute une famille impatiente de le reprendre. Ils pourraient venir le chercher à Santa Fe comme ailleurs. Jake serait assez occupé à caser Isabelle et les autres garçons.

Ils n'arrivèrent au bivouac qu'à la nuit tombée. Le temps qu'ils aient abreuvé les bêtes et les aient laissées se disperser pour brouter, les garçons étaient épuisés. Jake était exténué aussi. Les huit derniers kilomètres, le troupeau s'était vraiment montré rétif.

L'inexpérience des garçons avait forcé Jake à galoper la plus grande partie de la journée. Il avait utilisé quatre chevaux.

Son épuisement expliquait pourquoi il se sentait peu enclin à materner Ward. Il aurait préféré disposer d'une paire de bras supplémentaire, plutôt que d'avoir à charge deux personnes de plus. Pourtant, il n'était pas homme à s'irriter contre un malheureux qui allait peut-être perdre sa jambe.

— C'était fameux, madame, approuva Ward. Cela faisait longtemps que je n'avais pas mangé quelque chose d'aussi bon.

— C'est seulement parce que vous étiez à court de provisions, dit Isabelle en rosissant de plaisir sous les compliments que Ward distribuait généreusement.

— Un bon ragoût de bœuf, c'est un régal. J'en avais assez du porc.

Ward jeta un coup d'œil à Jake.

— Je ne sais pas si M. Maxwell adore autant ce ragoût. Il pense au manque à gagner, s'il se met à manger son troupeau.

— Je m'appelle Jake. Et j'aime ce ragoût. Il est très bon. Isabelle devient un vrai cordon-bleu.

Le compliment ne sonnait pas aussi bien qu'il l'avait espéré.

— Drew, lève-toi et sers les garçons, ordonna Ward. Sinon, Mlle Davenport ne va jamais dîner.

Drew ne semblait pas enchanté, mais il se leva.

— Ce n'est pas la peine, protesta Isabelle. Les garçons peuvent se servir eux-mêmes.

Jake imaginait que la jeune femme avait toujours eu des domestiques. Sa mère disait que toutes les demoiselles du monde étaient élevées ainsi.

— Laissez ces assiettes, madame, déclara Ward. Drew et moi allons nous en occuper.

— Ne bougez pas, dit Isabelle en plongeant les assiettes dans l'eau qui chauffait sur le feu. Il faut que vous restiez immobile pour que vos blessures ne se rouvrent pas. Et Drew doit finir son dîner.

Le garçon lança à Isabelle un regard reconnaissant et replongea dans son assiette, avant que Ward ait eu le temps de penser à lui faire faire quelque chose d'autre.

— Une demoiselle comme vous ne devrait pas supporter tout ce travail, soupira Ward. J'ai l'impression d'être un rustre paresseux en me faisant ainsi servir.

Jake songea qu'il aurait dû remercier sa bonne étoile d'avoir quelqu'un pour le soigner.

— Jake vous dira que tout le monde a un travail à faire, répondit Isabelle. Les garçons aident tous au troupeau, mais Pete et Will m'aident quand j'en ai besoin.

— Cela ne me semble toujours pas juste. Ma mère n'a jamais fait un travail aussi rude.

— Je pense que la mienne ne l'aurait pas fait non plus, si elle avait vécu. Mais Jake vous dira que c'est un autre monde, ici. Chacun doit faire sa part.

Jake estimait que ce n'était pas sa faute si l'ouest du Texas était plein d'Indiens et de serpents à sonnette, et si cette charmante demoiselle se salissait les mains à laver des plats. Pour un gringalet sanguinolent gavé de café, Ward Dillon présentait bien. On aurait dit que c'était lui, la demoiselle !

La tasse de Jake était vide. Il faillit demander à Isabelle de la lui remplir, mais il se leva et se servit.

— Inutile de vous lever, dit Ward. Drew aurait pu le faire pour vous.

— Sans doute, mais je préfère qu'il mange à sa faim.

Ward essayait-il d'exprimer sa gratitude, ou avait-il un talent pour obliger les autres à faire tout le travail ? En tout cas, ses manières commençaient à agacer Jake. Il n'avait besoin de personne pour le dévaloriser aux yeux d'Isabelle.

Il avala son café, jura parce qu'il s'était brûlé et mit son assiette et sa tasse dans l'eau chaude.

— Nous partirons à la première heure demain matin.

Ward sembla surpris.

— Vous devriez rester un jour de plus, pour laisser le troupeau boire son content. Il y a cent trente kilomètres sans une goutte d'eau.

— Je sais, rétorqua Jake, en se demandant si Ward croyait être le seul à connaître la région. Mais je sais aussi qu'une centaine de Peaux-Rouges ont emprunté cette route il y a quelques semaines. Je n'ai aucune envie d'être dans le coin quand ils reviendront.

— Les Peaux-Rouges ! s'exclama Isabelle. J'espère que ce ne sont pas les mêmes qui ont tué les parents de Drew.

Bon sang ! Maintenant, il avait effrayé Isabelle…

— Il y a des Peaux-Rouges d'ici jusqu'à Santa Fe, expliqua-t-il. Cette bande n'est pas différente des autres. Mais je préfère ne pas les croiser.

— Quand voulez-vous prendre le petit-déjeuner ? demanda Isabelle.

— Une heure avant l'aube. Ensuite, nous voyagerons de nuit et nous nous reposerons pendant les heures chaudes. Ce sera plus facile pour les bêtes.

Ce n'était pas plus facile pour Isabelle. Le premier jour se passa sans incident, mais les choses se compliquèrent le deuxième jour. Préparer un repas en pleine journée, en plein soleil qui tape sur la nuque et en plein vent, n'était pas une sinécure.

Drew, Pete et Will avaient fouillé les environs en quête de nourriture une bonne partie de la nuit. Il n'y a pratiquement rien entre le Concho et le Pecos, à part des puces à bisons.

Ward se tailla un bâton de marche dans une branche. Il sautillait comme un mutilé de guerre. Jake aurait préféré qu'il restât invalide. Il gênait plus qu'il n'aidait. Bien sûr, Isabelle pensait que Ward était merveilleux. Jake se demandait pourquoi les femmes se pâmaient devant ce genre d'homme.

— Vous ne devriez vraiment pas vous appuyer sur vos pieds, dit Isabelle lorsque Ward exigea de moudre le café. Vous serez utile à Jake quand vous pourrez monter.

— Je ne puis vous laisser faire la cuisine pour tous ces hommes sans aide.

— Drew me suffit, assura-t-elle.

— Je veux monter, répliqua Drew. Je suis aussi bon qu'eux.

Il désignait les garçons les plus jeunes.

— Ça ne veut pas dire que je ne veux pas vous aider, madame, précisa-t-il galamment, imitant Ward. Mais je préférerais faire mes preuves, voyez-vous.

Grand Dieu, pensa Jake en lui-même, et dire qu'il y a des écoles pour leur apprendre ces bêtises... Elles leur sortent de la bouche comme la chose la plus naturelle au monde.

Cela lui donnait encore plus l'impression d'être ignare, incapable de trouver de jolies choses à dire. Quand il essayait, c'était une catastrophe. Il n'avait pas été élevé comme Ward et Isabelle. Isabelle aimait parler avec Ward. Jake le voyait, à la manière dont elle lui souriait.

Il ne pouvait pas lui en vouloir. La seule personne à laquelle il pouvait en vouloir, c'était lui-même, qui continuait à rêver l'impossible.

Pas une taupinière ne brisait la monotonie de la plaine. L'herbe n'était pas encore sèche et jaune, mais le soleil aveuglant écrasait le paysage. Le troupeau n'avait pas d'eau depuis un jour et demi, il commençait à le ressentir. À mesure que grandissait la soif des bêtes, elles se souvenaient du dernier endroit où elles avaient vu de l'eau. Toute la matinée, certaines essayèrent de retourner vers le Concho. Les garçons les ramenaient inlassablement. Leurs chevaux étaient épuisés.

— Doucement avec les chevaux, leur répétait Jake. Nous n'en avons pas beaucoup de rechange.

Pour un voyage comme celui-ci, il aurait fallu huit ou neuf chevaux par cavalier. Ils en avaient quatre.

Ward était debout près des marmites quand Jake vint manger.

— J'ai préparé les haricots, annonça-t-il. Ils seront moins bons que ceux de Mlle Isabelle, mais la pauvre est exténuée.

Loin de paraître épuisée, la jeune femme était rayonnante. Jake s'émerveillait de la voir ainsi, nette et soignée, alors que les autres semblaient avoir été traînés dans la fange. Il lui était tellement facile de s'imaginer la retrouver à la maison chaque soir.

Son envie d'Isabelle devenait de plus en plus forte, il s'interrogeait quant à son vœu de ne jamais se marier, mais ses vieux préjugés avaient la vie dure. Chaque jour l'approchait davantage de Santa Fe et du souvenir de ce que sa mère lui avait fait.

Sa colère était toujours là, brûlante. Il essayait de se dire que ce serait différent avec Isabelle, mais la manière dont elle se comportait avec Ward était révélatrice. Elle n'avait pas oublié son éducation. Lorsque les garçons seraient partis, elle n'aurait aucune raison de s'attarder dans cette nature sauvage.

La mère de Jake levait les bras au ciel et hurlait qu'elle ne pouvait pas vivre une minute de plus sur ces terres désolées. Elle se mettait à pleurer, s'arrachait les cheveux. Elle restait souvent deux semaines d'affilée au lit, à gémir comme si elle était mourante.

Certes, Isabelle ne ferait pas cela. Elle avait fait face à l'adversité, et appris son travail. Puis ils avaient recueilli Ward, et elle l'avait fêté comme un vieil ami perdu. Jake se surprenait à regretter que les Peaux-Rouges aient touché Ward à la jambe plutôt qu'à la langue. Il aurait moins parlé !

— N'est-elle pas merveilleuse ? disait celui-ci, toujours dans les pieds de Jake. Elle conduit son chariot des heures, puis prépare un repas meilleur qu'au restaurant, le tout dans le vent et la boue. Et elle est jolie comme une image, comme si elle sortait de son boudoir.

Jake ignorait ce qu'était un *boudoir*. Mais il était sûr qu'il ne pourrait jamais s'offrir une maison à *boudoir*. Si Ward continuait son manège, il l'abandonnerait au prochain gué et laisserait les Indiens finir le travail.

— Isabelle est fraîche comme un liseron, répliqua-t-il, jaloux de la façon dont Ward jonglait avec les compliments galants. Nous sommes habitués, nous ne le remarquons presque plus.

— Oh, moi, je le remarquerais encore au bout de cent ans.

Jake renonça à polémiquer. Il se savait en état d'infériorité.

— Nous trouvons tous Isabelle charmante, assura-t-il. Demandez aux garçons.

Il prit son assiette et alla s'asseoir. Les garçons étaient en cercle autour du feu. Au milieu de cette plaine infinie, ils se seraient crus seuls au monde.

— Elle est plus jolie que toutes les demoiselles que je connais, dit Chet. Et deux fois plus charmante.

— Et sans elle, je serais en prison, déclara Sean.

— Et moi je serais mort, ajouta Buck.

Tandis que les garçons rivalisaient d'éloges, Jake ne put s'empêcher de jeter un regard à la jeune femme. Elle était particulièrement jolie, effectivement. Satané Ward. Il ne lui laissait jamais une chance de dire quoi que ce soit le premier. Peut-être était-ce aussi bien. Les mots doux attiraient les ennuis. Ils montaient à la tête des femmes. Elles ne saisissaient pas la différence entre « Je vous veux » et « Je veux vous épouser ».

La dernière bouchée avalée, il se leva.

— Il faut que nous y allions, les garçons. Demain et après-demain, nous aurons de rudes journées.

— Vous devriez vous reposer davantage, intervint Ward. Je n'ai jamais vu personne conduire un troupeau comme vous.

Isabelle interrogea Jake du regard. Mais il savait que les Indiens pouvaient les rattraper d'un jour à l'autre. Ils faisaient en une journée le même trajet que le troupeau en cinq.

— Ces bœufs souffrent tellement qu'ils ne tiennent pas en place, répondit Jake. Regardez-les, ils n'arrêtent pas de marcher. Autant qu'ils marchent vers le Pecos. Ils auront de l'eau plus vite.

— S'ils ne meurent pas en route, dit Ward.

— Ce n'est pas la marche qui tue. C'est la soif. À chaque heure de plus que nous mettrons pour atteindre le Pecos, nous perdrons des bœufs. Comment les mules tiennent-elles le coup ? demanda Jake à Isabelle.

— Bien. Mais nous n'avons plus d'eau pour elles.

— Et pour nous ?

— Pas plus de deux jours.

— Ce n'est pas grave. Avec de la chance, nous rejoindrons le Pecos demain avant minuit.

Isabelle l'accompagna jusqu'à son cheval.

— Vous êtes sûr ?

— Non, dit-il, décidant d'être honnête, mais il me semble mieux de continuer à avancer aussi loin que possible. S'ils arrêtent de marcher, ils ne se rapprocheront pas de l'eau, où qu'elle soit.

— Et vous, ça va ?

— Je vais très bien.

Elle hocha la tête.

— Grâce à l'aide de Ward et Drew, j'en fais moins que tout le monde.

— Comment va sa jambe ?

— Beaucoup mieux. Je m'inquiétais pour la gangrène, mais on dirait que ça guérit.

— Cet homme est solide comme du cuir.

Elle sourit.

— Et il parle comme les messieurs de Savannah, quand j'étais petite.

— S'il continue ses courbettes et ses baisemains, il faudra qu'il trouve le chemin de Santa Fe tout seul.

Isabelle sourit de nouveau. Ah, ce sourire ! Il aurait damné un saint.

— Je crois que je n'apprécie pas cela beaucoup plus que vous.

— Ah bon ? s'étonna-t-il. C'est comme ça que les gentlemen se comportent, pourtant.

— Je ne suis ni une vraie jeune fille ni une dame. Cela me ferait drôle si on me baisait la main.

En revanche, c'est avec le plus grand naturel qu'elle laissait Jake lui embrasser les lèvres et les seins. Il sourit presque. Comme elle avait changé !

Le moment de remonter en selle était venu, mais il s'attardait.

— Les choses vont devenir de plus en plus difficiles. Il nous faudra peut-être manger à cheval, pour empêcher le troupeau de rebrousser chemin.

— Je peux aider, intervint Drew.

Jake ne l'avait pas vu arriver.

— Tu ferais mieux de rester avec Isabelle.

— Je monte mieux que tous les autres, décréta le garçon, montrant dédaigneusement Faucon et Chet, les deux meilleurs cavaliers de Jake. Donnez-moi un cheval, vous verrez.

— Tu voyages avec moi, dit Isabelle.

— Jake va avoir besoin de toute l'aide possible pour pousser les bêtes jusqu'à la rivière, insista Drew, obstiné. J'en ai assez du chariot. Mon papa m'a mis sur un cheval à l'âge de trois ans.

256

— D'accord, céda Jake. Demande un cheval à Luke. Si tu arrives à rester dessus, tu pourras monter, encadré par Zeke et Buck.

Drew était fou de joie.

— Je ne crois pas… commença Isabelle.

— C'est sa fierté, dit Jake. Il est exactement comme Pete et Will.

— Mais il est tellement fragile !

— Vous aussi, et vous avez survécu.

Isabelle fronça les sourcils.

— Je suis solide comme un chêne. Je m'en suis rendu compte à l'orphelinat.

— Mais quel arbre pourrait avoir votre grâce ? susurra Ward en s'interposant.

Jake, qui préparait laborieusement un compliment similaire, l'aurait étranglé.

— Drew me dit que vous allez le laisser conduire le troupeau, enchaîna Ward, apparemment inconscient d'agacer Jake.

— Je veux lui donner sa chance.

— J'aimerais que vous gardiez un œil sur lui. Il n'est pas si robuste.

Jake songea qu'il allait laisser Ward au premier village qu'ils croiseraient. L'avoir sur le dos jusqu'à Santa Fe serait trop pénible. Même le propre père de Jake ne le critiquait pas si souvent.

— D'accord, dit-il. Il vaut mieux que j'y aille, avant que Drew ne conduise le troupeau tout seul jusqu'au Pecos.

22

Isabelle gardait le chariot au nord du troupeau, hors de la poussière soulevée par plus de quatre mille sabots. Son corps était couvert de sable fin, mais l'eau était trop précieuse pour qu'on la gaspille à se laver. Elle était sûre que son visage se ridait à vue d'œil, à force de plisser les yeux sous le soleil de l'après-midi. Et à force de s'angoisser.

Elle s'inquiétait pour les garçons. Et pour Jake. Ils étaient épuisés par trois jours en selle pratiquement sans dormir. Elle avait insisté pour que Will et Pete se reposent, mais les autres refusaient de dormir tant que Jake ne le ferait pas. Elle était certaine que seule la vigilance de Jake avait empêché un accident, mais celle-ci avait des limites.

— Quand va-t-il tomber de sa selle ? demanda Ward.

— Qui ?

— Jake. À qui d'autre penseriez-vous ?

Isabelle se sentit rougir.

— Il dirige ces garçons trop sévèrement, ajouta Ward.

— Il ne les dirige pas du tout. Ils se dirigent eux-mêmes.

— Ce n'est pas le problème. Ils sont épuisés. Quelqu'un va se faire mal.

Isabelle avait essayé de se convaincre de ne pas trop s'inquiéter. Ward ruinait tous ses efforts.

— Ce troupeau est tout pour Jake.

— Mais les garçons ?

— C'est à peu près pareil pour eux. Ils n'ont jamais eu de chance jusqu'à maintenant. La réussite de Jake sera leur réussite. Je ne parle pas d'argent, bien que cela soit important. Quand ils auront conduit ces bœufs à Santa Fe, ils auront accompli quelque chose que personne ne pourra jamais leur enlever. Ils ne seront plus d'inutiles orphelins, et c'est à Jake qu'ils le devront.

Le chariot cahotait sur le sol inégal, Isabelle avait mal à toutes les articulations. Le contenu de la cantine cliquetait et tintait.

— Il faut que je sois à la rivière quand ils arriveront, reprit-elle. Je compte préparer le plus gros dîner depuis leur départ du ranch.

Il la regarda d'un air pensif.

— Qui essayez-vous d'impressionner, les garçons ou Jake?

— Mon avenir est avec lui.

— Est-ce qu'il le sait?

— Je l'ignore. Il se débat comme un beau diable, mais j'ai une chance, maintenant que vous l'avez rendu jaloux.

— Moi? s'étonna Ward, les sourcils haussés.

— Oui, vous.

Isabelle rit doucement.

— Jake n'est pas un beau parleur. Vous dites tout ce qu'il aimerait me dire.

Elle sourit, mutine.

— J'ai cru qu'il allait vous frapper, hier.

— Contre quoi se débat-il comme un beau diable?

— Jake s'est convaincu de ne jamais se marier. Il croit aussi qu'il n'est pas fait pour être responsable de ces garçons.

— Vous avez dit qu'ils se feraient couper en quatre pour lui. Je sais que les petits l'idolâtrent.

— Jake ne voit pas les choses ainsi. Il a travaillé avec des recrues pendant la guerre. Beaucoup se sont fait tuer. Il a peur de s'attacher à ces garçons.

— Est-ce que vous lui avez dit...

— On ne peut rien dire à Jake. J'ai essayé. Il faut qu'il trouve tout seul.

— Peut-être n'y arrivera-t-il pas.

— Eh bien, il nous faut lui donner un petit coup de pouce.

Il fronça les sourcils.

— Est-ce que vous me demandez de vous seconder dans ce complot machiavélique ?

— Exactement, répliqua-t-elle en riant.

Jake comprit immédiatement quand le premier bœuf flaira l'eau. L'animal leva la tête, lança un long beuglement et se mit à courir. Jake éperonna son cheval jusqu'aux bœufs de tête.

— Ils vont courir jusqu'à la rivière, cria-t-il à Chet. On ne peut rien faire pour les arrêter, n'essaie pas. Prends Faucon, Sean et Matt avec toi. Il faut que tu t'assures que le troupeau reste sur la piste jusqu'au gué. Sinon, ils risquent de tomber de dix mètres dans la rivière ou de s'enliser dans des sables mouvants.

— Qu'est-ce que vous allez faire ? s'enquit Chet.

— Je vais m'assurer qu'Isabelle et le chariot traversent avant que le troupeau n'arrive. Veille sur les morveux.

Jake atteignit la rivière à l'instant où Isabelle et Ward commençaient à décharger les marmites.

— Installez-vous de l'autre côté, ordonna-t-il.

— Non, c'est mieux ici, dit Ward. Plus de bois, plus d'ombre, et l'herbe est meilleure.

— J'ai vu des éclairs au nord. La rivière risque de monter de plusieurs mètres d'ici demain matin.

Ward semblait prêt à argumenter, mais Isabelle rechargea promptement les marmites.

— Je me sentirai plus en sécurité si vous conduisez pour traverser, dit-elle à Ward.

Jake ne comprenait pas sa confiance en cet homme. Puis il se rappela que Ward la comblait de compliments depuis cinq jours. C'était ce à quoi elle était habituée, ce à quoi on lui avait appris à s'attendre.

Il fallait qu'il trouve un moyen de les tenir à l'écart l'un de l'autre. Il voulait rester là au moins une journée pour donner aux garçons l'occasion de se reposer, et aux bêtes celle de boire tout leur soûl et de brouter.

Lorsqu'ils repartiraient, Ward serait en selle. Il ne resterait pas assis à côté d'Isabelle toute la journée à lui débiter des galanteries, et à discuter chaque décision de Jake. Une fois que Ward aurait avalé de la poussière toute la journée, il aurait la gorge trop sèche pour roucouler. Ce n'est pas parce que Jake ne comptait pas épouser Isabelle qu'il allait la laisser s'amouracher d'un imbécile prétentieux !

Le grondement de quatre mille sabots lui parvint, et le troupeau apparut au loin. Jake distinguait une quarantaine de bœufs, devant. Les autres étaient enveloppés par le nuage de poussière soulevé par les milliers de pattes. Sean et Faucon chevauchaient de chaque côté, gardant le troupeau sur la piste. Jake fut soudain inquiet pour les autres garçons. Il aurait dû rester avec le troupeau, au lieu de se lancer aux trousses d'Isabelle.

Les bœufs de tête atteignirent l'eau à fond de train. Sur leur élan, ils traversèrent tout droit la rivière. Jake dut les contenir pour qu'ils ne dépassent pas Isabelle et le campement. Un instant, il fut complètement enveloppé par le nuage de poussière. Progressivement, celui-ci s'éclaircit. Une partie du troupeau était arrêtée au milieu du courant. Les traînards poussaient pour atteindre l'eau, et longeaient la rivière en une masse grouillante et dangereuse.

Sean, Buck, Zeke et Bret entrèrent dans la rivière pour maintenir le troupeau rassemblé. Faucon, Luke et Matt firent de même sur la berge. Jake vit Drew et Will avec Chet. Pete émergea du nuage de poussière et conduisit son cheval dans l'eau pour rejoindre Sean.

Mais il n'en eut pas le temps. Une demi-douzaine de bœufs impatients plongèrent dans la rivière depuis la berge. L'un d'eux jaillit sous le cheval de Pete, et renversa dans l'eau tourbillonnante cheval et cavalier. Pete remonta à la surface et se mit immédiatement à battre des mains d'une manière frénétique : celle de quelqu'un qui ne sait pas nager.

Jake éperonna son cheval, mais le passage était obstrué par des centaines de bœufs étroitement serrés. Il descendit la rivière jusqu'à l'endroit où la berge était libre. Pete était emporté par le courant. Jake déroula son lasso et le lança, mais il n'était pas assez long.

Avant que Jake puisse sauter dans la rivière, Bret plongea de son cheval et commença à nager vers Pete dans une course rapide et puissante. Sur la rive, Chet cria quelque chose à Pete et lança sa corde, mais le garçon était trop effrayé pour nager jusqu'à elle. Il continuait à lutter frénétiquement ; il s'épuisait rapidement, et coula une deuxième fois.

Le courant l'emportait plus loin sur la rivière, où les berges encaissées s'élevaient de dix mètres au-dessus de l'eau. Si Jake se risquait à y plonger, la vitesse de la chute le planterait dans les sables mouvants.

Pete refit surface, mais trop désorienté pour s'agripper à la corde de Chet qui lui tomba pratiquement sur la tête. Il se débattait avec terreur, et coula pour la troisième fois à l'instant où Bret allait l'atteindre. Bret plongea sous la surface de l'eau rendue boueuse par les centaines de bœufs qui piétinaient en amont.

Jake retenait son souffle. Chaque seconde diminuait les chances de survie de Pete.

Au bout d'une éternité, Bret jaillit à la surface. Il tenait Pete sous le bras.

— Nage par ici ! cria Jake. Évite le banc de sable. Ce sont des sables mouvants.

Faucon arriva derrière Jake. Un instant plus tard, Isabelle et Ward s'approchèrent. Dans un silence tendu, ils observèrent Bret se frayer un chemin vers la berge. Jake lança sa corde.

— Mets ça sous les bras de Pete ! cria-t-il. Et attache-toi à la corde de Faucon !

Pete était un poids mort, mais Bret réussit à lui passer la corde sous les bras. En se servant de son cheval, Jake hissa le corps inerte de Pete hors de l'eau, sur la berge.

— Est-ce qu'il est mort ? demanda Isabelle alors que le visage tout blanc du garçon reposait sur le sol.

— Je ne sais pas, dit Jake. Il a été longtemps sous l'eau.

Il s'agenouilla au-dessus du garçon et se mit à lui relever les bras en cadence.

— Qu'est-ce que vous faites ? s'inquiéta Isabelle.

— Il essaie de faire sortir l'eau des poumons, expliqua Ward. S'il n'a pas été trop longtemps sous l'eau, il peut être réanimé.

Jake se dit de ne pas paniquer, de ne pas aller trop vite, de garder un rythme régulier. Il avait vu un garçon se faire réanimer ainsi pendant la guerre. Il savait que cela pouvait marcher.

Si seulement Pete n'avait pas été sous l'eau si long-temps…

Soudain, le noyé émit un bruit rauque. Un instant plus tard, l'eau jaillit de sa bouche et de son nez. Puis il toussa. Lorsqu'il cessa, son visage était rougi par l'effort. Il ouvrit les yeux.

— Je crois, dit Jake, qu'il te faut apprendre à nager.

— Où as-tu appris, toi ? demanda Jake à Bret.

Ils étaient assis à l'écart, observant la rivière qui était montée de plusieurs mètres en quelques heures. Tout le monde avait fini de dîner. Will et Drew faisaient le ménage. Isabelle et Ward avaient passé les dernières heures aux côtés de Pete, comme des mères poules. Les autres garçons surveillaient le troupeau qui broutait dans la douce lumière du crépuscule.

— Nous passions l'été chez mon grand-père au cap Cod quand j'étais petit. Je savais nager à trois ans.

Le ton de Bret était amer, son expression renfrognée. Jake doutait que la blessure d'avoir été renié par sa famille guérisse jamais.

— C'était très courageux de ta part de plonger au secours de Pete.

Bret haussa les épaules.

— Ce n'était pas grand-chose. Je ne pouvais pas le laisser se noyer, même si c'est un imbécile de Texan.

Bret avait du mal avec les compliments. Il avait fui quand Isabelle l'avait couvert d'éloges. Et il avait presque été grossier lorsque Pete avait voulu le remercier.

Jake se leva.

— Beaucoup ici aimeraient être tes amis, si tu l'acceptais.

— Je ne veux pas d'amis, surtout pas du Texas.

— Je crois que si. Je pense que tu as très envie d'avoir des amis.

Jake se réveilla dans la nuit, moite de transpiration. Il avait rêvé qu'Isabelle le rejetait. Il s'assit. Les garçons étaient couchés, écrasés par un sommeil de plomb après cet exténuant voyage. Il regarda par-dessus son épaule. Le chariot de la cantine était là ; Drew, Ward et Pete dormaient par terre à côté, Isabelle à l'intérieur.

C'était un rêve, mais il en avait encore des frissons.

Ce cauchemar était l'écho de son passé. Sa mère les avait abandonnés, son père, son frère et lui-même. Elle était partie à Saint-Louis. Il avait essayé de la retrouver après la guerre, en vain. Il avait juste appris qu'elle avait emménagé à Santa Fe.

Cela ne lui faisait aucun bien d'y repenser. Il l'avait fait des dizaines de fois, et cela revenait toujours au même. Une femme qui avait de l'éducation ne supportait que le seul mode de vie dans lequel on l'avait élevée.

Jake n'arrivait pas à se rendormir. Il s'habilla rapidement puis, au lieu de monter en selle comme il comptait le faire, il se dirigea vers le chariot malgré lui. Il regarda à l'intérieur. Isabelle dormait sur le côté, une couverture sous la tête en guise d'oreiller. Elle paraissait si jeune et innocente, sa peau d'un blanc laiteux, ses cheveux et ses sourcils noirs comme de l'encre. Elle semblait presque aussi irréelle que dans son rêve.

— Elle est adorable, n'est-ce pas ?

Jake faillit faire un bond au son de la voix de Ward.

— Oui, dit-il sur un ton plus calme qu'il ne l'était. Trop adorable pour le Texas.

— Une fois qu'elle aura installé les garçons, je m'attends à ce qu'elle rentre à Savannah.

— J'y compte bien, rétorqua Jake. Et vous, qu'allez-vous faire à Santa Fe ?

— Je ne sais pas. Sans doute traîner.

— Où ?

Ward jeta un regard au chariot.

— À l'endroit qui aura l'air le plus intéressant…

Il marqua une pause.

— Et vous, quels sont vos projets ?

— Rentrer au Texas et rassembler un autre troupeau.

— Ça va être dur de vous marier, si vous êtes loin de chez vous la moitié de l'année.

— Je n'ai aucun projet de cet ordre. Les femmes n'aiment pas les hommes comme moi.

— Certaines, si.

— La plupart, non.

Ward laissa son regard vagabonder du côté du chariot.

— Vous le lui avez demandé ?

— Pas la peine. Elle a été très claire sur le fait qu'elle déteste le Texas en général. J'ai beau ne pas avoir d'éducation, j'ai bien reçu le message.

— Je n'en suis pas si sûr.

Jake était fatigué de parler à ce type, et trop nerveux pour rester à ne rien faire.

— Je vais relever Sean. Il a besoin de dormir.

— Vous voulez que je vienne avec vous ?

— Vous feriez mieux de prendre soin de cette jambe. Si elle se rouvre, Isabelle ne me le pardonnera jamais.

Jake s'éloigna et envoya Sean au lit. Il se demandait s'il allait renvoyer aussi Buck et garder seul le troupeau, quand l'autre cavalier de garde le rejoignit. C'était Ward.

— Je ne pouvais pas vous laisser en plan, dit-il avec un rictus.

Ward le dépassa. Au bout de quelques instants, Jake entendit sa belle voix de baryton s'élever dans la nuit. Ward chantait un refrain espagnol, mais ce n'était pas une vulgaire chanson. C'était de la musique classique, comme on en apprend avec un professeur de chant.

Ward était de la même origine sociale qu'Isabelle. Ils allaient bien ensemble parce qu'ils étaient de la même espèce.

Jake secoua la tête pour se débarrasser de cette pensée agaçante. Il était clair que Ward s'intéressait à Isabelle. Et elle avait montré que c'était réciproque. Jake n'avait qu'à s'occuper de ses vaches et laisser les choses suivre leur cours.

Il se retourna pour observer les éclairs dans le lointain. Heureusement que la pluie les avait épargnés. Les chevaux auraient eu de la boue jusqu'aux fanons.

Quand Isabelle s'éveilla, le Pecos débordait et continuait à monter.

— Rassemblez tout le bois que vous pourrez trouver et montez plus haut, lui dit Jake après qu'ils eurent fini le premier petit-déjeuner pris de jour depuis le début du voyage. Je compte passer la journée ici. Nous repartirons demain matin.

Ils étaient à mi-chemin du nouveau campement lorsque Will poussa un cri.

— Regardez ! s'exclama-t-il, désignant un point derrière eux, de l'autre côté de la rivière.

Le souffle d'Isabelle se bloqua dans sa gorge. Pas moins d'une centaine d'Indiens étaient sur l'autre rive du Pecos en crue.

— Les Comanches ! Ils comptaient nous tendre une embuscade et prendre le troupeau, dit Jake.

Ils auraient sans doute aussi capturé Isabelle.

— Que vont-ils faire ? demanda-t-elle.

— Rien, avant que la rivière ne redescende.

— Combien de temps cela prendra-t-il ?

— Je ne sais pas. Peut-être une semaine.

— Alors nous sommes en sécurité.

— Ils peuvent faire autant de chemin en un jour que nous en cinq.

— Est-ce qu'ils vont nous suivre ?

— Je ne crois pas. Nous serons en territoire apache avant qu'ils ne nous rattrapent.

— Mais ceux-ci sont aussi dangereux !

— Mieux vaut des Apaches qui ignorent notre présence que des Comanches qui la connaissent.

Avant qu'Isabelle ait pu répondre, Pete, qui était visiblement remis, sortit un fusil du chariot et le braqua sur les Indiens.

— L'imbécile ! s'exclama Jake en se ruant vers lui.

— Qu'est-ce qu'il fait ? demanda Ward.

— Je crois qu'il voudrait tuer quelques Peaux-Rouges, expliqua Isabelle.

— Quel crétin! marmonna Ward. S'il en tue, ils ne nous lâcheront pas.

Pete détala.

— Ne tire pas! ordonna Jake en courant derrière lui.

— Je vais m'en faire au moins un.

Pete mit un genou à terre, épaula et tira.

Un Indien émit un jappement et son cheval se mit à ruer. Personne n'était à terre, Pete avait donc sans doute à peine effleuré le cheval. Dans un bond désespéré, Jake le rejoignit et lui prit l'épaule.

Pete esquiva et lui porta un coup de crosse à la tête. Jake fut projeté en arrière. Sonné, il vit le garçon s'agenouiller et épauler de nouveau.

Il se jeta sur lui. Le fusil vola, et ils roulèrent à terre.

La tête de Jake heurta quelque chose de dur. Il perdit presque connaissance. Pete se dirigea vers le fusil. Avec tout ce qu'il lui restait d'énergie, Jake le plaqua au sol.

Par chance, Sean accourut. Il regarda de l'autre côté de la rivière.

— Je crois qu'il n'a blessé personne.

Pete sanglotait, donnait des coups de pied et de poing à Jake de toutes ses forces. Où était le temps où il n'obéissait qu'à Jake, imitait sa démarche, se donnait du mal pour obtenir ses félicitations? Consumé de haine, il ne se souciait plus de personne.

— Pourquoi m'avez-vous arrêté, espèce d'ordure? Je vous hais! Je vous hais!

Isabelle et les autres arrivèrent.

— Nous ferions mieux de déplacer le troupeau, dit Jake à Chet.

Il regarda Isabelle.

— Prenez Will et Drew avec vous.

Elle n'hésita qu'un instant.

— Bien sûr.

Isabelle regagna le chariot.

Pete continuait à se débattre, mais ses forces s'épuisaient.

— Es-tu prêt à m'écouter ? demanda Jake.

La réponse de Pete consista à lutter encore plus.

— Je te le dis une dernière fois, gronda Jake. Tu ne peux pas attaquer chaque Peau-Rouge que tu vois.

— Si !

— Alors tu ne peux pas rester avec nous. Je te laisserai au premier fort que nous atteindrons. Isabelle écrira à l'agence. Ils enverront quelqu'un te chercher.

Pete le regardait avec un mélange de peur et de défi dans les yeux. Sa colère s'éteignait.

— Mlle Davenport ne me laissera pas. Elle a dit qu'elle n'abandonnerait jamais l'un de nous.

— Il faudra qu'elle te laisse, parce que tu nous mets tous en danger.

— J'essayais juste de tuer ces salauds. Ils ont assassiné ma maman et mon papa.

Il était triste, désormais.

— Si tu n'en avais tué ne fût-ce qu'un, ils auraient attendu que la rivière redescende et nous auraient suivis. Ils nous auraient massacrés et auraient volé le troupeau. Et le pire, c'est ce qu'ils auraient fait à Isabelle.

— Qu'est-ce qu'ils lui auraient fait ?

— Les pires choses que tu puisses imaginer.

— Pire qu'être tué ?

— Bien pire.

— Je ne vous crois pas.

— Il faut que tu me promettes tout de suite que tu n'attaqueras plus jamais un Peau-Rouge.

— Non.

— Tu es catégorique ?

— Oui.

— D'accord, alors voilà comment les choses vont se passer jusqu'à ce que je trouve un endroit où te laisser. Tu vas voyager dans le chariot, les mains et les pieds attachés. Je te détacherai pour manger.

— Isabelle ne vous laissera pas faire ça. Sean non plus.

— Ils n'auront pas le choix. Je suis chargé de ce convoi. C'est moi qui prends les décisions.

Jake attendit.

Pete fixa les Peaux-Rouges de l'autre côté de la rivière.

— J'aimerais les abattre jusqu'au dernier.

— Je comprends. Mais il faut que tu saches que tu ne retrouveras jamais ceux qui ont tué tes parents. Et te venger sur ceux-là ne te les ramènera pas.

Pete ne réagit pas.

— Allez. Il faut rejoindre les autres, dit Jake en le prenant par l'épaule.

— Je peux marcher tout seul.

— Est-ce que tu promets de te tenir tranquille? questionna Jake sans lâcher son épaule.

— Pour combien de temps dois-je promettre?

— Aussi longtemps que tu seras avec Isabelle ou moi.

— Et si vous épousez Isabelle et que vous m'adoptez?

Jake savait que cela n'arriverait jamais, mais ce n'était pas le bon moment pour le dire à Pete.

— Alors ce sera pour toujours.

Pete réfléchit.

— D'accord, mais si vous n'épousez pas Isabelle, je ferai ce que je veux.

— Ça me semble honnête, admit Jake.

— Alors retirez votre main de mon épaule. Je ne suis pas une fillette, parole d'homme!

Jake gloussa. Pete était redevenu normal.

23

Jake se sentait nerveux.

Peut-être était-il trop préoccupé par les garçons. Il pensait de plus en plus à eux. Il ne pouvait oublier l'idée de Sean selon laquelle Isabelle et lui devraient les adopter. Le mariage était hors de question, mais il ne voyait pas pourquoi les garçons ne pourraient pas rester avec lui. Ils n'étaient pas assez âgés pour être engagés comme cow-boys ordinaires.

Peut-être était-il trop préoccupé par l'idée de conduire le troupeau à Santa Fe. Tout pouvait encore arriver. Les Indiens – les Comanches, notamment – étaient connus pour voler des bêtes jusque dans les forts de l'armée.

Peut-être était-ce Isabelle. Ses pensées revenaient toujours à elle. Il menait une bataille permanente contre lui-même. Comment pouvait-il imaginer qu'il aimait la jeune femme, alors que la seule idée de mariage lui donnait des cauchemars ?

Soudain, un coup de feu brisa le silence.

Il regarda dans la direction du bruit. Tirant en l'air, quatre hommes sortirent de sous les pins et les cèdres qui couvraient les basses collines, sur chaque versant de la vallée que traversait le troupeau. Jake supposa qu'ils comptaient affoler les bêtes pour les voler.

Puis il vit un cinquième homme avec un fusil, assis sur son cheval au sommet de la colline. L'homme tira. Le cheval de Buck recula, et le garçon tomba.

Il tirait pour tuer !

Aucun des garçons ne portait d'arme, à part Chet, et Ward était derrière avec Isabelle. Il ne rejoindrait pas le troupeau avant midi.

Il n'y avait qu'un seul moyen. Il fallait mettre le troupeau entre eux et les voleurs de bétail, mais d'abord il devait faire descendre ce tireur de son perchoir.

Jake dégaina son fusil et ouvrit le feu sur le tireur à une cadence précipitée. Il ne le toucha pas, mais le força à descendre jusqu'aux arbres. Le bandit essaierait à nouveau – mais pas avant, espérait Jake, qu'il n'ait eu le temps de mettre les garçons hors de portée. Il fourra son fusil dans l'étui et éperonna son cheval pour partir au galop.

Lorsqu'il atteignit Chet, le garçon essayait d'empêcher les vaches de s'affoler.

— Laisse-les courir ! cria Jake. Dirige-les directement sur ces salauds.

— Mais ils vont voler le troupeau !

— Tant pis ! Quand le troupeau commencera à courir, ramène les garçons au chariot avec Ward et Isabelle.

— Qu'est-ce que vous allez faire ?

— Buck est à terre.

— Vous n'arriverez pas jusqu'à lui.

— Il faut que j'essaie. Maintenant, dégage d'ici avant qu'ils commencent à te tirer dessus. Vas-y ! hurla-t-il comme Chet hésitait. Tu ne pourras pas m'aider si tu es mort.

Jake fit volter son cheval et commença à se frayer un chemin à travers les bêtes. Elles ne couraient pas encore, pour l'instant, mais elles n'allaient pas tarder. Il fallait qu'il atteigne Buck le premier. Un bandit approchait de la tête du troupeau. Jake sortit son arme et lui tira dessus par-dessus les bêtes. Le cheval du brigand trébucha et tomba.

Jake menait son cheval aussi vite que possible. Les bœufs couraient, maintenant. Il voyait Buck debout, non loin. Les premiers bœufs le contourneraient. Puis l'un d'eux l'encornerait et les autres le piétineraient.

Il fallait qu'il y soit avant.

Il leva les yeux vers la colline. Le tireur était de retour et s'apprêtait à faire feu.

Jake le mit en joue.

— Buck ! cria-t-il en espérant que le garçon l'entendait malgré le bruit du troupeau qui courait.

Buck se jeta à terre juste avant que le bruit d'un coup de feu ne transperce l'air. Un animal beugla de douleur, car la balle lui avait fracassé une corne.

Jake ralentit son cheval en s'approchant de Buck. Il se pencha et tendit la main.

— Monte !

Buck bondit en croupe.

— Accroche-toi ! cria Jake. Il faut que nous nous mettions à l'abri.

Le troupeau était lancé à fond de train, les bandits suivaient, mais le tireur était toujours à son poste. Il épaulait de nouveau.

— Penche-toi autant que tu peux, ordonna Jake en éperonnant son cheval vers un bosquet de pins. Nous serons à l'abri dans une minute.

Le cheval de Jake attaqua la colline. Il avait presque atteint les arbres quand il sentit une douleur. Il n'avait pas entendu partir le coup. Mais une terrible faiblesse le prit, et il sut qu'il était touché.

Il essaya de parler, pour prévenir Buck. Mais bien qu'il bougeât les lèvres, aucun mot ne sortait. Il était en train de lâcher les rênes. Il allait tomber.

Bon sang, mourir comme ça, au beau milieu d'une plaine aride sur les terres du Nouveau-Mexique... Des bandits allaient capturer son troupeau, et Ward prendrait la femme qu'il aimait. Pourquoi diable avoir survécu à la guerre, pour mourir dans un endroit qui ne figure même pas sur les cartes ?

Bon sang ! Il avait vraiment tout raté...

Ward était en train de parler à Isabelle quand ils entendirent le coup de feu.

— Pourquoi Jake tirerait-il ? s'étonna-t-elle.

Tout s'était tellement bien passé qu'elle avait presque oublié l'éventualité d'un danger.

— C'était un coup de fusil, dit Ward. Il a sans doute abattu un chevreuil. De la viande fraîche nous changerait un peu, après tout ce porc salé.

Une brève fusillade éclata, éliminant l'hypothèse de la chasse. Quelque chose n'allait pas. Isabelle fouetta les mules, mais Ward agrippa les rênes et les arrêta.

— Qu'est-ce que vous faites ? demanda-t-elle, choquée. Il faut que nous retrouvions Jake. Il a peut-être besoin d'aide.

— On ne peut rien faire, répliqua Ward. Rangeons le chariot sous le couvert des arbres.

Isabelle voulut reprendre le contrôle des rênes.

— Si vous pensez que je vais me cacher alors que Jake et les garçons ont des ennuis, vous n'avez pas compris qui je suis !

— J'en ai une idée très précise, répondit Ward, maintenant une poigne ferme sur les rênes. Mais vous n'avez aucune idée du danger que vous faites courir à tout le monde. Si vous vous faites capturer, nous serons tous à leur merci.

Isabelle ouvrit la bouche pour protester, puis la referma.

— Conduisez le chariot sous ces arbres et restez là. Quoi que vous entendiez, ne sortez pas. Prenez un fusil, et si vous voyez quelqu'un, tirez. Vous n'aurez pas de seconde chance.

— Qu'est-ce que vous allez faire ?

— Je vais retrouver Jake et les garçons. Je les renverrai ici. Préparez des bandages et de l'eau chaude. Il risque d'y avoir des blessés.

Se cacher allait à l'encontre de l'instinct d'Isabelle, mais Ward avait raison. Elle aurait dû faire plus attention lorsque Jake essayait de lui apprendre à monter et à se servir d'un fusil. Ainsi, elle n'aurait pas eu à se terrer comme une froussarde.

Elle était bel et bien inutile pour un homme comme Jake. Si elle l'épousait, elle serait un boulet à son pied.

Isabelle les vit bien avant qu'ils ne pénètrent dans la clairière. Elle n'eut pas à les compter : plusieurs manquaient. Elle reconnut rapidement Sean et Matt qui ramenaient les plus jeunes. Elle ne vit pas Chet et Luke. Ni Zeke et Faucon. Buck manquait aussi.

Ainsi que Ward et Jake.

Il y eut des craquements dans le bois. Quelques instants plus tard, Luke et Zeke apparaissaient à leur tour.

— Qu'est-ce qui s'est passé ? demanda-t-elle à Drew qui fut le premier à l'atteindre.

— Des hommes nous ont attaqués. Chet nous a fait lancer le troupeau sur eux, avec ordre de revenir ici aussi vite que possible.

— Où est Chet ?

— Il s'assure que tout le monde revienne, expliqua Matt. Il a dit que c'est ce que Jake lui a demandé de faire.

— Et Jake ?

— Buck était à terre. Jake est allé le récupérer.

— Et Ward et Faucon ?

— Ward nous a rejoints comme s'il avait le diable aux trousses, dit Sean. Il n'a fait que nous hurler dessus pour qu'on rejoigne le chariot et qu'on vous protège.

Zeke était monté dans le chariot. Il avait trouvé les armes et commençait à les sortir.

— Remets-les, ordonna Isabelle. Jake a dit que vous n'aviez pas à les prendre avant qu'il soit ici.

— Il n'est pas ici, rétorqua Zeke, et nous ne savons pas s'il reviendra. Je ne sais pas ce que veulent ces démons blancs, mais je ne compte pas les laisser me descendre alors que j'ai une très bonne arme sous la main.

— Moi non plus, renchérit Will, s'avançant pour prendre son arme.

— Ne donne pas d'arme à Will, gronda Isabelle. Ni à Pete ou à Drew. Si le reste d'entre vous doit avoir des armes, prenez un pistolet chacun. Puis formez un cercle autour de nous. À la seconde où vous verrez ou entendrez quelque chose, faites-le-moi savoir. Et *personne* ne tire sans mon autorisation.

Les garçons ne dirent rien, mais ils semblaient prêts à obéir.

— J'ai besoin de bois et d'eau, ajouta-t-elle. Ward a dit qu'il y aurait peut-être des blessés. Et il faudra que nous mangions.

— Assurez-vous que le bois est sec, dit Zeke. Nous n'avons pas intérêt à ce qu'il fume.

À peine quelques minutes s'étaient écoulées lorsque l'un des garçons cria qu'il voyait revenir Chet. Isabelle vint à sa rencontre, à la lisière du bois.

— Où est Jake ? demanda-t-elle.

— Il est allé chercher Buck, dit Chet en glissant de son cheval.

Isabelle essaya de calmer la panique qui la submergeait. Elle était seule dans cette nature sauvage, avec ces garçons qui dépendaient d'elle, et elle n'avait pas la moindre idée de ce qu'il fallait faire.

— Qu'est-ce qui s'est passé ? questionna-t-elle.

— Des bandits ont attaqué le troupeau.

— Mais pourquoi Buck était-il à terre ? C'est un bon cavalier.

— C'est ce que je ne comprends pas, marmonna Chet. Il y avait un homme avec un fusil sur la colline qui lui tirait dessus.

— Pourquoi Buck ?

— Peut-être parce qu'il monte bien. Peut-être qu'ils pensaient qu'en ayant Buck, il n'y aurait plus personne pour les empêcher de prendre le troupeau.

— Est-ce que Faucon était avec lui ?

— Oui, madame, mais il a disparu.

— Donne-moi ton arme, dit Isabelle à Chet.

— Pour quoi faire ?

— Je vais aller chercher Jake.

— Désolé, madame, je ne peux pas vous laisser faire ça.

— Tu ne peux pas m'en empêcher, rétorqua-t-elle.

— Je ne veux pas, mais je le ferai.

— Et je l'aiderai, intervint Zeke.

Isabelle ne pouvait croire que les garçons étaient en train de la menacer de la retenir contre son gré. C'était absurde.

— Nous n'avons que peu de chances, reprit Zeke, et je n'ai pas l'intention de vous laisser les gâcher.

— Ils pourraient tous être blessés.

— Nous ne les aiderons pas en nous faisant descendre aussi.

— Je ne suis pas idiote, Zeke, je sais…

— Vous ne savez rien ! coupa le garçon dans un murmure étranglé. Si vous sortez, Jake va se faire tuer juste pour sauver vos petites fesses.

— Ça suffit ! gronda Chet. On ne parle pas comme ça à Mlle Davenport. Excuse-toi.

— Je ne m'excuserai devant personne d'assez stupide pour aller battre la campagne au hasard. Bon sang, elle ne sait même pas monter. Elle se tirera dessus si on lui laisse une arme.

— Excuse-toi, Zeke.

— Est-ce que tu vas m'y forcer ?

— S'il le faut.

Zeke sauta sur Chet, et les autres rappliquèrent comme un seul homme. En moins de cinq secondes, chaque garçon hurlait son soutien à son favori.

— Taisez-vous ! siffla Isabelle. Est-ce que vous voulez que les bandits sachent où nous sommes ?

Les garçons cessèrent de hurler, mais la lutte continua. Cela ne prit pas longtemps à Chet pour mettre Zeke à terre, les mains pressées sur son cou.

— Excuse-toi, espèce d'ordure, ou ce sera ton dernier souffle.

Zeke secoua la tête, et Chet resserra sa prise.

— Je te tuerai s'il le faut. Ça fera un imbécile de moins.

— Arrêtez, intervint Isabelle en essayant de les séparer.

Matt et Luke la tirèrent en arrière.

— Laissez-le tranquille, dit Luke. Zeke l'a cherché.

— Mais Chet l'étrangle !

— Zeke a le choix. S'il ne veut pas mourir, il peut s'excuser.

Isabelle prit conscience qu'elle ne savait rien de ces garçons. Chet et Luke avaient de bonnes manières, pourtant ils parlaient d'étrangler Zeke comme si cela n'était pas plus grave que de tuer une perdrix pour le dîner.

Zeke dut capituler, car Chet le relâcha.

— Je m'excuse, dit Zeke à la jeune femme quand il se releva.

Puis il se tourna vers Chet.

— Je vais te tuer, espèce d'ordure.

— Tu ferais mieux de regarder derrière toi avant d'essayer, grommela Luke.

Isabelle avait des frissons dans le dos. Luke n'avait que treize ans. Comment pouvait-il parler ainsi?

— Arrêtez ça, tous! Chet est responsable jusqu'à ce que Jake revienne. Je ne vais nulle part, du moins pas maintenant. Retournez à vos places. Quelqu'un peut nous avoir repérés pendant que vous encouragiez Chet et Zeke à s'entre-tuer. J'ai honte de vous. Il faut se serrer les coudes si nous voulons arriver sains et saufs à Santa Fe.

Les garçons ne donnaient aucun signe de remords.

— Vous croyez qu'il est mort? demanda Pete.

— Non, répondit Isabelle aussi fermement que possible. Jake a survécu à une guerre, aux Peaux-Rouges, aux fermiers et à je ne sais quoi d'autre. Il survivra à une poignée de voleurs de bétail.

— Moi, je crois qu'il est mort, dit Pete en s'éloignant. Je crois qu'il est couché quelque part avec une balle dans la tête et du sang partout.

Isabelle refusait de penser que Pete eût raison. Jake n'était pas mort. Jake ne *pouvait* pas être mort. Elle le sentirait, non? On ne peut pas perdre une part de soi-même sans s'en rendre compte.

Ward arriva une heure plus tard. Avant même qu'il mette pied à terre, Isabelle sut qu'il n'avait vu ni Jake ni les garçons.

— Je ne trouve pas trace de quiconque, dit-il en descendant de selle. Espérons qu'ils sont ensemble.

— Et les voleurs de bétail? demanda Chet.

— Ils sont à la poursuite du troupeau. Tous, sauf un.

— Est-ce qu'il est blessé? s'enquit Isabelle.

— Mort.

— Bien fait pour ce fumier! s'exclama Chet. Est-ce que vous avez vu quelqu'un avec un fusil, un homme à cheval à flanc de montagne?

— Non.

— Il faut que vous retrouviez Jake, dit Isabelle.

— J'ai cherché partout.

— Alors cherchez encore. J'irai, si vous ne le faites pas. Je ne peux pas rester ici sans rien faire, sachant qu'il est peut-être étendu quelque part, blessé, et qu'il a besoin d'aide.

— Jake est plein de ressources. Il a survécu à pire que cela.

— Alors pourquoi ne revient-il pas?

— Je ne sais pas. Attendez qu'il soit ici pour lui demander.

— Et Faucon?

— Je ne l'ai pas vu non plus.

Isabelle se dirigea vers les chevaux, mais Chet lui barra le chemin.

— Tu dois me laisser y aller, supplia-t-elle.

— Non.

— Asseyez-vous, Isabelle, intervint Ward. Il n'y a rien que vous puissiez faire.

Elle regarda successivement tous ces visages durs, des visages qu'elle avait toujours trouvés juvéniles, innocents et pleins d'espoir. Désormais, ils faisaient cercle autour d'elle comme de sinistres geôliers.

— Comment pouvez-vous le laisser là-bas tout seul? interrogea-t-elle. Il ne vous aurait pas laissés, lui.

— Jake a dit qu'il fallait que tout le monde revienne ici et l'attende.

— Mais s'il ne peut revenir seul? S'il est blessé?

— L'un de nous ira le chercher, répondit Ward, mais ce ne sera pas vous.

Sean se porta volontaire. Isabelle le regarda monter en selle et partir. Elle chercha quelque chose à faire. Si elle devait rester ici à attendre, à se poser des questions, à s'inquiéter, elle finirait par hurler.

— Je vais préparer à manger.

— Ça me semble une bonne idée, approuva Ward.

La jeune femme essaya de faire le vide dans son esprit. Elle réalisait maintenant qu'elle n'avait jamais aimé son fiancé. Elle avait été triste quand il avait été tué, mais elle n'avait rien ressenti de comparable à ce qu'elle ressentait maintenant – un vide, un gouffre béant.

Elle avait cru qu'elle ne pourrait pas épouser Jake, qu'elle n'était pas la femme dont il avait besoin. Cela lui avait fait mal, mais ce n'était rien comparé à la douleur de songer qu'il était peut-être mort. Tant qu'il était en vie, il y avait toujours un espoir qu'ils résolvent les choses d'une manière ou d'une autre. S'il était mort...

Quatre garçons étaient partis et revinrent sans avoir trouvé Jake ni Buck. À la tombée de la nuit, Faucon de Nuit rentra. Isabelle courut à sa rencontre.

— Est-ce que tu as vu Jake?

— Il n'est pas ici?

— Je croyais que tu étais à sa recherche.

— Je suivi troupeau. Vu où eux l'emmener.

Il tendit une ceinture et un holster.

— Celui-là pas allé avec eux.

Isabelle fut terrassée par ce nouveau choc. Faucon de Nuit avait tué un homme et montrait encore moins d'émotion que Chet.

— Vous croyez qu'il est mort?

Isabelle était assise toute seule, les yeux perdus dans l'obscurité. Elle les releva pour regarder Will. Désormais, il ressemblait à un petit garçon effrayé. Elle lui tendit la main. Il la prit, et elle l'attira contre elle. Elle posa un bras sur ses épaules. Il ne résista qu'un instant avant de se jeter à son cou..

— Ils croient tous qu'il est mort. Tout le monde.

— Il n'est pas mort, assura Isabelle.

Il fallait qu'elle continue à se le dire. C'était ce qui lui permettait de tenir bon.

— Comment le savez-vous?

— Je le sais, c'est tout. Je le sens.

— Est-ce qu'on sait quand une personne meurt, si on l'aime?

— Qui a dit que j'aimais Jake ?

— Tout le monde le pense.

— Oui, admit Isabelle. C'est pour ça que je le sais.

— J'ai dit à Matt qu'il n'était pas mort. J'ai dit que vous le sauriez.

Will relâcha son emprise pour relever les yeux vers les siens.

— Quand est-ce qu'il revient ? s'enquit-il.

— Je ne sais pas.

— Je n'aime pas quand il n'est pas là.

— Moi non plus.

— Est-ce que vous allez l'épouser, s'il revient ?

— Pourquoi est-ce que tu me demandes ça ?

— Parce que je veux que vous nous adoptiez, Matt et moi. Vous le ferez ?

— Je ne sais pas. Il y a neuf autres garçons. Je ne sais pas si Jake voudra en adopter autant.

— Mais c'est moi qui en ai le plus envie. Pete dit qu'il n'en a rien à faire. Bret déteste tout le monde. Je ne crois pas que Zeke aime qui que ce soit non plus.

— Nous ne pourrons pas en prendre certains et laisser les autres. Il faudra que je…

Isabelle s'arrêta net. Zeke avait levé la main pour imposer le silence. Elle tendit l'oreille.

— Qu'est-ce que c'est ? murmura Will.

— Chut !

L'ordre de Zeke était impératif.

— Quelqu'un vient.

— Combien ? questionnèrent Ward et Chet en même temps.

— Je ne peux pas dire, mais on dirait un seul.

— Je y aller.

Faucon de Nuit se fondit dans la pénombre avant que Chet ou Ward n'ait pu l'arrêter.

Isabelle avait sauté sur ses pieds, le corps si tendu que ses muscles lui faisaient mal. Elle n'entendait que la brise dans les arbres.

Brusquement, elle perçut des voix. Puis une course. Toutes les armes pointaient en direction du bruit, qui approchait de plus en plus vite. Avant qu'elle ait pu discerner leurs silhouettes dans l'obscurité, Faucon de Nuit s'écria :

— C'est Jake et Buck !

Un cheval sembla jaillir des ténèbres. Le corps de Jake gisait en travers de la selle, retenu par Buck. Le garçon tourna un visage crispé et plein de larmes vers Isabelle.

— Il venait me chercher, expliqua-t-il. On essayait de me tirer dessus quand Jake m'a secouru. Jake a été touché.

— Qui a essayé de te tirer dessus ? demanda Ward.

— Rupert Reison, dit Buck. C'est lui qui a tué Jake.

24

C'était comme un mauvais rêve. Tout avançait au ralenti. Isabelle avait entretenu l'espoir, car faire quoi que ce soit d'autre aurait consisté à abandonner. Jake n'aurait jamais abandonné. Il n'aurait pas voulu qu'elle le fasse, mais maintenant il était mort. Il la laissait avec les garçons et un amour qui n'éclorait jamais.

Les garçons couchèrent Jake sur le sol et s'écartèrent.

Will se mit à pleurer.

Jake était tellement immobile. Lui toujours si vivant, débordant d'énergie. Les garçons avaient posé son corps de travers. Ce n'était pas bien. Elle ne pouvait pas le laisser comme cela.

Elle s'agenouilla à côté de lui et déplaça la tête de Jake.

Puis elle se pencha et toucha ses lèvres avec les siennes. Elles étaient sèches, comme brûlantes de fièvre… et son souffle chaud.

Isabelle se figea.

— Il est vivant ! Apportez le chariot. Il faut que nous l'amenions chez un docteur.

Surpris, Ward s'approcha et s'agenouilla.

— Il est vivant. Mais à peine.

— Dépêchez-vous, il faut que…

— Il ne tiendra jamais jusqu'à Santa Fe. Où est-il touché ? demanda-t-il à Buck.

— Dans le dos.

Délicatement, Ward retourna Jake. Il y avait un petit trou dans sa chemise. Ward sortit son canif et déchira la chemise.

— Il me faut de la lumière, dit-il. Est-ce que vous avez une lanterne ?

— Dans le chariot, acquiesça Isabelle.

— Prenez-la.

— Il a besoin d'un docteur...

— Il ne devra compter que sur nous, dit Ward.

Bret alluma la lanterne avec un bâton sorti du feu et l'apporta à Ward.

— Tiens-la-moi, ordonna-t-il. Plus haut. À gauche.

Personne ne parlait tandis que Ward examinait la blessure.

— Il va falloir extraire la balle. Je ne sais pas si ça le sauvera, mais il mourra si ça ne marche pas.

— Il a besoin d'un docteur, insista la jeune femme.

— Il en a un, répliqua Ward.

— Où avez-vous appris à faire ça? s'étonna Isabelle.

Ward avait extrait la balle. Ils installèrent Jake aussi bien que possible, en posant des couvertures sur un matelas d'aiguilles de pin. Isabelle se préparait à passer la nuit à son chevet. Chet avait organisé la surveillance. Aucun des garçons ne dormait. Ils restaient près de Jake, à l'observer, à attendre.

— J'étais chirurgien dans l'armée, pendant la guerre de Sécession.

— Vous deviez être très bon.

— Nous l'étions tous, ou nous le sommes devenus. La pratique...

— Mais pourquoi...

— Je suis fils unique d'un riche exploitant de ranch. Je voulais faire autre chose de ma vie que garder des bêtes. La médecine me semblait la vocation idéale. Puis il y a eu la guerre, et j'ai réalisé que je n'avais aucune idée de ce que signifie le fait d'être docteur. J'ai détesté ça.

— Et pourquoi vous promeniez-vous au Texas?

Ward gloussa.

— Vous voulez que je vous raconte l'histoire sordide de la mort de mes idéaux? Un jour, peut-être. Disons simplement que je suis tombé amoureux d'une femme qui n'était pas faite pour moi.

Il se releva et s'étira.

— Je suis fatigué. Je vais me coucher.

Isabelle leva les yeux vers lui. Il semblait plus embarrassé qu'épuisé.

— Merci d'avoir sauvé Jake.

— Je n'ai fait qu'extraire la balle. Il faut attendre de voir si Jake peut se sauver lui-même.

— Il le fera. Je le sais.

— Est-ce que vous prévoyez de lui dire que vous l'aimez?

— Je ne sais pas. Je ne suis pas sûre d'être la femme qu'il lui faut…

— Balivernes!

— Il ne veut pas se marier.

— Peut-être changera-t-il d'avis.

Elle ne répondit pas. Il était impossible d'expliquer ses sentiments confus. Chet lui avait dit comment Jake avait sacrifié le troupeau pour protéger les garçons. Elle ne le suspectait plus de ne pas se soucier assez des garçons, de vouloir les utiliser, de faire passer son profit avant leur sécurité.

Elle se sentait honteuse d'avoir douté de lui. Elle aurait dû se rendre compte depuis longtemps que Jake était quelqu'un d'extraordinaire.

Il ferait un père parfait pour tous ces garçons. Bon, peut-être pas un père – certains étaient trop âgés pour cela – mais elle ne pouvait imaginer personne de meilleur pour les accompagner jusqu'à l'âge adulte.

Elle avait éperdument envie de le faire à ses côtés. Elle avait fini par aimer ces garçons. Elle savait que plusieurs d'entre eux ne la verraient jamais de la même manière – elle n'était pas sûre que Zeke puisse même apprendre à l'apprécier – mais ils avaient autant besoin d'une mère que d'un père.

Mais Jake ne voulait pas se marier. Et même s'il l'avait voulu, elle n'était pas la femme qu'il lui fallait.

— Je ne le crois pas, répliqua-t-elle. L'important pour Jake était de vendre le troupeau. Maintenant, il n'a plus rien. Il n'épousera personne.

— Est-ce que vous l'épouseriez tout de même?

— Oui.

— Dites-le-lui.

— Vous ne comprenez pas…

— Non, admit Ward. Et moi qui ai raté ma propre vie, je suis mal placé pour donner des conseils.

Elle haussa les épaules.

— Je n'ai guère fait mieux.

Chet vint s'asseoir à côté d'Isabelle.

— Comment va-t-il?

— Toujours pareil.

Silence.

— Qu'est-ce qui va nous arriver?

— Je ne sais pas.

— Jake est ruiné, n'est-ce pas?

— Oui.

— Il n'a pas du tout d'argent?

— Non. Tout ce qu'il avait, c'était ce troupeau.

Nouveau silence.

— Est-ce qu'il prévoyait d'acheter un ranch avec l'argent?

— Il ne s'était pas encore décidé. Je crois qu'il attendait de voir ce qui serait le mieux pour vous.

— Will n'a pas arrêté de parler du fait qu'il nous adopterait.

Silence.

— Vous croyez qu'il le ferait?

— Je ne sais pas, murmura-t-elle. Ce que je sais, c'est qu'il comptait prendre soin de vous.

— Sans argent il ne peut pas, n'est-ce pas?

— L'agence ne le laissera pas faire.

Chet se releva.

— Vous allez rester éveillée toute la nuit?

— Oui.

— Bon.

Il se détourna et partit.

Jake se sentait pris dans un étau de douleur. Celle-ci irradiait dans tout son corps, depuis la poitrine. Malgré ses efforts, il ne pouvait bouger. Ses membres étaient comme lestés de pierres. Il avait l'impression de suffoquer. Chaque inspiration était un effort, pourtant il luttait. Il devait aller quelque part. Il ne savait pas où, ni ce qu'il était censé y faire, mais il fallait qu'il s'y rende. C'était plus important que la souffrance.

Il se demandait où il était en ce moment, s'il était seul, et pourquoi il ne pouvait pas bouger. Par moments, il croyait voir un visage flotter au-dessus de lui. Il essayait de parler, en vain. Il ne savait pas si quelqu'un essayait à son tour de lui parler.

Il avait dû pleuvoir, car il avait senti des gouttes d'eau sur sa peau. Le bruit de son souffle qui entrait et sortait de ses poumons grondait dans ses oreilles, mais il ne s'en inquiétait pas. Tant qu'il entendrait ce bruit, il saurait qu'il était en vie.

Tout au long de cette nuit et de la journée qui suivit, Isabelle ne quitta pas Jake. Il était brûlant de fièvre. Ward essayait de la rassurer, de lui dire que c'était normal. Elle le savait. Mais elle savait aussi que si la fièvre ne cessait pas, il mourrait.

Elle occupait Will et Drew à aller et venir pour porter de l'eau fraîche du ruisseau. Elle mouillait constamment le corps de Jake. Selon Ward, son état était stationnaire.

Les garçons l'inquiétaient. Quand ils n'étaient pas de garde, ils se rassemblaient en groupe de l'autre côté du chariot. Et ils se taisaient à chaque fois que Ward s'approchait. Elle savait qu'ils mijotaient quelque chose, mais elle ne pouvait pas se préoccuper de cela maintenant. Elle ne pouvait penser qu'à Jake.

Sa température chuta en fin d'après-midi. Il ouvrit les yeux vingt minutes plus tard.

— Ne bougez pas, l'avertit-elle quand il essaya de se retourner. Vous êtes touché au dos.

Il lui fallut une minute pour assimiler cela.

— Et les garçons?

— Ils vont bien.

— Buck?

— Vous l'avez ramené sans une égratignure.

Il soupira.

— Et le troupeau?

— Il est parti.

Un instant plus tard, ses yeux se refermèrent et il perdit à nouveau connaissance.

— Ça va aller, la rassura Ward. C'est la manière dont son corps l'oblige à se reposer.

Elle pria pour que Ward ait raison.

Isabelle savait bien que quelque chose se préparait. Les garçons se massèrent devant elle. Ils avaient l'air très solennels. Un instant, elle redouta qu'ils lui annoncent qu'ils partaient, mais elle chassa cette idée.

Ils n'avaient nulle part où aller.

— Ward dit que Jake va s'en sortir, commença Chet.

— Il va lui falloir un moment pour pouvoir monter à nouveau, mais il va s'en sortir.

— Nous allons chercher le troupeau.

Elle tressaillit.

— Vous ne pouvez pas faire ça! C'est trop dangereux. Attendez que Jake aille mieux.

— Nous en avons parlé, répliqua Chet. Si nous attendons, ils auront le temps d'emmener le troupeau au Mexique et de le vendre.

— Cette ordure nous a suivis à cause de moi, ajouta Zeke. Je ne vais pas laisser Jake se faire dépouiller par une bande de dégénérés.

— Mais vous n'êtes que des gamins, intervint Ward. Vous ne saurez pas quoi faire.

— Nous avons un plan, dit Chet.

— J'en suis sûr, mais je ne peux pas vous laisser partir.

— Vous ne pouvez pas nous arrêter.

— Je...

La phrase de Ward mourut sur ses lèvres. Chaque garçon avait sorti son arme, elles étaient toutes pointées sur lui.

— Vous allez rester ici avec Jake, ordonna Chet.

— Vous ne pouvez pas faire ça, protesta Isabelle. Will et Drew sont encore des enfants.

— Nous en avons discuté : nous y allons tous, déclara Chet.

Isabelle se rendit compte qu'il ne servait à rien de protester. Elle se souvint du regard de Chet lorsqu'il avait mis Zeke à terre. Il n'y aurait aucun moyen de le faire changer d'avis.

— Soyez prudents, murmura-t-elle. Je ne pourrais pas supporter que quelque chose arrive à l'un d'entre vous.

— Nous avons un plan, répéta Chet.

— Je viens avec vous, proposa Ward.

— Non ! Quelqu'un doit rester ici. Nous avons voté et décidé que ce serait vous.

— Est-ce que je n'ai pas mon mot à dire ?

— Non. C'est votre travail de vous assurer que rien n'arrive à Jake ni à Mlle Davenport.

Ward sembla presque amusé par le sérieux avec lequel Chet assumait son rôle de chef.

— D'accord. Je ferai de mon mieux.

Très solennellement, les garçons montèrent en selle puis s'éloignèrent entre les arbres. Isabelle pria pour qu'ils reviennent sains et saufs. Elle était heureuse qu'ils apprécient ce que Jake avait essayé de faire pour eux. Elle aurait seulement aimé qu'ils trouvent une autre manière de le lui montrer.

— Est-ce qu'ils vont vraiment ramener le troupeau ? demanda Ward, presque aussi abasourdi qu'elle.

— Je ne connais décidément pas ces garçons, soupira Isabelle. Je croyais que c'étaient des enfants. Maintenant ils vont affronter des voleurs, des tueurs.

— Je peux encore essayer de les arrêter…

— Je voudrais les garder près de moi. Mais Jake aurait dit de les laisser partir, pour leur amour-propre.

— Même Drew et Will ?

— Étrange, n'est-ce pas ? À Savannah, Will serait au lit à l'heure qu'il est, bien nourri par sa nounou, ses jouets rangés, ses livres d'images sur les étagères. Même Matt serait rentré depuis longtemps. Maintenant je les laisse partir dans la nuit pour affronter des hommes armés, et je suis censée accepter cela comme si c'était normal.

— Nous ne sommes pas à Savannah.

— Parfois, je pense que je donnerais tout pour rentrer là-bas, ou quelque part où je comprends la vie.

— Et Jake, est-ce qu'il pourrait vivre là-bas ?

Elle baissa les yeux vers le blessé.

— Il essaierait peut-être, mais cela lui arracherait le cœur.

— Je crois que vous le sous-estimez.

Elle était tombée amoureuse de lui au mépris de l'éducation qu'elle avait reçue, et même du simple bon sens. Elle l'aimait libre, même s'il fallait s'accommoder des Indiens, des voleurs de bétail et des nuits à prier pour qu'il ne meure pas.

— Non. Je comprends seulement que cette terre est vitale pour un homme comme lui.

Jake se réveilla vers minuit.

— On dirait que je vais survivre, dit-il d'une voix grave.

— En effet, on dirait, répondit Isabelle en souriant.

— Cette balle aurait dû me tuer.

— C'est ce qu'elle aurait fait si Ward ne l'avait pas extraite. Vous saviez qu'il est médecin ?

— Non. Comment les garçons ont-ils pris la perte du troupeau ?

— Pas très bien.

— Dites-leur que nous ne sommes pas encore fichus. Il y a encore du bétail au ranch.

Il devait se reposer. Elle ne voulait pas l'inquiéter.

— Je le leur dirai. Maintenant, rendormez-vous. Vous avez besoin de vous rétablir.

— Est-ce que vous restez avec moi ?

— Oui.

Il sourit et ferma les yeux.

Chet observait les deux hommes qui se disputaient près du feu de camp. Un troisième était couché par terre un peu plus loin, sans doute blessé. Il gémissait, mais les deux autres ne lui prêtaient nulle attention.

C'est le coup de feu qui les avait aidés à trouver le camp.

— J'y vais seul, dit-il à Faucon et Luke, accroupis à côté de lui. Je vais leur donner une chance de se rendre.

— Toi tirer si bien que ça ? demanda Faucon.

— Ouais, il sait y faire, assura Luke.

— Pourquoi est-ce qu'ils n'ont laissé personne près du troupeau ? demanda Zeke.

— Ils se sont sans doute dit que personne n'oserait le leur voler, se moqua Chet.

— Est-ce que tu es sûr que Sean saura prendre soin des petits morveux et du troupeau ?

— Il a Buck et Matt pour l'aider.

— Moi aller, objecta Faucon. Marcher sans bruit.

— Justement, je veux qu'ils m'entendent, dit Chet. Je veux leur donner une chance.

Mais il espérait qu'ils ne la saisiraient pas. Ils étaient comme ceux qui avaient tiré dans le dos de son père. Ils avaient voulu tuer Buck et failli tuer Jake. Ils méritaient la mort.

Comme ceux qui avaient abattu son père.

Chet fit beaucoup de bruit en traversant le sous-bois. Les hommes étaient toujours assis lorsqu'il en sortit. Mais leurs armes étaient à portée de main. Ils se détendirent visiblement en voyant Chet.

— Qu'est-ce que tu fais dehors si tard, gamin ? demanda celui qui avait une moustache.

Il sourit et fit un clin d'œil à son camarade.

— Tu t'es perdu dans le noir ?

— Je suis venu chercher nos bêtes, répliqua Chet.

Les hommes furent instantanément en alerte.

— *Vos* bêtes ?

— Ouais, les miennes et ceux des autres. Vous avez descendu Jake. Ce sont les nôtres, maintenant.

— Tire-toi d'ici avant que nous te faisions la peau, gronda le voleur.

— Il y a deux autres gamins dans les bois actuellement, et leurs fusils sont braqués sur vous. Soit vous lâchez vos armes et partez, soit vous dégainez et vous mourrez sur place.

L'homme à la moustache rit.

— Tu crois pouvoir nous forcer la main ?

— Ouais.

— Comment ?

— Vous connaissez Lacy Attmore ? Il m'a appris à trouer d'une balle le centre d'une carte à jouer avant que j'aie six ans.

— Lacy Attmore est mort, rétorqua l'homme sur un ton méprisant.

— L'homme qui lui a tiré dans le dos aussi.

— Maintenant écoute-moi, gamin, nous ne voulons pas…

— Lâchez vos armes ou dégainez. Vous avez dix secondes.

— Discutons-en.

— Je ne fais pas affaire avec les tricheurs, les voleurs et les lâches. Vous êtes les trois à la fois.

— Et pourquoi, espèce de sale morveux, je vais…

— Dégainez !

— Tu as foutrement raison !

Un orage de coups de feu explosa dans la clairière. L'homme à la moustache regarda Chet quand son arme lui tomba de la main.

— Qui es-tu, gamin ?

— Je suis le fils de Lacy Attmore. Il t'attend en enfer !

Les autres s'approchèrent. Faucon de Nuit vérifia les corps.

— Tous morts, annonça-t-il.

— Et le troisième ? s'enquit Chet.

— C'est Rupert Reison, annonça Zeke. Il a été touché au ventre, mais il n'est pas mort. Abattons-le maintenant.

— Non. Je veux savoir pourquoi il a essayé de tuer Buck.

— Parce qu'il a rossé à mort Perry Halstead, annonça Buck en sortant des pins. Il m'a vu quand j'ai trouvé le corps. C'est pour ça que j'ai dû m'enfuir.

Les garçons rentrèrent en fin de matinée. Ils ramenaient le troupeau et Rupert Reison.

— Comment avez-vous fait ? demanda Ward, stupéfait.

— Il n'en restait que trois, dit Chet. Et celui-ci, ils lui avaient logé une balle dans le ventre.

— Je voulais l'achever, précisa Zeke, mais Chet ne m'a pas laissé faire.

Ward s'agenouilla à côté de l'homme.

— Vous pouvez le regarder, mais pas le soigner, avertit Zeke.

— Vous n'allez pas le laisser mourir ! protesta Isabelle.

— Si, à cause de tout ce qu'il m'a fait.

Isabelle ne savait que dire, mais il fallait faire comprendre aux garçons que tuer n'était pas la solution. Mais comment faire, alors que cet homme avait essayé lui-même de les tuer ? Jake trouverait les mots.

— Qu'est-ce qu'il faisait avec des voleurs de bétail ?

— Il les a payés pour voler le troupeau, c'était une couverture pour me faire la peau, dit Buck. Mais quand ils ont eu le troupeau, ils n'ont plus eu besoin de lui. Ils lui ont tiré dessus.

— Il a essayé de tuer Jake, déclara Chet. Il doit mourir.

— Il mourra de toute façon, annonça Ward. Il n'y a rien que je puisse faire pour lui.

— Mais pourquoi voulait-il tuer Buck ? demanda Isabelle.

— Deux d'entre nous travaillaient pour lui, expliqua Zeke. Perry Halstead et moi. Perry n'était pas très fort. Il ne pouvait pas travailler dur. Reison le battait encore plus que moi. Une nuit, il a arraché Perry de son lit. Perry n'est jamais revenu. Reison a dit qu'il s'était enfui.

— Mais ce n'était pas vrai, enchaîna Buck. Le lendemain, j'ai trouvé un chien qui creusait dans la terre.

Quand je l'ai repoussé, j'ai vu une main. C'était Perry. Rupert m'a vu.

— Tu aurais dû nous le dire, murmura Isabelle.

— J'avais peur que vous ne me croyiez pas.

Isabelle était certaine qu'elle l'aurait cru. Pourtant, il était difficile de croire que quiconque puisse battre un garçon à mort, puis essayer d'en tuer un autre pour couvrir son secret.

Il était encore plus difficile pour Isabelle de comprendre la nature inflexible de ces garçons. Ils n'avaient aucun sens du pardon. Un homme avait commis un meurtre, deux autres avaient tenté la même chose, tous avaient volé des vaches. Donc, ils devaient mourir. Ils avaient rendu leur jugement et prononcé leur sentence.

Tant qu'ils ne sauraient pas pardonner, ils ne pourraient jamais aimer et ne seraient jamais dignes qu'on les aime.

Will se précipita si rapidement qu'il faillit piétiner Jake.

— Eh oh ! dit Ward. Tu as failli abîmer mon patient. Ça ruinerait ma réputation s'il mourait maintenant.

— C'est une fille ! cria Will, ignorant Ward.

Il tira Jake par la manche pour s'assurer de son attention.

— Vous devriez vous débarrasser d'elle. Nous ne voulons pas de filles ici.

Jake ouvrit les yeux. Il s'était assoupi à l'ombre d'un grand chêne, avec une vue panoramique de la vallée devant lui. Quelque part dans le lointain, un ruisseau murmurait doucement en dégringolant à travers les rochers.

— Je croyais que tu appréciais Isabelle, dit Jake.

— Ce n'est pas Mlle Davenport. C'est Drew !

— Qu'est-ce qu'il a fait ?

— Ce n'est pas il. C'est elle !

Jake sortait d'un sommeil léger et n'avait pas tout à fait repris ses esprits. Il s'assit.

— D'accord, commence par le début, et ne crie pas.

Will se laissa choir à terre comme un sac.

— Drew est une fille. Chet dit qu'il l'a vu.

Jake tourna les yeux vers Ward, qui observait une colonne de fourmis.

— Elle veut que personne ne le sache, confessa Ward. Ça semblait être la meilleure idée.

— Et quelle idée brillante allez-vous avoir, maintenant que le secret est éventé?

— Aucune. Je m'en remets à Isabelle.

Isabelle et Drew s'approchèrent, accompagnées de Chet et Pete.

— Je suppose que vous ne pourrez pas leur faire promettre le secret, dit Ward sans le moindre espoir.

— Il faudrait couper la langue à Pete.

Drew serrait les poings.

— Je ne m'en irai pas, déclara-t-elle en se plantant bien en face de Jake. Je monte aussi bien qu'eux.

— Mais tu es une fille, répliqua Will comme si c'était une maladie incurable.

— Je ne veux pas être une fille, rétorqua Drew, et je n'en serai pas une.

— Quel est ton prénom? demanda Jake.

— Je vous l'ai dit. C'est Drew.

— Ton nom de baptême, souffla Isabelle.

Drew cacha son visage dans ses mains.

— Drucilla.

Sa tête resurgit, et elle fixa Will et Pete.

— Je ratatine le premier qui m'appelle comme ça.

— Très bien, Drew, dit Isabelle. Mais il nous faut statuer sur ce que nous pouvons faire de toi.

Drew expédia son poing dans le ventre de Chet. Celui-ci tenta de faire comme si elle ne lui avait pas fait mal, mais ce fut difficile.

— Vous n'auriez rien eu à faire si ce fouineur s'était mêlé de ses affaires, se plaignit Drew.

— Je croyais que tu étais blessée, protesta Chet.

Il se tourna vers Jake.

— Elle avait du sang partout. Je croyais qu'elle allait mourir.

Jake semblait confus. Ward souriait.

— C'est la première fois? demanda Isabelle.

Drew hocha la tête.

Elle était aussi effrayée que Chet.

— Par les flammes de l'enfer, murmura celui-ci, est-ce que quelqu'un va me dire…

— Plus tard, coupa Isabelle. D'abord, il faut que nous décidions quoi faire de Drew.

— Est-ce qu'elle va continuer à saigner? demanda Jake.

— Pas avant un mois environ, dit Ward, esquissant un nouveau sourire.

Jake fut soulagé.

— Alors faites comme si rien ne s'était passé. Nous serons à Santa Fe bien avant. Les siens pourront s'en occuper.

— Je n'ai plus personne, répliqua Drew. Je veux que vous m'adoptiez, comme vous allez adopter Will.

Jake n'avait pas prévu cela.

— Tu n'es pas orpheline. Tu es destinée à retrouver ta famille dans l'Est. En plus, nous ne pouvons pas garder une fille avec tous ces garçons.

— Pourquoi pas? Vous gardez bien Mlle Davenport.

Jake grimaça. Quand il irait mieux, il ferait payer à Ward tout ce casse-tête.

— Jake ne me *garde* pas, protesta Isabelle.

— Will a dit que vous alliez vous marier.

— Ce n'est pas à Will d'en décider.

— Bon, mais vous allez le faire?

Isabelle regarda Jake. Il opta pour la lâcheté et haussa les épaules.

— Nous n'en avons pas discuté.

— Est-ce que vous pouvez me garder jusqu'à ce que vous en ayez discuté?

Isabelle regarda de nouveau Jake.

— Je ne vois pas pourquoi nous refuserions. Nous allons à Santa Fe. Tout sera décidé d'ici là.

25

Jake contemplait la petite vallée. C'était un endroit paisible. Un ruisselet coulait au fond. Les herbes hautes ondulaient sous la brise. Les coteaux couverts de pins et de cèdres offraient de l'ombre et de l'air frais aux heures les plus chaudes de la journée. Le troupeau broutait l'herbe grasse. Les garçons prenaient trois par trois des gardes de trois heures. Les autres somnolaient à l'ombre, pêchaient dans le ruisseau ou chassaient pour se distraire.

Ce furent huit jours de bonheur, et Jake récupéra. Il était temps d'y aller.

— C'est charmant, n'est-ce pas ? Ça donne envie de rester.

Jake se retourna et vit qu'Isabelle l'avait suivi. Il aurait préféré qu'elle ne le fasse pas. Le simple fait de la savoir proche lui donnait envie de la prendre dans ses bras et de lui faire l'amour, jusqu'à ce qu'il oublie le reste du monde et toutes les raisons pour lesquelles il ne pouvait la demander en mariage.

— Chet a été merveilleux, dit-elle. Je n'ai rien eu à faire.

— J'aimerais beaucoup savoir comment il a convaincu Ward de prendre son tour de garde comme tout le monde.

— Il le lui a proposé. Il lui a dit que comme ça, ils auraient le compte.

— Il n'a pas arrêté de prétendre l'inverse, mais cet homme est un cavalier expérimenté.

— Son père possédait un ranch.

Ils évitaient le sujet dont ils savaient tous les deux qu'ils devaient discuter. Cela n'allait pas être facile.

— Ce que vous avez dit aux garçons hier soir était vraiment bien, reprit-elle.

— Ce n'était rien de plus que ce qu'ils méritent. Je n'aurais rien s'ils n'étaient pas allés récupérer les bêtes.

— Mais leur proposer des parts du troupeau...

— Ça me semble juste.

— Ils m'ont demandé de vous dire qu'ils ne les prendront pas.

Jake regarda Isabelle.

— Pourquoi?

— Ils considèrent que vous les avez déjà payés pour ce qu'ils ont fait.

Ils le mettaient devant le fait accompli.

— Qu'est-ce que vous allez faire, maintenant? demanda-t-elle.

— Tout d'abord, demain nous allons reprendre la route. Le fort de l'armée n'est qu'à deux jours d'ici.

— Je veux dire, après avoir vendu le troupeau.

Enfin, ils y venaient.

— Je paierai à chacun ce que je lui dois; Ward et vous les emmènerez à Santa Fe.

— Vous ne viendrez pas?

— Non.

— Pourquoi pas?

— Ma mère est à Santa Fe.

— Vous allez enfin avoir une chance de la voir, après toutes ces années.

— Je ne veux pas la voir.

— Est-ce que vous vous rappelez ce que vous avez dit à Matt? Vous lui avez dit que s'il retenait sa haine à l'intérieur, il se détruirait.

— Vous ne savez pas ce que c'est que d'être abandonné par sa propre mère.

— Jake, j'ai perdu toute ma famille. On m'a mise dans un orphelinat.

— Mais ils sont morts. Ils ne vous ont pas laissé tomber.

— On ne peut pas changer les événements, mais on peut briser leur emprise sur soi. Allez voir votre mère. Débarrassez-vous de la haine et de la peur qui vous détruisent, qui détruisent ce que nous pourrions vivre ensemble. Il faut que vous la retrouviez.

— Non. Je ne compte jamais la revoir, ni lui parler, ni même penser à elle.

— Qu'est-ce que vous allez faire, alors?

— Rentrer au Texas réunir un autre troupeau. Je réfléchis à la possibilité de devenir convoyeur professionnel.

— Qu'est-ce que c'est?

— Un homme qui emmène les troupeaux vers les lieux de vente. Je serais en mesure de donner du travail à certains des garçons.

— Et les autres?

— Ward et vous pourrez vous en occuper.

— Ward et moi? Qu'est-ce qui vous fait croire…

— Je vous ai vus ensemble. Vous dites tout le temps qu'il leur faut un foyer, un environnement stable, un père et une mère. Je ne puis les leur donner. Je n'ai ni foyer ni femme. Ward et vous formez le couple idéal. En plus, les garçons l'aiment.

— Vous pourriez avoir une femme, si vous le vouliez.

— Je ne veux qu'une seule femme.

— Quelle femme voulez-vous?

— Vous, bon sang. Vous le savez. Pourquoi m'obliger à le dire?

— Parce que vous ne l'avez jamais dit avant. Je n'en étais pas sûre.

— Comment pouviez-vous en douter? J'avais tellement envie de vous que je n'en dormais pas.

— Vous pouvez m'avoir, Jake. Tout ce que vous avez à faire, c'est demander.

— Ce n'est pas si simple, et vous le savez. Vous ne supportez pas mon mode de vie, et je ne supporte pas le vôtre. Nous ne tiendrions pas une semaine avant de nous disputer sur tous les sujets, du réveil à quatre heures du matin jusqu'à mon odeur à table.

— Je ne…

298

— Vous m'avez dit dès le premier jour que j'étais un moins que rien.

— Ne retenez pas ça contre moi. J'ai changé d'avis.

— C'est ce que vous dites aujourd'hui, mais pour combien de temps ? Ma mère ne l'a pas supporté longtemps.

— Jake, votre mère n'est pas la seule femme dans le monde. Est-ce que vous croyez que je ferais comme elle ?

— La vie ici la rendait folle. Le fait d'être coincée avec trois hommes n'arrangeait rien. Vous seriez coincée avec une douzaine d'hommes.

— Les choses sont différentes.

— Non. Je vous ai observés, Ward et vous. Vous parlez des mêmes choses, riez des mêmes mots. Vous êtes de la même étoffe. Vous n'êtes pas comme moi, et vous ne le serez jamais.

— Jake, écoutez-moi...

— Non ! J'y ai réfléchi à en devenir fou. J'ai essayé d'imaginer ce que je pouvais faire pour rendre les choses différentes avec vous, mais il n'y a aucun moyen. Je me suis dit que je pourrais vous épouser quand même, que quelques mois seraient mieux que rien. Mais je sais que vous finiriez par me quitter, et je ne pourrais le supporter. Chaque jour, en me réveillant, j'aurais peur que ce soit le dernier.

— Jake Maxwell, comment osez-vous me dire ce que je vais faire, que je vais échouer seulement parce que votre mère l'a fait ! Je me moque qu'un millier d'autres femmes aient échoué. Qu'est-ce qui vous fait croire que je serais comme elles ?

— Ce n'est pas vous, Isabelle. C'est la manière dont vous avez été élevée. Il n'y a rien ici que vous aimiez.

— Il y a vous. Et les garçons.

Jake secoua la tête.

— Ma mère avait deux fils. Elle voulait rester, mais ce n'était pas assez pour elle.

— Je ne suis pas votre mère.

— Non. Vous êtes beaucoup plus belle. Je ne pourrais pas supporter de vous voir vous recroqueviller et vous faner.

— Ne dites pas de bêtises! On ne se fane pas à cause du soleil ou du vent.

— Les femmes, si. J'en ai vu.

— Je veux être votre femme. Je veux être à vos côtés. Je me moque de prendre quelques coups de soleil au passage.

— Ce n'est pas seulement ça. C'est…

Isabelle le regarda, incrédule.

— Vous n'allez pas me rejeter, n'est-ce pas? Me voilà en train de vous dire que je vous aime, que je veux partager votre vie, donner un foyer à ces garçons, peut-être même avoir nos propres enfants, et tout ce que vous trouvez à dire, c'est que je vais prendre mes jambes à mon cou parce que votre mère l'a fait!

— Isabelle, vous trouveriez des hommes par dizaines trop heureux de vous épouser et de tenir lieu de père à ces garçons. Si vous donniez une toute petite chance à Ward, je parie qu'il…

— Oh, taisez-vous, Jake! J'ai trop écouté vos bêtises. J'apprécie Ward, mais je ne l'aime pas. Il ne m'aime pas. Nous avons seulement essayé de vous rendre jaloux. Un vain effort, apparemment. J'ai déjà trouvé le mari que je veux et le père idéal pour ces garçons. C'est vous. Les garçons vous aiment, et je vous aime – idiote que je suis. Je sais que vous avez été terriblement blessé quand votre mère est partie, mais c'était il y a vingt ans. Vous ne pouvez gâcher pour ça le reste de votre vie.

— Ce n'est pas ce que je fais. J'affronte seulement les…

Isabelle enroula ses bras autour du cou de Jake, plaqua fermement son corps contre le sien et l'embrassa sur la bouche avec fougue. Les genoux de Jake faillirent céder sous son poids. Comment était-il censé faire le bon choix, alors qu'elle était déterminée à lui donner ce qu'il souhaitait le plus au monde?

Il était impossible de ne pas l'embrasser en retour. Impossible de ne pas presser son corps contre le sien. Impossible de ne pas avoir envie d'elle au point que son corps tremblât de désir…

Dans un formidable effort, Jake l'écarta de lui.

— Non, dit-il dans un murmure rauque, à peine perceptible. Je ne vous laisserai pas gâcher votre vie.

— C'est ma vie, répondit-elle avec passion. C'est à moi de décider ce que je veux en faire.

— Pas avec moi. Dès que vous serez de retour à Austin, vous verrez que j'ai raison.

Isabelle serra les poings.

— J'espérais vous faire changer d'avis, mais vous êtes plus têtu que je ne le croyais. Eh bien, moi aussi je suis têtue. Je vais attendre. Continuez à traîner ici, boudez, apitoyez-vous sur votre sort, mais quand vous aurez fini, j'attendrai encore. Vous n'aurez pas les garçons – aucun d'entre eux. Un homme craignant d'affronter sa propre mère ne peut élever une nichée d'adolescents. Maintenant, avant de perdre complètement mon sang-froid, j'emmène les garçons à Santa Fe. Je conduirai ce chariot sans vous.

Elle fit volte-face et partit. Dix mètres plus loin, elle s'arrêta et se retourna.

— Je vous attendrai, Jake Maxwell, dit-elle. Souvenez-vous de ça si vous changez d'avis et décidez d'aller à Santa Fe.

En regardant Isabelle et les garçons s'éloigner vers Santa Fe, Jake eut l'impression qu'on lui arrachait le cœur. Elle ne lui laissait aucun des garçons. S'il les voulait, avait-elle dit, il n'avait qu'à venir les chercher à Santa Fe.

Rien ne le retenait plus au Nouveau-Mexique. Il avait vendu son troupeau. Il avait même trouvé acquéreur pour le chariot et les chevaux de rechange. Il avait gagné plus d'argent qu'il ne s'y attendait. Il pouvait rentrer au Texas et embaucher une nouvelle équipe pour rassembler le reste de ses vaches, acheter un autre troupeau, faire à peu près tout ce qu'il voulait. Maintenant que Rupert était mort et que ses mauvais traitements avaient été révélés, il doutait que les fermiers lui causent encore des ennuis.

Mais aucune de ces options ne l'enchantait. Il ne pourrait pas revenir au ranch sans Isabelle et les garçons.

L'argent, la réussite ne signifiaient rien. Il se dit qu'il l'avait fait pour lui-même. C'était le cas, mais cela signifiait beaucoup plus quand il partageait cela avec Isabelle et les garçons. C'était aussi leur réussite. Pas seulement la sienne.

Il continuait à se dire qu'il avait pris la bonne décision. Mais pourquoi alors se sentait-il aussi mal ?

Parce que tu es un lâche, lui murmura une petite voix intérieure. Les lâches se sentent sales parce qu'ils ne supportent pas leur lâcheté...

On l'avait décoré pour son courage à la guerre. Pourquoi se sentait-il désormais si lâche ?

Parce que tu as peur de te laisser aller à aimer, à faire confiance. Tu as tellement peur de l'échec que tu manques ta chance d'être heureux... Tu as changé. Pourquoi Isabelle ne pourrait-elle pas changer ?

Avait-il changé ? Qu'est-ce qui était différent chez lui, désormais ? Il voulait Isabelle. Il était même disposé à l'épouser. Non, il *voulait* l'épouser, et pour bien d'autres raisons que physiques. Il ne pouvait imaginer son univers sans elle.

Elle se disputerait peut-être avec lui à tout propos. Elle serait peut-être aussi têtue que ses Longhorn. Elle bouleverserait peut-être ses habitudes, mais elle était aussi essentielle à son bonheur que les collines du Texas où il se sentait chez lui depuis sa naissance. Cela n'avait aucun sens de rentrer sans elle.

Il voulait aussi les garçons. Pas seulement en tant que cow-boys. Ils l'aidaient à combler en lui le vide laissé par la perte de sa famille. Matt parlait davantage, Pete semblait ne plus vouloir tuer Faucon, Chet mûrissait et se transformait en chef remarquable, et Bret apprendrait peut-être à faire confiance si on cessait de le trahir. Il ne savait pas où en étaient Buck et Zeke, ils avaient leurs propres colères refoulées, mais Sean, Luke et Drew allaient tout à fait bien.

Comment se sentiraient-ils lorsque Isabelle leur annoncerait qu'il ne les rejoindrait pas ?

Il avait fait le vœu de ne jamais se marier. Il s'était juré de ne jamais se fier à l'amour d'une femme. Il était certain qu'aucune femme bien élevée ne pouvait vivre dans un ranch. Mais ces idées avaient été forgées par sa colère et son sentiment de trahison.

Il était certain d'une chose. Il ne pouvait pas se passer d'Isabelle. Chaque minute qui s'écoulait le prouvait. Il se sentait de plus en plus désespéré.

Il ramassa sa selle et se dirigea vers son cheval. Il allait à Santa Fe. Il allait rejoindre la jeune femme. Mais avant cela, il avait une chose à faire.

Il se rendit à la dernière adresse connue de sa mère, et on lui annonça qu'elle était en ville avec son fils. Elle conduisait une calèche verte : il ne pourrait la manquer. C'était la seule femme de Santa Fe à conduire une calèche en gants blancs.

Il vit d'abord le garçon. Celui-ci ressemblait tellement à son grand frère, David, que Jake en eut le souffle coupé. David avait été tué à vingt-quatre ans, mais Jake se rappelait à quoi il ressemblait à seize ans. Ce garçon était son sosie.

Jake atteignit le chariot.

— Bonjour ! dit-il au garçon. Je cherche ta mère.

— Elle est dans le magasin.

— J'attendrai. Je m'appelle Jake. Et toi ?

— Kurt.

Il sentait qu'il mettait le garçon mal à l'aise, mais il ne pouvait le quitter des yeux. Apprendre l'existence d'un demi-frère était un choc. Découvrir qu'il ressemblait trait pour trait à David était un coup de massue.

— Quel âge as-tu ? demanda Jake.

— Seize ans.

Il était né trois ans après que sa mère fut partie. Jake se dit que ce garçon avait eu tout l'amour et l'aisance dont David et lui avaient été privés.

L'expression de Kurt changea et il eut un sourire soulagé. Une femme arrivait sur le trottoir en bois.

— C'est ma mère.

Kurt sauta du chariot.

Jake mit pied à terre et attacha ses rênes au piquet.

— Cet homme t'attend, dit Kurt tandis que sa mère s'approchait du chariot.

Elle tendit ses paquets à son fils et se tourna vers Jake.

— Bonjour, monsieur. Je suis Mme Stuart. Que puis-je pour vous ?

Jake dévisagea son interlocutrice. Elle ne ressemblait pas à la femme dont il se souvenait. Ses cheveux étaient blancs, son visage ridé. Pourtant, les rides ne déparaient pas ses beaux yeux immenses. Elle était sobrement vêtue de vêtements chers et de bon goût. Elle portait un collier et des boucles d'oreilles en argent et turquoise.

Ce qui choqua le plus Jake, c'était qu'elle semblait en paix avec elle-même, calme et maîtresse de ses émotions.

Il redoutait de ressentir rage, amertume, dégoût et mépris, mais comment se mettre en colère contre une inconnue ? Cette femme n'était pas la mère dont il se souvenait.

— Vous allez bien, monsieur… ? Excusez-moi, je ne connais pas votre nom.

— Je vais très bien, s'entendit dire Jake d'une voix qui semblait venir de très loin. Je ne sais juste pas trop quoi dire. Je suis Jake, ton fils.

Sa mère écarquilla les yeux de surprise. Elle blêmit. Puis un sourire triste illumina son visage.

— Dieu soit loué ! dit-elle doucement. J'ai tant prié pour que tu viennes…

Jake retrouva Isabelle et les garçons au restaurant. Ils avaient rapproché trois tables et étaient tellement serrés que leurs épaules se touchaient. Des murs peints à la chaux reflétaient la lumière de plusieurs lanternes suspendues à de grandes poutres qui s'étendaient d'un bout à l'autre du plafond. D'autres lanternes posées sur chaque table éclairaient leurs visages, un peu comme les feux de camp de leurs cinquante-deux nuits de route.

Jake resta debout à la porte, pour les observer. Ils ressemblaient à peine au groupe de galopins qu'il avait traînés sur mille deux cents kilomètres à travers l'une des pires régions du Far West. Ils avaient tous pris un bain, s'étaient fait couper les cheveux, et portaient des vêtements neufs. Les cheveux de Matt et Will luisaient d'un blond pâle, ceux de Faucon d'un éclatant noir d'encre. Enfin vêtue de vêtements à sa taille – bien que toujours habillée en garçon – Drew resplendissait.

Isabelle était charmante. Il ne savait pas comment cela était possible – peut-être était-ce à cause de sa tunique blanche –, mais rien ne trahissait le fait qu'elle venait de traverser une terre sauvage, de préparer les repas sur des feux en plein air, de traverser en chariot rivières et montagnes. Elle avait l'air si féminine, si paisiblement élégante, si absolument belle, que la virilité de Jake s'emballa à la seule idée de toucher sa joue.

Il avait été stupide de croire qu'elle ne pourrait supporter la vie sauvage. Elle avait connu le pire, et demeurait splendide. Même s'il devait la suivre à Savannah, il ne la laisserait pas partir.

— Jake! brailla Will en l'apercevant.

Le garçon se précipita à travers la pièce et s'agrippa à sa main.

— Venez vite. Isabelle va ouvrir un ranch, et elle ne vous laissera pas l'avoir.

Jake vit de l'autre côté de la pièce Isabelle qui le regardait, soudain livide. Il rit. Il ne pouvait rien faire d'autre. Il était de retour parmi les siens, avec Will, les autres garçons et la jeune femme. Tout irait bien. Il le sentait.

Il sourit à Will.

— Est-ce que tu crois que si j'embauche tous les garçons, elle associera son ranch avec le mien?

— Drew ne viendra pas. Elle a juré de ne pas lâcher Isabelle, quoi qu'il arrive.

— Elle n'est pas très grande. Nous pourrions peut-être la kidnapper.

— Je ne sais pas. Drew est une fille. Matt dit que ce n'est pas drôle avec les filles.

Jake avança vers la table, sans quitter Isabelle du regard.

— Qu'est-ce que vous en pensez? Vous croyez que vous pourriez associer votre affaire à la mienne?

— Je l'espère sincèrement, intervint Ward, d'un air de soulagement. Sinon, il va falloir que je l'aide.

Isabelle plissa les yeux.

— Ça dépend du genre de marché que vous proposez.

— C'est un peu compliqué. Ça ne vous ennuie pas si je m'assieds pour expliquer?

— Prenez ma chaise, dit Chet.

— Pourquoi ne pas plutôt tous vous rapprocher? répliqua Jake. Ça concerne tout le monde.

Ils faisaient tellement de bruit qu'ils attiraient l'attention des autres clients. Ceux-ci souriaient à Jake, croyant sans doute qu'il s'agissait d'une réunion de famille.

C'en était une.

— D'abord, commença Jake quand tous furent à portée de voix, je veux rentrer au Texas et rassembler un autre troupeau. Pour acheter un ranch, il me faudrait plus d'argent.

— Et les vaches? demanda Ward.

— J'en ai en quantité au ranch, dit Jake. Je ne crois pas que les fermiers nous ennuieront, cette fois.

— Où achèterez-vous votre ranch? s'enquit Isabelle.

— Je n'ai pas choisi, mais nous pourrons décider plus tard.

— Nous? répéta-t-elle.

— Oui, nous.

Il lui sourit, espérant lui donner la réponse qu'elle attendait. Elle lui sourit en retour – non sans hésitation, mais c'était tout de même un sourire.

— Quoi d'autre? demanda-t-elle.

Jake posa successivement son regard sur tous les jeunes visages attentifs qui l'entouraient.

— Je veux adopter les garçons.

Will laissa échapper un couinement et se jeta sur Jake, escaladant Chet au passage.

— J'avais dit à Matt que vous nous adopteriez!

Jake mit une minute à calmer Will.

— Je me rends compte que vous n'avez peut-être pas tous envie d'être adoptés, mais avant de vous décider, je voudrais que vous preniez une chose en considération. Vous êtes encore mineurs. Vous pourriez m'être confisqués à tout moment. Si vous êtes mes fils légitimes, vous resterez aussi longtemps que vous le voudrez.

— Ils ne vous laisseront pas m'adopter, dit Zeke. Les Blancs ne peuvent pas adopter de Noirs.

— Je trouverai un moyen, promit Jake. Et tu peux arrêter de faire comme si tu n'étais pas là, Faucon. Je compte t'adopter, toi aussi. Ne crois pas que tu fileras comme ça. Je suis toujours meilleur que toi pour suivre une piste.

Le garçon sourit enfin. Jake n'aurait jamais cru cela possible.

— Vous allez me proposer de m'adopter ? se moqua Ward.

— Vu la manière dont je me suis comporté, je suis surpris que vous le demandiez, même pour rire.

— Eh bien, je…

— Mais je suggère que vous veniez avec nous, jusqu'à ce que vous décidiez de votre avenir. Vous avez essayé de nous le cacher, mais vous êtes excellent cavalier. Les garçons auront besoin de quelqu'un pour soigner leurs coupures et leurs fractures, et Isabelle pour échanger sur je ne sais quels comportements qu'ont les gens civilisés. Peut-être que vous pourrez nous les apprendre, à moi et aux garçons.

— Vous vous rendez compte que votre projet dépend de…

— Je sais exactement de quoi ça dépend, dit Jake en se tournant vers la jeune femme. Ça dépend d'Isabelle, si elle est d'accord pour devenir ma femme.

— Elle sera d'accord ! s'écria Will. Elle est amoureuse de vous depuis le début.

— Si ça ne t'ennuie pas, Will, c'est une question à laquelle j'aimerais répondre moi-même, marmonna Isabelle.

— Mais vous m'avez dit que vous l'aimiez.

— Je sais ce que je t'ai dit, mais il n'y a pas que ça.

— Oh, vous parlez de la sexualité. Pete m'a tout raconté là-dessus.

307

— Non, dit Isabelle, rougissant du bout des doigts jusqu'au front. Et si tu veux que je t'adopte, il va falloir que nous ayons une sérieuse discussion sur ce que les petits garçons peuvent ou ne peuvent pas évoquer en public.

— Comme la sexualité ?

— Absolument.

— Oh…

— Allez, sale gosse, dit Matt en retirant son petit frère des genoux de Jake. Je vais te bâillonner avant que tu ne gâches toute cette affaire.

— Je ne gâche rien, elle a dit…

Matt mit sa main sur la bouche de Will.

— Échappez-vous tant que c'est possible, intervint Ward. Je me charge de la couvée.

— Nourrissez-les. Je paierai la facture.

Jake escorta Isabelle hors de la pièce.

— Où allons-nous ? demanda-t-il.

— Je crois que ma chambre conviendrait, répondit-elle.

26

Isabelle se demandait si elle arriverait en haut de l'escalier. Ses jambes la portaient à peine. Son esprit fiévreux se perdait en doutes, en conjectures. Ses membres flageolaient de désir. Jake la voulait. Il voulait l'épouser. Tout ce qu'elle souhaitait était à portée de main.

Vraiment?

Jake voulait adopter les garçons et l'épouser. Qu'est-ce qui l'avait fait changer d'avis?

Isabelle fut tentée de se dire qu'elle s'en moquait. Mais son refus de venir avec eux à Santa Fe lui avait donné le temps de réfléchir. Elle aimait Jake, mais elle ne l'épouserait pas s'il pensait toujours qu'elle allait s'enfuir et l'abandonner avec leurs enfants. Il devait croire qu'elle se consacrerait uniquement à leur famille, comme lui.

La jeune femme attendit que Jake entre dans la chambre. Elle referma la porte et s'appuya dessus.

— Vous voulez bien m'expliquer pourquoi vous avez changé d'avis, ou est-ce que je dois deviner?

— J'ai suivi votre conseil.

— On aura tout vu!

Il ignora cette pique.

— Je suis allé voir ma mère.

Elle s'attendait à tout sauf à cela.

— Je ne comprends pas pourquoi vous êtes d'aussi bonne humeur, murmura-t-elle. Avant, dès que vous évoquiez votre mère, vous aviez l'air prêt à ferrer un cheval avec les dents.

— Je ne peux pas me l'expliquer moi-même, admit Jake.

Il se déplaçait dans la pièce, nerveux.

— Je crois que je m'attendais à voir la femme qui avait quitté notre ranch il y a longtemps. Je détestais cette femme. J'étais prêt à l'accuser de tout ce qui est arrivé depuis.

— Qu'est-ce qui s'est passé ?

— Mme Isaac Stuart ne ressemble pas à ma mère. Elle ne se comporte même pas comme elle. Elle a un fils qui ressemble énormément à David. Le temps que je rencontre son mari, j'étais tellement engourdi que je ne ressentais plus rien.

— Est-ce que vous lui avez demandé pourquoi elle est partie ?

— Elle a dit que j'avais tout à fait le droit de la détester, qu'elle aurait sans doute ressenti la même chose. Elle voulait emmener David et moi avec elle, mais mon père ne l'aurait pas laissée faire. Quand il lui avait demandé sa main, il lui avait promis qu'ils vivraient à San Antonio. Puis il a changé d'avis. Il ne la laissait même pas rendre visite à sa famille. Après son départ, elle nous a écrit pendant des années, mais mon père renvoyait les lettres. Elle me les a montrées. Il doit y en avoir une centaine. Elle a dit que si elle avait appris la mort de mon père, elle m'aurait écrit. La dernière chose qu'elle a sue, c'est que David et moi étions partis à la guerre et que le ranch était abandonné.

— Ça n'explique toujours pas pourquoi vous avez décidé de m'épouser.

Il lui sourit.

— Croirez-vous que j'ai soudain pris conscience de mes erreurs ?

Isabelle faillit rire.

— J'en doute.

— Je lui ai parlé de vous. Elle m'a dit que j'étais stupide de croire que vous ne pourriez pas apprendre à vivre dans un ranch. Elle a dit qu'elle serait restée si elle avait aimé mon père. Elle serait restée s'il l'avait aimée. Mais elle ne pouvait pas supporter l'idée de vivre sans amour.

Jake marcha vers Isabelle. Il lui tendit les mains. Elle fit de même, et il l'attira contre lui.

310

— Moi non plus, ajouta-t-il. Je m'étais même dit que j'irais à Austin, s'il le fallait.

— Vous ne pourriez jamais y vivre.

— Si vous y arriviez dans un ranch, je pourrais y arriver à Austin.

— En fait, je suis presque impatiente de vivre dans un ranch. Je crois que j'ai toujours été secrètement fascinée par le Texas. Pour quelle autre raison aurais-je trouvé mon chemin de Savannah à votre ranch, en passant par La Nouvelle-Orléans et Austin ? Je dois avoir du sang de paysan. Tante Deirdre serait horrifiée. Elle a toujours soutenu que j'avais dans les veines le sang de nobles anglais.

— Alors, est-ce que vous allez m'épouser ?

Isabelle posa les mains sur son torse.

— Je crois que vous avez oublié quelque chose.

Il parut frustré.

— J'ai parlé du ranch, de rassembler un nouveau troupeau pour le vendre, d'adopter tous les garçons, d'inviter Ward à rester avec nous. Qu'est-ce qu'il y aurait d'autre ?

Isabelle s'écarta en soupirant.

— Je commence à comprendre exactement comment votre mère se sentait.

Elle ouvrit la porte.

— Je crois que nous n'avons plus rien à nous dire.

— Quoi ! s'exclama Jake, consterné. Je ne veux pas redescendre cet escalier. Les garçons vont me tuer.

— Si vous ne vous inquiétez que des garçons…

— Ce ne sont pas les garçons ! Je ne veux aller nulle part sans vous. Je vous aime. Je veux vous épouser.

Isabelle se figea.

— Dites-le-moi encore.

— Quoi ?

— Ce que vous venez de dire.

— Je veux vous épouser.

— Non. L'autre partie.

— Quelle autre partie ?

— La plus importante !

Jake l'agrippa par les épaules.

— Vous me rendez fou. Je veux vous épouser. Je ne veux aller nulle part sans vous. Je vous aime. Je…

— Là ! Vous l'avez dit !

— Qu'est-ce que j'ai dit ?

Il semblait sur le point de s'arracher les cheveux.

— Vous ne vous en souvenez pas ? s'enquit-elle.

— Bien sûr que si. Je vous ai demandé de m'épouser.

— Pas ça !

— Alors quoi, bon sang ! Dites-le-moi, et je vous le répéterai. Arrêtez de me torturer.

— Je veux que vous disiez que vous m'aimez.

— Bien sûr que oui. Vous le savez.

— Mais je veux que vous le *disiez*.

— Je l'ai dit.

— Dites-le encore.

— Je vous aime.

— Encore.

— Je vous aime.

— Encore.

— Je peux faire mieux que ça.

Jake la prit dans ses bras, referma la porte d'un coup de pied, et l'embrassa fougueusement sur la bouche.

— Là, murmura-t-il. Je vous aime. Est-ce que vous me croyez, maintenant ?

Isabelle était sûre d'afficher un sourire niais, mais elle n'en avait que faire.

— Oui, mais c'est une denrée périssable. Il faudra que vous me le répétiez dans une quinzaine de minutes.

— Qu'est-ce que nous allons faire, d'ici là ?

— Cherchez bien !

— Et Ward et les garçons ?

Elle haussa les sourcils d'un air innocent.

— Quel Ward ? Quels garçons ?

Épilogue

Isabelle était impatiente de faire signer les papiers d'adoption et de quitter Austin. Elle ne l'aurait jamais cru, mais tout ce bruit et cette agitation lui portaient sur les nerfs. Elle doutait d'aimer un jour les vaches, mais certaines personnes n'étaient pas mieux. Le juge, en particulier. Il avait fallu près d'une heure pour le convaincre que le rapport de Mercer Williams était partial. Buck et Zeke avaient dû retirer leurs chemises pour qu'il admette que les fermiers maltraitaient les garçons.

— Vous êtes sûrs de vouloir tous les adopter ? demanda le juge.

— Je serais complètement stupide de venir ici les réclamer si ce n'était pas le cas, répondit Jake, irrité.

Isabelle pressa sa main.

— Cet homme est un idiot, grinça-t-il.

— Je suis d'accord, grinça Ward de l'autre côté.

— Bien sûr qu'il veut nous adopter ! s'écria Will. Nous avons rattrapé ses vaches pour lui.

— Ce n'est pas la seule raison, corrigea Isabelle.

— Ah oui, dit Will comme s'il avait oublié quelque chose. Nous serons ses fils. Ensuite, vous ne pourrez plus nous donner à personne d'autre. Jamais.

— Je me dois d'insister sur le fait qu'il faudra une enquête complémentaire sur la famille de Mlle Drucilla Townsend, avant de conclure son adoption.

— Je m'appelle Drew, grommela l'intéressée.

— Nous comprenons, assura Isabelle. Si vous en avez fini, j'apprécierais que vous signiez ces papiers. Nous aimerions rentrer au ranch. Nous avons un autre troupeau à rassembler.

— En êtes-vous bien certaine, mademoiselle Davenport ?

— *Madame Maxwell*, s'il vous plaît, précisa Isabelle. Oui, j'en suis absolument certaine.

— C'est encore plus étrange, dit le juge en fronçant les sourcils. Nous n'avons jamais vu personne adopter dix garçons.

— Il serait au chômage si tous les gens le faisaient, murmura Jake.

Isabelle le pinça.

— D'accord, déclara le juge, gribouillant une signature sur le papier. Ils sont à vous. Si vous changez d'avis, vous devrez…

— Nous les voulons, trancha Jake.

Isabelle le regarda se diriger vers la sortie, les garçons dans son sillage.

— Il est comme le joueur de flûte, lui dit Ward. Ils le suivraient n'importe où.

— Moi aussi.

— Vous ne l'aurez pas pour vous tant que ces gamins ne seront pas partis faire leur vie. Ils prendront tout ce qu'ils pourront obtenir de lui.

— Il y en aura assez pour tout le monde, répliqua-elle en souriant. Plus qu'assez.

Jake revint dans le bâtiment. Il passa un bras autour de la taille d'Isabelle.

— Trouve-toi une autre femme, lança-t-il à Ward. Celle-ci porte ma marque.

Isabelle le pinça à nouveau, et ils éclatèrent de rire.

AVENTURES
& PASSIONS

Le 4 mai :

Les machinations du destin ∽ Judith Mac Naught (n° 3399)
Il est la coqueluche des soirées londoniennes mais n'en a cure. Incorrigible séducteur, il prétend volontiers ne pas croire à l'amour. Pourtant, à la surprise générale, le duc Jordan de Hawthorne vient de se marier. L'heureuse élue ? Une ravissante inconnue, Alexandra. Épousée, elle le sait, par simple reconnaissance : elle a sauvé la vie de Jordan. De cette étrange union va pourtant naître une passion des plus intenses...

Le trésor des Highlands —2. Une séduisante épouse ∽
May McGoldrick (n° 8345)
Ecosse, 1535. En proie à la haine du roi d'Angleterre, la famille de Laura a été dispersée aux quatre coins de l'Ecosse. Celle-ci se retrouve prisonnière des Sinclair, jusqu'au jour où l'on envoie le seigneur de Blackfearn, William, pour la délivrer. Ce dernier arrive juste à temps pour la sauver des griffes de ses ravisseurs et l'emmène chez lui. Très vite, il est enchanté par la femme qu'il a secourue...

Le 25 mai :

Tant d'amour dans tes yeux ∽ Karen Ranney (n° 8346)
Après que son père lui a arraché son enfant à la naissance, Jeanne est enfermée dans un couvent d'où elle ne ressort que grâce à la Révolution Française. Elle fuit en Ecosse et survit en travaillant comme préceptrice. C'est alors qu'elle retrouve Douglas, son premier amour, le père de son enfant...

Les frères Malory —8. Les trésors du désir ∽
Johanna Lindsey (n° 8348)
Gabrielle aime naviguer avec son père, chasseur de trésor. Quand il est temps pour elle de se marier, celui-ci l'envoie chez son vieil ami, James Mallory. Gabrielle rencontre alors Drew qui aimerait faire d'elle sa dernière conquête. Mais lorsqu'un vieil ennemi capture le père de Gabrielle, elle prend le commandement du bateau de Drew et le laisse enchaîné dans sa propre cabine...

Nouveau ! 2 rendez-vous mensuels
aux alentours du 1ᵉʳ et du 15 de chaque mois.

Romance
d'aujourd'hui

Le 25 mai :

Le souffle du scandale ∞ Sandra Brown (n° 3727)
A Palmetto, en 1976, Jade Sperry, la plus jolie fille du lycée, se fait violer par trois camarades de classe : Hutch, Lamar et leur chef de bande, le cruel Neal Patchett qui appartient à la famille la plus puissante de la ville. En conséquence, au commissariat, l'affaire est étouffée. Et la vie de Jade détruite : son petit ami, la croyant infidèle, met fin à ses jours. Quinze ans plus tard, la jeune femme revient pour se venger...

En proie aux tourments ∞ Sarah Duncan (n° 8086)
Précédemment paru sous le titre *Adultère mode d'emploi*
Après avoir passé plusieurs années à l'étranger à s'occuper de sa petite famille, mais aussi à vivre hors des sentiers battus, Isabel Freeman, de retour en Angleterre, a besoin de changement. Elle décroche un poste de secrétaire à domicile chez un célibataire et va bientôt découvrir le piment des amours clandestines...

> **Nouveau ! 2 titres tous les deux mois
> aux alentours du 15.**

Retrouvez également nos autres collections :

SUSPENSE

Le 4 mai :

Substitution ? ∞ Sandra Brown (n° 3666)
L'avion de Carole, l'épouse de Tate Rutlegde, candidat au sénat des Etats-Unis, s'est écrasé. Une femme a survécu, portant Mandy, l'enfant de Tate, dans ses bras : brûlée, défigurée, incapable de parler, tout le monde la prend pour Carole. Mais il s'agit en réalité d'Avery Daniels, une journaliste. Alors qu'elle s'éprend de Tate, un homme à l'hôpital lui fait part d'un complot visant à le tuer...

Hors de contrôle ∞ Shannon McKenna (n° 8347)
Meg Callahan s'aperçoit un jour que son compagnon, un séduisant ingénieur, la trompe. Décidée à rompre, elle se rend à son bureau où elle le trouve à moitié mort. Meg est assommée, ligotée dans un hôtel mais parvient à s'échapper. La police la recherche : accusée de meurtre, elle change de nom et de ville, jusqu'au jour où son passé revient la hanter...

> **Nouveau ! 1 rendez-vous mensuel
> aux alentours du 1er de chaque mois.**

MONDES
MYSTÉRIEUX

Le 4 mai :

Une aventure de Vicki Nelson —2. Piste sanglante ∝ Tanya Huff (n°. 8350)

Vicki se remet à peine de sa rencontre avec un démon quand son récent ami vampire, l'écrivain Henry, lui demande son aide. De très chers amis à lui qui vivent dans l'Ontario, dans un endroit reculé, ont vu trois de leurs membres assassinés. La famille en question est une paisible fratrie de … loups-garous. Vicki, malgré ses doutes, accepte d'enquêter sur ces meurtres…

Nouveau ! 1 rendez-vous mensuel
aux alentours du 1ᵉʳ de chaque mois.

Et toujours la reine du roman sentimental :

Barbara
Cartland

Le 4 mai :

Les amours mexicaines (n° 1052) *collect'or*
Fragile bonheur (n° 4296)

Le 25 mai :

Ce serait un si beau mariage (n° 8342)

Nouveau ! 2 rendez-vous mensuels
aux alentours du 1ᵉʳ et du 15 de chaque mois.

8316

Composition Chesteroc Ltd
Achevé d'imprimer en France (Manchecourt)
par Maury-Eurolivres
le 02 mars 2007.
Dépôt légal mars 2007. EAN 9782290000922
Éditions J'ai lu
87, quai Panhard-et-Levassor, 75013 Paris
Diffusion France et étranger : Flammarion